Le royaume des Karedes

Deux couronnes, deux îles, un héritage

Une famille royale, déchirée par l'orgueil et la soif du pouvoir, réunie par l'amour

La monarchie d'Adamas a été divisée en deux royaumes rivaux

Deux couronnes

Pour symboliser cette rupture, le diamant Stefani a été retaillé en deux pierres

Deux îles

Des princes grecs irrésistibles règnent sur l'île d'Aristos
De séduisants cheikhs gouvernent l'île de Calista

Un héritage

Quiconque réunira les deux diamants deviendra maître des deux îles

Le royaume d'Adamas

Une histoire tumultueuse

De tout temps, les îles de Calista et d'Aristos ont excité les convoitises. Au Moyen Âge, la découverte de mines de diamants sur Calista accroît l'intérêt des envahisseurs.

C'est seulement après la prise du pouvoir par Richard Cœur de Lion, au XIIe siècle, que les Karedes, famille noble de l'île, sont placés sur le trône.

À cette époque, un superbe diamant rose est découvert à Calista et monté sur la couronne des Karedes. Connu sous le nom de Stefani (qui signifie « couronne », en grec), il devient rapidement un symbole très important pour le royaume d'Adamas. Convaincus que leur pouvoir est lié à ce diamant, les Karedes font le serment de ne jamais s'en séparer ; sa perte entraînerait inéluctablement la chute du royaume. Son existence a nourri les rêves des chasseurs de trésor pendant des siècles, mais aucun autre diamant n'a été découvert à Calista jusqu'aux années 40.

En 1972, en raison de tensions croissantes entre les îles d'Aristos et de Calista, le roi Christos annonce la séparation des deux îles, qui doit devenir effective après sa mort. En présence de ses enfants Anya et Aegeus, et avec les courtisans pour témoins, Christos déclare :

Vous gouvernerez chaque île en vous attachant au bien de votre peuple et à la prospérité de votre royaume. Je souhaite cependant que ces deux joyaux, ainsi que les îles, soient réunis un jour. Aristos et Calista sont plus prospères, plus belles et plus puissantes lorsqu'elles forment une seule et même nation, Adamas.

Après la mort du roi Christos en 1974, le diamant Stefani est retaillé en deux pierres, montées sur les couronnes d'Aristos et de Calista.

L'enfant du prince

*

Le play-boy du désert

*

La maîtresse secrète

*

La fiancée insoumise

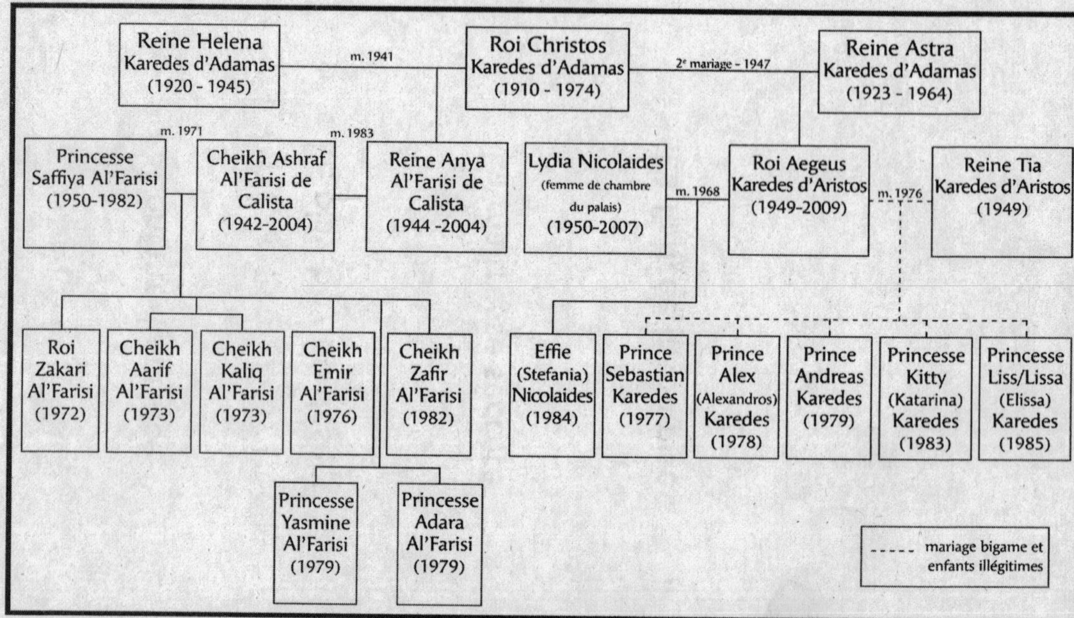
Reine Helena Karedes d'Adamas (1920 - 1945)
m. 1941
Roi Christos Karedes d'Adamas (1910 - 1974)
2e mariage - 1947
Reine Astra Karedes d'Adamas (1923 - 1964)
m. 1971
m. 1983
Princesse Saffiya Al'Farisi (1950-1982)
Cheikh Ashraf Al'Farisi de Calista (1942-2004)
Reine Anya Al'Farisi de Calista (1944 -2004)
Lydia Nicolaides (femme de chambre du palais) (1950-2007)
m. 1968
Roi Aegeus Karedes d'Aristos (1949-2009)
m. 1976
Reine Tia Karedes d'Aristos (1949)
Roi Zakari Al'Farisi (1972)
Cheikh Aarif Al'Farisi (1973)
Cheikh Kaliq Al'Farisi (1973)
Cheikh Emir Al'Farisi (1976)
Cheikh Zafir Al'Farisi (1982)
Effie (Stefania) Nicolaides (1984)
Prince Sebastian Karedes (1977)
Prince Alex (Alexandros) Karedes (1978)
Prince Andreas Karedes (1979)
Princesse Kitty (Katarina) Karedes (1983)
Princesse Liss/Lissa (Elissa) Karedes (1985)
Princesse Yasmine Al'Farisi (1979)
Princesse Adara Al'Farisi (1979)
mariage bigame et enfants illégitimes

SANDRA MARTON

L'enfant du prince

INTÉGRALE

LE ROYAUME DES KAREDES

Traduction française de

ÉLISABETH MARZIN

SAGAS

HARLEQUIN

Collection : SAGAS

Titre original :
BILLIONAIRE PRINCE, PREGNANT MISTRESS

Ce roman a déjà été publié en 2017

Réalisation couverture : C. ESCARBELT (HarperCollins France)

HARPERCOLLINS FRANCE
83-85, boulevard Vincent-Auriol, 75646 PARIS CEDEX 13
Service Lectrices — Tél. : 01 45 82 47 47 - www.harlequin.fr
ISBN 978-2-2804-7084-1 — ISSN 2426-993X

Composé et édité par HarperCollins France.
Imprimé en février 2022 par CPI Black Print (Barcelone)
en utilisant 100% d'électricité renouvelable.
Dépôt légal : mars 2022.

FSC www.fsc.org
MIXTE
Papier issu de sources responsables
FSC® C159065

Pour limiter l'empreinte environnementale de ses livres, HarperCollins France s'engage à n'utiliser que du papier fabriqué à partir de bois provenant de forêts gérées durablement et de manière responsable.

1

Le prince Alexandros Karedes, deuxième héritier présomptif du trône d'Aristos, n'aimait pas qu'on le fasse attendre.

D'ailleurs, personne ne s'y risquait jamais. Sauf son père…

Avec un soupir de résignation, Alexandros continua d'arpenter l'antichambre de la salle du trône. C'était au moins la dixième fois en dix minutes qu'il passait devant la cheminée… Les aiguilles de la pendule française posée sur le manteau de marbre indiquaient 18 heures. Il avait été convoqué à 17 h 30, mais le roi Aegeus n'était pas réputé pour sa ponctualité. Même lorsqu'il s'agissait de recevoir un de ses enfants. La reine Tia parlait d'une « fâcheuse habitude ». Pour sa part, il était certain que les retards chroniques de son père n'étaient qu'une manière subtile parmi d'autres de rappeler à tout le monde, y compris à sa famille, que malgré son âge avancé il détenait toujours le pouvoir.

D'ailleurs, c'était sans aucun doute dans le même esprit qu'il avait choisi ce lieu officiel pour leur rendez-vous, au lieu des appartements royaux.

Aegeus était un souverain compétent qui dirigeait Aristos avec efficacité, mais il restait le roi même dans le privé. Il s'était toujours montré distant avec son épouse et ses enfants.

Alex n'en souffrait pas le moins du monde. Lorsqu'il était enfant, il aurait sans doute apprécié d'avoir des relations plus chaleureuses avec son père, mais aujourd'hui, à trente et un ans, il était devenu un homme d'affaires au rôle prépondérant dans le développement économique du royaume. Il n'avait pas besoin de marques d'affection de la part de son père. L'affection, c'était bon pour les gamins, pas pour les hommes.

Alexandros jeta un nouveau coup d'œil à la pendule.

Même si elle ne le surprenait pas, cette attente était agaçante. Heureusement, l'entrevue avec son père ne durerait sans doute pas très longtemps. Il rentrait d'un voyage d'affaires en Extrême-Orient et Aegeus voulait certainement savoir s'il avait réussi à attirer de nouveaux investisseurs à Aristos. Cependant, il ne lui demanderait pas un compte rendu détaillé de ses démarches. Pour le roi, seuls les résultats comptaient. La manière dont ils étaient obtenus ne l'intéressait pas.

Malgré tout, plus le temps passait, plus il arriverait en retard en ville… Mais était-ce vraiment un problème ? Non. La femme avec qui il avait rendez-vous au Grand Hôtel ne lui adresserait pas le moindre reproche, bien sûr.

Un petit sourire se dessina sur les lèvres d'Alexandros.

Sans être présomptueux, il pouvait se flatter d'avoir autant de succès auprès des femmes qu'en affaires. Elles lui tombaient toutes dans les bras. Celle qui l'attendait ce soir était l'un des top models les plus célèbres du moment. Elle posait pour la couverture de *Vogue* lorsqu'il était arrivé au casino, quelques jours plus tôt… Il avait rendez-vous avec le directeur pour discuter du projet d'expansion de l'établissement, mais cela ne l'avait pas empêché de s'arrêter pour admirer la blonde aux jambes interminables qui posait sur les marches de marbre blanc, vêtue d'une robe de soie qui moulait son corps comme une seconde peau.

Leurs regards s'étaient croisés. Il lui avait souri. Aussitôt, elle avait descendu les marches en ondulant des hanches sur ses talons d'une hauteur vertigineuse, sans se soucier des protestations du photographe.

— Bonjour, Votre Altesse, avait-elle dit avec un sourire éblouissant. Je suis libre ce soir et j'espère de tout cœur que vous l'êtes aussi.

Il avait répondu qu'il partait pour Tokyo dans l'après-midi mais qu'il serait de retour trois jours plus tard.

— Je serai encore là, avait-elle susurré. Appelez-moi.

Ce qu'il avait fait ce matin. Quel homme aurait résisté ? Elle était superbe. Terriblement sexy. Et elle serait dans son lit avant la fin de la soirée…

Et alors ?

Le sourire d'Alex s'estompa. Demain matin, elle ferait tout son possible pour transformer cette nuit de sexe en liaison officielle. De son côté, il chercherait une façon courtoise de lui faire comprendre qu'il n'était pas intéressé.

Depuis quelque temps, mettre fin à une relation avant même qu'elle ait eu le temps de commencer était devenu une habitude. Bien sûr, certains hommes trouvaient ce genre de vie très excitant. Pas lui. Sans croire aux relations durables, il aimait rester quelques semaines, voire un peu plus longtemps, avec la même femme. Or, il ne parvenait plus à tenir au-delà de vingt-quatre heures.

Même ses frères l'avaient remarqué et le taquinaient à propos de son « nomadisme sexuel ». Ses sœurs aussi s'y étaient mises… Lissa se moquait de lui au téléphone depuis Paris. Quant à Kitty, elle répétait sans cesse avec de grands soupirs théâtraux : « Pauvre Alex ! Il n'arrive pas à trouver l'amour ! »

Eh bien, non. Son problème n'avait rien à voir avec l'amour. Pour la bonne raison que ce dernier n'existait pas. C'était un mythe, aussi fictif que ceux inventés par ses ancêtres de la Grèce antique. Ce que les gens appelaient « l'amour » n'était rien d'autre que du désir.

Et de toute façon, lorsqu'on appartenait à une famille royale, on ne se préoccupait ni d'amour ni de désir. On se mariait avant tout pour perpétuer la dynastie. Comme l'avaient fait ses parents. Et comme le ferait certainement Sebastian, héritier du trône, le moment venu. Certes, il choisirait sans doute lui-même son épouse — on était au XXIe siècle, après tout — mais il effectuerait ce choix parmi une liste soigneusement contrôlée de jeunes filles de sang princier.

Pour sa part, n'étant que deuxième héritier, il subirait une pression moindre. Néanmoins, il épouserait une femme digne d'être admise au sein de la famille royale et il lui ferait des enfants. C'était son devoir.

Il la choisirait séduisante, bien sûr. Mais à part ça, il n'aurait pas d'autres attentes. La passion et la complicité, il les trouverait auprès de ses maîtresses. Bien sûr, il observerait la plus grande discrétion. Jamais il n'offenserait délibérément son épouse. Mais ni lui ni elle ne seraient assez stupides pour rechercher l'amour. Il leur suffirait d'être discrets dans leurs aventures extraconjugales respectives.

Cessant d'arpenter la pièce, Alex regarda le blason accroché au mur, au-dessus de la cheminée.

Il y avait bien eu une femme, autrefois. Il avait cru… peu importait. Ce qui comptait, c'était ce qu'*elle* avait cru. Elle avait voulu l'ensorceler avec ses baisers, ses caresses, ses soupirs… Encore adolescent à l'époque, il avait failli tomber dans le piège. Heureusement, il avait appris à temps la vérité à son sujet, et cette mésaventure lui avait servi de leçon.

Depuis, il ne s'était plus jamais laissé berner par aucune femme.

Jusqu'à cette fameuse nuit, deux mois plus tôt…

Une inconnue au visage rayonnant d'innocence lui était tombée dans les bras. Elle lui avait offert sa bouche et plus rien d'autre n'avait existé… jusqu'au lendemain matin, lorsqu'il avait découvert sa duplicité.

— Prince Alexandros…

Tous les moments torrides qu'il avait vécus avec elle cette nuit-là n'étaient que des mensonges.

— Votre Altesse ? Leurs Majestés vont vous recevoir…

Cette garce avait fait preuve d'un immense talent de comédienne. Mais il lui avait donné une bonne leçon. Feignant de ne s'être rendu compte de rien, il l'avait de nouveau entraînée dans son lit. Ensuite, alors qu'elle était encore dans ses bras, vibrant de plaisir, il lui avait annoncé froidement qu'il savait qui elle était et ce qu'elle cherchait. Il avait précisé que son petit manège ne la mènerait à rien.

Puis il l'avait mise à la porte.

Il ne se souvenait même plus de son prénom. La seule chose qui importait, c'était d'avoir eu le dernier mot. D'avoir contemplé sa mine effarée lorsqu'il lui avait révélé qu'il n'était pas dupe de ses ruses méprisables. Cette revanche avait apaisé son ego malmené. Et le problème avait été réglé.

— Votre Altesse ? Le roi et la reine demandent que vous les rejoigniez.

Était-ce bien vrai ? Le problème était-il vraiment réglé ?

Depuis deux mois, il n'avait pas seulement enchaîné les aventures sans lendemain, il avait parcouru des milliers de kilomètres pour des voyages d'affaires qui l'avaient conduit de New York, où il avait des bureaux, aux Bermudes. Aux Bahamas. Aux Îles Vierges. En Floride. À Mexico. Et tout dernièrement, au Japon. Ces déplacements avaient été fructueux, certes, et il avait signé des contrats très intéressants. Mais il avait également vécu à un rythme trépidant. Le jour, réunions interminables. La nuit, baccarat, poker…

Et sexe.

Aurait-il inconsciemment cherché à s'étourdir ? Pour oublier cette nuit où il avait été manipulé par une intrigante ?

— Votre Altesse, le roi et la reine vous attendent.

Alex tressaillit. Galen, le majordome de son père, était au garde-à-vous devant lui. Et à en juger par son expression, cela devait faire un bon moment…

— Merci, Galen. *Efcharisto.*

— Vous allez bien, Monsieur ?

— Très bien, merci. J'avais juste l'esprit ailleurs.

Alex prit un air de conspirateur.

— Une dame m'attend en ville.

Galen s'autorisa un petit sourire.

— Je suis certain qu'elle est prête à vous attendre aussi longtemps qu'il le faudra, Monsieur.

Puis il s'inclina devant Alex avant qu'il franchisse le seuil de la salle du trône.

Ses parents n'étaient pas seuls.

Plusieurs conseillers tournaient autour de son père, assis à un bureau de bois sculpté recouvert de documents. Sa mère, debout sur l'estrade où se trouvaient les deux trônes, était entourée de plusieurs dames d'honneur, qui maintenaient devant elle des mètres d'étoffe chatoyante, tandis qu'une couturière assise par terre, des épingles dans la bouche, effectuait une tâche mystérieuse.

Alex réprima une moue de dérision.

En dépit du mobilier imposant, des fresques peintes au plafond par un grand artiste du XVIe siècle, et des précieuses icônes byzantines accrochées aux murs, la pièce ressemblait plus à un salon d'essayage qu'à une salle du trône…

Son père leva les yeux.

— Ah, te voilà, dit-il d'un ton suggérant que c'était lui qu'on avait fait attendre. Alors, qu'en penses-tu ?

Alex arqua les sourcils.

— De quoi ?

— De ça, bien sûr !

Aegeus frappa du plat de la main sur les papiers étalés devant lui.

— Faut-il choisir un thème ou non ?

Non, pas un salon d'essayage. Plutôt le thé du Chapelier fou !

— Choisir un thème pour quoi ? demanda Alex d'un ton circonspect.

Aegeus bondit sur ses pieds et ses conseillers s'écartèrent précipitamment du bureau.

— Pour le soixantième anniversaire de ta mère, bien sûr ! Si tu n'étais pas tout le temps par monts et par vaux à faire Dieu sait quoi, tu saurais ce qui se passe ici !

— Voyons, Aegeus…

Le père et le fils se tournèrent vers la reine, qui leur sourit à tous les deux.

— Tu sais bien que si Alexandros voyage autant, c'est pour attirer les investisseurs à Aristos. Et je suis sûre qu'il a réussi une fois de plus, n'est-ce pas, Alex ?

— En effet. J'ai appâté plusieurs étrangers richissimes qui rêvent d'investissements rentables.

— Tu vois, Aegeus ? commenta Tia en riant.

Elle fit signe aux dames d'honneur et à la couturière de la laisser et descendit les marches de l'estrade.

— Je suis heureuse que tu sois de retour, Alexandros.

— Et moi, je suis heureux d'être là.

Alex prit la main de sa mère et la porta à ses lèvres.

— Tu m'as manqué.

Il indiqua d'un signe de tête les femmes qui pliaient les étoffes.

— Que font-elles ?

— À ton avis ? s'exclama Aegeus d'un ton impatient. Tout le monde prépare l'anniversaire de la reine, bien sûr ! J'ai décidé qu'il valait mieux choisir les couleurs et les tissus ici, dans la salle du trône, où se déroulera la partie la plus solennelle de la cérémonie. N'est-ce pas, messieurs ?

Les conseillers hochèrent vivement la tête.

— Alors, qu'en penses-tu, Alexandros ? lança le roi. Quel thème serait le plus approprié ? L'Antiquité ? Les Croisades ? L'Empire Ottoman ? Comme tu le sais, mes ancêtres ont joué un rôle important à toutes les périodes de l'Histoire.

Certes, mais ce qui importait, c'était l'anniversaire de sa mère, songea Alex. Pas les ancêtres de son père…

— Tous ces thèmes me paraissent très intéressants, déclara-t-il en jetant un regard complice à Tia. Il faut absolument que cet anniversaire soit célébré avec faste. Après tout, nous pouvons bien organiser des cérémonies aussi clinquantes que celles des Calistéens…

Sa mère réprimait un sourire, constata-t-il avec satisfaction. Toute allusion à Calista, qui formait à l'origine l'empire d'Adamas avec Aristos, hérissait son père.

— Clinquantes ? répéta Aegeus en plissant le front.

— Oui.

Alex secoua la tête.

— Je n'ai jamais compris pourquoi les médias ont tant parlé

de l'anniversaire de la reine d'Angleterre. Pour ma part, j'ai trouvé les cérémonies beaucoup trop sobres. Pas toi, maman ?

— Si, acquiesça Tia d'un air innocent. J'avoue que j'ai été surprise par l'enthousiasme qu'a déchaîné cette célébration dans le monde entier. Tous ces journalistes, toutes ces équipes de télévision… On a entendu parler d'Elizabeth et de la famille royale d'Angleterre pendant des jours et des jours ! Tout ça pour des cérémonies d'une simplicité extrême. C'est curieux, non ?

Le roi resta silencieux un instant, puis il s'exclama d'un air hautain :

— Qu'y a-t-il à comprendre ? Ou bien on est sensible à l'élégance de la simplicité ou bien on ne l'est pas !

D'un grand geste, il fit voler les papiers posés sur son bureau.

— J'ai choisi le thème de ton anniversaire, Tia. L'arrivée du printemps. Pas de grand tralala. Rien de clinquant. Des fleurs partout. Le service de table vénitien vert d'eau. Et toi, dans une robe du même rose pâle que le diamant de la couronne d'Aristos.

« Merci », dit silencieusement Tia à son fils.

— C'est une bonne idée, déclara-t-elle d'un ton modeste.

— Bonne ? Excellente, tu veux dire ! Et bien sûr, tu porteras le collier que je vais commander. D'ailleurs, nous pourrions peut-être ajouter une broche pour…

— Non, coupa la reine d'une voix douce mais ferme. Porter une broche avec un collier serait inapproprié, Aegeus.

Le roi eut un geste impatient de la main.

— Comme tu veux. Vois ça avec la bijoutière.

— La joaillière, rectifia Tia. Joaillière créatrice.

« La joaillière » ? Alex se remémora le week-end où les six joailliers finalistes du concours international organisé en vue de la création du cadeau d'anniversaire de la reine avaient été invités à Aristos pour la sélection finale. Il ne se souvenait que d'une seule femme. Y en avait-il une autre dans le groupe ?

Et pourquoi son père parlait-il du collier qu'il allait

commander ? La commande n'avait-elle pas été passée depuis plusieurs semaines ?

— … tu n'es pas d'accord, Alexandros ?

— Excusez-moi, père, je n'ai pas entendu.

— Quelle importance si cette femme est bijoutière ou joaillière ? L'essentiel, c'est qu'elle soit consciente de l'importance de cette commande… Mais que faites-vous encore ici, tous ?

Aegeus frappa dans ses mains. Les conseillers, les dames d'honneur et la couturière quittèrent précipitamment la pièce.

— J'espère qu'elle sera à la hauteur de sa mission, poursuivit le roi. Elle m'a paru très jeune.

Alex plissa le front. Décidément, quelque chose lui échappait… Ses parents parlaient bien d'une joaillière. Jeune…

Il ne pouvait pourtant pas s'agir de… Maria Santos. Oui, son nom lui revenait. Pas étonnant. Cette femme lui avait joué la comédie. Elle l'avait séduit par intérêt !

— Comment aurait-elle pu te paraître très jeune, Aegeus ? demanda Tia avec un petit sourire indulgent. Nous n'avons pas eu le plaisir de la rencontrer. Le jour où nous devions la recevoir, Mlle Santos nous a envoyé un mot pour s'excuser parce qu'elle était malade.

L'estomac noué, Alex prit une profonde inspiration.

— Mlle Santos ? Pourtant… je croyais que vous aviez retenu un joaillier français.

— C'est exact. Mais nous venons d'être informés que le propriétaire de la joaillerie est décédé et que la société se trouve dans une situation délicate. Ses activités son suspendues, au moins provisoirement.

Tia prit Alex par le bras.

— Je sais qu'il reste très peu de temps et…

— C'est pour cette raison que tu dois te rendre à New York de toute urgence, coupa Aegeus.

Alex regarda son père avec perplexité.

— New York ?

— Oui. Tu vas aller voir cette Mlle Santos et l'informer de notre décision.

— Ce que ton père veut dire, c'est que tu vas lui expliquer la situation et lui demander si elle veut bien avoir la gentillesse d'accepter de fabriquer le modèle qu'elle nous avait présenté au concours, intervint la reine d'une voix douce.

— « Si elle veut bien avoir la gentillesse » ? Elle va sauter sur l'occasion ! s'exclama Aegeus.

— Peut-être pas. Le délai est vraiment très court, fit valoir Tia. Par ailleurs, les artistes ont une sensibilité à fleur de peau. Mlle Santos risque de ne pas apprécier d'être sollicitée en tant que remplaçante.

Alex faillit s'esclaffer. Une sensibilité à fleur de peau ? Maria Santos ? Il n'avait jamais rien entendu de plus ridicule !

— Tu es le diplomate de la famille, déclara le roi d'un ton ferme. Toutes ces entreprises que tu as réussi à attirer sur notre île en sont la preuve.

Alex crispa la mâchoire. C'était sans doute le plus grand compliment que son père lui ait jamais fait. Mais pas question pour autant d'aller trouver Maria Santos pour lui offrir la chance de sa vie !

— Je serais heureux de pouvoir vous aider, mais j'ai plusieurs engagements importants ici. Quelqu'un d'autre peut sûrement…

— Non, personne ! Tu as des bureaux et un appartement à New York. Tu connais bien la ville et ses habitants. Tu es le mieux placé pour traiter avec cette Mlle Santos et la convaincre d'exécuter cette commande.

Finis les compliments, songea Alex avec dérision : le roi lui donnait un ordre. La femme qui avait couché avec lui dans l'espoir d'obtenir cette commande allait voir son souhait exaucé, et c'était lui qui était chargé de le lui annoncer… Quelle ironie !

— D'autres projets vous ont été soumis. L'un d'entre eux devrait convenir aussi bien, non ?

Alex sentit les doigts de sa mère se resserrer doucement sur son bras.

— C'est celui de Mlle Santos qui a eu ma préférence dès le

début. Je me suis inclinée lorsque ton père a choisi le joaillier français, bien sûr, mais à présent…

Alex regarda sa mère. Tia était aussi conciliante que son mari était autoritaire. Aussi douce qu'il était cassant. Il avait toujours eu le sentiment qu'elle ne menait pas tout à fait la vie dont elle avait rêvé. Pendant son enfance, il avait passé peu de temps en sa compagnie. Les pensions, les précepteurs, les contraintes de la cour l'avaient éloigné d'elle, mais cela ne l'empêchait pas de l'aimer profondément. Et si elle voulait que son cadeau d'anniversaire soit créé par Maria Santos…

Il passa un bras autour des épaules de sa mère.

— D'accord. Je vais faire tout mon possible pour que tu aies le collier de tes rêves.

Le visage de la reine s'illumina.

— Merci, Alex.

— C'est moi qu'il faut remercier ! protesta le roi. Après tout, c'est moi qui passe la commande !

En riant, la reine embrassa son fils, puis elle pressa la main de son mari.

— Merci à tous les deux. Ça vous va ?

— Bien sûr, répliqua Alex.

Tout allait bien…

C'était ce qu'il se répétait inlassablement dans l'avion pour New York.

2

Tout allait bien…

Tout allait très bien, se répéta Maria, alors que le métro s'arrêtait à Spring Street dans un grincement strident.

Quelle importance si son voisin sentait l'ail ? Si ses pieds étaient en sang après une journée en Manolo Blahnik « sublimes mais immettables » ? Si la pluie avait massacré son brushing à cent cinquante dollars ? Si elle couvait manifestement la grippe ?

Tout allait très bien.

Juste après avoir quitté la station, le métro freina brusquement. L'homme qui sentait l'ail la bouscula, elle chancela, et un de ses talons aiguilles se cassa.

Un mot faillit lui échapper. Un mot que les femmes distinguées ne prononçaient jamais, ni en anglais ni en espagnol. D'accord, à cet instant précis, elle n'avait pas le sentiment d'être une femme distinguée. Mais mieux valait s'abstenir quand même, décida-t-elle en se contentant d'imaginer le mot en énormes lettres lumineuses. Et inutile de chercher à récupérer son talon sur le plancher du wagon bondé…

Non. Pas question de sombrer dans le défaitisme. Que lui avait-on conseillé à ce stage de maîtrise du stress ? Bon, en réalité, elle n'avait pas suivi le stage. Pas le temps ni les moyens. Mais elle avait tout de même lu la présentation dans la brochure…

Ah, oui. Vivre dans le présent. Maîtriser le stress en apprenant à vivre dans le présent. En l'occurrence, ça voulait dire…

Elle était arrivée à Canal Street !

— Excusez-moi… Pardon ! Je descends !

Elle se fraya à grand-peine un passage à travers la cohue de l'heure de pointe, atteignit les portières au moment où elles commençaient à se refermer et se jeta sur le quai, où elle fut happée par la foule qui se ruait vers la sortie.

Monter un escalier avec dix centimètres en moins à une jambe était un véritable sport… Pourquoi vendait-on des chaussures aux talons aussi insensés ? Et surtout, pourquoi les avait-elle achetées ? Parce que cela plaisait aux hommes ? Non. Il n'y avait pas d'homme dans sa vie. Et elle n'en voulait surtout pas. Pas avant longtemps, en tout cas. L'humiliation subie à Aristos deux mois plus tôt lui avait laissé un goût beaucoup trop amer…

Le prince. Le prince de l'arrogance. C'était le nom qui s'imposait à elle dès qu'elle pensait à lui. Une colère familière assaillit Maria. Pourquoi pensait-elle encore à lui ? Oh, mon Dieu, comme elle se haïssait pour son inconscience ! Mais tout de même pas autant qu'elle haïssait ce monstre ! Ce…

Stop ! Ressasser ses désillusions ne servait à rien.

Cette commande dont elle rêvait et qu'elle avait perdue à cause du prince, c'était du passé. Il fallait tourner la page. Vivre dans le présent. Sans oublier de regarder vers l'avenir… Elle devait à tout prix trouver le moyen de convaincre des boutiques comme L'Orangerie d'acheter ses bijoux.

C'était dans cet espoir qu'elle avait mis ces chaussures ridicules. Qu'elle avait dépensé dans un brushing stupide l'argent qui lui aurait permis d'acheter du fil d'or pour les nouvelles boucles d'oreilles qu'elle était en train de dessiner. Pourquoi avait-elle pratiquement supplié l'acheteur de L'Orangerie de la recevoir aujourd'hui ? Que lui avait apporté ce rendez-vous ?

Rien, songea sombrement Maria en sortant de la station. Elle rentrait chez elle en boitant, sous une pluie glaciale qui tournait à la neige, et elle n'avait pas plus de perspectives qu'au moment où elle était partie ce matin…

Malgré le temps, la rue grouillait de monde. Normal, on était à Manhattan. Et parce qu'on était à Manhattan, personne ne lui prêtait attention. Sans doute le seul point positif de la journée…

Malgré tout, elle se sentait ridicule à boiter comme ça.

« Oui, mais ça aurait pu être pire. Ton talon aurait pu se casser sur la Cinquième Avenue, avant ton rendez-vous avec l'acheteur de L'Orangerie. »

Certes. Mais de toute façon, ça n'aurait rien changé.

L'acheteur de l'établissement avait été suffisamment courtois pour maintenir leur rendez-vous et suffisamment honnête pour la prévenir dès le début qu'il n'achèterait pas ses modèles.

— Ils me plaisent, mademoiselle Santos, avait-il précisé. Ils me plaisent beaucoup. Malheureusement, votre nom n'est pas connu de nos clients. Peut-être lorsque vous aurez un peu plus de références…

Que lui fallait-il de plus ? Après avoir gagné le prix Caligari, elle avait vendu des pièces à Tiffany, Harry Winston, Barneys. Mais il avait répondu qu'elle n'avait pas pour autant la notoriété d'une Paloma Picasso ou d'une Elsa Peretti.

Certes, elle ne disposait pas de pages de publicité dans *The New York Times* ni dans aucun magazine de mode. Mais certaines de ses créations avaient séduit des boutiques de luxe. Ce qui était une référence un peu plus sérieuse que cet accent français factice qui ne parvenait pas à masquer que l'acheteur de L'Orangerie avait grandi à Brooklyn !

Elle avait failli le lui faire remarquer. Heureusement, elle s'était abstenue : elle ne pouvait décemment pas se permettre d'insulter un homme qui avait une telle influence dans le milieu de la joaillerie. D'autant plus qu'il n'avait pas tort…

Certes, des boutiques prestigieuses lui avaient acheté des modèles. Mais seulement deux ou trois. Et rien ne disait qu'elle leur en vendrait d'autres un jour. Voilà pourquoi elle avait été si déçue que la commande aristéenne lui échappe.

Lorsqu'on pouvait mentionner sur sa carte de visite : « Fournisseur officiel de Leurs Majestés le roi Aegeus et la reine Tia d'Aristos », toutes les portes s'ouvraient devant vous.

Elle avait raté cette occasion unique.

Rectification. Un parfait goujat lui avait fait rater cette occasion unique. Un fou furieux qui l'avait séduite avant de l'insulter et de la mettre à la porte comme une…

« Ça suffit, marmonna-t-elle. Ne pense plus à ça. »

Toujours en boitant, elle tourna à gauche dans Broome Street, puis encore à gauche. Enfin, son immeuble ! Non, pas le sien, bien sûr. L'immeuble dans lequel elle habitait et travaillait. C'était l'avantage de louer un loft : elle avait beaucoup d'espace pour vivre et travailler.

Son estomac se noua. Il était urgent de trouver de nouvelles commandes… Elle était criblée de dettes. La location du loft lui coûtait plusieurs milliers de dollars par mois. L'or et l'argent, plus les pierres précieuses et semi-précieuses avec lesquelles elle travaillait, idem. Elle n'avait qu'un seul employé, Joaquin, mais il fallait bien le payer.

Dire qu'elle avait perdu des jours et des jours à concevoir un collier digne du soixantième anniversaire de la reine d'Aristos… Afin de pouvoir se consacrer uniquement à la préparation du concours, elle avait renoncé à d'autres projets moins prestigieux et emprunté une petite fortune pour payer son loyer et ses factures.

Tout ça pour rien.

Pourtant, elle y avait cru… Elle avait fait partie des six finalistes invités à Aristos pour la sélection finale. Et en une nuit, elle avait gâché toutes ses chances de gagner le concours… Oui, un moment d'égarement avait suffi à détruire son rêve. Comment avait-elle pu être assez stupide pour commettre une erreur aussi impardonnable ?

Alexandros Karedes, prince d'Aristos, n'avait fait que lui confirmer ce qu'elle savait déjà : les sourires enjôleurs et les attentions charmantes n'étaient que de la poudre aux yeux. Une seule chose intéressait les hommes. Le sexe. Comment avait-elle pu oublier cette vérité absolue ?

Une fois qu'un homme avait obtenu ce qu'il voulait d'une femme, il la rejetait. Et s'il se trouvait que c'était un prince aristéen, alors que vous étiez finaliste du concours organisé pour l'anniversaire de sa mère, il vous insultait. Après vous avoir séduite, il vous accusait de l'avoir manipulé !

Oh, ce talon allait la rendre folle ! Tant pis... Maria enleva ses chaussures et parcourut les derniers mètres en collant dans la neige fondue.

La porte de l'immeuble s'ouvrit juste au moment où elle s'apprêtait à la pousser. Joaquin lui sourit, puis il écarquilla les yeux.

— *¿Maria ? ¿Qué te pasa ? ¿Por qué estás descalza en este tiempo ?*

— Ce n'est rien. J'ai cassé mon talon, répondit-elle en pénétrant dans le hall. Je pensais que tu serais parti.

Elle prit l'escalier, Joaquin sur les talons. Comme d'habitude, l'ascenseur était en panne.

— Je t'ai attendue pour savoir comment s'était passée ta journée.

Maria monta jusqu'au troisième étage sans rien dire. Une fois chez elle, elle laissa tomber ses chaussures et son sac par terre et se tourna vers son ami d'enfance et collaborateur.

— Merci. C'est gentil de ta part.

Joaquin scruta son visage.

— Mauvaises nouvelles ?

Elle retira son manteau en soupirant. Elle aurait pu mentir. Ou au moins présenter le rendez-vous avec l'acheteur sous un jour un peu moins négatif. Mais à quoi bon ? Joaquin la connaissait trop bien. Il travaillait pour elle depuis cinq ans. Et surtout, ils avaient grandi dans le même immeuble vétuste du Bronx, quartier beaucoup moins couru que Manhattan... La famille de Joaquin étaient arrivée de Porto Rico lorsqu'il avait cinq ans et elle six. C'était le frère qu'elle n'avait jamais eu. Alors non. Lui raconter des histoires était inutile.

— Je n'ai pas obtenu de commande.

— Je suis désolé. Que s'est-il passé ? Je pensais que ce Français avait du goût.

Elle eut un petit rire désabusé.

— Il n'est même pas français ! Quant au goût… il dit que mon travail lui plaît beaucoup, mais…

— Mais ?

— Mais qu'il vaut mieux que je le rappelle lorsque Bijoux by Maria aura acquis une certaine notoriété.

— À ce moment-là, tu n'auras plus besoin de lui !

Maria eut un sourire malicieux.

— Dommage que tu sois marié ! J'ai toujours pensé que tu étais l'homme idéal.

C'était une vieille plaisanterie entre eux. La femme de Joaquin était la meilleure amie de Maria et, de toute façon, il n'y avait jamais eu la moindre ambiguïté dans leurs rapports.

— Je le répéterai à Sela ! commenta Joaquin en riant.

— Dis-lui aussi que je suis ravie de dîner avec vous dimanche.

— Je n'y manquerai pas. J'ai laissé les nouveaux moulages en cire sur l'établi.

— Merci.

— Les opales que tu avais commandées sont arrivées. Je les ai mises dans le coffre.

— Parfait.

— Il y a aussi… une lettre recommandée de la banque.

Maria fit la grimace.

— D'autres bonnes nouvelles ?

— Ta mère a téléphoné, répliqua Joaquin d'un air contrit.

Luz Santos appelait sûrement pour se plaindre et lui rappeler qu'elle avait raté sa vie. Lorsqu'elle était tombée enceinte, elle avait perdu toutes ses illusions. Mais elle ne regrettait rien. Non, rien du tout. Elle s'était sacrifiée pour sa fille, mais c'était le devoir d'une mère. Si seulement Maria pouvait se montrer digne de ce sacrifice… Si seulement elle cessait de perdre son temps avec ses babioles pour prendre un vrai travail…

Maria soupira.

— Qu'a-t-elle dit ?

— Son dos fait des caprices. Elle a une indigestion. Son médecin est un incapable.

Joaquin s'éclaircit la voix.

— Et ta cousine Angela vient d'avoir une promotion.

— Une de plus…

C'était le digne couronnement d'une journée catastrophique, songea Maria en laissant échapper un petit gémissement. Joaquin la prit dans ses bras.

— J'ai une idée. Viens avec moi. Sela sera ravie de te voir, et en plus elle a préparé du Chile Colorado pour le dîner. Depuis quand n'as-tu pas mangé quelque chose d'aussi délicieux ?

Elle s'écarta de lui en souriant et noua l'écharpe qu'il portait au cou.

— Merci, Joaquin, mais ça va aller. Rentre chez toi.

— Si Sela et moi pouvons faire quoi que ce soit pour t'aider…

— Je sais.

Maria déposa un baiser sur la joue de son ami.

— Rentre chez toi, *mi amigo.*

— Sela va me reprocher de t'avoir laissée seule.

— Dis-lui que je vous adore tous les deux, mais que je suis ta patronne et que je t'ai renvoyé chez toi, répliqua-t-elle d'un ton faussement sévère.

Joaquin déposa un baiser sur son front.

— D'accord, patronne.

Lorsque la porte se fut refermée derrière lui, Maria croisa les bras en frissonnant. Entre la hauteur de plafond et les immenses fenêtres, aussi vieilles que l'immeuble, le loft était difficile à chauffer. Et lorsqu'il y avait du vent, les courants d'air étaient redoutables. Une couche de givre commençait même à se former sur la vitre, constata-t-elle en s'approchant de la fenêtre.

Tiens, qu'est-ce qu'une voiture pareille faisait là ?

Une imposante limousine noire était garée en face de l'immeuble, de l'autre côté de la rue. Une Rolls ? Une Bentley ? Une Mercedes ? Aucune idée. Elle n'y connaissait rien. En tout cas, il était rare de voir une voiture aussi luxueuse dans cette partie de Manhattan encore relativement populaire.

Sans doute un promoteur à l'affût. Ils étaient de plus en

plus nombreux à rôder dans le quartier, signe que ce dernier allait bientôt devenir trop cher pour les gens comme elle.

Irritée, elle fusilla la voiture du regard et tira la langue. Puis elle s'écarta de la fenêtre en riant nerveusement. Quelle réaction puérile !

Mais par une journée aussi désastreuse, il fallait reconnaître que ça faisait du bien !

Assis à l'arrière de la Bentley, Alex tressaillit. Maria Santos venait-elle de lui tirer la langue ? Non, sûrement pas. Elle ne pouvait même pas le voir. Il faisait nuit, et de toute façon, les vitres de la limousine étaient teintées. Elle n'avait aucun moyen de savoir qu'il y avait quelqu'un dans la voiture. Et encore moins de le reconnaître.

Sans doute une illusion d'optique due au froid et à la neige qui tombait à gros flocons.

En revanche, il avait parfaitement vu les gestes tendres qu'elle avait échangés avec l'homme qui venait de quitter l'immeuble. Mais quelle importance ? Il se moquait éperdument de ce que pouvait faire Maria Santos !

Oui. Mais il aurait préféré ne pas être obligé d'assister à cette petite scène. Un amant si impatient de retrouver sa maîtresse qu'il l'attendait à l'entrée de l'immeuble, remontait avec elle pour discuter un moment. La prenait dans ses bras. L'embrassait…

Et s'en allait.

Alex plissa le front.

Quel était le problème de cet homme ? Pourquoi avait-il préféré le froid de la nuit à la chaleur de sa maîtresse ? Quant aux gestes tendres… Ne savait-il donc pas que Maria Santos préférait la passion ? Qu'elle était ardente ? Fougueuse ?

Aujourd'hui encore, il gardait des souvenirs très précis de cette nuit passée avec elle. Il se rappelait son parfum. Du jasmin, aussi odorant que celui qui poussait dans les collines à côté de sa maison surplombant la mer. Sa bouche, chaude et gourmande. Sa peau veloutée. Ses cheveux soyeux.

Les pointes de ses seins, délicieusement hérissées sous sa langue.

Ses soupirs. Ses gémissements... Et cette sensation extraordinaire — mais illusoire — qu'il était le premier homme à la posséder...

Alex lâcha un juron retentissant. Pourquoi évoquer ces souvenirs ? Quel idiot ! Il baissa la vitre et aspira une grande goulée d'air froid. Ce qu'il devait garder à la mémoire, ce n'était pas comment elle s'était comportée dans son lit mais pourquoi elle s'y trouvait ! Car s'il l'avait rencontrée, un guide touristique à la main, juste devant l'immeuble où il avait ses bureaux à Ellos, ce n'était pas par hasard. Elle l'attendait.

Mais comment aurait-il pu le deviner ?

Il l'avait tout de suite remarquée. Petite, menue, elle avait une épaisse chevelure brune attachée sur la nuque par une simple barrette. Son visage, sur lequel tombaient quelques boucles folles, était d'une beauté saisissante.

Américaine, avait-il pensé. Touriste, bien sûr. Et de toute évidence, perdue.

Il s'était approché d'elle en souriant.

— Bonjour, auriez-vous besoin d'aide ?

Elle avait levé les yeux de son guide, l'air hésitant.

— Eh bien, oui... merci. Si vous pouviez me dire... Je cherche l'Argus. C'est un restaurant. Ou plutôt, un café. D'après ce guide, il devrait se trouver ici. C'est aussi ce que m'a dit le réceptionniste de l'hôtel, mais...

— Il n'existe plus depuis au moins un an.

Curieusement, la déception qui s'était peinte sur le visage de l'inconnue l'avait rendue encore plus séduisante.

— Oh... Eh bien... merci encore.

Ses yeux noisette — subtil mélange de brun, de vert et d'or — immenses, évoquaient ceux d'un faon. Une impression renforcée par son air innocent.

Alex crispa la mâchoire. Son air innocent ! Maria Santos était une menteuse, au contraire. Une comédienne née.

Lorsqu'il lui avait suggéré un autre restaurant, elle avait paru hésiter.

— D'après le guide, les prix de l'Argus étaient très raisonnables, avait-elle déclaré d'un air embarrassé.

— Ne vous inquiétez pas pour ça. Vous êtes mon invitée, avait-il répliqué aussitôt.

Il n'avait rien de prévu ce soir-là et le fait que cette belle étrangère ne semblait pas le reconnaître avait accru son intérêt pour elle. À son grand dépit, tenter de le repérer figurait d'ordinaire parmi les passe-temps favoris des touristes, au même titre que le farniente à la plage, la promenade sur le port ou la soirée au casino.

Quel idiot ! Cette touriste était simplement plus hypocrite que les autres…

Mais à ce moment-là il l'ignorait encore.

Elle avait d'abord protesté, feignant la confusion avec un talent consommé, puis elle avait fini par accepter. Après le dîner, lorsqu'ils s'étaient promenés sur la plage, il l'avait embrassée sous les grands pins. Leurs baisers devenant de plus en plus passionnés, il avait glissé les mains sous son chemisier de soie. Puis, encouragé par les gémissements étouffés déclenchés par ses caresses, il l'avait prise par la taille pour l'emmener chez lui, dans son lit, où elle s'était offerte à lui en murmurant que c'était la première fois…

Alex jura de nouveau.

— Monsieur ? dit son chauffeur.

Sans répondre, il ouvrit la portière de la Bentley et sortit dans la nuit.

Mensonges ! Tout n'était que mensonges ! Il l'avait découvert au petit matin, lorsqu'il l'avait cherchée dans le lit. Elle n'était plus là.

Il avait entendu sa voix provenant de la cuisine, aussi douce que le murmure des vagues. Sans savoir pourquoi, il avait décroché sans bruit le téléphone qui se trouvait sur sa table de nuit.

« Oui ! l'avait-il entendue dire avec un petit rire étouffé. Oui, Joaquin ! Je suis presque sûre de gagner. Je sais que la concurrence est rude, mais j'ai d'excellentes raisons de croire que mes chances sont excellentes. »

Lorsqu'il était entré dans la cuisine, elle était devenue écarlate.

Sans un mot, il lui avait pris le combiné des mains et il avait raccroché. Puis il l'avait portée jusqu'à son lit, où il l'avait prise avec une ardeur décuplée par la rage. Une fois son désir assouvi, il lui avait dit qu'il n'était pas dupe de son petit jeu.

Puis il l'avait jetée dehors en lui conseillant de ne pas se présenter au palais pour la sélection finale.

Alex traversa la rue.

Le moment était venu de régler définitivement ses comptes avec elle.

3

Maria soupira, enleva la veste de son tailleur, la lança sur un fauteuil et décrocha le téléphone. Avant de se raviser.

Entendre les récriminations de sa mère était au-dessus de ses forces pour l'instant. D'abord se changer. Ensuite, dîner. Après seulement, elle rappellerait.

Elle regarda les Manolo Blahnik, les ramassa avec une moue dépitée et les jeta dans la corbeille posée à côté de sa table de travail. À quoi pensait-elle le jour où elle avait acheté ces chaussures ?

Elle secoua la tête. Juste avant son départ pour Aristos, elle avait décidé qu'il lui fallait une tenue à la hauteur des circonstances. D'où cette folie.

Elle aurait mieux fait de s'abstenir ! Non seulement ces chaussures lui avaient coûté une fortune, mais elles ne lui avaient pas porté chance. Ni ici ni à Aristos…

Non. Pas question de ruminer ses échecs.

Dans le coin chambre du loft, elle se déshabilla et enfila un vieux jogging.

À présent, manger un morceau.

Cette perspective lui donna vaguement mal au cœur. Allons bon, elle devait vraiment couver la grippe. Ce qui tombait très mal. Avec une demi-douzaine de pièces à terminer d'ici la fin du mois, elle ne pouvait pas se permettre d'être malade.

Ses clients comptaient sur sa ponctualité. Et elle, sur le solde payable à la livraison…

Alors non, elle n'avait pas la grippe ! Cette fatigue, cette sensation de lourdeur dans les membres, ces nausées intermittentes… C'était le stress, rien de plus. Manger quelque chose, de préférence sans saveur, la requinquerait.

La sonnerie de la porte d'entrée la fit tressaillir. Allons bon ! Qui pouvait bien venir la voir à cette heure ?

Joaquin, bien sûr… Au bout de la rue il avait dû appeler Sela de son portable, et celle-ci lui avait intimé de revenir la chercher pour l'emmener de force chez eux.

La sonnerie retentit de nouveau. Accrochant un sourire à ses lèvres, Maria alla ouvrir.

— Joaquin, je suis très touchée, mais je t'assure que…

Elle sentit le sang se retirer de son visage.

— Bonsoir, mademoiselle Santos.

Alexandros Karedes, blouson de cuir noir et cheveux de jais parsemés de flocons de neige, dardait sur elle un regard hostile. Anglais parfait, avec une pointe imperceptible d'accent grec. Sa voix était la même que dans son souvenir… Grave. Profonde. Et méprisante. Aussi méprisante que le matin où il l'avait traitée de tous les noms…

— Vous ne m'invitez pas à entrer ?

Elle inspira profondément. La dernière fois, ils se trouvaient sur son territoire. Ici, elle était chez elle.

— Vous n'avez pas vu la pancarte dans le hall ? L'immeuble est interdit aux démarcheurs.

— Très drôle.

— Que voulez-vous ?

Un sourire apparut sur les lèvres d'Alex, et à son grand dam, Maria fut parcourue d'un frisson. Pourquoi, alors qu'elle savait cet homme pervers et arrogant, ne pouvait-elle s'empêcher d'être troublée par sa bouche ? Bien dessinée. Sensuelle…

— Quelle froideur, Maria ! Si je me souviens bien, vous étiez beaucoup moins guindée la dernière fois que nous nous sommes vus.

Elle sentit ses joues s'enflammer, ce qui accrut son exaspération.

— Que voulez-vous ?

— Je vous le dirai lorsque vous m'aurez invité à entrer.

— Je n'en ai pas l'intention. Si vous ne m'avez pas répondu dans trois secondes, je vous claque la porte au nez.

Il éclata de rire. Furieuse, elle serra les dents. Il fallait reconnaître que cette menace était ridicule. Il devait mesurer environ un mètre quatre-vingt-dix et il était bâti comme un athlète.

Elle gardait malheureusement un souvenir très précis de son corps. De la dureté de ses muscles. De la douceur de sa peau…

Le rire d'Alex s'éteignit très vite.

— Je ne suis pas venu jusqu'ici pour rester dans le couloir. Et je ne partirai que lorsque je l'aurai décidé.

Réprimant un soupir, elle s'écarta.

— Vous avez cinq minutes.

Il entra et ferma la porte derrière lui.

— Ce que j'ai à vous dire prendra plus de cinq minutes.

— Il ne vous en reste plus que quatre et demi.

— Pourquoi êtes-vous si pressée ? Votre amant doit revenir ?

— Pardon ?

— Comment l'avez-vous appelé quand j'ai sonné ? Joaquin ?

Joaquin… son amant ? Quelle idée ridicule !

— Ça ne vous regarde pas.

— Vous avez raison.

Alex gagna la fenêtre et jeta un coup d'œil dehors.

— Mais j'étais aux premières loges pour assister à vos retrouvailles ce soir. D'où ma curiosité.

Maria arqua les sourcils. Aux premières loges ? Impossible. Le prince de l'arrogance n'était certainement pas resté dans le froid et la neige à surveiller sa fenêtre… La voiture ! C'était lui ! Furieuse, elle s'exclama :

— Vous m'avez espionnée !

— Vous devriez songer à mettre des rideaux, répliqua-t-il d'un ton désinvolte.

— Sortez de chez moi !

Alex ne bougea pas. Les mains dans les poches, il promena son regard sur la jeune femme avec une lenteur délibérée.

Non, elle n'attendait sûrement pas le retour de son amant. Sa tenue n'avait rien de sexy. Et pourtant…

Pourquoi gardait-il un souvenir aussi précis de ce qui se cachait sous ce jogging informe ? Ses petits seins, ronds et fermes. Sa taille fine. Les courbes sensuelles de ses hanches…

Bon sang ! Pourquoi la désirait-il encore ?

Une femme qui lui avait joué la comédie ! Qui avait voulu se servir de lui ! Il fallait absolument régler ce problème, une fois pour toutes.

Et pour cela, il n'y avait qu'une solution.

La mettre de nouveau dans son lit. Assouvir son désir tout en lui montrant qui était le maître du jeu. Lui arracher de vrais cris de plaisir, cette fois. Et lorsqu'il aurait définitivement pris sa revanche, il la jetterait de nouveau dehors, comme elle le méritait.

— Vos cinq minutes sont écoulées, déclara-t-elle d'un ton crispé.

— Safir & Fils est au bord de la faillite.

Maria le regarda d'un air interdit.

— Qui ?

— Allons, mademoiselle Santos… Ne me dites pas que vous avez oublié le nom de la société qui a décroché la commande pour laquelle vous vous êtes pour ainsi dire prostituée…

La main de Maria fendit l'air, mais il fut plus rapide qu'elle. Il lui saisit le poignet et l'attira vers lui.

— Ne levez plus jamais la main sur moi.

— Lâchez-moi !

— Vous avez entendu ce que je viens de vous dire ?

— Vous êtes une ordure !

Toujours aussi bonne comédienne, songea-t-il avec dérision. Le tremblement de sa voix était très réussi…

— Inutile de vous fatiguer. Vous avez réussi à me duper une fois, mais je vous assure que cela n'arrivera plus. Vous pensiez vraiment qu'en couchant avec moi vous auriez plus de chances de gagner le concours ?

Elle garda le silence.

À quoi bon lui répondre ? Si elle lui disait qu'il se trompait, il ne la croirait pas. Comme ce matin-là, lorsqu'il l'avait jetée dehors…

Il n'avait pas voulu croire qu'elle ignorait qui il était. Le fils de la reine Tia et du roi Aegeus ? Elle était tombée des nues. Pour elle, il était juste un homme. Superbe, fascinant, incroyablement sexy, avec un sourire qui lui coupait le souffle.

Lorsqu'il l'avait embrassée, elle avait tout oublié. Oublié qu'elle le connaissait à peine. Qu'elle n'avait jamais couché avec un homme. Et surtout, qu'elle s'était juré de ne jamais perdre la tête pour un homme…

Lorsqu'il lui avait proposé d'aller chez lui, elle l'avait suivi. Qu'aurait-elle pu faire d'autre ?

Cette nuit-là, elle n'avait plus eu le moindre soupçon de raison ni de volonté. Rien d'autre que lui n'avait existé. Sa bouche sur la sienne. Ses mains sur sa peau. Son corps pressé contre le sien…

— Que se passe-t-il ? Votre petit cerveau tourne à plein régime pour essayer de trouver un nouveau mensonge ?

Alex la lâcha.

— Sortez d'ici, dit-elle d'une voix à peine audible.

Il s'appuya contre l'établi et croisa les bras.

— Vous n'avez pas entendu ? Je vous ai dit de…

— Apparemment, c'est vous qui n'avez pas entendu. Safir & Fils est au bord de la faillite.

— Et alors ? Vous voudriez que je m'apitoie ?

— La société ne pourra pas honorer la commande qui lui a été passée pour l'anniversaire de la reine.

— Vous n'avez qu'à faire un détour par une bijouterie avant de reprendre l'avion.

— Votre sens de l'humour est d'une subtilité remarquable, mademoiselle Santos, mais l'heure n'est pas à la plaisanterie. L'anniversaire de la reine sera célébré par des cérémonies auxquelles assisteront des souverains et des chefs d'État du monde entier.

— Eh bien, si vous ne trouvez rien qui vous plaise en bijouterie, vous pourrez toujours…

— Mes parents souhaitent que vous fabriquiez le collier qui sera offert à la reine.

Maria resta sans voix pendant quelques secondes.

— Moi ?

— Vous.

Alex eut une petite moue ironique.

— Voyez-vous, je ne les ai jamais informés de vos manœuvres déloyales. Si mon père avait choisi le joaillier français, c'est tout simplement parce qu'il préférait son projet aux autres.

Maria s'efforçait de maîtriser son excitation. Mon Dieu ! Elle avait envie de hurler de joie, mais pas question de lui faire ce plaisir…

— Être considérée comme un pis-aller est vraiment très flatteur, ironisa-t-elle en prenant un air qu'elle espérait désinvolte.

Bien sûr, Alex aurait pu lui préciser qu'en revanche, le modèle qu'elle avait dessiné était le favori de la reine depuis le début. Mais pas question de lui faire ce plaisir… Il jeta un coup d'œil ostensible à sa montre.

— Si vous me donniez votre réponse, au lieu de faire des plaisanteries qui n'amusent que vous ? Mon pilote m'attend. Si les conditions météorologiques le permettent, je repars ce soir.

Maria serra les dents. Quelle arrogance ! Si seulement le roi et la reine lui avaient envoyé quelqu'un d'autre pour lui annoncer la nouvelle… Elle mourait d'envie de l'envoyer promener ! Mais comment s'y résoudre ? Ce serait suicidaire. Elle devait accepter. Cependant, il devait y avoir un moyen de le faire sans pour autant ramper devant lui…

— J'accepte.

Alex sortit une liasse de feuilles de la poche intérieure de son blouson.

— Bien. J'ai ici des documents…

— Mais il y a certaines conditions à remplir, ajouta-t-elle.

Il eut un hochement de tête agacé.

— Oui, bien sûr. Les conditions habituelles. Respect des délais. Clause de confidentialité...

— Premièrement, je travaille seule. S'il me faut un assistant, c'est moi qui le choisirai.

— Je crois que vous ne comprenez pas... Cet accord concerne...

— Deuxièmement, j'ai besoin de nouveau matériel.

Alex crispa la mâchoire

— Vous avez beaucoup de chance d'avoir été choisie, mademoiselle Santos. Je vous conseille de ne pas l'oublier.

— Troisièmement, je n'arrive pas à travailler quand j'ai quelqu'un sur le dos. En d'autres termes, je suis d'accord pour montrer mon travail à tout moment au roi et à la reine... mais uniquement à eux.

— C'est moi que vous visez ?

— Quatrièmement...

Alex n'écoutait plus. Pour qui se prenait-elle ? Il n'était pas formaliste, loin de là. Il n'exigeait de personne des marques de déférence protocolaires. Mais de là à se laisser narguer par une femme qu'il méprisait...

— Vous m'écoutez, Votre Altesse ?

Il la regarda. Son ton ironique et son petit air supérieur étaient révélateurs. À présent qu'elle avait obtenu ce qu'elle cherchait depuis le départ, il n'était plus pour elle que le garçon de courses de la Cour.

— Vous avez entendu ma dernière condition ? insista-t-elle. À l'avenir, je n'aurai plus jamais affaire à vous. Est-ce clair ?

Alex sentit une colère noire monter en lui. Bon sang, s'il s'écoutait...

Il fit un pas vers elle. Elle recula aussitôt, manifestement effrayée. « Parfait, songea-t-il avec satisfaction. Tu as raison d'avoir peur de moi, Maria Santos... »

Le téléphone sonna. Elle se jeta dessus comme sur une bouée de sauvetage.

— Allô ?

Elle resta silencieuse quelques secondes, puis elle s'éclaircit la voix.

— *Sí.* Je sais… Oui, ça aussi je le sais. Excuse-moi, mais je n'ai pas encore eu le temps de te rappeler.

Maria tourna le dos à Alex.

— Pourrions-nous discuter de ça à un autre moment ? demanda-t-elle à voix basse.

Il vint se planter devant elle. Maria réprima un soupir. N'avait-il donc aucun savoir-vivre ? À qui croyait-il qu'elle parlait ? À Joaquin, sans doute. C'était presque risible… La voix qui geignait à l'autre bout de la ligne était celle de sa mère.

Elle pivota de nouveau sur elle-même. Si seulement elle avait eu un téléphone sans fil, elle aurait pu s'éloigner… Sa mère était lancée sur son sujet favori… Sa cousine Angela — *Sainte* Angela — et sa dernière promotion en date au sein de la compagnie d'assurances où elle travaillait. Angela pourrait très facilement lui obtenir un rendez-vous pour un entretien d'embauche, rappela Luz Santos, comme à chacune de leurs conversations.

— J'ai une grande nouvelle à t'annoncer, coupa précipitamment Maria. Tu te rappelles la commande pour l'anniversaire de la reine Tia d'Aristos ? Eh bien, je l'ai obtenue.

Elle attendit, sans trop savoir quoi exactement. Aucune chance pour que sa mère hurle de joie et lui dise : « Je suis fière de toi, *mi hija !* » ou même simplement : « C'est une excellente nouvelle ! »

— Ah bon ? s'exclama Luz Santos d'un ton incrédule. Je croyais que tu avais perdu le concours.

Le cœur de Maria se serra.

— Oui, mais… la situation a évolué. Le gagnant n'est plus disponible et…

— Ah… Je me disais aussi… Enfin, peu importe comment tu as fini par obtenir cette commande. Essaie de ne pas gâcher ta chance.

Maria eut toutes les peines du monde à refouler ses larmes.

Quelle idiote ! Pourquoi était-elle aussi blessée ? C'était la même histoire depuis vingt-huit ans. Elle aurait dû avoir l'habitude !

Et en plus, Alex était de nouveau en face d'elle, le regard inquisiteur. Quel sans-gêne !

— Un des secrets de ta cousine Angela, c'est de savoir tirer le meilleur parti des occasions qui se présentent à elle.

— Oui, je sais.

Maria s'éclaircit la voix.

— Il est tard. Je te rappellerai demain.

Un profond soupir se fit entendre à l'autre bout de la ligne.

— Si Dieu veut que je sois encore là demain ! Et s'il te plaît, Maria, ne me dis pas que d'après les médecins je suis en excellente santé. Tous des incapables !

— Bonne nuit, déclara Maria. Je t'aim…

Trop tard. Sa mère avait déjà raccroché. Déglutissant péniblement, Maria raccrocha à son tour.

— Votre charmante déclaration ne l'intéresse pas ?

— Pardon ?

— Votre amant a raccroché de manière un peu abrupte, non ?

— Ce n'était pas…

Maria se mordit la lèvre. Après tout, sa vie privée ne le regardait pas !

— On ne vous a jamais appris qu'il était très impoli d'écouter les conversations privées ?

Alex eut un sourire sarcastique.

— Excusez-moi, mademoiselle Santos. J'avais oublié que vous étiez très à cheval sur les convenances.

Il tendit un stylo à Maria.

— Signez le contrat.

Pourquoi cette injonction sonnait-elle comme une menace ? se demanda-t-elle, l'estomac noué.

— Avant de signer je veux avoir l'assurance que mes conditions…

— Cette commande est une chance inespérée pour vous, coupa-t-il d'un ton glacial. Inutile de le nier. Vous avez désespérément besoin d'argent. Et de la notoriété qu'elle vous apportera. Signez.

La lèvre inférieure de Maria se mit à trembler, et elle détourna les yeux. L'espace d'une seconde, Alex se détesta. Comment en était-il arrivé là ? Pourquoi malmener une femme en situation précaire ? Une femme dont l'amant n'avait manifestement pas pris la peine de la féliciter ?

Mais après tout, qu'est-ce que ça pouvait bien lui faire ? Il était bien placé pour savoir que Maria Santos ne méritait pas sa compassion.

— Signez.

Sans un mot, Maria prit le stylo et griffonna sa signature aux emplacements qu'il lui indiquait. Il reprit les documents, les plia et les remit dans sa poche avant de déclarer d'une voix suave :

— À propos de conditions, j'ai oublié de vous préciser les miennes.

Maria sentit son estomac se nouer. Pourquoi avait-elle soudain le sentiment d'être tombée dans un piège ?

— Premièrement, vous aurez l'atelier de vos rêves, poursuivit-il sur le même ton. Sur place. À Aristos.

— Vous êtes fou ? Je ne…

— Je suppose que votre passeport est valide.

— Bien sûr, mais…

— Vous partez avec moi, ce soir.

— Vous ne pouvez pas me…

S'emparant de sa bouche dans un baiser impérieux, il referma les mains sur ses fesses pour plaquer son bassin contre sa virilité gonflée de désir.

— Vous réchaufferez mon lit jusqu'à ce que le collier soit terminé, ajouta-t-il quelques secondes plus tard en la relâchant.

— Non !

— Si vous refusez, je ferai ce que j'aurais dû faire il y a deux mois. Je raconterai notre première rencontre à la reine. Elle comprendra que vous n'êtes pas digne de travailler pour elle. Alors, vous pourrez rester dans ce loft et y regretter jusqu'à la fin de vos jours d'avoir raté une occasion unique.

Maria ravala ses larmes. Pas question de pleurer devant ce monstre. Elle releva le menton.

— Avez-vous souvent recours au chantage pour attirer les femmes dans votre lit, Votre Altesse ?

Les yeux d'Alex lancèrent des éclairs. Elle n'eut pas le temps de se dérober. Sa bouche s'empara de nouveau de la sienne. Ses doigts s'enfoncèrent dans ses cheveux et sa langue força le barrage de ses lèvres. À son grand dam, elle sentit un long frisson la parcourir.

Non ! Malgré la haine farouche qu'il lui inspirait, cela recommençait…

Les battements frénétiques de son cœur… La chaleur intense qui se répandait dans son corps… Toutes ces sensations inouïes qu'elle n'avait jamais connues avant leur première rencontre l'assaillaient de nouveau.

Vibrante de désir, elle laissa échapper un petit gémissement.

Alex resserra son étreinte. La pression de sa virilité contre le ventre de Maria s'accentua. Elle crut défaillir.

Oh, mon Dieu… Pourquoi ? Pourquoi avait-elle envie qu'il lui arrache ses vêtements et qu'il… ?

Nouant les bras sur la nuque d'Alex, elle lui rendit son baiser avec ferveur.

4

Elle ne s'appartenait plus. Comme la première fois, à Aristos. Il l'avait embrassée et elle avait perdu la raison.

Jusque-là, elle avait cru que cela n'arrivait que dans les romans. Mais dès qu'il l'avait prise dans ses bras, elle était devenue une autre femme.

Une femme qu'elle ne connaissait pas. Qu'elle ne comprenait pas. Une femme qu'elle méprisait.

Ouvrant les yeux, elle tenta de s'arracher à sa bouche. Avec un gémissement, il resserra encore son étreinte. Elle se débattit de plus belle.

Alex était tout entier perdu dans ce baiser, savourant la bouche de Maria, son corps plaqué contre le sien. Au bout d'un moment, il finit par sentir les coups de poing dans son dos. L'enchantement n'avait duré qu'un instant. Juste assez longtemps pour le rendre fou…

Il ouvrit les yeux et lâcha Maria.

— Fais tes valises, intima-t-il d'un ton cinglant.

Aussitôt, il se maudit. Pourquoi se comportait-il de manière aussi odieuse ? Elle avait le don de le mettre hors de lui et c'était très désagréable…

— Comment oses-tu me donner des ordres ? s'exclama-t-elle d'une voix tremblante d'indignation. Tu fais irruption chez moi, tu décrètes que je dois devenir ton esclave sexuelle…

— Ma maîtresse.

— Tu trouves que c'est plus acceptable ?

— Épargne-moi le numéro de la dignité offensée, s'il te plaît. Tu n'es pas crédible.

— Sors d'ici !

— Que fais-tu du contrat que tu viens de signer ? As-tu envie de te retrouver au tribunal ?

— Ne me menace pas !

— Tu t'es engagée à achever le collier de la reine d'ici le vingt-huit février et à respecter tous mes ordres jusqu'à cette date.

— Tes ordres ?

— Absolument.

Maria sentit son estomac se nouer. C'était à mourir de rire. Ou bien tragique. Une minute plus tôt, Alex l'embrassait passionnément. À présent, il menaçait de la poursuivre en justice…

— Les contrats sont faits pour être dénoncés, déclara-t-elle en relevant le menton.

Il arqua un sourcil narquois.

— Tu as pêché cette réplique dans une série télévisée ?

Elle serra les dents. Il n'était pas loin de la vérité. En fait, elle lui avait été inspirée par un article sur une star hollywoodienne qui avait quitté un film en plein tournage.

— Remarque, tu n'as pas tout à fait tort, ajouta-t-il. Certains contrats peuvent l'être. Malheureusement pour toi, pas celui-ci.

Il feuilleta la liasse de documents puis la lui tendit.

— Jette un coup d'œil à ce paragraphe.

Elle lui arracha le contrat des mains. L'incrédulité lui coupa le souffle.

« Le non-respect du délai convenu pour l'exécution de la commande et/ou de ses obligations complémentaires… »

Elle releva vivement la tête.

— Mes obligations complémentaires ? Tu ne peux pas m'obliger par contrat à… à coucher avec toi !

— Lis la suite.

Le cœur de Maria se serra. Avait-elle le choix ? Elle reprit sa lecture.

« … entraînera le remboursement de tous les biens et services dont elle aura été bénéficiaire… »

— Quels biens et services ?

— Oublies-tu que tu prends l'avion pour Aristos avec moi ? Que je vais te fournir un atelier et des outils ?

Il indiqua le contrat d'un mouvement du menton.

— Continue.

« … plus le paiement d'une pénalité d'un montant de… »

La somme indiquée comportait tellement de zéros que Maria éclata d'un rire nerveux. Alex plissa les yeux.

— Je t'assure que c'est très sérieux.

Elle n'en doutait pas une seule seconde. Mais la pénalité qu'elle encourait en cas de rupture de contrat était tellement élevée qu'elle n'avait aucune chance de pouvoir la payer, même en s'endettant jusqu'à la fin de ses jours. Alors autant en rire, non ?

— Tu dois bien te douter que je ne pourrai jamais payer une somme pareille.

Il haussa les épaules.

— Je sais seulement ce que contient le contrat que tu viens de signer.

Maria perdit toute envie de rire.

— Mais… je serais obligée de déménager ! Je ne pourrais plus travailler ! Et Joaquin, qui est avec moi depuis le début…

— Le sort de ton amant ne me concerne pas.

— Joaquin n'est pas mon amant.

Maria jeta les feuilles aux pieds d'Alex.

— Il travaille pour moi.

— Peu importe. La seule chose qui m'intéresse, c'est ce contrat. Tu l'as signé, tu vas l'honorer.

Maria regarda Alex avec incrédulité. Comment avait-elle pu coucher avec un homme aussi monstrueux ? Et comment avait-elle pu lui rendre son baiser, à l'instant ? Serait-elle aussi stupide que sa mère ? C'était vraiment pathétique…

— Ce contrat est indécent. Immoral. Scandaleux. Inacceptable.

— Et légal.

— Tu ne peux pas contraindre une femme à… Comment as-tu dit ? Réchauffer ton lit !

Il était beaucoup trop près d'elle, tout à coup… Elle recula, mais ses mains se refermaient déjà sur ses épaules.

— Contraindre ? Tu as signé ce document de ton plein gré, il me semble.

— Tu n'as donc aucun scrupule ?

Il eut un petit rire moqueur.

— Venant de toi, cette question est plutôt cocasse. Juste un mois, *agapi mou*. Un mois dans mon lit. Tu devrais pouvoir le supporter… À mon avis, tu devrais même y prendre goût.

À son grand dam, Maria s'empourpra.

— Je te hais.

— Hais-moi autant que tu veux, ma belle. Ce n'est pas ton cœur qui m'intéresse.

— Ne te fais pas d'illusions, rétorqua-t-elle, déterminée à sauver le peu d'amour-propre qui lui restait. Même si je couche dans ton lit, il ne faut pas t'attendre à ce que je participe à ce qui s'y passe.

Il eut un sourire qui la hérissa.

— Un défi ?

— Non, un simple fait.

— Un défi. Que je relève avec plaisir.

Il s'empara de sa bouche.

« Je ne ressens absolument rien », se dit-elle en s'efforçant d'ignorer toutes les sensations qui l'assaillaient.

Que faisait-elle donc ? Avait-elle décidé d'emporter tout ce qu'elle possédait ? Jeans. T-shirts. Pulls. Baskets. Sandales… Bon sang, encore un jean !

Alex regarda sa montre et soupira. Seulement cinq minutes depuis que Maria Santos avait commencé à faire sa valise ?

Il promena autour de lui un regard dédaigneux. Des lofts à Manhattan, il en avait vu beaucoup. Murs en brique vernissée et parquets cirés. Meubles élégants qui permettaient de tirer le meilleur parti de l'espace. Celui-ci n'avait visiblement subi aucune transformation depuis l'époque où il servait d'entrepôt. Murs en brique non traitée, sans couleur. Plancher abîmé. Quant au mobilier… Deux établis. Quelques étagères. Des cartons. Encore des cartons… Au fond, une cloison qui masquait sans doute la salle de bains ou ce qui en tenait lieu. Et juste devant, un lit.

Le lit de Maria.

Un lit double.

Mais pas très large, contrairement au sien — ou plutôt les siens, puisqu'il avait plusieurs propriétés. Il ne supportait que les lits de deux mètres de large. Accessoire incontournable du séducteur, plaisantaient ses frères. Beaucoup de place pour des nuits torrides.

Mais à la réflexion, un lit plus étroit devait présenter des avantages…

Skata !

Pourquoi cette femme avait-elle un effet aussi dévastateur sur lui ? En tout cas, il avait eu raison de préparer ce contrat et de le lui faire signer. Pour se débarrasser de cette obsession, la seule solution était de coucher avec elle aussi souvent qu'il en aurait envie. Peu importait qu'elle le méprise. C'était réciproque. Le sexe n'avait rien à voir avec les sentiments.

Quant à sa menace de ne pas participer… Il connaissait mille façons de la rendre folle. Sa langue sur les pointes hérissées de ses seins. Sur le bourgeon gorgé de désir entre ses cuisses…

Réprimant un juron, il se dirigea à grands pas vers le lit, sur lequel était posée la valise, qu'elle continuait de remplir.

— Ça suffit !

Elle pivota sur elle-même.

— Quoi donc ?

— Tu as oublié à quoi ressemble mon pays ? Ce n'est pas le désert ! Nous avons des boutiques.

L'euphémisme de l'année, songea Maria. On trouvait à Ellos, la capitale, toutes les boutiques de la Cinquième Avenue et des dizaines d'autres. Malheureusement, les prix étaient à la hauteur…

— Peut-être, mais j'ai encore des affaires à…

— Non !

Elle le regarda fermer la valise d'un geste vif. En tant que femme, elle le haïssait. En tant qu'artiste, elle ne pouvait s'empêcher de l'admirer. Enfin non. Pas lui. Pas Alexandros Karedes. Ce qu'elle admirait, c'était son corps athlétique. Ses larges épaules et son torse puissant. Ses hanches étroites et ses longues jambes. Ses cheveux de jais, ses yeux bruns, son visage qui semblait taillé dans le marbre le plus pur par Praxitèle.

Nu, il était irrésistible…

Maria pivota sur elle-même et s'éloigna à grands pas à l'autre bout du loft.

Elle devait oublier tout ça. Chasser ces images de son esprit. Malgré ses menaces, il ne pouvait pas avoir réellement l'intention de l'obliger à coucher avec lui. Nul doute que c'était juste une façon particulièrement perverse de lui montrer qu'il était maître de la situation.

Elle prit un grand fourre-tout de cuir sur une étagère et mit dedans une poignée d'outils. Un mois… Juste un mois à supporter ses menaces ridicules et ensuite…

À moins que… Et s'il était vraiment sérieux ? S'il comptait vraiment l'obliger à partager son lit ?

Elle saisit d'autres outils et les mit dans le fourre-tout.

Eh bien, il en serait pour ses frais ! Elle tiendrait parole. Elle ne participerait pas. Elle le laisserait faire tout ce qu'il voudrait, mais sans la moindre réaction…

— On y va.

Elle tressaillit.

— Deux minutes ! J'ai encore des outils à prendre.

— Je t'ai dit que tu aurais un atelier. Tu crois vraiment qu'il ne sera pas équipé de tous les outils nécessaires ?

— Je veux quand même prendre les miens. Les gens qui ont un métier sont attachés à leurs outils, figure-toi. Même si c'est sans doute difficile à concevoir pour quelqu'un comme toi qui n'as jamais travaillé de sa vie.

Alex plissa les yeux. Était-ce vraiment ainsi qu'elle le voyait ? Comme un prince oisif ? Il repensa à la première réaction de son père lorsqu'il lui avait proposé de développer de nouveaux pôles d'attraction à Aristos.

— Que pourrais-tu développer qui n'existe déjà ? s'était exclamé Aegeus avec sa suffisance habituelle.

Un casino, par exemple. Un nouveau port commercial spécialisé dans l'accueil des grands cargos. Une résidence de grand luxe pour multimilliardaires autour de la baie d'Apollonia, sur la côte nord-est de l'île…

Il partageait son temps entre ses bureaux de New York et d'Ellos, tout en voyageant dans le monde entier pour négocier de nouveaux contrats. Mais ce n'était qu'un hobby d'homme riche, bien sûr…

Il foudroya Maria du regard. Ce petit sourire suffisant était insupportable ! Une partie de lui-même brûlait de l'agripper par les épaules et de la secouer avec rudesse. Mais une autre partie brûlait de lui arracher ses vêtements et de la prendre sauvagement sur l'établi…

Dieu merci, il n'était pas assez stupide pour céder à l'une ou l'autre de ces impulsions !

— Manteau, dit-il d'un ton impérieux. Et chaussures. Dépêche-toi ou je te balance sur mon épaule et je t'emmène telle que tu es.

Maria serra les dents. De toute évidence, il ne plaisantait pas.

Elle mit des chaussettes et une paire d'après-ski qu'elle avait achetées l'hiver où elle avait failli partir à la montagne. Puis elle enfila une parka matelassée, hideuse mais très chaude, qu'elle avait trouvée aux puces. Elle attacha ses boucles ébouriffées avec un élastique et se dirigea vers la porte.

Son Altesse allait voir quel genre de maîtresse il venait de s'offrir !

À son grand dépit, Alex resta imperturbable. Sans un mot, il lui fit signe de passer devant lui dans l'escalier.

Dehors, un chauffeur en livrée bondit de la limousine et salua en claquant des talons.

Maria émit un petit rire de dérision.

Alex soupira. Il avait déjà demandé cent fois à Hans de s'abstenir de ce rituel ridicule, mais de toute évidence, son chauffeur estimait que ce serait faillir à sa mission.

— Je vais les mettre moi-même dans le coffre, déclara-t-il, alors que Hans s'apprêtait à prendre les bagages. Occupez-vous de Mlle Santos.

Nouveau claquement de talons. Maria roula les yeux. Avec un grand geste du bras, le chauffeur ouvrit la portière et s'inclina devant elle, tandis qu'elle montait à l'arrière. Elle fut assaillie par une bouffée d'air délicieusement chaud, imprégné d'une subtile odeur de cuir.

La seule ombre au tableau, c'était Alex, songea-t-elle lorsque ce dernier ouvrit l'autre portière pour monter à côté d'elle.

— À l'aéroport, dit-il.

La limousine démarra en douceur, mais loin d'être sensible au ronronnement discret du moteur, Maria sentit son estomac se nouer. Elle ne pouvait pas partir comme ça ! Il fallait téléphoner à Joaquin pour le prévenir. Et surtout… dire au revoir à sa mère.

— Attendez !

La limousine s'immobilisa. Alex se tourna vers elle.

— Si tu as oublié quelque chose, c'est trop tard.

— Non, ce n'est pas ça…

Elle prit une profonde inspiration.

— Je ne peux pas partir sans dire au revoir à…

— Ton « ami » Joaquin, je suppose ?

Elle faillit le détromper, puis elle se ravisa. À quoi bon ? Il pouvait bien penser ce qu'il voulait !

— Vas-tu lui préciser tous les détails de notre accord, *glyka mou ?* demanda-t-il avec un sourire narquois.

— Bien sûr que non ! Je n'en parlerai jamais à personne, ajouta-t-elle d'une voix étranglée.

Il la considéra un instant, envahi par un sentiment étrange.

Que lui arrivait-il ? Pourquoi avait-il une envie irrésistible de la prendre dans ses bras en lui assurant qu'il ne lui ferait jamais aucun mal ?

C'était ridicule !

— Quelle est son adresse ?

— Pourquoi ?

— Hans est un excellent chauffeur mais il a un gros défaut. Il est incapable de se rendre quelque part si on ne lui donne pas l'adresse.

— Oh, non ! C'est inutile. Je vais... Chauffeur ? Chauffeur, il y a une station de métro à deux rues d'ici. Si vous m'y déposez, je vous retrouverai plus tard...

— L'adresse, répéta Alex d'un ton calme mais sans réplique.

Maria s'affaissa contre le dossier.

— 1740 Gradview Avenue, répondit-elle d'une voix à peine audible. Dans le Bronx.

Alex observait Maria du coin de l'œil, tandis que la limousine roulait lentement sur la chaussée couverte de neige.

Recroquevillée contre la portière, aussi loin de lui que possible, elle regardait devant elle. Son visage était pâle et crispé dans la lumière des phares des rares véhicules qu'ils croisaient. Et elle tremblait.

Aurait-elle froid ? se demanda-t-il avec perplexité. Impossible. La seule qualité de son horrible veste devait être de tenir chaud. Et de toute façon, le chauffage fonctionnait parfaitement.

Donc, elle était nerveuse. Ou anxieuse. Parce qu'elle avait accepté de partir avec lui ? Certes, elle n'avait pas vraiment accepté... Il l'avait forcée.

Peu importait.

Était-elle anxieuse à l'idée d'annoncer à son amant qu'elle partait pour un mois avec un autre homme ? Alex crispa la mâchoire. D'ici une semaine... non, d'ici quelques heures, son amant serait relégué aux oubliettes. Dès qu'ils auraient embarqué à bord de son jet privé, il entraînerait Maria dans la chambre à l'arrière de la cabine, il la débarrasserait de ses vêtements ridicules et il lui ferait oublier tous les autres hommes.

Comme la première fois.

Maria, vibrante de désir… Sa bouche offerte à la sienne, sa main qui tremblait quand il l'avait encouragée à la poser sur sa virilité…

— Caresse-moi, avait-il murmuré. Comme ça… Oui…

Serait-ce la première fois qu'elle caresse un homme ? s'était-il demandé avec stupéfaction. Puis il avait cessé de se poser des questions, submergé par le désir.

Quel idiot !

Ce n'était pas la première fois, bien sûr ! Il avait compris quelle comédienne elle était, dès qu'il l'avait entendue parler au téléphone le lendemain matin. Mais jusqu'à cet instant-là, elle avait réussi à le berner. Pourtant, ce n'était pas facile. Il avait connu beaucoup de femmes. Trop, peut-être. Au bout de quelques semaines, leurs visages et leurs corps s'estompaient les uns après les autres.

Pas Maria.

Son visage délicat, son corps aux courbes gracieuses… et même sa voix… Il n'avait rien oublié. Elle apparaissait régulièrement dans ses rêves pour lui dire qu'elle avait envie de lui.

« Stop ! Ce n'est pas le moment, bon sang ! » Exaspéré, il changea de position sur la banquette en cuir.

— C'est cet immeuble.

La voix de Maria le fit tressaillir. Depuis combien de temps roulaient-ils au pas ? Il ne s'était rendu compte de rien. Il regarda par la vitre et vit une rue sinistre bordée d'immeubles décrépits.

— Celui-ci, mademoiselle ? demanda Hans.

— Oui.

La voix de Maria était à peine audible. Visiblement anxieuse, elle semblait avoir du mal à respirer. Alex arqua les sourcils. C'était la perspective d'annoncer son départ à son amant qui la mettait dans cet état ?

La limousine se glissa dans l'espace laissé libre à côté

d'une bouche à incendie. Le chauffeur coupa le moteur et ouvrit sa portière.

— Restez dans la voiture, Hans, intervint Alex. Je vais m'occuper de Mlle Santos.

L'angoisse qui étreignait Maria redoubla. Pas question qu'il l'accompagne !

— Merci, mais je peux me débrouiller seule.

— Ne sois pas stupide, *glyka mou*. Il est tard, il neige, la rue est presque déserte. Quel gentleman laisserait une femme s'aventurer seule dehors dans ces conditions ?

La voix d'Alex était suave. Dangereusement suave… Maria déglutit péniblement. Comment le persuader de l'attendre dans la voiture ? Il ne devait à aucun prix monter avec elle. Ce serait trop humiliant…

Il descendit, fit le tour du véhicule et ouvrit sa portière. Tétanisée, elle ne bougea pas.

— Descends.

Elle fut assaillie par une bouffée de colère.

— Je n'ai pas besoin de toi ! Et laisse-moi te dire que si tu te prends pour un gentleman, tu…

Il l'agrippa par le bras, lui arrachant un cri étranglé.

— Je t'interdis de me parler sur ce ton, déclara-t-il sèchement en la tirant hors de la voiture. Et je me moque de ce dont tu as besoin. À partir de maintenant et pendant un mois, tu fais ce que je te dis. C'est clair ?

— Oui, Votre Altesse, répondit-elle en imitant le salut du chauffeur. À vos ordres, Votre Altesse, ajouta-t-elle en claquant les talons.

Puis elle se dirigea à grands pas vers l'entrée de l'immeuble.

À sa grande irritation, Alex se sentit ridicule.

Il jeta un regard furieux à Hans, raide comme un piquet derrière le volant. Ce dernier restait impassible, comme s'il était sourd et aveugle.

Prenant une profonde inspiration, Alex suivit Maria sur le trottoir enneigé. Avec ses vieux godillots, elle marchait sans difficultés. Alors que dans ses luxueux mocassins de cuir faits main, il glissait dangereusement…

Panagia mou !

Comment pouvait-on habiter un endroit pareil ? La serrure de la porte d'entrée était cassée. Le hall de l'immeuble sentait le moisi et les murs étaient recouverts de graffitis.

Il y avait un ascenseur, mais Maria l'ignora pour prendre l'escalier.

— Quatre étages, annonça-t-elle d'un ton enjoué sans se retourner. J'espère que ça ne vous dérange pas trop, Votre Altesse ?

Sans prendre la peine de répondre, il monta derrière elle.

Premier étage. Deuxième. Troisième. Ils arrivèrent enfin au quatrième.

— C'est ici qu'il habite ?

Le ton incrédule d'Alex hérissa Maria. Quel mufle !

— Réponds-moi ! insista-t-il en lui saisissant le poignet et en l'obligeant à lui faire face. Ton amant t'oblige à venir le voir dans un taudis pareil ?

Au même instant, la porte la plus proche s'ouvrit. Alex leva les yeux, furieux contre lui-même, contre Maria et contre cette intrusion.

— Que voulez-vous ? lança-t-il à la silhouette indistincte qui se tenait dans l'embrasure de la porte.

La silhouette sortit sur le palier. C'était une femme. Petite. Brune. Enveloppée dans un peignoir en laine informe.

— Maria ?

— *Sí, mamá*. C'est moi.

5

Un long silence suivit la réponse de Maria.

Quel idiot ! se morigéna Alex. Lui qui se flattait d'être perspicace… Maria était mortifiée. Cela se lisait sur son visage. Pas étonnant qu'elle ait insisté pour qu'il ne l'accompagne pas. Cet endroit sordide, cette femme assortie au décor, qui accueillait sa fille comme une intruse… Nul doute qu'elle n'avait aucune envie qu'il assiste à ce spectacle.

Et alors ? Que lui importaient les états d'âme de Maria Santos ? Mais tout en se disant cela, il se surprit à se rapprocher d'elle pour la prendre par les épaules dans un geste de soutien.

Ce fut la mère qui parla la première. D'un ton accusateur.

— Tu sais quelle heure il est, Maria ? J'étais sur le point de me coucher.

— Je suis désolée, *mamá*. J'aurais dû téléphoner avant, mais…

— Et avec qui es-tu ? Qu'est-ce qui te prend d'amener un homme chez moi ?

— Je vous prie de m'excuser, madame Santos, intervint Alex d'un ton affable. C'est entièrement ma faute. Je ne me rendais pas compte qu'il était si tard.

— Et vous êtes… ?

— Alexandros Karedes. Prince Alexandros.

Luz Santos arqua les sourcils.

— Prince ?

— Du royaume d'Aristos. Vous en avez peut-être entendu parler ?

Impossible de lire un magazine ou de regarder un programme de télévision consacré aux people sans entendre parler d'endroits comme Dubai, Monaco ou Aristos, songea-t-il avec dérision.

— Et vous connaissez ma fille ?

— Absolument. Nous allons d'ailleurs passer les prochaines semaines ensemble.

— Le prince veut dire que nous allons travailler ensemble, intervint Maria précipitamment.

— En effet. Votre fille doit créer le collier qui sera offert à la reine pour son anniversaire.

— C'est de ça que tu m'as parlé quand je t'ai appelée tout à l'heure ? demanda Luz Santos.

Alex réprima un sourire. C'était donc sa mère que Maria avait eue au téléphone… pas son amant. Pourquoi cette nouvelle le réjouissait-elle à ce point ? Elle était à lui pour un mois. Quelle importance si elle avait un amant à New York ?

— *Sí, mamá.*

Luz s'écarta en déclarant :

— Entrez. Je ne veux pas déranger les voisins.

D'une démarche raide, Maria précéda Alex dans l'appartement.

Le vestibule donnait sur un salon qui avait dû être élégant à une autre époque, mais qu'un éclairage blafard rendait sinistre. Sans rien offrir à boire aux arrivants, Luz Santos s'assit dans un fauteuil. Voyant Maria hésiter, Alex la prit par le coude. Il la sentit se crisper, mais elle se laissa entraîner vers un petit canapé recouvert d'une couverture, sur lequel il la fit asseoir à côté de lui.

Il adressa un sourire étincelant à Luz Santos.

— Voyez-vous, ma mère…

— La reine ?

— Oui, la reine Tia. Elle fête son soixantième anniversaire dans cinq semaines et…

Il se lança dans la description des festivités prévues pour la célébration. Le dîner officiel au palais. Le bal qui suivrait. Et à minuit précis, la présentation de son cadeau à la reine, suivie d'un grand feu d'artifice. Il précisa que Maria l'accompagnait à Aristos afin de pouvoir consulter directement la reine pour toutes les informations dont elle pourrait avoir besoin.

— Ma fille va quitter New York ?

— Oui, mais je peux vous assurer…

— Si ça ne l'inquiète pas de me laisser seule, que puis-je dire ? Voyez-vous, ma santé…

— Tu vas bien, *mamá*. Tes médecins…

— Tous des incapables !

Luz se signa.

— Il ne me reste plus qu'à prier pour que tout se passe bien. Mais j'aimerais tellement que Maria suive mes conseils au lieu de…

— Il vaudrait mieux discuter de ça une autre fois, coupa Maria d'un ton crispé.

Luz l'ignora.

— Avez-vous des enfants, prince Alexandros ?

— Je ne suis pas marié, madame Santos.

Alex s'exhorta au calme. Rester courtois avec cette femme devenait de plus en plus difficile !

— Eh bien, quand vous en aurez, vous verrez les soucis que ça représente ! Maria a une cousine…

— Je suis certaine qu'Angela n'intéresse pas le prince.

— Angela est une jeune femme extraordinaire. Elle s'est fait une très belle situation dans une compagnie d'assurances, et elle a proposé plusieurs fois à Maria de lui obtenir un rendez-vous pour un entretien. D'ailleurs, ce soir encore, j'ai parlé à ma fille de la dernière promotion de sa cousine. Angela va gagner trente mille dollars par an !

Luz se pencha vers Maria.

— Et je n'ai pas eu le temps de tout te dire. Figure-toi qu'elle s'est fiancée ! Avec son supérieur, tu te rends compte ? On peut dire qu'elle a réussi sa vie, elle. Difficile de croire que vous avez terminé le lycée la même année.

Le canapé était étroit. Alex sentait Maria trembler à côté de lui. De colère ? D'humiliation ?

— Nous avions des objectifs différents, fit-elle valoir d'un ton neutre. Angela a commencé tout de suite à travailler, alors que je suis allée à l'université.

— Pour abandonner au bout d'un an !

— Je n'ai pas abandonné, j'ai changé d'orientation. Je suis entrée au Fashion Institute of Technology de New York, l'institut de la mode. La sélection est très rigoureuse, précisa Maria avec une pointe de fierté dans la voix.

Luz eut une moue dédaigneuse.

— Pour apprendre quoi ? À dessiner ? À fabriquer des babioles ? Et pendant ce temps, ta cousine Angela…

Ça ne pouvait plus durer, décida Alex. Il prit la main de Maria. Elle tenta de se dégager, mais il noua ses doigts aux siens.

— Je crois qu'il est temps de dire la vérité à ta mère.

Elle blêmit.

— Non…

— J'admire ta modestie, *glyka mou*. Mais il faut qu'elle sache exactement pourquoi tu pars à Aristos.

— S'il te plaît…

Luz haussa les épaules.

— Je le sais déjà, prince Alexandros. Ma fille a participé à un concours et elle a perdu. Si elle a fini par obtenir cette commande, c'est parce que le gagnant s'est désisté.

— Vous parlez comme si Maria avait simplement joué à la loterie, madame Santos, répliqua Alex avec un sourire qui adoucissait à peine son ton cassant. En réalité, cinquante joailliers créateurs, parmi les plus réputés du monde, ont soumis des projets dans le cadre de ce concours. Seuls six finalistes, dont votre fille, ont été sélectionnés par le roi et ses conseillers. Cependant le choix du gagnant revenait en dernier lieu au roi et à lui seul.

Alex fit une pause.

— Il a choisi le modèle dessiné par un joaillier français… mais dès le départ, celui de votre fille a eu la préférence de la reine.

Le regard de Maria s'éclaira.

— Vraiment ?

Alex hocha la tête.

— Le collier que votre fille a imaginé et qu'elle s'apprête à fabriquer deviendra un des joyaux les plus célèbres du monde. On le verra en photo dans la presse internationale. On en parlera à la télévision sur tous les continents. Et à la fin des cérémonies d'anniversaire, il sera exposé à côté de la couronne d'Aristos.

Luz Santos resta silencieuse un instant, puis elle se tourna vers Maria en hochant la tête.

— C'est une chance exceptionnelle, *mi hija*.

— *Sí, mamá.*

— Il ne faut surtout pas la gâcher.

Alex jeta un coup d'œil à Maria. Le sourire accroché à ses lèvres ressemblait à une moue de dépit. Pas étonnant… Certes, il se moquait de ce qu'elle ressentait. Mais tout de même, sa mère n'aurait-elle pu se montrer un peu plus enthousiaste ?

Sa propre mère n'était pas très démonstrative, mais elle n'avait jamais manqué une occasion de lui manifester son affection. Certes, Tia n'avait jamais ébouriffé ses cheveux ni embrassé ses genoux égratignés. Elle ne l'avait jamais bordé dans son lit, et elle n'avait jamais pris son petit déjeuner avec lui. Tout cela lui manquait quand il était enfant, mais il comprenait la situation. Sa mère était la reine. Son père était le roi. Ses parents avaient de lourdes responsabilités. Depuis son plus jeune âge, il avait été élevé dans le respect de leur statut.

Cependant, Tia l'avait toujours félicité chaleureusement chaque fois qu'il avait réussi un examen ou gagné une compétition sportive. Même Aegeus, toujours avare de compliments, aurait exprimé son approbation devant un succès aussi important que celui de Maria.

— Ce n'est pas une chance, madame Santos, déclara-t-il d'une voix glaciale. Si votre fille a obtenu cette commande, c'est uniquement grâce à son talent.

Maria lui jeta un coup d'œil surpris. À vrai dire, il se

surprenait lui-même. Que lui prenait-il de jouer les chevaliers blancs ?

— Il est temps de partir, dit-il d'un ton brusque en se levant.

La neige ne tombait plus et la chaussée était dégagée. Sans doute une saleuse était-elle passée.

Hans bondit de la limousine et ouvrit la portière arrière. Maria monta, suivie par Alex.

— Où allons-nous, Monsieur ?

Quel était ce bruit ? Est-ce que Maria… était en train de pleurer ?

— Monsieur ? À l'aéroport ?

La voix du chauffeur fit tressaillir Alex. Il sortit son BlackBerry de sa poche et trouva un message de son pilote : « Pistes ouvertes. Plan de vol établi. »

— À l'aéroport, acquiesça-t-il en se calant sur la banquette.

La limousine démarra. Maria ne disait rien. Son visage était tourné vers la vitre. Si elle avait pleuré, elle semblait s'être arrêtée.

Alex s'éclaircit la voix.

— J'ai oublié de laisser mon numéro de téléphone à ta mère. Je demanderai à ma secrétaire de l'appeler demain à la première heure. Y a-t-il quelqu'un d'autre que tu souhaites prévenir ?

Elle secoua la tête.

— Même pas…

« Arrête ! se dit-il aussitôt. Laisse-la tranquille ! » Mais ce fut plus fort que lui.

— Même pas ton *ami,* Joaquin ?

Elle tourna vivement la tête vers lui.

— Inutile de prendre ce ton sarcastique ! Je te répète que c'est vraiment mon *ami*. Et j'ai un portable, merci beaucoup. Je n'ai pas besoin de toi ni de ta secrétaire.

— Ce n'est pas la peine de prendre la mouche. Je me demandais juste si…

— Écoute, tu… tu as essayé de prendre ma défense devant ma mère et je suppose que je devrais t'en remercier. Mais pour une fois que tu te comportes décemment, ne gâche pas tout en…

— Je n'ai pas essayé de prendre ta défense. J'ai simplement dit la vérité. Ton projet a toujours été le préféré de ma mère. Il n'y a aucune raison pour que ça reste un secret.

Elle releva le menton et plongea son regard dans le sien. La limousine venait de s'arrêter à un feu et la lumière rouge éclairait son visage. Oui, elle avait pleuré. Ses paupières étaient gonflées, constata Alex.

— Si ce n'est pas un secret, pourquoi ne me l'as-tu pas dit tout de suite ?

Brièvement, Alex fut assailli par la culpabilité. Mais pourquoi se sentirait-il coupable ? se demanda-t-il aussitôt avec humeur. Après tout, question cachotteries, Maria Santos le battait largement !

— Je t'ai dit l'essentiel, répliqua-t-il d'un ton crispé. Je n'avais aucune raison d'entrer dans les détails.

Elle eut un petit rire moqueur.

— Quelle tête tu fais ! Si je ne savais pas que c'est impossible, je pourrais presque croire que…

Elle s'interrompit brusquement.

— Maria ?

— Dis au chauffeur de s'arrêter !

— Qu'y a-t-il ?

— Je vais…

Alex baissa la cloison de séparation, et agita la main en direction du trottoir. Hans se rangea en double file. Maria bondit hors de la voiture. Alex la suivit et la tint par les épaules, tandis qu'elle se penchait pour vomir.

— Va-t'en, dit-elle d'une voix entrecoupée. Je ne veux pas que tu…

Un nouveau spasme la secoua. Il resserra les doigts sur ses épaules. Lorsque son malaise fut terminé, elle se redressa, le dos tourné, parcourue de tremblements.

— Maria… ça va ? demanda-t-il d'une voix hésitante.

Elle hocha la tête.

— Oui.

Ce n'était pas vrai, comprit-il. Sa voix était à peine audible et elle tremblait de plus en plus. Étouffant un juron, il l'obligea à se tourner vers lui. Elle baissa la tête.

— Que se passe-t-il ?

— La grippe, je pense. La moitié de la ville est atteinte.

Il sortit un mouchoir de sa poche et le lui tendit. Elle secoua la tête.

— Je vais le salir.

— Bon sang !

Lui saisissant le menton, il l'obligea à lever la tête et essuya soigneusement ses lèvres avec le mouchoir de batiste immaculée. Puis il la prit dans ses bras et la souleva de terre.

— Non…

Il la porta jusqu'à la limousine, la posa sur la banquette puis s'assit à côté d'elle et passa un bras autour de ses épaules.

— Montez le chauffage et conduisez-nous à l'hôpital le plus proche, demanda-t-il au chauffeur.

— Non ! C'est inutile.

— Il faut que tu voies un médecin.

— Je te dis que c'est la grippe ! Je n'ai pas besoin qu'on s'occupe de moi.

Si, justement. Elle en avait besoin. Mais mieux valait ne pas insister, décida Alex. Blesser son amour-propre ne lui ferait aucun bien.

— Comme tu veux. Hans, à l'aéroport.

— Bien, Monsieur.

Alex remonta la cloison de séparation. Mortifiée, Maria garda les yeux fixés devant elle. Il ne pouvait rien lui arriver de pire. Vomir devant cet homme ! Et pourquoi la serrait-il contre lui, à présent ?

— Je suis parfaitement capable de rester assise sans qu'on me soutienne.

Il la lâcha et elle s'écarta de lui. Du coin de l'œil, elle le vit ouvrir un compartiment encastré dans la portière. Il en sortit une bouteille d'eau et une grande serviette blanche.

Après avoir mouillé la serviette, il se rapprocha d'elle.

— Regarde-moi.

Elle tourna la tête vers lui. Qu'y avait-il dans ses yeux bruns ? De la pitié ? Elle n'en voulait pas ! Elle eut un mouvement de recul. En soupirant, il ferma une main sur sa nuque et lui essuya le visage avec des gestes délicats.

Quelle sensation délicieuse…

Lorsqu'il eut terminé, elle marmonna :

— Merci.

Puis elle continua de l'observer du coin de l'œil. Il rangea la bouteille et la serviette, puis il prit un verre et une autre bouteille, remplie d'un liquide ambre.

— Bois ça.

Elle secoua vigoureusement la tête. Mauvaise idée. Tout se mit à tourner. L'intérieur de la cabine. Le visage d'Alex. Le verre qu'il lui tendait.

— Bon sang, tu es pâle comme un linge ! s'exclama-t-il en lui saisissant le bras.

— Je… ça va. Rassure-toi, je ne vais pas vomir. Je suis juste un peu… étourdie.

Les bras d'Alex se refermèrent sur elle.

— Non…

Il la hissa sur ses genoux.

— Lâche-moi…

Pourquoi sa voix tremblait-elle autant ? se demanda-t-elle avec dépit. En tout cas, elle se sentait très mal. Et elle avait très froid…

— Cesse de discuter et bois ça.

Le ton d'Alex était bourru, mais il la tenait avec délicatesse. Il pressa le bord du verre contre ses lèvres.

— Qu'est-ce que c'est ?

— Du poison, bien sûr…

Comme il était beau quand il souriait…, songea-t-elle en levant les yeux vers lui.

— C'est du cognac.

— Je ne…

— Oui, je sais. Tu n'as pas besoin de cognac. Eh bien, moi, si.

Il but une gorgée puis lui présenta de nouveau le verre.

— Pour une fois, fais ce que je te demande sans me compliquer la vie, d'accord ?

Le cognac sentait merveilleusement bon. Nul doute qu'il la réchaufferait. Et puis les lèvres d'Alex avaient touché le bord du verre…

Mais mieux valait ne pas y penser…

Elle but une gorgée. Hmm… En effet, le cognac la réchauffait. Comme le corps puissant contre lequel elle était blottie… Son cœur s'affola dans sa poitrine et elle repoussa le verre.

— Ça suffit. Et tu peux me lâcher. Je vais mieux.

Pour toute réponse, il la serra plus étroitement.

— Il est tard et j'ai eu une longue journée. Toi aussi, sans doute. Alors cesse tes caprices, s'il te plaît. Finis ce verre.

Elle but les dernières gorgées de cognac. Il rangea le verre et se cala contre le dossier en refermant les bras sur elle.

— Pose la tête sur mon épaule et détends-toi. Nous serons bientôt à l'aéroport.

Se détendre ? Elle avait obtenu la commande du siècle… et elle était dans les bras de l'homme le plus sexy du monde. Comment aurait-elle pu se détendre ?

Les paupières de Maria se fermèrent.

Se détendre ? Impossible…

Avec un petit soupir, elle se blottit contre Alex et s'endormit.

Alex sentit tous les muscles de Maria se relâcher. Il baissa les yeux et vit ses cils noirs se dessiner sur ses pommettes.

Cette femme était impossible… Susceptible. Têtue. Arrogante.

Elle était aussi merveilleusement belle et très fragile…

Et menteuse ! Manipulatrice ! Plus tôt il la mettrait dans son lit, mieux il se porterait. Là, elle ne lui mentirait pas. Il ne le lui permettrait pas. Il lui ferait l'amour jusqu'à ce qu'elle sombre dans le plaisir en criant son prénom. Dès qu'ils seraient dans l'avion.

Une fois à bord, Alex porta Maria toujours endormie jusqu'à sa chambre. Il l'assit sur le lit, lui enleva sa veste et ses bottes.

Ses paupières frémirent mais ne s'ouvrirent pas.

— Alexandros ? murmura-t-elle.

C'était ainsi qu'elle l'avait appelé la nuit où ils avaient fait l'amour. C'était le seul prénom qu'il lui avait donné. « Alexandros, ou Alex, si tu préfères. » Sans lui préciser son patronyme.

Il crispa la mâchoire. De toute façon, elle savait très bien qui il était…

— Réveille-toi, dit-il d'un ton brusque en la calant contre les oreillers.

Elle ne réagit pas. Il la contempla longuement. Même dans son sommeil elle semblait épuisée. Et elle était incroyablement belle.

Il enleva son blouson, ses chaussures et ses chaussettes, puis il s'allongea à côté d'elle et remonta le plaid en cachemire sur eux. Elle soupira dans son sommeil et se tourna vers lui.

Comment ne pas la prendre dans ses bras ?

6

Maria se réveilla en sursaut. Où était-elle ?

Autour d'elle, rien ne lui était familier. Ni le lit. Ni la légèreté de la couverture. Ni la douceur de l'oreiller de soie sous sa joue…

Il y avait un creux dans le deuxième oreiller… Comme si quelqu'un avait dormi à côté d'elle… Et ce parfum ? Frais. Léger. Masculin…

— Oh, mon Dieu…, murmura-t-elle en se redressant d'un bond.

Aussitôt, son estomac se souleva. Elle promena autour d'elle un regard désespéré, vit une porte, arriva juste à temps dans la salle de bains.

Pendant de longues minutes, elle fut secouée de spasmes violents. Lorsqu'ils finirent par se calmer, elle s'affaissa sur le sol, épuisée et tremblante.

Une fois qu'elle eut repris son souffle, elle se releva, se lava le visage à grande eau, puis vida entièrement un flacon de bain de bouche posé sur le lavabo.

Les jambes en coton, elle s'appuya contre un placard bas.

Tout lui revint à la mémoire. L'arrivée d'Alex chez elle. La commande. La visite à sa mère. Et le comble de l'humiliation quand elle avait été malade sur le trottoir…

Non. Le comble de l'humiliation, c'était le marché que lui avait proposé Alex… et qu'elle avait accepté !

Se trouvait-elle dans une chambre d'hôtel ? Comme en réponse, le sol s'inclina légèrement sous ses pieds. Non, de toute évidence, elle était dans un avion. Le jet privé du prince, sans doute. Ils devaient être quelque part au-dessus de l'océan et elle ne se souvenait même pas être montée à bord… Elle se rappelait seulement qu'Alex l'avait portée jusqu'à la voiture après son malaise. Puis qu'il lui avait fait boire du cognac.

Elle enfouit son visage dans ses mains en gémissant.

Avait-elle couché avec lui ? Non, sûrement pas. S'il lui avait fait l'amour… rectification, s'ils avaient couché ensemble, elle s'en souviendrait. Elle le sentirait… D'ailleurs, à part sa veste et ses bottes, elle était tout habillée.

Dire qu'elle avait dormi dans des draps de soie vêtue comme une clocharde ! À cette pensée, un petit rire lui échappa. Mais presque aussitôt, sa gorge se noua.

Mon Dieu ! Elle était vraiment dans un état lamentable ! Nausées de plus en plus fréquentes. Envie de rire et de pleurer en même temps… Joaquin avait raison quand il disait qu'elle travaillait trop. Le surmenage avait des effets redoutables.

Elle se redressa et regarda autour d'elle. Il y avait une cabine de douche. Un peignoir en éponge suspendu à un crochet. Du shampoing, du savon et… Alex, quelque part dans l'avion.

Des coups frappés à la porte de la chambre la firent tressaillir. Elle sortit de la salle de bains d'une démarche chancelante.

— Mlle Santos ? appela une voix féminine.

Elle prit une profonde inspiration.

— Oui ?

La porte s'ouvrit.

Une femme d'une cinquantaine d'années au visage avenant lui sourit.

— Bonjour, mademoiselle Santos. Je suis Thalia, l'hôtesse de l'air. Le prince Alexandros m'a chargée de vous dire que nous atterrirons dans une heure. Il demande que vous le rejoigniez pour le petit déjeuner.

Maria sentit ses joues s'enflammer.

— Merci.

L'hôtesse lui sourit et quitta la chambre en refermant la porte derrière elle. Maria se précipita dessus pour la verrouiller.

Comment allait-elle trouver le courage d'affronter tout le monde ? Déjà, devant cette femme, elle avait failli mourir d'humiliation. Elle allait être confrontée à des tas de gens. Le pilote. Le copilote. Sans doute une armée de stewards et d'hôtesses… Et alors ? lui souffla une petite voix. Ce n'était sûrement pas la première fois que « le prince Alexandros » voyageait en compagnie d'une femme qui partageait son lit.

Personne ne serait choqué.

Peut-être. Mais ça ne l'empêchait pas d'être horriblement mal à l'aise. Elle n'avait pas l'habitude de ce genre de situation. En fait, elle n'avait même jamais connu d'homme avant sa rencontre avec Alex, deux mois plus tôt. Bien sûr, si elle le lui avouait, il ne la croirait pas. Mais pourquoi le lui dirait-elle ?

Maria se déshabilla et se mit sous la douche.

Alex la prenait pour une menteuse, et il se trompait. Elle avait horreur du mensonge. Cependant, quand il le fallait, elle était capable de montrer plus d'assurance qu'elle n'en ressentait réellement. Lors de l'entretien de sélection pour l'entrée au Fashion Institute of Technology, elle ne s'était pas laissé impressionner par les autres candidats, au milieu desquels elle faisait figure de vilain petit canard. Et quelques années plus tard, après avoir remporté le prix Caligari, elle avait présenté ses créations à plusieurs boutiques de la Cinquième Avenue avec le même aplomb que si elle faisait ce genre de démarche tous les jours…

Elle offrit son visage au jet de la douche. Oui, lorsque l'enjeu était important, elle était capable de jouer un rôle. Or le seul moyen de ne pas vivre dans l'humiliation permanente pendant un mois, c'était de se comporter comme si servir d'esclave sexuelle à Alex ne lui posait aucun problème.

Que faisait donc Maria ?

Alex était réveillé depuis des heures. Réveillé ? Il eut une moue de dérision. En réalité, il n'avait pratiquement pas fermé l'œil. Comment dormir avec une femme dans les bras ?

Maria s'était blottie contre lui comme si c'était sa place depuis toujours. Il s'était dit que cela ne lui faisait aucun effet et il avait réussi à s'en persuader…

Pendant à peu près trente secondes.

Ensuite, le désir s'était cruellement rappelé à lui.

Il s'était imaginé qu'il faisait rouler Maria sur le dos, qu'il la déshabillait, qu'il la couvrait de caresses…

Et il avait bondi hors du lit.

Douche froide. Vêtements propres. Puis il avait quitté précipitamment la chambre. Impossible de faire l'amour à Maria alors qu'elle était malade, épuisée et à peine consciente de sa présence. Il voulait qu'elle soit en pleine possession de ses moyens quand il la ferait sienne. Qu'elle le regarde dans les yeux au moment où il entrerait en elle…

Il regarda sa montre. Un quart d'heure s'était écoulé depuis que Thalia avait transmis son message à Maria. Pourquoi celle-ci mettait-elle aussi longtemps à le rejoindre ? S'imaginait-elle qu'en restant cloîtrée dans la chambre, elle le découragerait de mettre ses projets à exécution ?

Aucune chance. À l'aéroport, une limousine les attendait. Dès leur arrivée, il emmènerait Maria chez lui, à Ellos, et il apaiserait enfin le feu qui le dévorait.

Il regarda de nouveau sa montre. Cette fois, il en avait plus qu'assez ! Il posa sa tasse. Après tout, pourquoi attendre ? Il avait encore le temps d'assouvir son désir avant l'atterrissage…

Soudain, à l'arrière de la cabine, la porte de la chambre s'ouvrit. La jeune femme inspira profondément avant d'avancer lentement vers lui. Son jogging informe et ses godillots avaient été remplacés par un pull gris pâle à manches longues qui lui tombait sur les hanches, un pantalon noir moulant et des bottines grises. Ses boucles brunes, encore humides, ruisselaient sur ses épaules.

Alex déglutit péniblement. Bon sang, comme elle était belle… Et visiblement très calme.

Pourquoi était-il surpris ? À quoi s'attendait-il ? À vrai

dire, il ne savait pas exactement. En tout cas, elle semblait parfaitement sereine et pleine d'assurance.

— Bonjour, dit-il en se levant.

Il indiqua le siège situé en face du sien.

— Comment te sens-tu ?

— Bien. Je suis désolée pour hier soir…

— D'avoir dormi dans mes bras ?

— D'avoir été malade.

Les joues s'étaient colorées, constata Alex avec satisfaction. Elle n'était sans doute pas aussi sûre d'elle qu'elle le paraissait.

— Je suis heureux qu'une nuit de repos t'ait fait du bien. J'ai eu peur de te réveiller quand je me suis levé. Tu ne voulais pas me lâcher.

À la grande joie d'Alex, Maria rougit de nouveau. Elle but une gorgée de café avant de demander :

— Nous allons atterrir bientôt ?

— Tu changes de sujet, *agapimeni ?* Tu es gênée à l'idée que nous avons dormi ensemble ?

Elle soutint son regard.

— Il me semble que nous avons simplement partagé le même lit, répliqua-t-elle. Quoi qu'il en soit, ne crains rien. Je suis consciente de mes obligations. Je reste à ta disposition pour réchauffer ton lit, comme tu l'exiges dans le contrat que tu m'as obligée à signer.

Alex crispa la mâchoire. Bon sang ! Lui qui espérait la déstabiliser ! Elle réussissait presque à le culpabiliser. C'était un comble ! Et avait-elle délibérément attendu que Thalia soit à portée de voix ? Son hôtesse de l'air travaillait pour lui depuis des années. En principe, rien ne pouvait la décontenancer. Mais ne venait-elle pas d'arquer imperceptiblement les sourcils ?

Alex jeta sa serviette sur la table et se leva. Si Maria s'imaginait pouvoir le battre à ce petit jeu, elle se faisait des illusions.

— Nous allons atterrir bientôt, en effet, dit-il d'un ton neutre. Alors tiens-toi prête à honorer ton contrat.

La première fois qu'elle était venue à Aristos, l'avion avait roulé lentement sur la piste pendant un long moment, se rappela Maria. Elle avait ensuite débarqué dans la bousculade, avec des dizaines d'autres passagers fatigués par le voyage et pressés de s'échapper. Après les formalités, elle avait traversé le terminal comme une somnambule jusqu'à la zone de livraison des bagages, où elle avait attendu sa valise pendant une demi-heure. Ensuite, elle avait fait la queue à la douane. Et enfin, elle avait patienté pour prendre un taxi.

Arriver au royaume en compagnie d'un membre de la famille royale était une expérience radicalement différente…

Après l'atterrissage, le jet d'Alex se dirigea vers une zone éloignée du terminal grouillant de monde. Une passerelle fut mise en place. Le capitaine et le copilote sortirent du cockpit pour les saluer, Alex et elle, au moment où ils quittaient la cabine. Quant à Thalia, elle fit une révérence à Alex et sourit à Maria.

— Je vous souhaite un séjour agréable, mademoiselle.

Alex prit Maria par la taille.

— Ne vous inquiétez pas, Thalia. Je veillerai à ce que le séjour de Mlle Aristos soit inoubliable.

Était-elle la seule à percevoir la pointe d'ironie dans sa voix ? En tout cas Thalia restait impassible, constata Maria en sentant ses joues s'enflammer.

Non, se dit-elle farouchement. Non ! Pas question de le laisser reprendre le contrôle de la situation. Se dégageant de son étreinte, elle le devança pour descendre la passerelle.

En décembre, le ciel aristéen était d'un bleu vif et l'air d'une douceur surprenante. Début février, le ciel était toujours bleu mais il faisait nettement plus frais. Un chauffeur en livrée attendait à côté d'une limousine noire, encore plus imposante que celle qui les avait transportés à travers New York.

Maria frissonna. Aussitôt, Alex enleva son blouson pour le poser sur ses épaules.

— Je n'en ai pas besoin.

Elle voulut s'en débarrasser, mais il l'en empêcha, resserra les pans autour d'elle et l'attira contre lui.

— Mais si, *agapimeni,* dit-il avec un sourire qui n'atteignait pas ses yeux. N'oublie pas que tu t'es engagée à faire tout ce que je te dis.

Il écarta une mèche de cheveux de sa joue et la cala derrière son oreille. Son regard s'attarda sur ses lèvres. Allait-il l'embrasser malgré l'équipage posté en haut de la passerelle et le chauffeur qui attendait à côté de la voiture ? se demanda-t-elle, le cœur battant.

Si oui… elle resterait inerte dans ses bras. Complètement inerte…

Il ne l'embrassa pas, mais il ajouta d'une voix suave :

— D'ailleurs, d'ici une heure tu seras dans mon lit.

Elle dut faire appel à tout son sang-froid pour accrocher à ses lèvres un sourire désinvolte.

— Merci de me prévenir, Votre Altesse. Il est toujours appréciable d'avoir le temps de se préparer à une épreuve pénible.

À son grand dépit, Alex rit.

— On verra tout à l'heure si c'est une épreuve si pénible, murmura-t-il en enfonçant les doigts dans ses cheveux. Quand ma langue lèchera les pointes de tes seins. Quand elle se glissera au cœur de ta féminité…

Mortifiée, Maria sentit les pointes de ses seins se hérisser, tandis qu'une vive chaleur se répandait dans tout son corps. Alex se pencha vers elle et lui donna un baiser furtif mais possessif. De toute évidence, il ne doutait pas un seul instant de l'effet que ses paroles avaient eu sur elle…

— Monte dans la voiture, *agapi mou.*

Son air satisfait hérissa Maria. Qui haïssait-elle le plus ? Alex ou elle-même ? Elle n'aurait su le dire…

La limousine roulait vite dans les rues d'Ellos.

Alex téléphonait à voix basse, tandis que les immeubles

défilaient. Maria reconnut le petit hôtel où elle avait séjourné, la rue animée où elle avait rencontré Alex, le restaurant romantique où il l'avait emmenée, la plage où il l'avait embrassée.

Elle déglutit péniblement. Son appartement était à deux pas...

Mais la limousine continua tout droit au lieu de tourner dans la rue où il habitait.

Où l'emmenait-il ?

Elle lui jeta un coup d'œil furtif. Il avait rangé son portable. Les bras croisés sur la poitrine, il semblait perdu dans ses pensées. Plutôt mourir que lui poser la question, décida-t-elle.

La limousine quitta la ville et s'engagea sur une voie rapide. Un panneau indicateur annonçait, en grec et en anglais « Plages de la côte Nord » et « Baie d'Apollonia ».

— Nous n'allons pas chez toi ?

Maria se maudit. Pourquoi cette question lui avait-elle échappé ?

— J'ai changé d'avis. Mais ne t'inquiète pas. Là où je t'emmène, tu auras également le plaisir de réchauffer mon lit.

Une demi-heure plus tard, la baie apparut en contrebas de la corniche sur laquelle la limousine roulait depuis quelques minutes ; un panneau indicateur l'annonçait mais il était superflu. La vue spectaculaire coupa le souffle à Maria. De grandes falaises, si blanches qu'elles semblaient faites de débris de perles, s'élevaient à pic au-dessus d'une mer d'un bleu profond, qui scintillait sous les rayons du soleil.

Impossible de ne pas exprimer son admiration.

— Quel endroit magnifique !

Alex hocha la tête.

— La baie d'Apollonia a été baptisée ainsi en hommage au dieu Apollon. Virgile a écrit un poème sur elle il y a environ deux mille ans.

— Virgile ? Il était romain, pourtant.

— À l'origine, Aristos et son île sœur, Calista, faisaient

partie de l'Empire grec, mais à l'époque elles étaient passées sous la domination romaine. Tu connais Virgile ?

— Je n'ai peut-être pas fréquenté des écoles privées comme toi, mais à l'école publique new-yorkaise j'ai reçu une excellente éducation, figure-toi, répliqua Maria d'un ton vif.

— Je ne voulais pas insinuer…

— Tu ne sais rien de moi, mais ça ne t'empêche pas de tirer des conclusions hâtives à mon sujet.

— Je pourrais t'adresser le même reproche, *glyka mou.*

— Tu n'as pas fréquenté des écoles privées ?

— Si, ça m'est arrivé, mais je dois avouer que je n'ai pas été très attentif pendant les cours de latin. Je suis juste surpris que tu n'en aies pas fait autant.

Alex sourit et le tyran sans scrupule redevint aussitôt l'homme charmant qu'elle avait rencontré deux mois plus tôt. Pourquoi ? se demanda Maria avec désespoir. Elle ne voulait surtout pas succomber de nouveau à son charme…

— Dans son poème, Virgile décrit les eaux de la baie comme une mer de saphir au parfum d'ambroisie.

Maria poussa un petit soupir.

— Quelle belle image ! Même si je n'ai jamais vu de saphir aussi splendide… Mais si j'en trouvais un…

Elle s'interrompit, agacée. Voilà qu'elle se laissait aller à discuter avec lui comme s'ils étaient les meilleurs amis du monde ! Quelle idiote ! Ce qu'elle pouvait lui dire ne l'intéressait sûrement pas.

— Que ferais-tu ? demanda Alex.

— Je le monterais en bague. Je choisirais une monture en or de vingt-quatre carats pour évoquer l'éclat du soleil et je l'entourerais de deux diamants qui figureraient les îles sœurs d'Aristos et de Calista.

La mine d'Alex s'assombrit.

— Elles ne sont plus sœurs. Le royaume d'Adamas n'est plus qu'un souvenir. À moins qu'un jour les îles soient de nouveau réunies.

— C'est ce que souhaitent les gens ?

— C'est ce qu'espérait le roi Christos lorsqu'il a confié le trône de Calista à sa fille Anya, et celui d'Aristos à son fils Aegeus, mon père.

— C'est à ce moment-là qu'il a fait retailler le diamant Stefani en deux pièces ?

Alex arqua un sourcil.

— Tu t'es bien documentée, apparemment.

— Tu pensais que j'avais dessiné un collier pour la reine sans m'inspirer de l'histoire du royaume ? Je sais que le Stefani était le plus gros diamant rose jamais découvert à Calista, qu'il date de l'époque de Richard Cœur de Lion et qu'il occupait le centre de la couronne d'Adamas jusqu'à ce que le roi Christos le fasse retailler en deux pièces en 1974.

Maria s'empourpra.

— Je ne vois pas pourquoi je te raconte ça. Tu le sais déjà.

Alex l'observa avec perplexité. Décidément, elle ne cessait pas de le surprendre…

— Que vas-tu faire avec l'argent de la commande ? demanda-t-il à brûle-pourpoint.

— Acheter du matériel. Payer toutes mes factures en retard. Plus une partie de celles de ma mère. Essayer de la convaincre de déménager dans un immeuble plus agréable.

— Tu aides ta mère financièrement ?

Maria haussa les épaules.

— Elle n'est pas en état de travailler. Et de toute façon, je lui suis redevable. Elle a tout sacrifié pour moi.

— Tu le penses sincèrement ? s'exclama-t-il avec une pointe d'indignation.

— Quelle importance ? Je fais mon devoir, comme la plupart des gens. Mais vu le monde dans lequel tu vis, je doute que tu puisses comprendre ça.

— Que sais-tu du monde dans lequel je vis ?

— Je sais que tu n'as aucun scrupule et que tu es prêt à tout pour obtenir ce que tu veux. Y compris faire chanter une femme pour la mettre dans ton lit.

Se rapprochant de Maria d'un mouvement vif, Alex la saisit par les coudes et l'obligea à se tourner vers lui.

— Tu n'as que ce que tu mérites. Il y a deux mois, c'est toi qui m'as tendu un piège. Je me suis contenté d'inverser les rôles.

À son grand dam, Maria sentit des larmes de rage lui brûler les yeux.

— Lâche-moi !

— Pourquoi ? La vérité ne te plaît pas ?

— Je ne t'ai jamais tendu de piège ! C'est toi qui m'as séduite !

— Je t'ai séduite parce que tu as tout fait pour. Et je dois reconnaître que tu es très douée. J'ai vraiment cru que tu étais une touriste innocente perdue dans une ville étrangère. Mais tu savais qui j'étais et tu as voulu m'utiliser. Alors aujourd'hui, ne te plains pas que je te rende la monnaie de ta pièce.

Il s'empara de sa bouche dans un baiser impérieux.

Elle se raidit. Comme elle le haïssait ! Elle haïssait le contact de ses mains, de ses lèvres ! Elle haïssait tout de lui, tout… Son esprit se vida et elle s'abandonna dans les bras d'Alex.

Celui-ci la hissa sur ses genoux et glissa une main sous son pull sans cesser de dévorer sa bouche. En sentant frémir sous ses doigts la pointe hérissée de son sein, un sentiment de triomphe vertigineux attisa le feu qui le consumait. Oui ! Il le savait ! Elle aussi le désirait. Bon sang, elle le rendait fou ! Il quitta son sein pour insinuer ses doigts sous la ceinture de son pantalon.

À cet instant, son portable sonna.

Il eut l'impression de recevoir un coup violent sur la tête. Réprimant un juron, il reposa Maria sur la banquette et sortit son téléphone de sa poche.

La voix de son père résonna à son oreille.

— Alexandros ? Tu es arrivé ?

— *Né.*

Il écouta Aegeus un instant, acquiesça, puis raccrocha, tandis que la limousine ralentissait en arrivant devant un imposant portail de fer forgé qui s'ouvrit lentement. Elle roula sous une voûte de grands cèdres jusqu'à une superbe villa tout de verre et bois.

— Où sommes-nous ? demanda Maria d'un ton circonspect.

Il eut une moue de dérision.

— Au château de Barbe Bleue. Ma gouvernante t'attend. Entre, installe-toi, et s'il te manque quoi que ce soit, dis-le-lui.

— Je ne comp…

— Changement de programme. J'ai une réunion. Je reviendrai te chercher ce soir à 18 heures. Nous avons rendez-vous pour dîner. Sois prête, mes parents veulent faire ta connaissance.

Il referma la main sur la nuque de Maria et captura brièvement sa bouche.

— Mais ne t'inquiète pas, *agapimeni,* ce n'est que partie remise. Après le dîner, tu auras le plaisir de venir me rejoindre dans mon lit.

7

Le chauffeur déposa la valise de Maria devant la porte de la villa et regagna la limousine après un bref salut. La porte s'ouvrit avant qu'elle ait le temps de sonner, et une petite femme vêtue de noir lui adressa un large sourire.

— *Kalimera, despinis. Onomázome Athenia.*

— Je suis désolée, mais je ne parle pas grec…

— Pardonnez-moi. Bonjour, mademoiselle, et bienvenue. Je m'appelle Athenia. Le prince m'a demandé de veiller à ce que vous ne manquiez de rien.

Laissait-il les mêmes consignes chaque fois qu'il amenait ici une de ses maîtresses ? se demanda Maria en s'efforçant de prendre un air naturel.

— Merci.

Athenia frappa dans ses mains. Un domestique apparut, s'inclina et prit la valise de Maria.

Celle-ci eut un petit sourire contrit.

— Il est inutile de me saluer. Je ne suis pas une princesse.

— Vous êtes l'invitée du prince et vous allez créer un collier pour notre reine bien-aimée. Nous sommes très honorés de vous recevoir, *despinis*.

La gouvernante s'écarta.

— Entrez, je vous en prie.

Comment réagirait Athenia si elle savait que l'invitée du prince s'était engagée par contrat à « réchauffer son lit » ? Mieux valait ne pas y penser. Comme l'avait dit la gouvernante, elle était là pour créer le collier de la reine… Maria pénétra dans un vaste hall au sol dallé.

— Voulez-vous quelque chose à boire ? À manger ? Je sais que vous avez fait un long voyage.

À la seule idée de manger, Maria eut un haut-le-cœur.

— Non, merci, je n'ai pas faim.

— Dans ce cas, voulez-vous que je vous montre votre chambre ?

Athenia indiqua d'un signe de tête un escalier en spirale qui semblait suspendu dans le vide.

— Ou bien préférez-vous d'abord voir votre atelier ?

— Mon atelier se trouve ici ?

— Oui. J'espère qu'il vous conviendra. Son Altesse a donné des ordres très précis, mais nous avons eu si peu de temps…

Maria réprima une moue de dérision. La spécialité du prince : donner des ordres. Pourquoi travaillerait-elle ici ? Qu'avait-il prévu ? Une planche sur des tréteaux dans le garage ? Avec pour tout éclairage, une ampoule nue à la lueur blafarde ?

— Par ici, je vous en prie…

Maria suivit la gouvernante à travers une succession de pièces somptueuses à la hauteur de plafond impressionnante. Malgré son irritation, elle ne put s'empêcher d'admirer la beauté de la villa. Son luxe n'avait rien de tapageur. De toute évidence, elle n'avait pas été conçue pour impressionner les visiteurs, mais pour se fondre dans le décor, tout en offrant une vue panoramique sur les bois alentour et la baie en contrebas. La plupart des cloisons étaient de verre et chaque pièce ouvrait sur une terrasse. Dans un coin de verdure, l'eau turquoise d'une immense piscine à débordement semblait se déverser dans la mer qui s'étendait jusqu'à l'horizon.

Maria suivit Athenia dehors sur un chemin qui sinuait à travers un jardin méditerranéen. Apparemment, son atelier ne se trouvait pas dans la maison. Pas de doute, le prince l'avait reléguée au garage…

La gouvernante se retourna vers elle en souriant.

— Votre atelier, *despinis*.

Maria resta bouche bée.

À quelques mètres, au milieu d'une pinède, se dressait une copie miniature de la maison principale. Bois. Verre. Hauteur de plafond vertigineuse, terrasses. Le tout dominant la baie.

— C'est le pavillon réservé aux invités, expliqua Athenia. Le prince Alexandros nous a donné des consignes très précises pour le transformer en atelier. Nous avons fait tout notre possible pour nous y conformer, mais s'il vous manque quoi que ce soit, ou si quelque chose ne vous convient pas, surtout n'hésitez pas à le dire.

Sans voix, Maria suivit la gouvernante à l'intérieur du pavillon. Celui-ci comportait deux pièces. Une chambre avec salle de bains attenante, et un immense salon inondé de lumière. Ce dernier était équipé de deux établis, de tabourets réglables et d'étagères garnies d'outils sophistiqués dont elle rêvait depuis longtemps mais qu'elle n'avait jamais pu s'offrir. Il comportait également plusieurs meubles de rangement, dans lesquels elle trouva de la cire, des moules, des vernis et un coffret de cuir dont les plateaux contenaient de l'or, du platine, de l'argent…

— Je vais vous laisser, *despinis.* Si vous avez besoin de quoi que ce soit, surtout n'hésitez pas à m'appeler, rappela Athenia.

Maria la remercia chaleureusement puis, le cœur battant, elle tira le dernier plateau du coffret. Dans ses compartiments tapissés de satin noir, une dizaine de diamants blancs et deux diamants roses brillaient de mille feux. Des pierres splendides, conformes à la description précise qu'elle avait donnée dans son projet… Les diamants blancs étaient extraits d'une mine canadienne du Yukon, garantie qu'ils n'avaient pas fait l'objet de trafics sordides. Et les deux magnifiques diamants roses étaient si somptueux qu'ils ne pouvaient provenir que des mines de Calista.

Maria examina attentivement ces derniers. Elle n'en utiliserait qu'un seul, qui constituerait le cœur du collier. Dans son projet, elle avait souligné que les diamants roses, comme tous les diamants, offraient de multiples nuances de couleur. De toute évidence, le roi Aegeus avait décidé de lui en fournir deux, afin qu'elle puisse choisir celui qui lui conviendrait le mieux.

Ils pesaient quarante carats chacun, comme elle l'avait demandé.

Le Stefani — diamant rose encore plus gros que le légendaire Darya-ye Noor, extrait des mines de Golkonda en Inde et faisant partie des joyaux de la couronne iranienne depuis le XVIIIe siècle — pesait à l'origine cent quatre-vingt-dix carats environ. Par conséquent, la moitié montée sur la couronne d'Aristos devait peser à peu près quatre-vingts carats, le partage ayant obligatoirement occasionné la perte d'un certain volume de matière.

Dans son projet, Maria était partie du principe que la taille du diamant rose constituant le cœur du collier de la reine devait être proportionnelle à celle du diamant rose de la couronne. Elle avait donc construit son modèle autour d'une pierre de quarante carats.

Les deux diamants mis à sa disposition pouvaient paraître strictement identiques à un profane, mais en réalité ils présentaient des différences de couleur. La seule façon de choisir le plus approprié pour le collier de la reine était de les comparer tous les deux à celui de la couronne. Le palais lui avait fourni des photos de cette dernière, mais même le meilleur cliché ne pouvait rendre fidèlement l'âme d'un diamant, ni les nuances subtiles de sa teinte. Surtout lorsqu'il s'agissait d'une des deux moitiés du célèbre Stefani !

Maria rangea soigneusement les pierres. La formation des diamants s'effectuant dans des conditions de température et de pression extrêmes dans les profondeurs du manteau terrestre, chaque pierre possédait ses caractéristiques propres. À présent qu'elle disposait de celles dont elle se servirait, elle devait apporter quelques modifications à son dessin initial. Tellement minimes que personne ne les remarquerait, mais néanmoins nécessaires.

Après avoir laissé un bref message à Joaquin et à Sela pour leur annoncer qu'elle était finalement chargée de créer le collier de la reine et qu'elle se trouvait à Aristos, elle prit un bloc et un crayon, et se percha sur un tabouret. Oui, songea-t-elle en s'absorbant dans ce travail qu'elle aimait tant, il y avait quelques retouches à apporter à son modèle.

Elle dessina un moment tout en étouffant des bâillements. Quelle fatigue ! Le décalage horaire, sans doute… Croisant les bras sur la table, elle y appuya la tête. Quelques secondes pour chasser la fatigue. Juste quelques secondes…

Le décalage horaire… C'était sans doute à cause de ça qu'il était à cran, se répétait Alex. Son père aurait pu lui laisser le temps de souffler ! Mais non. Aegeus avait décidé de réunir ses trois fils pour discuter avec eux du projet de complexe hôtelier à Ellos. Pour sa part, il ne voyait pas l'utilité d'une telle réunion. C'était lui qui supervisait le projet et tout se déroulait comme prévu. En réalité, Aegeus tenait surtout à leur rappeler une fois de plus qu'il était le roi…

— … pourquoi pas trente, Alexandros ?

Alex leva les yeux du bloc-notes sur lequel il griffonnait distraitement. Le regard de son père était fixé sur lui. Son plus jeune frère, Andreas, lui fit du pied sous la table. En face de lui, Sebastian, l'aîné, lui lança un regard entendu avant de déclarer :

— Tu étais convenu avec l'architecte que vingt étages, cela représentait la hauteur idéale pour le bâtiment central, n'est-ce pas, Alex ?

— Oui, renchérit Andreas. Afin de ne pas boucher la vue sur le port pour les immeubles situés sur la colline, c'est bien ça, Alex ?

— En effet, acquiesça Alex.

Sebastian eut un large sourire signifiant : « Tu nous dois une fière chandelle, mon vieux. »

C'était ainsi depuis leur plus jeune âge. Très solidaires, les trois frères se protégeaient mutuellement des foudres paternelles chaque fois qu'ils le pouvaient.

Alex regarda le roi, qui lui parut fatigué et amaigri…
— Vous allez bien, père ?
Le roi plissa les paupières.
— Assez bien pour te poser encore quelques questions… à supposer que tu parviennes à te concentrer assez longtemps pour y répondre.
Alex réprima un soupir.
— Que voulez-vous savoir d'autre, père ?
— Quand commence-t-elle ?
— Pardon ?
— La bijoutière. Mary… je ne sais plus comment. Quand commence-t-elle à travailler ?
— Elle s'appelle Maria Santos, rectifia Alex d'un ton neutre. Et elle est joaillière. Elle crée des bijoux. Mais je croyais que nous devions parler du complexe hôtelier.
— Oui. Mais maintenant nous parlons de la… joaillière qui doit faire le collier de ta mère. Comment est-elle ?
Alex réprima une moue de dérision. Que répondre à une question pareille ?
— Elle est… talentueuse.
— J'espère bien ! s'exclama Aegeus d'un ton impatient. Mais à part ça ? Elle dîne avec nous, ce soir. Sera-t-elle capable de tenir une conversation à peu près cohérente ou bien est-ce une écervelée nostalgique du mouvement hippie ?
— C'est une joaillière new-yorkaise, douée, intelligente, et qui vit dans son époque, père. Je suis certain que sa conversation ne vous décevra pas.
— Je suppose que tu l'as installée dans une suite au Grand Hôtel.
— Non. Je… j'ai décidé de la loger chez moi, à Apollonia.
Sebastian toussa. Andreas s'éclaircit la voix. Alex les foudroya du regard.
— C'est plus sûr, ajouta-t-il d'un air qu'il espérait dégagé. Après tout, elle va travailler avec des diamants.
— Tu estimes qu'il y a des problèmes de sécurité au Grand Hôtel ? demanda Aegeus.

— Non, pas du tout. Mais avec tous ces touristes…

Il y eut un instant de silence. Puis Sebastian déclara avec le plus grand sérieux :

— Alex a raison. On n'est jamais trop prudent.

— Oui. Dernièrement il y a eu un incident fâcheux dans un des hôtels les plus réputés de Manhattan, renchérit Andreas.

— Absolument, s'empressa d'acquiescer Alex. Entre les gardiens et le système de surveillance électronique, ma villa est beaucoup plus sûre que n'importe quel hôtel. Et plus pratique : j'ai fait aménager le pavillon en atelier.

Aegeus arqua les sourcils.

— Bonne idée.

Il se leva.

— La réunion est terminée. Soyez à l'heure pour le dîner, ce soir.

Au volant de sa Ferrari, Alex roulait à tombeau ouvert.

Il était 17 heures et il avait demandé à Maria d'être prête à 18 heures. Peut-être était-elle en train de prendre un bain… Allongée nue dans la mousse parfumée… Que n'aurait-il pas donné pour être en train de monter l'escalier quatre à quatre, de se déshabiller, de la rejoindre dans la baignoire, de lui faire l'amour dans l'eau chaude…

Lorsqu'il arriva à la villa, Athenia l'informa que *despinis* Santos se trouvait dans l'atelier. En fait de bain chaud, c'était la douche froide ! songea-t-il en traversant le jardin. Une colère noire le submergea.

En ce moment, elle aurait dû être dans sa chambre en train de se préparer pour le dîner, comme il le lui avait demandé !

— Maria ! cria-t-il en ouvrant la porte du pavillon d'un geste brusque. Je t'ai dit…

Il s'interrompit brusquement.

Assise à l'établi, Maria dormait, la tête dans les bras. La colère d'Alex s'évanouit, remplacée par une émotion inconnue.

Il ferma doucement la porte et contempla longuement le visage de Maria avant de s'approcher d'elle.

Il écarta une mèche de sa joue et se pencha.

— Maria, murmura-t-il à son oreille.

Lorsqu'elle soupira, il s'accroupit et posa ses lèvres sur les siennes.

Elles avaient un goût de miel. Quel délice… « Arrête ! Laisse-la tranquille ! Tu ne vois pas qu'elle est épuisée ? » Mais comment résister à l'envie de lui donner encore un baiser ? D'effleurer encore une fois ses lèvres ? Juste une fois…

Les paupières de Maria palpitèrent.

— Alexandros ?

Impossible de résister… La prenant dans ses bras, il la souleva du tabouret pour l'allonger sur l'épais kilim qui recouvrait le sol.

— Alexandros, répéta-t-elle dans un soupir.

Son prénom. À peine réveillée, elle disait son prénom… Ses bras se nouaient sur sa nuque, sa bouche cherchait la sienne… Il se pencha sur elle et prit son visage entre ses mains. Le sourire qui flottait sur ses lèvres le bouleversa.

— Oui, *glyka mou,* murmura-t-il d'une voix rauque.

Il s'empara de sa bouche dans un baiser avide. Un gémissement étouffé s'échappa de la gorge de Maria. Elle creusa les reins, plaquant son bassin contre le sien. Il glissa la main dans son pantalon et la referma sur une fesse.

Comme sa peau était chaude. Douce…

Il promena ses lèvres sur son cou, sa gorge, ses seins. Délicatement, il saisit entre ses dents le bourgeon hérissé qui pointait à travers le pull. Le cri de Maria perça le silence.

Il releva le pull. Aspira le mamelon entre ses lèvres, le léchant du bout de la langue. Avec des soupirs extatiques, elle enfonça les doigts dans ses cheveux en ondulant des hanches.

Il entendit vaguement un bruit provenant de la porte et préféra l'ignorer. Mais Maria se raidit dans ses bras.

— Alex…

— Ce n'est rien, *agapi mou.*

Un nouveau bruit, plus net.

— Votre Altesse ?

La voix d'Athenia était manifestement embarrassée.

— La reine est au téléphone. Elle demande si vous pourriez arriver au palais un peu plus tôt avec *despinis* Santos.

Réprimant un juron, Alex se redressa.

— Merci, Athenia. Dites à la reine que nous serons là dès que possible.

Bon sang ! Jamais il n'avait ressenti une telle frustration !

Maria bondit sur ses pieds. Son visage était livide, à l'exception de deux taches rouges sur les pommettes.

— Cela t'arrive souvent de profiter de leur sommeil pour piéger les femmes ? s'exclama-t-elle d'une voix tremblante.

— Je ne t'ai pas piégée et tu le sais très bien, répondit-il en se passant nerveusement la main dans les cheveux.

Elle avait apparemment décidé de le rendre fou, mais elle n'y parviendrait pas, se dit-il avec une conviction qu'il était loin de ressentir.

— Retourne à la villa. Une domestique a défait ta valise.

Il regarda sa montre.

— Tu as vingt minutes pour te préparer.

Elle releva le menton.

— Puis-je savoir où ton esclave dévouée a rangé mes affaires ?

Thee mou ! Ce qu'elle pouvait être exaspérante !

— Dans ma chambre, bien sûr ! Nous avons conclu un accord, tu te souviens ?

8

Que mettait-on pour dîner à la table d'une famille royale ?

Probablement rien de ce qu'elle avait dans ses valises, songea Maria en suivant Athenia jusqu'à la chambre d'Alex.

Pouvait-on parler de chambre pour une pièce de cette taille ? Elle était plus grande que son loft ! Parquet ciré, tapis tissés main, baie vitrée ouvrant sur une terrasse avec vue sur la mer, d'où on pouvait plonger directement dans la piscine.

Et un lit, bien sûr.

Surélevé sur une plate-forme de bois et recouvert d'un jeté de soie noire, lui-même parsemé de coussins noirs et blancs.

— Vous trouverez vos affaires dans le dressing, *despinis.*

Maria se tourna vers Athenia.

— Merci.

— Tout a été repassé, *despinis.*

— Merci beaucoup.

Après le départ de la gouvernante, Maria s'adossa à la porte, ferma les yeux et prit une profonde inspiration.

Prendre une douche et s'habiller. Elle avait vingt minutes. Ce n'était pas beaucoup mais suffisant. En fait, elle ne mettait jamais plus de temps pour se préparer. Sauf que ce soir, elle dînait dans un palais qui, vu de l'extérieur, pouvait faire passer Buckingham Palace pour un pavillon de chasse…

Redressant les épaules, elle traversa la chambre en s'efforçant de ne pas regarder le lit.

Dans le dressing, ses vêtements étaient bien là, regroupés

dans un placard. Dans les placards voisins, des vêtements masculins. Les vêtements d'Alex…

Stop ! Il fallait penser au dîner. Seulement au dîner.

Devant le placard ouvert, elle fut prise d'un fou rire nerveux. Jeans, T-shirts, chemisiers, pulls… Pour dîner avec le roi et la reine d'Aristos ?

Que porterait Alex ? Et où allait-il prendre sa douche et s'habiller ? Pas dans cette chambre, de toute évidence. Dieu merci !

Soudain, une sonnerie retentit. Maria regarda autour d'elle et vit un téléphone mural dans un angle du dressing. Elle décrocha.

— Il ne te reste plus que douze minutes, *glyka mou.*

À son grand dam, un long frisson la parcourut.

— Et je suis sûr que tu perds un temps précieux devant ta garde-robe en te demandant ce que tu vas bien pouvoir mettre pour dîner au palais.

— Pas du tout.

— Dans une des penderies, tu trouveras une robe de soie émeraude et des sandales à talons aiguilles. Et avant de hurler qu'il n'est pas question que tu portes les vêtements d'une autre femme, laisse-moi te préciser que cette robe et ces chaussures ont été livrées par la boutique Chanel d'Ellos quelques heures avant notre arrivée.

La voix d'Alex se fit caressante.

— J'ai été obligé de deviner ta taille. J'espère ne pas m'être trompé, *glyka mou.*

Maria raccrocha d'un geste vif. S'imaginait-il vraiment qu'elle allait porter des vêtements qu'il lui avait achetés ?

La robe était là… Et juste en dessous, les chaussures. Splendides. La robe comme les chaussures. Exactement ce qu'elle aurait acheté pour ce genre d'occasion… si elle en avait eu les moyens.

Pas question de les mettre.

Un jean noir et un corsage de soie noire. C'était parfait pour un restaurant new-yorkais branché… mais pour un palais royal ?

Elle soupira.

— Un à zéro, Alexandros…

Elle prit une douche rapide, se sécha les cheveux avec une serviette — pas le temps de faire un brushing — et regagna le dressing. En plus de la robe et des chaussures, elle découvrit un ensemble soutien-gorge, string et porte-jarretelles de dentelle noire, et des bas de soie.

Elle avait apporté des dessous, bien sûr… mais pas aussi raffinés.

Oh, après tout, tant pis ! Elle mit le soutien-gorge, le string, le porte-jarretelles et les bas.

Cheveux lâchés ou attachés ? Elle se jeta un coup d'œil dans le miroir. Attachés. Ils étaient trop humides et trop indisciplinés pour les laisser tels quels. Enfin, elle enfila la robe de soie émeraude. Les sandales noires.

Devant son reflet, elle ne put s'empêcher de sourire.

Pas de doute, le prince avait du goût. De coupe sobre, la robe était d'une élégance raffinée et mettait admirablement en valeur sa silhouette. Quant aux chaussures, elles étaient sublimes. Avec des lanières qui s'enroulaient autour de son pied. Et des talons d'une finesse extraordinaire…

Aurait-il deviné que les chaussures étaient son point faible ? Non, il y avait une explication beaucoup plus simple : c'était son point faible à lui. Plus tard ce soir, il lui demanderait peut-être de garder les chaussures et le string pour… Oh, mon Dieu, comment pouvait-on à la fois haïr et désirer le même homme ? Mais ce n'était pas le moment de se poser cette question ! Il ne lui restait plus qu'une minute.

Heureusement, elle avait pensé à prendre quelques bijoux. Fine chaîne en or et anneaux discrets à ses oreilles. Parfait. Avait-elle oublié quelque chose ? Oui ! Un peu de mascara. Une fine couche de gloss. Une touche de poudre sur le nez.

Elle prit une profonde inspiration, quitta la salle de bains, traversa la chambre et ouvrit la porte.

Il l'attendait juste derrière.

Appuyé contre la balustrade de bois qui entourait la galerie extérieure, les bras et les chevilles croisés, vêtu d'un pantalon noir, d'une chemise noire à col ouvert et d'une veste grise, et chaussé de mocassins noirs. Les cheveux humides. Fraîchement rasé… Il était superbe.

Impassible, il promena son regard sur elle, assez lentement pour qu'elle ait le temps de se demander si la robe ne lui allait pas aussi bien qu'elle le pensait. Enfin, il sourit. Un sourire nonchalant, purement masculin, qui fit courir des frissons délicieux le long de son dos.

— Juste une chose…

Il ouvrit la barrette qui retenait ses cheveux et laissa ses boucles ruisseler sur ses épaules.

— Tu es éblouissante.

Feignant de ne pas être touchée par ce compliment, elle resta silencieuse.

— On y va ? demanda-t-il en tendant la main.

Elle passa devant lui sans la prendre.

La voiture d'Alex était un bolide d'un rouge écarlate.

Maserati ? Lamborghini ? Ferrari ? Peu importait. Il conduisait vite, avec une assurance impressionnante. Une de ses mains tenait fermement le volant ; l'autre était posée sur le levier de vitesses. Des mains fines et puissantes à la fois. Au cours de la nuit qu'ils avaient passée ensemble, elles avaient couvert son corps de caresses diaboliques, et Maria gardait un souvenir brûlant de ses doigts jouant avec ses seins, explorant la fleur de sa féminité…

Elle sentit une vive chaleur se répandre entre ses cuisses.

— Quelque chose ne va pas ?

La voix d'Alex la fit tressaillir.

— Maria ? Que se passe-t-il ?

« J'ai envie de toi, songea-t-elle, prise de vertige. Voilà ce qui se passe ! »

— Tu appréhendes le dîner ? Tu n'as aucune raison de t'inquiéter, tu sais. Il n'y aura que ma famille.

Réprimant un petit rire hystérique, elle se mordit la lèvre.

Alex réprima un juron. Bon sang, il n'aurait jamais dû l'embrasser dans le pavillon ! Après deux douches froides, il était toujours aussi excité…

Et s'il se rangeait sur le bas-côté pour s'emparer de ces lèvres pulpeuses ?

— Ta famille ? répéta-t-elle.

— Oui… Mes parents, bien sûr. Mon frère aîné, Sebastian, mon petit frère, Andreas. Et ma sœur Katarina, que tout le monde l'appelle Kitty. Il ne manquera qu'Elissa, qui est à Paris.

— Il y aura tant de monde que ça ?

Voilà qu'à présent elle s'humectait les lèvres du bout de la langue ! Le temps qu'ils arrivent au palais, il serait bon à enfermer… Pourquoi cette femme avait-elle un effet aussi redoutable sur lui ? Exaspéré, Alex s'exclama :

— Ne me dis pas que tu es nerveuse à l'idée de rencontrer ma famille ! Après tout, c'est ce que tu cherchais quand tu t'es invitée dans mon lit il y a deux mois, non ?

— Je t'ai déjà dit que j'ignorais qui tu étais ! protesta-t-elle d'une voix vibrant d'indignation. Et comment peux-tu dire que je me suis *invitée* dans ton lit ?

Il réprima un soupir. Ce n'était pas le moment de régler ses comptes avec elle.

— Je préfère quand même te prévenir, *glyka mou*. Il faut que tu sois préparée quand tu verras Sebastian, qui mesure un mètre trente et pèse cent vingt kilos. Tu dois savoir également qu'Andreas figure dans le *Guiness Book des Records* en tant que plus mauvais footballeur du monde.

Comme il l'espérait, la jeune femme se tourna vers lui.

— Vraiment ?

Il rit.

— En réalité, nous adorons le taquiner à propos du match au cours duquel il a raté six essais consécutifs… en omettant de préciser qu'il avait cinq ans à l'époque. Quant à Sebastian, il n'est pas aussi petit ni aussi gros que je l'ai dit. Bien sûr, il n'est pas aussi beau que moi, mais…

Alex plaisantait, mais en réalité, les hommes aussi beaux que lui devaient être rares. Pour sa part, Maria n'en connaissait pas. Et alors ? se dit-elle avec humeur. Cela ne l'empêchait pas d'être d'une muflerie et d'une arrogance insupportables !

La Ferrari s'arrêta devant les hautes grilles du palais. Un garde en uniforme s'approcha et se mit instantanément au garde-à-vous.

— Votre Altesse.

— Stavros ! Quel plaisir de te voir de nouveau jouer au soldat !

Maria jeta un coup d'œil surpris à Alex. Le soldat, toujours au garde-à-vous, ne cilla pas.

— Prêt à mordre la poussière la prochaine fois que nous nous mesurerons ? Je te laisserai le choix de l'épreuve. Course, tir, tout ce que tu veux. De toute façon, je suis sûr de gagner, alors…

Les lèvres du soldat tremblèrent imperceptiblement et Alex éclata de rire.

— Repos, Stavros. Ravi de te revoir. Ta cheville va bien ?

Le soldat eut un large sourire.

— Oui, Monsieur. Et votre épaule ?

— Impeccable. Tu t'es inscrit aux prochains Jeux ?

— Bien sûr, Monsieur. Et vous ?

— Rien ne pourra m'empêcher d'y participer !

Nouveau salut du garde. Les grilles s'ouvrirent et la voiture remonta lentement une allée bordée de cyprès, au bout de laquelle se dressait un imposant escalier de marbre conduisant à l'entrée du palais.

— Vous vous connaissez bien, toi et ce garde ?

— Nous étions à l'école ensemble.

Alex sourit.

— Pour une fois, ma mère avait réussi à imposer ses idées progressistes. Jusqu'au lycée, j'étais dans une école publique.

Alex arrêta la voiture et coupa le moteur. Un valet ouvrit sa portière, tandis qu'un autre ouvrait celle de Maria. En haut des marches, l'énorme porte à double battant s'ouvrit. À la grande surprise de Maria, le roi Aegeus et la reine Tia apparurent sur le seuil.

— Ils m'ont demandé de te faire entrer par le Grand Hall, murmura Alex en faisant le tour de la Ferrari pour la rejoindre. Et ils t'accueillent en personne. Nous ne sommes pas aussi cérémonieux que certaines familles royales, mais c'est quand même un honneur.

Il lui offrit son bras.

— Prends-le en souriant, sinon ils vont penser que tu me hais. Or tu ne me hais pas, *glyka mou*. Tu aimerais bien, mais tu n'y arrives pas.

Mieux valait ignorer ce commentaire, décida-t-elle en s'exécutant.

— ... et donc, Alex m'a persuadée de me glisser dans l'office pour voir ce que nos parents nous avaient acheté pour Noël, déclara la princesse Kitty. En fait, ce n'était plus l'office depuis longtemps. C'était juste une immense pièce qui servait de débarras, dans la maison de la plage à Kionia... Alex vous a parlé de Kionia ? C'est un endroit fantastique d'où on domine le détroit de Poséidon, qui sépare Aristos de Calista. La maison est très simple et j'adore y séjourner parce que je peux m'y habiller décontracté...

— « Décontracté » ! Comme une bohémienne, oui ! coupa Aegeus avec une exaspération non dissimulée. Arrête d'ennuyer notre invitée avec des histoires de gamins qui remontent au déluge, tu veux ?

Le visage rond et délicat de Kitty devint écarlate.

— Bien sûr... Excusez-moi, mademoiselle Santos.

— Oh, non, je vous en prie, ne vous excusez pas !

Spontanément, Maria prit la main de la princesse.

— Je trouve ces histoires très divertissantes, au contraire. Mon enfance n'a pas été aussi drôle, sans frères ni sœurs.

Tous les yeux étaient fixés sur elle, constata-t-elle tout à coup. Sans doute parce qu'elle continuait de tenir la main de la princesse comme si c'était une vieille amie à elle ! Les joues en feu, elle lâcha la main de Kitty.

— Je veux dire… Je passe une excellente soirée… Vous êtes tous si… si…

— Tout le plaisir est pour nous, mademoiselle Santos, déclara la reine d'une voix douce.

— Ne voudriez-vous pas m'appeler Maria, s'il vous plaît ?

La reine lui sourit.

— Je sais que je vous l'ai déjà dit, Maria, mais je suis vraiment très impressionnée par le collier que vous avez dessiné. J'espère que votre atelier vous convient.

— Bien sûr, Votre Majesté. Il est même mieux équipé que le mien à New York.

— Tant mieux. Si vous avez besoin de quoi que ce soit d'autre…

— Justement, oui. Plusieurs choses, en fait…

— Lesquelles ?

— Quelques informations, pour commencer. Je sais que le roi Christos a fait retailler le diamant Stefani en deux joyaux, mais j'aimerais avoir des précisions.

Une tension perceptible s'installa autour de la table.

— Je ne vois pas l'intérêt de discuter de l'histoire d'Adamas, déclara le roi d'un ton crispé.

Maria s'éclaircit la voix.

— Je ne veux pas être indiscrète, Votre Majesté. Mais mieux connaître l'histoire du Stefani me sera utile pour la création du collier.

— C'est absurde ! Ce qui vous sera utile, ce sont les diamants qui vous ont été fournis. Les fables qui circulent au sujet du Stefani ne vous regardent pas.

Silence.

— Maria est une artiste, père, déclara Alex d'un ton posé. Ses créations sont imprégnées d'histoire et de culture. En l'occurrence, celles de notre peuple. Pour créer un collier digne de la reine, elle a besoin de mieux connaître notre royaume, n'est-ce pas, Maria ?

— Oui, tout à fait.

Elle regarda Alex avec perplexité. Comment pouvait-il comprendre instinctivement ce que la plupart des gens ne parvenaient pas à concevoir ?

— Notre histoire est très simple, intervint Sebastian. À l'origine, Adamas faisait partie de la Grèce antique.

— C'est ce que m'a dit Alex, commenta Maria.

— Le royaume, gouverné à partir de l'île d'Aristos, occupait une position stratégique qui lui a permis de développer des liaisons commerciales fructueuses avec la Grèce, la Turquie et l'Egypte, intervint Andreas. Au Moyen Âge, des mines de diamant ont été découvertes sur Calista. Des diamants roses. Très rares. Mais vous savez cela, bien sûr.

— La famille Karedes s'est considérablement enrichie grâce au commerce de ces diamants avec l'Europe, déclara Alex. Ce qui a créé des tensions avec les Calistéens. Mon grand-père…

— Le roi Christos ? demanda Maria.

— Oui. Il a tenté d'apaiser les tensions, mais il a échoué. Il a donc décrété qu'à sa mort le royaume serait scindé en deux. Aristos, gouverné par son fils, Aegeus, et Calista, gouverné par sa fille, Anya.

— Cependant, il n'a jamais perdu l'espoir que les deux parties se réconcilient, déclara Sebastian. Lors de l'annonce officielle de la division du royaume, il a précisé qu'il souhaitait que les deux moitiés du diamant Stefani soient un jour réunies. Et que ce jour-là, le royaume d'Adamas soit réunifié. C'est ce que nous appelons « l'héritage » du roi Christos.

— Mais ce souhait n'a toujours pas été exaucé, conclut Kitty.

Maria regarda le roi.

— Cette période a dû être délicate pour vous et votre sœur, Votre Majesté.

— C'est du passé, répliqua sèchement Aegeus. Et je ne vois pas l'utilité de le remuer avec une étrangère.

Il jeta sa serviette sur la table.

— Vous êtes ici pour créer le collier que j'offrirai à la reine pour son anniversaire, mademoiselle Santos. Pas pour écrire l'histoire de notre famille.

— Mon seul but est de créer un cadeau aussi parfait que possible, Votre Majesté. Je suis navrée que vous ne partagiez pas mon point de vue.

Alex réprima un sourire admiratif. Maria appréhendait peut-être ce dîner, mais elle n'hésitait pas à tenir tête au roi. Sebastian et Andreas avaient visiblement toutes les peines du monde à garder leur sérieux, tandis que Kitty semblait sur le point de bondir de son siège pour embrasser Maria. La reine tenait sa serviette devant sa bouche.

Aegeus hésita un instant, puis il hocha la tête et se leva.

— Moi aussi je souhaite que ce cadeau soit parfait, déclara-t-il avec raideur. À présent, si vous n'avez plus besoin de rien, mademoiselle Santos…

— À vrai dire, si. J'ai une faveur à vous demander, Votre Majesté.

Nouveau silence.

— Laquelle ? demanda le roi d'un ton glacial.

Maria semblait déterminée, mais elle tremblait, constata Alex. Malgré tous les regards braqués sur elle, il passa un bras autour de ses épaules. Elle prit une profonde inspiration.

— J'aimerais voir la couronne aristéenne.

— Vous l'avez vue. Mes conseillers vous ont envoyé des photos. Pour des raisons de sécurité, la couronne est enfermée dans les coffres royaux.

— Il doit être possible de la montrer quelques instants à Maria, père, intervint Alex.

— Il n'y a aucune raison.

— Je vous assure que c'est très important, Votre Majesté,

insista Maria. Un cliché, même d'excellente qualité, ne reproduit jamais exactement la couleur d'un diamant. Or j'ai besoin de connaître la nuance précise du diamant rose de la couronne pour choisir celui qui constituera le cœur du collier.

— On m'a certifié que les photos numériques étaient très fidèles, objecta Aegeus.

— Pas en ce qui concerne la couleur des diamants, Votre Majesté. De plus, j'ai besoin de voir et de toucher de mes mains la moitié aristéenne du Stefani.

Maria s'interrompit un instant avant de poursuivre.

— D'une certaine façon, les pierres précieuses parlent aux gens qui les travaillent, Votre Majesté. Je sais que ça peut paraître étrange…

— Étrange ? Apparemment, j'avais raison de craindre que cette jeune femme soit une nostalgique de l'époque hippie plutôt qu'une bijoutière ! s'exclama Aegeus à la cantonade.

— Maria n'est ni l'un ni l'autre, père, déclara sèchement Alex.

Il la sentit tressaillir contre lui et la serra plus étroitement.

— C'est une artiste de grand talent, et nous avons beaucoup de chance qu'elle ait accepté de créer ce collier.

Il défia son père du regard.

— Tu lui dois des excuses.

Aegeus devint écarlate. Il y eut un long silence, puis la reine se leva et posa la main sur le bras de son mari.

— Aegeus, Alexandros, s'il vous plaît, ne vous querellez pas. Pour ma part, j'estime qu'il serait dommage que le diamant du collier ne soit pas en parfaite harmonie avec celui de la couronne. D'autant plus que tu porteras celle-ci le jour de mon anniversaire, Aegeus, fit-elle valoir d'une voix douce.

Après un nouveau silence, Alex hocha la tête.

— Mère a raison. Je vous présente mes excuses pour ma brusquerie, père. Néanmoins, je pense sincèrement qu'il faut faire confiance à Maria pour créer un collier qui soulèvera l'admiration du monde entier et rehaussera le prestige du royaume d'Aristos.

Le roi resta figé un instant, puis il finit par hocher la tête.

— Je vais prendre les dispositions nécessaires pour que vous puissiez voir la couronne, mademoiselle Santos. Pendant cinq minutes. Pas une de plus.

Maria s'écarta d'Alex pour faire une profonde révérence.

— Je vous remercie du fond du cœur, Votre Majesté. Vous ne regretterez pas votre décision.

Une ombre passa sur le visage d'Aegeus.

— Je l'espère, déclara-t-il avant de s'éloigner.

Le trajet jusqu'à la baie d'Apollonia s'effectua dans le silence.

Les grilles s'ouvrirent, et la Ferrari remonta l'allée. Devant la villa, Alex coupa le moteur, descendit de voiture et ouvrit la portière de Maria.

Quelle femme admirable ! pensa-t-il. Talentueuse. Intelligente. Courageuse. Et belle. Oui, incroyablement belle dans le clair de lune. Dans son lit, elle serait plus belle encore…

Il lui tendit la main et l'aida à descendre de voiture.

— Ton père va sans doute me renvoyer aux États-Unis dès demain matin…

Il sourit.

— Aucun danger. Avec sa diplomatie coutumière, ma mère l'a obligé à prendre une décision sur laquelle il lui est impossible de revenir.

— Inutile de me ménager. Je suis consciente de m'être conduite avec stupidité.

— Je parlerais plutôt de courage.

Alex enfonça les doigts dans les cheveux de Maria et embrassa ses lèvres avec une infinie douceur.

— Alexandros…

Elle noua les bras sur sa nuque. Fougueusement, il approfondit son baiser et elle y répondit avec ferveur.

Et soudain, une évidence s'imposa à lui. Il ne pouvait pas l'inciter à honorer le contrat indigne qu'il lui avait fait signer. C'était impossible. Impensable.

Il s'arracha à ses lèvres. Il vit que ses pupilles étaient dilatées, son regard voilé de désir. Ou de tristesse ? Comment le savoir ?

— Il est tard, murmura-t-il. Trop tard pour discuter de tout ça ce soir.

Son regard effleura ses lèvres. Mon Dieu, comme il avait envie de l'embrasser encore ! Mais pas question. Surtout pas !

— Tu retrouveras toute seule le chemin de ta chambre ?

— Mais… tu avais dit… ?

— Je sais ce que j'ai dit.

Alex soupira. Oh, et puis tant pis ! Il captura de nouveau la bouche de Maria, brièvement.

— Je ne suis pas un saint, murmura-t-il contre ses lèvres. Mais je ne suis pas non plus un monstre, finalement.

Un petit cri étranglé s'échappa de la gorge de Maria.

— Je ne comprends pas, Alexandros ! Qu'attends-tu de moi ?

Il secoua la tête avant de s'éloigner dans l'obscurité.

Il ne savait pas ce qu'il attendait d'elle. C'était là tout le problème.

9

« Espèce de crétin ! » marmonna Alex en donnant un coup de pied dans un caillou.

Pourquoi était-il parti ? Maria était prête à se donner à lui. Alors, pourquoi ces scrupules ?

Il jeta un coup d'œil vers la villa. La fenêtre de sa chambre était encore éclairée. Dans moins d'une minute, il pouvait être dans la pièce et…

Pas question.

Il avait pris une décision, il devait s'y tenir. Au moins pour cette nuit. Pour quelles raisons ? À vrai dire, il n'aurait su l'expliquer, mais c'était comme ça.

De toute façon, il n'avait pas forcément besoin de Maria pour mettre fin à sa frustration. Il connaissait suffisamment de femmes sur l'île qui seraient ravies de passer la nuit avec lui. Ou bien il pouvait retourner en ville : au bar du Grand Hôtel, les touristes en quête d'une aventure ne manquaient pas.

Certes. Mais il n'avait pas envie d'une autre femme. N'était-ce pas du plus haut comique ? La seule femme dont il avait envie, c'était celle qu'il venait de renvoyer dans sa chambre !

Lâchant un juron, il se dirigea à grands pas vers la Ferrari. Une minute plus tard, il franchissait la grille de la villa en faisant vrombir le moteur. Conduire, de préférence à toute vitesse, sur la route de la corniche, finirait peut-être par le calmer.

Espoir déçu, constata-t-il bientôt.

Une heure plus tard, il franchit de nouveau la grille de

la villa, cette fois en sens inverse, et toujours en proie à la même frustration.

Il ne restait plus qu'une solution : monter dans la chambre et lui arracher ses vêtements. Plonger en elle. S'abîmer au plus profond d'elle…

Un gémissement rauque monta de la gorge d'Alex. Il descendit de voiture et entra dans la maison obscure et silencieuse.

Mais au pied de l'escalier, il se ravisa et gagna à grands pas son bureau, où il se servit un verre de cognac qu'il vida d'un trait. Puis il se mit à arpenter nerveusement la pièce.

Oh, et puis tant pis ! Ça ne pouvait plus durer.

Il quitta le bureau, traversa le hall, monta l'escalier quatre à quatre, prit le couloir, s'arrêta devant la porte de sa chambre, leva la main pour frapper… Frapper ? À la porte de sa propre chambre ? Il avait pris sa douche et s'était habillé à l'autre bout de la villa, il venait de passer une heure à rouler sans but en pleine nuit et il s'apprêtait à frapper avant d'entrer dans sa chambre ? Il saisit la poignée, prêt à défoncer la porte si nécessaire.

Elle n'était pas verrouillée.

La pièce était vide. Sur un fauteuil, la robe émeraude, en boule. Au pied du même fauteuil, les escarpins à talons aiguilles.

Le lit n'était pas défait.

L'exaspération d'Alex s'évanouit instantanément, balayée par une angoisse incontrôlable. Où était-elle ? Était-elle partie ? Peu probable. Il aurait fallu qu'elle appelle un taxi, or ce dernier n'aurait pu franchir la grille sans déclencher le système de sécurité.

Serait-elle sortie se promener ? Pas en pleine nuit, alors que ni les jardins ni les bois alentour ne lui étaient familiers… Certains sentiers s'arrêtaient abruptement au bord de la falaise… Non. Alex chassa aussitôt les images horribles qui l'assaillaient.

Le pavillon !

Il dévala les marches et se précipita dehors, de nouveau hors de lui. S'imaginait-elle qu'elle pouvait lui échapper ?

Qu'il allait la laisser dormir là-bas plutôt que dans son lit ? La vue d'une faible lueur derrière la baie vitrée du pavillon décupla sa colère. Il ouvrit la porte à la volée.

— Si tu t'imagines que je vais accepter…

Sa voix s'éteignit.

Vêtue d'un jean et d'un pull ample, Maria était recroquevillée dans un fauteuil devant la fenêtre, éclairée par la flamme vacillante d'une bougie. Elle se tourna vers lui, le visage pâle, les yeux noyés de larmes.

— Excuse-moi, murmura-t-elle d'une voix brisée. Je n'aurais jamais dû venir ici. Je sais à quoi je me suis engagée, mais je ne peux pas. Je ne peux pas…

Il l'avait déjà rejointe pour la prendre dans ses bras.

— Laisse-moi…

Ignorant cette prière, il lui parla en grec d'une voix apaisante en lui caressant les cheveux et en la berçant dans ses bras. Elle se mit à sangloter.

— Je sais que j'ai accepté de… de devenir ta maîtresse, mais je ne peux pas. Même si je dois perdre la commande. Je croyais sincèrement que je pourrais, mais…

— Bien sûr que tu ne peux pas.

Il la hissa sur ses genoux.

— *Glyka mou,* s'il te plaît, ne pleure pas. Je ne te ferai jamais de mal.

— Je ne savais pas qui tu étais, quand je t'ai rencontré, Alexandros. Je te le jure. Je t'ai suivi parce que… Je ne saurais pas l'expliquer. Je ne m'étais jamais conduite ainsi. Je n'avais même jamais…

Elle prit une profonde inspiration.

— Je sais que tu ne me croiras pas, mais… je n'avais jamais couché avec un homme.

Une joie immense mêlée de remords submergea Alex. Tout au fond de lui, il le savait déjà. Depuis le début. Sa belle Maria lui avait offert son innocence sans savoir qui il était, bien sûr. Elle était incapable d'une telle perfidie.

Alors, pourquoi avait-il refusé de la croire ? Comment

avait-il pu être aussi méfiant ? S'était-il laissé influencer par les expériences malheureuses qu'il avait eues avec d'autres femmes, prêtes à tout pour le piéger ?

Il y en avait eu tellement… L'étudiante grecque à qui il avait soi-disant pris sa virginité, puis qu'il avait surprise en train de se moquer de sa naïveté avec ses amies. L'actrice italienne qui l'avait supplié de l'épouser parce qu'elle ne voulait pas vivre dans le péché, alors qu'elle avait couché avec la moitié des princes d'Europe. Le top model allemand qui lui avait annoncé qu'elle était enceinte de lui. Devenu méfiant, il avait exigé un test de paternité… et n'avait plus jamais entendu parler d'elle.

Mais Maria n'avait rien à voir avec ce genre de femmes. Maria était différente. Si différente…

— Je recommanderai un joaillier à tes parents pour faire le collier à ma place, dit-elle à voix basse. Il pourra utiliser mon modèle, bien sûr. Je dois bien ça à ta mère…

Alex lui coupa la parole avec un baiser léger.

— Tu ne dois rien à personne, *glyka mou*. Et il n'est pas question de laisser ta place à quelqu'un d'autre.

Il écarta une boucle de son front.

— Personne ne peut te remplacer. Comme ton modèle, tu es unique.

— Mais… je t'ai dit que je ne pouvais pas tenir mes engagements…

Il lui prit le visage à deux mains.

— Oublie ce contrat. Tu vas rester ici pour faire un collier qui comblera ma mère et sera admiré dans le monde entier… mais tu n'es liée par aucun autre engagement.

Il prit une profonde inspiration.

— J'ai envie de toi, *kardia mou*. À en devenir fou. Mais je ne prendrai jamais rien que tu ne sois pas prête à me donner.

Il eut une moue amère.

— Je l'ai fait une fois et je ne me le pardonnerai jamais…

Elle posa un doigt sur ses lèvres.

— Je me suis donnée à toi, cette nuit-là, Alex. J'avais envie de toi.

Elle baissa les yeux.

— Et j'ai envie de toi en ce moment.

Quelques mots prononcés par une voix à peine audible pouvaient-ils vraiment provoquer un tel tremblement de terre ?

— Tu es consciente de ce que tu dis ?

Elle laissa échapper un petit rire mouillé de larmes.

— Bien sûr. C'est pour cette raison que je ne peux pas rester ici. Je n'ai pas cessé de te désirer malgré ce que tu pensais de moi. J'ai tellement honte…

Il déposa un baiser sur ses lèvres.

— Chut…

— Si j'avais le moindre amour-propre, je n'aurais pas signé ce contrat. Je ne serais pas venue ici…

Il l'embrassa de nouveau. Il voulait juste lui donner un nouveau baiser tendre, rapide, mais les lèvres de Maria s'entrouvrirent sous les siennes. Le bout de sa langue s'introduisit dans sa bouche. Lorsqu'elle noua les bras sur sa nuque, il tenta désespérément de se raccrocher aux dernières bribes de raison qui lui restaient .

— Maria… Tu es sûre ? Vraiment sûre… ?

— Je n'ai jamais été aussi sûre de moi.

Avec un gémissement étouffé, il se leva et la porta jusqu'au lit, à la lueur du clair de lune.

— Alexandros, murmura-t-elle dans un soupir, en levant les bras vers lui.

Il se pencha sur elle et l'embrassa.

Deux mois plus tôt, il lui avait pratiquement arraché ses vêtements dans son impatience de la posséder. C'était un désir purement sexuel. Aujourd'hui… aujourd'hui c'était différent.

Il embrassa avec ferveur ses lèvres, douces comme des pétales de rose mais impatientes de lui rendre son baiser. Il enfonça les doigts dans ses cheveux, parsema son visage et son cou de baisers, mordilla doucement la peau délicate de son épaule. Ses petits soupirs gonflèrent son cœur de joie.

Puis il lui enleva son T-shirt. Elle ne portait rien dessou constata-t-il avec ravissement. Ni sous son jean…

Son corps nu dans la clarté laiteuse de la lune était un somptueux cadeau des dieux.

Ébloui, il couvrit de caresses voluptueuses ses seins, son ventre, ses cuisses, lui arrachant des gémissements extatiques.

— Alexandros…

Doucement, il lui écarta les cuisses et embrassa la fleur de sa féminité. Du bout de la langue, il honora le bourgeon gorgé de désir. Lorsqu'elle sombra dans le plaisir avec un cri rauque, il faillit perdre le contrôle de lui-même.

— Alexandros… Viens…

Il se déshabilla en toute hâte, se pencha sur elle, étouffa un juron, se redressa, ramassa sa veste, plongea la main dans sa poche. Pourvu que… Oui ! Un préservatif. La première fois, il avait oublié.

Aujourd'hui, c'était un miracle qu'il y pense…

Il s'empara de sa bouche avec avidité, tandis qu'elle promenait des doigts fébriles sur ses épaules, son torse, son ventre. Sa main se referma sur sa virilité.

— *Glyka mou*, non…, protesta-t-il d'une voix étranglée.

Ignorant cet avertissement, elle continua de le caresser. Il immobilisa sa main. Impossible de résister plus longtemps…

— *Agapi mou,* regarde-moi. Je veux voir tes yeux…

Les paupières de Maria se soulevèrent. Leurs regards se rencontrèrent. Nouant ses doigts aux siens, il entra en elle.

Elle fut très vite emportée dans un tourbillon de jouissance et ses cris s'élevèrent dans la nuit. Alex poursuivit son va-et-vient, s'abîmant dans sa chaleur moite, accélérant peu à peu la cadence, tandis qu'une nouvelle vague de plaisir montait en elle.

— Maria, *kardia mou, agapi mou…*

Un raz-de-marée dévastateur les balaya tous les deux, les projetant dans un univers magique au sein duquel ils ne formaient plus qu'un seul être.

10

Ils revinrent sur terre au bout d'un long moment.

Le visage d'Alex était enfoui dans le cou de Maria et leurs cœurs battaient à l'unisson. L'air frais de la nuit entrait par la porte ouverte, mais quand Alex voulut se redresser, Maria le retint contre elle.

— Reste là…

Elle le sentit sourire dans son cou.

— Je ne vais pas très loin, tu sais.

Elle relâcha son étreinte. Il prit le plaid au pied du lit, le remonta sur eux, et la serra dans ses bras.

— Ça va ?

Ce fut au tour de Maria de sourire.

— Merveilleusement bien.

— Tu es sûre ?

— Tout à fait sûre.

Il écarta des boucles folles de son front.

— Pardonne-moi, *agapi mou.*

— Pour quelle raison ?

— Pour avoir tout gâché la première fois avec mes accusations lamentables.

Elle posa un doigt sur ses lèvres.

— Un grand sage n'a-t-il pas dit que le passé devait rester dans le passé ?

— Tu me pardonnes ?

— Te pardonner quoi ? demanda-t-elle avec un sourire attendri. Je ne vois pas de quoi tu parles, Alexandros.

— J'aime la façon dont tu dis mon prénom.
— Alexandros… Alexandros…
— Maria…
Ils repartirent pour un nouveau voyage enchanteur.

Juste avant le lever du soleil, ils s'habillèrent et regagnèrent la maison.
— Quelqu'un risque de nous voir, chuchota Maria, tandis qu'Alex l'entraînait dans le hall.
— Qui donc ?
Elle rit.
— Quelle question ! Athenia, par exemple. Ou la cuisinière, les femmes de chambre, le chauffeur…
Il la souleva de terre et la porta dans l'escalier.
— Leur discrétion est exemplaire.
Maria eut un pincement au cœur. Bien sûr… Ils avaient l'habitude. Elle n'était pas la première femme à dormir à la villa avec Alex.
— Tu te trompes, *glyka mou.*
Elle leva un regard surpris vers Alex.
— À quel propos ?
— Je n'ai jamais amené aucune femme ici.
— Comment sais-tu que… ?
— J'ai lu dans tes pensées.
Une fois dans la chambre, il la posa sur ses pieds et prit son visage entre ses mains.
— C'est une grande première qu'il faut célébrer dignement, déclara-t-il d'un ton solennel.
Il effleura ses lèvres.
— Champagne, bougies, pétales de rose. Qu'en penses-tu ?
Elle fut parcourue d'un long frisson. Sentait-il son cœur battre à tout rompre ? Était-il possible qu'il ait compris ce qui se cachait dans son cœur affolé ? Qu'il ait deviné les sentiments qu'elle ne pouvait plus continuer à nier comme elle l'avait fait depuis leur rencontre ?

— Je trouve que c'est une idée merveilleuse…

Elle pressa imperceptiblement son bassin contre le sien.

— Mais préparer tout ça ne risque-t-il pas de prendre beaucoup de temps ?

Les traits d'Alex s'altérèrent. Le désir soulignait chaque détail de son visage sublime, constata-t-elle, envahie par une vive chaleur.

— Maria… Mon Dieu, Maria…

Ils n'eurent pas le temps d'arriver jusqu'au lit. Ni la première fois ni la deuxième. La troisième, si. Ils l'inaugurèrent jusqu'à ce que le soleil aristéen soit très haut dans le ciel.

Lorsque Alex se réveilla, la place était vide à côté de lui. Il se redressa vivement.

— Maria ? appela-t-il en traversant la chambre jusqu'à la salle de bains.

La porte était fermée. Un robinet coulait. Puis plus rien.

Il frappa.

— Maria ?

— Oui, je suis là, répondit-elle d'une voix éteinte.

L'estomac d'Alex se noua. Était-elle encore malade ?

— Maria ? Ouvre la porte, s'il te plaît.

Il y eut un silence, puis le bruit du verrou. Il ouvrit la porte. Debout devant le lavabo, une brosse à dents à la main, Maria le regardait dans le miroir. Elle souriait, mais son visage était pâle et humide de sueur.

— *Kardia mou,* dit-il en refermant les bras autour de sa taille. Tu as encore été malade ?

— Un peu.

— Il faut que tu voies un médecin.

— C'est juste la grippe. Tout le monde l'avait à New York.

— Raison de plus pour voir un médecin.

— C'est inutile. Je vais beaucoup mieux.

Alex s'efforça de prendre un air sévère pour masquer son

anxiété. Elle était très pâle… Et les cernes qui creusaient ses yeux étaient impressionnants.

— Ne dis pas de bêtises. Je vais t'emmener chez mon médecin. Il te donnera des antibiotiques.

— Les antibiotiques ne servent à rien contre les virus.

Il la fit pivoter face à lui.

— Je ne veux pas que tu sois malade. Laisse-moi prendre soin de toi.

— C'est inutile, je t'assure.

— Ce que tu peux être têtue !

Il la souleva de terre.

— Reviens au moins te coucher et te reposer pendant un moment.

Il la porta jusqu'au lit, s'allongea à côté d'elle et la prit dans ses bras. Il l'embrassa tendrement, passa la main dans ses cheveux, lui caressa le dos. Inévitablement, alors qu'elle se blottissait contre lui, le désir s'éveilla.

— Tu n'es pas trop fatiguée ? murmura-t-il. Tu veux que j'arrête ?

— Non, surtout pas.

Quand Alex se réveilla quelques heures plus tard, Maria avait de nouveau disparu.

Il se redressa d'un bond, mais la porte de la salle de bains était ouverte et il n'y avait personne à l'intérieur.

Il prit une douche rapide, enfila un jean et un T-shirt blanc, puis il descendit. De la cuisine, parvenait le bruit discret de la radio, réglée sur la station musicale préférée d'Athenia.

— *Kalimera,* Monsieur.

— Vous avez vu Mlle Santos ?

— Oui, il y a une heure environ. Elle a pris un café et…

— Elle allait bien ?

La gouvernante arqua les sourcils.

— Oui, Monsieur. Elle est dans son atelier.

Bien sûr !

Il la trouva perchée sur un tabouret devant l'établi. Elle était vêtue d'un jean et d'une chemise en batiste bleue. Ses pieds étaient nus et ses cheveux attachés en queue-de-cheval. Penchée sur un bloc de papier, elle dessinait en sifflotant.

Il s'approcha silencieusement et referma les bras sur elle.

— *Kalimera, kardoula mou.*

— *Kalimera, Alexandros,* répondit-elle en se tournant vers lui pour lui offrir ses lèvres.

Il les prit avec gourmandise.

— Pourquoi étais-tu si pressée de quitter mon lit ?

— Oh, je n'étais pas pressée du tout ! Mais je te rappelle que je dois faire un collier pour l'anniversaire de ta mère.

— C'est vrai. Tu sais, elle aime tellement ton travail que je la soupçonne de ne pas être étrangère aux problèmes de Safir & Fils, plaisanta Alex.

Elle eut un petit rire ravi.

— Oh, je suis si heureuse, Alexandros ! Cette commande est tout pour moi.

— Vraiment tout ?

Il glissa les mains sous sa chemise et les referma sur ses seins.

— Non…

Il la porta jusqu'au lit. Tandis qu'ils se déshabillaient mutuellement en se couvrant de caresses, Maria se formula enfin clairement ce qu'elle savait depuis le début.

Elle aimait Alexandros.

Ils prirent un brunch — *kolatsio*, disait Athenia — sur une terrasse offrant une vue spectaculaire sur la baie. Café grec, olives, feta, pain tout chaud. Et un plateau de délicieuses pâtisseries appelées *kalitsounia kritis.*

Assis en face d'elle, Alex lui parlait de la villa avec une fierté manifeste. Il l'avait conçue en étroite collaboration avec l'architecte, l'entrepreneur et les charpentiers. Il lui expliqua également qu'il avait vécu au palais jusqu'à son départ en pension, où il avait effectué ses études secondaires avant d'aller à l'université. Il appréciait la beauté du palais et le symbole qu'il représentait, mais il ne s'y était jamais senti chez lui. Une fois son MBA en poche, il avait acheté un appartement à Ellos et un autre à New York. Puis, lors d'un week-end dans la maison familiale surplombant le détroit de Poséidon, qui séparait Aristos de Calista, il avait eu envie d'une maison au bord de la mer.

— J'ai toujours aimé cette baie. J'ai donc appelé un ami agent immobilier pour savoir s'il y avait un terrain à vendre, puis un autre ami, architecte, pour lui demander conseil, et…

Alex s'interrompit.

— Je n'arrête pas de parler de moi, alors qu'en réalité je meurs d'envie que tu me racontes ta vie.

— Elle est loin d'être aussi exaltante que la tienne. Je dirais même… Hé !

Maria éclata de rire, tandis qu'Alex bondissait de son siège pour la prendre dans ses bras et l'asseoir sur ses genoux.

— D'accord. C'est moi qui vais la raconter. Maria Santos est née il y a vingt-cinq ans et c'était le plus beau bébé du monde.

Elle rit.

— Alex, c'est ridicule !

Il prit un air interloqué.

— Tu n'as pas vingt-cinq ans ? Quel âge as-tu ? Quarante-cinq ? Cinquante-cinq ? Mon Dieu, tu n'as tout de même pas soixante…

Elle éclata de rire.

— Mais non ! Je n'étais pas le plus beau bébé du monde !

— Je suis sûr que si.

— Tu es fou, Alexandros.

— Fou de toi.

Est-ce qu'on pouvait vraiment avoir le cœur qui chante ? Maria n'avait jamais entendu des paroles aussi enivrantes. Alexandros, son prince, était fou d'elle !

— Et je veux tout savoir de toi, ajouta-t-il.

Cela aussi c'était grisant. Personne n'avait jamais eu envie de tout savoir d'elle ! Elle déposa un baiser furtif sur les lèvres d'Alex.

— D'accord. Puisque tu insistes, voici l'histoire. Je suis née dans le Bronx. Je suis allée à l'école primaire dans le Bronx. Puis au collège et au lycée dans le Bronx. Puis à l'université…

— Dans le Bronx ?

— Comment as-tu deviné ? J'ai commencé des études…

— D'art.

Elle posa la tête sur son épaule en soupirant.

— De commerce. Ma mère avait insisté, mais je détestais ça. Pendant que tout le monde apprenait à se servir de Word et d'Excel, je dessinais. Bref, j'ai tenu un an. Ensuite, j'ai constitué un portfolio et j'ai sollicité un entretien pour entrer au FIT — le Fashion Institute of Technology. Ma candidature a été retenue, alors j'ai entrepris les démarches pour obtenir un prêt.

Maria fit une pause avant de poursuivre.

— Ensuite, j'ai annoncé la nouvelle à ma mère. Je lui ai montré mon portfolio en lui expliquant qu'il était très difficile de décrocher une place au FIT. Elle a dit…

— Que tu avais un talent extraordinaire.

Maria eut un petit sourire contraint.

— Qu'à cause de mes rêves stupides j'allais rater ma vie.

Alex resserra ses bras autour d'elle.

— Je suis désolé. J'aurais dû me douter…

— Ce n'est rien. Vois-tu, ma mère n'a pas terminé le lycée. Elle a commencé à travailler à seize ans, comme ouvrière, dans un atelier de confection.

— Et ton père ?

— Mon père ? répéta Maria d'un ton qui se voulait désinvolte. C'était le propriétaire de l'entreprise où travaillait ma mère. Il était riche. Il avait une maison à Long Island. Une grosse voiture.

Maria fit une pause.

— Il avait aussi une femme et des enfants, acheva-t-elle.

— Et ta mère l'ignorait…

— Elle était parfaitement au courant.

La voix de Maria se crispa.

— Il lui avait promis de divorcer pour l'épouser, mais il ne l'a jamais fait, bien sûr. Lorsqu'elle lui a annoncé qu'elle était enceinte, il l'a traitée de menteuse. Et quand il a fini par comprendre que c'était vrai, il lui a donné de l'argent pour avorter. Elle n'a pu s'y résoudre. Lorsqu'il s'en est rendu compte, il l'a licenciée. Et elle ne l'a jamais revu.

Maria se maudit. Alex s'était figé et restait silencieux. Pourquoi lui avoir raconté tout ça ? Elle ne parlait jamais de son enfance. Jamais. Joaquin était au courant parce qu'ils avaient grandi ensemble ; Sela aussi, bien sûr. Mais personne d'autre ne savait qu'elle était une fille « illégitime ». Un terme désuet pour beaucoup de gens, peut-être, mais dans le milieu dans lequel elle avait grandi, il était encore en usage et entaché de déshonneur. Comment avait-elle pu raconter une histoire aussi sordide à un homme comme Alex, qui avait été élevé sur une autre planète ?

— Voilà, c'étaient les « contes et légendes du Bronx » ! lança-t-elle d'un ton enjoué. À présent, il faut que je retourne trava…

— Il n'a jamais cherché à te voir ?

— Qui donc ? demanda-t-elle en feignant la perplexité. Oh, mon père ? Non. Pourquoi l'aurait-il fait ? De toute façon, je n'ai jamais eu besoin de lui.

— Comment un homme peut-il abandonner la femme qui porte son enfant ?

Alex prit le visage de Maria dans ses mains et l'embrassa.

— Tu es une femme très courageuse, *kardia mou*. Je suis honoré d'être ton amant.

Au fil des jours, leur vie s'organisa tout naturellement, dans une harmonie joyeuse pimentée par la passion brûlante qui les dévorait.

Voir Alex s'approcher d'elle suffisait à embraser Maria.

Un simple sourire de Maria suffisait à éveiller le désir d'Alex.

Ils faisaient l'amour la nuit, le jour, dans la chambre, dans l'atelier, dans le jardin, à l'arrière de la limousine, protégés des regards par les vitres teintées et la cloison de séparation… Ils discutaient, ils riaient, ils travaillaient. Et peu à peu ils apprenaient à se connaître.

Maria allait mieux. Ses nausées avaient disparu. Elle était encore un peu fatiguée, mais après une grippe, quoi de plus normal ?

Par moments, un pincement au cœur lui rappelait que cette parenthèse enchantée ne serait pas éternelle. Le collier était pratiquement terminé et la cérémonie d'anniversaire approchait. Elle avait beau s'efforcer de vivre dans l'instant, elle ne parvenait pas à ignorer complètement l'angoisse tapie au plus profond d'elle-même.

La semaine précédant l'anniversaire débuta.

Dans huit jours, son séjour à Aristos s'achèverait.

À moins qu'Alex lui demande de rester…

Mais pourquoi le lui demanderait-il ? Ils appartenaient à deux mondes différents. À deux univers beaucoup trop éloignés l'un de l'autre. Inutile de se faire des illusions, leur relation ne pouvait pas durer.

Heureusement, elle avait son travail — son autre passion — dans lequel elle s'absorbait avec un plaisir toujours renouvelé. Jusqu'au jour où il ne lui resta plus qu'à choisir un des deux diamants roses pour l'enchâsser au cœur du collier. Or, pour effectuer ce choix, elle avait besoin de voir la couronne d'Aristos.

Le roi lui avait déjà fixé plusieurs rendez-vous, mais il les avait tous annulés au dernier moment.

Un matin, alors qu'Alex était à Ellos pour une réunion, elle téléphona au palais et laissa un message à l'assistante d'Aegeus, en précisant que si elle n'avait pas vu la couronne dans la journée, le collier de la reine risquait de ne pas être parfait.

Au moment où elle raccrocha, elle fut assaillie par une nausée. Sa grippe n'était toujours pas terminée ?

Elle eut tout juste le temps d'atteindre la salle de bains.

Lorsque les spasmes, particulièrement violents, finirent par s'apaiser, elle se brossa les dents en s'agrippant au lavabo. Alors qu'elle regagnait la chambre, elle fut prise de vertige, trébucha et se heurta à l'encadrement de la porte. Le choc ne fut pas très violent, mais elle ressentit une vive douleur dans la poitrine. Ses seins étaient devenus très sensibles, ces derniers temps… Même quand elle faisait l'amour avec Alex, il y avait des moments où le contact de ses lèvres était presque douloureux.

Oh… mon Dieu !

Les seins sensibles. Des nausées sans cause apparente. Et… Elle poussa un gémissement. Et plus de règles depuis… Deux mois ? Trois ?

— Non ! Par pitié, non !

Le téléphone sonna. Elle l'ignora mais la sonnerie persista.

— Allô ?

L'assistante du roi lui annonça qu'elle pourrait voir la couronne une heure plus tard.

— Je suis désolée, mais dans une heure c'est impossible, répondit Maria, les jambes tremblantes. Pourrais-je venir plutôt cet après-midi ?

— Dans une heure, mademoiselle Santos, cria une voix impérieuse à l'autre bout de la ligne. Ou jamais.

— Je serai là, Votre Majesté.

11

Maria prit une douche en s'efforçant de ne penser qu'à son rendez-vous avec le roi.

Impossible, constata-t-elle en s'asseyant au bord du lit.

Comment pouvait-elle être enceinte ? Alex utilisait toujours des préservatifs. Non. Pas la première fois. Tout s'était passé si vite, cette nuit-là…

Après, il lui avait assuré qu'il n'avait aucune maladie. Embarrassée, elle avait préféré se contenter de lui dire qu'elle était dans le même cas. Sans préciser qu'elle n'avait jamais couché avec un homme… Et lorsqu'il avait dit « Je suppose que tu prends la pilule », elle avait hoché la tête. Elle ne la prenait pas, mais c'était un moment de son cycle où elle ne courait pas de risque. En principe…

Maria enfouit son visage dans ses mains. Dire qu'elle s'était demandé des milliers de fois comment sa mère avait pu commettre une erreur aussi grave ! Aujourd'hui, elle avait la réponse. La passion faisait perdre la tête…

Et tous ces indices, comment avait-elle pu les ignorer ? Les nausées. La fatigue. L'absence de règles. C'était le signe le plus flagrant, bon sang ! Mais il était vrai qu'elle n'avait jamais eu des cycles très réguliers…

Oh, elle avait envie de hurler ! De donner des coups de poing contre le mur !

Mais elle devait garder son calme. Elle prit une profonde inspiration. Piquer une crise de nerfs ne changerait rien à la situation. D'ailleurs, elle n'en avait pas le temps.

Le collier. Le rendez-vous avec le roi. Voilà qui était prioritaire.

Elle s'habilla en toute hâte. Pantalon noir, pull en cachemire noir et veste rose pâle. Escarpins noirs. Après la robe de soie émeraude, Alex lui avait offert une garde-robe entière, commandée dans les boutiques les plus chic d'Ellos et livrée directement à la villa.

— Je ne peux pas te laisser m'acheter des vêtements ! avait-elle protesté.

Il l'avait réduite au silence en l'embrassant.

— T'offrir des cadeaux me fait tellement plaisir, *agapi mou.*

Parce qu'elle savait qu'il était sincère, parce que rien ne s'était passé comme prévu et qu'au lieu de partager seulement son lit elle partageait aussi sa vie, elle avait accepté de porter ces tenues quand ils sortaient au restaurant, au théâtre, ou au casino.

À présent, la penderie remplie de robes et d'ensembles haute couture semblait la narguer. Ces cadeaux prouvaient qu'elle était la maîtresse d'Alex. Or, une maîtresse ne tombait pas enceinte. Une maîtresse n'avait aucun avenir avec son amant. Surtout s'il était de sang royal…

Stop ! Elle avait rendez-vous avec le roi Aegeus.

Pour l'instant, c'était tout ce qui comptait.

Le chauffeur de la limousine déposa Maria dans une cour située à l'arrière du palais. Ensuite, un valet la conduisit à travers un dédale de couloirs jusqu'à une petite porte dérobée.

— Mlle Santos, Sire.

Le roi était assis à une table sur laquelle était posé un écrin de velours fermé par un cordon. Maria s'efforça de masquer sa surprise. Elle s'attendait à tout autre chose. Lumières vives. Caméras de surveillance. Gardes. Pas à une pièce minuscule et mal éclairée…

— Votre Majesté…

Aegeus congédia le valet d'un geste de la main, puis il indiqua la chaise placée en face de lui, de l'autre côté de la table.

— Asseyez-vous, mademoiselle Santos.

Son ton impérieux contrastait avec sa mine défaite. Très pâle, il semblait avoir du mal à respirer et une veine battait frénétiquement à sa tempe.

— Est-ce que… Votre Majesté est souffrante ?

Aegeus foudroya Maria du regard.

— Seriez-vous médecin en plus d'être la maîtresse de mon fils ? Oh, ne prenez pas cet air ahuri, mademoiselle Santos. Je ne suis pas stupide. Rien de ce qui se passe dans mon royaume ne m'échappe.

— Dans ce cas, Votre Majesté, vous savez que je suis ici pour créer le cadeau d'anniversaire de la reine Tia, répliqua Maria d'un ton posé. Rien d'autre.

Elle venait sans aucun doute de commettre un crime de lèse-majesté en reprenant le roi, mais il était hors de question de discuter avec lui de sa relation avec Alex.

À sa grande surprise, Aegeus s'esclaffa.

— Je comprends que mon fils se soit entiché de vous ! Quel homme serait capable de résister à une femme qui possède à la fois la beauté, l'intelligence et le courage ?

Maria prit une profonde inspiration.

— Votre Majesté, la couronne…

Aegeus poussa l'écrin au centre de la table, mais il garda la main dessus.

— En principe, elle se trouve dans une vitrine blindée dans la salle des coffres, avec le reste des joyaux de la couronne et, bien sûr, la couronne d'Adamas originelle.

— À vrai dire, je suis surprise que…

— Je me moque de savoir si vous êtes surprise et pourquoi, mademoiselle Santos !

Aegeus regarda sa montre.

— Cinq minutes. Pas une seconde de plus.

Maria dénoua le cordon et sortit la couronne de son écrin. Elle eut le souffle coupé. Quelle splendeur… Les diamants blancs étaient de la plus belle eau, mais le rose avait un éclat incomparable. La moitié du Stefani que le roi Christos avait léguée à son fils Aegeus et au royaume d'Aristos donnait toute sa magnificence à la couronne.

— Extraordinaire…, murmura-t-elle.

— Oui, acquiesça Aegeus d'un ton brusque en tendant la main.

— Attendez, dit Maria en regardant la couronne de plus près.

— Vous vous oubliez, mademoiselle Santos ! Vos cinq minutes sont écoulées, rendez-moi cette couronne.

Maria leva les yeux.

— Excusez-moi, Votre Majesté, mais…

— Mais quoi ? Vous avez vu ce que vous vouliez ! Je vous conseille de ne pas abuser de ma patience !

— Je dois examiner le Stefani de plus près, Votre Majesté. Pour comparer…

Maria prit dans son sac une petite pochette de velours et en sortit les deux diamants roses qui lui avaient été fournis.

— Comme je vous l'ai dit, si je tenais à voir la couronne, c'était pour comparer ces diamants au Stefani, Votre Majesté. Je dois choisir celui qui…

— N'importe lequel fera l'affaire, voyons !

Maria secoua la tête.

— Mademoiselle Santos, je vous ai déjà dit que vos cinq minutes étaient…

Maria n'écoutait plus. Elle avait l'impression qu'un filet d'eau glacée coulait le long de son dos. Elle leva les yeux vers l'unique plafonnier qui éclairait la pièce.

— Il me faudrait plus de lumière…

— Mademoiselle Santos ! s'exclama Aegeus, manifestement hors de lui. Vous dépassez les bornes !

Les mains de Maria tremblaient mais elle s'efforçait de garder son sang-froid. Elle rangea les deux diamants roses dans son sac et sortit de ce dernier une petite lampe électrique et une loupe de joaillier. Elle porta la loupe à son œil et alluma la lampe.

— Mademoiselle Santos ! La couronne aristéenne est un joyau d'une valeur inestimable. Je vous interdis de…

— C'est un faux !

Effarée, Maria leva les yeux vers le roi.

— Le Stefani… La pierre censée être la moitié du Stefani… Ce n'est pas un diamant !

Le roi devint livide. Il bondit sur ses pieds.

— Rendez-moi la couronne !

— Votre Majesté, la pierre est fausse ! Sans doute du zirconium cubique. C'est une copie admirable, mais…

— Rendez-moi la couronne ! rugit Aegeus.

Il arracha celle-ci des mains de Maria et la remit dans l'écrin. Soudain, ses yeux devinrent vitreux. Son visage perdit le peu de couleur qui lui restait et un cri étranglé s'échappa de sa gorge. Il porta la main à son cœur. L'écrin tomba sur la table, tandis qu'il s'affaissait dans son fauteuil.

Affolée, Maria bondit sur ses pieds et se précipita dehors.

— À l'aide ! Le roi a un malaise !

Aussitôt, le couloir qui semblait désert grouilla de monde. Maria s'appuya contre le mur, les jambes tremblantes et le cœur battant à tout rompre. Quelqu'un ramassa tous les objets posés sur la table, les mit dans son sac, lui tendit ce dernier, puis la saisit par le bras et l'entraîna jusqu'à la sortie, où l'attendait la limousine.

Ce fut seulement une fois de retour dans l'atelier qu'elle découvrit la couronne d'Aristos dans son sac.

Comment était-on censé réagir quand on avait subtilisé par inadvertance une couronne royale ?

Maria était prostrée sur un tabouret devant l'établi. Autant de nouvelles désastreuses dans une même journée, était-ce vraiment possible ?

Comment allait le roi ? Il semblait déjà souffrant lorsqu'elle était arrivée au palais. Pourvu que le choc ne l'ait pas tué !

Elle avait téléphoné plusieurs fois à son assistante. Chaque fois, elle était tombée sur la messagerie.

Pour tromper l'attente et en avoir le cœur net, elle avait soumis le diamant rose de la couronne à une série de tests, en commençant par le plus simple — souffler sur la pierre pour voir si elle s'embuait — pour finir par le plus efficace. En priant pour qu'il infirme les résultats déjà obtenus, elle avait sorti son testeur de diamants, outil sophistiqué mais d'utilisation très simple. Il suffisait de l'allumer et d'appliquer la pointe située à une de ses extrémités sur la pierre à tester. Si celle-ci était un véritable diamant, une diode verte s'allumait. Sinon…

La diode restait éteinte.

Dix fois elle avait recommencé, dix fois la diode était restée éteinte.

Peut-être ne fonctionnait-il pas, s'était-elle dit alors pour se rassurer.

Elle avait donc testé chaque diamant blanc de la couronne. Puis chacun de ceux du collier de Tia, à présent presque terminé. Et enfin les deux diamants roses qui lui avaient été fournis.

La diode verte s'était allumée chaque fois.

De nouveau, elle avait appliqué la pointe sur le diamant rose de la couronne. De nouveau, elle était restée éteinte.

La pierre était un faux très réussi. Capable de tromper n'importe qui. Sauf un expert.

Malgré tout… Elle était si bouleversée, aujourd'hui… Elle avait peut-être commis une erreur quelque part, se dit-elle en décrochant le téléphone.

De l'autre côté de l'océan, Joaquin répondit à la première sonnerie.

— Maria ! s'exclama-t-il d'un ton joyeux en entendant sa voix. *¿Qué tal ?* Sela me disait justement…

— Joaquin, j'ai besoin de ton aide.

Contrairement à elle, Joaquin n'était pas diplômé en gemmologie, mais il avait des connaissances approfondies et un instinct infaillible. Par ailleurs, elle pouvait lui faire confiance pour garder le secret. Elle lui expliqua son problème, et elle lui décrivit tous les tests qu'elle avait effectués.

— Tu es sûre que le testeur fonctionne correctement ?

— J'ai vérifié la pile. Et la diode verte s'est allumée pour tous les autres diamants, roses et blancs.

— Je ne t'envie pas, *chica*. Une nouvelle de ce genre, c'est toujours très délicat à annoncer.

— Tu ne crois pas si bien dire, répliqua Maria, l'estomac noué.

— En tout cas, n'hésite pas à m'appeler si tu as besoin de quoi que ce soit. Sela dit même qu'elle peut se passer de moi pendant quelques jours.

Maria ne put s'empêcher de sourire.

— Non, se passer de toi même quelques jours est une épreuve beaucoup trop pénible, Joaquin. Je…

— Comme c'est touchant !

Maria fit un bond sur son tabouret. Sur le seuil du pavillon, les bras croisés, Alexandros dardait sur elle un regard glacial.

— Alexandros ! Je ne t'ai pas entendu arriver.

— Je m'en doute. Mais je ne veux pas te déranger, Maria. De toute évidence, ton coup de téléphone est très important.

À la hâte, elle prit congé de Joaquin, raccrocha et rejoignit Alex. Il resta de marbre lorsqu'elle posa la main sur son bras.

— Ton père…

— Il est à l'hôpital. Il a eu un infarctus. Grâce à toi.

— Je n'ai jamais voulu…

— Que lui as-tu dit ? Que tu couches avec moi, mais que ton amant new-yorkais te manque ?

— Alexandros ! Tu te trompes au sujet de Joaquin.

— Dis plutôt que je me suis trompé à ton sujet !

— Joaquin travaille pour moi. Je te l'ai dit. Il est marié.

— Quelle importance pour une femme comme toi ?

Maria refoula ses larmes.

— Je ne mérite pas ça…

Alex serra les dents. Non, elle méritait bien pire encore ! Dire qu'il ne la quittait pratiquement plus depuis trois semaines ! Comme un idiot, il en était arrivé à… à apprécier sa compagnie au point d'envisager de la garder auprès de lui plus longtemps. Quel imbécile !

Alex inspira profondément.

— Qu'as-tu dit à mon père ? Il allait très bien avant son rendez-vous avec toi.

— Non. Quand je suis arrivée au palais, il paraissait souffrant.

— Réponds à ma question au lieu d'inventer de nouveaux mensonges. Qu'as-tu fait pour provoquer un infarctus chez un homme en parfaite santé ?

Le cœur de Maria se serra douloureusement. Il la regardait comme avant… Comme à l'époque où il la prenait pour une intrigante. Son visage n'exprimait plus qu'un profond mépris.

Dire qu'elle était enceinte de lui…

Comment en était-elle arrivée là ? Et qu'allait-elle faire ? Interrompre la grossesse ? Avoir le bébé ? L'élever seule, comme sa mère l'avait élevée ?

— J'attends, Maria.

— Ce que j'ai dit à ton père l'a bouleversé. J'aurais dû le lui annoncer avec plus de ménagements, mais j'étais moi-même stupéfaite et ça m'a échappé.

— Qu'est-ce qui t'a échappé ? Je ne suis pas d'humeur à jouer aux devinettes.

— J'ai découvert que la moitié du Stefani montée sur la couronne aristéenne n'était pas un diamant. Cette pierre est fausse.

— Tu me prends vraiment pour un imbécile, n'est-ce pas ?

— Cette pierre est fausse, insista Maria d'un ton posé. C'est une copie remarquable, mais une copie tout de même.

Le visage d'Alex se durcit.

— Je ne sais pas ce que tu cherches en racontant de telles énormités, mais…

— La pierre est fausse !

Maria prit la couronne plus une liasse de feuilles sur l'établi et mit le tout dans les mains d'Alex.

Il la regarda d'un air effaré.

— Tu es partie du palais en emportant la couronne ?

— Ce n'était pas intentionnel, mais… Peu importe. Lis mes notes. J'ai effectué des dizaines de tests. C'est pour cette raison que j'ai appelé Joaquin. Au cas où j'aurais commis une erreur quelque part. Malheureusement, il est arrivé à la même conclusion que moi. Le diamant rose de la couronne n'est pas authentique !

Alex observa Maria un instant, puis il parcourut la première feuille avant de la relire plus lentement. Puis il lut le reste des documents. Enfin, il regarda la couronne.

— Je ne comprends pas. Qui aurait fait ça ? Et comment ? La couronne ne sort de la salle des coffres que pour les cérémonies officielles.

— Tout ce que je sais, c'est que le diamant est faux.

Alex posa les documents et la couronne sur l'établi.

— Tu es certaine ? Il n'y a aucun risque d'erreur ?

— Je suis diplômée en gemmologie. Je travaille avec plusieurs compagnies d'assurances, qui font régulièrement appel à mes services.

Elle fit une pause avant de poursuivre.

— J'ai téléphoné à Joaquin parce qu'il est extrêmement compétent et que j'ai confiance en lui.

Alex crispa la mâchoire.

— Bien sûr…

— Arrête ! C'est mon ami d'enfance, bon sang ! Il est marié avec ma meilleure amie ! Il travaille avec moi et je sais que je peux compter sur sa discrétion. Je suppose que tu n'as pas envie que la nouvelle s'ébruite ?

Alex soupira. Elle avait raison. La valeur symbolique de ce diamant était au moins aussi inestimable, sinon plus, que sa valeur réelle. Aucun souverain aristéen ne pouvait être couronné sans lui. Par ailleurs, il y avait la déclaration de son grand-père. Ce que tout le monde appelait « l'héritage du roi Christos ». La réunification des royaumes d'Aristos et de Calista allait de pair avec la réunion des deux moitiés du diamant Stefani…

Alex regarda Maria.

Comment avait-il pu de nouveau l'accuser de duplicité alors qu'il savait pertinemment qu'elle était incapable de mensonge ? Quel idiot ! Il devrait au contraire lui dire qu'il ne pouvait plus imaginer de vivre sans elle…

— Je m'en veux tellement d'avoir annoncé la nouvelle à ton père de manière aussi brutale, murmura-t-elle d'une voix tremblante. Si j'avais…

— Ne t'inquiète pas. Il est à l'hôpital, mais conscient et l'esprit vif.

— Dieu merci ! s'exclama-t-elle en éclatant en sanglots.

Il la serra dans ses bras.

— Ne pleure pas, *glyka mou.*

Les sanglots de Maria redoublèrent. Comme elle aimait cet homme ! Il fallait absolument lui dire qu'elle portait son enfant. Il avait le droit de le savoir.

— *Glyka mou,* il faut que nous parlions. De nous.

— Oui.

— Dès que tous les problèmes seront réglés, nous aurons une longue conversation, d'accord ? Malheureusement, pour l'instant, il y a des milliers de problèmes à régler. Il faut que je prévienne le reste de ma famille au sujet du diamant. Nous allons être obligés de réunir le conseil pour décider des mesures à prendre. Et il y a l'anniversaire de ma mère…

— Vous ne pouvez pas retarder la célébration ?

— Mon père tient à ce que tout se déroule comme prévu.

— Mais s'il est malade…

— C'est une fête nationale, mon cœur.

Alex plissa le front.

— À vrai dire, je me demande maintenant si mon père ne cherche pas également à minimiser l'importance de sa maladie. Vois-tu, si quelque chose lui arrivait, il serait impossible de couronner un nouveau roi tant que le vrai diamant n'aurait pas été retrouvé.

Un frisson parcourut Maria.

— Qu'y a-t-il, *agapoula mou ?*

— Rien. Je… J'étais juste en train de penser que les prochains jours allaient être mouvementés.

— Oui, mais tout se passera bien puisque tu es auprès de moi.

Alex embrassa Maria, puis murmura des mots doux contre ses lèvres.

« Maintenant, pensa-t-elle confusément. Tant pis si nous n'avons pas vraiment le temps de discuter. Il faut lui parler du bébé maintenant… »

Le portable d'Alex sonna. Il pâlit et le sortit précipitamment de sa poche.

— *Né ?*

Ce n'était pas l'hôpital, mais Andreas. La conversation fut brève. Lorsqu'il eut raccroché, Alex serra Maria contre lui.

— Je dois retourner à Ellos, mon cœur. Il faut que je voie Sebastian et Andreas.

Elle hocha la tête.

— Dis-leur que je suis désolée.

— Tu n'as aucune raison de l'être, *glyka mou.*

Un sourire malicieux se dessina sur les lèvres d'Alex.

— Mais si tu ressens le besoin d'expier cette faute imaginaire, j'ai plusieurs idées de pénitence à te suggérer.

Il lui murmura à l'oreille quelques mots qui la firent rougir.

— Cette nuit, promit-elle.

Il prit les documents et la couronne en hochant la tête.

— Cette nuit.

Mais les nuits qui suivirent, Maria n'eut pas l'occasion de tenir sa promesse.

Le mystère du diamant, la maladie du roi et la célébration de l'anniversaire accaparaient Alex, qui ne quittait pratiquement plus le palais.

12

Alex et ses frères s'efforçaient de trouver des réponses. Où se trouvait le vrai diamant ? Qui l'avait volé ? Quand ? Comment la substitution avait-elle pu passer inaperçue ? Et surtout, comment garder le secret ?

Personne ne devait savoir que la moitié aristéenne du Stefani avait disparu. D'abord, parce qu'une telle nouvelle serait très humiliante pour la famille royale. Ensuite et surtout, parce qu'elle risquerait d'avoir des conséquences désastreuses. Que se passerait-il si un cheikh calistéen s'emparait du diamant aristéen ? Ne pourrait-il pas interpréter de façon tendancieuse l'héritage du roi Christos, réunir les deux moitiés du Stefani et revendiquer sa souveraineté sur les deux îles ?

C'était un risque bien réel, qui pouvait aboutir à la destruction pure et simple du royaume d'Aristos.

Alex n'était pas retourné à la villa depuis que Maria lui avait révélé que la moitié du Stefani était un faux diamant. Mais il lui téléphonait dès qu'il le pouvait.

— Tu me manques, *glyka mou,* murmurait-il.

Maria s'efforçait de rester enjouée. La plupart du temps, elle oubliait que l'homme de sa vie appartenait à une famille royale. Mais, en ce moment, c'était impossible. Il avait des responsabilités et sa présence au palais était indispensable. Alors, pas question de lui infliger des lamentations, se répétait-elle.

— Tu me manques aussi, Alexandros. Mais j'ai tellement de travail que même si tu étais ici, je n'aurais pas de temps à te consacrer. J'ai encore des retouches à faire sur le collier de ta mère.

— Oh.

Le cœur de Maria se serrait. Quelle déception dans ce simple mot ! Il était si tentant d'avouer à Alex qu'elle mentait, qu'il lui manquait tellement qu'elle en devenait folle, que s'il franchissait la porte de l'atelier, elle laisserait tout tomber pour se jeter dans ses bras…

Non. Pas question. La dernière chose dont il avait besoin, c'était une femme larmoyante.

Le roi avait quitté l'hôpital contre l'avis de ses médecins. L'infarctus n'avait causé aucun dommage sérieux à son cœur, mais ils voulaient le soumettre à des examens complémentaires. Inutile, avait décrété Aegeus.

— Je vais très bien, répétait-il sans cesse.

Ses fils étaient dubitatifs.

Le roi avait perdu de sa superbe. Il paraissait rabougri, et son visage, très pâle, luisait de sueur en permanence. Et curieusement, il ne faisait jamais allusion au diamant disparu.

— L'essentiel, pour l'instant, c'est que les cérémonies se déroulent sans incident, déclara Alex le jour de l'anniversaire.

Ses frères acquiescèrent. Une fois la célébration terminée, ils pourraient se consacrer plus activement à la recherche du vrai diamant.

Alex téléphona à Maria pour lui annoncer qu'il rentrait prendre une douche et se changer.

— Nous aurons une demi-heure rien qu'à nous.

Il lui expliqua en détail comment il envisageait d'employer celle-ci. Avec un petit soupir de plaisir, Maria répondit qu'elle l'attendait.

Un large sourire aux lèvres, Alex referma son portable. Il avait besoin de cette demi-heure. Pas seulement pour faire l'amour à Maria, mais pour lui dire ce qu'il n'avait pas pu lui dire trois jours plus tôt.

Il ne voulait pas qu'elle reparte à New York. Il ne pouvait pas la laisser s'en aller.

Leur relation ne faisait que commencer, certes. Mais au cours du dernier mois, elle lui était devenue indispensable. Parfois, quand il la serrait contre lui, il avait envie de lui dire… de lui dire…

— Alex ?

Andreas l'avait rejoint.

— Changement de programme. Sebastian a rendez-vous avec le journaliste de la BBC, et je vais parler devant les caméras de CNN. Kitty donne un entretien au *New York Times.* Lissa devait se charger de *Newsweek* mais mère a besoin d'elle pour les fleurs. Tu peux la remplacer ?

Alex regarda sa montre.

— Il faut que je passe à la villa.

— Dis plutôt que tu veux voir Maria, le taquina son frère avec un sourire malicieux.

— Pas du tout ! C'est juste que mon smoking est à la villa…

Alex s'interrompit avec un soupir.

— Tu as raison, dit-il.

— Sois patient, tu la verras ce soir. Et demande à ton chauffeur de t'apporter ton smoking. Si tu ne remplaces pas Lissa, nous sommes dans le pétrin.

Alex acquiesça. Quelle que soit son envie, il ne pouvait pas se dérober à son devoir. Il fallait espérer que Maria comprendrait.

Heureusement, la jeune femme se montra particulièrement compréhensive. Il répondit qu'il était ravi qu'elle le prenne aussi bien.

Il mentait.

Les cérémonies s'ouvrirent sur la sonnerie des clairons de la garde royale, postés en haut de l'escalier de marbre qui conduisait à l'immense salle de bal. Au fond de celle-ci, un rideau de velours rouge se leva et la reine fit son apparition au bras du roi, sous les applaudissements des centaines d'invités. Tous les yeux étaient fixés sur le visage radieux de Tia.

Sauf ceux d'Alex.

À l'autre bout de la salle, il était sur des charbons ardents. Que faisait Maria ?

— Alexandros…

Il se retourna et crut que son cœur s'arrêtait de battre. Comme elle était belle… Fantastiquement belle dans une robe de soie pourpre, ses épaisses boucles brunes ruisselant dans son dos. Impulsivement, il lui prit la main et l'entraîna à travers la foule jusqu'à la terrasse. Là il captura sa bouche dans un baiser passionné.

— Maria, *kardula mou,* tu es la plus belle femme du monde.

Elle sourit contre sa bouche.

— Et toi, mon prince, tu es l'homme le plus séduisant de l'univers.

— J'espérais que tu arriverais avant le début de la cérémonie.

Elle rit.

— Figure-toi que la limousine a crevé. Le pauvre Alastor était dans tous ses états !

— Tu es là, c'est tout ce qui compte. As-tu donné le collier à mon père ?

Maria hocha la tête.

— Oui. Il a paru satisfait et il a dit qu'il l'offrirait à ta mère à minuit précis.

Elle eut un instant d'hésitation.

— Il va bien ? Il a une mine…

— Épouvantable. Je sais. Nous avons tenté de le convaincre d'annuler, mais il a refusé.

Alex la serra contre lui.

— Mais ne parlons pas de ça. Pas maintenant. J'ai quelque chose de très important à te dire.

Elle sentit son cœur s'affoler dans sa poitrine.

Il écarta une boucle de son front.

— Je sais qu'en principe tu dois…

Il soupira.

— Je m'y prends très mal, *glyka mou.* Ce que j'essaie de te dire, c'est que…

— Prince Alexandros !

Un valet arrivait en courant. Alex pâlit.

— Le roi ?

Le valet hocha la tête

— Il a eu un malaise, Votre Altesse.

— Où est-il ?

— Dans la salle du trône. Un hélicoptère est en route.

Alex partit en courant, suivi par Maria qui releva le bas de sa robe.

— Votre Altesse, le roi souhaite voir Mlle Santos, ajouta le valet en courant derrière eux.

— Moi ? s'exclama Maria, abasourdie.

Les membres de la famille Karedes étaient rassemblés devant la porte close de la salle du trône, la mine anxieuse.

— Mon mari veut vous voir, mademoiselle Santos.

Tia se mordit la lèvre.

— Je pense qu'il n'y a pas de temps à perdre.

— Vas-y, dit Alex en effleurant la joue de Maria.

La porte à double battant se referma derrière Maria.

La salle du trône n'était pas aussi vaste qu'elle l'imaginait. Un tapis rouge s'étendait jusqu'à une paire de fauteuils richement ornés, posés sur une plate-forme. Sans doute les trônes, mais ils étaient vides.

— Ici, murmura une voix rauque.

Le roi était seul. Etendu sur un divan de velours cramoisi, calé contre des coussins de soie bleue.

Maria le rejoignit, l'estomac noué. « Il est en train de mourir », songea-t-elle.

— Votre Majesté, votre famille est dehors. Vous voulez sûrement les voir…

— Vous n'étiez pas censée apprendre que le diamant de la couronne était faux.

Maria en eut le souffle coupé.

— Vous le saviez ?

Les traits du roi se crispèrent. Maria pivota sur elle-même

pour aller chercher de l'aide, mais les doigts d'Aegeus se refermèrent sur son poignet avec une force surprenante.

— Mon fils est amoureux de vous.

Elle ouvrit de grands yeux.

— Pardon ?

— Alexandros vous aime, mademoiselle Santos. Je ne suis pas sûr qu'il en soit déjà conscient, mais c'est un fait.

Le roi inspira avec difficulté.

— Vous ne devez pas répondre à son amour.

Maria secoua la tête.

— Votre Majesté, s'il vous plaît. Vous êtes très malade…

— Raison de plus pour m'écouter attentivement, intima-t-il avec un reste d'autorité dans la voix. Vous devez comprendre que dans la vie d'un prince, il n'y a pas de place pour l'amour.

— Votre Majesté…

— Dès sa naissance, la vie d'un prince est entièrement vouée à son peuple. C'est une vie de responsabilités, d'engagements, de devoirs.

Aegeus inspira de nouveau avec difficulté.

— Un jour, mes fils se marieront. Ils épouseront des jeunes femmes de sang royal, comme eux. Des jeunes femmes qui savent ce qu'on attend d'elles.

Maria tomba à genoux à côté du canapé. Des larmes lui brûlaient les yeux mais elle les refoula farouchement.

— J'aime votre fils, murmura-t-elle. Et je respecte ses responsabilités. Je peux l'aider à les assumer.

— Si vous l'aimez sincèrement, vous renoncerez à lui.

— Non ! Vous ne pouvez pas exiger ça de moi ! Ni de lui. Si Alexandros m'aime…

— Son devoir est envers son peuple et sa famille. Un prince qui tombe amoureux d'une femme qui n'est pas faite pour lui ne peut faire que son malheur. Ainsi que son propre malheur et celui de son peuple. Si vous aimez mon fils, comme vous l'affirmez, vous le quitterez sans lui donner d'explication. Il ne doit jamais savoir que vous l'aimez. Vous devez sortir de sa vie et disparaître définitivement.

Les larmes ruisselaient sur les joues de Maria.

— C'est trop me demander. Vous n'avez pas le droit !

— J'aime mon pays et mon peuple. Et j'aime mes enfants, contrairement à ce que vous pensez peut-être.

Le roi reprit son souffle. Il avait manifestement de plus en plus de mal à respirer.

— Alex croit que vous le rendrez heureux mais il se trompe. Vous devez… lui éviter de commettre une grave erreur.

— Votre Majesté…

Le roi se redressa d'un mouvement brusque en portant la main à sa gorge.

Maria bondit sur ses pieds.

— À l'aide !

— Maria, murmura Aegeus dans un râle.

— Vite, de l'aide !

Les portes s'ouvrirent. Des pas retentirent sur le sol de marbre. Aegeus agrippa de nouveau le poignet de Maria.

— Promettez-le-moi, insista-t-il. Jurez-moi que vous ne gâcherez pas sa vie.

Les yeux noyés de larmes, Maria regarda le visage anxieux du roi. Une certitude s'imposa à elle. Il avait raison. Elle n'était pas faite pour Alexandros. Il était prince et elle… personne.

— Je le jure.

Un sourire étira les lèvres d'Aegeus, puis sa tête retomba sur les oreillers. La reine tomba à genoux et prit sa main.

— Il est parti…

Alex posa les mains sur ses épaules. Sebastian et Andreas réconfortèrent Kitty et Lissa, qui sanglotaient.

Et Maria tint parole.

Elle sortit de la pièce.

Du palais.

De la vie d'Alexandros.

13

La famille Karedes resta groupée autour du défunt, tandis que le palais rempli d'invités bruissait de rumeurs. Andreas s'efforçait de réconforter ses sœurs. Sebastian, qui devait être nommé prince régent dans les heures qui suivaient, était déjà entouré de gardes chargés de le protéger. Alex tenait sa mère dans ses bras, tout en cherchant Maria du regard.

Où était-elle passée ? Il avait besoin d'elle. Et elle de lui, bien sûr. Au moment où son père était mort, elle était seule avec lui. Quel choc pour elle !

Deux gardes avaient expulsé des journalistes qui avaient réussi à se glisser dans la salle du trône. Auraient-ils également fait sortir Maria par erreur ?

Il brûlait d'envie de partir à sa recherche, mais Tia était bouleversée : impossible de la laisser, il fallait attendre. De toute façon, il n'y avait aucune raison de s'inquiéter. Maria demanderait à son chauffeur de la raccompagner à la villa. Ou bien elle l'attendrait dans un endroit plus tranquille du palais.

Bientôt, il serait seul avec elle. Et il lui avouerait ce qu'il éprouvait depuis des semaines mais dont il n'était conscient que depuis quelques heures. Il l'aimait. Il ne pouvait pas imaginer la vie sans elle. Il ne voulait pas qu'elle reste à Aristos comme sa maîtresse.

Il voulait qu'elle devienne sa femme.

Conformément à la tradition, la dépouille d'Aegeus serait exposée en grand apparat pendant trois jours, afin que ses sujets puissent lui rendre un dernier hommage. Le Conseil se réunirait pour nommer officiellement Sebastian Prince Régent. Cependant, il ne pourrait pas monter sur le trône tant que la véritable moitié du Stefani n'aurait pas retrouvé sa place sur la couronne aristéenne. Le Conseil privé du souverain se réunirait également, afin que ses membres puissent authentifier la déclaration de succession.

Alors qu'il roulait vers la baie d'Apollonia, un peu avant l'aube, Alex ne pensait à rien de tout cela. Il n'avait qu'une obsession.

Maria.

Elle avait disparu du palais. Même son chauffeur ne l'avait pas vue. Il l'appela sur son portable pour la énième fois. Toujours la messagerie…

Lorsqu'il arriva à la villa, il était au comble de l'anxiété.

— Maria ? cria-t-il en faisant irruption dans le hall. Maria ?

Pas de réponse.

Il monta l'escalier quatre à quatre et se précipita dans sa chambre. La pièce était plongée dans l'obscurité. Silencieuse et vide.

Il redescendit en courant.

— Maria !

Il faillit bousculer Athenia, qui se trouvait au pied de l'escalier, en peignoir.

— Votre Altesse, nous sommes tous très tristes et de tout cœur avec vous…

— Oui. Merci. Où est Mlle Santos ?

Athenia secoua la tête et Alex lâcha un juron. Puis il poussa un soupir de soulagement. Bien sûr ! Pourquoi n'y avait-il pas pensé plus tôt ? L'atelier !

Mais ce dernier était aussi vide et silencieux que la chambre. Quelque chose dans ce silence décupla l'angoisse d'Alex. Il retourna à la villa en courant, remonta dans la chambre et cette fois, alluma la lumière…

Maria était partie.

La chambre n'était pas seulement vide. Elle était froide. Sans vie. Il gagna le dressing. Les valises de Maria avaient disparu. Tous les vêtements qu'il lui avait achetés étaient pendus sur des cintres, comme des témoignages lugubres d'une époque révolue.

— Maria…

Qu'avait-il bien pu se passer ? Pourquoi était-elle partie ? Il pivota lentement sur lui-même… une enveloppe était posée sur le lit.

Elle contenait un mot très bref. Maria compatissait à sa douleur pour la perte qu'il venait de subir. Elle aurait voulu le lui dire de vive voix, mais…

Alex eut l'impression de recevoir un coup de poignard en plein cœur.

… mais elle était consciente qu'il avait de lourdes responsabilités et elle préférait ne pas ajouter à ses problèmes le fardeau de sa présence. De toute façon, sa mission était terminée. Elle rentrait donc à New York, comme prévu.

Sa mission…

Alex secoua la tête avec incrédulité. Il relut le mot. Une fois. Deux fois. Puis il déchira la feuille avec un cri de colère.

La dépouille d'Aegeus reçut pendant trois jours les hommages de son peuple, ainsi que ceux des chefs d'État et des dignitaires du monde entier.

Le cheikh Zakari Al'Farisi représenta l'île de Calista.

Zakari se comporta comme l'exigeait le protocole. Il présenta ses condoléances à Tia et fit à la presse, nationale et internationale, toutes les déclarations appropriées.

Lors de ses entretiens privés avec les princes Karedes, en revanche, ses propos se révélèrent inquisiteurs et troublants.

De façon mystérieuse, il semblait au courant de la disparition du diamant.

Or, en accord avec le conseil, Alex, Andreas et Sebastian

avaient décidé de garder le secret sur ce mystère jusqu'à ce qu'il soit résolu. Mais de toute évidence, la nouvelle était déjà parvenue à Calista, ce qui était très fâcheux. Si le diamant tombait entre de mauvaises mains, il n'était pas exclu qu'un prince calistéen s'empare du trône aristéen.

Aux problèmes politiques s'ajoutaient les responsabilités familiales. Lissa et Kitty, très choquées par la mort de leur père, se raccrochaient à Andreas. Tia, très éprouvée elle aussi, réclamait le soutien d'Alex. Sebastian, désormais prince régent, était accaparé par ses nouvelles fonctions.

Le jour, Alex feignait de ne pas avoir le temps de penser. En revanche, il passait ses nuits à maudire Maria et à se maudire lui-même en arpentant son appartement privé au palais.

À la fin du deuil national, la vie reprit un cours presque normal. Alex travaillait tous les jours, depuis l'aube jusqu'à une heure avancée de la nuit. Mais pas une minute, Maria ne quittait ses pensées. Pour l'oublier, il aurait eu besoin de tourner la page. De lui dire, de vive voix, qu'elle n'avait pas plus compté pour lui qu'il n'avait compté pour elle. Mais comment s'abaisser à aller la voir ? Il n'en était pas question.

Un matin, sa mère l'invita à prendre le petit déjeuner avec elle. Ils bavardèrent un moment de tout et de rien, puis elle lui demanda pourquoi Maria était partie.

Il haussa les épaules.

— Pourquoi serait-elle restée ? Sa mission était terminée.

— Oui, mais étant donné les sentiments que vous éprouvez l'un pour l'autre…

— Tu te trompes. Il n'y a…

— Alex. Je suis ta mère. Maria et toi vous aimez. Pourquoi l'as-tu laissée partir ?

— Je ne l'ai pas laissée partir. Elle m'a quitté. Elle avait hâte de rentrer à New York.

— Sottises. Elle t'aime. Tout le monde ici s'en est rendu compte.

— Elle est partie le soir où père est mort ! Qu'étais-je censé faire ? Négliger mes responsabilités pour lui courir après ?

— Ah, les responsabilités…

Tia soupira.

— Lui as-tu dit que tu l'aimais ?

Alex pinça les lèvres.

— Non.

— Tu aurais peut-être dû.

Oui bien sûr, il aurait dû. Il le savait. Mais aujourd'hui il était trop tard.

— Il n'est jamais trop tard.

Il avait parlé tout haut, comprit-il en entendant la voix de sa mère.

— Alexandros… L'amour est un cadeau infiniment précieux. Il faut tout faire pour le garder.

— Comment le sais-tu ? Je pense que tu respectais père mais je ne crois pas que tu l'aimais vraiment.

Alex se mordilla la lèvre.

— Excuse-moi. Je n'aurais pas dû…

— Ce que tu dis est vrai, mon fils. Je n'aimais pas Aegeus, et il ne m'aimait pas non plus.

Le regard de la reine se voila.

— C'est justement pour ça que je te le demande. Ne laisse pas l'amour te filer entre les doigts, Alexandros.

À New York, la fin de l'hiver était sinistre. Neige, boue, et ciel gris étaient des compagnons fidèles, en harmonie avec l'état d'esprit de Maria.

Heureusement, elle avait beaucoup de travail. Les boutiques les plus réputées de la ville s'arrachaient ses modèles. L'Orangerie en tête.

Et puis, il y avait ce miracle qui l'avait d'abord terrifiée et qui la comblait à présent de bonheur. Une visite chez le médecin avait confirmé qu'elle était enceinte. Elle portait l'enfant d'Alex. Une petite fille, avait affirmé Sela en souriant.

— Nausées matinales au début de la grossesse. Ventre très rond et très haut. C'est une fille. Il n'y a aucun doute.

De toute façon, elle aimerait son enfant quel que soit son sexe. Et elle lui donnerait le prénom de son père, même si ce dernier ne faisait plus partie de sa vie.

Elle avait suivi les funérailles à la télévision. La famille royale avait montré beaucoup de dignité dans sa tristesse.

Voir Alex aux côtés de la reine lui avait fendu le cœur.

Elle le savait, elle ne cesserait jamais de l'aimer.

Et l'idée que son bébé ne connaîtrait jamais son père la déchirait. Mais quand Alexandra ou Alexandros serait en âge de comprendre, elle lui dirait que c'était un homme bon, affectueux, attentionné… même s'il ne lui avait pas donné signe de vie depuis son départ d'Aristos…

— Maria ? Ça va ?

Elle adressa un pâle sourire à Joaquin, qui travaillait à l'autre bout de l'établi. Sela et lui avaient été fantastiques. Ils n'avaient posé aucune question au sujet du bébé. Heureusement, parce que sinon elle se serait effondrée. Des larmes coulèrent sur la cire qu'elle était en train de travailler.

— Maria ? Tu es sûre que ça va ?

— Oui, répondit-elle en s'essuyant les yeux. J'ai juste… un peu de cire dans l'œil, je crois.

— Tu veux que je m'occupe de ce moule ?

— Non, merci. J'ai presque fini. De toute façon, il est tard. Si nous arrêtions ?

— Eh bien, si ça ne te dérange pas… j'ai promis à Sela de rapporter le dîner.

— Il vaut mieux que tu y ailles avant que les magasins ne ferment, alors.

Joaquin mit son manteau et l'embrassa sur la joue. Elle parvint tout juste à retenir ses larmes jusqu'à ce que la porte se referme derrière lui. Il fallait à tout prix qu'elle cesse de pleurer sans arrêt. Après tout, elle avait délibérément coupé les ponts pour décourager Alex, s'il avait été tenté de la joindre.

Elle avait parfaitement atteint son objectif.

Alors, pourquoi pleurer ? Elle était reconnue dans son métier. Elle menait la vie dont elle avait toujours rêvé et…

On frappa à la porte.

Elle s'essuya les yeux avec son tablier. Joaquin aurait-il oublié quelque chose ? À moins que ce ne soit un journaliste. Ils étaient encore nombreux à la harceler pour essayer d'obtenir des informations sur la mort du roi.

On frappa de nouveau. Elle s'approcha de la porte en soupirant.

— Oui ?

Pas de réponse.

— J'ai déjà dit que je n'accordais aucune interview, alors qui que vous soyez…

— Ouvre la porte, Maria !

Elle crut que son cœur allait cesser de battre.

— Maria ! Tu as entendu ? Ouvre cette porte !

— Va-t'en, dit-elle d'une voix tremblante.

— Je ne bougerai pas d'ici ! Ou tu ouvres cette porte ou je la défonce !

Il en était capable…

Bang ! La porte vibra sous la violence du coup.

Maria déglutit péniblement.

— Je ne veux pas te voir. Joaquin est avec moi. Il dit…

— Que je suis un imbécile et il a raison.

Maria fixa la porte avec stupéfaction.

— Tu as parlé à Joaquin ?

— À l'instant. Dans l'escalier.

La voix d'Alex devint très douce.

— Tu as de la chance d'avoir un ami comme lui, *glyka mou.* Laisse-moi entrer.

Le cœur battant, elle déverrouilla la porte et l'ouvrit.

Pendant le voyage, Alex avait eu tout le temps de réfléchir à ce qu'il lui dirait. Il avait préparé un petit discours — même si ce terme ne lui plaisait pas — pour expliquer à Maria qu'il était inadmissible de l'avoir quitté sans une explication, puis pour l'informer de ses sentiments pour elle et…

Malheureusement, plus il s'était approché de chez elle, plus son discours soigneusement préparé était devenu confus dans son esprit. Et puis, il avait croisé un homme dans l'escalier. Sans le reconnaître, il avait su instinctivement que c'était Joaquin. Que celui-ci avait compris lui aussi qui il était. Et qu'il mourait d'envie de lui casser la figure.

Comment lui en vouloir ?

Ils s'étaient longuement regardés.

— Vous êtes le prince ? avait finalement demandé Joaquin d'un ton rogue.

Quand Alex avait hoché la tête, il avait eu une moue réprobatrice.

— Elle vous aime, espèce d'idiot. Dommage que vous ne la méritiez pas.

Alex lui avait tendu la main en souriant.

— Vous avez raison.

Après un instant d'hésitation, Joaquin avait souri à son tour. Ils s'étaient serré la main, puis Joaquin avait continué à descendre et Alex à monter. Devant la porte de Maria, la peur l'avait tétanisé. Dépassé par la situation, il s'était réfugié dans la colère.

Heureusement, il avait repris ses esprits.

Et à présent qu'il pouvait enfin plonger son regard dans celui de Maria, tous ses doutes se dissipaient. Elle l'aimait. Il l'aimait. À quoi bon un discours ?

Il lui ouvrit les bras et elle se jeta dedans.

Il l'embrassa longuement.

— Pourquoi m'as-tu quitté ?

— Il n'y a pas de place pour moi dans ta vie, murmura-t-elle.

— Bien sûr que si ! Tu es toute ma vie. Et je t'aime.

Maria fut submergée par une joie immense, mais elle secoua la tête.

— Non, c'est impossible.

— Est-ce que tu m'aimes ?

Comment lui mentir ?

— Oui, je t'aime, Alexandros. Mais je ne peux pas rester avec toi. Je… je ne suis pas faite pour les amours illégitimes.

— Bien sûr que non ! Tu vas m'épouser !

Ces paroles étaient plus précieuses que n'importe lequel des diamants de la couronne aristéenne. Et Maria les chérirait jusqu'à la fin de sa vie, même si elles ne devenaient jamais réalité…

— Je ne peux pas t'épouser, dit-elle d'une voix tremblante.

— Pourquoi ?

— Parce que tu es un prince. Tu as des responsabilités. Des devoirs.

— Je n'ai rien si tu n'es pas auprès de moi, *glyka mou*. Sans toi, il n'y a pas de bonheur possible.

Oh, comme il était tentant de céder ! De dire : « Oui, je t'épouserai. » Mais c'était impossible. Elle l'aimait trop pour gâcher sa vie.

— Alexandros, écoute-moi. Ton père avait raison.

— De quoi parles-tu ?

— Juste avant de mourir, Aegeus m'a dit… que je n'étais pas faite pour toi. Que si je t'aimais, je devais te quitter et…

— C'est pour ça qu'il voulait te voir ? s'exclama Alex avec indignation. Pour te dire de me quitter ?

— Oui. Et aussi… Tu sais, je crois qu'il était au courant pour le diamant. Je crois même… qu'il n'est pas étranger au problème.

— Je me moque de ce diamant, pour l'instant. Tout ce qui compte, c'est nous. La vie que nous allons inventer ensemble… Qu'y a-t-il, *glyka mou* ?

Maria riait… Non, elle pleurait. Elle riait et pleurait à la fois. Qu'avait-il dit qui puisse provoquer… ?

Il l'écarta doucement de lui pour la regarder attentivement. Son visage était plus plein. Ses seins aussi. Et sous son tablier, on distinguait nettement l'arrondi de son ventre…

Ses nausées… Sa fatigue…

Un sourire irrépressible se dessina sur les lèvres d'Alex.

— Maria, tu es enceinte ?

— Oui.

Il couvrit son visage de baisers.

— Enceinte ! répéta-t-il avec un sourire ébloui. Mon Dieu, *agapi mou*, nous attendons un enfant !

Il plongea son regard dans le sien.

— Maria, dis-moi que tu m'aimes et que tu veux bien me faire l'honneur de devenir ma femme.

— Je t'aime, Alexandros. Et je serai très honorée de devenir ta femme.

SHARON KENDRICK

Le play-boy du désert

INTÉGRALE

LE ROYAUME DES KAREDES

Traduction française de
BARNABÉ D'ALBES

SAGAS

HARLEQUIN

Titre original :
THE SHEIKH'S VIRGIN STABLE-GIRL

Ce roman a déjà été publié en 2021

1

La présence d'un scorpion mort sur le sol n'avait rien de très inhabituel, mais Eleni venait tout juste de balayer la cour.

Un frisson courut sur sa nuque lorsqu'elle s'agenouilla pour contempler les formes étranges de cette créature hostile. C'était un mauvais présage, selon les anciens mythes. Une annonce funeste juste avant l'arrivée du mystérieux invité de son père… ?

Elle poussa un profond soupir. Les légendes du désert se trompaient rarement.

— Eleni !

Le cri de son père transperça l'air brûlant et Eleni tenta de deviner son humeur à sa voix. Son timbre clair et strident indiquait qu'il n'avait pas bu. Mais son impatience était évidente, et Eleni en connaissait la raison : il avait hâte de commencer sa partie de poker, et ses compagnons de jeu attendaient aussi.

Ces hommes-là étaient toujours pressés de perdre tout ce qu'ils avaient gagné durant la semaine…

— Eleni !

Cette fois, il avait rugi.

— Au nom de tous les diables du désert, où es-tu ?

— Ici, papa, répondit-elle en poussant le cadavre du scorpion sous une pierre, avant de courir vers la maison.

Gamal Lakis attendait sur le perron, les sourcils froncés.

Dès qu'il la vit surgir, il la dévisagea d'un œil soupçonneux :

— Qu'est-ce qui peut bien te retenir loin de tes devoirs ? s'enquit-il sèchement.

Eleni baissa les yeux. Il était inutile de lui révéler qu'elle se trouvait encore à l'étable, à murmurer des paroles tendres à ses chevaux. Pourtant, ces soins constants garantissaient le succès de ses étalons, auxquels Gamal Lakis devait sa réputation enviée dans tout le royaume. Mais à quoi bon le lui expliquer ? Aucune justification n'aurait jamais satisfait l'homme le plus revêche du monde.

— Je suis désolée, papa, souffla-t-elle en fixant la pointe de ses chaussures, avant de lui adresser un large sourire. Je vais tout de suite apporter des rafraîchissements à tes invités.

— Non, non. Nous ne pouvons ni boire, ni manger, tant que notre hôte d'honneur ne sera pas là. Et sais-tu qui est cet hôte, Eleni ?

Une lueur de malice brillait maintenant dans ses petits yeux noirs, et Eleni secoua la tête en signe d'ignorance. Il y avait des jours que son père jouait le suspense au sujet de cette fameuse visite, et elle n'avait pas osé poser de questions. Les femmes n'étaient pas censées manifester de curiosité, surtout dans une maison comme la leur.

— Non, papa, je n'en sais rien.

— Ah, ah ! Eh bien, c'est seulement l'homme le plus important de tout Calista ! Tu veux deviner de qui il s'agit ?

Eleni n'avait aucune envie de jouer aux devinettes, et l'excitation de son père commençait à lui paraître suspecte : il avait peut-être bu, finalement…

— Tu ne préfères pas me le dire tout de suite, papa, pour que je l'accueille avec la déférence qui lui est due ?

Un sourire de triomphe se dessina sur le visage buriné de Gamal.

— Que dirais-tu, ma fille, si je t'annonçais qu'un prince de sang royal va passer la soirée chez ton père ?

Ce qu'elle dirait ? Que son père était soûl, c'était certain ! Mais elle ne pouvait pas se permettre une telle insolence. De toute façon, quand Gamal était dans de telles humeurs extravagantes, mieux valait ne pas le contrarier, et redoubler de patience.

— Un prince de sang royal ? répéta-t-elle d'un ton obséquieux.

— Exactement ! s'exclama-t-il avec une joie non feinte. Le prince Kaliq Al'Farisi ! Lui-même ! Il vient jouer aux cartes avec moi !

Eleni s'efforça de ne pas trahir son sentiment d'horreur : son père avait complètement perdu la raison ! Ses rêves de grandeur lui avaient tourné les sens… Que devait-elle faire ? S'il s'entêtait à débiter de telles idioties devant ses comparses durant toute la soirée, il serait la risée du pays dès le lendemain !

— Papa, dit-elle à la hâte, je t'en prie, essaie de réfléchir et d'y voir clair : qu'est-ce qu'un prince de sang royal viendrait faire *ici* ?

Mais soudain, un galop bruyant se fit entendre derrière eux, et le sable se souleva pour former un écran de poussière.

Un instant plus tard, le soleil éclairait une silhouette imposante parmi cette horde de cavaliers, et Eleni levait les yeux sur un homme de très haute taille, perché sur un magnifique étalon noir. Sa tête n'était pas couverte, aussi put-elle admirer son épaisse chevelure d'ébène qui tombait autour de son visage au teint hâlé.

Dès qu'il mit pied à terre, elle frémit en découvrant son regard, un regard si perçant qu'elle se demanda comment il n'avait pas déjà pulvérisé tous ceux qui se trouvaient à sa portée.

Ses traits étaient extraordinaires : fins, racés, majestueux. Et peu à peu, Eleni réalisait avec stupéfaction que son père avait dit la vérité. Oui, ils se trouvaient bien en présence du prince Kaliq Al'Farisi ! Kaliq le démoniaque, le séducteur aux mille femmes, le joueur invétéré et frère jumeau du prince Aarif… Une légende du désert prétendait que cet homme savait faire gémir une femme de plaisir d'un simple regard !

Il y avait longtemps qu'elle l'avait aperçu pour la première fois. Elle n'était alors qu'une fillette dans la foule, regardant passer le cortège royal. À l'époque, il faisait son service militaire et portait l'uniforme de la marine de Calista. Il avait à peine plus de vingt ans, mais son charisme était déjà éclatant. Et maintenant, une bonne quinzaine d'années plus tard, il était encore plus beau et viril : c'était comme si la séduction irradiait de chacun de ses muscles !

— Seigneur…, murmura Eleni avant de tourner les talons pour courir se réfugier à l'intérieur.

— Altesse, déclara respectueusement Gamal en s'inclinant jusqu'au sol.

La longue tunique de soie de Kaliq caressa ses bottes de daim souples tandis qu'il approchait de la maison, semblable à ce qu'il avait imaginé : modeste, ordinaire.

— Relevez-vous, Lakis, ordonna-t-il.

Gamal obéit en massant discrètement ses reins endoloris.

— C'est un immense honneur pour moi, que de recevoir le plus vénérable prince de…

— Épargnez-moi les formules de politesse, le coupa Kaliq, avec toute l'arrogance qu'il avait acquise en fréquentant les plus prestigieuses écoles internationales.

Une arrogance indispensable pour se protéger des ambitions sournoises de ceux qui l'approchaient.

— Je ne suis pas venu pour entendre des discours flatteurs, Lakis, enchaîna-t-il, mais pour jouer aux cartes avec un homme que l'on prétend imbattable… Alors ? Etes-vous vraiment cet homme ?

Gamal hésita un instant avant de répondre :

— C'est ce que l'on veut bien dire, Altesse.

D'un geste impatient, Kaliq fit signe à l'un de ses gardes du corps de le rejoindre, pendant que le reste de sa suite demeurait devant l'entrée du domaine.

— Eh bien, c'est ce que nous allons voir, rétorqua-t-il sans ménagement. Car je suis d'humeur combative, ce soir. Mais avant tout, j'ai soif. N'avez-vous donc rien à offrir à ces cavaliers qui ont traversé le désert depuis le palais royal, Lakis ?

— Bien sûr, Altesse, excusez-moi… Si vous voulez vous donner la peine d'entrer dans mon humble demeure, tous vos désirs seront satisfaits.

Kaliq baissa la tête pour pénétrer dans le petit salon empli de fumée, suivi de son garde du corps. Les hommes rassemblés autour de la table interrompirent aussitôt leurs bavardages et se levèrent d'un seul mouvement pour esquisser une profonde révérence.

Agacé, Kaliq leur fit signe de se rasseoir.

— Non. Ce soir, pas de cérémonies. Nous sommes sur un pied d'égalité, et aucune hiérarchie ne doit venir troubler notre jeu. Ce n'est pas au prince que vous faites face, ce soir, mais à un homme ordinaire. Comme vous, Lakis, précisa-t-il en invitant son hôte à reprendre sa place.

Cachée dans l'entrebâillement de la porte, Eleni tâchait de trouver le courage de revenir dans le salon. Mais elle savait que les belles paroles du prince n'avaient guère de valeur : jamais il ne serait l'égal de ces hommes !

— Eleni !

Elle était sur le point de répondre « Oui, papa » quand son père enchaîna très vite :

— *Ma servante* va nous apporter à boire et à manger. Eleni ! Viens ici tout de suite !

Malgré l'humiliation qu'elle ressentait, Eleni entra dans la pièce en résistant à la tentation de lever les yeux sur le prince. La loi était stricte : à Calista, aucun domestique n'avait le droit de croiser le regard d'un membre de la famille royale.

— Votre Altesse, dit-elle doucement avant de s'incliner avec respect.

Puis, elle se retourna vers son père :

— Mon *maître* désire-t-il que j'apporte quelque chose en particulier, pour rendre hommage à son hôte ?

Kaliq fixa la jeune femme avec intensité. Sa voix douce et mélodieuse avait mis tous ses sens en alerte, comme chaque fois qu'un représentant du beau sexe faisait son apparition. Mais autre chose retenait son attention : elle s'exprimait remarquablement bien, avec une aisance et un aplomb rares.

Malheureusement, elle baissait la tête, lui dérobant ainsi son visage. Impossible de deviner si elle était jolie ou pas.

Quant à ses cheveux, ils étaient couverts d'un voile, et sa longue robe informe dissimulait sa silhouette.

— Nous voudrions à boire, ordonna-t-il lui-même d'un ton sec.

Après tout, il n'était pas là pour goûter la compagnie d'une femme, mais pour démontrer ses talents de joueur de poker !

— Voulez-vous déguster un verre de *Zelyoniy* avec nous ? suggéra Gamal d'une voix obséquieuse.

Kaliq se contenta de hausser les épaules avec mépris. Comme s'il allait s'abaisser à avaler du *Zelyoniy* ! Cet alcool fort, issu de la pulpe d'un cactus local, était interdit dans tout le pays. Mais c'était la boisson des gens modestes, qui la fabriquaient souvent eux-mêmes sans être inquiétés par les autorités.

— Non, merci, répondit-il. Mais ne vous gênez pas pour moi. En ce qui me concerne, je me contenterai d'un jus de grenade frais.

— Tout de suite, Altesse, répondit la jeune femme avant de s'éclipser.

Kaliq s'enfonça dans un grand fauteuil au dossier de cuir tandis que le donneur distribuait les cartes. Puis il se concentra sur le frişson d'excitation que lui valait toujours cette première donne. Il voulait gagner. La victoire était déterminante — même s'il y avait plus important, car il gardait à l'esprit qu'il prenait des risques, en se trouvant ici. En réalité, il n'aurait jamais dû se compromettre parmi ces marchands de chevaux… En même temps, c'était précisément ce qui rendait cette soirée aussi excitante. Kaliq avait le goût de l'aventure, de l'inconnu. Oui, il aimait flirter avec les frontières de l'illicite !

En fait, il avait besoin de ces moments volés à une existence de privilèges, à cette course sans fin autour du monde qui l'amenait dans les lieux les plus somptueux du monde occidental. Au sein des grandes métropoles, il se glissait toujours avec aisance dans le rôle du « cheikh play-boy » — un surnom imposé par la presse people. Les mines de diamants de son pays lui garantissaient une fortune personnelle colossale, et il pouvait s'offrir tout ce qu'il voulait. D'ailleurs, il ne boudait pas cet avantage.

Mais de temps à autre, le changement lui devenait nécessaire et il était attiré par des lieux comme celui-ci, des lieux *vivants*, authentiques, simples, face auxquels le luxe perdait toute sa saveur.

— Voulez-vous manger, Altesse ?

Kaliq leva les yeux. La jeune servante se tenait devant lui, un grand verre de jus de grenade sur un plateau. Il secoua la tête avec impatience. Que croyait-elle ? Qu'il allait avaler ce que mangeaient ces gens ?

— Non, merci, je n'ai pas faim. Mais ma soif est grande : goûtez ce jus de fruit.

À ces mots, Eleni sentit son rythme cardiaque s'accélérer. Le prince ne voulait tout de même pas qu'elle boive *dans son verre* ?

— Mais…

— Je vous ai dit de le goûter, répéta-t-il plus doucement. Et si vous refusez, je vais commencer à croire que vous cherchez à m'empoisonner.

D'un geste nerveux, Eleni porta le verre à ses lèvres et but une petite gorgée de jus de grenade. Elle n'aurait pas aimé être à la place de ce cheikh qui, visiblement, craignait à chaque instant que l'on attente à sa vie. D'ailleurs, elle ressentait presque un peu de compassion à son égard. Passait-il la moitié de ses journées à se retourner pour voir si on le suivait, de peur d'être poignardé dans le dos ?

Elle gardait toujours la tête baissée, mais elle sentait son regard pénétrant posé sur son visage. Elle hésita : que devait-elle faire, maintenant ?

— Eh bien ? demanda Kaliq.

Eleni déglutit avec peine.

— Je crois que cela devrait vous plaire, Altesse.

— Alors donnez-moi ce verre, ordonna-t-il.

Elle fut contrainte de relever la tête.

À cet instant, Kaliq découvrit avec surprise que la jeune

femme avait les yeux verts. Verts ! Un privilège exceptionnel, pour les rares habitants de Calista à avoir conservé cet héritage consécutif à l'invasion des Perses, quelques siècles plus tôt. C'était un bien précieux, un cadeau presque légendaire appelé à faire l'admiration de tous… Kaliq avait souvent entendu parler de cette particularité, mais c'était la première fois qu'il voyait le fameux « regard vert de Calista ».

— Par le feu du désert…, murmura-t-il d'un ton à peine audible, avant de se reprendre et d'avaler une gorgée de jus de fruit.

Devant l'expression perplexe de ses comparses, il marmonna pour lui-même :

— Quels yeux superbes…

Le donneur continua de distribuer les cartes, et la servante disparut.

Kaliq secoua la tête pour chasser de ses pensées ces yeux extraordinaires. Il y avait déjà beaucoup d'argent sur le tapis, et il comprit vite que Gamal nourrissait des ambitions démesurées pour cette partie. Puisqu'il en était ainsi, il acceptait de relever le défi.

Au bout de quelques instants, Gamal et lui furent seuls à continuer l'affrontement : les autres s'étaient couchés, sans doute trop soûls pour soutenir la réflexion requise à ce niveau.

C'était bien pour cette raison qu'il se gardait de boire au cours d'une partie. D'ailleurs, les effets de l'alcool se faisaient à présent sentir dans le jeu de Gamal, qui perdait peu à peu la main.

Kaliq esquissait un sourire de triomphe en empochant de nouveau la mise, quand il s'aperçut que la servante était revenue. Non loin de la table, elle jetait un regard effaré sur les colonnes de jetons. Craignait-elle que son maître perde son domaine ?

Il jeta un coup d'œil sur les cartes qu'il venait de recevoir.

— Mille, déclara-t-il d'un ton neutre.

Aussitôt, Gamal poussa un paquet de jetons sur le tapis.

— Trois mille, répliqua-t-il avec force.

Le vieil homme ne songeait qu'à l'appât du gain et semblait certain de gagner. Sans doute tenait-il des cartes maîtresses.

Kaliq tenta le bluff.

— Vous semblez avoir envie de miser davantage, Lakis, lança-t-il avec audace. Si vous voulez, nous pouvons augmenter l'enchère.

Une flamme d'excitation s'alluma dans les petits yeux du vieil homme.

— Combien ? demanda-t-il.

Kaliq haussa les épaules.

— Ma foi, comme vous le savez, l'argent ne m'intéresse pas... Mais si vous voulez miser cet étalon arabe dont j'ai tant entendu parler, je mettrai un million. Alors ? Qu'en dites-vous ?

Incapable d'en croire ses oreilles, Eleni fit délibérément tomber une cuillère sur le sol, afin de retenir l'attention de son père : il *fallait* qu'il revienne à la raison !

Mais l'atmosphère qui régnait dans la pièce était électrique, et chacun retenait son souffle. Elle avait l'impression de nager en plein cauchemar... Son père ne pouvait pas jouer son étalon de prix ! Elle adorait ce cheval, qui n'était pas seulement le grand vainqueur de toutes les courses, mais aussi son favori, son confident. Elle investissait tout son temps libre à le protéger de l'environnement difficile de la course hippique.

— Un million, dites-vous ? répéta Gamal d'un ton gourmand.

— Un million, confirma le prince.

Eleni se mordit la lèvre pour ne pas hurler à son père de cesser immédiatement ce jeu stupide — et dangereux. Il était clair que le prince savait ce qu'il faisait... C'était *lui*, qui allait gagner !

Hélas, elle était contrainte au silence, et la suite du prince n'hésiterait pas à la faire jeter dans une geôle de la prison de Serapolis, si elle osait intervenir !

— Voulez-vous boire autre chose, Altesse ? s'enquit-elle en espérant ainsi troubler sa réflexion.

— Comment osez-vous m'adresser la parole alors que je suis en train de jouer ! s'offusqua-t-il d'un ton froid.

— Oui, oui ! Je joue l'étalon ! s'exclama soudain Gamal en abattant triomphalement une paire de rois sur le tapis.

Désespérée, Eleni enfonça son poing fermé entre ses lèvres.

— Non ! gémit-elle si bas que personne ne put l'entendre.

Oh, elle n'avait plus le courage de regarder… Son père avait parié son bien le plus précieux, et il allait perdre ! Elle voyait déjà le prince monter son cheval, *son* étalon *à elle*.

Lentement, Kaliq abattit à son tour ses cartes : un brelan de dames.

Il était vainqueur.

Autour de la table s'abattit un silence de mort, et Eleni crut qu'elle allait se trouver mal. Ses genoux s'entrechoquaient, ses jambes chancelaient. Aussi quitta-t-elle la pièce sans même songer à la grossièreté de son geste face à un prince qui ne lui avait pas donné congé. Plus rien n'avait d'importance…

Dans la cuisine, elle sentit des larmes de colère lui brûler les yeux, tandis qu'elle revoyait devant elle le visage satisfait du cheikh. Il venait de gâcher sa vie. Oui, il lui avait *tout* pris, il venait de lui dérober ce qu'elle avait de plus précieux !

Elle se retenait à grand-peine d'aller lui dire ses quatre vérités ! De quel droit ce cheikh s'insinuait-il dans leur vie pour leur arracher non seulement leur bien le plus précieux, mais aussi celui qui assurait leur subsistance ?

Désespérée, Eleni quitta la maison et traversa l'obscurité de la nuit jusqu'aux étables, avant de s'y enfermer et d'entrer doucement dans la stalle de Nabat.

Le cheval hennit doucement en la reconnaissant, et se laissa volontiers caresser les naseaux.

Eleni lui tendit un morceau de sucre en plongeant ses doigts dans sa crinière :

— Oh, Nabat…, souffla-t-elle en couvrant son cou de baisers. Mon Nabat adoré… Que vais-je devenir, sans toi ?

En plongeant ses yeux dans ceux du cheval, elle découvrit sa propre frayeur en miroir. Avait-elle transmis son angoisse à l'animal, ou y voyait-elle le simple reflet de la sienne ?

De nouveaux sanglots lui nouèrent la gorge. À son arrivée

ici, Nabat était un poulain aux pattes fines et hautes. Déjà, Eleni avait discerné sa beauté, sa force exceptionnelle et son potentiel. Mais il semblait malheureux, comme s'il avait subi de mauvais traitements.

Elle ignorait comment son père était parvenu à acquérir ce pur-sang arabe ; en revanche, elle avait tout de suite compris qu'il avait besoin de soins et d'amour.

Aussi avait-elle décidé de l'apprivoiser. Et alors que personne ne parvenait à approcher cette créature à moins d'un mètre sans risquer de prendre un coup de sabot, alors qu'il se mettait à hennir et ruer en présence de n'importe quel homme, Eleni avait su l'amadouer à force de tendresse.

Gamal était alors intervenu, dans l'intention de confier le cheval à un entraîneur. Mais Eleni avait tenu bon : misant sur l'avarice de son père, elle l'avait convaincu de la laisser le dresser elle-même.

— Si tu n'obtiens pas de résultats très vite, il se retrouvera sur le marché d'Aquila ! menaça Gamal.

Durant des nuits, Eleni dormit dans la paille, près de son cheval, comme une mère veillant sur son enfant. Elle donna des leçons à Nabat, qui se révéla rapidement très doué. Mais c'était bien l'amour inconditionnel de sa maîtresse qui lui permettait de révéler toute sa force, de s'épanouir à la course.

Pourquoi le cheikh convoitait-il ce cheval ? Il allait gâcher le talent de Nabat en le laissant dormir dans ses écuries, au milieu de ses dizaines de pur-sang. Et bientôt, le vainqueur légendaire ne serait plus bon qu'à trotter autour d'un manège d'amateurs…

Eleni resserra son étreinte autour du collier du cheval.

— Ma décision est prise, Nabat, murmura-t-elle d'un ton déterminé. Je ne te quitterai pas, je te le promets solennellement. Je me cacherai dans tous les vans de convoyage qu'il faudra, et nous finirons par nous échapper ensemble, pour mener une vie tranquille. Tous les deux.

À quel moment le cheikh réclamerait-il son dû ? Il allait certainement faire en sorte que Nabat soit envoyé au palais le lendemain matin… Ce qui laissait le temps à Eleni d'aller rapidement empaqueter ses affaires — réduites au strict minimum.

Elle s'apprêtait à quitter l'étable pour monter subrepticement dans sa chambre quand elle entendit le loquet de l'écurie se relever.

Puis, des voix masculines résonnèrent près d'elle… Et elle reconnut le timbre arrogant du cheikh, qui venait dans sa direction !

Son cœur battit à coups redoublés et elle lâcha très vite le col du cheval — mais c'était trop tard. Le halo d'une lampe à huile éclairait déjà la stalle, et elle frissonna en se trouvant face à face avec le prince dont la longue tunique de soie bruissait sur la paille.

Victime d'un flux d'émotions contradictoires, Eleni resta pétrifiée sur place, mais ne leva pas la tête. Elle se sentait aussi mal à l'aise que si elle venait d'être surprise entre les bras d'un homme.

— Vous ! lança Kaliq en lui jetant un regard furieux. Que faites-vous ici ?

2

Le regard braqué sur la terre battue de l'écurie, Eleni articula avec peine :

— Je… je disais seulement au revoir à mon cheval.

— *Votre* cheval ?

Il s'avança d'un pas.

— Je crois que vous oubliez qui vous êtes, jeune demoiselle. Ce cheval est celui que je viens de remporter aux cartes… De plus, où est la révérence que vous devez faire à l'apparition du cheikh ?

Eleni avait le cœur si serré qu'elle fut tentée de le défier, de lui dire qu'elle aurait préféré s'incliner devant un chameau plutôt que devant lui… Mais pour quel résultat ?

Ainsi que l'avait dit son père — avant de se conduire comme le roi des imbéciles —, le prince Kaliq Al'Farisi était l'un des hommes les plus puissants de tout Calista. Éveiller délibérément la fureur d'un tel personnage aurait été la pire des erreurs.

— Altesse, murmura-t-elle en se penchant insensiblement, fixant toujours le sol.

Kaliq la détailla longuement du regard. Quelque chose, dans l'attitude de cette jeune femme, le rendait perplexe. Quelque chose d'indéfinissable…

Pourquoi une servante se souciait-elle du cheval de son maître ?

— Expliquez-vous ! exigea-t-il.

Sa voix était plus sèche qu'un fouet, et Eleni se sentit

fléchir. Au fond, ce prince n'était pas très différent de son père, songea-t-elle avec amertume. Croyait-il qu'elle allait vraiment s'exprimer avec franchise devant lui ? Alors qu'il était un homme, de surcroît un *étranger* et un prince de sang *royal* — et que ses gardes du corps rôdaient non loin de lui, à l'entrée de l'écurie ?

— Que voulez-vous que je vous explique, Altesse ? répliqua-t-elle sèchement.

Kaliq venait de surprendre ces fascinants yeux verts en train de se poser sur ses gardes du corps. Cette couleur ne lassait pas de le stupéfier… Il n'en avait jamais vu de semblable.

— Sortez, dit-il en se retournant vers les deux hommes postés à quelques mètres.

— Mais, Altesse…

Kaliq fusilla du regard celui qui avait élevé la voix et il reprit, les dents serrées :

— Vous pensez que j'ai besoin d'être protégé d'une jeune femme ? Je vous dis de sortir !

Sans demander leur reste, les deux hommes disparurent.

La porte grinça en se refermant, et Eleni sentit un frisson la parcourir. Que voulait le prince ? Il était décidément imprévisible.

Sans lui prêter la moindre attention, il se mit à admirer l'étalon, posant un regard appréciateur sur sa robe alezane, ses flancs musclés et ses pattes gracieuses.

Après avoir fait le tour de l'animal, Kaliq sourit : cette créature était encore plus somptueuse que dans son souvenir. Il ne l'avait vue qu'à distance, lors de cette course hippique de la semaine précédente.

Il allait approcher davantage, quand l'animal poussa un hennissement nerveux et se réfugia au fond de sa stalle en raclant le sol.

Anxieuse, Eleni suivait attentivement la scène. Elle craignait que le cheikh ne manifeste la même agressivité qu'à la table de poker. Mais à sa surprise, il fit volte-face et lui décocha un regard scrutateur avant d'avancer vers elle d'un pas lent.

Pourquoi l'observait-il de cette manière ? Ses yeux magnétiques semblaient avoir le don de lui faire tourner la tête jusqu'au vertige… Et pourtant, elle les évitait autant que possible, cachant son propre visage dans l'obscurité. Personne n'avait jamais eu le pouvoir de lui faire battre ainsi le cœur ! Non, aucun homme n'avait produit cet effet sur elle, jusqu'alors…

— Passez votre main sur lui, ordonna-t-il.

— Mais…

— Faites ce que je vous dis ! la coupa-t-il. On ne remet jamais en question l'ordre du cheikh… On ne vous a donc rien appris à l'école, jeune demoiselle ?

Oh, si, elle avait appris cela, songea Eleni, agacée. Comme tout le monde. Jusque dans le plus petit village du pays, les enfants étaient tenus d'aller à l'école, quel que soit leur rang ou leur appartenance sociale. La reine Anya avait institué cette loi, soucieuse de l'éducation de son peuple. Mais Eleni avait beau fouiller sa mémoire, elle ne se rappelait pas qu'on lui eût appris quelle attitude devait adopter une jeune femme quand elle se retrouvait dans une écurie, en pleine nuit, seule avec un prince ! Et pas n'importe quel prince… Un play-boy arrogant qui lui arrachait ce qu'elle avait de plus cher au monde !

— Pardonnez-moi, Altesse, répondit-elle d'un ton peu convaincu.

Kaliq la dévisagea avec plus d'insistance encore. En trente-six ans, il avait eu l'occasion d'observer chez ses sujets toutes les nuances possibles en matière de respect protocolaire. Le comportement de cette jeune femme ne laissait aucun doute : la déférence qu'elle avait pour lui se réduisait à sa plus simple expression. En fait, chacun de ses gestes semblait masquer une antipathie profonde.

Comment osait-elle ? Que signifiait cette insolence ?

— Passez votre main sur ce cheval, répéta-t-il tranquillement.

Cette fois, Eleni ne pouvait se dérober. Elle fit un pas vers Nabat qui trotta aussitôt dans sa direction. Dès qu'elle posa ses doigts sur ses naseaux, il s'ébroua avec un plaisir manifeste et lécha quelques cristaux de sucre sur sa paume offerte.

Eleni sentit son cœur s'envelopper d'une douce chaleur. L'haleine tiède du cheval sur sa peau suffisait à la détendre et lui faire tout oublier, l'espace d'un instant.

— Non, mon beau, non ! dit-elle en riant. Je n'ai plus de sucrerie pour toi !

Le cheikh toussota, et elle profita de la pénombre pour lui retourner un regard assassin.

— Qui êtes-vous ? demanda-t-il très lentement, sans cesser de la fixer.

— Je… je m'appelle Eleni.

Il secoua la tête avec impatience.

— Ce n'est pas votre nom, que je veux connaître. Ce que je veux savoir, c'est pourquoi vous êtes si proche de ce cheval.

— Parce que…

Elle se mordit la lèvre. Le visage du prince était sévère, son expression grave et austère. Oh, elle devait avoir perdu la tête… Comment avait-elle pu croire un seul instant qu'elle parviendrait jusqu'aux écuries du palais et qu'elle saurait s'y cacher le temps de fuir avec Nabat ? Cet homme et ses sbires étaient trop puissants pour elle.

Par conséquent, elle n'allait pas lui dire la vérité…

— Parce que je tiens à cet animal depuis la seconde où il a franchi le seuil de cette stalle ! lança-t-elle. Quand Nabat était encore un jeune poulain maltraité et incapable de grandir seul !

— Nabat ?

— C'est son nom, expliqua-t-elle d'un ton fier. Cela signifie « douceur »… Comme ces morceaux de sucre brun que l'on écrase entre ses doigts, sur le marché.

— Continuez, dit le cheikh d'un ton étrange.

— Je l'ai nourri, lavé et brossé chaque jour de mes propres mains. C'est moi qui l'ai apprivoisé, et c'est moi qui l'ai monté à cru pour la première fois, reprit-elle le cœur battant, se rappelant avec fierté ces moments de triomphe et de joie. C'est encore moi qui ai su lui poser une selle… Un étalon aussi épris de liberté n'aime pas du tout cela, au début. Mais peu à peu, il s'y est habitué, et je… je…

Comme elle sentait des sanglots l'étrangler, elle prit une longue inspiration. Tout ce qu'elle allait perdre défilait dans sa mémoire, mais elle ne verserait pas une larme devant cet homme.

Reprenant son souffle, elle conclut :

— J'adore cet animal.

Son cœur se déchirait, et elle avait si mal qu'elle ne put réprimer la larme qui perlait à son œil.

Kaliq la contemplait avec une surprise grandissante. Ça alors ! Une servante osait manifester son émotion devant un cheikh ! Il aurait tout vu ! De quel droit se permettait-elle cette sensiblerie ?

— Essuyez vos yeux, ordonna-t-il en admirant subrepticement l'éclat de ces iris verts rendus plus lumineux encore par les larmes. Ensuite, vous répondrez à mes questions.

— Mais c'est ce que je viens de faire, protesta-t-elle en passant une main rageuse sur son visage.

— Non, rétorqua-t-il. Vous n'avez nullement satisfait ma curiosité. Je veux savoir pourquoi une humble servante est autorisée à prendre soin d'un pur-sang aussi précieux.

Eleni avait envie de répliquer vertement, mais elle comprit qu'une insolence de sa part ne ferait que jeter de l'huile sur le feu. La colère du cheikh était déjà passablement attisée. Eh bien… Il voulait la vérité ? Elle allait la lui donner, sous sa forme la plus directe :

— Parce que je ne suis pas une humble servante, Altesse, lâcha-t-elle d'un trait. En réalité, je suis la fille de votre hôte, Gamal.

La fille de Gamal ? Kaliq demeura interdit durant quelques secondes.

— Mais alors, finit-il par articuler, que signifie cette mascarade ? Pourquoi m'avez-vous servi comme une domestique ? Avez-vous revêtu cet accoutrement pour paraître plus crédible dans votre rôle ?

Eleni aurait préféré mourir foudroyée plutôt que d'avouer

qu'elle était toujours habillée ainsi… L'avarice de son père ne connaissait aucune limite.

— Ou alors, vous avez peut-être supplié votre père de vous permettre de servir un cheikh ? suggéra-t-il, un sourire ironique aux lèvres. Vous rêviez de poser les yeux sur un homme *et un vrai*, pour une fois ?

Tant d'arrogance laissa Eleni sans voix. Jamais elle n'avait assisté à une telle démonstration de vanité !

— Non, Altesse, je n'ai rien demandé de tel, répondit-elle d'un ton glacial en fixant rageusement le sol. Car un comportement de ce genre serait des plus déplacé.

— Ah ? Et pourquoi, alors ?

— Parce que…

— Regardez-moi ! ordonna-t-il. Regardez-moi quand vous me parlez !

Très lentement, Eleni s'exécuta. Mais cette requête lui était particulièrement pénible à satisfaire, et c'était comme si du plomb pesait sur ses paupières. Il n'était pas si facile de renoncer à une habitude acquise dès la tendre enfance sur un simple claquement de doigts… Non, il n'était pas aisé d'oublier la discrétion à laquelle toute femme devait se soumettre en présence d'un homme, de dévisager un prince de très haut rang, quand toutes les coutumes de ses ancêtres s'y opposaient.

— Comme vous voudrez, Altesse, dit-elle en accédant à son désir, bien à contrecœur.

Kaliq retint son souffle en croisant son regard. En temps normal, il n'aurait jamais osé demander cela à une femme, mais pour des raisons qu'il ne parvenait pas à s'expliquer, il avait besoin de se plonger encore dans ces yeux hors du commun. Comme un homme qui aurait entraperçu le paradis et voudrait se convaincre qu'il n'a pas rêvé…

Il examina encore avec fascination ce vert profond, pur, à l'éclat miraculeux.

— Expliquez-moi pourquoi vous avez fait comme si vous étiez la servante de Gamal et non sa fille, enchaîna-t-il d'une voix légèrement altérée par le trouble.

Un long silence suivit sa demande.

Eleni hésitait : ils vivaient dans des mondes si différents, elle et lui… Comment aurait-il pu comprendre ?

— Nous n'avons pas beaucoup de domestiques, lâcha-t-elle enfin, au comble de la gêne.

— Ah ? Et pourquoi ?

Décidément, cet homme ne lui épargnerait aucune humiliation ! Retrouvant sa fierté, elle se tint bien droite pour répliquer froidement :

— C'est une question de finances, Altesse.

Kaliq fronça les sourcils avant de jeter un regard attentif autour de lui. Les étables avaient grand besoin d'une rénovation, mais elles étaient vastes et munies de tout l'équipement indispensable. Gamal devait préférer boire ses économies plutôt que les investir dans la domesticité.

Toujours silencieux, il avança d'un pas, faisant frissonner Eleni qui percevait son aura virile et troublante à quelques centimètres d'elle… Or, cette sensation était tout aussi excitante qu'effrayante.

— Alors que faites-vous ici ? reprit-il. Pourquoi vous ai-je trouvée en train d'embrasser mon cheval, avec cet air coupable ?

« *Mon cheval.* » Le cœur d'Eleni se serra. Dire que cet animal qui était aussi son plus cher compagnon venait d'être joué sur une table de poker, comme un vulgaire sac de jetons !

Bientôt, il découvrirait le luxe des écuries royales… Loin d'elle.

Et jamais elle ne reverrait Nabat.

C'était comme si une lame se retournait sans cesse dans sa poitrine. Le cheikh ne pouvait-il pas comprendre que dire adieu à ce cheval était un moment déchirant pour elle — effroyable ?

Une nouvelle fois, Eleni sentit sa colère sourdre en elle. Elle s'efforça néanmoins de contrôler ses paroles et adopta un ton aussi calme que possible pour articuler avec peine :

— Je ne pouvais pas supporter d'être séparée de mon… De *votre* cheval.

À ces mots, Kaliq sourit :

— Tiens donc ! Et que comptiez-vous faire ?

Eleni détestait son accent sarcastique, mais elle serra discrètement les poings et prit son élan pour tout révéler.

— Je voulais me cacher dans le van de Nabat pour être emmenée avec lui jusque chez vous, avoua-t-elle, une note de défi dans la voix.

— Ça alors ! s'exclama-t-il en riant. Vous vous imaginez que vous n'auriez pas été découverte ? Que l'un des gardes du palais ne vous aurait pas trouvée et jetée en prison, persuadé que vous cherchiez à attenter à ma vie ?

Eleni se rappela l'épisode du verre de jus de grenade et frémit en songeant aux accusations que l'on aurait pu porter contre elle, si elle avait mis son plan à exécution.

— Je… je n'ai pas réfléchi, précisa-t-elle en baissant les yeux. C'était une impulsion.

— En effet, trancha-t-il d'un ton suffisant, avant de lever une main vers les flancs du cheval.

Mais l'animal se cabra encore en poussant un hennissement.

— Il n'aime pas les hommes, expliqua Eleni.

— Eh bien, il apprendra.

Craignant que le cheikh ne fasse référence à la méthode forte, Eleni se rembrunit et murmura froidement :

— Il réagit mal au fouet et aux mauvais traitements.

Il lui retourna un regard étonné, comme si ce qu'elle suggérait ne lui avait jamais traversé l'esprit. Puis, un sourire moqueur se dessina sur ses lèvres et il la toisa droit dans les yeux :

— Les chevaux sont comme les femmes. Ils ne réagissent pas bien aux mauvais traitements.

Effarée, Eleni réalisa qu'elle était en train de rougir, et que ses joues en feu étaient une entorse au protocole… Seigneur, si elle rougissait, c'était bien parce qu'elle imaginait comment elle aurait réagi, dans les bras du prince !

— Ne vous inquiétez pas, murmura-t-il soudain en la couvant d'un regard brûlant. Vous n'avez rien à redouter, avec moi.

Profondément déstabilisée, Eleni tenta de saisir le sens de cette phrase. Naturellement, une jeune femme inexpérimentée, de sa condition et vivant à la campagne n'avait rien à *redouter* d'un homme de son rang… Elle ne le savait que trop bien. Mais alors, pourquoi en était-elle blessée ? Et surtout, pourquoi avait-elle l'étrange impression que la conversation ne tournait plus guère autour de Nabat ?

Pour la première fois depuis très longtemps, elle sentit l'espoir s'engouffrer dans son cœur. Oui, l'espoir ! Peut-être que tout n'était pas perdu ? Elle avait encore une chance de ne pas être séparée de son cheval… Une toute petite chance. Oh, elle voulait s'accrocher à cet espoir !

— Vous avez élevé cet étalon, observa-t-il.

— Oui, Altesse.

— Et comment croyez-vous qu'il va réagir, lorsqu'il sera loin de vous ?

Durant une fraction de seconde, Eleni eut envie d'exagérer la situation et de dépeindre un tableau tragique de Nabat privé de sa maîtresse. Mais elle ne savait pas mentir.

— Il n'aimera pas ça, Altesse, murmura-t-elle.

— Vous voulez dire qu'il risque de dépérir ?

— Oui, Altesse.

— Comme un amoureux transi ? ajouta-t-il d'un ton moqueur. Il va se laisser mourir ?

Elle répondit d'une voix douce :

— Non, Altesse. Il ne mourra pas, mais il sera très malheureux, sans moi. Et un pur-sang malheureux ne remporte pas de courses.

Le cheikh acquiesça d'un hochement de tête.

— C'est juste. Alors que proposez-vous ? Quelle est la solution ?

C'était le moment, pensa-t-elle. La peur avait le pouvoir de décupler les forces d'un individu mis au pied du mur… Elle devait se lancer. C'était sa seule chance de ne pas quitter son cheval.

— Il n'y a qu'une solution, Altesse. Vous devez m'emmener avec vous.

Kaliq haussa les sourcils. Cette suggestion était tout bonnement grotesque, et il manqua éclater de rire.

— Vous emmener ? répéta-t-il. Votre mère ne me le pardonnerait jamais !

— Mais je n'ai pas de mère, Altesse, dit-elle très bas, en laissant errer son regard sur l'écurie.

Kaliq demeura coi. Rien n'était pire que d'être privé d'une mère. Il avait à peine neuf ans quand la sienne était morte en couches, au moment de donner naissance à son plus jeune frère, Zafir. Cette tragédie les avait frappés de plein fouet, son jumeau et lui.

— Que s'est-il passé ? demanda-t-il avec douceur.

Eleni haussa les épaules, gênée par cette question très personnelle. Il suffisait qu'elle se rappelle l'époque où elle avait perdu sa mère pour que son cœur se remette à saigner.

— Est-elle morte de la fièvre du désert ? s'enquit-il plus bas, plongeant son regard dans le sien.

Eleni n'avait pas l'habitude que quiconque s'intéresse à elle. Et même si le nom de sa mère n'était pas banni sous le toit de Gamal, elle n'osait plus le prononcer depuis des années.

— Mon père n'était pas satisfait du dîner qu'elle avait préparé, dit-elle en se rappelant les cris et le bruit de la vaisselle brisée, ce soir-là, alors qu'elle était dans sa chambre. Il a donc envoyé ma mère chercher un poulet au marché, et elle a traversé le désert dans la nuit… On a pensé qu'elle avait été mordue par un serpent, mais il fut impossible d'en avoir la certitude : au moment où son corps fut retrouvé, les vautours avaient fait leur œuvre.

Kaliq déglutit avec peine et serra les poings. Bien des femmes lui avaient reproché de ne pas être capable de ressentir la moindre compassion, mais en cet instant, il se sentait bouleversé.

— Et quel âge aviez-vous ?

— J'avais… dix ans.

Dix ans ? Presque le même âge que lui, quand il avait perdu sa propre mère…

D'un geste brusque, il se retourna pour ne plus voir le visage de cette jeune femme dont il se sentait soudain si proche, malgré leurs origines si différentes. Elle n'en savait rien, mais ils partageaient un lien bien particulier… Or, il n'avait pas envie de suivre l'élan étrange que lui dictait son cœur. La colère était beaucoup plus confortable : comment osait-elle espérer qu'il allait la faire venir dans ses écuries ? Pour qui se prenait-elle ?

Pourtant, à bien y réfléchir, il devait reconnaître qu'elle avait raison. Cet étalon risquait de ne plus rien valoir, sans celle qui prenait soin de lui depuis toujours.

S'il fallait perdre un temps fou à espérer que ce cheval finisse par oublier sa maîtresse attitrée… Les résultats n'étaient même pas garantis.

— Vous risquez de manquer beaucoup à votre père, observa-t-il en la détaillant de la tête aux pieds.

— Oui, Altesse, répondit-elle doucement.

Kaliq n'était pas dupe. Ce Gamal ne se souciait visiblement que de son compte en banque. Il n'en admirait que davantage la loyauté de cette jeune fille, qui n'élevait pas le moindre mot contre ce père indigne. Au fond, elle ne méritait pas de rester auprès de cet ivrogne, à gâcher ses plus belles années.

— Vous voulez venir avec moi ? Travailler dans mes écuries ?

Incapable d'en croire ses oreilles, Eleni leva un regard éberlué vers le cheikh. Son cœur battait si fort qu'elle avait l'impression que les murs vibraient.

— Oh, oui, Altesse, s'il vous plaît, dit-elle très bas, d'un ton précipité. Oh, oui !

— Dans ce cas, je veux que vous me regardiez quand vous m'adressez la parole, déclara-t-il d'un ton dur.

— Mais…

— Si vous travaillez pour moi, vous devez accepter d'être traitée comme les autres employés, qui sont évidemment des hommes. Et je n'aime pas avoir une conversation avec quelqu'un dont je ne vois pas les yeux. C'est compris ?

— Oui, Altesse.

Kaliq commença à se représenter les conséquences de sa décision. Allait-on jaser, à la cour ? C'était probable… Mais sa réputation était hélas déjà faite…

Il se tourna avec humeur pour appeler son garde du corps, qui réapparut devant la stalle en un éclair.

— Nous allons emmener cette jeune femme avec nous, annonça-t-il.

— Vraiment, Altesse ?

— Elle va travailler dans mes écuries et aura la responsabilité exclusive de cet étalon. Proposez un bon prix à son père et réglez cette affaire. Ensuite, vous la conduirez au palais.

Sur ces mots, il quitta les lieux sans même se retourner, et Eleni manqua chanceler en le regardant s'éloigner.

Ce cheikh venait de la sauver. Ni plus, ni moins. Car elle avait évité le pire : elle ne serait pas séparée de son étalon chéri…

Cependant, elle n'oubliait pas l'autre versant de sa proposition. Un versant peu glorieux. Le prince Kaliq Al'Farisi venait de l'acheter, elle aussi, comme on achetait de la nourriture sur le marché de Serapolis !

3

— Par le feu du désert…, murmura Eleni en faisant halte sur son cheval.

Elle était parvenue devant le palais.

Le long voyage dans le désert aride avait été pénible, mais elle l'oublia complètement en découvrant le superbe édifice à tourelles où elle allait s'établir.

Non, elle ne rêvait pas. Tout ceci était bien réel. Mais elle se pinçait encore pour y croire ! Son père l'avait laissée partir si facilement… Il s'était contenté de hausser les épaules, quand elle lui avait dit au revoir.

— Tu es bien comme ta mère, avait-il lâché avec amertume. Je ne te regretterai pas.

Sur le moment, Eleni en avait douté. Après tout, le vieil avare devrait désormais payer une servante pour prendre soin de lui et de la maison. Mais à l'évidence, le cheikh avait versé une somme très généreuse à Gamal, puisque celui-ci n'avait pas pipé mot.

Décidément, son père se laisserait toujours guider par l'appât du gain.

Et maintenant, elle allait découvrir son nouveau chez-elle : le palais d'un cheikh de sang royal, entouré de somptueux jardins — des jardins qui paraissaient irréels, au milieu de ce désert, révélant leur luxuriance derrière de hautes murailles de pierre.

Quelques minutes plus tard, ils traversaient cet espace magique.

— Quelle beauté, murmura-t-elle, les yeux écarquillés devant ces bosquets et ces grands arbres.

— Oui, le parc est connu pour son charme unique, acquiesça le garde du corps qui l'escortait. Vous n'aviez jamais vu le palais ?

— Non, reconnut-elle timidement, caressant le col de Nabat.

Oh, naturellement, elle avait déjà admiré le grand palais de Calistan, qui dominait le port d'Aquila. Sa mère l'y avait conduite autrefois, pour la fête nationale.

Cette journée extraordinaire était gravée dans sa mémoire, sans doute parce que c'était aussi la dernière sortie qu'elle avait faite avec sa mère. Dans la foule, chacun agitait un petit drapeau devant la procession royale, et Eleni entendait encore les rires et les cris de joie de tous ces gens, venus des quatre coins du pays. Ce jour-là, elle portait sa plus belle tunique sur un pantalon aux couleurs de Calista. Ses longs cheveux étaient lâchés sur ses épaules, et elle brandissait elle-même un petit drapeau du même vert que ses yeux.

Dans la matinée, avant le passage du cortège, sa mère et elle avaient bu du jus de grenade en écoutant des musiciens de rue chanter le *Destan*, un poème épique en l'honneur de la famille royale.

Puis, Eleni avait retenu son souffle en regardant passer le convoi, les yeux braqués sur un portrait de la défunte princesse Saffiya, cette femme merveilleuse qui avait donné sept enfants au cheikh Ashraf. Sept !

Elle n'oubliait pas non plus la manière dont le séduisant prince Kaliq avait attiré son regard ; elle s'était alors demandé si elle apercevrait aussi son jumeau, Aarif, qui semblait absent.

Et aujourd'hui, elle contemplait les murs de marbre de ce palais frappé par les derniers rayons du soleil ; les reflets d'or lui donnaient des frissons. Qui aurait cru que la modeste Eleni Lakis vivrait un jour ici, et qu'elle y travaillerait pour un cheikh ? Était-elle bien chez elle ?

— Vous allez être conduite dans vos quartiers, précisa le garde en la précédant dans l'allée.

Eleni secoua la tête.

— Non, avant tout, je dois mener Nabat à l'écurie et l'installer.

— C'est inutile, l'un des garçons s'en chargera pour vous…

— Non, insista Eleni d'un ton sans réplique.

Elle était consciente des nouvelles responsabilités qui pesaient sur elle et ne tenait guère à déplaire au cheikh dès son arrivée. Pas question de courir le risque qu'il la renvoie chez son père !

Au contraire, elle était bien décidée à se rendre indispensable et à manifester sa bonne volonté à chaque instant.

— Je tiens à le faire moi-même, ajouta-t-elle.

L'homme haussa les épaules.

— Dans ce cas, je vous laisse devant l'écurie, et je reviendrai dans une demi-heure avec une servante qui vous montrera où vous installer.

Fascinée par les longs bâtiments réservés aux chevaux de Son Altesse, Eleni ne réalisa même pas que son compagnon s'était éclipsé. Les écuries royales étaient à couper le souffle ! Elles étaient équipées de tout ce dont un cheval peut rêver — confort, espace, sécurité — et pour la première fois depuis le début de cette aventure, elle prit la mesure de la chance extraordinaire qui s'offrait à Nabat.

Après l'avoir conduit dans une vaste stalle, elle lui donna à boire et à manger. Puis, elle le brossa soigneusement et le couvrit d'une couverture. Elle s'apprêtait à faire le tour de l'écurie quand une jeune femme apparut derrière elle.

— Bonjour. Je suis Amina. Son Altesse m'a priée de vous mener à vos quartiers.

Déstabilisée, Eleni contempla cette très jeune fille vêtue d'une élégante robe verte, et dont les cheveux soigneusement lissés étaient parés d'un voile d'une légèreté aérienne.

— Mais je… je dois encore découvrir les écuries et…

— S'il vous plaît, suivez-moi, insista la jeune femme avant de l'inviter à la suivre.

Eleni n'osa pas protester davantage et s'exécuta. Quelques minutes plus tard, elle traversait des corridors interminables au cœur du palais. Seigneur, cet endroit était un véritable labyrinthe… Comment ferait-elle pour éviter de se perdre ? Et comment sa guide était-elle parvenue à connaître aussi bien ce palais ? Des années d'apprentissage, probablement !

Enfin, Amina ouvrit une porte et la pria d'entrer.

— Qu'est-ce que c'est ? demanda Eleni en s'arrêtant au milieu d'un somptueux salon.

— Votre appartement, répondit Amina.

Bouche bée, Eleni promena un regard sur les tentures de soie qui couvraient les murs, le mobilier ancien et les hautes fenêtres donnant sur le parc.

— Je… Il doit y avoir une erreur, dit-elle en suivant Amina dans une pièce où trônait un magnifique divan, face à une fontaine au bassin de mosaïque dont le jet offrait un doux murmure.

Oui, il y avait forcément une erreur ! Elle avait l'impression de se trouver dans l'une des illustrations de ses livres d'enfant, une image de conte…

— Je vous assure, insista-t-elle, cela ne peut pas être mon appartement !

— Si, répondit Amina en lui souriant.

— Mais… Dans ce cas, je dois partager cet appartement avec d'autres domestiques ?

— Non. Vous êtes chez vous, Eleni.

— Voyons… C'est impossible !

Le visage d'Amina devint soudain impénétrable.

— Je suis chargée d'exécuter des ordres, pas de les commenter. Mais le cheikh tient beaucoup à ses chevaux, et il n'y a rien d'étonnant à ce que vous soyez bien logée au palais.

Encore sous le choc, Eleni ne pouvait s'empêcher d'admirer cet immense appartement, et elle finit par hocher la tête.

— Merci, murmura-t-elle enfin en souriant à sa compagne.

— Vous trouverez de nouveaux vêtements dans l'armoire. Et je vous ai fait couler un bain, précisa Amina en s'inclinant devant elle, avant de disparaître.

Durant un long moment, Eleni demeura interdite, incapable d'articuler un son ou d'esquisser un mouvement. Puis, toujours éberluée, elle fit le tour de « ses quartiers » et sentit une immense vague de bonheur l'envahir. Toute sa vie venait d'être bouleversée d'une manière dont elle n'aurait jamais osé rêver ! C'était à peine croyable… Elle allait vivre dans un palais, prendre soin de son cheval chaque jour, et dormir dans cet appartement digne d'un roi !

Elle pénétrait dans une nouvelle pièce quand elle se rappela les paroles d'Amina : le bain ! Stupéfaite, elle approcha lentement de l'immense bassin aux incrustations d'or pur. De sa vie, jamais elle n'avait vu une telle splendeur… Quant aux volutes parfumées qui lui caressaient les narines, elles étaient tout simplement divines.

Comment résister à un tel appel ?

Tremblante de timidité, elle retira sa robe de bure épaisse qu'elle posa sur le carrelage. Mais alors qu'elle glissait ses chevilles dans l'eau tiède, elle leva les yeux vers un grand miroir et resta pétrifiée sur place.

Depuis quand n'avait-elle pas contemplé son propre reflet ?

Oh, pas depuis l'école…

Pour son père, un miroir était un signe tangible de vanité. Et maintenant qu'elle voyait son corps de femme pour la première fois, elle était saisie de panique. Était-ce bien elle ? La honte la submergeait : son visage était couvert de poussière du désert, et ses cheveux en pagaille avaient grand besoin d'être lavés. Elle sentit une larme lui monter aux yeux.

À la fois horrifiée et fascinée, elle fixa sa taille devenue si mince qu'elle en faisait presque le tour de ses mains. À l'inverse, sa poitrine et ses hanches s'étaient épanouies. Le souffle court, elle contempla ses seins ronds, et ses tétons si roses… Quant au triangle sombre qui se dessinait entre ses cuisses, il lui paraissait irréel.

Effrayée, elle détacha son regard de sa propre image et se glissa courageusement dans le bain, fermant les yeux pour oublier cette vision perturbante.

En quelques minutes, les parfums délicats des huiles la

relaxèrent, et elle se demanda une nouvelle fois ce qui lui valait ces plaisirs inattendus. Jamais elle n'avait savouré un bain comme celui-ci ! C'était… magique. Comme si son corps apaisé avait la plus douce des influences sur ses sens.

Oh, elle ne demandait qu'à savourer des moments comme celui-ci tous les jours de sa vie ! Monter Nabat chaque matin, le choyer, lui faire gagner des courses… Et retrouver ce genre de plaisirs dès qu'elle serait chez elle, le soir.

Ravie, elle prit le shampoing et se lava soigneusement les cheveux avant de sortir du bain et de s'envelopper d'un peignoir en éponge épais et doux.

Mais alors qu'elle ouvrait le placard dont lui avait parlé Amina, son cœur se remit à battre follement dans sa poitrine. Toutes ces robes étaient simples, mais coupées dans des tissus aux couleurs chatoyantes, des tissus d'une qualité et d'une légèreté telles qu'elle n'en avait jamais vu.

Et tout cela était un présent du cheikh…

Or, en se rappelant le regard noir et dur de ce dernier, son visage aussi pur que celui d'une statue, un étrange pressentiment s'empara d'elle.

N'était-ce pas un peu trop beau pour être vrai ?

4

Le lendemain matin, Eleni arriva à l'étable avant le lever du soleil. En dépit du confort de ses somptueux appartements, elle n'était guère parvenue à trouver le repos au cours de cette première nuit au palais.

— Bonjour, mon beau, dit-elle en embrassant Nabat, qui poussa un petit hennissement de plaisir dès que sa maîtresse glissa une main dans sa crinière.

Ravie de retrouver son compagnon le plus fidèle, Eleni l'examina avec attention. Visiblement, le long voyage dans le désert de la veille n'avait laissé aucune trace. Il semblait en pleine forme ; naturellement, ces écuries modernes et spacieuses devaient lui plaire !

Sans plus attendre, Eleni monta son cheval et le sortit.

Après quelques exercices de saut d'obstacle et une course sur la superbe piste hippique, elle le ramena dans sa stalle. Elle allait chercher le matériel pour nettoyer son espace quand elle aperçut le superbe étalon de Kaliq.

Incapable de résister, elle s'approcha de lui. Quelle splendeur ! Ses yeux étaient aussi noirs que sa robe.

Elle lui caressa délicatement les naseaux en chuchotant :

— Tu es presque aussi beau que Nabat… Mais il ne doit pas savoir que je t'ai dit ça ! Ça va rester entre n…

Elle s'interrompit et sursauta en sentant que quelqu'un se tenait derrière elle, à l'entrée de la stalle.

Kaliq !

Malgré elle, elle rougit. Car si son sommeil avait été très

bref, elle se rappelait avoir rêvé de son visage. De son regard perçant. De ses traits purs et racés.

Et la tenue qu'il arborait en ce moment la troublait davantage encore : dans ce costume occidental, il était plus fascinant que jamais. Pourtant, c'était la première fois qu'Eleni voyait un homme en costume. Cette chemise blanche entrouverte, ce pantalon qui soulignait la longueur de ses jambes… C'était indécent ! Elle pouvait presque deviner le dessin de ses pectoraux sous l'étoffe de sa chemise.

Son cœur se remit à battre follement et, durant une fraction de seconde, elle ressentit une sorte de vertige.

— Mon cheval vous plaît ? s'enquit-il de ce ton ironique qu'il affectionnait, du moins en sa présence.

Se forçant à croiser son regard, Eleni demeura très droite et lança d'un trait :

— Il est magnifique, Altesse.

— Oui. Mais il a aussi beaucoup de tempérament. Et d'habitude, il ne permet jamais à un étranger de l'approcher… C'est très inhabituel.

Il fronça les sourcils, son regard passant alternativement du cheval à Eleni. Un long silence s'installa dans le box. Puis, il reporta son attention sur la jeune femme.

— Pensez-vous être capable de le monter ?

Eleni hésita. Que devait-elle répondre ? Était-ce un test ? Un défi ?

Comme il demeurait immobile, attendant visiblement de sa part une réaction, elle prit une longue inspiration, enfourcha l'étalon et le mena aussitôt vers la piste. La puissance de l'animal était fabuleuse et, afin de le mettre en confiance, elle se concentra sur l'harmonie de leurs mouvements, ainsi qu'elle le faisait avec Nabat.

Un cheval sentait parfaitement l'état d'esprit de son cavalier, et Eleni se contentait d'infuser son énergie au cheval, tandis qu'il lui offrait la sienne. Loin de se cabrer, l'étalon se laissa mener aux sauts d'obstacles et franchit facilement chacune des haies.

Sur le seuil de l'écurie, Kaliq les observait en silence.

Enfin, Eleni revint près de lui et descendit de monture.

Elle espérait un commentaire, mais il ne vint pas : Kaliq demeura obstinément silencieux jusqu'à ce que le cheval réintègre sa stalle et qu'un lad vienne le nourrir.

— Vous avez un don, observa-t-il enfin d'une voix à peine audible, quand ils furent seuls.

Son visage était indéchiffrable.

— Merci, Altesse, répondit-elle.

Oui, cette jeune femme était incroyable ! songea-t-il. Et d'ailleurs, il avait l'intention de mettre très rapidement ce don à profit. Le plan qui venait de germer dans son esprit lui permettrait également d'examiner Eleni de près, en toute quiétude… Bon sang, avait-il perdu la tête ? Une nouvelle fois, il se reprocha d'avoir permis à de bien curieuses émotions de l'envahir. À peine un instant plus tôt, quand il la regardait monter son étalon sauvage aussi facilement qu'un poney de manège, il avait ressenti une sorte d'admiration béate. Il n'avait pas le droit de céder à ce genre de faiblesse ! Cette fille n'était qu'une employée de son écurie. Mais son regard extraordinaire l'hypnotisait. Ainsi que sa silhouette longiligne, et cette poitrine ronde qu'il devinait sous sa vilaine robe…

— Que signifie cette tenue ? reprit-il d'un ton agacé, pointant l'index vers elle. Vous n'avez donc pas trouvé de nouveaux vêtements, dans votre appartement ?

Eleni sentit ses joues rougir.

— Oh si, Altesse, et je vous suis très reconnaissante du luxe que vous m'offrez et de…

— Alors pourquoi avez-vous remis ce vêtement invraisemblable ? Il est bon à jeter au feu !

Eleni baissa la tête. Elle n'avait pas pu s'empêcher de laver sa vieille robe et de l'enfiler de nouveau, au matin. La force de l'habitude, sans doute. Et puis, les autres vêtements étaient beaucoup trop beaux et délicats pour qu'elle les use dans une écurie.

— Je… J'ai toujours lavé mes vêtements chaque soir, Altesse, dit-elle, au comble de la gêne.

— Eh bien, vous n'avez plus à le faire. Et vous travaillez au palais, désormais : je tiens à ce que mes employés soient convenablement vêtus. C'est compris ?

— Oui, Altesse.

Il lui décocha alors un regard qui la fit trembler de la tête aux pieds. Puis, un sourire étrange se dessina sur ses lèvres sensuelles.

— Bon. J'ai des affaires urgentes à traiter, mais je dois parler de certaines choses avec vous. Je veillerai à ce que vous me soyez amenée dans l'après-midi.

« Amenée » ? La fierté d'Eleni se ranima, et elle se raidit pour répliquer :

— Ne pouvons-nous en discuter maintenant, Altesse ?

— J'ai dit plus tard, répliqua-t-il durement. Vous devez suivre mon emploi du temps. C'est clair ?

— Très clair, Altesse.

— Parfait, conclut-il avant de tourner les talons, laissant Eleni à son inquiétude.

Car, plus que jamais, elle redoutait chaque face-à-face avec cet homme qui lui aussi avait un don : celui de la mettre hors d'elle tout en la captivant comme personne n'avait su le faire jusqu'alors.

Mais il y avait pire : pourquoi tenait-il à la voir en privé, et de quoi voulait-il lui parler ?

Amina lui avait de nouveau préparé un bain parfumé.

Et alors que les commentaires désobligeants du cheikh résonnaient encore à ses oreilles, Eleni alla choisir sa tenue dès qu'elle sortit du bassin. Elle opta pour une robe très longue et d'une couleur peu voyante : un gris perle discret et délicat.

Savourant la douceur de la soie sur ses bras nus, elle brossa ensuite ses cheveux durant plusieurs minutes. Jamais ils n'avaient été si brillants ! Elle les attacha avec un ruban assorti à sa robe et enfila de jolies babouches brodées.

Lorsqu'elle se posta devant le miroir, elle parvint à peine à en croire ses yeux : quelle métamorphose ! Elle ne reconnaissait ni l'adolescente sans formes qu'elle avait cru être encore, ni la jeune femme aux cheveux emmêlés et au visage couvert de poussière, arrivée la veille au palais. C'était une nouvelle Eleni, qui lui faisait face.

Sa féminité la faisait presque rougir.

Quand Amina vint la chercher pour la conduire chez le cheikh, elle laissa échapper une exclamation de surprise.

— Quelque chose ne va pas ? s'enquit nerveusement Eleni.

— Non, non… Au contraire : vous êtes ravissante ! Vous allez beaucoup plaire au cheikh.

— Mais… Ce n'était pas du tout mon intention ! protesta-t-elle, affolée.

Sa compagne haussa les épaules en souriant.

— Vous auriez tort de vouloir lui déplaire. Allons, venez, maintenant.

En écoutant son propre pas résonner sur les sols de marbre du palais, Eleni sentit son appréhension augmenter. Un courant d'air glacial s'infiltrait en elle, et la magnificence des lieux ajoutait encore à son malaise.

Enfin, elles parvinrent devant une immense porte d'argent massif gardée par deux hommes en uniforme.

— Je dois vous laisser, maintenant, expliqua Amina. Bonne chance.

Eleni déglutit avec peine, tandis que les portes s'ouvraient lentement devant elle, révélant un salon d'une opulence que ses rêves les plus fous n'auraient su concevoir.

Pourquoi avait-elle soudain l'impression d'avoir cinq ans ?

Rassemblant tout son courage, elle pénétra dans cette pièce royale digne des *Mille et Une Nuits*.

Confortablement installé dans un sofa garni de douzaines de coussins précieux, Kaliq avait changé de tenue : il portait une tunique dont les broderies scintillaient, sous l'éclairage des bougies.

Un gobelet d'argent était posé devant lui, sur une grande table basse.

Sans bouger d'un millimètre, Kaliq fixait cette apparition en retenant son souffle. Eh bien, pour une transformation, c'était une transformation ! Et s'il avait écouté son instinct, il se serait jeté sur cette jeune beauté pour découvrir enfin le goût de ses lèvres pleines et fraîches… Mais ce genre d'attitude ne correspondait plus guère à l'étiquette royale, même à Calista.

Il soupira. Sa belle-mère, la reine Anya, avait un peu trop œuvré pour offrir davantage d'égalité aux femmes, sur cette île…

— Eh bien… Laissez-moi vous regarder, dit-il en se redressant et en l'invitant à s'arrêter devant lui.

En silence, la jeune femme obéit.

Il fronça les sourcils. Naturellement, elle avait opté pour la couleur la plus neutre possible, quand toutes les femmes qui l'approchaient auraient, au contraire, déployé des trésors d'ingéniosité pour attirer son attention ! Mais même ce gris ne parvenait pas à altérer la lumière fabuleuse de son regard. Et puis, dans cette robe si simple, elle n'était pas moins fascinante que Vénus sortant des eaux. Le papillon avait quitté sa chrysalide. Quelle pureté, dans ce visage sans artifice !

Car elle semblait ignorer cette sophistication artificielle dont s'encombraient les femmes de la haute société, aux quatre coins du monde. Non qu'il fût insensible à la coquetterie ou à l'élégance… Comme n'importe quel homme, il appréciait les talents d'une femme au lit et aimait qu'elle affiche son désir. Lors de son récent voyage à Rio, il n'avait pas eu à se plaindre de sa maîtresse ! Non seulement la belle répondait à ses étreintes avec une ferveur de lionne, mais elle se rendait disponible pour lui dès qu'il le souhaitait.

Pourtant… Il y avait quelque chose de délicieusement rafraîchissant dans la fierté farouche et l'innocence de cette jeune femme. Son regard tomba encore sur ses grands yeux et ses joues roses. Que saurait-elle faire, dans un lit ? Refuserait-elle une volupté trop débridée, ou manifesterait-elle une énergie semblable à celle qui l'animait quand elle montait un cheval ?

Il tapota l'un de ses grands coussins.

— Venez vous asseoir près de moi. Nous allons manger quelque chose.

— Vous voulez dire… ici ? Tous les deux ?

— Évidemment, répondit-il en souriant.

— Mais…

— Ne commencez pas à discuter, trancha-t-il.

Eleni ne put qu'obéir, mais ses jambes lui répondaient à peine, et elle s'installa à une extrémité du divan, la gorge sèche et le front en feu.

Un serviteur apparut aussitôt, comme s'il avait reçu un ordre invisible, et disposa des plats devant eux.

Eleni n'avait jamais vu de tels aliments : près de la traditionnelle viande au curry se trouvait un plat de poisson — et pas n'importe lequel : un poisson très rare de la rivière Kordela. Il y avait aussi des fruits inconnus disposés dans une coupe d'or pur, des pâtisseries et des fruits secs d'ordinaire réservés aux grandes fêtes.

Mais tout cela la gênait beaucoup moins que la proximité du prince. Elle parvenait presque à sentir la chaleur de son corps et n'osait plus lever les yeux dans sa direction. Son cœur battait à se rompre. Seigneur, pourquoi l'avait-il fait venir chez lui ?

— Eleni ? dit-il en lui tendant une assiette garnie.

Il se rappelait son prénom !

— Oui, Altesse ?

— Mangez. Vous devez avoir faim. La journée est longue, aux écuries.

Profondément mal à l'aise, Eleni avala une bouchée de poisson. La saveur subtile de ce plat enchanta aussitôt son palais.

— Vous aimez ça ? demanda-t-il.

— Oh, oui, Altesse. C'est… c'est exquis.

Kaliq commença à manger sans quitter la jeune femme des yeux. Bon, il l'employait pour prendre soin d'un étalon de grand prix, certes, mais… Serait-ce un crime de savourer *tous* ses talents ?

Comme les larges manches de sa robe glissaient sur les avant-bras de la jeune femme pour révéler sa peau nue, Kaliq sentit un courant électrique fuser en lui. Sa peau était claire et pure, comme son regard.

Dès qu'elle reposa son assiette, il en fit de même et claqua des mains pour rappeler le serviteur, afin qu'il débarrasse.

— Bien, murmura-t-il quand ils furent seuls. Maintenant, j'aimerais que vous me parliez de vous. Quel âge avez-vous ?

— Vingt-cinq ans, Altesse.

Quoi ? Il lui en aurait donné dix-huit…

— Et vous n'avez jamais été mariée ? demanda-t-il.

— Non, Altesse.

— Vous ne l'avez jamais souhaité ?

Eleni se mordit la lèvre. Ces questions prenaient un tour beaucoup trop personnel à son goût, même si elle savait que le cheikh n'avait aucune vue sur elle. Mais alors, pourquoi lui caressait-il la joue du dos de la main… ? Oh, quand lui dirait-il pourquoi elle était ici ?

— Je me suis consacrée aux chevaux, répondit-elle en toute franchise.

— Je vois, répondit-il. Mais la vie ne s'arrête pas aux chevaux, Eleni…

Terrifiée, elle vit le cheikh Kaliq Al'Farisi se pencher sur elle. Oh, non, elle ne rêvait pas : il allait l'embrasser !

Et avant même qu'elle n'ait eu le temps de songer à une échappatoire, elle sentit ses lèvres se presser contre les siennes. Son cœur battait si fort que la pièce entière semblait vibrer de son rythme lourd. En même temps, la bouche du prince était si douce, si chaude, si exigeante…

Sans comprendre ce qui lui arrivait, Eleni répondit à cette étrange et délicieuse caresse. Puis, alors qu'il la serrait plus étroitement dans ses bras, elle sentit son corps se plaquer instinctivement contre le sien ; un brasier s'allumait dans son ventre. Ce flux d'émotions était si violent qu'elle ne pouvait que se laisser porter. Un plaisir d'une nature inconnue montait en elle, mais sa honte était également à son comble, car elle sentait ses seins répondre aux caresses du cheikh. Oui, tout son corps se tendait, et le désir se faisait même douloureux, tyrannique. Affolée, elle s'aperçut qu'elle avait envie qu'il continue, qu'il ne s'arrête surtout pas…

— Altesse… Oh, Altesse…

— Oui ? murmura-t-il en dévorant ses lèvres dans un nouveau baiser, plus ardent encore.

Eleni rassembla ce qui lui restait de forces et parvint à se redresser.

— Nous devons arrêter, dit-elle.

— Non.

— Si ! répliqua-t-elle vivement en sautant à bas du divan.

Pris de court, Kaliq mit quelques secondes à se redresser. Mais il la gratifia bientôt d'un regard furieux.

— Vous vous croyez autorisée à vous conduire ainsi ?

Malgré son vertige, sa peur et sa confusion, Eleni parvint à croiser les bras et à conserver un ton déterminé pour répliquer :

— Je me dois de protéger mon honneur, Altesse, lança-t-elle avec défi.

Kaliq lui retourna un regard ébahi.

— Votre *honneur* ? Mais… De quoi parlez-vous ?

— Je ne suis peut-être qu'une fille de la campagne, mais je sais que deux personnes qui se connaissent à peine n'ont pas le droit de… de s'embrasser ainsi.

Profondément déstabilisé, Kaliq sentit la colère le quitter. Pourtant, aucune femme n'avait jamais osé le repousser ! Mais la voix vibrante d'Eleni, ses joues rouges et son regard fier le troublaient. Cette jeune femme avait plus que du cran : elle avait beaucoup de courage. Et cela forçait son admiration.

— Il vaut mieux que je regagne mes appartements, si vous voulez bien m'y autoriser, enchaîna-t-elle.

Mais Kaliq ne l'entendait pas de cette oreille.

— Pas question. Nous allons prendre le thé à la menthe. Vous en buvez bien après chaque repas ?

— Oui, Altesse, mais…

— Venez vous asseoir ici, ordonna-t-il en claquant encore des mains.

Tandis que le serviteur venait déposer un plateau devant eux, Kaliq sentit la colère reprendre le dessus. À Calista, une femme qui avait la chance d'obtenir les faveurs du cheikh ne se rebellait jamais ! Pour qui se prenait-elle ?

Allons, tout cela n'était qu'un contretemps. Il saurait bien l'amadouer, songea-t-il en la regardant lui remplir une tasse. Mais alors qu'il étendait le bras pour la prendre, ses manches remontèrent et elle jeta un regard horrifié sur ses poignets.

D'un geste vif, elle attrapa sa main et s'écria :

— Oh, Altesse ! Qui a osé vous blesser ?

5

Eleni ne prit pas la peine de réfléchir et se mit à effleurer du bout des doigts les terribles traces rouges qui striaient les poignets du cheikh.

Kaliq réprima un juron. Personne n'avait le droit de toucher un membre de la famille royale sans y être invité. D'un autre côté, ce contact était singulièrement apaisant. Eleni avait décidément la peau très douce, et ses gestes étaient si délicats qu'il la laissa faire.

— Que s'est-il passé ? insista-t-elle.

— Décidément, vous êtes bien impertinente. Oser poser une telle question à votre prince…

— Pardonnez-moi, Altesse.

À la vérité, cette requête fort peu protocolaire ne le troublait pas. Pourquoi ? Il l'ignorait…

Incontestablement, Eleni était différente. Leur baiser avait-il donné à la jeune femme l'illusion qu'elle pouvait désormais le toucher de sa propre initiative ? Non, ce n'était pas cela. D'ailleurs, ce baiser l'avait terrifiée… Oui, *terrifiée* ! Par conséquent…

— Etes-vous vierge ? s'enquit-il brutalement, plongeant son regard dans le sien.

— Altesse !

— Vous m'avez posé une question très audacieuse, et je vous rends la politesse. Alors, qu'en dites-vous ? Voulez-vous que nous échangions nos secrets ? Cela me paraît équitable, non ?

Eleni hésita. Sa vie intime n'appartenait qu'à elle. Mais si elle lui avouait la vérité, sans doute renoncerait-il ensuite à tenter de la séduire. Ce qui était à double tranchant, puisqu'elle ne pouvait nier avoir éprouvé un plaisir intense entre ses bras, mais…

— Oui, je suis vierge, Altesse, dit-elle très bas, les yeux braqués sur le sol.

À ces mots, Kaliq ressentit un sentiment de triomphe : c'était donc cela !

Hélas, son désir n'en était que décuplé. Une vierge ! Rien ne serait plus satisfaisant que de l'éveiller à la sensualité, de lui apprendre tous les secrets de l'amour.

— Si je comprends bien, vous n'avez pas souhaité vous marier, ni même connaître un homme hors des liens sacrés du mariage… Vous vous condamnez donc à mourir sans avoir connu les plaisirs charnels ?

— C'est un destin que je suis prête à accepter, Altesse. Et on m'a appris qu'une femme ne se couche pas auprès d'un homme uniquement pour perdre sa virginité : ce serait indigne.

— Je vois. Et vous êtes une fille bien élevée, n'est-ce pas, Eleni ?

— Oui, Altesse, dit-elle, ignorant volontairement le sarcasme dans sa voix. Je le suis. Après tout, dans la vie, on ne peut pas tout avoir… Puisque j'ai répondu à votre question, à votre tour de me dire d'où vous viennent ces terribles cicatrices. Que s'est-il passé, Altesse ?

Eh bien ! Elle ne manquait pas d'audace ! Kaliq aurait fort bien pu lui apprendre ce que coûtait une pareille insolence vis-à-vis du cheikh… D'autant plus qu'il n'avait jamais abordé cette part de son histoire avec quiconque, sinon son frère jumeau. Tous deux étaient unis par cet effroyable secret. Cette culpabilité. Cette tache sur la famille Al'Farisi.

Mais un secret est toujours très lourd à porter, et Kaliq se sentait comme envoûté par le regard pur d'Eleni. L'innocence de cette jeune femme l'incitait à la confiance.

— As-tu déjà entendu parler de mon frère ? s'enquit-il.

La famille royale de Calista était une source inépuisable

de fascination pour le peuple, et Eleni savait que Kaliq avait eu quatre frères, dont un jumeau. Elle connaissait aussi la tragédie qui avait frappé le plus jeune de la fratrie : il avait disparu alors qu'il était enfant.

— Vous voulez parler de Zafir ? s'enquit-elle d'un ton nerveux.

Ce seul prénom lui déchirait le cœur, et Kaliq hocha la tête en signe d'assentiment. Depuis quand n'avait-il plus prononcé le prénom de son petit frère aux yeux si noirs ?

Au palais, personne n'osait rappeler la mémoire de ce petit garçon qui avait disparu corps et bien à l'âge de six ans.

— Que sais-tu de lui ?

— Je sais seulement que quelque chose de terrible lui est arrivé, répondit-elle lentement.

Kaliq soupira.

— Mon frère jumeau et moi-même avions construit un radeau. Nous avons voulu l'essayer en mer…

Son cœur se serra au souvenir de ce jour maudit, mais il enchaîna :

— Zafir nous supplia de l'emmener avec nous. Et nous étions censés veiller sur lui. Aucun de nos autres frères n'était dans les environs, alors nous étions seuls responsables de lui. Nous aurions dû le laisser au palais, mais…

— Les petits garçons savent souvent se montrer très persuasifs, intervint Eleni avec douceur.

Et très charmeurs, songea Kaliq en revoyant le sourire irrésistible de son petit frère. C'était peut-être parce que sa mère était morte en lui donnant naissance ; en tout cas, il s'était toujours senti animé d'un élan protecteur envers lui.

— Le radeau a été emporté par les courants, et nous avons été capturés par des contrebandiers à la recherche de diamants. Malheureusement, au cours de la lutte, Zafir leur cria qu'ils étaient en train de s'en prendre à trois cheikhs.

— Oh, non ! s'écria Eleni, épouvantée. Leur prise devenait infiniment plus précieuse que tous les diamants du monde ! Alors qu'est-il arrivé, Altesse ?

— Une fois sur le bateau, nous avons été attachés. Zafir était si souple qu'il est parvenu à nous libérer. Notre réflexe a été de le faire remettre aussitôt sur le radeau, pour qu'il soit à l'abri. Mais alors que nous tentions de le rejoindre, nous avons été repérés. Les contrebandiers nous tirèrent dessus. Aarif fut touché au visage. Il tomba à l'eau et je plongeai pour le sauver. Naturellement, nous fûmes bien vite rattrapés.

— Et… et Zafir ?

Kaliq serra les poings.

— Le radeau a dérivé… Avec Zafir à son bord. On ne l'a jamais retrouvé, en dépit des longues recherches mises en œuvre par mon père. Plus personne ne l'a revu. Il avait à peine six ans…

Une douleur profonde brisait sa voix, et Eleni le contempla avec angoisse.

— Et vous et votre frère ? Quand vous avez été repris par ces hommes, que vous est-il arrivé ?

— Oh, ils nous ont traités comme du bétail et presque tués, à force de mauvais traitements. Parfois, je regrette qu'ils ne l'aient pas fait.

— Altesse ! Vous ne devriez pas penser de telles choses !

— Si cela avait pu sauver mon petit frère, j'aurais préféré périr, répliqua-t-il en relevant la tête vers elle.

La rage et le désespoir le consumaient, et Kaliq en voulait à cette jeune femme de l'avoir contraint à cette confession. Elle lui faisait revivre ce chagrin qu'il s'acharnait à garder au plus profond de lui depuis tant d'années…

Il lui apprendrait à ne plus mettre son nez dans les affaires des autres ! D'ailleurs, il lui apprendrait *tout*…

D'un geste vif, il saisit son poignet et l'attira vers lui.

— Vous allez m'embrasser, maintenant. Vous ne pouvez pas me le refuser.

Eleni se sentait écartelée entre le devoir, la peur et le désir. Elle ne pouvait désobéir à son cheikh, et son visage marqué par le chagrin lui déchirait le cœur… « Tu en as envie, Eleni, lui souffla une petite voix. Admets-le. »

Elle hésita encore. Un baiser n'était pas un crime…

Et si elle refusait, le cheikh risquait de le lui voler. Mais surtout, elle aurait voulu voir disparaître toute trace de douleur sur ce visage fascinant.

— Oui, Altesse, dit-elle doucement. Je vous donne la permission de m'embrasser.

En dépit de son impatience, Kaliq manqua éclater de rire. C'était grotesque : *elle l'autorisait à l'embrasser*, lui, le cheikh ? Il avait cependant trop envie de sa bouche pour lui apprendre le respect de l'étiquette, et il l'attira brutalement contre lui pour l'embrasser avec fièvre. Ses lèvres étaient si fraîches, si pulpeuses… Et son corps fin et souple lui donnait envie de la voir nue immédiatement, d'oublier tout préliminaire pour la posséder. Le brasier qu'elle avait allumé en lui le torturait. Tout son corps exigeait qu'elle s'offre à lui… Pourtant, quelque chose le retenait. Sa virginité ? Bien sûr que non ! Mais pour autant, il ne se sentait pas le droit de la brusquer ou de l'effrayer.

Et puis, il était fasciné par la manière dont elle réagissait à ses caresses. Elle lui donnait envie de prendre son temps. Déjà, elle répondait à ses élans, mêlait sa langue à la sienne, se cambrait entre ses bras. Pourquoi avait-il l'impression de redécouvrir le plaisir, avec elle ?

Comme elle laissait échapper un petit soupir, le désir fusa dans ses veines avec rage.

— Eleni…

— A… altesse ?

Stupéfait par les émotions qui le débordaient, Kaliq encadra le visage d'Eleni de ses deux mains et plongea ses yeux dans son extraordinaire regard vert. Maintenant qu'il y songeait… Oui, c'était la première fois qu'il tenait une vierge dans ses bras. Très doucement, il l'embrassa encore. Avec volupté, cette fois. En effleurant ses lèvres des siennes, avec une légèreté infinie. Puis, comme elle venait chercher sa langue, il approfondit légèrement son étreinte.

La douceur de sa peau était ensorcelante. Et il brûlait de

découvrir ce que cachait cette innocence… Mais il devrait se montrer un peu patient. Le soir tombait, et la jeune femme était visiblement épuisée.

— Je vais vous faire raccompagner à vos appartements, maintenant, dit-il en s'écartant doucement. Mais auparavant, je dois vous dire deux mots de notre voyage.

Elle ouvrit grand les yeux et le fixa avec étonnement :

— Un voyage, Altesse ? Mais… quel genre de voyage ?

— Je ne vous l'ai pas dit ? Je pars pour l'Europe. Et vous venez avec moi.

Durant une longue minute, Eleni demeura bouche bée. Avait-elle bien compris ?

— Mais, Altesse, je ne connais rien de l'Europe, et je ne vois pas en quoi…

— Votre talent avec les chevaux me sera extrêmement utile, la coupa-t-il. Il se trouve que je songe à acheter un cheval de polo en Angleterre pour le ramener ici. J'ai besoin de vos conseils.

— Mais, Altesse, je ne connais rien à ces chevaux !

— Cela n'a aucune importance. Je fais confiance à votre instinct. Ce que vous avez réussi à faire en quelques secondes avec mon étalon, aucun homme n'y serait parvenu. Le cheval dont je parle est l'un des plus chers du monde, et je compte sur vous pour me dire si je dois l'acheter ou pas.

— Mais…

— Eleni, je ne suis pas en train de vous demander de m'accompagner en Europe : je vous l'ordonne ! Maintenant, rentrez chez vous. Nous partirons très tôt.

Sur ces mots, il claqua des doigts, et un garde apparut aussitôt.

Un instant plus tard, encore sous le choc, Eleni regagnait ses appartements en songeant que ce palais aux allures de rêve était en réalité pour elle le début d'un long cauchemar.

6

Eleni n'avait pas fermé l'œil de la nuit. Elle avait passé la majeure partie de son temps dans l'écurie, auprès de Nabat. Puis, au petit matin, elle avait longuement discuté avec l'un des lads, afin qu'il prenne soin de l'étalon en son absence. Le jeune homme s'était montré fort compréhensif. En outre, il semblait très dévoué à ses pur-sang, et Eleni admirait sa manière de les monter : avec souplesse, sans jamais les brusquer. Il avait même offert quelques sucres à Nabat, qui les avait acceptés en gardant l'œil sur sa maîtresse. Eleni savait que la séparation serait difficile, mais le confort des nouvelles écuries et les soins constants dont bénéficiaient ici les bêtes la rassuraient.

Cependant, quand elle était montée à bord du jet privé du cheikh, ses pensées étaient toujours tournées vers son cheval.

Non seulement elle n'avait jamais mis les pieds dans un avion — et encore moins un jet privé ! — mais elle n'avait aucune idée de ce qu'était un décollage… Terrifiée, elle fermait encore les yeux quand Kaliq se pencha sur elle pour murmurer :

— Vous pouvez lâcher ma main, maintenant. Il ne vous arrivera rien !

Eleni n'avait même pas remarqué qu'elle enfonçait ses ongles dans la main de son prince ! Gênée, elle se redressa et ouvrit timidement les yeux avant de découvrir l'étonnant spectacle que lui offrait son hublot…

Elle était dans les airs !

— Je… Nous volons ! s'exclama-t-elle, stupéfaite.

— Oh, je vous en prie ! dit Kaliq d'un ton ironique. Vous

avez dû voir passer des centaines d'avions au-dessus de votre tête, à Calista !

— Oui, mais c'est la première fois que je me trouve dans l'un d'eux, répondit-elle en rougissant.

— La première fois ? répéta-t-il. Eh bien, ce doit être excitant…

— Excitant ? répéta-t-elle avant de rougir de plus belle, comme il la couvait d'un regard brûlant.

Indéniablement, depuis que cet homme était entré dans sa vie, elle ne cessait de vivre de nouvelles expériences ! Elle avait découvert ce qu'était le luxe d'un bain dans un bassin d'or, elle s'habillait de robes de soie, goûtait à une cuisine raffinée… Et surtout, elle savait maintenant quelles émotions la traversaient quand le cheikh posait ses lèvres sur les siennes. D'ailleurs, elle en était encore bouleversée. Leurs baisers de la veille la hantaient, et elle frissonnait quand elle se rappelait le goût de sa bouche sur la sienne.

En se tournant vers lui, elle s'aperçut qu'il la fixait avec attention et elle sentit un nouveau malaise la gagner.

— Dites-moi, Eleni, vous n'avez peut-être pas voyagé hors de Calista, mais vous êtes allée à l'école, n'est-ce pas ?

Que sous-entendait-il ? Qu'une fille de la campagne effrayée par son baptême de l'air était forcément idiote ?

— Certainement, Altesse, j'ai reçu une éducation, répliqua-t-elle sèchement.

Mais après tout, pourquoi se souciait-elle tant de l'idée qu'il se faisait d'elle ?

— Pardonnez-moi, Altesse, enchaîna-t-elle très vite. Ce mouvement d'humeur était déplacé.

Il sourit.

— Je veux seulement vous connaître un peu mieux : dites-moi, vous aimiez l'école ?

— Oh, oui ! Les réformes de votre belle-mère, la reine Anya, m'ont permis d'être scolarisée très tôt. Et mon enseignante me prêtait ses livres… Des romans, surtout. J'adorais la lecture.

En outre, l'école était pour elle une véritable oasis, un

moyen d'échapper à la tyrannie paternelle, et elle se rappelait avec émotion ces longues heures dans le désert à remplir des cahiers entiers de rédactions et de calculs.

— Alors pourquoi ne pas avoir poursuivi vos études ? reprit-il. Il est vrai que les opportunités sont encore rares pour les femmes, mais l'université de Jaladhar leur est ouverte.

Eleni lui retourna un regard noir.

— Parce que j'étais pauvre, Altesse.

— Des bourses sont accordées aux étudiants sans ressources...

— Mais mon père ne m'aurait jamais autorisée à suivre des études supérieures. Et comme vous le savez, en fin de compte, ce sont les hommes qui décident, à Calista. Les femmes obéissent, quelles que soient les *opportunités* qui existent désormais.

Kaliq demeura silencieux un long moment. L'intelligence et la maturité de cette jeune femme l'étonnaient chaque jour davantage.

— Essayez de dormir un peu, conseilla-t-il. Mes hommes m'ont dit que vous aviez passé la nuit aux écuries, et je tiens à ce que vous soyez en forme au moment de l'atterrissage.

Elle haussa les épaules et s'enfonça dans son fauteuil.

Tandis qu'elle glissait dans un profond sommeil, Kaliq la contempla avec perplexité. Qui était cette femme qui l'envoûtait ? Et surtout, comment allait-il mettre fin à cet enchantement incongru ?

Les moteurs vibraient avec un grondement de tonnerre, et Eleni s'accrocha nerveusement à sa ceinture tandis que le jet se posait sur la piste.

Dès qu'ils sortirent de l'appareil, elle repéra la berline noire, sur le tarmac.

Et en un rien de temps, elle comprit qu'elle roulait en pleine campagne, au cœur de l'Angleterre, dans un luxueux véhicule conduit par un chauffeur invisible, derrière la vitre teintée. Mais ce n'était pas la voiture qui la fascinait. Par la fenêtre ouverte, elle respirait cet air étrange et frais, chargé d'humidité : c'était incroyable ! Quant aux couleurs… Le vert intense de ces pâturages semblait irréel.

— Eh bien, Eleni ? Qu'en dites-vous ? demanda le cheikh, installé près d'elle sur la banquette.

— C'est magnifique, Altesse ! Où sommes-nous ?

— Nous nous dirigeons vers ma propriété du Surrey. J'ai pensé que Londres serait un peu trop agité pour vous, et c'est plus près des écuries que nous irons visiter.

— Vous… vous êtes propriétaire d'une maison en Angleterre ? souffla-t-elle, stupéfaite.

— Bien sûr.

— Vous voulez dire… C'est ici que vous vivez quand vous n'êtes pas à Calista ?

— Oh, je séjourne ici quand je me trouve en Angleterre et que j'ai besoin d'air frais. Mais j'ai aussi un appartement à New York, un autre à Milan et une maison dans le sud de la France.

Elle semblait plus choquée qu'admirative, et Kaliq haussa les sourcils : il n'avait vraiment pas affaire à une intrigante ! Eleni était la femme la plus désintéressée qu'il eût jamais vue.

— Je n'aime pas beaucoup les hôtels, expliqua-t-il. Ils me contraignent toujours à me reposer sur un système de sécurité qui ne me convient pas.

À ces mots, elle hocha lentement la tête.

— Oui, je comprends… Mais je ne vois aucun garde dans cette voiture, Altesse, dit-elle en fixant la silhouette du chauffeur, derrière la vitre de séparation.

— Mes gardes du corps se trouvent dans la voiture qui nous précède et dans celle qui nous suit. Ils sont discrets, parce que je le leur demande. Et parfois, j'aime me priver complètement de leur compagnie… Du moins dans les circonstances où leur présence me gênerait, dit-il en lui adressant un regard brûlant de désir.

Mais Eleni ne parut pas saisir son sous-entendu.

— Mon domaine du Surrey est si bien sécurisé que je

peux m'y offrir un peu de liberté, poursuivit-il. Maintenant, regardez : nous sommes arrivés.

Rien n'avait préparé Eleni à la vue de la maison anglaise du cheikh. Son palais de Calista était splendide, avec son architecture sophistiquée, son luxe et sa richesse, mais cette propriété était entièrement différente !

Jamais elle n'avait contemplé cette palette de couleurs. Le terrain lui-même irradiait de ce vert tendre qui la fascinait depuis son arrivée, et au-delà des grandes grilles de fer forgé, elle devinait la façade de la maison. Elle était rouge ! Un rouge très doux, comme celui des derniers rayons du soleil dans le désert. Devant le bâtiment principal, elle aperçut de larges marches de pierre, et cette pierre devait être vieille de plusieurs siècles, de même que le toit d'un bleu étrange, gris et sombre comme l'orage…

Des fleurs grimpaient sur la maison, et le jardin tout entier débordait de bosquets et d'arbres chargés de mille couleurs.

— C'est si beau ! s'exclama-t-elle, bouleversée. Oh, Altesse, c'est ravissant.

Kaliq se surprit à être sensible à ce compliment. Voyons, c'était ridicule ! Mais Eleni parlait avec son cœur, et sa franchise valait toutes les flatteries qu'un homme de son rang recevait à longueur de journée… Oui, sa spontanéité était comme une brume bienfaisante après des heures dans le désert.

— Je vous remercie, répondit-il gravement.

— Et ces fleurs ! reprit-elle avec enthousiasme. Je n'en ai jamais vu autant !

— Ce sont des jonquilles, expliqua-t-il distraitement, songeant que le vert de ses yeux avait la pureté des premières pousses de printemps. Et un poète nommé Wordsworth leur a consacré une œuvre très célèbre…

— J'aimerais beaucoup la lire, dit-elle d'une voix vibrante.

— Vous le pourrez. Eleni, vous pourrez faire bien des choses avec moi… Vous le comprenez ?

À l'accent soudain rauque de sa voix, Eleni avait déjà compris ce que le cheikh s'apprêtait à faire. Mais cette fois, elle ne permit pas à sa peur de prendre le dessus et accueillit son baiser avec ferveur.

Car elle aussi avait envie de savourer le goût de ses lèvres. C'était comme si le cheikh avait réveillé en elle une fièvre en sommeil, une fièvre jusqu'alors inconnue et qui ne demandait qu'à s'épanouir depuis l'instant où il avait rencontré son regard, dans l'écurie de son père.

Aussi répondit-elle passionnément à son étreinte, enroulant sa langue autour de la sienne, savourant la pression ferme et chaude de sa bouche.

— C'est bon, n'est-ce pas ? demanda-t-il très bas.

— Oh, oui, Altesse, répondit-elle avant de se remettre à l'embrasser avidement.

Son plaisir était tel que Kaliq en eut le souffle coupé. Elle prenait même l'initiative, désormais… Et il réalisait qu'elle se comportait comme un cheval sauvage rendu à sa liberté. Le feu qui semblait brûler en elle forçait son admiration, et comme elle posait délicatement ses doigts sur ses épaules, il ne put s'empêcher de rêver de ce même contact sur sa peau nue.

D'un geste vif, il la renversa sur la banquette de cuir et vit ses seins tendre l'étoffe de sa tunique de soie. Ses tétons étaient aussi durs que des diamants, et il brûlait de les voir, de les sentir sous ses doigts, de goûter leur saveur virginale…

D'ailleurs, à l'idée d'explorer ce corps que nul homme n'avait connu avant lui, il contenait mal son désir, un désir dont la force le stupéfiait lui-même. Et d'ailleurs, pourquoi le contenir ? Il était si facile de se laisser porter par ce courant furieux, bouillonnant, vivifiant… Oui, il lui suffirait d'arracher ses vêtements à la jeune femme et de la pénétrer d'un coup de reins, jusqu'à l'entendre crier de plaisir. N'était-ce pas ce dont il rêvait depuis plusieurs jours ?

Soudain, il prit conscience que la berline était à l'arrêt. Le chauffeur avait quitté le véhicule, et les gardes du corps étaient également sortis de leurs limousines : ils s'affairaient non loin d'eux.

De quoi aurait-il l'air une fois dehors ? Surtout accompagné d'une jeune femme aux joues en feu et aux cheveux en désordre ?

À la vérité, le regard des autres avait moins d'importance que celui qu'il portait sur lui-même. Et quelque chose le retenait de s'abandonner à cette fièvre furieuse… Tout cheikh qu'il était, il n'avait pas le droit de déshonorer une vierge à la va-vite sur la banquette arrière d'une voiture… À peine cette pensée se fut-elle glissée dans son esprit qu'un sentiment ancien se ranima en lui. L'orgueil. Cet orgueil qui l'habitait depuis l'enfance, comme un démon qui donne le pouvoir et ronge peu à peu le cœur d'un homme.

« Pas le droit » ? « Déshonorer » ? Ça alors ! C'était elle qui avait bien de la chance de se voir accorder de telles faveurs !

Épuisé par les mouvements extrêmes qui l'agitaient, il s'interrompit, prit une longue inspiration et tenta de recouvrer son calme. Que lui arrivait-il ?

— Recoiffez-vous ! s'écria-t-il avec rudesse. Et tâchez d'être un peu présentable pour faire la connaissance de mes hommes.

Eleni n'eut pas besoin de se le faire dire deux fois : la honte l'accablait, et elle se hâta de rajuster ses vêtements avant de renouer soigneusement ses cheveux. Que s'était-il passé ? Comment avait-elle pu se laisser aller à pareille indécence ? Avait-elle perdu la raison ?

En quelques secondes, elle avait tout oublié. Tout. Elle ne songeait même plus que l'homme qui la serrait contre lui était un cheikh. Tout avait paru si naturel, si évident…

Son cœur battait à se rompre, et elle se demanda ce qui serait arrivé si le cheikh n'avait pas interrompu leur étreinte…

« Oh, tu sais très bien ce qui serait arrivé », répliqua une petite voix moqueuse dans un coin de sa tête.

Et elle rougit de plus belle en voyant apparaître un nouveau visage devant elle. À sa grande surprise, elle découvrit que la personne qui leur ouvrait la portière était une femme — une Calistéenne, à en juger par ses yeux noirs et son teint mat.

Mais ses vêtements étaient surprenants, et Eleni n'en avait jamais vu de pareils : sa jupe étroite la couvrait seulement jusqu'aux genoux, sa chemise ressemblait à celle d'un homme, et ses cheveux qui effleuraient ses épaules laissaient penser qu'elle les coupait régulièrement.

— Voici Zahra, annonça Kaliq. Elle tient mon bureau en Angleterre en mon absence et se chargera de vous procurer tout ce dont vous aurez besoin. Installez Eleni dans la chambre blanche, Zahra, ajouta-t-il avant de conclure : Je vais tout de suite dans mon bureau.

Non sans un frisson d'angoisse, Eleni le regarda s'éloigner. Des crampes la tiraillaient, son cœur battait toujours aussi vite. Sans le cheikh, elle se sentait soudain très seule. Comme abandonnée.

— Votre voyage a-t-il été agréable ? s'enquit Zahra, l'extirpant de ses tristes pensées.

Eleni hésita : le protocole exigeait-il qu'elle réponde qu'il avait été merveilleux ? Peut-être ; mais elle ne savait pas mentir.

— J'étais terrifiée, avoua-t-elle. C'était la première fois que je prenais l'avion.

Zahra répondit par un sourire compréhensif.

— Oh, je me souviens très bien de ce sentiment… La première fois que j'ai pris un vol hors de Calista, j'ai eu l'impression de vivre l'expérience de quelqu'un d'autre, comme si j'étais ailleurs, sans doute sur le sol ferme. Mais vous êtes en sécurité, maintenant. Voulez-vous que je vous guide jusqu'à votre suite pour que vous puissiez vous changer et vous rafraîchir ?

— Oui, s'il vous plaît, acquiesça Eleni en jetant un regard ébahi sur l'intérieur de la maison.

Le hall était vaste et la cheminée en couvrait un mur entier. Lorsqu'elle sentit les marches du gigantesque escalier craquer sous ses pieds, elle discerna également une odeur chaleureuse à base de cire…

— Cette maison est vraiment magnifique, murmura-t-elle.

— Oui, renchérit Zahra en l'invitant à la suivre à l'étage.

C'est un manoir. Le terrain est très vaste, ce qui permet de pratiquer de nombreuses activités... Le cheikh Kaliq Al'Farisi m'a dit que vous étiez une cavalière exceptionnelle ?

Eleni sourit.

— Le cheikh me fait un grand honneur.

— Et ses bureaux m'ont fait savoir que vous auriez besoin de vêtements occidentaux.

Eleni jeta un nouveau coup d'œil à la tenue de sa compagne : cette Calistéenne semblait parfaitement décente... Mais elle ne se voyait pas dans ce genre d'habits. À quoi bon se déguiser, faire semblant d'être une personne qu'elle n'était pas ?

Elle allait répliquer qu'elle avait déjà tout ce dont elle avait besoin quand Zahra la fit entrer dans une chambre extraordinaire.

Bouche bée, Eleni contempla la vaste pièce aux murs immaculés. D'épais rideaux blancs ornaient de larges fenêtres, un tapis également blanc couvrait le plancher, et des voiles neigeux tombaient d'une armature sculptée sur un immense lit rempli d'oreillers...

— Voici votre chambre, dit Zahra en souriant.

Eleni lui sourit en retour, le cœur soudain plus léger : décidément, le cheikh avait une manière unique de traiter ses employés, songea-t-elle en poussant une porte pour découvrir une immense salle de bains entièrement carrelée de faïence ancienne, et dont la baignoire affichait des proportions imposantes.

En ressortant, elle sourit encore à Zahra et se dirigea vers une autre porte.

— Et ici ? Où cela me mène-t-il ?

Le visage de Zahra demeura impassible tandis qu'elle répondait :

— Oh, ça ? C'est la porte de communication avec la suite du cheikh.

7

Eleni était en proie à un affreux dilemme à l'heure de se préparer pour le dîner. Ouvrant sa valise, qui contenait une bonne part de sa nouvelle garde-robe, elle choisit délibérément les vêtements les plus typiques de Calista. Son allure était cependant le cadet de ses soucis, car une seule question la hantait depuis son arrivée : le cheikh l'avait-il délibérément logée dans une suite communiquant avec la sienne ?

Elle ne pouvait tout de même pas lui poser une question aussi impertinente de but en blanc…

Mais à l'idée qu'il se glisse en pleine nuit dans sa chambre, son sang se glaçait. Ou presque… Allons, n'était-ce pas ce qu'elle souhaitait *secrètement* ?

Cette idée insidieuse la révolta. Oh, non, ce n'était pas ce qu'elle souhaitait ! Certes, elle ne pouvait nier qu'elle aimait qu'il l'embrasse, mais… Elle n'oubliait pas sa dignité pour autant ! Et au-delà de ses désirs, elle n'avait *pas le droit* d'offrir sa virginité à un homme hors des liens du mariage. Son destin était scellé : elle s'occuperait de Nabat et de tous les chevaux que le cheikh voudrait bien lui confier jusqu'à la fin de ses jours. Telle était sa mission sur terre. Oh, elle ne refuserait pas quelques baisers, maintenant qu'elle avait découvert ce plaisir et que le cheikh semblait l'apprécier… Mais il était impensable que leur relation aille au-delà de ces caresses déjà bien audacieuses !

Même si son corps hurlait qu'il voulait autre chose, et

même si elle avait été tout près de céder, sur la banquette de la voiture. D'ailleurs, quand elle se rappelait le corps viril de Kaliq pressé contre le sien, et le brasier que cet homme avait allumé en elle…

Profondément troublée, Eleni sursauta quand Zahra vint la chercher et elle demeura silencieuse en la suivant au rez-de-chaussée. Ce repas allait être un enfer. Car si le cheikh posait sur elle ces regards brûlants dont il avait le secret, elle ne répondrait plus de rien…

Non seulement le cheikh avait passé une bonne partie du dîner avec un téléphone collé sur l'oreille ou un dossier sous les yeux, mais il avait disparu avant le dessert pour prendre un appel urgent dans son bureau.

Perplexe, Eleni restait immobile devant une demi-poire couverte de chocolat chaud.

— J'ai été un hôte épouvantable, ce soir, lança soudain Kaliq en revenant dans la pièce.

Eleni leva les yeux vers lui et rougit. Les gardes du corps et Zahra avaient disparu : ils étaient seuls.

Comme elle ne disait rien, il enchaîna :

— Vous ne mangez pas votre dessert ? Mon attitude de ce soir vous a froissée, Eleni ?

Elle baissa la tête.

— Un sujet de son Altesse n'a pas à porter de tels jugements.

— Vous êtes bien formelle, tout à coup, ironisa-t-il, le sourire aux lèvres. À vous voir, personne ne se douterait que vous vous pressiez contre moi tout à l'heure, en réclamant des caresses de plus en plus osées…

— Altesse ! s'exclama-t-elle, choquée.

— Oui ? répliqua-t-il en riant. La vérité ne vous plaît pas, Eleni ? Ou bien prétendez-vous que vous n'auriez pas perdu votre virginité, si je n'avais pas moi-même interrompu notre corps à corps ?

Eleni avait les joues en feu, mais ce n'était pas le pire effet que produisaient ces paroles sur elle. Car ses seins étaient en train de se durcir, et une étrange chaleur l'envahissait. Alors qu'elle aurait dû être outragée, le cheikh parvenait à éveiller son désir, même en cet instant…

Décidément, son corps ne lui répondait plus. Mieux valait fuir au plus vite…

— Cette journée m'a épuisée, et je vous serais très reconnaissante de m'excuser, murmura-t-elle en se levant.

Kaliq la regarda faire sans broncher.

— Parfait. J'ai encore quelques affaires à régler. Vous retrouverez votre chemin jusqu'à votre chambre ?

— Oui, Altesse. Quand devons-nous voir le cheval dont vous m'avez parlé ?

— Demain. Il y aura un match de polo non loin d'ici. Vous pourrez l'observer durant l'entraînement afin de vous faire une première idée.

— Je m'en réjouis. Eh bien… Bonsoir, Altesse.

Kaliq ne put réprimer un sourire devant sa brève hésitation. Elle était intelligente. Innocente, certes, mais également très intuitive. Et elle ne pouvait ignorer l'alchimie qui existait entre eux. S'imaginait-elle *vraiment* qu'elle allait passer la nuit seule dans sa chambre ?

— Bonsoir, Eleni, répondit-il.

Eleni s'était déshabillée à toute vitesse et, sans même prendre la peine de défaire le ruban de ses cheveux, elle s'engouffra sous les draps.

Un rayon de lune filtrait au travers des rideaux, et elle voyait un petit morceau de ciel étoilé. Mais ici, les astres n'avaient pas l'éclat de ceux de Calista, et elle se sentit soudain très seule.

Son angoisse l'empêchait de glisser vers le sommeil. Et pour cause… Elle avait pu constater que la porte de communication entre les deux chambres ne fermait pas à clé : à tout instant, elle craignait d'entendre la poignée jouer. C'était pourtant ridicule. Le cheikh n'entrerait pas dans sa chambre en pleine nuit !

Tous ces changements devaient exciter son imagination… Dire qu'elle était en Angleterre ! Bien des jeunes filles auraient tout donné pour être à sa place : quitter leur village pour vivre dans un palais et voyager jusqu'en Europe ! Et c'était elle, Eleni Lakis, qui avait la…

Durant une seconde, elle se demanda si quelqu'un ne venait pas de se faufiler dans son lit. Mais dans son demi-sommeil, elle avait sans doute rê…

Non ! Elle ne rêvait pas !

Dans la pénombre, elle écarquilla les yeux. Le rayon de lune traçait les contours d'une forme auprès d'elle. La forme d'un corps… Un corps masculin, celui du cheikh Kaliq Al'Farisi !

Terrifiée, elle se redressa avec vivacité.

— Mais… mais que faites-vous ici ? balbutia-t-elle, le souffle court.

Il rit doucement en s'approchant pour enrouler lentement, sensuellement, l'une des mèches de ses cheveux autour de son index.

— Voyons, ma belle, vous avez beau être vierge, vous n'avez tout de même pas besoin d'une réponse ? murmura-t-il en dénouant le ruban pour étaler sa chevelure sur l'oreiller.

Eleni eut à peine le temps de songer qu'elle aurait pu appeler au secours. Mais au fond, elle connaissait la vérité : elle n'en avait aucune envie. Aussi laissa-t-elle le cheikh l'embrasser voluptueusement, tandis qu'un délicieux vertige s'emparait d'elle.

En un instant, il la débarrassa de sa chemise de nuit et se mit à effleurer son corps du bout des doigts. C'était comme si une longue coulée de lave se répandait sur elle, et elle se cambra pour l'inviter à la caresser encore.

— Oh, Altesse, je vous en prie…

— Que veux-tu ? chuchota-t-il en dessinant délicatement le contour de ses seins. *Ça ?*

Elle laissa échapper un gémissement de plaisir, mais comme

il s'interrompait soudain, elle rouvrit les yeux ; son regard était plongé dans le sien, grave et ardent.

— Maintenant, écoute-moi, Eleni. Ce soir, je suis Kaliq, et je veux que tu m'appelles par mon prénom et que tu me tutoies. Dans ce lit, nous sommes égaux. Tu comprends ?

Le cœur d'Eleni s'emballa. Pour elle, il avait envie d'être un homme, et non un prince. Comment le lui refuser ? C'était ce qu'elle souhaitait aussi. De toute son âme.

Sans attendre sa réponse, il se remit à la caresser langoureusement. Ses mains voletaient sur elle avec la légèreté d'un papillon, et elle avait l'impression qu'un million d'ondes électriques la traversaient.

Soudain, il s'attarda sur sa poitrine, et ses gestes imperceptibles devinrent des caresses fiévreuses, impatientes. Mais comme s'il voulait retenir son élan, il revint à des mouvements plus lents, traçant des cercles autour de ses tétons. Puis, il se concentra sur leurs pointes dressées. Quand il posa ses lèvres sur cette zone si sensible, Eleni cria :

— Oh, Altesse !

— Appelle-moi Kaliq !

— Kaliq… Oui !

C'était délicieux, il aspirait doucement ses tétons durcis, et le plaisir montait en elle par vagues successives…

— Eh bien, Eleni ? Tu aimes ça ?

— Oh, oui…

Alors qu'elle se laissait enivrer par cette caresse, elle sentit ses mains errer sur son ventre, puis descendre entre ses cuisses.

Lentement, il traça de petits cercles autour de son sexe avant de s'aventurer au centre de sa chaleur…

— Et ça, Eleni ? Ça te plaît ?

Incapable d'articuler un son, Eleni sentait un torrent de feu se répandre dans tout son corps. Un plaisir d'une nature inconnue faisait vibrer chacun de ses muscles, et les caresses délicates de Kaliq se faisaient plus ardentes à chaque seconde…

Une question lui monta pourtant aux lèvres alors qu'il la caressait de ses doigts experts.

— C'est… c'est mal ? souffla-t-elle.

À ces mots, Kaliq tressaillit. Il ressentait une étrange émotion devant ce mélange de candeur et d'abandon.

— Non, Eleni, ce n'est pas mal. L'homme et la femme n'ont-ils pas été créés pour cela ?

Ces mots la réconfortèrent aussitôt, et Eleni se laissa sombrer dans un plaisir bien plus intense que tout ce qu'elle avait pu imaginer. Mais elle savait tout de même deux ou trois choses au sujet de l'amour charnel…

Alors, pourquoi Kaliq tardait-il tant à venir en elle ?

Et pourquoi lui prodiguait-il ces caresses qui la laissaient à sa merci ? Elle avait l'impression de dériver sur un fleuve merveilleux…

Kaliq se redressa : il voulait voir le premier orgasme d'Eleni illuminer son visage. Ce spectacle lui parut sublime, dans le halo argenté de la lune.

Un instant plus tard, il vit une larme perler à la paupière de la jeune femme, puis rouler sur sa joue diaphane.

— Ne pleure pas, dit-il d'une voix douce, alors que son cœur se serrait de manière inexplicable. Tu m'en veux ?

Eleni secoua la tête avant de se laisser glisser dans ses bras.

— Comment pourrais-je regretter d'avoir connu quelque chose d'aussi beau ? avoua-t-elle dans un souffle. Ce genre d'émotion est à peine croyable…

— C'est pourquoi l'amour charnel est divin, répondit-il. Maintenant, approche : je vais te montrer d'autres beautés…

Il bascula sur elle et écarta les mèches de cheveux qui jouaient sur sa joue. Elle le contemplait d'un regard si confiant qu'il en fut troublé. Déjà, elle entourait son cou de ses bras et lui souriait… Quelle amante elle faisait ! Comme sur la croupe d'un cheval, elle oubliait toute forme de peur et offrait généreusement son énergie, ses talents, sa pureté.

Pressant ses lèvres contre les siennes, il voulut l'embrasser longuement, avec une infinie douceur ; mais comme elle répondait passionnément à ses mouvements, il comprit qu'il ne pouvait plus attendre.

D'un geste vif, il écarta ses cuisses. Et il s'enfonça en elle lentement, jusqu'à sentir son innocence céder et fuir à jamais, tandis qu'elle gémissait et fermait les yeux, le visage chaviré. Elle était si brûlante… Kaliq gémit. Il aurait pu s'abandonner en elle maintenant… Et pourquoi pas ? Le cheikh avait le droit de prendre son plaisir au moment qu'il choisissait.

Mais sans bien se l'expliquer, il avait envie qu'elle prenne du plaisir ; envie d'offrir à cette beauté un moment inoubliable, de contempler encore son visage irradié par l'extase. Aussi se retint-il. Il joua avec le désir de la jeune femme en se retirant pour mieux revenir en elle, lentement, petit à petit, jamais jusqu'au bout. Enfin, après un long moment, il la gratifia de coups de reins de plus en plus puissants.

— Kaliq ! cria-t-elle.

Il sourit dans l'obscurité. Il aimait l'entendre prononcer son prénom.

— Oui ? Que veux-tu ? demanda-t-il, sans cesser son va-et-vient.

— Je… Oh ! Je sens que ça va recommencer…

— Tu vas jouir, murmura-t-il.

Mais cette fois, il entendait se joindre à elle, et au moment où elle enfonça ses ongles dans sa chair, il laissa son plaisir exploser. Des spasmes secouèrent leurs corps enlacés et trempés de sueur.

Puis il sentit une grande vague de bien-être le submerger, et il retomba près d'elle sur le matelas.

La tête enfoncée dans l'oreiller, Kaliq contemplait distraitement le plafond, ne sachant s'il devait retourner immédiatement dans sa suite ou rester là… En fait, la question ne se posait pas : Eleni avait posé un bras sur son torse et posé sa tête contre son épaule.

D'ordinaire, ce genre de familiarité l'exaspérait. Mais avec Eleni, c'était différent…

Pourquoi ? Parce qu'elle n'avait rien d'une intrigante ? Parce qu'une jeune femme de son rang devait se sentir flattée de retenir l'intérêt d'un cheikh, et qu'elle n'oserait jamais demander ce que l'immense majorité des femmes exigeait toujours, dans la même position ?

Il allait se contenter de fermer les yeux et de se reposer un moment. Après quoi, il regagnerait sa suite.

Eleni demeura allongée et écouta le souffle régulier de Kaliq, qui sombrait dans le sommeil. Son corps vibrait encore de tout ce qu'elle venait de découvrir, et elle parvenait mal à réaliser ce qui s'était passé. Ce qu'elle savait, c'est que le cheikh avait fait d'elle une femme… Non, pas le cheikh : *Kaliq.*

Très doucement, elle se redressa pour contempler son visage. Ses traits détendus par le sommeil lui donnaient une expression plus douce. Dire qu'un prince de Calista était nu à côté d'elle, dans son lit, et que son corps venait de s'unir au sien !

Une étrange angoisse la saisit soudain : allaient-ils devenir amants, ou bien Kaliq ferait-il comme si rien n'était jamais arrivé, en se réveillant le lendemain ?

Elle avait beau savoir que ce qu'ils avaient partagé était unique, elle n'oubliait pas qu'il était un prince… et un séducteur invétéré. D'ailleurs, comment être sûre que ce qu'elle avait pris pour un moment exceptionnel n'était pas terriblement banal, pour lui ? Voyons, c'était impossible… Il existait quelque chose de particulier, entre eux. Oui, elle *savait* que le plaisir qu'ils avaient connu ensemble avait lié leurs cœurs, leurs âmes !

Eleni était si agitée qu'elle crut ne jamais s'endormir, mais elle glissa pourtant dans un profond sommeil et ne s'éveilla que lorsqu'elle sentit une main effleurer son front.

Elle battit des cils : un rayon de soleil filtrait par les rideaux, et le regard de Kaliq était plongé dans le sien.

Aussitôt, l'angoisse lui étreignit le cœur, et elle chercha un signe sur son visage : un signe qui lui dirait qu'elle n'avait pas rêvé, et que la nuit passée avait également compté pour lui… Avait-il encore du respect pour elle ? Était-elle une amante digne de lui ? Sentait-il comme elle une émotion bien singulière s'insinuer dans son cœur, quand il posait les yeux sur elle ?

Hélas, le regard d'ébène du prince était aussi insondable que d'habitude.

— Eh bien, quel regard portes-tu sur ton éveil à la volupté, ce matin ? s'enquit-il.

Interloquée, Eleni répondit :

— Je… c'était… agréable.

— Agréable ? répéta-t-il.

Kaliq se força à rire, tandis que la colère sourdait en lui. Ça alors ! Elle lui faisait cette réponse mitigée, alors qu'il l'avait honorée de faveurs inaccessibles pour bien des femmes !

— Assez *agréable* pour recommencer tout de suite ? demanda-t-il d'un ton brusque, déjà prêt à la prendre et à la prendre encore, jusqu'à ce qu'elle crie son prénom…

— Altesse… Euh, Kaliq, je…

L'accent de timidité dans sa voix le troubla soudain. Durant la nuit, il avait oublié qu'elle manquait d'expérience non seulement d'un point de vue charnel, mais aussi dans le domaine émotif… Et avant de donner libre cours à la passion qui le submergeait, mieux valait qu'il mette les choses au clair avec elle.

— Avant de continuer, je voudrais te dire quelque chose, Eleni. Tu sais que le sexe est différent pour les hommes et pour les femmes, n'est-ce pas ?

À ces mots, elle lui retourna un regard perplexe.

— La plupart des femmes n'ont pas le même regard que les hommes sur l'acte physique lui-même, expliqua-t-il, avant d'ajouter avec franchise : du moins à mon avis. Pour les hommes, le sexe est seulement l'expression d'un besoin élémentaire, mais pour les femmes, ce n'est qu'un début et elles font intervenir leurs émotions.

— Leurs… leurs émotions ? balbutia-t-elle, visiblement plus perdue encore.

Il soupira et caressa délicatement son visage en poursuivant :

— Je veux dire que les femmes en arrivent parfois à se

convaincre qu'elles sont amoureuses d'un homme avec lequel elles viennent de faire l'amour, probablement pour préserver leur honneur.

Durant un moment, Eleni se demanda si elle avait bien compris… Mais très vite, la brutalité de ce discours la heurta de plein fouet. De tous les hommes cruels qu'elle avait croisés dans sa vie, Kaliq était sans doute le pire. Car il fallait avoir un cœur de pierre pour prononcer de telles paroles à celle qui lui avait donné sa virginité quelques heures plus tôt… Oh, pourquoi ne lui avait-elle pas résisté ? Et d'où provenait la douleur terrible qui la déchirait en ce moment ?

Elle ne devait plus *jamais* permettre à cet homme de la blesser ainsi. Jamais !

Par conséquent, elle veillerait à endormir les sentiments qui avaient déjà jailli dans son cœur. Non, elle ne commettrait pas la folie d'aimer un homme qui la jetterait aux oubliettes sans scrupule ni remords, dès qu'il se lasserait d'elle.

Puisqu'il en était ainsi, elle allait apprendre tout ce qu'elle pouvait apprendre de lui dans un lit. Son amant royal ferait d'elle une experte de l'amour charnel. Et quand il mettrait un terme à leur liaison, c'était lui qui perdrait une maîtresse émérite. Une maîtresse parfaite, apte à prévenir chacun de ses désirs les plus audacieux. Elle lui manquerait, mais elle se satisferait alors de le voir seul, abandonné à son arrogance !

— Je suis absolument d'accord, Kaliq, répondit-elle d'un ton imperturbable.

Il haussa les sourcils.

— Vraiment ?

— Bien sûr. Et tu n'as pas à t'inquiéter à mon sujet. Pourquoi perdrais-je mon temps à tomber amoureuse d'un homme avec lequel tout avenir est impossible ?

C'était la réponse idéale, mais à sa grande surprise, Kaliq réalisa qu'elle l'irritait profondément. Comment était-ce possible ? Elle acceptait d'être une simple maîtresse sans verser une larme ? Pensait-elle pouvoir l'oublier facilement, une fois qu'il se serait séparé d'elle ? Si c'était le cas, elle ne tarderait pas à mesurer son erreur !

— Je suis fatigué de parler, répliqua-t-il avec humeur. Viens ici et embrasse-moi.

Eleni lui obéit volontiers. Très vite, elle accueillit avec bonheur de nouvelles vagues de plaisir — sans cesser de se réjouir d'avoir été si convaincante. Mais cette toute petite victoire cessa vite de l'enchanter…

Après lui avoir fait l'amour avec une fièvre rageuse et sans tendresse, Kaliq se leva et déclara d'un air indifférent :

— Nous irons au match de polo après le déjeuner.

Eleni remonta le drap sur elle et murmura :

— Oui, Kaliq.

Il était en train de se rhabiller, mais il s'interrompit soudain pour lui décocher un regard impitoyable.

— Encore deux choses, dit-il. Quand tu seras prête à te mettre au lit, ce soir, je ne veux pas que tu attaches tes cheveux : je veux les voir étalés sur l'oreiller.

Eleni attrapa son ruban d'une main tremblante. Son cœur s'était mis à battre un peu plus fort, et elle ne savait comment déguiser son soulagement. L'espoir venait de renaître en elle…

— Bien sûr, Kaliq, répondit-elle avec chaleur. Et l'autre chose ?

Un sourire cruel se dessina sur ses lèvres.

— Veille à ne jamais m'appeler Kaliq en public, et encore moins à me tutoyer.

8

Encore bouleversée par sa nuit et la conversation qu'elle avait eue avec Kaliq au réveil, Eleni avait pourtant trouvé le cran de refuser les vêtements que Zahra lui avait apportés : une tenue de cavalière occidentale, comprenant un étrange pantalon aux cuisses bouffantes et une veste étroite. Visiblement ennuyée, Zahra avait répété que « le cheikh insistait ».

Mais Eleni avait tenu bon.

Et avant de partir pour le match de polo, elle enfila un pantalon de soie et une longue tunique.

Lorsqu'elle le rejoignit au rez-de-chaussée, Kaliq fronça les sourcils : la jeune femme avait ignoré ses ordres. Lui qui rêvait de la voir dans ces superbes bottes et ce jodhpur… Il lui avait également fait porter des robes, des tailleurs et quelques pantalons moulants.

— Tu risques de t'attirer des sourires moqueurs, dans cette tenue, annonça-t-il.

— Peu importe.

— Eleni, tu es vraiment entêtée… Pourquoi as-tu refusé les vêtements que t'a apportés Zahra ?

— Parce que je préfère rester moi-même plutôt que jouer le rôle d'une autre, Altesse, dit-elle en esquissant une petite révérence.

Il soupira. Non seulement elle le privait d'admirer les formes parfaites de son corps, dans ces vêtements trop amples, mais elle ne manifestait pas le moindre désir d'intimité…

— Tu ne remercies pas ton prince de t'avoir donné ce qui

semblait te procurer tant de plaisir, cette nuit ? demanda-t-il, irrité.

— Mais vous m'avez priée de me garder de toute familiarité en public, Altesse, objecta-t-elle.

— Et alors ? Tu vois bien que nous sommes seuls !

Elle conserva un sourire serein.

— Je crois qu'il est plus prudent de s'en tenir au protocole, Altesse : ne serait-ce qu'afin d'éviter toute maladresse.

Ça alors ! Elle prenait un malin plaisir à se moquer de lui ! Comment osait-elle lui répondre ainsi ? Cette insolence le mettait en rage. C'était comme si elle voulait prendre le pouvoir dans leur relation ! Eh bien, il allait lui montrer qui commandait…

Mais sa colère n'était rien face au désir qu'il ressentait pour elle… Il était sur le point de refermer la porte du salon pour plaquer la jeune femme contre le mur et lui arracher ses vêtements, quand il réalisa qu'ils étaient déjà en retard.

— Allons-y ! ordonna-t-il d'un ton dur.

Eleni avait tremblé de peur sur tout le trajet : malgré ses suppliques, Kaliq avait refusé de ralentir, faisant vrombir le moteur de sa voiture de sport.

Mais enfin, ils étaient arrivés… Et le spectacle des chevaux sur cet immense terrain détournait Eleni des images érotiques qui la hantaient.

Peu à peu, elle se rendit cependant compte qu'une bonne partie du public avait les yeux braqués sur son compagnon. Du moins la partie féminine du public… Oui, Kaliq était au centre de l'attention générale, et les femmes qui le couvaient du regard étaient de sublimes créatures aux jambes nues, chaussées d'escarpins à talons — et savamment maquillées.

— Toutes les femmes vous regardent, observa-t-elle, avant de réaliser qu'elle aurait mieux fait de se taire.

Car il lui retourna un sourire arrogant.

— Naturellement. C'est ainsi partout où je vais. Tu es jalouse, Eleni ?

— Certainement pas, Altesse. Une telle émotion serait déplacée, dans ma position.

— Parfait, dit-il avec froideur. Veille à ce que cela ne change pas.

Comme il reportait son attention sur le jeu, Eleni s'aperçut que certains regards étaient également dirigés sur elle. Et avec horreur, elle comprit bientôt qu'il s'agissait de regards de dédain…

Peu à peu, elle réalisait que l'insistance de Kaliq pour qu'elle porte une tenue occidentale était justifiée. Elle avait été aussi naïve qu'orgueilleuse, en voulant « rester elle-même ». Comme si la forme d'un pantalon risquait d'altérer son identité ! En fait, si elle avait voulu attirer l'attention, elle n'aurait pas pu mieux s'y prendre.

Kaliq devait être furieux…

« Bien sûr que non, lui souffla une petite voix cruelle. Il ne songe qu'à satisfaire son désir sexuel, avec toi. Le reste lui est complètement égal. Il t'a achetée, comme un cheval. »

— Alors… quel est le cheval que vous souhaitez acquérir, Altesse ? articula-t-elle en s'efforçant d'ignorer le courant d'air glacial qui passait en elle.

Kaliq la dévisagea et sentit une curieuse émotion l'envahir. Eleni avait-elle seulement conscience de sa beauté ? L'air de la campagne avait rosi ses joues, ses longs cheveux noirs brillaient d'un éclat mat, sa ravissante bouche avait tout d'un bouton de rose… Et si sa tenue était très simple, elle était coupée dans la soie sauvage la plus fine. À côté de toutes ces femmes sophistiquées, elle incarnait la beauté à l'état pur. D'ailleurs, bien des hommes osaient lui couler des regards admiratifs, il s'en était aperçu à plusieurs reprises. Hélas, il ne pouvait tout de même pas les rosser un par un et laisser entendre publiquement qu'elle était à lui, même si l'envie ne lui en manquait pas.

Oui, cette fleur exotique et rare au milieu de ce parterre de femmes interchangeables était *à lui* !

Et comme son désir retrouvait toute son intensité, il prit une longue inspiration avant de répliquer :

— Tu veux essayer de deviner ?

Elle fixa attentivement le terrain.

— Le bai, trancha-t-elle. Celui qui porte la couleur jaune. Il attire tout de suite le regard.

Kaliq sourit.

— Bravo. Il vient d'Argentine, comme tous les meilleurs chevaux de polo. Observe ses mouvements.

Eleni suivit l'animal des yeux : tout en muscles, il manifestait une agilité surprenante, tandis que son cavalier le menait vers les buts.

— Eh bien ? Qu'en dis-tu ? reprit Kaliq.

— En effet, il est magnifique. On dirait qu'il ne quitte pas la balle des yeux.

— Exactement ! s'exclama triomphalement Kaliq. Tu te rends compte, Eleni ? Tu ne connais rien au polo, mais tu as repéré l'essentiel d'instinct ! Car lorsqu'on souhaite acquérir l'un de ces chevaux, le facteur déterminant est précisément celui-ci : sa capacité à suivre la balle.

Au même instant, le cavalier du bai marqua, et le public applaudit avec enthousiasme.

— Alors à ton avis, je l'achète ? reprit-il.

— Je ne suis pas prête à répondre. J'aimerais mieux le monter, d'abord.

— Ça peut s'arranger.

Dès que le match fut terminé, Kaliq la conduisit vers le terrain et alla parler au propriétaire, tandis qu'elle contemplait le cheval. Elle doutait presque d'être capable de monter une créature aussi puissante.

— Il dit que nous devons revenir demain, annonça Kaliq en la rejoignant. Quand le cheval sera reposé.

— Non, la meilleure manière de tester un cheval est de

le monter quand il est épuisé, répliqua-t-elle. Dites-lui que je n'ai besoin que de cinq minutes et que je ne le brusquerai pas.

Kaliq sourit et s'inclina légèrement.

— Les souhaits de madame sont des ordres.

Eleni ne put s'empêcher de se sentir flattée… Et après tout, pourquoi pas ? Elle était d'origine modeste, mais elle ne valait pas moins que n'importe quelle femme qui donne du plaisir à son amant !

Mais comment faire pour lui en donner davantage ? se demanda-t-elle en se hissant avec souplesse sur le cheval. Comment devenir sa maîtresse la plus inoubliable ? Afin qu'il souffre à chaque seconde de sa vie, quand il l'aurait rejetée loin de son lit…

En moins de dix minutes, Eleni apprit tout ce qu'elle avait besoin de savoir au sujet du bai et sauta à bas de sa monture.

Kaliq la dévisagea intensément, cherchant un indice sur son visage ; mais la jeune femme ne laissait rien transparaître de son impression.

— Tu le trouves décevant ? demanda-t-il de but en blanc.

— Au contraire, il est remarquable. Très léger à monter, équilibré dans la course, et doté de réflexes extraordinaires !

— Mais alors, pourquoi fais-tu cette tête ?

— Je sais que son propriétaire nous observe, expliqua-t-elle d'un ton égal, et mieux vaut ne pas lui laisser deviner que je suis impressionnée… Vous en obtiendrez un meilleur prix, Altesse.

— Tu as raison, répliqua-t-il avec un sourire. Mais tu penses qu'un homme de mon rang a besoin de marchander, Eleni ?

Elle haussa les épaules.

— Je supposais que vous tireriez fierté à l'acquérir pour une somme raisonnable.

Kaliq ne put cacher son admiration.

— Tu es décidément une perle, Eleni… Et tous tes talents ne font qu'attiser mon désir. J'ai soudain très envie de te sentir dans mes bras et de te faire l'amour.

Eleni baissa les yeux.

— Je vous en prie, Altesse, nous ne sommes pas seuls et votre réputation…

— Tu devrais savoir que je ne me suis jamais soucié de ma réputation.

— Peut-être, mais de mon côté, je tiens à la mienne. Et nous aurons tout le temps de songer à cela quand nous serons rentrés et que…

— Tu me le promets, n'est-ce pas ? la coupa-t-il d'un ton taquin.

Avec étonnement, Eleni s'aperçut soudain qu'elle aimait ce petit jeu autant que lui, et qu'il éveillait son propre désir. Son cœur se mit à battre plus fort, et les paroles qu'elle retenait depuis des heures manquèrent franchir ses lèvres : « J'ai envie de t'embrasser, Kaliq… Envie de couvrir tout ton corps de baisers, en commençant par tes lèvres, et en savourant chaque parcelle de ta peau. Mais j'ai aussi envie d'envoûter ton cœur comme tu as envoûté le mien : mon cœur t'appartient entièrement… »

C'était exactement le piège contre lequel il l'avait mise en garde, celui dans lequel elle ne devait tomber sous aucun prétexte… Ne pas mêler les sentiments au sexe !

Eleni ferma les yeux, cherchant à se concentrer pour dissocier son désir de toutes les émotions qui l'habitaient.

Finirait-elle par y parvenir ? Peut-être, si leur relation durait encore un peu, s'il lui laissait le temps d'apprendre…

— Achetez le cheval, conclut-elle, impatiente de rentrer au manoir.

— Très bien. Je vais suivre ton conseil.

Kaliq s'éloigna pour parlementer avec le propriétaire. Quand il revint, il fronçait les sourcils.

— Eh bien ? demanda-t-elle. Il ne veut pas vendre ?

— Il dit qu'il n'a jamais vu une femme monter ainsi, et que si tu souhaites un jour travailler pour lui, il te versera un excellent salaire.

Eleni rosit de plaisir.

— Quel compliment !

— On ne menace pas un cheikh de lui voler ses employés ! s'écria Kaliq.

Une *employée* ? C'était donc tout ce qu'elle était, à ses yeux ? Bien sûr… Et elle aurait été folle de l'oublier, songea-t-elle, le cœur lourd. Oui, elle n'était qu'une employée achetée pour une somme probablement bien dérisoire, à côté de ce qu'il payait pour ce somptueux cheval.

— Tu lui as tapé dans l'œil, maugréa-t-il encore. Il te veut certainement aussi dans son lit…

À ces mots, Eleni se sentit nauséeuse. Elle n'était pas seulement son employée : il la considérait aussi comme son esclave sexuelle. Comme un divertissement. Jusqu'à ce qu'il se lasse et cherche ailleurs de la nouveauté.

Un frisson la parcourut, comme elle tentait de se représenter l'avenir. Que ferait-elle, quand ce jour viendrait ? Quand le regard de son prince se poserait sur une nouvelle femme et qu'il l'abandonnerait ?

— Cet homme a au moins soixante ans, objecta-t-elle.

Kaliq plongea son regard dans le sien.

— Et tu crois que le désir décroît avec l'âge, chez un homme viril ? répliqua-t-il avec arrogance.

Quelles idées pouvaient bien traverser l'esprit de la jeune femme ? Furieux, il regretta de n'avoir pas fait comprendre à cet homme qu'Eleni lui appartenait *entièrement*. En tout cas, il devait le lui montrer, à elle !

— Dépêche-toi, conclut-il. Je te ramène à la maison.

9

— Oh… Kaliq !

Eleni étouffa son cri dans l'oreiller. Kaliq attendit de sentir la jeune femme vibrer des derniers spasmes de plaisir pour se laisser glisser sur le matelas et contempler son visage chaviré.

— Tu as aimé ça, n'est-ce pas ? demanda-t-il.

Eleni rougit et ferma les yeux pour bredouiller :

— Je… Oui.

— Regarde-moi, ordonna-t-il.

Seigneur, comment lever les yeux vers lui, après ce qu'ils venaient de faire ? songea Eleni, désemparée. Hélas, elle savait qu'il voulait obtenir d'elle sa complète capitulation… Aussi, à contrecœur, elle plongea son regard dans celui du prince. Un regard d'ébène, sarcastique et moqueur, qui augmenta encore sa gêne alors qu'elle se rappelait que le cheikh l'avait embrassée *là*, et qu'elle s'était cambrée de plaisir sous cette impudique et délicieuse caresse.

L'angoisse lui nouait la gorge, et elle déglutit péniblement pour demander :

— Oh, Kaliq, ce n'est pas quelque chose de… quelque chose de mal ?

— Pourquoi veux-tu que ce soit mal ? répliqua-t-il doucement.

— Parce que… D'une certaine manière, c'est très étrange. Et surtout parce que c'est si délicieux.

Délicieux comme tout ce qu'ils avaient fait durant la semaine passée, songea-t-elle en frissonnant. C'était même un peu *trop* délicieux… C'était divin.

Et une nouvelle fois, la peur lancinante qui la hantait depuis des jours revint la narguer. Désormais, elle redoutait plus que tout le moment où son bonheur prendrait fin. Comment ferait-elle, lorsque Kaliq l'aurait chassée de sa vie ?

Depuis qu'elle était devenue la maîtresse du cheikh, elle se sentait plus vivante et épanouie que jamais sur le plan physique, mais… Sur le plan émotionnel, c'était une autre histoire.

Une semaine en Angleterre avait suffi à lui donner un aperçu de ce qu'elle attendait de la vie.

Elle partageait le lit de Kaliq, mais aussi chacun de ses repas. Ils dînaient d'ailleurs de plus en plus souvent en tête à tête. Et quand ils ne faisaient pas l'amour, il l'emmenait faire de longues promenades dans la campagne, qu'elle trouvait magnifique. Ils avaient visité York et Cambridge, et Eleni était sous le charme de ce pays fertile, dont les couleurs l'enchantaient.

Kaliq lui avait également permis d'appeler régulièrement les écuries du palais, à Calista, et elle était constamment rassurée sur la santé de Nabat, qui semblait apprécier les courses avec les autres étalons et redoublait d'ardeur pour prouver son talent.

Au cours de leurs excursions, Kaliq avait vu d'autres chevaux de polo, qu'Eleni avait essayés avec plaisir.

— Je veux que mon club de polo devienne le plus prestigieux du monde, avait-il déclaré. Ainsi, Calista attirera les touristes le plus huppés de la planète, et les retombées seront excellentes pour mon peuple.

Eleni n'était guère convaincue par ce discours. Et elle avait plutôt la nette impression que Kaliq souffrait d'un mal profond, dont ce club de polo ne le guérirait certainement pas.

Il achetait.

Sa vie était une succession d'acquisitions toutes plus délirantes les unes que les autres. Les garages du manoir étaient remplis de divers bolides de course, il possédait un petit avion dont il ne se servait pratiquement jamais, et il lui avait parlé de son yacht, amarré sur la côte du sud de la France.

— Quand trouves-tu le temps de naviguer ? s'était-elle étonnée.

— Quand la mer devient mauvaise, avait-il répondu, un sourire de défi aux lèvres.

Naturellement. Pourquoi cette réponse l'aurait-elle surprise ? Le risque et le danger étaient ses meilleurs amis.

Chaque fois qu'ils partaient dans l'une de ses voitures, elle était terrifiée : Kaliq conduisait comme un fou, pied au plancher, dépassant toutes les limites, ignorant la signalisation. Il renvoyait ses gardes du corps dès qu'il en avait la possibilité.

Et lorsqu'il montait un cheval, il s'empressait de le conduire au saut d'obstacles en commençant par les haies les plus hautes…

Oui, il y avait une sorte de rage en lui. Mais comment aurait-elle pu lui reprocher ce qui lui donnait aussi cette fougue, lors de leurs étreintes passionnées ?

Ces étreintes dont elle ne pouvait plus se passer, et qui prendraient fin sous peu… Quand avait-il l'intention de rentrer à Calista ? Cette question la terrifiait tant qu'elle n'osait la lui poser.

De toute façon, un homme qui avait pour habitude de fréquenter les plus belles femmes du monde ne tarderait pas à la renvoyer bientôt… Au fond, il était déjà très surprenant qu'il ne l'ait pas déjà fait !

Peut-être valait-il mieux que cette échéance si redoutable arrive au plus vite. Car Eleni savait qu'elle était tombée éperdument amoureuse. Oui, le piège dans lequel il l'avait instamment priée de ne pas tomber s'était refermé sur elle.

« Je l'aime, songea-t-elle avec désespoir. Je l'aime si fort que je ne saurai plus que faire de ma vie, quand il ne voudra plus de moi… »

Seigneur, elle ne devait pas permettre à de telles pensées de s'infiltrer dans son esprit ! se rappela-t-elle, affolée. D'autant plus qu'il ne s'agissait pas seulement de volonté. Que cela lui plaise ou non, Kaliq était cheikh. On n'avait jamais vu un prince de Calista épouser une femme qui n'appartenait pas à la noblesse !

Et encore moins une employée qui travaillait aux écuries…

Pour l'épouser, il aurait fallu qu'il tourne le dos à son destin, et qu'il lui propose de l'emmener avec lui, loin de leur pays…

Cela n'avait aucun sens !

— L'étrangeté fait souvent partie du sexe, fit remarquer Kaliq avec un sourire. C'est aussi sa force : le sentiment de l'interdit. La frontière de l'illicite.

Et le sexe pouvait aussi réserver bien des surprises, ajouta-t-il pour lui-même.

Car Eleni le stupéfiait.

Jamais il n'aurait imaginé connaître un plaisir d'une telle intensité auprès de cette jeune femme sans expérience. Et d'ordinaire, après avoir eu une ou deux nuits auprès d'une même conquête, il n'avait qu'une envie : chasser celle-ci pour en trouver une autre. Oui, cela le surprenait. En principe, il aurait dû se lasser d'Eleni depuis longtemps !

Mais au contraire, devait-il admettre avec perplexité, il ne songeait qu'à la regarder, à l'écouter, à la tenir entre ses bras. À peine lui avait-il fait l'amour qu'il avait envie de recommencer…

Quant à l'appétit sensuel qu'elle manifestait, il le fascinait. Elle apprenait si vite…

— Et c'est toujours aussi exquis ? s'enquit-elle soudain, l'extirpant de sa rêverie.

Kaliq fronça les sourcils.

Sans nul doute, l'innocence d'Eleni jouait un rôle important dans le charme qu'elle exerçait sur lui. De même que son insatiable curiosité, et son désir d'apprendre. À la vérité, il ne se rappelait pas avoir jamais ressenti un tel bien-être auprès d'une femme.

Pas seulement au lit, d'ailleurs. Quand il lui posait une question — sans savoir lui-même pourquoi il se préoccupait de l'opinion d'une simple employée — elle lui répondait toujours avec franchise. Eleni était comme une pierre précieuse qu'il aurait trouvée dans le désert : en y regardant de plus près, cette pierre était un diamant parfait.

Une intimité authentique s'établissait entre eux : il le réalisait avec un étonnement croissant. Pour lui, c'était une chose tout à fait nouvelle…

« Était-ce toujours aussi exquis ? »

S'il voulait être honnête, il lui arrivait de regretter qu'Eleni n'ait pas connu d'autre homme que lui. Car si elle n'avait pas été vierge, il aurait pu se moquer d'elle, en cet instant, lui répondre qu'elle devait bien avoir sa petite idée sur la question ! En outre, il se serait senti moins coupable quand le moment de la quitter viendrait…

— Tu poses beaucoup trop de questions ! s'écria-t-il.

— Mais je croyais que tu aimais que je sois curieuse ?

— Pas toujours, répliqua-t-il, mal à l'aise.

Il poussa un profond soupir, s'allongea sur le dos et murmura :

— Maintenant, c'est ton tour de me donner du plaisir…

Redoutant de lui avoir déplu, Eleni hocha la tête en silence et se mit à embrasser son ventre avec la délicatesse qu'il lui avait apprise. Dès qu'elle effleura sa toison de ses lèvres, elle le sentit vibrer de tout son corps. Puis, il laissa échapper un gémissement rauque et il saisit ses cheveux, tandis qu'elle caressait de la langue son sexe dressé.

Elle sentit le plaisir le submerger. Quand elle se redressa, elle vit qu'il fermait les yeux, et que ses traits exprimaient un profond apaisement.

Dès qu'il prit sa main pour l'attirer près de lui, elle se blottit dans sa chaleur.

— Où as-tu appris à faire ça ? s'enquit-il, en lui adressant un regard stupéfait.

— Ici, avec toi, répondit-elle malicieusement.

— Vraiment ? Et que t'ai-je appris d'autre ?

— Ça, répondit-elle en se penchant sur ses lèvres pour l'embrasser, laissant le vertige l'envahir.

Kaliq frémit. Non, il n'avait pas pu lui enseigner ce genre de baisers… Pour la bonne et simple raison qu'il n'avait jamais pris autant de plaisir à embrasser une femme. Mais la bouche d'Eleni était unique. De même que sa douceur, suivie de cette fièvre envoûtante.

Oui, envoûtante…

La sonnerie de son portable le contraignit à s'extirper de la volupté où il sombrait déjà.

— Je croyais que tu avais demandé à Zahra de ne pas laisser les gens te déranger, protesta-t-elle doucement, en lui jetant un regard déçu.

À ces mots, Kaliq sentit la colère monter en lui.

— En effet. Cela doit donc être un appel qui ne peut pas attendre ! rétorqua-t-il sèchement.

Il la vit détourner les yeux et il colla le combiné à son oreille.

— Oh ! C'est toi, Zakari…

Il soupira et reprit :

— Si tu me déranges ? Eh bien, très franchement, oui, admit-il en relevant les yeux vers sa compagne. Tu ne peux pas me rappeler un peu plus tard ? Hum. Je m'en doutais. Je t'écoute…

Eleni le regardait hocher la tête. Kaliq écoutait religieusement son correspondant. L'expression de son visage était grave. Dès qu'il raccrocha, elle s'enquit avec inquiétude :

— Quelque chose ne va pas ?

Il lui sourit, s'étira et planta enfin son regard dans le sien.

— Tout dépend de la manière dont tu prends l'arrivée imminente de mon frère aîné, répondit-il.

Eleni frémit.

— Le… Le *cheikh* Zakari ? murmura-t-elle, la gorge nouée. Tu veux dire qu'il vient… *ici* ?

— Apparemment, oui, acquiesça-t-il. Il se trouvait à Londres pour consulter un expert en diamants. Il souhaite dîner avec moi ce soir.

Tandis que son cœur commençait à battre la chamade dans sa poitrine, Eleni se redressa vivement sur le matelas. Ses longs cheveux retombèrent sur sa poitrine nue.

— Dans ce cas, je vais me cacher tout de suite, jusqu'à ce qu'il parte !

Kaliq sourit en regardant les tétons roses de ses seins pointer sous ses cheveux de soie, brillant dans un rayon de soleil. Elle était si belle… Plus belle que tout ce qu'il avait vu jusqu'alors. Et lorsqu'elle rougit en prenant conscience qu'elle était entièrement nue dans ce lit, il eut presque envie de la serrer dans ses bras pour déposer une myriade de baisers sur son visage. Mais à peine eut-il permis à cette pensée de le saisir que quelque chose se durcit en lui. Eleni était la grâce et l'élégance incarnées… Mais il allait la quitter. Bientôt.

Et c'était si évident qu'il s'autorisa à la contempler encore. Oui, elle était si belle… Soudain, une idée folle lui passa par la tête.

— Eleni, pourquoi ne pas rester et l'accueillir avec moi ? suggéra-t-il.

Eleni se sentit pâlir et lui retourna un regard éberlué. De quoi parlait-il ? Elle ? Rencontrer Zakari ? Kaliq avait perdu la tête !

— Voyons, c'est impossible, bredouilla-t-elle, épouvantée.

— Pourquoi ?

— Parce que… C'est le roi ! Et s'il découvrait qu'une simple servante entretient une, euh… une relation d'ordre intime avec son frère… Oh, je n'ose pas y penser !

Kaliq fronça les sourcils. Une expression d'horreur se peignait sur les traits de la jeune femme, comme si elle avait *honte* de leur relation !

— Je n'avais pas l'intention de lui annoncer que tu étais ma maîtresse au beau milieu du repas, rétorqua-t-il, glacial.

— Euh… Non, bien sûr que non, mais…

— Je pensais plutôt à un jeu, enchaîna-t-il d'un ton enjôleur.

— Un jeu ? Quel genre de jeu ?

— Tu es devenue très à l'aise, en ma compagnie, observa-t-il. Et de manière générale, dans la vie, tu as beaucoup de sang-froid… Pourquoi ne pas voir jusqu'où vont ces qualités ? J'aimerais que tu joues le rôle d'hôtesse. Tu accueillerais mon frère et tu dînerais avec nous tout en nous servant. Qu'en penses-tu ?

Elle le considéra avec un étonnement grandissant et finit par objecter :

— Comment pourrait-il tolérer d'être servi par une simple employée ?

Il haussa les épaules.

— Tu n'as pas à lui dire que tu travailles aux écuries. Contente-toi de lui faire croire que tu es issue de la noblesse de Calista. Tu pourrais être la fille d'un quelconque délégué diplomatique. Reste vague. Et je t'assure que ça ne l'intéressera pas suffisamment pour qu'il te bombarde de questions.

Elle parut hésiter.

— Mais ce ne serait pas… malhonnête ?

Il ne put réprimer un sourire.

— Possible. Mais moins malhonnête que de te cacher quelque part pour faire comme si tu n'étais rien pour moi.

Eleni le fixa intensément. Elle lisait le défi dans son regard de jais. Et les derniers mots qu'il venait de prononcer lui coupaient le souffle. Voyons, justement, elle n'était *rien*, pour lui ! Oh, bien sûr, au lit, elle était son égale. Et la tentation de retrouver ce rapport de complicité dans un autre contexte était forte…

Une soirée. Une soirée à vivre comme si elle n'était plus une simple employée, mais une femme digne de respect, qui pouvait côtoyer les plus hauts représentants de la famille royale. Une soirée où elle pourrait regarder Kaliq comme un homme, et non comme un prince inaccessible auquel elle devait une déférence de tous les instants. Ce serait un bref aperçu de la vie qu'elle aurait pu connaître, si le destin n'en avait pas décidé autrement…

N'était-ce pas l'opportunité qu'elle attendait depuis longtemps ? Elle pourrait se prouver à elle-même qu'elle ne valait pas moins que Kaliq. Et quand il la quitterait, elle serait moins blessée dans sa fierté.

Ravalant les larmes qui lui montaient aux yeux, elle songea qu'elle ne pouvait pas laisser passer cette opportunité.

— Très bien, Kaliq, dit-elle. Je vais accueillir ton frère.

10

— Et voici Eleni, annonça Kaliq en lui décochant un rapide coup d'œil. Eleni, permets-moi de te présenter au cheikh Zakari Al'Farisi.

Dominant son trac, Eleni esquissa une révérence discrète devant l'homme que Kaliq faisait entrer dans le salon. Puis, lentement, elle leva les yeux pour croiser son regard.

Après tout, seuls les domestiques devaient garder la tête baissée, se rappela-t-elle, le cœur battant sur un rythme effréné.

Et elle se devait d'être crédible.

Elle sourit à son hôte. Les deux frères partageaient des liens de parenté évidents : même nez droit et noble, mêmes pommettes aristocratiques, mêmes yeux d'un noir d'ébène. Mais la bouche de Zakari était plus sévère encore que celle de Kaliq — et le roi ne souriait pas du tout.

Elle sentit le regard perçant de ce dernier s'attarder sur elle et, durant un moment, elle craignit qu'il ne devine qu'elle interprétait le rôle d'une personne qu'elle n'était pas. Pendant une fraction de seconde, elle fut même saisie de panique à la pensée du sort qui l'attendait si son mensonge était découvert.

Que valait une telle offense faite au roi ? L'emprisonnement ? L'exil ? Seigneur, que ferait-elle si elle était expulsée de Calista ?

Mais elle se détendit quand il lui rendit son salut, avant de se rappeler que le ténébreux Zakari était fiancé à la princesse Kalila : un homme aussi habitué à être entouré de femmes de la noblesse ne saurait-il pas repérer en un clin d'œil une intruse ?

— C'est un grand honneur que de faire la connaissance

de Sa Majesté le roi de Calista, déclara-t-elle en lui désignant la porte de la salle à manger.

Aussitôt, Zakari fronça les sourcils et se retourna vers son frère.

— Nous ne dînons pas seuls ?

Kaliq adressa un regard imperturbable à son aîné.

— J'ai pensé qu'une présence féminine illuminerait la soirée. Les hommes seuls entre eux, c'est un peu triste, non ? Et Eleni est un modèle de discrétion.

— Ah oui ? observa Zakari en se retournant vers elle. Elle est surtout un modèle de beauté.

Cette fois, Eleni détourna les yeux, par pure modestie.

Elle avait choisi la tenue la plus somptueuse de sa garde-robe : elle portait trois vêtements de soie si fine que la superposition des verts prenait des reflets mordorés, à la lumière. Il s'agissait de vêtements plus étroits, qui soulignaient la finesse de sa taille et modelaient élégamment sa poitrine.

Sur l'insistance de Zahra, elle avait passé un trait de mascara sur ses cils, et ses yeux semblaient deux fois plus grands que d'ordinaire. Enfin, Kaliq avait fait venir un bijoutier en urgence : elle arborait de somptueux bijoux.

L'arrivée si rapide d'un bijoutier à cette heure tardive l'avait surprise, mais elle avait été encore plus étonnée quand l'homme avait ouvert une valise remplie de rivières de diamants et des pierres les plus précieuses. Kaliq s'était contenté de se tourner vers elle pour murmurer :

— Choisis ce qui te plaît.

Comme elle portait sa préférence vers les bijoux les plus simples, il était intervenu : sans dire un mot, il avait passé à son cou un extraordinaire collier de diamants et de rubis.

— La glace et le feu, avait-il chuchoté. Comme toi.

Ces mots avaient agité les mains d'Eleni de tremblements durant de longues minutes, si bien qu'elle avait eu du mal à passer les boucles d'oreilles assorties.

Lorsqu'elle s'était contemplée dans le miroir, elle avait eu un coup au cœur. Cette créature sublime qui la contemplait… Était-ce vraiment elle ?

— Est-ce que ça va aller ? avait-elle demandé à Kaliq.

— Oh, oui. Tu es radieuse, Eleni, avait-il articulé d'une voix si sensuelle qu'elle avait craint qu'il ne se jette sur elle pour lui faire l'amour dans le salon. Si radieuse qu'à partir de maintenant, je ne vais plus penser qu'au moment où je pourrai te déshabiller… Car bien que tu sois ravissante, tu n'es jamais plus belle que dans la nudité.

Une nouvelle fois, ces paroles lui avaient fait chavirer le cœur, et elle s'était répété qu'il ne s'agissait que de mots en l'air. Des compliments. Rien de sérieux. Elle lui appartenait, et il pouvait la prendre et la jeter à sa guise.

Durant le dîner, Eleni eut toutes les peines du monde à avaler quoi que ce soit. Son estomac était noué, et sa tension nerveuse augmentait à chaque instant… Mais au bout d'un moment, elle découvrit qu'elle entretenait une conversation plaisante et simple avec le roi Zakari. Sans même s'en rendre compte, elle s'exprimait avec un grand naturel, et ils évoquèrent ainsi la grande littérature de Calistan avant de parler de chevaux.

— Mais qui êtes-vous, Eleni ? s'étonna soudain Zakari en repoussant son sorbet aux agrumes.

La jeune femme sourit.

Kaliq se renfonça dans son fauteuil, songeant que son frère avait littéralement monopolisé la jeune femme durant tout le repas. Et elle ? Ne lui répondait-elle pas avec un enthousiasme parfaitement déplacé ?

— Je ne savais pas que tu venais pour t'entretenir seulement avec mon invitée, lança-t-il sèchement à Zakari.

— Et moi, je ne savais pas que tu surveillais de si près les activités de tes invités, répliqua celui-ci.

— Alors, es-tu venu en Angleterre simplement pour passer le temps, ou bien avais-tu un projet particulier en tête ? reprit Kaliq avec emportement.

Les deux frères échangèrent un long regard, comme s'ils entamaient un bras de fer.

Enfin, Zakari parut renoncer à la bataille et haussa les épaules.

— Je suis venu en Angleterre pour localiser des bijoux qui ont été dérobés au trésor royal de notre pays il y a de cela très longtemps. Mais pour tout dire… L'affaire est plus sérieuse que cela.

Il jeta un bref coup d'œil à Eleni, invita ses deux compagnons à se pencher au-dessus de la table et enchaîna un peu plus bas :

— Aux obsèques du roi d'Aristos, je me suis rendu compte qu'une moitié du diamant Stefani avait disparu.

Kaliq ne put s'empêcher de rire.

— Et alors ? Il y a bien assez de diamants dans les deux royaumes ! Un de plus ou un de moins ne changera rien… Même si le Stefani est superbe.

— Je ne crois pas que tu saisisses bien la gravité de l'affaire, rétorqua Zakari. Le couronnement du prochain souverain d'Aristos ne pourra jamais avoir lieu si la moitié du diamant Stefani n'est pas retrouvée.

À ces mots, Kaliq haussa les sourcils.

— Vraiment ? Mais… Qu'est-ce que cela signifie exactement, en ce qui te concerne ?

Zakari soupira.

— Cela signifie que je n'aurai pas de repos tant que je n'aurai pas remis la main dessus. Car il faut absolument que je le retrouve avant le prince Sebastian ! Alors seulement mon plus grand souhait pourra être exaucé. Car lorsque j'aurai réuni les deux parties du diamant, je réunirai aussi les deux îles au nom de notre belle-mère bien-aimée, la reine Anya.

Eleni se mordit la lèvre. Ces informations étaient d'ordre strictement confidentiel, et elle venait de les entendre de la bouche du roi en personne ! Il était amplement temps qu'elle s'éclipse. La conversation allait sans doute prendre une tournure plus privée encore, si elle en jugeait par la mine sombre des deux frères.

Sa place n'était plus à cette table. Kaliq et elle avaient pleinement réussi leur petite mise en scène, mais la révélation de tels secrets par la bouche même du roi, devant elle, la mettait maintenant très mal à l'aise.

Ignorant le regard étonné de Kaliq, elle se leva.

— Je vous prie de m'excuser, déclara-t-elle. Vous avez d'importantes affaires d'État à discuter, et je préfère vous laisser. Permettez-moi de vous souhaiter une excellente soirée. Cheikh Zakari, je suis heureuse et honorée d'avoir dîné en votre compagnie.

Sur ces mots, elle esquissa une révérence.

— Tout l'honneur était pour moi, répondit le roi en se levant à son tour pour la saluer respectueusement.

Sans attendre, Eleni quitta la pièce. Elle s'apprêtait à refermer soigneusement la porte derrière elle quand une phrase de Zakari la foudroya sur place.

— C'est ta maîtresse, n'est-ce pas ? demanda-t-il à son frère, d'un ton qui n'avait rien d'interrogateur.

Un bref silence suivit.

— Bon, et alors ? Tu crois qu'une pareille beauté peut passer des nuits sous mon toit sans finir dans mon lit ?

Le ton de Zakari se durcit.

— Tu me caches quelque chose.

Eleni retint son souffle. Écouter aux portes, c'était très mal, elle le savait… Mais une seule femme au monde, dans les mêmes circonstances, aurait-elle pu résister à la tentation ?

Kaliq rit.

— D'accord, d'accord… Mais tu ne me croiras pas si je te dis tout !

Il observa une courte pause avant de chuchoter quelque chose qu'Eleni ne comprit pas… À l'exception des mots « écurie », lesquels furent suivis d'une petite exclamation de surprise de la part de Zakari.

Tandis que des larmes lui brûlaient les yeux, elle tenta d'oublier le ton sarcastique et hautain de Kaliq… Ce n'était qu'une bonne plaisanterie, pour lui ! Un tour qu'il jouait à son frère. À ses dépens à elle !

Comment avait-il pu lui faire cela ?

À l'instant où elle ferma les yeux, les larmes roulèrent sur ses joues. Un goût salé imprégna ses lèvres. Malgré elle, elle imaginait le visage moqueur et triomphant de Kaliq. Oh, comment avait-il osé ?

Et elle, comment avait-elle pu être assez stupide pour croire qu'il existait la moindre complicité entre eux ? Elle n'était rien, pour le cheikh ! Un jouet. Une distraction. Une récréation comme tant d'autres… Et désormais, l'objet de sa moquerie.

Depuis le début, elle s'était bercée d'illusions. Et le rire qu'elle venait d'entendre, ce rire qui lui glaçait le sang, lui faisait mesurer à quel point elle était pathétique.

Une douleur inconnue la broyait, et elle se sentit suffoquer, tandis qu'une rage inouïe montait en elle. Elle eut envie d'arracher tous ces bijoux pour les jeter à terre, mais elle tremblait tant, et elle avait si chaud, qu'elle préféra monter dans sa chambre et les retirer convenablement.

Elle rangea les diamants et les rubis dans leur écrin de velours d'une main tremblante, avant d'ôter ses vêtements de soie. Mais elle se hâta d'enfiler une chemise de nuit : il n'était pas question que le cheikh la retrouve nue dans son lit, ce soir ! Non, elle ne s'offrirait plus ainsi, pour qu'il se moque d'elle et la manipule à son gré…

Son cœur battait encore à se rompre quand elle entendit le claquement lointain de la porte d'entrée. Puis, un pas résonna dans l'escalier, et elle retint son souffle pour voir si son amant allait frapper avant de pénétrer chez elle.

Naturellement : non.

Pourquoi aurait-il manifesté le moindre geste de courtoisie à l'égard d'une vulgaire domestique ?

Kaliq entra dans la pièce le sourire aux lèvres, mais haussa les sourcils en découvrant la jeune femme debout devant le bureau. Habillée. Ses longs cheveux étaient maintenant lâchés en cascade de soie noire sur ses épaules, et elle était si désirable qu'il en était presque ému…

Mais pourquoi n'était-elle pas déjà au lit ?

— Tu n'es pas fatiguée ? s'enquit-il.

— Je devrais ?

Il se raidit. C'était la première fois qu'il discernait cette intonation de défiance, dans la voix de la jeune femme. Il se rappela aussitôt leur première rencontre. La fierté d'Eleni. Son caractère. Sa détermination.

— Ce repas a dû être une véritable épreuve pour toi, observa-t-il.

Comme elle faisait quelques pas vers lui, il découvrit l'expression blessée dans son extraordinaire regard vert.

— Pourquoi ? demanda-t-elle. Tu penses que c'est un véritable exploit pour moi d'avoir réussi à me tenir convenablement ? À ne pas manger avec les doigts ? À ne pas me comporter comme un animal ? Tu n'en reviens pas que j'aie été présentable ? Ou bien es-tu encore plus étonné à l'idée que ton frère soit resté assis à côté d'une domestique durant tout un dîner ?

D'abord stupéfait, Kaliq sentit bientôt l'irritation prendre le dessus.

— Ne sois pas absurde, Eleni. Mon frère t'a beaucoup appréciée.

— Jusqu'à ce que tu lui révèles qui je suis ? enchaîna-t-elle d'un ton ironique.

— Mais bon sang, de quoi parles-tu ?

— Tu le sais bien… Tu lui as dit qui j'étais en réalité, n'est-ce pas, Kaliq ?

Il demeura interdit et observa un bref silence.

— Et en admettant que je l'aie fait … ?

Eleni avait envie de hurler, mais elle parvint à se contenir. Sans doute parce que le flux d'émotions inouï qui la submergeait finissait par la paralyser. Tremblante, elle prit une longue inspiration et balbutia :

— Et… Que lui as-tu dit, exactement ? Que ton employée était très docile ? Qu'elle s'adaptait facilement à toutes les situations ? Qu'elle acceptait de se déguiser dans le seul but que tu puisses t'amuser à faire croire à des membres de la famille royale qu'elle serait davantage que ce qu'elle n'est *réellement* ?

— Ce que je lui ai dit ne regarde que moi ! s'exclama-t-il. Ce ne sont pas tes affaires ! Comment oses-tu me parler sur ce ton ?

Ignorant la colère de son amant, Eleni le fixa droit dans les yeux et n'hésita pas à poursuivre.

— Parce que je suis en colère. Et parce que je suis humiliée. Nous sommes amants, Kaliq, ce qui devrait nous mettre sur un pied d'égalité. Mais naturellement, c'est loin d'être le cas ! Si nous étions vraiment égaux, j'aurais la liberté de te dire ce que je pense, même quand tu n'es pas d'accord !

— Et peut-on savoir ce que tu penses, au juste ? demanda-t-il d'un ton menaçant.

Eleni frémit et sentit une alarme se déclencher en elle. Oui, une petite voix lui soufflait de ne pas s'emballer. De reculer. De se rappeler qu'elle était en train de tenir tête à son prince. Et pourtant… Personne ne l'empêcherait d'être elle-même ! C'était tout ce qu'elle avait. Et elle ne connaissait que la franchise.

— Tu as apprécié cette petite comédie, ce soir ? reprit-elle. Tu as aimé me voir jouer le rôle d'hôtesse ? Ou bien était-ce seulement le frisson du jeu, qui te plaisait ? Le risque, le danger… Cette émotion qui domine chacun de tes gestes, Kaliq ? En fait, c'est aussi pour cette raison que tu as fini par dire à ton frère qui j'étais. C'était pourtant totalement inutile. Mais tu espérais sans doute une réaction de sa part. Peut-être même de lire un peu de jalousie dans le regard de ton frère. De l'admiration. Ou du désaveu ?

— Assez ! coupa-t-il d'un ton furieux.

Mais Eleni n'avait pas l'intention de s'arrêter maintenant. Elle savait qu'elle avait touché le point faible de Kaliq. Ce qui le rongeait de l'intérieur. Et cette fois, elle ne renoncerait pas à avoir cette conversation avec lui.

— On dirait que tu veux à tout prix faire apparaître le désordre dans ta vie, même quand il n'a pas lieu d'être, souffla-t-elle. Comme si cela allait effacer la faute que tu ne veux pas te pardonner, la responsabilité que tu assumes pour la disparition de Zafir…

— J'ai dit : assez ! cria-t-il en lui attrapant soudain les deux bras avant de planter son regard furieux dans le sien. C'est clair ?

Eleni sentait son cœur se déchirer. Mais même en cet instant, elle aimait cet homme plus que sa vie elle-même. Elle l'aimait, et elle savait aussi qu'il n'y avait pas d'avenir possible pour eux…

Pourtant, elle devait trouver la force de dire à Kaliq les vérités que personne n'avait eu le courage de lui renvoyer au visage. Pour lui. Parce qu'elle l'aimait tant qu'elle voulait faire cela pour lui, quoi qu'il lui en coûte.

— Non, répondit-elle en soutenant son regard avec témérité. Quand vas-tu te décider à admettre que tu n'es pas coupable de la disparition de Zafir ? Parfois, dans la vie, les événements dérapent, et ce n'est la faute de personne. Et si tu refuses de l'accepter, tu vas en arriver à des extrémités dramatiques, au risque d'aller beaucoup trop loin et de quitter ce monde prématurément. C'est vraiment ce que tu veux, Kaliq ?

Durant une minute, Kaliq dévisagea fixement la jeune femme. Il y avait une telle justesse, dans ce discours, une telle lucidité qu'il en était abasourdi. Au point d'oublier toute l'insolence d'Eleni…

Mais la colère gagna soudain chaque atome de son corps, et il eut envie de lui faire mal à son tour. Exactement comme elle venait de le blesser.

— Je crois que tu oublies qui tu es ! cria-t-il. Je n'ai pas pour habitude d'évoquer de tels sujets avec des domestiques. Tu n'es guère en position de donner des leçons à ton prince, ou même de dispenser des conseils de moralité. Tu oses croire qu'une fille du désert en sait plus long qu'un cheikh de sang royal ?

Eleni accusa le choc de ces paroles si cruelles. Mais après avoir vacillé, elle serra les poings, prête à répliquer. Il l'en empêcha en continuant :

— Je me moque de ton opinion ou des sentiments que je peux t'inspirer ! Ne l'oublie jamais ! Il y a une seule chose que j'entends obtenir de toi, et nous savons très bien de quoi il s'agit !

Eleni aurait voulu reculer, mais il la souleva dans ses bras.

Le souffle coupé, elle se demanda si elle ne rêvait pas : comment aurait-elle pu imaginer qu'après une telle tirade, il ait encore envie de faire l'amour avec elle ?

D'un pas déterminé, il se dirigea vers sa chambre, et elle se mit à trembler en songeant à ce qu'il allait faire…

Oh, non, il n'oserait pas ! Elle ne le permettrait pas ! Pas maintenant !

— Kaliq, je…

— Tais-toi ! s'écria-t-il avant de la déposer sur le lit et de se pencher sur elle pour plonger son regard embrasé dans le sien.

Immobile et terrifiée, Eleni ne savait plus que faire.

Mais à l'instant où il effleura ses épaules pour faire glisser les bretelles de sa robe de soie, elle sentit des ondes étranges la traverser…

Oui. Elle aussi, elle le désirait. Même si c'était de la pure folie. Même s'ils devaient à tout prix achever cette conversation… Même s'ils ne pouvaient pas faire l'amour après s'être déchirés ainsi, après les mots terribles que Kaliq venait de prononcer…

Mais tandis qu'il la déshabillait avec rage, elle sentit ses seins se tendre, et dès qu'il posa ses mains sur sa peau nue, elle ferma les yeux. Une larme roula sur sa joue dès qu'il la pénétra d'un puissant coup de reins, alors que le plaisir montait en elle. C'était un plaisir magique, irrationnel…

11

Eleni frissonnait encore, et Kaliq était trempé de sueur, près d'elle. Jamais ils n'avaient conjugué cette rage et cette ardeur, auparavant…

Mais c'était fini.

Elle le savait.

Alors, comment avait-elle pu s'abandonner à cette étreinte sauvage ? Afin de conserver un dernier souvenir de son aventure avec son cheikh ? Pour que leur histoire se termine par une étreinte enfiévrée plutôt que par des propos emplis de colère et d'amertume ?

Comme Kaliq tentait de l'attirer contre elle, elle se déroba et roula sur le matelas, loin de lui.

— Tu as encore quelque chose à dire, Eleni ? s'enquit-il avec un regard agacé.

— Pour quoi faire, Kaliq ? répondit-elle en soupirant. Non, je n'ai plus rien à dire. Après toutes ces horreurs que nous avons échangées… Il vaut mieux en finir maintenant, tu ne crois pas ?

Kaliq serra les dents. Avait-il bien entendu ? Mais de quoi diable parlait-elle ? Elle avait envie de lui, comme il avait envie d'elle. Et leur désir ne diminuait pas… Au contraire, il grandissait. Jamais il n'avait vécu cela avec une autre femme.

Soudain, son cœur se mit à battre d'une manière inquiétante.

Il déglutit avec peine :

— Tu le crois vraiment ? murmura-t-il en caressant les longues mèches de sa chevelure sur l'oreiller.

Cette fois, il n'obtint pas la réaction habituelle : Eleni ne bougea pas pour se rapprocher de lui. Au contraire, elle s'éloigna encore.

Incrédule, il tendit la main et se mit à tracer des cercles sur son ventre, du bout des doigts… Au lieu de sentir ces frémissements de désir qui le mettaient d'habitude en transe, il la vit se raidir. Et lorsqu'il remonta doucement vers sa poitrine pour caresser ses seins, elle demeura également de marbre.

Sa maîtresse de feu venait d'être remplacée par une princesse de glace !

Estomaqué, il se redressa pour contempler son visage.

— Eleni ?…

— Oui, Kaliq ? répliqua-t-elle.

— Tu te refuses à moi ? demanda-t-il, sans vouloir le croire.

— J'essaie, répondit-elle d'une voix tremblante. Mais je sais bien que, si tu continues, je ne pourrai plus te résister.

Bon sang, il y avait un tel accent de douleur, dans sa voix ! Et il savait qu'elle lui parlait en toute franchise… Comme toujours.

Eleni ne s'était-elle pas toujours montrée honnête envers lui ? Bien plus honnête que n'importe lequel de ses collaborateurs à la cour… Et le courage dont elle faisait preuve dépassait aussi de très loin celui de l'ensemble des gens qu'il côtoyait depuis sa naissance.

Durant un instant, Kaliq songea à lui montrer qu'elle avait raison : il suffisait qu'il insiste un peu pour voir son corps se tendre de désir… Quelques caresses lentes et voluptueuses lui arracheraient des cris de plaisir, des suppliques, des gémissements…

Et enfin, il la sentirait s'abandonner entre ses bras. Mais Kaliq réalisa soudain qu'une victoire de ce genre serait vaine, et qu'il n'en tirerait aucune satisfaction. Car il ne voulait pas seulement le corps d'Eleni. Non, il la voulait tout entière.

Il voulait tout d'elle : il appréciait sa générosité, sa fierté, son courage, sa douceur. Et alors qu'il prenait peu à peu conscience de ce désir, une souffrance inconnue lui étreignait le cœur.

Des émotions inconfortables fusaient en lui, des émotions qu'il contenait difficilement et qu'il connaissait très bien.

Elles étaient anciennes.

Il avait commencé à les réprimer le jour où sa mère était morte en donnant naissance à Zafir… Et il avait cru les avoir définitivement perdues avec la disparition de ce dernier.

Mais il n'avait oublié ni leur force, ni leur chaleur.

En revanche, le jour où il les avait perdues, il s'était effroyablement durci. À compter de cet instant, il avait considéré chaque chose et chaque être comme un ennemi possible. Sans doute parce qu'il redoutait qu'une personne finisse par réveiller ces émotions un jour — et qu'elles disparaissent de nouveau. Pourquoi aurait-il pris le risque de permettre à quiconque de l'approcher de trop près ? Il n'y avait qu'un pas entre l'illusion momentanée du réconfort et la douleur, la déception, le sentiment d'être abandonné.

Comme s'il venait de se brûler, il se recula vivement, sauta à bas du lit et alla se rhabiller.

Puis, il s'approcha d'Eleni et plongea son regard dans le sien.

— Alors maintenant, déclara-t-il d'un ton cynique, tu emploies les ruses dignes d'une maîtresse, c'est bien cela ? Tu te sers du sexe comme d'une arme pour obtenir ce que tu veux ? Tu auras été une brillante élève. Bravo.

Et il sortit de la pièce.

Eleni resta immobile et fixa la porte de communication entre leurs chambres durant de longues minutes. La manière dont Kaliq avait refermé cette porte avait quelque chose d'implacable, de définitif. Il ne l'avait pas claquée. Il ne l'avait pas refermée doucement non plus. Non, il l'avait tirée d'un geste énergique et calme à la fois. Le geste d'un homme qui prenait une décision en pleine connaissance de cause, et qui n'éprouvait aucun remords.

Après un moment de choc, elle comprit ce que cela signifiait.

Même si elle entendait Kaliq se déplacer dans sa chambre, elle ne le reverrait plus. Il était sorti de sa vie pour de bon.

Elle avait si mal qu'elle eut envie de hurler pour laisser échapper sa douleur, mais sa dignité ne le lui permettrait pas : le cœur en mille morceaux, elle prit une longue inspiration et se jura qu'elle ne céderait pas à cette souffrance si aiguë.

Elle tremblait. Elle était glacée. Il lui fallut encore quelques instants pour trouver la force de se relever et d'aller enfiler des vêtements. Elle passa une veste de laine bien chaude sur sa robe de soie.

Tout se passerait bien, se répéta-t-elle en frissonnant, comme le tic-tac de l'horloge rythmait son angoisse. Elle s'accouda à la fenêtre. L'air humide de la nuit lui donnait de nouveaux frissons.

Allons, elle saurait bien apaiser son pauvre cœur…

Mais lorsqu'elle réalisa que seulement vingt minutes s'étaient écoulées depuis le départ de Kaliq, elle manqua crier de désespoir. Les larmes menaçaient de couler, elle était au bord de la crise de nerfs, et elle dut serrer les poings pour contenir sa douleur.

Non, il ne fallait pas qu'elle permette à son chagrin de s'exprimer. Pas maintenant !

Elle avait la gorge sèche, et c'était la première fois de sa vie qu'elle devait se concentrer intensément pour parvenir à respirer. Dès qu'elle rouvrait les yeux, une main sur sa poitrine pour tenter de se calmer, c'était comme si les murs de la chambre fondaient sur elle, menaçant de l'enfermer et de l'étouffer.

Eleni avait besoin de sortir d'ici. Tout de suite. Il lui fallait se retrouver dans les jardins, emplir ses poumons de l'air chargé de parfums.

Au moins, quand elle serait au milieu de toutes ces fleurs endormies, elle pourrait enfin laisser éclater sa douleur. Son chagrin. Oui, dans l'intimité de la nature, elle aurait le droit de pleurer à chaudes larmes. Loin de Kaliq, qui n'aurait jamais la satisfaction de savoir qu'il pouvait lui faire tout ce mal…

Elle ôta sa robe pour enfiler une tunique et un pantalon, avant de remettre son épaisse veste de laine. Mais elle tremblait déjà. De froid, peut-être, mais avant tout d'épuisement. Toutes ces émotions l'avaient privée de ses forces…

Tant pis. Elle sortit à pas de velours, en se glissant d'abord au rez-de-chaussée pour sortir discrètement par la porte de la cuisine.

Dehors, elle serra sa veste sur elle : le ciel était lourd, empli de nuages, cachant la lune. L'air était épais aussi, humide et presque hostile.

Eleni fit lentement le tour de la maison et leva discrètement les yeux vers la chambre de Kaliq. Elle voyait de la lumière dans sa suite.

Au bout d'un instant, elle vit également passer sa silhouette sombre, derrière les rideaux.

Une lame lui transperça le cœur.

Une légère averse se profilait, et les premières gouttes de pluie commençaient à tomber sur son front, ses bras, son visage ; mais elle courut vers les profondeurs du jardin, déterminée à ne plus lever les yeux vers la maison, et à se blottir dans les bosquets fleuris pour pleurer.

La nature se joindrait à son chagrin, en versant cette eau…

Elle courait encore en cherchant son chemin dans l'obscurité quand elle entendit un bruit terrifiant.

Les chiens.

Les chiens de garde du service de sécurité s'étaient mis à aboyer.

Et elle savait que s'ils étaient lâchés, elle ne pourrait guère leur expliquer qui elle était avant qu'ils ne se jettent sur elle.

12

Kaliq cessa d'arpenter la pièce de long en large et dressa l'oreille. Il savait reconnaître le signe d'un véritable danger. C'était la force de l'expérience. Et même au milieu des pensées qui l'accaparaient, il sut qu'il devait intervenir. Vite.

Sans hésiter, il traversa la chambre et poussa la porte communiquant avec celle de la jeune femme.

— Eleni…

Il ne lui fallut pas plus d'une minute pour parcourir la pièce de son regard perçant, et comprendre que ce silence lourd confirmait ce qu'il savait déjà : elle était partie.

Les chiens aboyèrent plus fort. Aussitôt, Kaliq se rua hors de la pièce, dévala l'escalier tout en sortant en toute hâte un téléphone de sa poche pour presser le bouton d'alerte de son équipe de gardes du corps.

Quelques secondes s'écoulèrent. Il n'obtint pas de réponse. N'avaient-ils donc rien entendu ? Ils devaient déjà être en train de ratisser la propriété à la recherche de l'intrus que signalaient les chiens…

Et ils ne savaient pas que l'intrus était seulement Eleni !

Bon sang, il avait dit à ses hommes qu'il n'aurait plus besoin d'eux, tant il était persuadé de passer toute la nuit auprès de sa merveilleuse maîtresse.

À peine eut-il franchi la porte d'entrée qu'une pluie battante déferla sur lui. Cette eau glacée ne l'arrêta pas un instant : il sentait que la jeune femme était en danger. Les poings serrés, il scruta le parc dans l'obscurité et cria :

— Eleni !

Aucune réponse.

Et il ne voyait rien. Sans doute parce qu'il faisait trop sombre… Et aussi parce que ce parc était immense. L'adrénaline se mit à fuser dans ses veines. Réalisait-elle seulement que ces chiens étaient *entraînés* à attaquer les intrus ?

Paniqué, il serra les poings. Il avait le sentiment d'être ramené brutalement dans une scène effroyable du passé… Une scène dont il se rappelait chaque image, comme si elle s'était déroulée la veille. Oui, il revivait l'angoisse qui était la sienne à l'instant où il avait compris que Zafir n'était plus là, sur le radeau, derrière eux…

Pendant que son frère et lui luttaient pour se libérer, l'enfant avait littéralement disparu.

Le désespoir et la rage se déversèrent dans ses veines, avec une vivacité égale à celle d'autrefois. Oh, ces émotions qu'il reconnaissait si bien… La terreur. Le sentiment d'une impuissance absolue. La certitude qu'il était déjà trop tard. Le poids d'un destin odieux qui s'abat soudain sur l'innocence.

Et s'il était déjà trop tard aussi pour sauver Eleni ?

Très loin, dans les bosquets du fond du jardin, il aperçut des flashes de lumière. Était-ce elle ? Avait-elle pris une lampe torche ?

Contre quoi luttait-elle, en cet instant ? Le froid ? La cruauté de son amant ? Ou les chiens, déjà ?…

Sans réfléchir, il s'élança dans cette direction. Mais quelque chose se déchirait dans le ciel menaçant au-dessus de lui. Un orage… Le tonnerre grondait. Bon sang, et si ces flashes de lumière n'avaient été qu'un éclair ? Où était-elle, dans cet enfer ? Si les chiens étaient lâchés, si les gardes du corps n'étaient pas encore sortis pour les tenir et mener la poursuite eux-mêmes…

— Eleni ! hurla-t-il, affolé, en courant de toutes ses forces.

Les aboiements se faisaient plus vifs, maintenant.

Kaliq avait remporté bien des victoires lors de courses organisées par la Marine, du temps où il était dans l'armée.

C'était le moment ou jamais de forcer sur ses muscles. Tel un forcené, il s'enfonça dans les bosquets, ignorant les épines qui le griffaient au passage, les racines invisibles dans le sol boueux.

Rien ne le retarderait. Rien ne l'arrêterait !

Il criait toujours le prénom de la jeune femme quand il eut l'impression de discerner une silhouette pâle, au loin…

Oui, c'était elle !

Soudain, il la vit distinctement. Elle était recroquevillée sous un arbre, et ses épaules semblaient secouées de sanglots. Mais elle se redressa en l'entendant enfin et lui adressa un regard stupéfait, tandis qu'il se précipitait vers elle.

Il l'atteignit en quelques secondes.

Et il l'enveloppa de ses bras à l'instant où les aboiements des chiens devenaient assourdissants.

Alors ils furent pris dans une suite d'événements brusques et saccadés : des halos de lampes torches les éblouirent tandis que des spots de lumière blanche se déclenchaient autour d'eux. Il y avait les gardes de la sécurité, et des chiens furieux aboyant dans la nuit.

Comme deux hommes en uniforme se précipitaient vers Eleni, Kaliq serra étroitement la jeune femme contre lui et leva une main.

— Stop ! ordonna-t-il.

L'accent impérieux de sa voix eut un effet immédiat sur les hommes qui parurent comprendre à cet instant qu'ils se trouvaient en présence de leur patron.

Les chiens se turent comme par magie, les gardes baissèrent leurs lampes aveuglantes, et après un long silence, un murmure stupéfait s'éleva :

— Altesse…

Mais Kaliq foudroya ses deux gardes du corps du regard. Comment avaient-ils pu ne pas comprendre plus tôt qu'ils étaient en train de menacer son invitée ?

Eleni tremblait. Dans un état second, elle entendit la discussion animée entre Kaliq et ses gardes du corps. Au comble de la confusion, les hommes tentaient de s'expliquer, mais Kaliq ne cessait de les interrompre par de furieuses vindictes. À tel point qu'elle se sentait même désolée pour eux… Comment auraient-ils pu deviner que personne ne menaçait la vie du cheikh ?

Son cœur battait toujours à se rompre, mais elle voulut lever les yeux vers Kaliq pour le rassurer et lui permettre de la lâcher.

Elle n'en avait pas le droit… Ils étaient en public.

— Eleni, regarde-moi, ordonna-t-il.

Cette scène lui rappelait tant leur première rencontre, dans l'écurie de son père…

— Je t'en prie, Eleni, regarde-moi, plaida-t-il d'un ton pressant en caressant doucement ses cheveux trempés.

Cette voix ! Elle avait perdu toute forme de colère. Il y avait même une sorte de douceur, dans cette intonation qui relevait de la prière.

Lentement, comme elle l'avait fait dans la stalle de Nabat, elle obéit et releva lentement la tête pour croiser son regard.

Kaliq sentit son cœur cesser de battre à l'instant où elle lui révéla ses grands yeux. Ces yeux fantastiques qui l'avaient déjà saisi d'admiration et de stupeur, le soir où il avait vu la jeune femme pour la première fois.

Même sous cette averse, dans le noir de cette nuit hostile, avec la lueur crue des lampes torches, ce regard était somptueux. Unique. Digne d'une princesse.

Et elle n'était qu'une palefrenière… Quelque chose qui n'aurait jamais dû arriver s'était produit envers et contre tout, en dépit des règles en vigueur dans le royaume.

Fallait-il y voir la main du destin ?

Il se sentait profondément déstabilisé. Parce qu'au cours de ces quelques jours, Eleni l'avait contraint à regarder en face ses peurs les plus profondes. Elle lui avait rendu ce qu'il aurait été incapable de trouver seul : la paix de l'âme.

Pour la première fois, il comprenait qu'il n'était plus la victime de sa culpabilité. Il était libre. Oui, tout ce qu'elle avait eu le courage de lui dire, tout à l'heure, était juste.

La disparition de Zafir n'était pas sa faute.

Il avait fait tout ce qu'il avait pu pour protéger son petit frère. Mais il n'était pas un dieu. Il n'avait pas le pouvoir de dénouer les accidents de la vie, ni même de supprimer toutes les injustices. Il devait admettre que c'était arrivé. Et qu'il ne pouvait rien y changer.

Il avait cependant le droit de vivre, d'être heureux, de ne pas fuir dans une violence sans fin qui ne mènerait jamais à rien.

Et soudain, une curieuse chaleur se répandit en lui. Comme s'il sentait la confiance en la vie se ranimer en lui.

Tout cela grâce à une femme ; une femme si courageuse et lucide qu'elle méritait toute son admiration. Sa si douce, sa si fiévreuse et fière Eleni.

Il avait eu l'intention de lui dire qu'elle n'aurait jamais dû tenter de s'enfuir. Comment avait-elle pu se mettre ainsi en danger ? Mais les mots refusaient de franchir la barrière de ses lèvres. Car, bizarrement, il avait bien plus important à lui dire…

Quelque chose qu'il n'aurait jamais cru possible de déclarer un jour. À quiconque.

— Je t'aime, Eleni, dit-il en plongeant son regard dans le sien. Et je veux que tu deviennes ma femme.

À cet instant, un rayon de lune filtra à travers le ciel noir pour éclairer les yeux de Kaliq, et Eleni resta foudroyée, sous le choc de cette déclaration… tout en découvrant une expression nouvelle, dans le regard de son amant. Et elle comprit alors qu'elle n'avait pas rêvé.

Il était sincère.

Il était sérieux.

Et au fond, même s'ils avaient été plongés dans l'obscurité complète, elle l'aurait cru. Car elle savait quand son prince s'adressait à son cœur. Et dans cette voix claire et douce à la fois, elle entendait son âme.

Son cœur battait encore plus fort qu'au moment où elle avait craint de sentir les crocs des chiens s'enfoncer dans sa chair, et elle posa doucement les mains sur le visage de Kaliq, pour lui offrir un sourire rayonnant.

— Je t'aime aussi, Kaliq chéri. Mon Kaliq, mon amour, dit-elle dans un souffle, avant de fermer les yeux au moment où il prenait sa main pour la couvrir de baisers émus.

Épilogue

La planète médiatique en devint folle.

« Le play-boy et la palefrenière », clamèrent durant des mois les tabloïds, dans une frénésie démente. De son côté, la presse plus sérieuse vanta l'attitude moderne et libérée du cheikh, et la sphère politique apprécia ce fabuleux symbole : un prince de Calista n'hésitait pas à ignorer les rigidités sociales pour nouer un mariage d'amour avec une jeune femme d'origine modeste.

Le courage d'un des plus hauts membres de la famille royale reçut des félicitations diplomatiques aussi chaleureuses qu'enthousiastes.

Les photos du couple s'étalèrent partout. À la télévision, dans les magazines et sur internet, on vit Kaliq et Eleni dans un restaurant à Londres, embarquant sur un jet à Madrid, lors de leur voyage privé à Paris.

La première visite de la jeune femme en Amérique eut un retentissement sans précédent. Mais ces images volées firent bientôt place à des clichés tout à fait officiels, transmis par le palais royal de Calista à l'occasion d'un mariage exceptionnel.

Car la cérémonie, la foule en liesse et l'originalité de cette union resteraient dans toutes les mémoires. Qui pourrait oublier que la jeune mariée était apparue sur Nabat, lui-même décoré de fastueux ornements de soie blanche ? Les demandes ayant émané du monde entier, il fut difficile d'empêcher tous les diplomates et représentants des gouvernements internationaux d'assister à cet événement unique dans l'histoire du royaume.

Calista devint aussitôt la destination touristique la plus courue. Mais les invités de la sphère privée étaient là aussi : Amina, Zahra, et la famille si nombreuse de Kaliq. Il y eut même quelques représentants officiels d'Aristos pour participer à ce que tout le monde appelait déjà le mariage du siècle.

Et, en dépit de l'étonnement de Kaliq, Eleni tint à inviter son père.

— Après ce qu'il t'a fait ? avait-il demandé, perplexe.

Mais Eleni avait levé la tête pour adresser un sourire radieux à l'homme de sa vie.

— Je dois lui pardonner, mon amour, avait-elle répondu. Car sans pardon, on ne progresse jamais, dans la vie.

Kaliq n'aurait pas pu dire le contraire : depuis qu'il s'était lui-même accordé un pardon trop longtemps impossible, il avait le sentiment d'être rendu à lui-même.

Il avait baisé délicatement la main de sa fiancée, cette main si précieuse qu'il avait toujours besoin de sentir dans la sienne, désormais.

Eleni disait toujours vrai.

Et elle était à l'origine de tant de formidables initiatives…

N'avait-elle pas eu l'idée de lancer une organisation internationale en faveur des enfants disparus, grâce aux bénéfices du club de polo ? Cette initiative ne ramènerait jamais Zafir, mais Kaliq en reconnaissait déjà le bénéfice : avec un peu de chance, d'autres enfants seraient retrouvés, et sauvés.

Le jour de la cérémonie, Eleni arbora une magnifique tiare de diamants calistéens, qui retenait son voile d'or et semblait faire briller sa chevelure noire d'un éclat de soleil venu du désert. Ses bijoux étaient les plus beaux que l'on ait vus à Calista depuis longtemps — et pourtant, le peuple de Calista était habitué à voir des diamants !

Mais, de l'avis général, rien ne fut plus brillant que les regards qu'échangèrent les jeunes époux. Et rien ne fut plus émouvant que les sourires amoureux du prince Kaliq Al'Farisi et de la nouvelle princesse Eleni.

Guide touristique des îles Aristos et Calista

Aristos

Aristos signifie « parfait » en grec, et l'île mérite bien son nom ! Le climat ensoleillé et la beauté du littoral en ont fait l'une des destinations favorites de la jet-set. Principauté très riche, centre financier international, elle offre le cadre idéal pour des fêtes et des vacances de luxe, avec ses restaurants, ses night-clubs, son terrain de golf, sa marina et son casino.

À voir

Ne manquez pas le somptueux palais royal au centre de l'île, à quelques kilomètres de la baie d'Apollonia. Le quartier historique et le vieux port de Messaria méritent une visite — pour dépenser vos gains au casino dans les boutiques de luxe, par exemple ! Des plaines fertiles côtoient les longues plages de sable blanc de la côte nord-est. Dans les stations balnéaires très chic qui parsèment la côte, le gotha peut se détendre à l'hôtel, au spa, ou bien derrière les hautes grilles de somptueuses propriétés dotées de piscines à débordement, de courts de tennis et de jardins luxuriants. Si vous préférez la vie citadine, vous apprécierez Ellos et les gratte-ciel de son quartier d'affaires.

À faire

Avec ses innombrables bars, restaurants et palaces, Ellos est célèbre pour sa vie nocturne trépidante, dont le point central est le Grand Hôtel. Ne manquez pas l'occasion d'apercevoir des célébrités dans son fabuleux restaurant !

Calista

Calista, dont le nom signifie « excellent » en grec, est la destination idéale pour des vacances plus décontractées. Véritable havre de paix, c'est un paradis préservé dont les infrastructures touristiques restent très discrètes. Contrairement à sa voisine Aristos, elle se caractérise par un climat très sec et des paysages arides. La partie centrale de l'île est entièrement déserte, ses habitants étant regroupés sur la côte nord, plus hospitalière. Son sol ayant toujours été peu propice à l'agriculture, elle a conservé une beauté sauvage incomparable. L'île est célèbre pour ses gisements de diamants souterrains, mais le fleuve Kordela est également une source de dépôts de diamants alluvionnaires.

À voir

Serapolis, centre historique de Calista entièrement préservé, dénote une nette influence moyen-orientale, à la fois culturelle et architecturale. Le labyrinthe de ses rues animées abrite des marchés pittoresques. Ne manquez pas le majestueux palais royal.

À faire

Vous marchanderez sur les marchés de Serapolis, et entre deux achats vous y dégusterez des mets délicieux. Explorez le désert Azahar — à dos de dromadaire pour les plus intrépides — et passez une nuit dans une oasis. Parcourez les gisements de diamants à la recherche de votre propre joyau, à emporter en souvenir de votre séjour dans ce lieu enchanteur. Et si vous avez envie d'une dose de glamour, visitez la récente station touristique de Jaladhar.

MARION LENNOX

La maîtresse secrète

INTÉGRALE

LE ROYAUME DES KAREDES

Traduction française de
LOUISE LAMBERSON

SAGAS

HARLEQUIN

Titre original :
THE PRINCE'S CAPTIVE WIFE

Ce roman a déjà été publié en 2017

1

— Elle n'avait que dix-sept ans ?

— Oui, mais n'oublie pas que cela s'est passé il y a dix ans. J'étais moi-même à peine sorti de l'adolescence.

— Peut-être, mais ne crois-tu pas qu'il y a déjà eu assez de scandales autour de notre nom ?

— Pas à cause de moi, en tout cas.

Le prince Andreas Christos Karedes, troisième du nom, tenait bon face à son frère aîné, futur roi d'Aristos, installé derrière son énorme bureau.

— Jusqu'à présent, répliqua Sebastian. Et sans compter ton divorce spectaculaire. Mais cette nouvelle affaire est pire. Tu dois la régler avant qu'elle ne se retrouve exposée au grand jour et ne rejaillisse sur nous.

Depuis la mort de leur père, roi d'Aristos, les trois frères étaient devenus le point de mire des médias, et le pouvoir de leur famille se voyait menacé par l'agitation politique de plus en plus intense. Âgés tous trois d'une trentaine d'années, beaux et fortunés, gâtés et adulés, ils se retrouvaient maintenant en face de réalités qu'ils ne savaient pas toujours affronter.

— Et comment puis-je régler le problème ? demanda Andreas.

— Débarrasse-toi de cette femme.

— Tu ne veux pas dire…

Sebastian secoua énergiquement la tête.

— Non, bien sûr. Mais si notre père était encore en vie…

Andreas haussa les épaules. Qui savait comment le vieux

roi aurait réagi s'il avait appris le secret de Holly ? Dieu merci, leur père n'en saurait jamais rien. De toute façon, la conduite du roi Aegeus était loin d'avoir été irréprochable. Et c'était d'ailleurs à cause de ses actions passées que ses fils se voyaient aujourd'hui confrontés à un tel chaos.

— Tu feras un meilleur roi que notre père, dit Andreas d'une voix plus calme. À ton avis, quelle histoire sordide l'a poussé à se séparer du diamant royal ?

— Je n'en sais rien, et c'est bien là mon problème, répondit Sebastian.

En effet, il ne pourrait y avoir de couronnement tant que le diamant ne serait pas retrouvé — ils le savaient tous deux. Mais vu le comportement actuel des médias, il pourrait bien ne pas y avoir de couronnement du tout. Et si un nouveau scandale éclatait…

— Cette fille…, reprit Sebastian.

— Elle s'appelle Holly, corrigea Andreas.

— Tu te souviens d'elle ?

— Bien sûr que je me souviens d'elle !

— Dans ce cas, nous la localiserons facilement et nous achèterons son silence.

— Si elle avait eu l'intention de provoquer un scandale, elle l'aurait fait depuis longtemps.

— En tout cas, il faut régler cette affaire le plus rapidement possible.

Sebastian se leva et fixa sur son frère un regard presque aussi implacable que celui du vieux roi défunt.

— Je vais entrer en contact avec elle, concéda Andreas.

— Non. Tu ne l'approcheras pas avant que nous ne soyons sûrs de sa réaction. Pas même par téléphone, car sa ligne est déjà sur écoute. Je la ferai venir ici.

— Je peux…

— Tu resteras en dehors de ceci jusqu'à ce que cette femme soit sur notre sol. Tu diriges déjà l'enquête sur la corruption. Comme Alex est encore en lune de miel, j'ai plus que jamais besoin de toi. Si tu partais maintenant et que cela se savait, nous pourrions perdre la couronne.

— Ainsi, tu envisages de la persuader de venir ici ?

— Oui, répondit Sebastian d'un air sombre. Elle fait peut-être partie de ton passé, Andreas, mais il est hors de question qu'elle nuise à notre avenir.

Il était temps de partir, mais Holly ne pouvait se résoudre à quitter l'endroit où reposait son fils.

La tombe minuscule était constituée d'une simple pierre blanche, installée à l'ombre du grand eucalyptus qui avait donné son nom à cette ferme d'élevage. Les Australiens qui y avaient vécu depuis des générations l'appelaient Munwannay : la dernière demeure. Et quand le petit garçon de Holly était mort, elle avait songé qu'il pourrait reposer en paix au pied du vieil arbre.

Holly tomba à genoux devant la tombe avant de se retourner vers la vieille bâtisse. Elle contempla les grandes vérandas, les larges fenêtres qui laissaient pénétrer la moindre brise dans la maison, et le jardin qu'elle avait tant aimé depuis son enfance, si négligé à présent.

Le prince Andreas Karedes avait vingt ans quand il était venu là pour découvrir la vie du bush australien. Elle, dix-sept. Lui aussi avait aimé ce jardin. En fait, il avait adoré Munwannay. Et Holly l'avait aimé, lui, Andreas.

Eh bien, elle devait également s'éloigner de ces souvenirs-là…

Aujourd'hui, Holly avait vingt-sept ans. Il était vraiment temps qu'elle avance dans sa vie, qu'elle quitte cet endroit et les souvenirs de cet amour condamné dès le départ.

Elle avait tenu le plus longtemps possible, essayant de garder la propriété en état au cas où elle réussirait à la vendre. Mais depuis qu'elle l'avait mise sur le marché, après la mort de son père survenue six mois plus tôt, personne n'avait semblé intéressé. Incapable de faire front financièrement, Holly avait vu la ferme se dégrader de jour en jour.

Alors, comme elle faisait partie des enseignants de la School of the Air, s'occupant à distance des enfants des fermes reculées du bush, elle s'était résolue à demander sa mutation à la base d'Alice Springs. Cette fois, c'était la fin de sa vie à Munwannay.

Le cœur serré par une souffrance à peine supportable, Holly posa la main sur la tombe de son fils une dernière fois. Puis soudain, elle s'immobilisa et leva les yeux vers le ciel, car le bruit du moteur d'un hélicoptère venait de troubler le calme de ce tranquille et chaud matin d'avril.

Grand et puissant, l'appareil arrivait rapidement de l'est. Il était bien plus gros que ceux des gens du coin, constata Holly avec une inquiétude instinctive. Tout noir, presque menaçant, il descendait au-dessus des pâturages et se dirigeait vers la propriété.

Holly tressaillit. Quelques acheteurs potentiels étaient venus visiter la propriété, mais personne n'avait donné suite. Il aurait fallu beaucoup d'argent et d'enthousiasme pour rendre à Munwannay sa magnificence passée. Si ces nouveaux visiteurs étaient envoyés par l'agence immobilière locale, ils réagiraient comme les autres. Après avoir déambulé dans la vieille demeure à la splendeur fanée et regardé les bâtiments annexes abîmés par les intempéries, ils s'en iraient.

De toute façon, elle ne voulait pas que ces gens viennent perturber sa dernière journée passée à Munwannay.

Mais ils atterrissaient à présent. Holly vit l'hélicoptère se poser dans un nuage de poussière et la verrière coulisser aussitôt. Quatre hommes vêtus de jeans et de T-shirts noirs sautèrent à terre. Ils étaient grands et solidement bâtis.

Étrange. Jusqu'à présent, les personnes intéressées avaient été des fermiers du coin désireux d'agrandir leurs propriétés, ou des hommes en costume venus de la ville.

Peu importe, il fallait qu'elle se montre aimable. Si Holly arrivait à vendre Munwannay, cela lui permettrait de rembourser les dettes laissées par son père. Aussi se forçat-elle à sourire en s'avançant rapidement vers eux. Pas question qu'ils s'approchent de la tombe chérie.

Ils étaient plutôt jeunes, remarqua-t-elle tandis qu'ils venaient à sa rencontre d'un pas déterminé. Et probablement étrangers. Ils avaient la peau mate, comme Andreas.

Un frisson de malaise lui parcourut le dos. Elle était seule. Trop seule.

Elle se secoua mentalement. C'était stupide de se faire des frayeurs. Ces types ne pouvaient pas être venus dans un endroit aussi isolé en hélicoptère pour lui faire du mal, et d'autre part, il n'y avait plus rien à voler.

— Bonjour. Je peux vous être utile ? demanda-t-elle en se forçant à continuer à sourire.

Ils ne répondirent pas à son sourire, si bien que Holly sentit son malaise augmenter.

— Etes-vous Holly Cavanagh ? demanda l'homme qui semblait diriger la petite équipe.

Il avait le même accent qu'Andreas. Peut-être étaient-ils grecs ?

— Oui, c'est moi, dit-elle en lui tendant la main pour le saluer.

L'homme la prit, mais pas comme elle s'y attendait : il la saisit durement et la retint dans la sienne.

— Il faut que vous veniez avec nous, dit-il.

— Pardon ? demanda Holly, absolument interloquée.

Mais il l'entraînait déjà vers l'hélicoptère. Comme elle résistait, l'un de ses compagnons la prit par l'autre bras, si bien qu'ils la soulevaient presque de terre, la tirant rapidement vers l'appareil posé au sol.

Prise de panique, Holly cria. Mais il n'y avait personne pour l'entendre : tout le monde avait déserté Munwannay depuis longtemps.

— Faites-la monter dans l'hélico, vite, dit l'homme qui commandait.

Ils étaient bien grecs, songea rapidement Holly en reconnaissant la langue qu'il avait utilisée. Autrefois, elle l'avait apprise pour qu'elle et Andreas puissent communiquer sans que ses parents les comprennent.

— Non ! s'écria-t-elle.

Mais elle n'était pas de taille à lutter avec quatre hommes, d'autant qu'ils étaient visiblement entraînés à utiliser la force.

— Taisez-vous ! lui jeta l'un d'entre eux.

Puis un autre la tira en avant si brutalement qu'il lui démit presque le bras.

— Fais attention, fit le chef. Le prince a dit qu'il ne fallait pas lui faire de mal.

— Que… ?

Bon sang, ils la soulevaient et la mettaient dans l'engin comme si elle avait été un simple ballot de paille !

— Restez tranquille, dit l'un des types, plus gentiment, un peu comme s'il parlait à un enfant. Cela ne sert à rien de résister. Le prince Andreas veut vous voir et ses désirs sont des ordres.

Andreas reçut l'appel juste après le dîner. Apparemment, la première partie du plan de Sebastian avait fonctionné, comprit-il dès qu'il entendit la voix de Georgiou.

— Elle sera bientôt là, annonça celui-ci.

Dieu merci, songea Andreas en poussant un soupir de soulagement. Il n'aurait pas pensé que ce serait si facile. À vrai dire, il ne savait pas vraiment ce qu'il avait pensé. Quand il avait appris que Holly ne s'était jamais mariée, il avait reçu un véritable choc.

Et maintenant, elle était en route. Vers lui.

— Elle a accepté de venir tout de suite ? Sans problème ?

Il y eut un silence au bout du fil.

— Pourquoi ne me répondez-vous pas ? demanda Andreas.

— Nos instructions étaient d'utiliser tous les moyens nécessaires pour la ramener.

— Mais vous lui avez bien *demandé* de venir ? Vos

instructions étaient de lui dire qu'on avait besoin d'elle de façon urgente. De lui procurer tout le confort possible.

— Si elle n'était pas d'accord pour nous suivre, le prince Sebastian avait précisé de ne pas tenir compte de ses protestations... Nous avons décidé qu'il valait mieux agir vite. Toute discussion aurait été une perte de temps et cela aurait peut-être détruit toute chance de réussir.

— Et... ?

— Nous l'avons embarquée à bord, de force, avant de la transférer dans l'avion. Il n'y a eu aucun problème. Et aucun témoin.

Horrifié, Andreas ferma les yeux.

— Vous l'avez enlevée !

— Nous n'avons pas eu le choix, répliqua fermement Georgiou. Elle ne voulait rien entendre. Durant tout le voyage nous avons essayé de lui dire que vous vouliez simplement la voir, mais elle était trop en colère pour nous écouter. Elle a mordu Maris.

— Il y a eu lutte ?

— Elle ne voulait pas venir. Bien sûr qu'il y a eu lutte.

Andreas n'en revenait pas. Ils l'avaient enlevée... Que diable Holly devait-elle penser ? Et si cela s'ébruitait... Un prince de la maison royale de Karedes kidnappant une Australienne, la faisant sortir de son pays contre sa volonté...

— L'avez-vous blessée ? demanda-t-il, incrédule.

— Non, se défendit Georgiou. Nous avions des ordres. En tout cas, elle se bat comme un chat sauvage.

— Je me fiche de savoir comment elle se bat, fit Andreas, atterré d'apprendre les conséquences désastreuses des ordres de Sebastian. Ne recommencez jamais ça.

Andreas repensa à la jeune femme qu'il avait quittée dix ans plus tôt. Déjà à dix-sept ans, elle avait du caractère.

À cette époque, il avait passé six mois merveilleux dans la propriété de ses parents, faisant l'expérience de la vie dans le bush australien avant d'assumer son devoir de prince de la famille royale des Karedes. Son père lui avait d'ailleurs accordé ces quelques mois de temps libre avec beaucoup de réticence.

Très rapidement, la relation qui était née entre Holly et lui s'était enflammée, les emportant tous deux dans une passion incandescente qui s'était nourrie de la fougue de leur jeunesse. Andreas, lui, aurait désespérément désiré que leur histoire continue, mais Holly s'était montrée courageuse pour deux. « Nous ne faisons pas partie du même univers, avait-elle dit fermement quand il l'avait serrée contre lui une dernière fois, en affirmant qu'il ne pouvait pas la quitter. On a besoin de toi dans ton pays. Ta vie est à Aristos. Tu es promis à une princesse. Andreas, ne rends pas la situation encore plus douloureuse pour nous deux. Pars. »

Alors il était parti, en essayant d'oublier l'expression désespérée qu'il avait entrevue sur le visage adoré de Holly avant qu'elle ne se détourne. Elle avait les yeux remplis de larmes, et lui-même avait eu beaucoup de mal à retenir les siennes. Mais elle avait eu raison. Il était de sang royal et déjà promis au mariage. Holly avait des parents âgés dont elle devait s'occuper et une carrière s'ouvrait devant elle en tant qu'enseignante à la School of Air. En outre, ils vivaient chacun à des milliers de kilomètres l'un de l'autre.

Donc, oui, il était parti. Ensuite, il s'était efforcé de ne pas penser à elle durant ces dix longues années, au cours desquelles il avait été marié à celle qui lui avait été promise dès l'enfance. Une union qui s'était terminée par un pénible divorce.

Sans faillir à son devoir, il avait toujours assumé ses responsabilités de prince et s'était entièrement dévoué à la couronne — cette couronne que Holly menaçait à présent de déstabiliser, qu'elle en soit consciente ou non.

— Amenez-la rapidement, ordonna-t-il d'un ton dur. Venez directement au palais.

— Cela sera peut-être difficile…

— Que voulez-vous dire ?

— Eh bien, elle… elle n'est pas facile, reprit prudemment Georgiou. Elle pourrait se mettre à hurler.

— Pourquoi le ferait-elle ?

Georgiou ne lui répondit pas, comme si sa question était stupide. Très bien, puisqu'il en était ainsi, il irait lui-même la chercher.

— Je pars pour l'aéroport, déclara-t-il.

Après avoir été forcée de monter à bord, Holly avait compris qu'il ne servait à rien de lutter. Elle s'était alors réfugiée dans un silence plein de dignité. Du moins espérait-elle que ses ravisseurs le considéraient comme tel…

Pourtant, sa tenue était tout sauf digne. En effet, elle portait un vieux jean et un T-shirt souillé par la poussière. Quand ces hommes avaient surgi de nulle part, elle venait de terminer sa dernière inspection des abreuvoirs, destinés aux émeus et les kangourous qui vivaient dans la propriété. Le bétail, lui, avait été vendu depuis longtemps.

Holly se lava le visage dans la salle de bains de l'avion, mais elle n'avait pas de maquillage pour dissimuler les ombres qui soulignaient ses yeux. Elle avait l'air sale, exténuée et craintive. Non, pas craintive, songea-t-elle farouchement. Elle ne montrerait jamais qu'elle avait peur.

Peut-être n'était-ce pas ces hommes qu'elle devait craindre.

Andreas voulait la voir. Andreas l'avait fait enlever…

Dix ans plus tôt, elle aurait accepté de le rejoindre. À ce moment-là, s'il lui avait dit « viens », elle l'aurait suivi à l'autre bout du monde. Elle l'avait aimé si profondément qu'elle aurait donné tout ce qu'elle possédait pour être avec lui.

À l'époque, elle était sauvage, passionnée, désirant plus que tout échapper à la vie confinée que menaient ses parents à Munwannay. Grand, sombre et mystérieux, prince de sang royal, Andreas avait bouleversé sa vie monotone. Il avait vingt ans et elle dix-sept, il riait, il était sûr de lui, aussi assoiffé de vie qu'elle. Comment auraient-ils pu ne pas tomber amoureux l'un de l'autre ?

Plus tard, dans la triste période qui avait suivi son départ, elle avait pensé que ses parents avaient peut-être décidé d'héberger Andreas dans un but bien précis. Ils avaient dû deviner que deux jeunes gens seraient attirés l'un vers l'autre. Avec leurs visions de grandeur, ses parents avaient pressenti qu'un jeune prince ne resterait pas indifférent à leur jeune fille vulnérable et sensible.

Qui sait, peut-être avaient-ils rêvé d'un mariage royal pour leur fille ?

En tout cas, elle était tombée amoureuse du jeune prince. Si profondément qu'après son départ, elle avait été anéantie par le désespoir. Puis elle avait eu son fils…

« Ne pense pas à Adam, s'ordonna-t-elle fermement tandis que l'avion commençait à perdre de l'altitude. Et surtout, ne pleure pas, à aucun prix. »

Elle cligna férocement des yeux et se concentra sur la vue qui s'offrait à elle par le hublot. Ils survolaient le royaume d'Adamas à présent. La terre d'Andreas.

Adamas était constitué de deux grandes îles, la flamboyante Aristos, avec ses nombreux et luxueux casinos, et les terres arides de Calista. Andreas lui avait tellement parlé de ces îles qu'elle avait l'impression de déjà les connaître. Autrefois, elles formaient un seul royaume, gouverné par la famille royale des Karedes, mais à présent, il était hélas déchiré en deux.

Le père d'Andreas régnait sur Aristos, et Andreas l'aidait dans cette tâche, puisqu'il était l'un des trois fils de sang royal. Il était marié, Holly le savait très bien. Le mariage avait eu lieu peu après qu'il fut rentré d'Australie. La nouvelle des fastes de cette cérémonie était parvenue jusque dans les magazines féminins qu'on trouvait au supermarché le plus proche de Munwannay. Après avoir lu les articles et découvert les photos, elle avait pleuré toutes les larmes de son corps. Par la suite, elle avait soigneusement évité de lire quoi que ce soit le concernant. À présent, il devait être entouré de toute une tribu d'enfants, songea-t-elle avec un tremblement involontaire.

Pourquoi l'avait-il fait venir ici ? Peut-être s'ennuyait-il dans son mariage… Cette idée s'était immiscée dans son esprit durant le vol. Peut-être repensait-il à la passion sauvage qui les avait emportés…

Il n'avait quand même pas l'intention de…

Mais pour quelle autre raison aurait-il pu désirer sa présence ?

Holly serra si fort les poings que ses ongles pénétrèrent dans sa chair. Il n'oserait quand même pas, les mœurs avaient changé. Et s'il pensait qu'elle allait…

Andreas…, songea-t-elle en soupirant. Malgré toutes ces années passées à lutter pour garder la ferme en état, à s'occuper de son père, malgré ses efforts pour se forger une carrière, elle n'avait jamais pu oublier Andreas.

Ni s'éloigner de la petite tombe blanche.

Elle enfonça ses ongles encore plus profondément dans ses paumes. Que voulait-il d'elle ?

Au lieu de se diriger vers les bâtiments de l'aéroport, l'avion s'arrêta à l'extrémité de la piste.

Aussitôt, Andreas sortit de sa voiture et se dirigea vers l'appareil. Là, il attendit avec une impatience difficilement contrôlée que la passerelle soit mise en place et que la porte s'ouvre.

Georgiou apparut le premier. Sa haute silhouette s'arrêta sur la première marche et, après avoir jeté un regard impuissant à Andreas, il leva les mains, comme s'il s'avouait vaincu.

— Vous voulez qu'on descende la marchandise ? demanda-t-il en jetant un regard inquiet aux employés qui se trouvaient à portée d'oreille. Elle… Nous pourrions avoir du mal.

— Quittez l'avion, vous et vos hommes, dit sombrement Andreas. Je vais monter à bord.

— Vous… serez en sécurité ?

— Ne soyez pas ridicule, répliqua Andreas d'un ton vif.

Puis il monta les marches d'un pas déterminé. Cela commençait à ressembler à une mauvaise farce. Même s'il détestait l'idée qu'elle avait été enlevée, il éprouvait le besoin de se rappeler que Holly lui avait menti. Et qu'elle était là à cause de cela. Il avait de bonnes raisons d'être en colère et plus vite il s'expliquerait avec elle, mieux cela vaudrait.

— Elle a à peine ouvert la bouche depuis notre départ d'Australie, reprit Georgiou en se mettant sur le côté.

Andreas hocha la tête et pénétra dans la cabine. Là, il s'immobilisa, le cœur battant lourdement dans sa poitrine.

Holly. Sa Holly. Celle qu'il avait gardée dans son cœur durant toutes ces années… Adorable Holly, avec son corps merveilleux. Ses yeux étincelants, bleu saphir, son intelligence farouche, son rire…

Pour l'instant, elle ne riait pas du tout. Le visage fermé et sombre, les bras fermement croisés sur la poitrine, elle était assise là où elle était apparemment restée durant tout le voyage. Elle semblait épuisée et très en colère.

Quand elle croisa son regard, Andreas eut presque l'impression de recevoir un choc physique.

— Holly…, murmura-t-il avec une tendresse qu'il ne put réprimer.

— Comment as-tu osé faire une chose pareille ! répliqua-t-elle violemment.

Lorsqu'il s'avança vers elle, la jeune femme se leva et recula de quelques pas.

— Je voulais te voir, dit-il.

— Eh bien, tu me vois, lui lança-t-elle avec un regard étincelant de rage. Tes brutes m'ont embarquée de force à bord de leur hélicoptère. Ils m'ont amenée ici sans un mot d'explication. Et toi aussi tu es une brute, puisque tu les emploies. Une brute stupide et lâche pour avoir envoyé quatre hommes contre une femme sans défenses.

— Tu n'es pas sans défenses, dit-il en avançant de nouveau et en s'efforçant de réprimer le sourire qui lui venait aux lèvres. Il paraît que tu as mordu Maris.

— Oui. Et je regrette de ne pas l'avoir mordu plus fort. Vous êtes des salauds, tous autant que vous êtes. Pourquoi m'as-tu fait venir ici contre mon gré ?

— Nous devons parler de certaines choses, répondit-il calmement.

— Tu n'avais qu'à te servir du téléphone.

— Cela n'aurait pas été prudent, dit-il en faisant un pas supplémentaire.

Une erreur. Holly leva la main et le gifla de toutes ses forces. Retenant son souffle, Andreas lui prit instinctivement le poignet.

— Ne me touche pas ! s'écria-t-elle en lui lançant un coup de pied.

Sa botte en cuir l'atteignit au tibia si bien qu'il dut faire un effort pour réprimer un cri de douleur.

— Sais-tu ce que tu risques pour agression envers un membre de la famille royale ? demanda-t-il d'un ton sec.

— Et toi, sais-tu ce que tu risques pour m'avoir kidnappée et fait sortir du territoire australien contre mon gré ? riposta-t-elle aussitôt. Je ne sais pas ce que tu me veux, Andreas Karedes. Dis à ton pilote de faire demi-tour et de me ramener chez moi immédiatement.

Elle luttait tellement pour se dégager qu'il la lâcha. Lorsqu'elle tituba en arrière, il la prit aussitôt par les épaules. Mais dès qu'elle fut stabilisée, elle le frappa de nouveau. Encore plus fort.

Bon sang, s'il ne faisait pas plus attention, il allait se retrouver avec un œil au beurre noir dont il lui faudrait se justifier devant la presse…

— Je voudrais simplement une explication…, commença-t-il.

Mais elle était trop en colère pour l'écouter.

— Je me fiche de ce que tu veux. Laisse-moi partir.

— Pas avant que tu ne m'aies appris ce que je dois savoir.

— Tu n'as pas le droit de faire cela !

— Si, Holly. Je le peux, répliqua-t-il avec lassitude. Tu le vois bien. Je suis désolé que tu aies été enlevée. Je voulais que l'on te persuade de venir, sans utiliser la force. Mais maintenant que tu es ici, tu dois accepter la situation. Tu resteras jusqu'à ce que nous nous soyons expliqués.

Les joues rouges de colère, elle le regarda avant de se tourner vers le hublot.

— Aristos est un pays civilisé, dit-elle, d'un air soudain songeur, presque poli.

— Que… ?

— Vous avez des lois, l'interrompit-elle. Des lois concernant *même* les enlèvements, je suppose. Les rois et les princes ont beau avoir eu le droit de piller et de violer dans le passé, j'imagine que, de nos jours, c'est bel et bien terminé.

— Cela ne change rien au fait que mes désirs sont des ordres, répliqua-t-il.

— Vraiment ?

L'espace d'un instant, elle le regarda d'un air pensif. Puis elle ferma les yeux et poussa un hurlement strident.

Elle avait crié si fort que tous ceux qui se trouvaient à une distance de deux cents mètres avaient dû l'entendre et se demander ce qu'il se passait.

Sans réfléchir davantage, Andreas la prit dans ses bras et la pressa contre lui, avant de se pencher vers sa bouche. Aussitôt, elle lui donna un coup de coude dans les côtes et se remit à hurler. Et quand il posa la main sur sa bouche pour la faire taire, elle le mordit cruellement.

Andreas jura avant de se diriger vers la porte de l'avion pour la refermer. Juste à temps, car Holly venait de reprendre son souffle et s'apprêtait à pousser un nouveau hurlement.

— Inutile de te fatiguer, dit-il en contemplant avec incrédulité les marques de ses dents sur sa paume. Personne ne t'entendra plus à présent.

— J'exige qu'on fasse venir la police ! s'écria-t-elle. Qu'on prévienne le consulat. Tu n'as pas le droit de te conduire ainsi.

— Nous sommes à Aristos et je fais partie de la famille royale. Je peux faire ce qu'il me plaît.

— Non, pas avec moi.

À cet instant, Georgiou ouvrit la porte et se dirigea rapidement vers son patron d'un air très inquiet.

— Vous saignez, dit-il en contemplant sa main, stupéfait.

— Aucune importance, répliqua Andreas. Vous allez emmener cette jeune femme à Eueilos.

— Elle est hors d'elle et impossible à contrôler. Il n'y a personne là-bas, hormis Sophia et Nikos. Ils sont trop âgés pour pouvoir se défendre.

— Elle ne fera pas de mal à des gens âgés, surtout qu'ils n'ont rien à voir dans cette affaire. En outre, elle ne pourra pas s'enfuir.

Il jeta un coup d'œil à sa montre.

— Je dois partir. Il faut que je sois au Parlement dans une heure, sinon on se posera des questions.

— Parce que tu crois que je vais aller où que ce soit avec cette brute ? lança vivement Holly. À quoi joues-tu ?

À quoi jouait-il ? Andreas songea au rapport posé sur son bureau et se raidit. Holly représentait un danger terrible pour l'avenir de la couronne…

— Je protège les miens, dit-il enfin. J'ignore ce qui t'est arrivé après mon départ d'Australie, mais tu constitues une menace pour l'avenir de mon pays. Je suis désolé que nous ayons dû en venir à de telles mesures, Holly, mais je dois connaître la vérité. Georgiou va t'emmener à Eueilos, où tu seras bien traitée. Quant à moi, je t'y rejoindrai dès que je le pourrai.

2

Quatre jours s'écoulèrent avant qu'il puisse partir. L'enquête sur la corruption était en effet à son apogée et, en tant que dirigeant du comité, Andreas eut beaucoup de mal à se libérer pour aller à Eueilos.

Peut-être était-ce aussi bien, songea-t-il, car cela laissait à Holly du temps pour se calmer. Quand il put enfin s'envoler, il se sentit soulagé mais aussi en proie à une vive appréhension.

Eueilos était un endroit idyllique que son père lui avait donné à sa majorité. Depuis longtemps, la petite île était devenue son refuge. En effet, dès son enfance, Andreas avait ressenti du dégoût pour la pompe et les fastes qui entouraient la famille royale. Mais il était prisonnier de la vie au palais et du protocole qui y régnait, comme il l'avait compris très tôt — surtout que ce sentiment de devoir lui avait été inculqué dès sa naissance.

Cependant, Eueilos lui appartenait, aussi pouvait-il s'y comporter à sa guise. Sa femme n'avait jamais aimé cette île. Christina préférait les lumières de la ville, à tel point que même la capitale d'Aristos était trop calme pour elle. Par conséquent, il avait toujours été parfaitement libre d'y venir seul et d'y faire ce que bon lui semblait.

Il avait fait construire un immense pavillon — un pur caprice, dessiné sur le modèle des vastes tentes utilisées dans le désert par ses cousins de Calista. De loin, la longue bâtisse sans étage ressemblait à une série de grands chapiteaux réunis en cercle. Quand on s'approchait, on se rendait compte que ces tentes étaient en fait construites avec des panneaux de bois blanchis à la chaux. Par un système astucieux, chaque pan de mur pouvait coulisser, ouvrant ainsi le pavillon à la brise qui, tout au long de l'année, venait de la mer.

Au centre du pavillon se trouvait une vaste piscine. Quant aux sublimes plages de l'île, elles étaient d'un sable doré ; la mer, toujours tentante, n'était qu'à cent mètres.

Andreas venait sur son île aussi souvent qu'il le pouvait, lorsque les exigences de la vie à la cour devenaient trop envahissantes et pénibles. Pour s'occuper de tout, il avait embauché un couple discret, une gouvernante et son mari, en qui il avait entièrement confiance.

Il adorait cet endroit, comme autrefois il était tombé amoureux de la maison de Holly, pensa-t-il tandis que son avion se posait sur le petit terrain d'atterrissage. Il pilotait lui-même un simple Cessna biplace qu'il avait appris à manier en Australie. C'était Holly elle-même qui lui avait montré les rudiments, et chaque fois qu'il volait, il…

Non. Il avait été marié, et divorcé — tant de choses s'étaient passées depuis qu'il avait quitté l'Australie, et Holly.

Dans quelques instants, il allait se retrouver en face d'elle.

Machinalement, il se toucha la joue. Après sa gifle, il sentait encore l'empreinte de sa main sur sa peau. S'était-elle calmée à présent ?

De toute façon, il n'avait pas le choix et il resterait ici jusqu'à ce qu'elle ait répondu à ses questions. Et jusqu'à ce qu'il lui ait parlé de la proposition mise au point par Sebastian.

Sophia, la gouvernante, l'accueillit à l'entrée du pavillon. Elle avait fait de la pâtisserie, constata Andreas en sentant un délicieux parfum de baklava lui monter aux narines.

Il lui sourit avec chaleur. Sophia avait été sa nounou jusqu'à ce qu'il ait dix ans. Quand son père lui avait donné cette île, Andreas était allé la trouver pour qu'elle vienne s'installer à Eueilos avec son mari, Nikos, et chaque fois qu'il venait, leur présence bienveillante réussissait — presque — à lui faire oublier tous ses soucis.

— Elle n'est pas là, dit Sophia.

Cette fois, ses soucis étaient revenus au galop…

— Comment cela ?

— Elle est à la plage, de l'autre côté de l'île, répondit calmement la gouvernante en observant son visage. Elle a choisi l'endroit le plus éloigné de la maison et quand Georgiou lui a annoncé que tu allais venir, elle a demandé qu'on ne la dérange pas — sauf si tu étais venu pour organiser son retour en Australie.

Elle se tut et le regarda en plissant le front.

— Andreas, cette femme… Holly… elle est très en colère.

— Pas autant que moi, répliqua-t-il avec humeur.

— Je ne t'ai pas appris à te conduire ainsi avec les femmes, reprit Sophia en croisant les bras sur sa poitrine et en lui lançant un regard étincelant.

Comparée à lui, elle était minuscule, mais il devinait qu'en cet instant, elle lui aurait volontiers tiré les oreilles, songea Andreas en retenant un sourire. De tous les gens qui peuplaient sa vie, Sophia était la seule à ne pas le traiter comme un prince. Elle le considérait plutôt comme un petit garçon, à qui l'on passait tout, mais qu'il fallait ramener dans le droit chemin à l'occasion.

— Holly est quelqu'un de bien, ajouta-t-elle. Et elle a peur. Je lui ai dit qu'elle n'avait rien à craindre tant que j'étais sur cette île. Je ne sais pas pourquoi tu l'as fait venir ici, mais si tu touches à un seul de ses cheveux, tu auras affaire à moi.

— Je ne lui ferai pas de mal.

— Tu lui en as déjà fait. Elle a des bleus sur les avant-bras.

— Ce n'est pas moi le responsable.

— C'est Georgiou, c'est la même chose.

— Non.

— Tais-toi, dit-elle en se hissant sur la pointe des pieds pour lui donner un petit coup sur la poitrine. Va voir Holly et sois gentil avec elle. Sinon, tu n'auras pas de baklava. Je lui ai dit qu'elle pouvait prendre un maillot de bain dans les vêtements qui sont ici et quand elle a vu tout cela, elle a été encore plus en colère. Il va falloir que tu sois très diplomate pour faire la paix avec celle-ci.

Andreas décida d'aller la rejoindre à pied. Il aurait pu prendre la jeep, mais il avait besoin de temps pour réfléchir.

Depuis que ce journaliste était venu le voir pour lui apprendre ce qu'il savait sur Holly, il avait agi par automatismes. Il avait essayé d'obtenir des réponses rapidement, mais à présent, il savait qu'il devait avancer avec plus de prudence.

Pourtant, il avait du mal à garder son calme. Les paroles du journaliste résonnaient encore durement dans son souvenir : « Saviez-vous que dans la propriété de votre ancienne maîtresse se trouve la tombe d'un enfant ? Sur la pierre, on peut lire ces mots : "Adam Andreas Cavanagh. Mort le 7 octobre 2000 à l'âge de sept semaines et deux jours. À mon petit ange bien-aimé, que j'ai adoré de tout mon cœur. Holly" »…

Adam Andreas Cavanagh. Ce nom avait fait naître en lui une douleur qu'il ne se croyait pas capable d'éprouver. Même avant qu'il ait réfléchi aux dates, il avait compris. Car il se souvenait des paroles de Holly : « Ton pays s'appelle Adamas ? J'aime beaucoup ce nom. Adam est un prénom sublime. Si un jour j'ai un fils, je voudrais qu'il se nomme Adam. »

Quand elle lui avait fait cette confidence, ils étaient allongés côte à côte dans l'herbe épaisse, sur un lit de fleurs sauvages. C'était un peu avant qu'ils ne fassent l'amour pour la dernière fois. Holly s'était accrochée à lui avec toute la force de sa passion, et Andreas avait cru alors que cette allusion à un fils était tout à fait hypothétique. Puis il était parti pour reprendre le fil de sa vraie vie.

Laissant derrière lui un enfant… Il ne doutait pas un seul instant de la véracité des paroles du journaliste. Holly avait été vierge quand il l'avait rencontrée, alors c'était forcément…

Et dans ce cas, c'était une véritable catastrophe.

— Eh bien, j'ai vraiment impressionné cette jeune femme, avait-il répliqué au journaliste sur le ton de la plaisanterie.

Puisqu'elle a donné l'un de mes prénoms à son fils ! Elle n'avait pas dû rencontrer beaucoup de princes de sang royal. Le père de l'enfant a sans doute été un peu jaloux…

Mais le journaliste n'avait probablement pas été dupe de sa tentative de diversion. Et avec les scandales actuels qui menaçaient de renverser la famille royale, la chute pourrait bel et bien se produire. La presse était en effet à l'affût du moindre incident.

Holly se rendait-elle compte qu'elle avait le pouvoir de renverser les Karedes ?

Andreas escalada la dernière dune qui menait à la plage que lui avait indiquée Sophia, avant de s'arrêter net.

À une quinzaine de mètres à peine, la jeune femme était allongée sur le ventre, seulement vêtue d'un bas de Bikini minuscule et rouge vif. Appuyée sur les coudes, elle lisait, si bien qu'il voyait la courbe parfaite de ses seins adorables. Après avoir nagé, ses cheveux blonds étaient encore humides et bouclaient sur ses épaules. Elle avait l'air… libre, songea-t-il brusquement. Elle jouissait d'une liberté qu'il ne connaîtrait jamais. Et elle était d'une beauté incroyable.

Comme par magie, le nœud de colère et de tension qui s'était formé dans sa poitrine depuis des semaines se desserra soudain. Et fut remplacé par une sensation si puissante qu'Andreas dut lutter pour ne pas se laisser aller au désir de s'avancer vers Holly et s'étendre à ses côtés — avant de la prendre dans ses bras comme il l'avait fait si souvent autrefois.

« Ressaisis-toi, s'ordonna-t-il en silence. Tu es là pour faire cesser les rumeurs — pas pour en susciter davantage. »

— Couvre-toi, lui dit-il en s'approchant, et d'une voix qu'il reconnut à peine.

La jeune femme tourna vivement la tête vers lui avant de se lever avec précipitation. Après s'être penchée pour ramasser le haut de son Bikini, elle le plaça sur sa poitrine. Mais Andreas avait eu le temps de voir ses seins ravissants.

Elle avait presque dix ans de plus que lorsqu'il l'avait vue pour la dernière fois. Son corps était maintenant celui d'une femme. Un corps tout en courbes sensuelles qui avaient le pouvoir de…

— Qu'est-ce que tu fais ici ? demanda-t-elle, interrompant le cours brûlant de ses pensées.

Après avoir agrafé son soutien-gorge d'un geste nerveux, elle se pencha pour ramasser sa serviette. Puis elle s'en enveloppa et sembla s'y cramponner comme si sa vie en dépendait.

— Cette île m'appartient, j'y suis chez moi, dit-il.

Elle resta silencieuse.

— Je dois te parler, reprit-il. C'est pour cela que je t'ai fait venir ici.

— Tu aurais pu me téléphoner. Nous ne sommes plus vraiment au Moyen Âge, que je sache ?

— Non, approuva-t-il. Mais le téléphone est sur écoute.

— Tu parles du tien ?

— Non, du tien.

L'air totalement incrédule, elle le regarda en retenant son souffle.

— Qui pourrait vouloir me surveiller ?

— Le royaume tout entier veut savoir ce qui nous est arrivé il y a dix ans… Viens, retournons à la maison.

— Tu veux que je me remette à hurler ?

— Holly, sois compréhensive.

— Donne-moi une bonne raison de l'être.

— Tu me dois la vérité !

Il l'avait affirmé avec une telle force que cela sembla la calmer d'un coup. Ses beaux yeux bleus s'écarquillèrent et Andreas y décela de l'incertitude.

— Je ne te dois rien, murmura-t-elle.

— Tu as porté mon fils.

Aussitôt, il la vit tressaillir violemment.

— Oui, dit-elle d'une voix à peine audible.

Elle soutenait son regard, calmement, avec défi, mais sous cette apparente assurance, il discernait une blessure d'une profondeur insondable.

— Tu ne m'en avais jamais parlé, poursuivit-il avec une douceur qui le surprit lui-même.

— Non.

Andreas ne dit rien. Autour d'eux, le silence était presque parfait. Seul le léger clapotis des vagues sur le sable se faisait entendre, les laissant seuls face à cette terrible vérité.

— Je crois que j'avais le droit de le savoir, dit-il enfin d'une voix sourde.

Aussitôt, il vit la colère resurgir au fond du regard de la jeune femme.

— Comme j'avais le droit de recevoir les lettres que tu avais promis de m'écrire ! Pas un seul coup de fil, Andreas. Rien. Un mot poli à mes parents pour les remercier de leur hospitalité, rédigé sur du papier à en-tête en lettres dorées — dactylographié par un secrétaire du palais — et c'est tout.

— Tu sais que je ne pouvais pas…

— … donner suite à notre relation ? Bien sûr que je le savais. Tu étais fiancé avant de venir en Australie. Mais nous étions des gosses. J'avais dix-sept ans, Andreas. Tu étais mon premier amour. Tu n'avais pas le droit d'en profiter…

— Je ne t'ai pas forcée !

— Non, en effet. Mais j'étais quand même une gamine.

C'était bien là le problème. Comme ils le savaient tous les deux. Elle était mineure à l'époque, et ce détail était capital.

— Savais-tu que tu étais enceinte quand je suis parti ?

— Oui.

Andreas tressaillit.

— Alors, la dernière fois…

— Oh, je n'en étais pas sûre à cent pour cent. Vu l'isolement de Munwannay, je ne pouvais pas tellement me précipiter au supermarché pour acheter un test de grossesse. Mais je le pressentais.

— Dans ce cas, pourquoi…

— Parce que tu étais fiancé, le coupa-t-elle. Tu allais te marier, Andreas. Dis-moi, qu'aurais-tu fait si tu avais appris que j'étais enceinte ?

— Je t'aurais épousée.

Devant son assurance, il la vit cligner des yeux. Mais elle sourit tristement et secoua la tête.

— Non. C'était impossible. Nous en avions parlé, tu ne te souviens pas ? Nous disions que nous nous aimions si fort que nous voulions rester ensemble pour toujours. Tu disais que tu m'emmènerais à Aristos et que je serais ta princesse. Nous pensions que mes parents s'accommoderaient de mon absence et que ton père finirait par te pardonner.

D'un geste énergique, elle repoussa une mèche de cheveux derrière son oreille.

— Seulement, il y avait une autre princesse, Andreas. Christina t'attendait, et ton mariage était censé renforcer des liens diplomatiques importants. Tu parlais de défier ton père, mais tu n'as jamais dit une seule fois que tu pourrais rompre ton engagement envers Christina.

— Nous étions promis l'un à l'autre depuis notre enfance.

Mais tout en prononçant ces paroles, Andreas savait que c'était un piètre argument aux oreilles de Holly. Ce jour-là comme dix ans plus tôt…

Christina, âgée de cinq ans de plus que lui, avait été élevée depuis son plus jeune âge dans le but de devenir sa femme. Lui annoncer — alors qu'elle était âgée de vingt-cinq ans — qu'il n'avait plus l'intention de l'épouser aurait eu un effet catastrophique sur elle, ainsi que des conséquences politiques désastreuses.

Holly se mit à trembler et sa serviette tomba sur le sable. Elle se pencha pour la ramasser mais Andreas fut plus rapide qu'elle. Il la prit et la lui posa sur les épaules, sans tenir compte de ses protestations.

— Je vais attraper des coups de soleil, dit-elle. Il faut que je rentre. Si c'est tout ce que tu avais à me dire… eh bien, peux-tu organiser mon retour en Australie à présent ?

— Non, c'est impossible.

— Pourquoi ? demanda-t-elle avant de se détourner pour reprendre le chemin de la demeure.

Andreas la regarda. Elle avait l'air fatigué. Pourtant, elle avait eu tout le temps de se reposer…

Soudain, il remarqua une longue cicatrice blanche qui descendait depuis le creux de son genou jusqu'à sa cheville. Une cicatrice qui n'était pas là dix ans plus tôt.

Il la rattrapa en quelques enjambées et marcha à côté d'elle.

— Qu'est-ce qui est arrivé à ta jambe ?

— Cela ne te regarde pas.

— Peut-être, mais j'aimerais quand même le savoir.

Elle lui jeta un regard presque craintif.

— Tu crois que ce genre de blessure m'importe ? Ce n'est rien, Andreas Karedes. Tu ignores tout des vraies souffrances. Et ne te sers pas de ton charme princier avec moi, s'il te plaît. J'y suis insensible.

— Vraiment ? demanda-t-il en souriant.

— Laisse-moi tranquille. Tu m'as séduite une fois. Si tu crois que tu peux recommencer…

— Je te demandais simplement ce qui était arrivé à ta jambe. Ce n'est pas exactement une tentative de séduction.

— Je me suis blessée sur des barbelés.

— Tu t'occupais des clôtures ?

— Oui, figure-toi.

— Ton père ne t'aurait jamais laissée t'occuper de cela.

— Quand tu étais là, non, répliqua-t-elle vivement. Il y avait beaucoup de choses qui n'arrivaient pas en ta présence.

— Que veux-tu dire ?

Elle s'arrêta et se tourna vers lui, les joues en feu.

— Nous n'avions pas un sou, expliqua-t-elle avec colère. Je ne le savais pas. Personne n'était au courant. Ni nos voisins, ni nos amis. Personne. Mon père le cachait. Notre maison était grande et impressionnante, et les terres immenses. Tu te souviens que ma mère avait du sang royal par sa famille européenne ? Elle n'avait jamais perdu son amour du luxe et mon père la gâtait. Ils croyaient tous les deux que la situation s'améliorerait. Cela n'a pas été le cas, mais cela ne les a pas empêchés de mener le même train de vie. Alors, mon père a emprunté, encore et encore.

— Tu te trompes, il était riche ! dit Andreas, estomaqué.

— Non. Alors, quand j'ai eu dix-sept ans, ils ont monté un scénario complètement fou pour me faire épouser un homme fortuné. Ma mère s'est servie de ses relations. Elle a écrit à toutes les maisons royales d'Europe, à tous les milliardaires dont elle avait entendu parler, leur proposant d'héberger un jeune homme en âge de se marier.

— Mais, tes parents avaient de l'argent…, insista Andreas.

— Ce n'était qu'une façade. Tu te souviens des bals, des pique-niques, du faste déployé par ma mère… J'ai été éduquée à la maison parce que mes parents n'avaient pas les moyens de me mettre en pension. Je travaillais à la ferme, mais dès que tu es arrivé, j'ai été en vacances. Je suis devenue une jeune fille comme il faut. J'étais libre de passer toute la journée avec toi si je le désirais.

Elle lui adressa un sourire amer.

— Et, bien sûr, cela m'est monté à la tête. Pour la première fois de ma vie, j'étais libre et mes parents me poussaient dans tes bras. Seulement, quand je suis tombée enceinte et que tu m'as quittée, le beau château de cartes s'est effondré. Mon père était criblé de dettes. Ma mère a fichu le camp, tout simplement, et moi, j'étais seule et enceinte. Désespérée. Et même malade d'amour, si tu veux tout savoir.

— Malade d'amour…, répéta-t-il d'une voix faible.

Mais elle lui lança un regard méprisant.

— Oublie ça. Tu veux connaître la suite ? Je vais te la raconter.

Ses mots semblaient s'échapper de ses lèvres, comme si elle voulait s'en débarrasser le plus vite possible.

— De toute façon, enceinte ou pas, je devais travailler, d'où cette cicatrice. Mais les marques extérieures ne sont vraiment pas les pires… Puis mon bébé est né, je l'aimais tant que cela a changé ma vie.

Sa voix s'éteignit soudain, mais Andreas la vit faire un effort terrible sur elle-même avant de continuer.

— Mais… un peu avant ses deux mois, il a attrapé une méningite et il est mort. C'est tout.

Elle ferma les yeux une fraction de seconde avant de les rouvrir.

— Ensuite, j'ai passé un diplôme universitaire par correspondance pour enseigner à la School of Air comme j'en avais toujours eu l'intention. Mon salaire était le seul argent qui soit rentré à la ferme depuis des années. Mon père avait sombré dans la dépression, mais il ne voulait pas entendre parler de vendre la propriété et je ne pouvais pas l'abandonner. Il est mort il y a six mois. J'ai mis la propriété en vente, mais elle est en trop mauvais état, impossible de trouver un acheteur. Je m'apprêtais à partir quand tes brutes sont arrivées.

Relevant la tête, elle le regarda d'un air de défi.

— Eh bien, quelles sont tes intentions à présent, Andreas ? Tu veux me punir encore ? Crois-moi, je l'ai été assez quand mon Adam est mort.

Lorsque, d'un geste rageur, elle s'essuya les yeux du revers de la main, il tendit instinctivement le bras vers elle. Mais elle recula aussitôt.

— Tu l'as appelé Adam, dit-il.

Il détestait l'idée de la faire souffrir davantage, mais il sentait que, s'il ne l'interrogeait pas maintenant, il risquait de ne jamais connaître la réponse à ses questions.

— Adam Andreas, chuchota-t-elle. À cause de son père. Il te ressemblait. J'aurais tant voulu que tu le voies…

Cette fois, c'en était trop. Andreas se pencha vers elle et la prit par les épaules. Elle se raidit, mais il l'attira contre lui, qu'elle soit d'accord ou non. Il sentit ses épaules trembler.

— Non… non, murmura-t-elle.

— Laisse-toi aller, Holly, dit-il avec une douceur infinie en enfouissant son visage dans ses boucles blondes.

Durant un moment, Andreas crut qu'elle allait continuer à résister à ses tentatives de réconfort. Puis, soudainement, il sentit sa tension lâcher. Elle s'appuya contre lui et son visage vint se nicher dans le creux de son épaule. Elle pleurait.

En proie à des émotions violentes et primaires, Andreas la tenait serrée contre lui. Mais il la sentit bientôt se raidir de nouveau et s'écarter de lui.

Holly ne cédait pas facilement aux larmes, songea-t-il tandis qu'elle s'essuyait furieusement le visage avec sa serviette de plage. Il se souvint de son refus de pleurer quand il était parti. Il avait vu les larmes scintiller au fond de ses yeux mais elle les avait retenues.

Comme elle le faisait maintenant, tout en le regardant avec froideur et défi.

— Tu n'as pas le droit de me mettre dans cet état, murmura-t-elle. Tu n'as aucun droit.

— J'avais celui de connaître mon fils, répliqua-t-il durement.

Ses paroles les choquèrent tous les deux. Elle le contempla longtemps en silence avant de se détourner.

— Oui, dit-elle enfin en se remettant en marche. S'il avait vécu, je t'aurais parlé de lui. J'aurais dû le faire dès sa naissance. Crois-moi, je n'avais pas l'intention de te cacher son existence. Si tu m'avais contactée… Mais tu ne l'as pas fait, évidemment.

Elle avançait d'un pas déterminé, le regard fixé droit devant elle.

— Il faut que tu comprennes la situation dans laquelle je me trouvais, enchaîna-t-elle. Après ton départ, tout mon univers s'est écroulé. Les frais que mon père avait engagés pour ta venue ont porté un coup fatal à la situation financière de ma famille. Les huissiers ont pillé la maison. Ils ont même emmené Merryweather.

Sa voix se brisa et elle se tut un instant. Puis elle donna un coup de pied dans le sable.

Andreas repensa à la belle jument que Holly aimait tant.

— Ton cheval, murmura-t-il tristement.

Holly fit un effort visible pour continuer.

— Ensuite, ma mère est partie et mon père s'est mis à

boire. Je lui ai caché ma grossesse jusqu'au sixième mois et à ce moment-là, tu étais marié. Je ne voyais pas pourquoi j'aurais brisé ton mariage… De toute façon, j'avais dit à mes parents que s'ils tentaient de te faire du chantage, je nierais que l'enfant était de toi. Je… je devais tellement me concentrer pour avoir la force de tout faire que je n'avais pas le temps de penser à toi. Enfin, pas beaucoup… Je me suis dit que je t'écrirais après l'accouchement, mais j'avais à peine mis Adam au monde que…

Elle s'immobilisa puis respira profondément.

— … qu'il était mort, acheva-t-elle en redressant les épaules, le corps tendu, comme prêt à craquer.

Andreas essaya de s'imaginer ce qu'elle avait dû vivre. Il se la représenta en train de tenir un bébé dans ses bras, de lui donner le sein. Cette vision fut soudain si forte qu'il eut presque l'impression d'avoir été là, avec elle. Holly avait été mère. La mère de son fils.

— La méningite est très rapide…, poursuivit-elle après quelques instants. Il s'est réveillé une nuit avec de la fièvre. À 6 heures du matin, j'ai appelé le médecin. L'hélicoptère est arrivé deux heures plus tard et il est mort dans l'avion qui l'emmenait à l'hôpital. Là-bas, ils ont dit que le cas était tellement grave que, de toute façon, ils n'auraient rien pu faire.

— Ta mère… ?

— Après être venue brièvement à la naissance d'Adam, elle était déjà repartie en Europe.

— Mais ton père s'est occupé de toi ?

La pensée qu'elle avait assumé la mort de son enfant seule était insupportable à Andreas.

— Tu plaisantes ? Il s'est mis à boire le jour où ma mère est partie et il était toujours ivre. Je ne sais pas où il se trouvait quand j'ai enterré mon fils mais, en tout cas, il n'était pas à mes côtés.

Elle secoua vigoureusement la tête.

— J'ai enterré mon petit garçon moi-même et ensuite, je me suis débrouillée toute seule. Maintenant, c'est fini. Je ne sais pas pourquoi tu m'as fait venir ici, Andreas, mais tu ferais bien de me laisser partir à présent. Il ne reste plus rien entre nous, seulement un enfant mort. Laisse-moi m'en aller et oublie-moi.

3

Sans plus dire un mot, ils revinrent côte à côte vers la maison. Andreas ne ressentait plus aucune colère à l'idée que Holly ait porté son fils sans le lui dire. Son récit avait été simple, sincère — et terrible.

La solitude qu'elle avait connue lui faisait horreur. Le fait qu'il l'ait laissée seule face à la naissance puis à la mort de leur enfant était impensable. Il était si jeune à l'époque… Il l'avait quittée pour rentrer dans son pays et se marier. Ensuite, songer à Holly avait été si douloureux qu'il avait essayé de ne plus du tout penser à elle.

Mais il n'avait pas d'excuses. Il aurait dû…

— Tu n'as aucune raison de t'en vouloir pour ce qui s'est passé il y a dix ans, dit soudain Holly avec une certaine dureté dans la voix. Tu n'es pas responsable de la mort d'Adam. Quant au reste… Je savais que j'avais été séduite par un prince et cela me plaisait.

— Ce n'est pas le mot que j'aurais employé…

— Lequel ? Séduite ? Comment qualifierais-tu ce qui s'est passé entre nous ? Mes cheveux étaient des fils d'or, c'est bien ce que tu disais, n'est-ce pas ? Mes yeux ressemblaient à des étoiles. Mes seins…

— Ce n'est pas la peine de…

— Non, n'est-ce pas ? approuva-t-elle avant de se taire de nouveau.

— C'était merveilleux, dit-il prudemment en la regardant à la dérobée.

— Oui, mais si je n'avais pas eu envie d'être séduite, tu n'aurais pas eu la moindre chance avec moi.

— Et tu n'en as pas envie maintenant ?

Diable, pourquoi avait-il dit cela ? Les mots avaient franchi ses lèvres avant qu'il puisse s'en empêcher. Ce n'était vraiment pas la meilleure façon de procéder avec Holly… Et ce n'était certainement pas le moyen le plus adapté de mener à bien le plan de Sebastian.

Holly s'était arrêtée un instant, avant de se remettre à marcher, très vite.

— Nous étions si jeunes, Andreas, lança-t-elle d'un ton vif. Aujourd'hui, nous sommes des adultes. Si tu crois que tu as la moindre chance…

Il sourit devant sa vivacité. Elle était peut-être devenue adulte, mais elle était bien restée la même…

— Je me souviens de la façon dont tu t'enflammais, dit-il.

Elle le regarda comme s'il avait perdu l'esprit.

— Tais-toi, riposta-t-elle. Tais-toi ! Si tu me fais encore un seul compliment, je hurle. Quand puis-je m'en aller d'ici ?

— Nous avons des choses à régler.

— Quelles choses ?

— Il faut vraiment que nous parlions, affirma-t-il gravement.

Mais elle l'écoutait à peine, accélérant le pas à mesure qu'ils s'approchaient de la maison.

— Pourrons-nous parler au cours du dîner ? ajouta-t-il.

— Retourne chez toi, Andreas, fit-elle entre ses dents.

— Je suis ici chez moi.

— Tu vis à Aristos. Avec ta femme, tes enfants.

— Je n'ai pas de femme. Ni d'enfants.

Elle se retourna vivement vers lui, le visage blême.

— Oh, Andreas… Elle n'est… Elle n'est pas morte ?

— Non, répondit-il.

Bon sang, il aurait tant voulu supprimer la souffrance qui se lisait dans les yeux de Holly. Évidemment, après avoir vécu la pire des tragédies, elle pensait tout de suite à des événements funestes…

— Christina et moi n'avons pas eu d'enfants, reprit-il doucement. Et nous avons divorcé il y a six mois.

— Oh…, murmura-t-elle, le visage toujours pâle, avant de se détourner de nouveau. Je suis désolée.

Mais pas tant que cela, songea Andreas. Pas même intéressée. Durant un instant, il regretta presque que Christina ne fût pas morte, parce qu'alors, Holly aurait éprouvé de la sympathie pour lui. Alors que maintenant, il voyait presque du mépris dans son attitude.

Or, il n'avait pas l'habitude que les femmes lui témoignent du mépris. Car il avait eu de nombreuses aventures. Christina avait été une épouse infidèle, qui avait fini par le quitter pour un riche armateur. Alors… eh bien, durant les dernières années, il ne s'était pas privé.

Mais ce n'était pas vraiment le moment de repenser à tout cela, se dit-il en revenant au présent. Il devait se concentrer sur l'urgence de la situation.

— Holly, y a-t-il quelqu'un qui pourrait prouver que cet enfant… Y a-t-il un moyen de prouver qu'il était de moi ?

À présent, Holly semblait hors d'elle. Elle avait laissé tomber sa serviette et lui faisait face, vêtue de son seul Bikini minuscule. Même si elle ne mesurait qu'un mètre soixante-dix environ, elle paraissait bien plus grande. Les yeux étincelants, elle était vraiment prête à exploser.

— Je te demande pardon ? dit-elle enfin d'un ton glacial.

— Je dois savoir, dit-il.

Ce qu'il venait d'apprendre lui donnait la nausée, mais il ne pouvait s'arrêter là. Les enjeux étaient trop importants.

— Tu me demandes si je peux prouver que tu étais le père d'Adam ? l'interrogea-t-elle d'un air incrédule.

— Je te crois sur parole, dit-il platement. Les dates correspondent et je sais que tu étais vierge.

— Merci beaucoup, dit-elle, d'une voix remplie de dédain.

— Mais…

— Mais quoi ? riposta-t-elle en le foudroyant du regard.

Ils étaient trop près l'un de l'autre, si près qu'Andreas sentait ses seins le frôler sous le fin tissu de sa chemise. Sa colère était une force tangible qui vibrait entre eux.

— Holly, la situation est critique, répondit-il simplement. Si quelqu'un peut prouver que cet enfant était le mien, je serai forcé de t'épouser.

Médusée, Holly le regarda un long moment avec incrédulité avant de fermer les yeux.

— Tu es fou et je ne veux rien avoir à faire avec toi, lui jeta-t-elle.

Cette fois, elle ne dirait rien de plus, et il n'obtiendrait plus rien d'elle, il le sentait. Et à moins qu'il ne la retienne de force, il serait bien obligé de la laisser partir.

La tête haute, elle se dirigea vers la maison d'un pas déterminé. Sophia les accueillit à l'entrée principale comme si elle les avait attendus.

— Le prince est resté trop longtemps au soleil, lui dit Holly. Je crois qu'il a besoin de consulter un médecin. Moi, je vais prendre une douche pour me rafraîchir.

Andreas la vit s'avancer vers la suite que Sophia lui avait manifestement attribuée. Holly y entra d'un pas digne avant de claquer la porte, si fort que les ventilateurs suspendus au plafond tremblèrent sur leur support.

Andreas se tourna vers Sophia.

— Quand veux-tu dîner ? lui demanda celle-ci.

Il était certain qu'elle se retenait de lui poser d'autres questions…

— Dans une heure.

— Je suppose que Holly prendra son repas dans sa chambre, avança prudemment la gouvernante en jetant un regard vers les portes fermées.

Bon sang, cela suffisait à présent ! Il était un prince de sang royal, que diable, et il était ici en mission.

— Holly dînera avec moi, au bord de la piscine, décréta-t-il d'un ton vif. Dis-le-lui, s'il te plaît.

— Tu pourrais peut-être le lui dire toi-même, répliqua Sophia.

— C'est ton rôle.

— Mon Andreas serait-il lâche ? fit Sophia en souriant.

— Oui, reconnut-il en se passant une main dans les cheveux.

Il adressa un regard contrit à la vieille gouvernante.

— S'il te plaît, Sophia, voudrais-tu bien aller le lui dire ?

— Oui, répondit-elle en souriant de plus belle.

Puis elle lui remit les cheveux en place comme elle le faisait quand il avait six ans.

— Je lui dirai que tu es désemparé et que tu as besoin de lui parler.

— Non…

— Tu *es* désemparé. Et tu lui diras la vérité, reprit Sophia d'un ton sévère. Je l'ai observée assez longtemps pour savoir qu'avec elle, seule la vérité te mènera à un résultat.

Incapable de rester dans sa chambre où il marchait de long en large, Andreas décida d'aller nager.

La piscine, très grande, avait une forme circulaire. Au centre, une petite île offrait tout le confort, avec ses transats, ses parasols, ainsi qu'un bar fourni d'un large choix de boissons.

Mais pour l'instant, ce n'était pas le bar qui l'intéressait. Il se contenta de nager, encore et encore, fendant l'eau avec l'aisance qui lui venait de longues années d'entraînement physique intense. Pour lui, la natation équivalait à de la méditation. Quand il s'y adonnait, il pouvait tout mettre à distance : les exigences de la royauté, les problèmes liés à son mariage catastrophique, et même la crise imminente due à la disparition du diamant.

Mais il ne pouvait mettre Holly à distance. Pas ici. Pas maintenant. Elle faisait partie de ses pensées à chaque instant et il avait beau nager de toutes ses forces, il ne pouvait cesser de songer à elle.

Il croyait l'avoir oubliée. Dix ans plus tôt, il l'avait quittée parce qu'il n'avait pas eu le choix. Mais à présent… à présent, il lui semblait qu'il *avait* le choix.

Pourtant, il fallait qu'il reste indifférent. Il devait lui expliquer la situation calmement, en des termes qu'elle puisse comprendre. Mais elle devait être consentante. Il ne pouvait quand même pas l'épouser comme ça…

Non, admit-il en nageant un puissant crawl. L'époque où l'on entraînait une fiancée de force à l'autel était révolue depuis longtemps. Tout d'abord, il devait refouler les émotions terribles qu'il avait ressenties quand elle lui avait parlé de la mort de son fils. Pour le salut de son pays, il fallait qu'il garde la tête froide, et qu'il se montre persuasif.

Mais comment faire ? Dès le moment où il l'avait vue, il s'était senti de nouveau comme un adolescent en proie à des troubles incontrôlables.

Or, il devait garder l'esprit clair. Préparer ses arguments.

Alors que la seule chose à laquelle il pouvait penser était la beauté de Holly. Et le fait qu'elle avait porté son enfant.

Il avait eu un fils sans même le savoir. Cette simple pensée suffisait à ébranler son univers.

Bon sang, il avait abandonné cette femme. Il fallait qu'il se rachète — mais ses actes devaient coïncider avec les exigences de Sebastian.

Les exigences du futur roi.

Tous les appartements de la maison donnant sur la piscine, Andreas savait bien qu'elle pouvait le voir, songea Holly avec une sensation de malaise. Elle le regardait nager autour de l'île avec une grâce paresseuse et une rapidité stupéfiante.

Il était magnifique, elle était forcée de le reconnaître. Déjà à Munwannay, elle le trouvait sublime. Mais cette fois, elle devait se servir de son cerveau, garder ses émotions en retrait quand elle se trouvait à proximité d'Andreas.

Comme s'il était obligé de l'épouser ! C'était ridicule. Il était un prince de sang royal alors qu'elle était sans ressources aucune, et mère célibataire d'un enfant mort. En outre, son pays se trouvait à des milliers de kilomètres du sien.

Brusquement, Holly se détourna de la fenêtre, refusant de le regarder plus longtemps. Ses manières raffinées, son sourire irrésistible, sa personnalité dominatrice… Oui, Andreas avait le pouvoir de bouleverser son univers, comme il l'avait fait dix ans plus tôt.

Mais à présent, elle n'était plus une adolescente innocente. Elle était devenue une vraie femme, et elle lui imposerait ses conditions. Au cours du dîner ?

Elle devait lui résister et pour cela il lui fallait s'armer, songea-t-elle en contemplant l'immense penderie. Cela lui demanderait du courage, mais bon… qu'avait-elle à perdre ?

Comme d'habitude, Sophia avait préparé un dîner fabuleux mais, ce soir-là, elle s'était surpassée, constata Andreas en s'installant à table. Après s'être douché, il avait passé un pantalon en toile et une chemise décontractée en lin, avant de se raviser et de mettre une cravate et d'enfiler une veste. Il devait avancer prudemment. Ce soir, il s'agissait de prendre des décisions capitales.

Les paroles de Sebastian résonnaient encore dans son cerveau : « Tu devras l'épouser. Nous n'avons pas le choix. Si l'enfant était vraiment de toi, alors il nous faut un mariage de conte de fées. Ainsi, nous ferons oublier ton divorce. Tu seras pardonné si tu te conduis de façon honorable, et en ce moment, nous avons grand besoin de restaurer l'honneur de notre famille. »

Andreas contempla la table dressée magnifiquement : les verres en cristal étincelant, les couverts en argent rutilant, les plats de fruits de mer artistement présentés… Seule manquait Holly.

Sa future épouse.

— Je l'ai prévenue que le dîner était servi, dit Sophia. Mais elle insiste pour dîner dans sa chambre. Elle est têtue.

— Moi aussi, répliqua Andreas d'une voix sourde en se levant de table avant de se diriger vers la suite de Holly.

Il frappa à la porte. Aucune réponse.

— Holly ?

— Va-t'en.

— Sophia ne t'apportera pas ton dîner dans ta chambre.

— Je m'en moque. Je ne dînerai pas avec toi.

— Ton comportement est puéril.

— D'accord, je suis puérile. Et toi, tu es fou, arrogant et insupportable. Va-t'en.

— Je t'ordonne de…

— Tu peux garder tes ordres pour toi, espèce de mufle.

Andreas sentit la colère lui monter à la tête. Il contempla un instant la porte avant de s'appuyer contre le panneau de bois et de pousser avec son épaule. Rien. Bon sang, c'était bien ainsi qu'ils faisaient dans les films ! Il essaya de nouveau, poussant de toutes ses forces. Toujours rien.

Très bien, il irait chercher Nikos. Mais il essaierait une dernière fois… Il rassembla toute son énergie, bandant ses muscles au maximum avant de se jeter sur la porte.

Cette fois, le verrou céda, la porte s'ouvrit brusquement, et il s'étala de tout son long sur le tapis de la chambre.

Le souffle court, il resta étendu, le visage tourné sur le côté. Puis, après avoir levé les yeux, il vit Holly qui le regardait en réprimant à grand-peine un sourire.

— Oh, mon Dieu, fit-elle, les lèvres frémissantes. Son Altesse est tombée…

Il vit alors se former ce sourire adorable dont il était tombé amoureux dix ans plus tôt.

— Tu as besoin d'aide ? reprit-elle.

Andreas lui tendit la main sans réfléchir. Mais il se releva trop vite, si bien que, soudain, ils furent trop proches l'un de l'autre.

Elle sentait fabuleusement bon. Comme autrefois. Il reconnaissait le léger parfum citronné qui émanait de son corps.

Et… comment était-elle habillée ?

Elle ne ressemblait ni à une pauvre victime kidnappée, ni à une femme qui avait l'intention de manger tranquillement dans sa chambre. En la contemplant, Andreas se sentit envahi par un profond trouble. Holly portait une simple robe de soirée bleu pétrole, moulante, avec de très fines bretelles qui retenaient le tissu juste au-dessus de la rondeur adorable de ses seins. La soie douce soulignait chacune de ses courbes ravissantes. Sur l'un des côtés, une fente révélait sa cuisse…

Andreas sentit son corps réagir aussitôt.

Sans le vouloir, il resserra les mains sur les siennes en un geste purement possessif. Il avait désiré cette femme dès la première fois qu'il l'avait vue, et il la désirait toujours.

Mais elle ne voulait pas de lui. Elle dégagea ses mains avant de les poser sur son torse pour le repousser, si fermement qu'il dut la laisser faire. Quand elle s'écarta, il eut l'impression qu'on lui avait arraché une part de lui-même.

— Ne me regarde pas comme ça, lui dit-elle.

— Pourquoi t'es-tu habillée ainsi ?

— De quoi ai-je l'air ? demanda-t-elle, d'un air à la fois léger et moqueur.

Pourtant, il voyait qu'elle luttait pour ne pas rougir. Elle tourna sur elle-même pour qu'il puisse l'admirer sous tous les angles.

— Je veux dire, comparée à toutes celles qui l'ont portée avant moi ? ajouta-t-elle.

Cette fois, toute légèreté avait disparu de sa voix.

— Il y a des robes de toutes les tailles, Andreas, continua-t-elle. Des chaussures, de la lingerie. Combien de femmes as-tu attirées ici contre leur gré ? Tu dois entretenir tout un harem.

— Je n'ai pas de harem.

— Vraiment ?

Il repensa aux mois qui avaient suivi son divorce…

« Tu es libre, Andreas, lui avait dit son frère Alex. Tu as une île de rêve à ta disposition, profites-en. Remplis-la de tout ce qui plaît aux femmes. Des vêtements de luxe. Des trucs très sexy. Il n'y a pas de boutiques là-bas, alors il faut que tu mettes tout ce qu'il faut à leur disposition. Pour célébrer ton divorce, je vais remplir les placards pour toi. »

Il l'avait fait. Andreas avait beaucoup ri quand il avait découvert la quantité incroyable de vêtements qu'Alex avait fait placer dans les penderies.

Eh bien, l'idée de son frère avait fini par servir à quelque chose…

Il regarda Holly vêtue de sa robe somptueuse, et qui le fixait les yeux brillant de colère. Aucune femme ne l'avait jamais contemplé ainsi.

— Maintenant, viens dîner, dit-il d'une voix rauque.

Alors qu'au fond de lui-même, il mourait d'envie de lui dire : « Allons au lit. Ici. Maintenant. »

— S'il le faut absolument, répliqua Holly avec un sourire forcé.

— Oui, il le faut.

— Très bien, laissa-t-elle tomber d'un ton indifférent en se dirigeant vers la porte grand ouverte.

4

Andreas était habitué au silence. Durant les derniers mois de leur mariage, lui et Christina s'étaient à peine parlé, mais comme le protocole avait exigé qu'ils prennent leurs repas ensemble…

Cependant, celui qu'il partageait maintenant avec Holly était différent. Il était chargé d'une tension palpable, faite de colère et… de désir ? Oui, le désir vibrait entre eux, songea Andreas, incapable de détacher son regard de la jeune femme, au fur et à mesure que le dîner avançait.

Elle semblait déterminée à savourer chaque bouchée du repas somptueux que Sophia avait concocté pour eux. Celle-ci semblait d'ailleurs aux anges, ravie qu'une femme mange avec appétit ce qu'elle avait préparé avec amour.

Avec Christina, Sophia s'était toujours comportée en gouvernante qui connaissait sa place, mais avec Holly, il semblait en être tout autrement. En effet, quand celle-ci cassa une pince de homard trop brutalement et qu'elle atterrit sur les pavés, Sophia alla aussitôt la ramasser en pouffant et Holly rit avec elle.

En quelques jours, ces deux-là étaient devenues des amies et des complices, constata Andreas. Il adorait entendre Holly rire, et il était heureux que Sophia l'aime bien.

Il repensa de nouveau aux paroles de Sebastian : « Le peuple doit savoir que tu as fait ton devoir, Andreas. Mais ce mariage sera à court terme. D'abord tu l'épouses, offrant ainsi des noces dignes d'un conte de fées au pays. Cela nous aidera à surmonter la crise actuelle. Ensuite, nous dirons qu'elle a le mal du pays. Elle pourra alors retourner tranquillement chez elle et tout le monde croira volontiers que tu vas la rejoindre régulièrement, dès que tu peux échapper aux devoirs qui incombent à ton rang. Peu à peu, cette histoire retombera dans l'oubli. Et le problème sera résolu. »

Mais ce qui avait alors semblé logique à Andreas lui paraissait tout à fait impossible maintenant. Peut-être avait-il commis une erreur en la faisant amener à Eueilos ?

Comment lui proposer un mariage de convenance alors qu'il était certain qu'elle refuserait avec colère ? Il ne pouvait pourtant pas conquérir Holly contre son gré !

Le repas était achevé à présent. La nuit était magnifique. Des lucioles volaient très bas au-dessus de la piscine, leurs lumières minuscules se reflétant magiquement sur la surface lisse de l'eau. Au-dessus, comme pour leur répondre, des milliers d'étoiles scintillaient dans le ciel.

C'était le cadre parfait pour une soirée romantique.

— Maintenant que tu m'as amenée ici, dit Holly, rompant enfin le silence, que comptes-tu faire de moi ?

— Pardon ?

— Tu voulais connaître la vérité à propos d'Adam. J'aurais pu te la dire par téléphone. Au lieu de cela, tu m'as fait enlever — ce qui, aux yeux d'un tribunal international, est passible d'une peine de prison. Prince ou non, nous ne sommes plus au Moyen Âge. Maintenant, tu vas me laisser partir ou je vais tout raconter à la presse.

— Tu n'en feras rien.

— Vraiment ? Je serais curieuse de savoir pourquoi.

— Ta réputation serait…

— Ma *réputation* ? répéta-t-elle d'un ton ironique. Parce qu'on apprendrait que j'ai eu un enfant hors mariage ? Mon Dieu, quelle *horreur* ! Tu crois que j'avais caché l'existence d'Adam ? Tout le monde savait que j'avais un enfant. En ce qui me concerne, Adam a été conçu par amour, Andreas. Et je n'ai jamais eu honte de quoi que ce soit. C'était le plus beau petit garçon du monde et nous l'avions créé…

Pendant quelques instants, elle se tut et baissa les yeux. Puis elle le regarda avec défi.

— Et tu sous-entends maintenant que j'aurais honte si la presse apprenait l'existence d'Adam ? Certainement pas. Peut-être toi, Andreas, mais pas moi.

— D'accord, tu as raison. C'est sur ma famille que le blâme serait rejeté.

Aussitôt, elle haussa les sourcils d'un air moqueur.

— Tu plaisantes, je suppose. Les princes de la famille royale engendrent des enfants illégitimes depuis pas mal de générations. Et d'après ce que je sais, ils en sont même fiers.

— Ce n'est pas mon cas, répliqua Andreas, piqué au vif.

— Alors, tu es vraiment stupide, lui lança-t-elle du tac au tac. Comme tu ne m'as pas contactée, tu as manqué la chance de connaître ton fils, Andreas, et je ne pourrai jamais te faire comprendre ce que tu as perdu.

Ses paroles lui faisaient terriblement mal, découvrait Andreas. Cela ne faisait qu'un mois qu'il avait appris la brève existence de son fils, mais cette nouvelle avait produit un changement fondamental en lui. Il ne savait pas comment réagir. Il ne pouvait que se concentrer sur la situation présente et faire des efforts pour l'affronter.

— Holly, il faut maintenant que j'en vienne au but, dit-il après avoir terminé son verre de vin. Quelqu'un a vu la tombe d'Adam. Je crois que tu as reçu des acheteurs venus de l'étranger ?

— Oui, répondit-elle, l'air méfiant.

— Ton agent immobilier savait que j'avais séjourné chez toi autrefois. Il s'en est servi pour faire monter le prix.

— Mais, je n'ai…, commença-t-elle, visiblement révoltée.

— Pour ces gens-là, tous les moyens sont bons. Le mois dernier, tu as reçu un groupe d'hommes d'affaires arabes. L'un d'eux a vu la tombe, il a lu l'inscription et les dates, a fait le rapprochement avec moi et en a parlé à l'un de ses cousins, à Calista. Aussi nous a-t-on posé des questions. Si le peuple d'Aristos apprend que je suis le père de ton enfant, alors il y a vraiment des risques que le trône soit renversé.

À présent, elle l'écoutait avec attention, l'indignation et la colère ayant laissé place à la confusion.

— Tu avais dix-sept ans quand nous avons conçu Adam, poursuivit-il, ce détail est d'une importance considérable.

— Comment cela ?

— Ici, l'âge légal pour avoir des relations sexuelles est de dix-huit ans. Le roi, mon père, était réputé pour ses mœurs relâchées. Les dernières années de son règne ont été entachées d'histoires de corruption et de scandales, qui ont eu des conséquences néfastes pour la couronne.

— En quoi cela me concerne-t-il ? demanda-t-elle, visiblement de plus en plus perdue.

— Les ennemis de ma famille ne reculeront devant rien pour causer notre chute.

— Les ennemis de ton père ?

— Je vais t'expliquer.

La flamme des bougies posées sur la table diffusait une lumière douce, les étoiles illuminaient la voûte céleste et les lucioles dessinaient toujours leurs reflets irréels sur l'eau. Pour toute musique, le doux bruissement des vagues berçait l'atmosphère. Cet endroit était fait pour le romantisme, la séduction et la passion, et pourtant il devait parler de réalités sordides.

— Tu sais que le royaume d'Adamas est divisé en deux îles, Calista et Aristos, expliqua-t-il. Le diamant Stefani, une pierre sans prix et d'une incomparable beauté, a toujours été le symbole de notre emprise sur le trône. La charte du couronnement stipule que « personne ne régnera sur Adamas sans la bénédiction du diamant Stefani ».

Bon sang, Holly était si belle à cet instant, concentrée tout entière sur ses paroles…

— Quand le royaume a été divisé entre les deux îles, le diamant Stefani l'a été lui aussi, entre la famille royale d'Aristos — c'est-à-dire moi et mes proches — et celle de

Calista. Chacune de nos deux familles possède la moitié du diamant Stefani.

— Et alors ?

— Et alors, à la mort de mon père, nous avons découvert que notre moitié du diamant n'était qu'un faux, une copie. Le mariage de mon père… a été une sorte de faux lui aussi — c'est le moins que l'on puisse dire. Il fréquentait d'autres femmes. Il s'est compromis dans toutes sortes d'affaires louches, notamment financières. À un moment, il a dû perdre le diamant, et si cela se savait, notre famille perdrait le pouvoir.

— Je vois, dit-elle en hochant la tête, ses boucles blondes caressant sensuellement ses épaules nues.

Puis elle plissa soudain le front.

— En fait, non, je ne vois pas…

— Nous sommes à la merci de nos ennemis, reprit Andreas. Quiconque réunira les deux moitiés du diamant régnera sur les deux îles. Ainsi, si notre moitié est trouvée par le roi Zakari Al'Farisi de Calista, c'est lui qui possédera tout le pouvoir. Il est fort probable que mon père a perdu le diamant au jeu ou l'a donné à l'une de ses maîtresses comme s'il s'agissait d'un simple colifichet. Dans ce cas, le pouvoir reviendra au peuple et nous serons sous sa domination.

Andreas se passa nerveusement une main dans les cheveux avant de poursuivre ses explications.

— Les rumeurs sur la conduite de mon père ont été nombreuses. Mes frères et moi n'avons peut-être pas… dans le passé… été irréprochables. Mon frère Alex s'est marié récemment, mais cela ne suffit pas à calmer l'indignation. Et maintenant, la rumeur court que j'ai fait un enfant à une jeune fille de dix-sept ans… Mon frère Sebastian pense que cela suffirait à nous renverser. Zakari pourrait finir par nous gouverner tous.

— C'est un problème, dit-elle en soulevant son verre de vin avant d'en contempler le fond. Mais pas le mien, Andreas. Tu m'as quittée sans le moindre regard en arrière.

— Je n'ai jamais eu l'intention de te faire du mal.

— Non, je n'ai jamais pensé cela. Ni mes parents. Ils nous avaient jetés dans les bras l'un de l'autre dans l'espoir d'un mariage. Et tu… tu ne m'as jamais menti. Dès le début, j'ai su que tu étais promis à Christina. Mes parents aussi, sauf qu'ils n'avaient pas imaginé que ton sens du devoir serait plus fort que ton sens de la morale.

— Mon sens de la morale ?

— Oui, répliqua-t-elle vivement. Envers une fille tombée amoureuse de toi. Tu avais beau être jeune toi aussi, Andreas, tu avais de l'expérience. Alors que moi, j'étais sans aucune défense.

— Et…

— Et rien, dit-elle avec amertume. Je ne veux plus rien avoir à faire avec toi maintenant. Fais-moi signer un document où je certifie que je te dégage de toute responsabilité et finissons-en. Je signerai. Je veux juste rentrer chez moi.

— Dans un studio minable ?

— Je ne…

— Tu ne peux pas repartir là-bas, l'interrompit-il d'un ton péremptoire. Par ailleurs, la seule chose qui me sauverait — qui *nous* sauverait — serait une déclaration certifiant qu'Adam n'était pas mon fils. Or, tu ne peux pas faire cela.

— Non, dit-elle doucement.

Elle le regardait en face à présent, calmement. Elle avait vraiment beaucoup mûri durant ces années où il ne l'avait pas vue, songea Andreas. Les yeux qui le contemplaient étaient songeurs, intelligents, et même emplis de compassion.

— Je ne te demanderais jamais…

— … de faire une telle déclaration ? acheva-t-elle avant d'éclater d'un rire nerveux. Alors que tu as organisé mon enlèvement ? De toute façon, ce n'est pas si simple. Ma mère détient une copie des résultats du test ADN d'Adam.

— Ta mère…

— Tu as bien compris, dit-elle en fermant les yeux comme pour refouler une souffrance. Eh oui, je ne suis pas complètement orpheline… Ma mère vit encore. Après ton départ, tout s'est écroulé et elle nous a quittés. Mais quand le bébé est né, elle est revenue. Parce qu'elle savait qui était son père, bien sûr. Après la naissance d'Adam, j'ai été malade. Elle a dit au médecin que j'avais besoin d'un test ADN pour prouver la paternité de mon fils et elle a pris une copie des résultats. Mais j'ai deviné ce qu'elle voulait en faire et j'ai pu l'en empêcher.

— Que veux-tu dire ?

— Empêcher le chantage, dit-elle d'un ton laconique. Tu venais de te marier. Ma mère a vu dans la naissance d'Adam une belle occasion de gagner beaucoup d'argent.

Il aurait peut-être cédé à ce chantage, songea Andreas, stupéfait. Christina s'était montrée très jalouse au début de leur mariage. Si elle avait appris l'existence de l'enfant de Holly, tout aurait volé en éclats.

— Mais ma mère venait juste de rencontrer un autre homme, poursuivit Holly. Celui-ci était très riche et lui offrait du bon temps. De plus, je connaissais certaines choses de son passé qui…

Elle secoua la tête.

— Peu importe les détails. Si elle s'attaquait à toi, je pouvais lui renvoyer la pareille. Elle a préféré ne pas mettre en péril sa nouvelle relation et a renoncé à te faire chanter.

— Je l'ai échappé belle, donc…

— Oui, approuva-t-elle d'un air sombre. Mais si tes reporters fouillent un peu… À présent, la situation de ma mère a changé. Elle se souviendra de ce document… Et elle parlera. Je suis désolée, Andreas, mais je ne peux pas t'aider.

— Nous en revenons au même point, dit-il lentement après avoir bien réfléchi. Nous invoquerons l'irresponsabilité de la jeunesse. Nous allons dire au peuple d'Aristos que je ne savais rien de cet enfant, mais que maintenant, je veux racheter ma conduite. Nous affronterons le pays la tête haute, Holly, en tant que mari et femme.

5

Silence. Peut-être aurait-il dû s'agenouiller devant elle pour lui faire une demande en bonne et due forme, songea Andreas. Mais quand il vit la foule d'émotions qui se succédaient sur le visage de Holly, il se ravisa. Il devait jouer franc jeu avec elle.

— C'est une proposition sincère, dit-il pour rompre le silence qui se prolongeait. Je veux t'épouser.

— Merci, jeta-t-elle d'une voix étouffée.

— C'est la seule solution.

— Pour qui ? Nous sommes deux, il me semble.

— Je pourrais rembourser les dettes de ton père. Je sais que tu mets un point d'honneur à vouloir les régler. Je pourrais même faire plus que cela pour toi.

Elle le foudroya du regard.

— Comment es-tu au courant ?

— Je sais tout ce qui te concerne, répondit-il d'un ton apaisant. Dès que nous avons appris que tu avais eu un enfant, les enquêteurs de mon frère ont travaillé nuit et jour. Si cette histoire s'ébruite, Sebastian perdra le trône.

— Ne fais pas cela, dit-elle en se levant brusquement. Tu ne peux pas m'acheter.

— Je l'avais déjà compris il y a dix ans, répliqua-t-il. T'en souviens-tu, je t'avais demandé de continuer à être ma maîtresse ?

— Et te rappelles-tu ma réponse ?

— Je n'ai rien oublié, Holly, mais le passé est le passé. Et je ne te propose pas une liaison, mais le mariage.

— Et je devrais être flattée, c'est ça ? Quatre types sont venus m'enlever chez moi et maintenant, tu me proposes calmement le mariage… Oh, le grand prince Andreas de Karedes m'a demandé de l'épouser… Quelle merveille ! Comment pourrais-je songer à refuser cet immense honneur ?

— Tu ne crois pas que tu exagères un peu ? demanda-t-il d'un ton sec. Ce ne serait pas si affreux. Et puis, que sais-tu du mariage ? D'autre part, tu n'es pas près de te marier par amour à présent.

Cette fois, il avait dû aller trop loin. Elle s'était levée et se tenait derrière sa chaise, s'y accrochant comme si elle avait besoin de soutien.

— Alors, en plus du reste, je suis une vieille fille ? Aussi suis-je censée tomber à genoux et te remercier de ton offre généreuse ?

Bon sang, elle respirait trop vite. Andreas voyait ses seins se soulever d'indignation et son visage s'empourprer.

— Écoute, Holly, les reporters retrouveront vite ta mère. Il faut que je sois prêt, que je puisse répondre : « Oui, j'ai reçu un grand choc en apprenant que j'avais eu un fils. Je ne comprends pas pourquoi Holly ne m'en a pas parlé. Nous étions des jeunes gens romantiques. Maintenant que j'ai découvert la vérité, je vais me comporter en homme d'honneur. Par chance, je suis de nouveau célibataire, alors je peux l'épouser. »

— Eh bien, *elle* ne veut pas, riposta-t-elle.

— Pourquoi, bon sang ?

Elle le regarda longtemps en silence, comme s'il était un étranger, comme si elle ne l'avait jamais vu de sa vie.

— Parce que je veux rester libre, répondit-elle enfin.

Sa réponse avait été si inattendue que ce fut son tour de la contempler en silence.

— Pardon ?

— D'accord, Andreas. J'essaie de te comprendre. Tu as besoin de te comporter en homme d'honneur, et donc de m'épouser. Mais cela voudrait dire que je me retrouverais enfermée dans une cage dorée, autant dire un enfer.

— Je ne comprends pas ce que tu veux dire.

— Tu vois, quand tu me parlais de ta vie à Aristos, de l'argent que tu avais à ta disposition, de tout ce luxe, des soirées, des femmes, je n'étais même pas jalouse. Sais-tu ce que je me disais alors ? Que tu étais un pauvre petit garçon riche. J'avais pitié de toi.

— Pitié de moi… ? répéta-t-il, abasourdi.

— J'ai vu ce qui peut arriver dans les familles royales. Cela me fait horreur. Je veux pouvoir marcher dans la rue et acheter une boîte de haricots blancs à la sauce tomate et une plaque de chocolat pour mon dîner, à n'importe quelle heure.

La conversation avait pris un tour pour le moins inattendu… La flamme des bougies. Les lucioles. Une douce brise tiède. Une demande en mariage. Et voilà qu'on parlait de haricots blancs…

— Que se passerait-il si tu désirais tout à coup des haricots blancs à la sauce tomate pour ton dîner ? demanda-t-elle.

— Cela ne m'arriverait pas, répondit Andreas, offusqué.

— Oh, prête-toi au jeu, s'il te plaît.

— Eh bien, je demanderais à Sophia…

— Tout à fait. Et un domestique hausserait les sourcils et dirait : « Que désire le prince Andreas en plus de ses haricots blancs à la sauce tomate ? » Parce que, bien sûr, tes désirs sont des ordres si bien qu'il rédigerait la liste de courses et enverrait d'autres domestiques acheter les fameux haricots. Dans le magasin royal, les vendeurs se demanderaient quelle lubie a bien pu prendre le prince Andreas et pourquoi il ne soutient pas la production locale. Peut-être même en parlerait-on dans les journaux.

— Tu avais réfléchi à tout cela…, murmura-t-il, stupéfait. Tu as pensé à ce que serait ta vie au sein de la famille royale. Cela veut-il dire que tu avais songé à la possibilité de m'épouser ?

Andreas vit l'expression de Holly changer, la confusion remplaçant soudain la colère.

— Comment oses-tu ? dit-elle enfin.

— Tu as songé à m'épouser ? insista-t-il.

— J'ai porté ton enfant pendant neuf mois — bien sûr que j'ai songé à t'épouser ! Quelle femme ne l'aurait pas fait à ma place ? C'était un fantasme, une solution illusoire à mes problèmes. Mais je savais que cela ne serait jamais qu'un fantasme.

— Combien de temps m'as-tu gardé dans ton cœur ?

Une lueur désespérée passa dans le regard de la jeune femme.

— Mes enquêteurs m'ont dit qu'il n'y avait pas eu d'homme dans ta vie depuis des années.

— Tes enquêteurs peuvent aller au diable ! s'exclama-t-elle avec rage.

— Les gens qui te connaissaient ont dit que la mort d'Adam t'avait anéantie. Y étais-je pour quelque chose ? Le fait que je n'étais pas là… ?

— Tais-toi, murmura-t-elle. Tu es vraiment le type le plus arrogant, le plus suffisant…

Elle se tenait maintenant à la table, de toutes ses forces. Andreas se leva sans la quitter des yeux.

— Nous nous aimions, Holly.

— Tu ne connais rien à l'amour. Toi qui ne m'as jamais écrit…

Sa voix se brisa.

— Je t'ai haï. Je t'ai…, reprit-elle en s'écartant de la table.

Incapable d'en supporter davantage, Andreas franchit les quelques pas qui les séparaient avant de lui prendre les mains pour l'attirer contre lui. Elle se débattit mais il ne la lâcha pas, la tenant fermement jusqu'à ce qu'elle renonce à lutter.

Quand il la sentit s'abandonner contre lui, tout s'évanouit autour d'eux. Soudain, rien ne comptait plus que Holly. Et la souffrance qu'il lui avait infligée à son insu.

Il effleura ses cheveux du bout des lèvres, humant les effluves citronnés qui émanaient d'elle, tout en sentant sa détresse immense.

— Holly, je regrette de ne pas avoir été au courant, murmura-t-il doucement contre ses cheveux. Je suis si désolé que tu aies été seule. Et j'aurais tant voulu connaître Adam.

— Il était… Il était…

— Oui, j'en suis sûr.

— Tu ne peux pas savoir, murmura-t-elle. C'était ton fils et tu ne l'as jamais connu.

Il s'écarta légèrement pour la regarder dans les yeux.

— Je suis désolé, répéta-t-il.

Qu'aurait-il pu dire d'autre ?

— Pourquoi ne m'as-tu pas écrit ? demanda-t-elle.

— J'épousais une autre femme, à qui j'étais promis depuis l'enfance. Mais cela ne veut pas dire que je n'ai pas pensé à toi tous les jours pendant des années.

— Je ne te crois pas.

— Tu le dois, Holly.

— Et accepter ce que tu me demandes aujourd'hui ?

— Ce n'est pas seulement pour moi et ma famille.

— Vraiment ? répliqua-t-elle avec dédain. Je suis sûre que le roi Zakari ferait un très bon roi pour les deux îles. Je suppose que toi et ta famille ne perdriez rien de votre fabuleuse fortune. Alors, où est le problème ?

— Mon père a lié les intérêts de l'île à notre propre fortune de façon inextricable, dit-il en lui tenant toujours les poignets. À tel point que, si nous ne sommes plus au pouvoir, la moitié de l'industrie d'Aristos disparaîtra.

Elle ouvrit la bouche pour protester, mais il ne lui en laissa pas le temps.

— Je sais. Avec le temps, nous parviendrions à redresser la situation. Mais justement, nous manquons de temps. Il faut procéder au couronnement, *et vite*. Si nous ne trouvons pas le diamant… Comme toi, les gens diront que nous voulons rester pour consolider nos propres intérêts. Mais ce n'est pas vrai, Holly. Nous devons rester pour assurer la stabilité financière de l'île.

— Et je suis censée croire que si j'accepte de t'épouser…

— De nombreuses femmes, dit-il de la voix la plus douce possible, donneraient tout pour devenir princesses.

— Tu es fou ? riposta-t-elle en cherchant de toutes ses

forces à se libérer. Andreas, je ne sais rien de ton univers. Comment peux-tu me demander cela ?

— Découvre-le, cet univers que tu sembles tant redouter, répliqua Andreas. Viens avec moi à Aristos, fais connaissance avec ma famille.

— Pour y être photographiée sous tous les angles parce que je suis la femme que tu as séduite il y a dix ans ? Pour entendre le pays entier dire que je dois t'épouser ? Non, merci.

— Alors, épouse-moi maintenant et reviens à Aristos comme ma femme. Mais de toute façon, nous devons nous marier.

— Je ne te dois rien du tout. Cette histoire ne me concerne pas.

— Comment peux-tu affirmer cela ? Une couronne est en jeu. Beaucoup d'argent.

— Je me suis débrouillée toute ma vie sans couronne ni argent.

— Et moi ? demanda Andreas en observant son visage. T'es-tu débrouillée sans moi ?

— J'ai bien été forcée, dit-elle avec un effort visible. Crois-tu que je n'aie pas essayé de t'oublier ?

— Mais tu n'as pas réussi, répliqua-t-il doucement. De la même façon que je n'ai pas réussi à t'oublier.

Lorsqu'il la serra de nouveau contre lui, leurs deux corps se rejoignirent comme s'ils avaient été attirés par une sorte de magnétisme indépendant de leur volonté.

Pourtant, elle était encore furieuse et confuse. Il le sentait à la rigidité de son corps. De son côté, il sentait son propre corps réagir aux courbes adorables qui se pressaient contre lui.

Sa robe était vraiment très belle et aucune femme ne l'avait portée avant elle. Elle semblait avoir été créée pour Holly, songea Andreas en laissant ses mains descendre sur sa taille. Il sentait la chaleur de son corps sous la soie. Sans qu'il puisse s'en empêcher, il alla poser ses mains sur ses reins et la tint serrée contre lui. Elle résista un instant avant de se rendre, laissant ses seins s'écraser contre son torse.

Holly. Il avait oublié qu'une femme pouvait être aussi belle.

— Te souviens-tu de la première fois que je t'ai embrassée ? murmura-t-il.

Elle secoua la tête vivement.

— Menteuse, dit-il en souriant.

Andreas s'en souvenait comme si cela s'était passé la veille. C'était le premier soir de son arrivée. Ses parents avaient organisé un bal en son honneur et Holly était habillée tout en blanc. Après le départ des derniers invités, alors qu'ils se trouvaient tous deux dans l'immense salon vide, on avait demandé à Holly d'aller porter les verres dans la cuisine. Elle en avait laissé tomber un, qui s'était brisé. Quand ils s'étaient penchés ensemble pour ramasser les morceaux, ils s'étaient presque cogné la tête. Et ensuite… ils étaient si près l'un de l'autre… L'embrasser avait semblé la chose la plus naturelle du monde.

Comme cela l'était maintenant. Il prit son menton entre ses doigts et leva son visage vers le sien avant de se pencher vers sa bouche. Étonnamment, elle ne résista pas. Au contraire.

Le monde sembla alors basculer autour d'Andreas. Car il ne s'agissait pas d'un baiser. C'était la fusion incandescente de deux corps séparés depuis trop longtemps, deux corps faits pour n'en former qu'un seul.

Ils étaient soudés par le feu. Voilà ce qu'Andreas ressentait. La chaleur n'était pas le fruit de son imagination, elle était bien réelle. Des flammes dévorantes le consumaient tandis que sa bouche dévorait celle de Holly…

Holly. Son cœur. Son foyer. Ces mots traversèrent son esprit. Comment pouvait-il avoir oublié son désir pour elle ? Il l'avait repoussée dans le fond obscur de sa mémoire, pourtant elle était là, exquise, désirable — et libre.

Lui aussi était libre. « Règle cette affaire », avait ordonné Sebastian. Et il le pouvait, tout simplement en épousant cette femme. Sa chère prisonnière.

Il la serra davantage contre lui, mais ce n'était pas encore assez. Sans cesser de l'embrasser, il la souleva dans ses bras avant de la presser contre son cœur.

Pendant quelques instants merveilleux, elle s'abandonna à lui. Il sentit ses doigts venir se poser sur sa nuque, tandis qu'elle répondait à ses baisers avec fougue. Elle était à lui.

Mais soudain… Holly posa les mains sur son torse pour le repousser.

Non ! Il intensifia son baiser en l'attirant contre lui, mais le charme était rompu.

— Andreas, arrête.

Il ne désirait qu'une chose, l'entraîner dans sa chambre — non, il ne pouvait imaginer de s'éloigner d'elle. Il voulait la prendre. Elle était sa femme…

Il la regarda. Même s'ils étaient assombris par la passion, les yeux de Holly contenaient aussi autre chose. Il s'était attendu à y découvrir de la colère, mais celle-ci avait disparu. À sa place, il vit de la confusion. Du doute.

— *Agapi mou…*, dit-il doucement. Mon cœur, qu'y a-t-il ?

— Je ne veux pas.

— Tu ne me désires pas ?

— Je n'ai pas dit cela, murmura-t-elle. Je crois que je te désire plus que tout au monde… Il en a toujours été ainsi. Mais tu dois me laisser le temps de réfléchir, Andreas.

— Si tu réfléchis, tu refuseras, dit-il simplement.

— S'il te plaît, Andreas, laisse-moi.

— Et si je ne veux pas ?

Car il ne voulait pas, bon sang. Elle était sa femme, la mère de son fils, et il la désirait avec tellement de force que c'en était douloureux.

— Si tu es l'homme que je crois, tu ne me prendras pas contre ma volonté, chuchota-t-elle.

Après avoir poussé un gémissement, il relâcha son étreinte. Il avait l'impression qu'on lui déchirait le cœur. À l'idée de la perdre…

— Mon corps te désire, reprit-elle d'une voix redevenue égale. Mais ma tête me dit que nous sommes fous. Comment pourrais-je prendre le risque de me retrouver avec un autre enfant, et vivre peut-être la même perte, le même chagrin, à cause d'une seule nuit de passion ?

Ses paroles suffirent à calmer Andreas. Il voyait la souffrance inscrite au fond de ses yeux, la souffrance qu'il n'avait pas partagée et qui l'avait détruite.

Quand il la lâcha, elle tituba si bien qu'il dut faire un effort sur lui-même pour ne pas la reprendre dans ses bras.

— Je… j'ai besoin d'être seule, dit-elle d'une voix mal assurée avant de se détourner pour se diriger vers sa chambre.

— Mais tu réfléchiras à ma proposition ?

— Je te le promets, murmura-t-elle. Et, Andreas… ?

— Oui ?

— Je le ferai parce que tu viens de me prouver que tu étais un homme d'honneur. En dépit de tout ce qui s'est passé autrefois, j'ai confiance en toi. Puisque tu dis que tu as besoin de m'épouser pour le salut de ton pays, je te crois. Mais cela ne veut pas dire que je vais accepter. Il faut que je remette mes idées en place. Tu dois me laisser du temps.

— Je…

— Ne dis plus rien. Je n'ai plus la force de t'écouter.

— Holly…

Mais elle se boucha les oreilles et rentra dans sa chambre.

Andreas vit alors Sophia qui l'observait, à quelques pas. Elle tenait un plateau entre ses mains comme si elle venait pour desservir la table, mais il comprit qu'elle les avait écoutés.

— Étais-tu prête à me frapper avec une bouteille de vin ? demanda-t-il avec un sourire moqueur.

Sophia lui sourit d'un air compréhensif.

— Je te connais, Andreas. Tu ne lui feras plus de mal.

— Je ne lui en…

— Tu lui en as déjà fait.

— C'est elle qui te l'a dit ?

— Non. Des rumeurs, répondit-elle simplement. Qui sont même parvenues jusqu'ici. J'ai entendu dire que tu avais fait un enfant à cette femme ?

— Et qu'as-tu entendu encore ?

— Qu'elle avait perdu cet enfant. Je le sais car, quand je lui ai parlé de mes fils, j'ai vu sa souffrance. Et maintenant, que vas-tu faire ?

Andreas regarda sa vieille nourrice. Ses frères auraient haussé les sourcils d'un air hautain avant de s'éloigner sans répondre. Lui ne le pouvait pas.

— Je ne sais pas, reconnut-il.

— Tu la désires.

— Oui, j'avais oublié à quel point.

— Alors, fais-lui la cour, dit Sophia avec sagesse. Tu dois être doux. Laisse-lui du temps.

— Je ne peux pas. Je dois régler cette affaire au plus vite.

— Si tu précipites les choses, tu n'obtiendras rien d'elle.

— Elle doit…

— Elle ne doit rien du tout. C'est une femme bien et elle n'acceptera pas que tu la brusques, l'interrompit Sophia en souriant. Et elle est unique, crois-moi. Toi et Christina… non, non et non. Mais toi et cette Holly…

— Sophia, tais-toi.

— Je me tais, dit-elle.

Et au grand étonnement d'Andreas, elle se hissa sur la pointe des pieds et lui déposa un baiser sonore sur la joue — ce qu'elle n'avait pas fait depuis vingt ans.

— Je te laisse à toi-même. Fie-toi à ton bon sens, à ton intelligence. Pas à ton désir. C'est ça qui a créé tout ce gâchis. Toi, tes frères et ton père, tous les mêmes. C'est ton intelligence qui te sortira d'affaire, rien d'autre.

Puis, après lui avoir donné une petite tape sur l'épaule en riant, elle se dirigea vers la table pour desservir.

Holly entendait le doux murmure de leurs voix sans pouvoir distinguer leurs paroles.

Sophia la protégerait, songea-t-elle en s'appuyant le dos à la porte. Mais pas contre elle-même.

Durant toutes ces années, elle avait rêvé d'Andreas. À

présent, il était là, il la désirait. Elle n'avait plus qu'à tomber dans ses bras et devenir sa princesse. Mais il y avait un problème : cette perspective l'effrayait tellement que sa peur dissipait son désir.

À l'époque, il lui avait parlé de sa famille, de son père, de sa mère et ses sœurs, de ses frères — des hommes puissants et séduisants qui avaient l'habitude de prendre ce qu'ils désiraient.

Holly ignorait tout de leur monde. Céder au chantage d'Andreas, car c'était bien de chantage qu'il s'agissait, aurait signifié accepter son style de vie, renoncer à tout ce qu'elle avait connu jusque-là. Et abandonner tout espoir de rentrer chez elle.

La tombe de son fils était là-bas. Elle ne pouvait pas vivre dans le pays d'Andreas. Et puis, que deviendrait-elle ? Son jouet ?

Elle luttait pour reprendre le contrôle de ses émotions, pour calmer le pouls qui battait violemment dans ses veines. De toute façon, il ne lui avait fait aucune déclaration d'amour. Il avait seulement dit qu'il avait besoin de l'épouser pour sortir sa famille du chaos politique. Et qu'en retour, il paierait les dettes de son père. Formidable. Et où cela la mènerait-il ?

Soudain, les voix se turent à l'extérieur. Holly entendit bientôt le tintement des verres — Sophia devait desservir la table. Andreas était parti. Où ? Se coucher ? Et mettre au point d'autres stratégies pour la persuader de l'épouser ?

Épouser Andreas… À cette simple pensée, elle sentit le sol se dérober sous ses pieds. C'était si inimaginable que son esprit semblait totalement vide. S'engager dans l'inconnu en prenant le risque de souffrir de nouveau était impensable…

Il fallait qu'elle aille se coucher à présent, qu'elle réfléchisse calmement à tout cela. Elle se sentait si seule tout à coup.

S'éloignant de la porte, elle se dirigea vers la fenêtre qui donnait sur la piscine. Oui, Sophia était là, rassemblant les verres. Quand elle leva les yeux et aperçut Holly, elle posa son plateau sur la table et lui fit un petit signe de la main.

Puis elle reprit son plateau.

Holly sourit. Ainsi, elle n'était pas complètement seule. Elle avait une alliée.

Comment diable avait-il pu lui parler d'une chose qui n'avait même pas de sens à ses propres yeux ? se demandait Andreas en arpentant sa chambre. Elle était Holly, *sa* Holly, et il la désirait avec tant de force que son corps bouillonnait littéralement.

Il avait été élevé dans la certitude que le mariage était un devoir, la passion devant être mise de côté. L'union de ses parents avait été dénuée d'amour. Même quand, dix ans plus tôt, il avait été fou amoureux de Holly, le devoir qui avait été instillé en lui avait pris le pas sur tout autre sentiment.

Mais à présent… Il se retrouvait soudain dans une situation où on lui ordonnait d'épouser une femme qui le rendait fou.

Du calme. Il fallait agir avec prudence. Sa relation avec Holly était trop précieuse pour la mettre en péril. Cependant, le temps lui manquait. S'il ne réglait pas cette affaire très vite, Sebastian débarquerait bientôt sur l'île pour les marier de force, et Andreas connaissait suffisamment son frère pour savoir qu'il n'hésiterait pas à recourir à cette extrémité. À l'inverse de son père, Sebastian était totalement dévoué envers son pays. Il ferait un bon roi, et il ne laisserait pas une simple femme se mettre entre lui et son royaume.

Andreas sortit du pavillon et prit le chemin de la plage. Il avait peu de temps. Holly avait besoin d'être seule, et il le comprenait. Mais il ne pouvait pas se permettre d'attendre.

Que devait-il faire ? Aller frapper à sa porte et l'emmener au lit avant de lui faire l'amour avec passion ? Mais elle ne se laisserait pas faire, il ne le savait que trop bien.

Il la désirait comme un fou. Comment le lui dire ? Comment lui faire comprendre les émotions puissantes qui le dévoraient alors qu'il ne les comprenait pas lui-même ?

Andreas s'arrêta et contempla la mer éclairée par la lune. Il voulait cette femme. Il la voulait plus que tout au monde. S'il avait eu le temps, il lui aurait volontiers fait la cour comme elle le méritait. « Alors, vois ce que tu peux faire dans le temps qui t'est imparti. Réfléchis, mon vieux. » Il devait au moins parvenir à la convaincre d'accepter un mariage à court terme. Cela lui ferait gagner un peu de temps.

Il l'avait fait venir comme sa prisonnière. Qu'est-ce qui pourrait bien la faire rester de son plein gré ? Il se concentra sur ses souvenirs. Il revit Holly, sauvage et libre. Holly l'accueillant ce premier matin-là, quand son père était allé le chercher à l'aéroport, sortant sous la véranda, son vieux chien à ses côtés.

Brusquement, il s'immobilisa. C'était une idée stupide. Sentimentale. Mais c'était tout à fait ce dont il avait besoin. Il devait travailler là-dessus cette nuit même. Dieu merci, il y avait internet — et des gens à sa disposition à Aristos. Il réveillerait la moitié du palais s'il le fallait pour obtenir ce qu'il voulait.

6

Quand Holly se risqua enfin à sortir de sa chambre vers 10 heures, elle aperçut Sophia qui balayait les dalles autour de la piscine.

— Il est parti, dit celle-ci dès qu'elle la vit.

— Parti ?

— Il a dit qu'il reviendrait ce soir et qu'il ne fallait pas vous inquiéter. Il a dit aussi que vous alliez nager et lire à la plage, qu'il vous souhaitait une bonne journée. Mais de toute façon, il faut d'abord que vous preniez votre petit déjeuner.

— Je n'ai pas très faim.

— Tss-tss, répliqua Sophia en souriant. Une jeune femme à qui on fait la cour a toujours faim. Lorsqu'un tel homme vous regarde avec des yeux pareils… tous les sens s'éveillent à la vie — l'odorat, le toucher, le goût… J'ai été jeune moi aussi, vous savez !

— Il ne s'agit pas de me faire la cour, dit Holly en faisant de son mieux pour ne pas paraître impolie.

Elle portait l'une de ces tenues extravagantes contenues dans la penderie : un kimono de soie qui lui couvrait le corps, mais pas suffisamment. Mais, puisqu'il était parti…

Holly regarda autour d'elle avec méfiance.

— Il est vraiment parti, affirma Sophia en souriant de plus belle.

— Où est-il allé ?

— Qui sait ? Ces princes de la famille royale… ils sont ici, là, partout. Depuis la mort du vieux roi, ils ont mille choses à faire. Sa mère lui a sans doute demandé de venir. La reine a traversé des moments difficiles, même si elle affiche toujours un visage serein.

— Je ne savais pas.

— Bien sûr. Vous ne l'avez jamais rencontrée. Tant de choses vous attendent… Mais vous devez d'abord manger. Je vais vous préparer des toasts.

— Je peux le faire moi-même.

— Vous allez devenir princesse, dit Sophia d'un ton très sérieux. Vous devez vous habituer à être servie. Si vous préparez vos toasts, vous offenserez tout le personnel.

— Vraiment ?

— Oui. Moi, ça m'est égal, parce que vous n'êtes pas encore une princesse. Mais quand vous le deviendrez, vous endosserez un rôle bien défini. Vous ferez partie de la famille royale et vous représenterez notre pays.

— Je ne suis pas encore princesse ! protesta Holly.

— D'après ce que je vois dans les yeux du prince Andreas… ce sera pour bientôt.

Elle n'avait pas encore dit oui, se répétait Holly en dégustant ses toasts. Ensuite, elle partit à la plage. Sophia lui avait empaqueté son déjeuner afin qu'elle puisse y rester aussi longtemps qu'elle le désirait.

S'il revenait un peu plus tôt que prévu, Andreas viendrait-il la rejoindre ? se demanda-t-elle avec appréhension en début d'après-midi.

Il ne vint pas.

Et quand le soleil commença à descendre à l'horizon, elle en eut soudain assez d'être étendue sur la plage, à essayer de mettre de l'ordre dans ses pensées. Elle ne parvenait pas à chasser les souvenirs du baiser d'Andreas et elle avait un mal fou à se concentrer sur le roman qu'elle avait trouvé dans sa chambre.

Rien n'était clair, sauf sa crainte de l'avenir et sa nostalgie du passé, songea-t-elle en se décidant à reprendre lentement le chemin de la maison.

Quand elle y arriva, elle entendit Sophia et Nikos se chamailler dans la cuisine. Ils étaient mariés depuis quarante ans, lui avait dit la gouvernante. Et ils avaient cinq enfants.

Soudain, Holly se sentit si seule qu'elle aurait pu se mettre à pleurer. Peut-être était-ce dû à la pensée de savoir Sophia et Nikos ensemble, et depuis si longtemps. Ou peut-être parce qu'elle avait retrouvé Andreas et entrevu ce qu'ils auraient pu vivre ensemble, s'ils n'avaient pas été séparés par leurs mondes si différents…

Et si, après tout, elle l'épousait ? Cela ne serait pas pire que passer le reste de sa vie seule…

À cet instant, un avion arriva rapidement de l'est, laissant une trace blanche dans le ciel. Andreas. Ne pouvant s'empêcher de trembler violemment, elle se hâta d'aller se réfugier dans sa chambre.

— Le dîner est servi, annonça doucement la voix de Nikos à travers la porte.

Andreas avait envoyé le vieil homme, parce qu'il avait pensé qu'elle ne pourrait pas le rabrouer, songea Holly.

Elle avait décidé de porter la même robe que la veille — il était hors de question qu'elle donne à Andreas la satisfaction de la dévorer des yeux dans une nouvelle tenue.

Quand elle ouvrit la porte, elle vit Nikos qui l'attendait en souriant avec inquiétude. Sans un mot, il lui désigna la table dressée de nouveau à la belle étoile.

Andreas y était déjà installé, mais il se leva dès qu'il l'aperçut. Il était beau comme un dieu, vêtu d'une veste de smoking d'un noir somptueux, sa chemise blanche rehaussant son teint mat. Ses yeux scintillaient, sombres et prédateurs. Quand il lui sourit, Holly sentit quelque chose frémir au plus profond d'elle.

Il était la sensualité incarnée, songea-t-elle. Ce n'était pas juste qu'un homme ait autant de… autant de…

— Tu es ravissante, murmura-t-il en se dirigeant vers elle.

— Je suis exactement comme hier, répliqua-t-elle avec une désinvolture feinte.

— Pas tout à fait. Tu as un léger coup de soleil sur les épaules.

— Laisse mes épaules tranquilles.

— Ce sont de si jolies épaules…

— Andreas…, commença-t-elle avant que sa voix ne se brise.

Il recula aussitôt d'un pas en la regardant d'un air inquiet.

— Tu n'as pas passé une bonne journée ?

— À ton avis ? riposta-t-elle. Tu me proposes des choses impossibles et ensuite, tu t'en vas en me laissant en proie à mes réflexions.

— Et à quoi as-tu réfléchi ? demanda-t-il gravement.

— Au fait que tu es fou, murmura-t-elle. Que tu me demandes des choses absurdes. Et totalement injustifiées.

À son grand étonnement, il sourit et lui déposa un léger baiser sur le front avant de lui prendre la main pour la conduire à table.

— Je suis d'accord, approuva-t-il une fois qu'ils furent tous deux assis. Je ne me suis soucié que des avantages que présentait ce mariage pour notre famille, sans me soucier de ce que tu pouvais en retirer.

— Et alors ?

— Et alors…, commença-t-il avec sérieux.

— Je peux rentrer chez moi ? l'interrompit-elle aussitôt.

— Non, malheureusement, dit-il sur un ton d'excuse. Le destin de trop de gens est en jeu.

— Alors, rien n'a changé.

— Si, mon attitude, répliqua-t-il doucement. J'ai passé la journée à négocier. Oh, et… à faire du shopping.

— Du shopping ? répéta-t-elle d'un air sombre. Tu plaisantes ?

— Sophia ? appela-t-il en souriant.

Nikos avait disparu dans la cuisine, mais il en ressortit et tint la porte grande ouverte pour laisser passer sa femme.

La gouvernante apparut, portant dans ses bras… un chiot.

Mais pas n'importe quel chiot. Holly se leva avec surprise et contempla la petite créature que Sophia tenait contre sa poitrine. C'était un border colley, âgé d'environ trois mois, un petit chien noir et blanc qui gigotait, avec de grands yeux intelligents et une queue qui frétillait frénétiquement.

— Il est déjà attaché à toi, dit Sophia à Andreas d'un ton de reproche. Il n'a pas apprécié que tu le laisses dans la cuisine. Regarde, dès qu'il t'a aperçu, il s'est mis à remuer la queue comme un fou.

— Qu'est-ce que… ? balbutia Holly.

— Quand je t'ai vue hier, j'ai trouvé qu'il te manquait quelque chose, expliqua Andreas en observant le visage de la jeune femme. Et ensuite, j'ai compris. La première fois que je t'avais aperçue à Munwannay, tu avais une ombre. Une ombre noire et blanche qui te suivait où que tu ailles. Deefer, n'est-ce pas, c'est comme ça qu'il s'appelait ?

— Deefer, murmura Holly, n'en croyant pas ses yeux ni ses oreilles.

— Un ancien chien de troupeau.

— Oui, un border colley.

Comme celui-là. Elle ne pouvait détacher les yeux du chiot que Sophia tenait dans ses bras.

— Mes enquêteurs n'ont jamais mentionné de chien, reprit Andreas, sans la quitter des yeux.

— Après la mort de Deefer, je n'en ai pas eu d'autre.

— Pourtant, il était déjà vieux au moment de mon séjour à Munwannay.

— Oui.

Deefer était mort trois semaines après Adam.

— Puis-je te demander pourquoi tu n'en as pas repris ?

— Mon père ne voulait pas, fit-elle brièvement.

Tout excité, le chiot gigotait de plus en plus. Holly mourait d'envie de tendre la main vers lui, de le toucher…

Mais elle n'en ferait rien. Ce n'était pas honnête de la part d'Andreas de la tenter ainsi.

— Je veux rentrer chez moi, dit-elle soudain en serrant les poings.

Andreas s'approcha de Sophia et lui prit le petit chien des bras. Puis il vint l'apporter à Holly.

— Assieds-toi, dit-il.

Incapable de faire autrement, elle obéit. Il déposa alors le chiot sur ses genoux et après avoir pris les mains de Holly, les plaça sur le collier du petit animal.

— C'est mon gage, dit-il doucement.

— Ton gage ? répéta-t-elle sans comprendre.

À cet instant, Nikos et Sophia voulurent s'esquiver mais Andreas les arrêta d'un geste.

— Non, restez. Je veux des témoins, et je sais que vous serez discrets. Holly, je te demande de m'épouser, pour le salut de notre peuple et de notre pays. Mais je te promets que je ne te retiendrai pas prisonnière de ce mariage plus longtemps que ce ne sera nécessaire. Dès que la situation se sera calmée, tu pourras retourner à Munwannay.

— Retourner à…

— Hier, je t'ai proposé de rembourser les dettes de ton père, reprit-il. Mais je t'ai observée et j'ai pensé à tout ce que tu avais dû affronter seule. Alors, j'ai compris que cela ne suffisait pas. C'est pour cela que je te donne Deefer II.

Il sourit avec malice au chiot.

— À moins que tu ne l'appelles autrement, tu es libre. Et je te donne Munwannay. J'ai fait en sorte que mes hommes l'achètent au prix que tu en demandais. L'acte de propriété te sera remis le jour de notre mariage. En outre, j'ai établi un contrat de mariage qui sera assez généreux pour te permettre de diriger la propriété avec tout ce dont tu auras besoin — jusqu'à la fin de tes jours, si tu le désires. Tu n'as qu'à dire que tu acceptes et l'affaire est conclue.

Complètement abasourdie, Holly le regardait en silence.

Deefer II gigota dans ses bras et, automatiquement, elle lui gratta la tête derrière les oreilles. Il se laissa faire avec ravissement.

Cela faisait si longtemps qu'elle n'avait pas tenu un chien dans ses bras…

— Où l'as-tu trouvé ?

— J'ai beaucoup travaillé, dit-il en lui souriant. Toute la nuit ! Je voulais un border colley pure race qui ressemble à Deefer. Une fois de retour au palais, j'ai mis tous mes assistants disponibles sur le coup. Dès l'aube, j'ai fait appeler des éleveurs partout en Europe.

Il secoua la tête.

— Je pensais que le diamant Stefani était unique, mais tu ne peux pas imaginer ce que nous avons dû faire pour dénicher ce chiot…

Il l'observait avec attention. Holly voyait bien qu'il était inquiet. Pensait-il qu'elle allait encore refuser ? Peut-être le devait-elle. Pourtant, cet homme avait envoyé une véritable petite armée à la recherche d'un chien. Pour elle.

Par ailleurs, il avait dit qu'en refusant de l'épouser, elle avait le pouvoir de ruiner Aristos. Et que l'avenir de l'île dépendait de leur mariage.

Holly le croyait. Dans ces conditions, avait-elle le choix ?

Le chiot était vraiment adorable, songea-t-elle en le serrant contre elle tandis qu'elle se levait. Le gage d'Andreas. Plus précieux que n'importe quel diamant au monde. En lui faisant ce présent, il rendait sa proposition plus personnelle, plus intime…

— Holly, j'ai besoin de ce mariage. *Mon* pays en a besoin, répéta-t-il. Il faut me croire.

— Je te crois… Et il semble que je n'aie pas vraiment le choix, dit-elle avec difficulté.

— Y a-t-il un autre homme dans ta vie ? demanda-t-il tout à coup.

— Tes enquêteurs ne t'ont-ils pas renseigné à ce sujet ?

— Ils pensent que tu es seule. Ont-ils raison ?

— Bien sûr qu'ils ont raison ! s'écria-t-elle.

— C'est une chance, dit-il avec un léger sourire.

— Pour qui ?

— Pour moi, répondit-il.

Soudain, Sophia les interrompit pour demander :

— Alors, vous êtes libre de l'épouser ? C'est que…, continua-t-elle en se frottant les mains sur son tablier, j'ai des feuilletés au fromage au four…

— Alors, Holly, pour le salut des feuilletés au fromage ? dit Andreas, avec un sourire irrésistible.

À cet instant, elle ne put se retenir. Elle lui rendit son sourire, captive du même émerveillement qui l'avait séduite dix ans plus tôt.

Mais elle ne pouvait agir à la légère. Même pour les feuilletés au fromage ! Elle devait être… professionnelle.

— Ce sera vraiment un mariage temporaire ? demanda-t-elle.

— Oui.

— Je pourrai rentrer chez moi quand je le voudrai ?

— Dès que la situation sera redevenue plus calme, oui.

— Et je pourrai garder Deefer ?

— Il t'appartient. Il faudra simplement qu'il reste en quarantaine quand tu repartiras en Australie, mais le coût sera inclus dans le contrat de mariage.

— Celui-ci devra être rédigé en bonne et due forme.

— Bien sûr.

Elle le regarda dans les yeux. Il attendait calmement sa décision, tandis que Sophia semblait bouillir d'impatience.

Soudain, Holly eut l'impression de se trouver sur le point de plonger dans une piscine dont l'eau aurait été glacée.

— Eh bien, pour le salut des feuilletés au fromage, dit-elle en se forçant à parler d'une voix égale. Et pour un adorable petit chien. Oui, j'accepte de t'épouser.

Un peu plus tard, tout en dégustant les délicieux feuilletés qui fondaient dans la bouche, Holly avait l'impression de flotter dans une étrange bulle. Tout lui semblait irréel, comme si cette bulle risquait d'éclater à chaque instant pour la ramener à sa vie solitaire de Munwannay.

Elle essayait de rester distante vis-à-vis de l'homme assis en face d'elle. D'accord, elle avait accepté de l'épouser, mais il s'agissait d'un marché. Pour tous les deux.

Depuis l'instant où Andreas le lui avait déposé sur les genoux, elle n'avait plus lâché Deefer. Après ce long voyage, le chiot semblait ravi de se reposer, tandis que Holly savourait le somptueux dîner préparé par Sophia.

Andreas ne cessait de l'observer, d'un regard sombre et impénétrable.

— Es-tu satisfaite ? demanda-t-il enfin quand Sophia regagna la cuisine, après leur avoir servi le café.

— Ai-je le choix ? répliqua-t-elle avec surprise.

— Je ne peux pas te forcer. Tu le sais. Mais je crois que le marché que je te propose est loyal.

— Il l'est, dit-elle sincèrement.

Son fils reposait à Munwannay. En lui offrant la possibilité de vivre là-bas pour toujours, Andreas lui avait fait un cadeau inestimable.

— Il ne sera pas possible de divorcer avant le couronnement de mon frère, lui rappela Andreas. Cela semble mal à propos de parler divorce avant même d'être mariés, mais je crois qu'il vaut mieux tout prévoir.

Il avait raison. Alors, pourquoi se sentait-elle tout à coup en proie à une effroyable confusion ?

— Et comment vont se dérouler les choses, maintenant ? demanda-t-elle.

Comme s'il partageait son inquiétude, Deefer leva les yeux sur elle. Elle le serra contre sa poitrine. Son petit corps chaud la rassurait.

— Nous n'aurons pas de cérémonie en grande pompe. Ça, ce sera pour Sebastian. Mais nous aurons néanmoins un vrai mariage, ce qui ravira les gens.

— Je ne vais quand même pas porter une robe blanche, dit-elle en plissant le front.

— Bien sûr que si. Ce n'est pas comme si tu avais eu un enfant d'un autre, affirma-t-il d'un ton possessif.

— Non, en effet, murmura-t-elle.

— Le fait que tu aies été si isolée suscitera la compassion et nous devons compter là-dessus. Et comme tu n'as pas connu d'autre homme — enfin, pour autant que je sache —, le peuple verra en toi une épouse fidèle.

— Ainsi, si j'avais eu un autre petit ami ou même une demi-douzaine, cela aurait été plus…

— … facile, termina-t-il brutalement à sa place. Car si les gens te prenaient pour une femme facile, je ne serais peut-être pas obligé de t'épouser.

— Tu n'es vraiment pas forcé…, commença-t-elle, piquée au vif.

— Si, je le suis, répliqua-t-il. Je n'ai pas plus le choix que toi.

Soudain, Holly trouva que son café avait un goût terreux. Elle reposa délicatement la tasse en porcelaine fine sur sa soucoupe avant de dire :

— Ainsi, nous sommes tous deux coincés dans un mariage de convenance.

— Oui, c'est un bon résumé de la situation, approuva-t-il en soupirant. Ne me regarde pas comme cela. Tu commençais à avoir l'air plus… à avoir meilleure mine. Comme si tu trouvais enfin un avantage à ma proposition.

— C'est le cas, dit-elle d'une voix légèrement crispée. J'ai Deefer et Munwannay. Alors, quand nous marions-nous ?

— Dans trois jours.

— Trois jours ? répéta-t-elle, abasourdie.

— Une fois de retour à Aristos, je te présenterai à ma famille et nous nous marierons dans l'après-midi.

— Vous devez vraiment avoir peur…

— Mon frère craint de perdre la couronne, dit gravement Andreas. Oui, il a peur. Mais la moitié du pays également. Nous ne nous laisserons pas avaler par Calista.

— Et je suis le pion qui…

— Nous sommes tous les deux des pions, l'interrompit-il.

— Pourquoi ? Me caches-tu quelques chose ?

Lorsqu'il secoua la tête, Holly remarqua soudain qu'il avait l'air très fatigué. Il avait passé la nuit à faire des recherches pour lui trouver un chien, à tout arranger pour lui assurer un avenir à l'abri de tout souci. Tout à coup, elle ressentit un désir irrésistible d'aller lui caresser les cheveux. D'attirer sa tête contre sa poitrine comme elle l'avait fait un jour, il y avait si longtemps…

Mais ce temps était révolu. Ils étaient des adultes à présent, avec de lourdes responsabilités.

— Est-ce que ton… ton divorce a été très difficile ? demanda-t-elle brusquement.

Andreas ne répondit pas, mais Holly comprit qu'il avait effectivement traversé des moments très difficiles. Elle soupira avant de déclarer :

— Très bien, je veux bien jouer à la mariée.

— Comment ça ? demanda-t-il, l'air très surpris.

Elle prit l'un des chocolats à la menthe proposés par Sophia.

— Je ne porterai pas de frou-frou, dit-elle, ni de traîne. Mais s'il y a une couronne ou un diadème, ou quelque chose comme ça, je n'ai rien contre un peu de tape-à-l'œil.

— *Tape-à-l'œil…*

— Les diamants, ce n'est pas mal, continua-t-elle en s'efforçant de prendre un ton insouciant.

— Tu ne peux pas porter la couronne d'Aristos, répliqua-t-il un peu sèchement. Elle a beau être sublime, il y a un petit problème — le diamant central est un faux.

— Eh bien, je ne la porterai pas. Pas de faux pour la princesse. Je veux de l'authentique, du fabuleux.

— Du *fabuleux* ?

— Oui. Si nous sommes coincés dans ce mariage, alors pourquoi ne pas offrir aux gens ce qu'ils attendent ?

— Tu parles sérieusement ?

— Tout à fait. Si nous nous marions en donnant l'impression que nous sommes mal l'aise, que pensera-t-on ? Que nous sommes deux poules mouillées ?

— Personne ne te prendra jamais pour une poule mouillée.

— Ni toi, dit-elle.

Il se leva avant de venir s'arrêter à côté d'elle.

Seigneur, il était beaucoup trop près…, songea Holly en réprimant un tressaillement involontaire. Malgré elle, elle leva le visage vers lui et lui sourit.

Ce fut une erreur. Car il lui rendit son sourire, ce sourire dévastateur dont elle était tombée amoureuse dix ans plus tôt — et qu'elle adorait toujours autant.

Heureusement, Deefer la sauva. En effet, quand Andreas lui prit le coude pour l'aider à se lever, Holly résista car le petit chien se serait retrouvé coincé entre la table et ses cuisses. Se servant de lui comme d'un bouclier, elle se leva elle-même sans lâcher Deefer.

— Je dois retourner à Aristos ce soir, dit Andreas.

Holly se raidit aussitôt.

— Je… Pourquoi ?

— Parce que nous nous marions dans trois jours, répondit-il, comme si cela expliquait tout.

— Et tu dois… envoyer des invitations ? hasarda-t-elle, prête à se raccrocher à n'importe quoi pour dissimuler son trouble.

— Sans doute, approuva-t-il en souriant.

Ses yeux ne la quittaient pas, lui envoyant des messages dont elle ne comprenait que trop bien la signification.

— N'oublions pas que c'est un mariage de comédie, dit-elle d'une voix mal assurée.

— Non, c'est un vrai mariage.

— Jusqu'à ce que tu aies réglé tes problèmes politiques. Tu ne veux pas d'épouse, Andreas, et moi, je veux rentrer chez moi.

— Tu as sans doute raison.

— Alors, quand te reverrai-je ?

— Georgiou viendra te chercher le matin du mariage et t'emmènera directement au palais. La cérémonie aura lieu dans notre chapelle privée. Seules y assisteront les personnes que nous sommes vraiment obligés d'inviter.

— Ta mère, par exemple ?

— Oui, la reine. Et mon frère, le futur roi.

— Je crois que je me sens déjà mal, dit-elle. Que vont-ils penser de moi ?

— Ils te seront reconnaissants.

— Allons, Andreas, c'est la famille royale !

— Moi aussi j'en fais partie, pourtant cela ne nous a pas empêchés de…

Il s'interrompit. Holly le regarda, essayant en vain de déchiffrer ce qui se cachait sous son expression.

— Nous sommes un homme et une femme, murmura-t-elle enfin. Et le fait que tu sois un prince n'est pas si important.

— Exactement.

— Je ne dois pas promettre de t'obéir, n'est-ce pas ? demanda-t-elle en se forçant à sourire.

— Je… Non, si tu ne le désires pas.

— Je voudrais consulter un avocat.

— Comment ?

Holly fit de son mieux pour donner l'impression qu'elle savait exactement de quoi elle parlait.

— Tu m'as donné Deefer et tu m'as fait des promesses, mais je n'ai que ta parole.

— Tu peux compter sur moi, dit-il, visiblement offensé.

— Bien sûr, répliqua-t-elle en haussant les épaules, mais je ne suis rien ici. Je veux qu'un homme de loi australien contrôle tout ce que je vais devoir signer.

— Et où suis-je censé trouver un avocat australien ?

— Je ne sais pas. Tu m'as bien trouvé un border colley.

— Holly…

— Tu trouves que j'abuse ?

— Non, mais tu peux me faire confiance.

— Peut-être, mais je suis seule, dit-elle le plus sérieusement du monde.

Quand elle le regarda dans les yeux, elle songea que ce qu'elle venait de demander était absurde. Mais c'était vrai : elle était seule et sans ressources. Dans quelques mois, elle serait de retour en Australie et si les promesses d'Andreas n'étaient pas tenues…

— Tu peux me faire confiance, répéta-t-il.

— Je sais. Mais je veux quand même un avocat.

— Pourquoi ?

— Parce que je suis malade de peur. Parce que je vais épouser un prince et que cela me terrifie.

Il sourit. Puis, avant qu'elle n'ait eu le temps de réagir, il s'avança et lui prit Deefer des bras avant de le poser délicatement sur le sol.

— Va te promener quelques instants, dit-il au chiot. Je dois parler à ta maîtresse.

Après s'être redressé, il prit la main de Holly. Il avait agi si vite qu'elle n'avait pu empêcher son geste. Ensuite, elle ne résista pas. D'une certaine façon, ce moment était trop important pour qu'elle ait des scrupules. Elle venait d'accepter d'épouser cet homme et, puisque dans trois jours elle lui dirait « oui », elle ne pouvait pas le fuir maintenant…

— Je ne laisserai rien ni personne te faire de mal, affirma doucement Andreas.

Traversée par un tumulte d'émotions surgies du plus profond d'elle-même, Holly leva les yeux vers lui et vit ce sourire qu'elle aimait tant.

— Je tiendrai ma parole, reprit-il. Je t'ai déjà fait assez de mal, Holly. Tu acceptes de m'épouser, et je te rendrai ta liberté.

Et avant qu'elle puisse dire quoi que ce soit, il se pencha vers sa bouche.

C'était un baiser pour sceller un contrat. Rien de plus. Mais c'était un baiser possessif, passionné, qui déchira et bouleversa Holly.

Lorsqu'elle sentit les mains d'Andreas se poser sur ses reins pour l'attirer contre lui, elle lui ouvrit ses lèvres et, malgré tous ses doutes, toutes ses craintes, elle s'abandonna à ce baiser.

Elle serait sa femme, sa prisonnière, mais elle ne se plaindrait pas, songea-t-elle en sentant avec ravissement sa langue s'enrouler à la sienne. Elle respecterait le contrat et se tiendrait à ses côtés jusqu'à ce qu'il n'ait plus besoin d'elle.

— Je dois m'en aller, murmura-t-il avec regret en s'écartant d'elle.

C'était un contrat de courte durée. Ensuite, elle retournerait à sa vraie vie, se dit-elle en voyant Andreas disparaître dans la nuit. Elle se détourna et se dirigea vers sa chambre. Seule.

Elle *voulait* retourner à Munwannay. Mais… pas tout de suite.

7

Les trois jours suivants avaient passé à une vitesse folle, et Andreas s'était contenté de lui parler très brièvement au téléphone.

— Tout est quasiment prêt, avait-il dit. Un rendez-vous est prévu entre mes avocats et les tiens. Tu n'auras plus qu'à signer les contrats. Sophia a pris tes mesures pour la robe. Il ne manque plus que toi.

— Mes… avocats ? avait alors demandé Holly.

— J'ai fait venir les meilleurs pour toi, avait-il répondu avec une pointe d'humour dans la voix. Et, crois-moi, ils décortiquent tout dans les moindres détails.

— Je ne crois pas avoir besoin de…

— Tu ne sais pas de quoi tu as besoin, l'avait-il interrompue. Moi non plus d'ailleurs. Nous faisons ce que nous devons faire, mais j'essaie de prendre le plus de précautions possible. Comment va Deefer ?

— Il… il va très bien.

Heureusement qu'elle l'avait, sinon elle serait sans doute devenue folle, songea Holly. Si elle avait dû passer ces trois jours à ne rien faire sur la plage, sinon penser à son mariage tout proche…

— Fais attention aux coups de soleil, avait repris Andreas d'une voix douce.

Puis il avait raccroché, la laissant seule avec son inquiétude. Jusqu'au jour du mariage…

Sophia entra dans sa chambre à l'aube et ouvrit grand les rideaux avant de s'exclamer :

— Heureuse soit la mariée sur qui le soleil brille !

— Le pays doit être rempli d'heureuses mariées…, répliqua Holly, pas encore bien réveillée.

— Souriez, reprit Sophia. C'est le jour de votre mariage.

— Ce n'est pas un vrai mariage, l'interrompit Holly.

— Comment cela ?

— Vous savez bien, répliqua-t-elle avec humeur. Je suis sa prisonnière.

— Pour l'instant, dit doucement la gouvernante. Avec Christina, vous savez que cela a été un désastre. Alors peut-être que c'est sa prisonnière qu'il aurait dû épouser dès le départ.

Son sourire disparut tandis qu'elle s'approchait de Holly.

— Je crois qu'il y a dix ans, mon Andreas avait trouvé sa vraie femme, mais qu'il ne le savait pas.

— Ne soyez pas ridicule, murmura Holly, se sentant de plus en plus terrifiée. Vous savez bien que c'est une histoire de convenance, et qu'il ne désire pas vraiment d'épouse.

— Ce que je sais, c'est qu'une chance s'offre à vous, répliqua Sophia en lui effleurant le front en un geste de bénédiction. Mon Andreas a été élevé comme un prince et il sait ce qui lui est dû. Mais je sais aussi qu'il a un cœur et que ce cœur a des besoins. Ne laissez pas passer votre chance par manque de courage. Maintenant…

Elle sourit de nouveau.

— … une bonne douche. Ensuite, j'ai préparé la tenue que vous porterez pour le voyage. N'oubliez pas, vous serez photographiée dès votre arrivée.

Sur l'île, tout se passa bien — il n'y eut que Sophia et Nikos pour assister à son départ. Tous deux avaient l'air très émus.

De son côté, Holly n'en menait pas large.

Installée à l'arrière de l'hélicoptère, elle serra Deefer contre elle. Georgiou était aux commandes de l'appareil, mais il était hors de question qu'elle lui adresse la parole.

Sophia lui avait fait mettre un tailleur rouge et des talons aiguilles d'une hauteur impressionnante.

Elle aurait pu laisser Deefer à Sophia qui avait promis de s'en occuper. Mais Holly avait refusé de laisser son précieux compagnon à Eueilos.

La voix de Georgiou résonna soudain dans son casque.

— Voulez-vous boire quelque chose avant l'atterrissage ? Il y a des boissons à bord.

— Je préférerais mourir de soif plutôt que d'accepter quoi que ce soit de votre part, espèce de sale kidnappeur, riposta vivement Holly.

— Je ne faisais qu'obéir aux ordres.

— Eh bien, à présent, restez aussi loin de moi que possible.

— Je ne crois pas que ce soit envisageable : je suis votre garde du corps.

— Oh, rien que ça…, répliqua-t-elle d'un ton dédaigneux.

— Alors, vous allez devoir vous habituer à moi, poursuivit Georgiou sans se troubler. Voulez-vous boire quelque chose ?

— Est-ce qu'Andreas nous attendra à l'arrivée ? demanda-t-elle sans répondre à sa question.

— La famille royale tout entière sera là, répondit-il. Sauf Andreas.

— Oh, formidable…, murmura Holly. Georgiou ?

— Oui, madame.

— Je veux bien un verre, dit-elle d'une voix faible. Un tout petit. Mais, Georgiou…

— Oui ?

— Tout petit mais très fort.

Ils étaient là, formant une véritable haie d'honneur, sur le tarmac où avait été déroulé un tapis rouge, afin que leurs pieds royaux ne touchent pas le sol plébéien.

Holly les reconnut grâce aux photos qu'elle avait vues

d'eux. Sebastian, le prince héritier, aussi beau que son frère, mais l'air plus sévère, autoritaire, déterminé. La reine Tia, élégante, posée, mais avec quelque chose d'inquiet dans le regard. Holly remarqua qu'elle souriait aux photographes mais que ses yeux restaient fixés sur son fils aîné. Elle venait de perdre son mari, d'apprendre qu'il l'avait trompée et qu'il avait donné ou vendu le diamant indispensable au pouvoir de la famille royale. Et pourtant, le visage de la reine restait presque serein. Elle avait été bien entraînée.

Le prince Alex, celui qui avait offert cette garde-robe scandaleuse à Andreas, était absent. Il était en voyage de noces, lui avait appris Sophia. C'était l'une des raisons pour lesquelles Andreas avait tant à faire.

Deux de leurs sœurs étaient présentes. Kitty et Lissa, « les deux sales gamines », comme les avait baptisées Sophia. « Leur plus grand amusement est de choquer la presse », avait-elle expliqué. Les deux belles jeunes femmes regardaient Holly s'approcher avec une extrême curiosité.

— Il faut y aller, murmura Georgiou.

— Je voudrais… qu'Andreas soit là.

— Il vous attend dans la chapelle.

Très bien. Elle inspira à fond et, serrant Deefer contre elle, s'avança vers sa future — et temporaire — belle-famille.

Ensuite, ce fut une véritable débauche de flashes et tout se passa dans une sorte de tourbillon, jusqu'à ce qu'on lui présente ses avocats. Il s'agissait d'hommes et de femmes sérieux qui la conseillèrent avec soin et s'assurèrent qu'elle comprenait tous les termes des documents qu'elle allait signer.

À vrai dire, Holly se sentait dans une sorte de flou, comme si le verre que lui avait servi Georgiou l'avait anesthésiée.

Elle signa les documents. Après cela, quelqu'un emporta Deefer. Elle savait que ce moment devait arriver, mais elle sentit son cœur se serrer malgré les paroles rassurantes de la jeune fille qui allait s'occuper de lui.

À présent, il était temps de s'habiller. La robe ne comportait ni frou-frou ni traîne, mais elle le remarqua à peine. Holly avait l'impression d'être une marionnette, livrée à des mains expertes qui la déshabillaient, l'habillaient, la coiffaient, la maquillaient... Des manucures s'affairaient autour d'elle, des maquilleuses, des coiffeurs.

Elle avait l'impression d'être une esclave que l'on apprêtait pour le harem du maître.

Puis l'heure fatale arriva. Les portes s'ouvrirent sur des valets de pied en livrée qui venaient la chercher pour l'escorter à la chapelle.

— Holly ?

À cet instant, elle aperçut la reine Tia qui se tenait derrière les valets. Vêtue d'une robe somptueuse de brocart argenté, celle-ci s'adressa à Holly d'une voix douce.

— Vous êtes ravissante, ma chère. Mais je me demandais si... Voudriez-vous que Sebastian vous conduise à l'autel ?

— Sebastian ?

— Normalement, il devrait se tenir aux côtés d'Andreas, expliqua la reine. Mais étant donné que c'est Sebastian qui a... fait en sorte que ce mariage ait lieu, je lui ai dit que la moindre des choses serait qu'il vous offre son bras — si toutefois vous désirez vous y appuyer.

En avait-elle besoin ? se demanda Holly, debout au milieu de la pièce luxueuse, entourée de serviteurs.

— Oui, je veux bien, murmura-t-elle. Je vous remercie de votre proposition.

Cela faisait trois jours qu'il ne l'avait pas vue et il avait oublié... ou peut-être ne s'était-il jamais rendu compte... qu'elle était aussi belle.

La vision qui s'offrait aux yeux d'Andreas était irréelle. La robe de Holly avait été confectionnée avec art, de façon à mettre en valeur ses seins magnifiques. De la dentelle ancienne soulignait la moindre de ses courbes adorables. Pas de frou-

frou, remarqua-t-il avec approbation en regardant Holly entrer dans la chapelle. Ni de traîne. Il l'avait précisé aux stylistes et aux couturières de la famille royale et ils avaient tous respecté ses consignes, mais en se laissant néanmoins aller à leur imagination créatrice pour confectionner une robe de mariée fabuleuse.

Holly était d'une beauté à couper le souffle. Elle était…

Sebastian lui-même semblait être tombé sous son charme, remarqua Andreas. En grande tenue d'apparat comme lui, il était tout en noir, rouge écarlate et doré. Cette cérémonie était destinée à montrer au pays que la famille royale n'avait pas honte de ce mariage. Et elle se déroulait avec toute la pompe et la splendeur possibles.

Andreas vit son frère détacher son regard de la jeune femme qui marchait à son bras pour se tourner vers lui. « Que suis-je en train de faire, en t'amenant cette beauté ? » semblait-il lui demander en silence.

Soudain, Andreas se sentit envahi d'un sentiment de possession d'une intensité inouïe. Il ne voulait pas que Holly ait quoi que ce soit à voir avec Sebastian. Ni avec aucun membre de la famille royale.

Elle portait l'un des diadèmes de la famille. Sa mère devait le lui avoir prêté. À cet instant, il surprit un regard de celle-ci, chaleureux et approbateur.

Il se tourna de nouveau vers Holly. Pour l'instant, la jeune femme avait l'air complètement terrifié.

Soudain, les trompettes retentirent à l'unisson. L'assemblée se leva, constituée des gens de la maison royale, des hauts dignitaires du pays. Tous ceux dont la présence était indispensable.

Sebastian entraîna Holly qui se mit à avancer lentement. Son visage était blême, dénué de toute expression. On aurait presque dit qu'elle ne se mouvait que parce que Sebastian lui tenait le bras, la faisant glisser sur le sol.

— Arrêtez ! dit-il, suscitant un murmure collectif dans l'assemblée.

Était-il devenu fou ? Non. Andreas savait exactement ce qu'il devait faire. Il descendit rapidement l'allée à la rencontre de sa future épouse.

Médusée, celle-ci leva les yeux vers lui.

— Laisse-la, Sebastian, dit-il.

Son frère aîné ouvrit la bouche pour protester, mais Andreas lui adressa un regard qui, en d'autres temps, lui aurait valu d'être décapité. Oser se conduire ainsi envers son futur roi… Mais Sebastian était aussi son frère et, ce jour-là, il comptait peu comparé à la femme qu'il tenait à son bras.

Sebastian sembla le comprendre. Après avoir adressé un sourire interrogateur à son frère, il recula d'un pas. À cet instant, les trompettes se turent et les dernières notes s'éteignirent dans la chapelle.

— Tu as l'air effrayé, dit Andreas en prenant les mains de Holly.

Puis il attendit qu'elle ait le courage de le regarder dans les yeux.

— N… nn.

— Menteuse.

— Je suis juste un peu dépassée, dit-elle à grand-peine.

— Eh bien, tu as tort. Ceci ne regarde que toi et moi. Et je ne suis qu'Andreas, celui que tu as aimé autrefois.

Que pensaient tous ceux qui les entouraient ? Il s'en fichait éperdument. Il ne savait qu'une chose : il devait la persuader de ne pas perdre courage.

— Tu n'as jamais été lâche, Holly, reprit-il. Je t'ai vue monter un cheval déchaîné, à cru, alors tu peux sûrement trouver le courage de m'épouser.

Des rires fusèrent à travers la chapelle. Certes, lui et Holly étaient non conventionnels, mais ils étaient romantiques, et même les hommes politiques souriaient, constata Andreas en jetant un bref coup d'œil autour de lui.

— Je n'ai pas peur de toi, chuchota-t-elle.

— Alors qu'y a-t-il ?

— Je…

— Tu as besoin de plus de temps ?

Cela sembla la réveiller. Ses yeux s'agrandirent. Elle le regarda, puis jeta un bref coup d'œil autour d'elle. L'élite de la société d'Aristos attendait qu'elle se décide.

— Veux-tu te marier ? demanda-t-il. Nous sommes prêts et nous t'attendons.

— À t'entendre, cela semble si banal, dit-elle avec un faible sourire.

— Des tas de gens le font tous les jours. Ce n'est pas parce que tu portes un diadème… Ôte-le s'il te gêne.

— Tu m'épouserais sans diadème ?

— Je t'épouserais sans rien du tout, répliqua-t-il en souriant.

À ces mots, quelques rires parcoururent l'assemblée. Personne ne s'attendait pas à cette situation et, dans ce lieu chargé d'histoire et de prestige, un parfum d'air frais sembla soudain rafraîchir l'atmosphère.

— Je ne crois pas, dit-elle en souriant franchement.

— Tu te trompes, répliqua-t-il. Tu veux me mettre au défi ?

— Non, chuchota-t-elle en rosissant de façon adorable.

Mais elle était détendue à présent. Andreas avait gagné. Elle le regardait comme elle le regardait dix ans plus tôt, lorsqu'il n'était qu'un jeune homme à ses yeux, dénué de tout le faste qui les entourait à présent.

— Par cet anneau, je te prends pour femme…

Quand il lui glissa l'alliance d'or au doigt, Holly contempla un instant celle-ci avant de lever les yeux vers lui.

Andreas. Elle avait tellement rêvé de ce moment. Elle avait tant désiré être sa femme.

Cependant, tout était faux. Ils se mariaient uniquement pour le salut de son pays. Ensuite, elle repartirait chez elle et tout reprendrait comme avant.

Non, pas comme avant.

Holly contempla l'anneau à son doigt avant de regarder de nouveau Andreas. Son époux.

Elle respecterait ses vœux. Même si ce mariage ne durait que quelques semaines, elle le vivrait à fond. Elle avait attendu dix longues années, alors pourquoi hésitait-elle encore, lui répondant par des murmures ? Elle n'était plus une vierge timide et cet homme était son mari. Quand elle serait de retour à Munwannay, elle pourrait chérir ces souvenirs jusqu'à la fin de ses jours.

Au majeur de la main droite, elle portait la bague de son père. C'était un anneau grossier, forgé dans de l'or trouvé à Munwannay. Le filon n'avait finalement rien donné, mais elle se souvenait encore de l'excitation qui s'était emparée de son père quand il avait été trouvé.

— Nous allons être riches ! avait-il exulté, la faisant tourner en l'air dans la cuisine. Je pourrai vous offrir tout ce que vous désirez, ta mère et toi.

Puis il avait fait faire deux bagues. Sa mère avait probablement jeté la sienne depuis longtemps…

Holly revint au présent et vit que le prêtre allait continuer son office, pensant qu'il n'y avait qu'une alliance. Mais Holly ôta l'anneau de son père et le lui tendit.

— Bénissez-le, murmura-t-elle avant de se tourner vers son mari. Pour toi, Andreas.

Apparemment, elle l'avait surpris. Il n'avait sans doute jamais porté d'alliance, songea Holly. Durant quelques instants, elle crut qu'il allait refuser. Elle soutint son regard, calmement, le défiant légèrement, et vit bientôt sa belle bouche esquisser un sourire.

Visiblement soulagé, le prêtre prit la bague et la bénit.

— Avec cet anneau, je te prends pour époux.

Andreas déambula parmi les invités, son regard revenant sans cesse vers sa femme. Visiblement à l'aise, celle-ci parlait et riait, se déplaçant parmi les invités comme si elle avait été faite pour ce genre d'occasion. À Munwannay, il y avait eu de nombreuses fêtes et elle avait été habituée aux soirées organisées par sa mère, mais il ne s'était pas attendu à cela. Il ne pouvait aller la rejoindre, car il devait respecter ses nombreuses obligations : il était hors de question qu'il néglige certaines personnes. Aussi parcourait-il la foule seul. Il avait demandé à sa famille de prendre soin de sa femme, de la protéger, mais apparemment, Holly n'avait besoin d'aucune protection.

Elle parlait le grec presque à la perfection, avait-il remarqué avec étonnement. Il le lui avait appris autrefois, mais elle avait entretenu sa pratique… Il constata qu'elle semblait s'intéresser sincèrement à ceux avec qui elle s'entretenait. Comme lui, elle remplissait ses obligations…

La scène inattendue qui s'était déroulée à la chapelle avait désarmé toutes les personnes présentes et, maintenant, Andreas voyait que tout le monde appréciait la jeune femme.

Sebastian observait celle-ci de loin, avec une admiration manifeste… mêlée à autre chose, remarqua-t-il soudain avec irritation. Après s'être excusé auprès du politicien avec qui il parlait, Andreas fendit la foule pour rejoindre sa femme.

— Holly, dit-il en lui entourant la taille de son bras en un geste possessif.

— Oui, dit-elle en s'appuyant contre lui d'une façon qui n'avait rien de princier. Tu t'amuses bien ?

— Je ne m'amuse pas, répondit-il sans réfléchir.

Il la vit plisser le front.

— Ah bon ?

— Je travaille.

— Mais il y a des gens vraiment agréables, tu sais ! s'exclama-t-elle. Je fais des réserves de conversation pour les cinquante années à venir. Quand je serai à Munwannay, j'y repenserai avec plaisir.

Elle baissa les yeux sur le verre qu'elle tenait à la main.

— Ce champagne est délicieux. J'en voudrais davantage.

— Tout de suite ?

— Peut-être pas… Une mariée ne doit pas tituber. Crois-tu que je peux aller voir Deefer ?

— Il est entre de bonnes mains, ne t'en fais pas.

— Oui, mais ce ne sont pas les miennes. Combien de temps cette réception va-t-elle durer ?

— Jusqu'à notre départ.

Son visage s'illumina.

— Dans ce cas, pouvons-nous partir ?

Tia les rejoignit à cet instant et posa la main sur l'épaule de son fils.

— Certaines personnes âgées voudraient s'en aller. Par conséquent, il faudrait que vous partiez d'abord, comme l'exige le protocole.

— C'était justement ce que disait Holly.

— Voilà une jeune femme très sage, approuva Tia en souriant à sa belle-fille. Vous vous en êtes très bien tirée, ma chère enfant.

— Je… Merci, dit Holly en rougissant.

Mais, pour l'instant, Tia se souciait surtout du protocole.

— Tu sais qui tu dois saluer personnellement, et dans quel ordre, dit-elle à son fils. Faites-le ensemble, il est temps.

8

Quand ils partirent, la foule s'écarta pour les laisser passer. À la dernière minute, Andreas la souleva dans ses bras et ils sortirent sous les hourras.

Holly le laissa faire — n'était-ce pas la place d'une jeune mariée, après tout ? Mais à sa grande surprise, il ne l'emmena pas triomphalement vers le grand escalier qui menait à la chambre nuptiale, comme elle se l'était imaginé. Poussant porte après porte, il se dirigea vers l'arrière du palais. Finalement, après avoir ouvert une dernière porte, il la déposa sur ses pieds.

Elle chancela presque. Soudain, sa robe semblait peser des tonnes. Ils se trouvaient dans une immense cuisine, au centre de laquelle trônait une longue table en chêne pouvant accueillir une bonne vingtaine de personnes. Une cheminée gigantesque occupait presque tout un mur, devant laquelle Holly découvrit Deefer qui la contemplait d'un air ensommeillé. Lové dans un panier garni de coussins, il prit son temps avant de se redresser pour accueillir sa maîtresse.

Au moment où Holly se penchait vers lui, Andreas s'éloignait déjà vers la porte.

— Est-ce fini pour Cendrillon ? demanda-t-elle d'une voix incertaine. Est-il déjà minuit ?

— Reste là, dit-il. Je ne m'attendais pas à… J'ai des choses à organiser.

— À quoi ne t'attendais-tu pas ?

— À avoir une véritable épouse.

Il revint vers elle et l'attira dans ses bras avant de prendre sa bouche en un baiser extrêmement possessif. Puis il se détourna et se dirigea de nouveau vers la porte.

— Attends-moi ici, lui jeta-t-il par-dessus l'épaule. Ne bouge pas.

Même si elle réussissait à retrouver son chemin dans ce véritable dédale, où aurait-elle pu aller, de toute façon ? Holly s'assit près de la cheminée pour attendre le retour d'Andreas. Qu'allait-il se passer à présent ? se demanda-t-elle en réprimant un frisson d'inquiétude. Avait-elle peur ? Peur de ce qui allait se passer entre Andreas et elle ?

Elle regarda son chien qui somnolait tranquillement sur ses genoux. Heureux Deefer…

Quinze minutes passèrent. Vingt. La vieille horloge posée sur le dessus de la cheminée faisait résonner un tic-tac des plus sonores. Tic tac, tic tac…

Bon sang, Holly avait l'impression de devenir folle.

Soudain, la porte s'ouvrit sur Andreas. Toujours vêtu de son costume d'apparat, il était incroyablement séduisant.

— Nous sommes prêts, dit-il.

— Nous… ? murmura-t-elle.

Il émit un petit rire et vint lui prendre Deefer. Après l'avoir mis sous son bras, il tendit la main à Holly.

— Georgiou nous attend.

— Oh, formidable, mon garde du corps favori !

— Mon pilote d'hélicoptère favori, corrigea-t-il. J'ai trop bu pour piloter moi-même. Non que je sois ivre, mais pour ce genre d'exercice, il ne faut pas avoir un seul gramme d'alcool dans le sang. D'autre part, je voudrais me concentrer entièrement sur mon épouse. Georgiou nous ramène sur notre île.

— Nous pouvons nous en aller d'ici ?

— Nous avons fait notre devoir. Le reste de la nuit nous appartient, à nous seuls.

Elle aurait dû insister pour se changer, songea Holly en s'installant dans l'hélicoptère près d'Andreas. Voyager en robe de mariée — avec le diadème sur la tête — était vraiment absurde. Elle serra nerveusement Deefer contre elle en regardant son mari. Les yeux presque clos, celui-ci semblait perdu dans une sorte de méditation.

À quoi pensait-il ? Qu'avait-il l'intention de faire ? S'il pensait qu'il allait… Bien sûr qu'il le pensait, se dit-elle. Il s'était donné tout ce mal pour qu'ils soient seuls. Et ils étaient mariés à présent.

À cet instant, Andreas ouvrit les yeux. Après lui avoir souri, il se détourna et contempla le ciel à travers la verrière.

Quand ils atterrirent, la nervosité de Holly était à son comble.

— Je ne veux pas me retrouver enceinte, dit-elle soudain quand le moteur de l'hélicoptère fut presque arrêté.

Cette pensée venait de la traverser brutalement, si bien que les mots lui avaient échappé des lèvres.

— Il n'y a aucun risque, répliqua gravement Andreas.

— C'est ce que tu as dit la dernière fois.

— J'ai pris mes précautions.

— As-tu subi une vasectomie ?

— Non, répondit-il, bien que Christina m'ait suggéré de le faire.

— Ta femme t'avait demandé cela ?

— Oui. Elle ne désirait pas avoir d'enfants.

— Et toi, en désirais-tu ?

— Plus que tout au monde, dit-il simplement. Mais ne t'en fais pas. Pas avec toi. Pas cette nuit.

— Tu as apporté de bons vieux préservatifs, alors.

— Oui. Six, enchaîna-t-il avec une lueur malicieuse au fond des yeux. Et même plus si nous en avons besoin.

— Tu es très présomptueux, répliqua-t-elle du tac au tac.

— Que veux-tu dire par là ?

— Que tu supposes que je vais aller au lit avec toi.

— Nous sommes mariés.

— Et cela signifie que…

Il ne la laissa pas poursuivre.

— Tu me désires autant que je te désire, affrima-t-il.

— Andreas, je…

— Je comprends, la coupa-t-il doucement. Holly, je tiendrai ma parole et tu seras libre de repartir. Mais cette nuit… Je voudrais que cette nuit soit à nous. C'est pour cela que je t'ai ramenée ici.

— Mais, Andreas, murmura-t-elle après un instant. Si jamais je tombais enceinte…

— Cette fois, je prendrai toutes les précautions nécessaires, affirma-t-il avec force. Je prendrai soin de toi. Et je ne ferai rien que tu ne veuilles pas.

— Ce n'est pas que je ne te désire pas, Andreas, dit-elle d'une voix à peine audible. Si tu savais… je te désire depuis dix ans.

— C'est merveilleux, murmura-t-il en lui adressant ce sourire qui la faisait fondre.

— Mais ce serait fou de faire l'amour, reprit-elle d'un air triste. Puisque ce mariage ne durera que quelques semaines…

— Il durera aussi longtemps que nous le souhaiterons. As-tu vraiment besoin de retourner à Munwannay ?

— Oui, chuchota-t-elle en pensant à la petite tombe d'Adam.

Soudain, elle frissonna.

— Ce n'est pas bien, poursuivit-elle.

Andreas lui prit fermement la main.

— Nous ne faisons rien de mal, dit-il. Et nous prendrons les choses comme elles viendront. Ne sois pas si malheureuse, mon cœur. Je ne te forcerai pas. Savourons cette nuit comme elle se présentera.

Quand ils arrivèrent aux abords du pavillon, Sophia et Nikos ne se trouvaient pas là pour les accueillir, comme Holly s'y était attendue. Georgiou les accompagna jusqu'à l'entrée principale avant de disparaître dans l'obscurité.

Quand Andreas ouvrit les grandes portes de bois, le spectacle qu'elle découvrit lui coupa le souffle.

Il y avait des bougies absolument partout. La cour centrale

avec sa merveilleuse piscine scintillait de toutes parts. Il y en avait même de toutes petites qui flottaient à la surface de l'eau, leurs flammes se reflétant à l'infini dans les profondeurs de la piscine.

Les lucioles participaient à leur façon, elles aussi, comme si elles avaient été stimulées par la présence de toutes ces lumières.

— Il y a tant de lucioles, murmura Holly.

— Je les ai payées très cher pour qu'elles viennent ce soir, dit Andreas avec le plus grand sérieux.

À la place de la grande table, une autre, beaucoup plus petite et ronde, et dressée pour deux couverts, avait été installée au bord de l'eau. Un chemin bordé de bougies y conduisait.

À côté de la porte, se trouvait une pile d'énormes coussins apparemment très confortables.

— Andreas… Quand as-tu organisé tout ceci ? demanda-t-elle avec émerveillement.

— Je n'ai rien fait. J'avais pensé que nous passerions la nuit au palais. Seulement… j'ai changé d'avis. C'était trop important. Alors j'ai appelé Sophia pour la prévenir que nous revenions. Et voilà…

Merveilleuse Sophia, songea Holly, de plus en plus émerveillée.

— Et nous pourrions peut-être commencer par déguster ce qu'elle nous a préparé, reprit Andreas avec son sourire le plus charmeur.

Ils mangèrent donc. À son grand étonnement, Holly découvrit qu'elle avait très faim. Sophia l'avait deviné, évidemment. Où était-elle ? se demanda Holly. Andreas servait lui-même le repas, comme s'il avait fait cela toute sa vie.

Il portait toujours sa tenue de cérémonie, la tunique écarlate à col officier aux boutons dorés, avec les médailles cousues sur sa poitrine. Il avait ôté son épée d'apparat, mais avait gardé tout le reste. Ses hautes bottes en cuir noir luisaient d'une façon incroyable. Et son pantalon moulant, noir lui aussi… Il aurait dû y avoir une loi contre ce type de vêtements, songea-t-elle en détournant en hâte les yeux.

Les plats se succédaient, plus délicieux les uns que les autres. À présent, c'était le *kotosoupa avgolemono*… De la soupe au poulet et au riz, avec des œufs et du citron…

Autrefois, Andreas en avait préparé pour elle, se souvint-elle, un soir où ses parents les avaient laissés seuls. « Je vais faire la cuisine », avait-il dit et elle avait pouffé. Mais il s'était contenté de lui adresser son sourire fabuleusement sexy, avant de lui mitonner un véritable délice qu'elle n'avait jamais oublié depuis.

Sous son regard attentif, Holly porta sa cuiller à ses lèvres.

— Cela te plaît ? demanda-t-il, tandis qu'elle fermait les yeux pour en savourer le goût, mêlé aux souvenirs qui se précipitaient dans sa mémoire.

— C'est fabuleux. Tu en avais fait pour moi autrefois…

— Oui, dit-il en souriant. Tu t'en souviens ? Je t'en referai, si tu veux. Tu n'auras qu'à le demander.

Holly se remit à manger en silence. Andreas se dirigea de nouveau vers la cuisine et revint bientôt avec de minuscules vol-au-vent, qui fondaient presque dès qu'ils touchaient sa langue, remplis d'ingrédients qu'elle ne réussit pas à identifier. À quoi bon ? Le mélange de saveurs était parfait.

Ensuite, il lui présenta un médaillon de filet de bœuf, servi avec des champignons et une sauce au bourgogne. Accompagné de jeunes asperges ainsi que d'une pomme de terre écrasée à la crème fraîche. Et Holly reconnut le goût unique des truffes.

Ils ne parlaient pas. Holly n'aurait pas pu articuler un mot. « Sois raisonnable », se répétait-elle inlassablement. Mais comment aurait-elle pu rester raisonnable ? Elle percevait le moindre mouvement des yeux sombres d'Andreas dardés sur elle…

« Mange, s'ordonna-t-elle. Profite de chaque instant de ce repas de rêve comme il vient. »

Les assiettes furent enlevées par son prince, son serviteur, son mari. Quand, au dessert, il lui versa un verre de vin doré,

Holly découvrit alors avec stupéfaction qu'il venait d'Australie, et même de chez un producteur qu'elle connaissait. Elle avait toujours adoré ce vin.

— Comment as-tu… ?

— Je m'en suis souvenu, dit-il en souriant. J'ai envoyé Georgiou le chercher. Juste pour ce soir.

Il s'était rappelé qu'elle aimait ce vin… Holly but quelques gorgées du liquide scintillant à la lueur des bougies, tout en se raccrochant à ses résolutions. Elle n'était pas ivre. Juste… enivrée ? Séduite ? Non !

Le dessert était composé de tout petits éclairs au chocolat. Il y avait aussi des fraises, au goût divin.

À présent, les bougies s'éteignaient une à une, si bien qu'il y avait de moins en moins de lumière.

La soirée s'achevait.

Holly s'attendait presque à voir Sophia apparaître et venir desservir la table avant de leur souhaiter une bonne nuit. Mais personne ne surgit sur le seuil du pavillon. Il n'y avait qu'eux deux. Elle et son époux.

Holly prit une dernière gorgée de café.

— Je voudrais aller me coucher, dit-elle d'une voix légèrement tremblante.

Aussitôt, Andreas vint se placer derrière elle et recula sa chaise avant de l'aider à se lever d'une main ferme, comme s'il ne doutait pas un instant de ce qui allait suivre.

— Je crois que nous avons oublié la valse de rigueur, lui chuchota-t-il à l'oreille.

— C'est l'endroit idéal pour cela…, murmura-t-elle.

Son souffle tiède lui caressait la peau, faisant naître une chaleur qui se répandait dans tout son corps. D'un geste terriblement sexy, il déboutonna le haut de sa tunique. Puis, avant qu'elle ait eu le temps de protester ou de dire quoi que ce soit, il la souleva dans ses bras avant de se diriger vers le panneau situé à côté de la porte principale. Là, il appuya sur des boutons dissimulés dans le bois et soudain, une valse commença à s'égrener dans l'air, lente et incroyablement romantique.

Sans dire un mot, il revint vers le bord de la piscine en la tenant toujours dans ses bras. Là, il la reposa délicatement sur le sol dallé avant de l'attirer contre lui et de se mettre à danser.

C'était exquis, reconnut Holly. Et elle était complètement séduite.

Elle aurait dû se débattre, le repousser et s'en aller. Mais comment aurait-elle pu agir ainsi alors qu'Andreas la tenait dans ses bras ?

Fermant les yeux, elle le suivit au rythme langoureux de la musique. Elle se souvint de la valse qu'ils avaient dansée à Munwannay, le soir de l'arrivée d'Andreas. Lorsque ses parents avaient proposé de mettre de la musique pour l'accueillir, il avait demandé une valse. Puis elle s'était sentie soulevée dans les airs — et sa vie avait basculé.

Rien n'avait changé depuis lors, songea-t-elle dans une sorte de brouillard confus. Car elle était de nouveau tombée amoureuse… Les bras d'Andreas la tenaient comme si elle était faite de la porcelaine la plus fragile du monde, comme si elle était la femme la plus désirable de l'univers.

Et lui était l'homme le plus merveilleux du monde.

Le visage appuyé contre son torse puissant, Holly se laissait aller contre lui. Comme il avait déboutonné sa tunique, elle sentait la chaleur émaner de sa peau nue. La sensation était irrésistible. Il était si fort, si viril et… il était son époux.

Non. Ce n'était pas raisonnable. Ce mariage était destiné à durer seulement quelques semaines…

Mais Holly désirait Andreas si intensément qu'elle était traversée par une douleur physique. Un vide réclamait d'être comblé, que seul il pouvait combler. Il la tenait serrée, si serrée… Leurs pieds bougeaient dans une harmonie parfaite, comme s'ils étaient nés pour danser ensemble.

— Andreas…, murmura-t-elle.

— Oui, Holly ?

— Cela suffit pour la scène de séduction, poursuivit-elle d'une voix mal assurée.

— Cela ne te plaît pas ?

Incapable de résister plus longtemps, Holly lui passa les mains autour du cou et attira son visage vers le sien en lui offrant ses lèvres.

— Je ne peux plus attendre, chuchota-t-elle. Au diable les risques. Oh, Andreas, je sais que c'est fou, mais je te désire tellement…

— Je voulais que tu me le dises.

Après avoir laissé échapper un petit soupir, Holly s'écarta. Bon sang, il *riait* ! Tout en la dévorant littéralement de ses yeux noirs.

— Et sens-tu comme je te désire ? continua-t-il d'une voix grave, et cette fois sans plus rire du tout. Holly, je t'ai dit que je n'avais pas l'intention de te forcer… Je te désire plus que tout au monde, mais si tu ne viens pas à moi de ton plein gré, je ne te toucherai pas. Me désires-tu autant que je te désire ?

— Oui, répondit-elle simplement en se laissant aller dans ses bras, et sans plus penser à rien d'autre qu'au désir qui la consumait.

La chambre d'Andreas était ouverte sur la nuit étoilée. « C'est là que je veux être, songea-t-elle avec ravissement. C'est là qu'est ma place. Il est mon mari, mon cœur, mon foyer. Mon Andreas. »

Quand il la déposa sur le lit immense, elle eut du mal à rester immobile. Tout son corps était en feu. Andreas était à elle. Son corps le réclamait, tremblant de désir. Quand elle regarda dans les yeux l'homme qu'elle aimait, elle y découvrit le reflet de son propre désir.

— Holly, murmura-t-il d'une voix rauque. Ma femme.

Et ensuite… Comment se retrouva-t-elle soudain nue ? Andreas devait l'avoir déshabillée, pendant qu'elle le débarrassait de ses vêtements. Mais elle vit à peine ceux-ci. Elle ne pensait qu'à son corps. Elle ne désirait que lui. Des années plus tôt, elle avait connu ce corps, s'en était rassasiée et ce soir, elle avait l'impression de rentrer enfin chez elle.

— Tu es si beau, chuchota-t-elle avec émerveillement.

Il laissa échapper un rire doux et profond en prenant son corps nu entre ses bras.

— Et toi tu es magnifique…

Puis il l'embrassa, d'abord sur les lèvres, avant de déposer sur tout son corps mille baisers, lentement, tendrement, tandis que Holly se laissait faire en gémissant de plaisir. Elle se sentait revivre sous ses mains, sous sa bouche. Comme si son corps se réveillait après un long, long sommeil.

Elle aussi le touchait. Elle retrouvait ce corps qu'elle avait tant aimé autrefois, avec la même passion, le même amour. Son propre corps se mêlait au sien avec une fièvre qu'elle avait oubliée. Il était à elle. Rien qu'à elle, songea-t-elle farouchement.

Pendant toutes ces années, elle avait pensé que ses souvenirs étaient le fruit de son imagination d'adolescente romantique. Comme s'il s'était agi d'une aventure en dehors du temps, d'un conte de fées dans toute son irréalité.

Par la suite, elle aurait pu vivre des relations amoureuses avec d'autres hommes. Des voisins. Des collègues. Mais chaque fois, elle n'avait pu s'empêcher de les comparer à Andreas. Après ce merveilleux conte de fées, elle s'était sentie incapable de revenir à la vraie vie.

Aussi s'était-elle accrochée à ces souvenirs, tout en sachant qu'elle se réfugiait dans son imaginaire et dans la nostalgie.

Or, souvenirs et réalité ne faisaient plus qu'un à présent. Andreas était bien là, exactement comme dans sa mémoire. Il était exigent, dominateur, viril. Mais aussi d'une tendresse inouïe. Il caressait son corps, le goûtait, l'embrassait, explorant chaque centimètre de sa peau avec émerveillement.

Et quand enfin il la pénétra, l'entraînant avec lui, elle s'entendit pousser un cri de pure joie. Ils connurent l'extase ensemble et la nuit explosa autour d'eux. Ensuite, rassasiés mais toujours unis, ils s'abandonnèrent au doux repos qui suit le plaisir — jusqu'à ce que le désir les emporte dans une nouvelle étreinte.

Ils firent l'amour toute la nuit. On aurait dit que leurs corps voulaient rattraper le temps perdu, que ces moments étaient trop précieux pour les passer à dormir. Holly avait rêvé de cet homme depuis toujours et elle aurait tout le temps de dormir ensuite. Pour l'instant, elle voulait profiter de lui. Une seule chose, un seul être comptait : Andreas.

Il avait changé, songea-t-elle au cours de cette longue nuit sensuelle. Son corps n'était plus celui d'un adolescent, mais celui d'un homme, puissant et musclé. Il avait aimé travailler à la ferme, se souvenait-elle, ne ménageant ni ses forces ni son énergie. Au cours de ces dix années, il avait dû faire de l'exercice, car son corps s'était développé dans une harmonie parfaite.

Etendue contre lui sur les draps de soie du vaste lit, elle ne se lassait pas de le caresser, ses doigts l'explorant sans fin, sa langue le redécouvrant, ses jambes le retenant prisonnier entre leurs étreintes.

Ils auraient dû être exténués, mais sans le dire à voix haute, ils avaient décidé ensemble que cette nuit n'était pas faite pour le sommeil.

— Tu es tellement plus belle que dans mon souvenir, lui murmura-t-il au cœur de la nuit. Ma belle Holly. Ma merveilleuse princesse…

Comme de jeunes amants, ils restaient soudés l'un à l'autre, et quand une pâle lueur orangée apparut au-dessus de l'horizon, une sorte de paix d'une profondeur inconnue envahit Holly. Elle avait l'impression d'avoir de nouveau dix-sept ans, d'être aimée et chérie, et d'avoir l'avenir devant elle. Son prince l'aimait, son homme était dans ses bras et rien de mauvais ne pourrait plus jamais lui arriver.

— Veux-tu que nous allions nager dans la mer ? chuchota Andreas dans l'aube naissante.

— Tu peux m'emmener où tu voudras, murmura-t-elle.

Après s'être écarté doucement, il la contempla en souriant. Puis il se pencha et l'embrassa sur le nez.

— Alors, allons-y.

— Je crois que je suis incapable de bouger, dit-elle d'une voix à peine audible.

— Mais tu veux aller nager ?

— Peut-être juste me tremper ? murmura-t-elle en le serrant contre elle.

— Eh bien, tes désirs seront exaucés, dit-il.

Avant que Holly n'ait eu le temps de comprendre ce qui se passait, il l'avait soulevée dans ses bras.

Elle poussa un petit cri de surprise, mais il lui souriait d'un air si malicieux…

— Mais… nous sommes nus, dit-elle en lui souriant à son tour.

— Ah bon ? répondit-il en riant. Eh bien, c'est merveilleux.

Et il prit sa bouche pour l'embrasser avec passion.

Une fois devant la porte, il appuya sur la poignée avec son coude et traversa l'entrée spacieuse. Quand ils sortirent à la lumière du jour, Holly vit la mer turquoise scintiller dans la lumière dorée.

La sensation de la peau nue d'Andreas contre la sienne, dans la brise tiède du matin, était d'un érotisme presque insupportable.

— Et Sophia ? murmura-t-elle dans un dernier scrupule. Georgiou… ?

— Sophia et les autres sont de l'autre côté de la maison.

Presque avec révérence, il la déposa sur le sable doux, là où les vagues minuscules venaient mourir avant de renaître et de repartir vers le large.

Au contact de l'eau fraîche sur son corps chaud, Holly tressaillit, mais Andreas la rejoignit et la prit dans ses bras.

— Je pensais…

— Pense ce que tu voudras, dit-il d'une voix rauque en s'installant au-dessus d'elle.

Il prit son visage entre ses mains et se pencha vers sa bouche tandis que leurs deux corps se mêlaient de nouveau, ne faisant plus qu'un.

— Moi, je ne pense plus à rien, *agapi mou.*

9

Les jours suivants se déroulèrent comme dans un rêve. C'était une véritable lune de miel.

Holly se sentait dans le même état que dix ans plus tôt, et impuissante à résister aux émotions qui avaient pris possession d'elle. Elle était tout aussi amoureuse qu'à dix-sept ans et comme alors, elle n'y pouvait rien.

Il suffisait qu'Andreas la regarde pour qu'elle se sente fondre. Il n'avait qu'à la toucher et la moindre cellule de son corps réagissait avec passion.

— Mon adorable femme, tu es si sensuelle, disait-il en l'attirant dans ses bras. Ma prisonnière. J'ai bien envie de te garder pour toujours.

Elle n'y voyait aucun inconvénient, songeait-elle rêveusement au fur et à mesure que les jours passaient. Car après l'hésitation ressentie le soir de son mariage, elle s'abandonnait désormais à son amour infini pour cet homme, vivant enfin au présent. Sans plus éprouver de nostalgie envers le passé, ni d'inquiétude pour l'avenir.

Sophia avait réapparu, ainsi que Nikos et Georgiou. Mais ils restaient en retrait. L'île était leur île déserte, leur paradis, juste pour eux deux.

Deefer faisait bien sûr partie de leur univers. Bouillonnant d'énergie, il folâtrait sur la plage, courant après les mouettes, les suivant bravement dans les vagues, mais s'écroulant soudain comme le chiot qu'il était, avant d'aller s'affaler exténué sur ses coussins princiers. Pendant ce temps, son maître et sa maîtresse s'adonnaient au plaisir avant de s'endormir eux aussi, épuisés par leurs ébats passionnés.

Oui, un paradis.

Mais forcément, cela ne pouvait pas durer à l'infini.

Le conte de fées prit fin par un coup frappé à la porte de leur chambre, à 11 heures du matin. Ils avaient nagé et fait l'amour paresseusement au bord de l'eau, avant de revenir main dans la main prendre un petit déjeuner tardif au bord de la piscine. Ensuite, ils avaient regagné leur chambre avec l'intention de prendre une douche… mais le lit avait été trop tentant.

À présent, ils reposaient dans les bras l'un de l'autre, apaisés et heureux, quand on frappa avec insistance à la porte. Andreas jura avant de demander qui était là.

— Sa Majesté le prince Sebastian vous demande au téléphone, dit la voix de Georgiou, visiblement embarrassé.

— Bon sang, murmura Andreas en s'écartant doucement de Holly avant de l'embrasser sur le front. Tu me promets de rester là ?

— Tu crois que j'aurais l'énergie de bouger ? Ne sois pas trop long.

— Si mon frère m'appelle, c'est que…

Sans finir sa phrase, il enfila un pantalon en hâte avant de disparaître. Laissant Holly en proie à de vagues pressentiments.

Ceux-ci avaient été justes. Andreas ne revint qu'au bout d'une demi-heure. Pendant ce temps, elle avait pris une douche avant d'enrouler un sarong autour d'elle. Elle enfilait ses sandales quand il réapparut.

Dès qu'elle vit l'expression de son visage, elle comprit que leur lune de miel était terminée.

— Nous devons partir, annonça-t-il sans la regarder.

Holly sentit son cœur se serrer.

— Nous devons rentrer à Aristos ?

— Je dois aller en Grèce. Des rumeurs circulent, le diamant aurait été vendu à un acheteur privé. La famille royale de Calista rôde déjà autour. S'ils le trouvent avant nous…

Laissant sa phrase en suspens, il se dirigea vers la salle de bains.

— Georgiou s'occupe de l'hélicoptère, reprit-il sans se retourner. Nous partons dans une demi-heure.

Et ce fut tout. Ni « Pourras-tu être prête ? », ni « Je suis désolé que notre lune de miel soit interrompue »... Andreas était déjà retourné à son devoir. Et elle ?

Holly se força à respirer calmement. Peut-être pourrait-elle rester à Eueilos ? Non. Elle le savait. Elle devait retourner à Aristos. Pour l'instant. Et voir... s'il y avait une place pour elle là-bas.

Mais Andreas n'avait jamais dit qu'un avenir quelconque l'attendait en tant que princesse. Et quoi de plus normal ? Il pensait qu'elle voulait rentrer en Australie.

Et c'était ce qu'elle désirait, se dit-elle fermement. Bien sûr qu'elle le désirait.

Sortant de la pièce, elle trouva Sophia qui attendait, l'air inquiet.

— Qu'allez-vous faire ? demanda celle-ci.

— Vivre au jour le jour, murmura Holly. En vérité, Sophia, je n'en sais rien. Mais pour l'instant... je vais retourner à Aristos et je n'ai rien à me mettre. Allons voir ensemble si je peux trouver quelque chose dans cette garde-robe pour avoir l'air respectable.

— Plus que respectable, corrigea Sophia en la prenant par le bras. Vous aurez l'air d'une vraie princesse et Andreas voudra vous garder près de lui.

— Pour ça, il faudrait une garde-robe magique ! répliqua Holly avec amertume. Ne comptons pas trop sur les miracles.

Debout sous le jet puissant de la douche, Andreas se sentait très mal. Il avait presque oublié le diamant Stefani. Ces trois derniers jours avaient été merveilleux, mais le coup de fil de Sebastian l'avait fait redescendre brutalement sur terre...

— Tu dois revenir, avait déclaré le futur roi. Je ne peux

pas m'autoriser à mettre trop de monde au courant. Il faut que tu ailles en Grèce à la recherche du diamant.

— Je ne peux pas laisser Holly.

— Tu as fait ce que tu devais faire de ce côté-là. Cette question est réglée. Nous devons faire face à des problèmes plus graves à présent.

— Elle est ma femme…

— Parce qu'il le fallait, l'avait interrompu Sebastian. Et elle ne va pas le rester.

Comme Andreas était resté muet, son frère avait repris en soupirant :

— Bon, elle est belle, je te l'accorde. Mais si tu la veux à plus long terme, elle devra se plier aux règles. Cette situation est déjà assez compliquée et si elle la complique encore… Laisse-la sur l'île. Ou renvoie-la en Australie. Non. Il est trop tôt pour cela. Mais si elle vient avec toi, fais en sorte qu'elle reste à l'arrière-plan.

— Je ne vois pas quel tort elle pourrait nous causer, avait répliqué Andreas.

— La situation est trop risquée en ce moment. Nous sommes sur le fil du rasoir. Il faut retrouver ce diamant, aussi ai-je besoin de toi — *maintenant*.

Puis il avait raccroché, laissant Andreas sous le choc.

On avait besoin de lui, il devait rentrer à Aristos. Avec Holly. Il ne pouvait partir sans elle.

À bord de l'hélicoptère, Holly ne se sentait pas du tout dans la peau d'une princesse royale. Au contraire, elle se sentait minuscule et insignifiante, et très effrayée. À travers la vitre, elle contempla Aristos qui s'étalait déjà sous leurs yeux. Quand ils atterrirent quelques instants plus tard, un véritable comité d'accueil les attendait.

— C'est la presse ? demanda-t-elle d'une petite voix.

— Oui, soupira Andreas. Comme il fallait s'y attendre, notre mariage a suscité beaucoup de curiosité.

Il semblait préoccupé. Comment aurait-il pu deviner qu'elle avait l'impression d'avoir le cœur déchiré ?

— Si seulement je pouvais vivre en dehors de tout cela ! dit-il soudain. Tu as raison de vouloir repartir, Holly. Il vaut mieux que tu restes en dehors de la vie infernale que nous menons au palais.

Elle dut faire appel à toutes ses forces pour garder un visage impassible.

— Je… Combien de temps devrai-je rester ? demanda-t-elle en s'efforçant de prendre un ton neutre.

— Je vais en parler avec Sebastian.

Et voilà. Il dépendait du futur roi. Il ferait ce que celui-ci lui demanderait.

Durant ces trois jours féeriques, elle s'était autorisée à espérer. Non, elle s'était permis de croire que leur mariage était vrai.

Je vais en parler avec Sebastian…

Le sort de leur mariage était entre les mains du futur roi. Naturellement.

Dès qu'ils posèrent le pied sur la terre ferme, quelques instants plus tard, ils furent littéralement mitraillés par les flashes des journalistes.

Andreas était descendu le premier et quand il s'était retourné pour l'aider, Holly s'était accrochée désespérément à sa main.

— Comment s'est passée la lune de miel ? demanda l'un des hommes en tendant un micro vers eux.

— Quel effet cela fait-il d'avoir épousé un prince royal ? demanda un autre.

Andreas se plaça aussitôt devant Holly.

— Nous nous sommes mariés, mais la vie de ma femme est en Australie, dit-il doucement. Elle dirige l'une des plus belles propriétés d'élevage de son pays. Jamais je ne lui demanderai de quitter tout cela pour assumer les devoirs qui incombent à la famille royale.

Il y eut un moment de stupeur. Puis un torrent de questions déferla sur eux.

— Vous voulez dire qu'il ne s'agit pas d'un vrai mariage ? demanda quelqu'un, résumant ainsi toutes les autres questions de ses collègues.

— Je n'ai pas dit cela, répondit Andreas avec le plus grand calme. Nous nous sommes mariés devant Dieu et nous avons l'intention de respecter nos vœux. Mais le mariage a des significations différentes pour chacun. Christina et moi étions liés par un mariage qui nous a fait jouer un rôle public. Mais la vocation de Holly n'est pas de tenir un tel rôle. Lui demander cela serait injuste.

— Ainsi, vous allez repartir en Australie ? demanda une femme à Holly. Quand ?

— Il y a pas mal de questions à résoudre, s'interposa de nouveau Andreas. Nous vous le ferons savoir en temps voulu.

Que se passait-il ? se demanda Holly, complètement abasourdie. Elle était là, en épouse docile se tenant à côté de son mari qui répondait aux questions qui lui étaient adressées, à elle.

— Et ce que je prends au petit déjeuner ? lança-t-elle à la cantonade, sans pouvoir s'en empêcher.

— Pardon ? s'exclama Andreas en se tournant vers elle.

Tous les regards étaient dirigés vers elle.

— Dis-leur ce que je prends pour mon petit déjeuner, dit-elle en se rendant parfaitement compte qu'elle s'engageait sur un terrain très dangereux.

Mais elle se sentait envahie par une vague de colère si puissante que celle-ci menaçait de la submerger.

— Que voulez-vous dire ? demanda un journaliste.

— Eh bien, j'aimerais répondre moi-même aux questions que vous me posez. Je repartirai en Australie quand j'en aurai envie. Quand je le déciderai. Excuse-moi, mon chéri, dit-elle en se tournant vers Andreas qui la regardait avec stupéfaction. Je sais, l'épouse d'un prince royal se tient tranquille et laisse son mari parler à sa place. Mais je ne suis pas une vraie princesse, comme tu viens de le dire. Je suis juste une épouse. Je suis juste moi. Eh bien, maintenant que les choses sont claires, allons-y.

Il était furieux. Assis près d'elle à l'arrière de la limousine en route vers le palais, il la regardait, les yeux étincelant de rage.

Mais Holly n'avait pas l'intention de se laisser intimider et elle soutint son regard sans sourciller.

— L'épouse d'un prince royal reste à sa place, lui jeta-t-il durement.

— Vraiment ? Cela ne me concerne pas.

— Holly, ne comprends-tu pas ? Il est impératif que notre conduite soit au-dessus de tout reproche.

— Je pensais que mon comportement l'était, dit-elle avec un calme sous lequel menaçait la tempête.

— Tu as eu un enfant sans être mariée, répliqua-t-il. C'est déjà bien assez.

— *Assez ?*

— Pour que le pays te juge. Tu dois te montrer discrète à présent, et respectueuse.

— Envers toi.

— Bien sûr. Je suis ton mari.

— Je croyais que tu étais plus que cela. Que tu étais mon amant.

— Sur notre île, oui. Pas ici. Ici tu dois suivre les règles. Et rester tranquille, Holly.

— Je ne crois pas, répliqua-t-elle d'une voix douce, que le silence soit inclus dans les vœux du mariage.

— Tu sais pourquoi je t'ai épousée.

— Pardon ?

À présent, elle était au-delà de la colère, pourtant elle ne criait pas.

— Si la famille royale de Calista t'avait trouvée avant nous…

— Nous ?

— Mon frère et moi.

— Eh bien, qu'aurait fait la famille royale de Calista ?

— Ils nous auraient arraché le trône. Holly, je ne te l'ai jamais caché.

— Non, en effet, dit-elle en se tournant vers la vitre un instant afin de reprendre ses esprits.

La voiture filait le long de larges avenues bordées d'arbres près du palais. Bientôt, elle franchit les hautes grilles que des gardes en livrée avaient ouvertes avant de se placer respectueusement de chaque côté, au garde-à-vous. Mais il restait encore huit cents mètres environ à parcourir avant d'arriver au palais lui-même.

— Holly, écoute, je ne sais pas combien de temps Sebastian a l'intention de te garder ici…

À ces mots, Holly se retourna vivement vers lui et le foudroya du regard.

— Sebastian, toujours *Sebastian* ! La durée de notre mariage ne dépend même pas de nous. Pas même de toi ! Mais de Sebastian !

— Il est ton futur roi.

— Mon futur roi ! répéta-t-elle d'un ton ironique.

— Oui. Mais tu pourras t'en aller.

— Quand Sebastian m'y autorisera.

— Oui.

— Cela n'a rien à voir avec toi ?

— Holly, cela n'a jamais été un vrai mariage. Tu le sais. J'ai des obligations envers ma famille et tu… tu n'as pas été capable de rester discrète durant cette première rencontre avec la presse.

— Hé oui, c'est terrible n'est-ce pas ?

— Holly…, commença-t-il en hésitant.

Puis il lui tendit la main en signe de paix. Holly contempla les longs doigts fins, la peau hâlée et l'anneau en or qu'elle y avait glissé.

Ainsi, elle allait devoir rester tranquille, discrète, silencieuse…

Mais si ce n'était pas un vrai mariage, elle n'était donc pas une vraie épouse, et certainement pas de sang royal, ni même princier.

Andreas lui tendait toujours la main, mais elle l'ignora et souleva Deefer qui dormait à côté d'elle sur le siège confortable de la limousine. Puis elle le serra contre elle, comme pour se protéger.

— Je dois savoir dans combien de temps, dit-elle d'une voix sourde.

— De quoi parles-tu ?

— Dans combien de temps je pourrai rentrer chez moi, répondit-elle avec colère.

— Holly, je t'en prie…

— Écoute, Andreas, mettons-nous d'accord. Cette situation est absurde. Je ne m'en étais pas rendu compte jusqu'à présent, mais j'ai enfin compris. Très bien, je resterai à ma place, je ne dirai pas un mot et je porterai du beige, rien que du beige pour ne pas me faire remarquer. Mais toi et Sebastian feriez bien de fixer la date de mon retour en Australie, parce que je déteste le beige.

Au palais, ce fut encore pire. Les serviteurs — rien moins que quinze, compta-t-elle en silence — attendaient, alignés de chaque côté des escaliers pour les accueillir. Holly découvrit alors qu'Andreas avait son propre appartement dans l'une des ailes de l'immense palais royal.

Il s'avança vers les serviteurs et leur serra la main en recevant leurs félicitations, puis les remercia les uns après les autres avec un sourire. Holly voulut l'imiter, mais quand elle tendit la main à une femme d'un certain âge, Andreas l'arrêta d'un geste vif. Quant à la femme, elle avait reculé rapidement d'un pas.

— Je te présente Mme Pirentas, notre gouvernante, dit Andreas d'un ton très formel avant de lui présenter les autres membres du personnel un à un.

Valet, majordome, valets de pied, femmes de chambre, jardiniers… Tous lui firent la révérence. Mais, ayant compris la leçon, Holly garda les mains le long du corps et ne dit pas un mot.

Tout à coup, deux autres serviteurs en livrée apparurent en haut des marches, encadrant une femme. La reine Tia, la mère d'Andreas. Elle descendit les marches et s'avança vers eux, puis elle prit les mains d'Andreas avant de l'embrasser sur les deux joues.

— Mon fils, dit-elle doucement, l'air inquiet. Bienvenue au palais. Pourquoi as-tu emmené ton épouse sur l'île alors que nous avions besoin de toi ?

— Trois jours, maman. Ce n'est pas une lune de miel très longue.

— Non, mais en cette période agitée, et avec Alex toujours à l'étranger… Sebastian a dû faire des efforts pour ne pas te rappeler plus tôt.

Puis elle se tourna vers Holly.

— Bienvenue, ma chère enfant. Quelqu'un va vous conduire à vos appartements. Andreas, Sebastian t'attend dans le bureau de ton père. Tout de suite.

— Je voudrais montrer à Holly…

— Je vais m'occuper d'elle, l'interrompit Tia d'un ton déterminé qui rappelait d'ailleurs beaucoup celui de son fils. Vas-y, on a besoin de toi. Holly comprendra, j'en suis sûre.

Et ce fut tout. Andreas disparut tandis que Holly se retrouvait seule avec les serviteurs et la reine.

Non, elle ne comprenait pas. Elle aurait dû se sentir abandonnée et intimidée, mais elle luttait pour contrôler la fureur qui menaçait de la submerger.

— Je reverrai mon mari… au dîner ? demanda-t-elle à la reine qui lui adressa un regard incertain.

— Je ne sais pas. Je crois que Sebastian voudrait qu'il parte en Grèce le plus rapidement possible.

— Et moi ? s'enquit-elle d'une voix blanche.

— Vous devez vous installer au palais.

— Vraiment ?

— Ma chère enfant…

— Oh, ne vous inquiétez pas, l'interrompit Holly en voyant le désarroi envahir les traits aristocratiques de sa belle-mère. Je n'ai pas l'intention de faire une scène. On m'a dit que mon rôle ici devait être de me montrer discrète Je resterai tranquillement ici pendant que mon mari ira en Grèce. Quand puis-je être reçue par Sebastian ?

— Je vous demande pardon ?

— C'est Sebastian qui décide de tout, ici, n'est-ce pas ? Alors c'est lui qui me donnera la date à laquelle mon mariage pourra se terminer.

— Vous voulez dire Sa Majesté le prince Sebastian, répliqua Tia d'un ton sévère. Je crois que mon fils pense que ce serait une bonne chose que ce mariage ne se termine pas.

Holly haussa vivement les sourcils.

— Pardon ?

— Le spectacle qui s'est déroulé à la chapelle a été charmant.

Le *spectacle* !

— C'est gentil, dit-elle entre ses dents.

Puis elle se pencha et prit Deefer dans ses bras. Au moins, lui pouvait la réconforter, songea-t-elle en le serrant contre elle.

— Donnez ce chien à Mikis, dit la reine en se tournant légèrement vers l'un des serviteurs. Est-il à vous ?

— Oui.

— On s'occupera de lui dans nos écuries.

— Il restera avec moi.

— Les règles établies par mon mari stipulent que nous ne gardions pas d'animaux au palais.

Son mari ? Aegeus n'était-il pas mort ?

— Dans ce cas, je crains que cela ne pose un problème, répliqua Holly. Dois-je comprendre que je vais dormir dans vos écuries ?

Tia jeta un coup d'œil nerveux aux serviteurs qui entendaient tout.

— Quand j'étais jeune mariée, dit-elle d'une voix plus douce, j'ai vite compris que je devais obéir aux règles.

Holly plissa le front. Après tant d'années de mariage, Tia obéissait toujours aux règles ?

— Mais vous êtes la reine à présent, fit-elle. Je suis sûre que vous pouvez établir vos propres règles.

— C'est Sebastian qui édicte les règles à présent.

— Mais il est votre fils…

— Ce n'est pas vraiment approprié…

— Non, n'est-ce pas ? riposta Holly d'une voix crispée. Je parlerai de cela avec Andreas — avant son départ pour la Grèce, je l'espère. En attendant, faites-moi conduire à ma chambre. Avec mon chien. Ou faites-moi conduire aux écuries avec lui. À vous de décider, Votre Majesté.

10

Comment avait-elle pu lui parler ainsi ? Comment avait-elle osé s'opposer à la reine ?

Assise sur le somptueux lit à baldaquin, Holly s'efforçait d'arrêter de claquer des dents en serrant Deefer contre elle. Elle se sentait affreusement petite, insignifiante, et horriblement seule.

— Quand crois-tu que je reverrai Andreas ? demanda-t-elle au petit animal.

Pour toute réponse, celui-ci la contempla en silence.

Bon sang, comment allait-elle pouvoir rester là sans Andreas ?

Soudain, Holly sentit ses yeux se remplir de larmes. Non, elle ne pleurerait pas. Elle se leva en tenant Deefer dans ses bras et se dirigea vers les immenses doubles fenêtres qui donnaient sur de superbes jardins dessinés au cordeau.

Une vision l'assaillit, celle de grands espaces, d'eucalyptus géants et d'une petite tombe blanche.

— Tu te sentiras bien à Munwannay, dit-elle à Deefer. Tu t'y plairas beaucoup, tu verras.

« Je voudrais tout avoir, continua-t-elle pour elle seule. Toi, Andreas et Munwannay. »

— Tu décolleras à l'aube. Voici la liste des contacts qui t'aideront sur place.

Andreas regarda son frère et déclara :

— Je ne peux pas laisser Holly ici.

— Tu ne peux pas l'emmener avec toi. Tu dois agir vite et seul. Il n'y a que toi qui puisses remplir cette mission. Nous devons absolument retrouver ce diamant.

— Je me fiche éperdument de ce fichu diamant !

— Et moi, tu crois que je m'en soucie ? répliqua Sebastian d'un air incrédule. Mais toi et moi, nous nous soucions de notre pays, de notre peuple.

— Zakari ne serait pas un si mauvais roi pour…

— Tu n'en sais rien, le coupa Sebastian d'un ton autoritaire. Et trop de choses sont en jeu pour que nous nous permettions de prendre le moindre risque. Tu n'as pas le choix.

— Comme d'habitude, fit sombrement Andreas.

— Oui, car le sort de notre peuple est en jeu.

— Et quand le diamant aura été retrouvé ?

— Alors tu pourras reprendre ton rôle et ta place de prince, dit Sebastian en se permettant l'ombre d'un sourire. Comme je pourrai savourer le prestige d'être roi. Mais il faut d'abord que nous fassions notre devoir. Le chef de la sécurité t'attend pour te donner ses instructions. Allons-y.

À 2 heures du matin, Andreas fit tourner la poignée tout doucement pour ne pas réveiller Holly. Mais il avait oublié Deefer. Celui-ci bondit du lit dès que la porte s'ouvrit et traversa la pièce en courant et en aboyant joyeusement à la vue de son maître.

Andreas avait également oublié que Holly n'était pas du genre à s'endormir calmement dans une situation pareille… Elle se redressa et s'assit dans le lit.

— Nous ne sommes mariés que depuis quelques jours et tu reviens déjà comme un voleur au milieu de la nuit, lui lança-t-elle d'un ton mordant. C'est formidable !

— J'ai dû…

— Voir ton frère. Et tu vas partir en Grèce. Je sais, ta mère me l'a confirmé.

— Je ne pars qu'à l'aube.

— Oh, merveilleux ! s'exclama-t-elle en se tournant vers la pendule posée sur la table de nuit. Nous avons tout notre temps !

— Holly, je suis désolé, mais… Oui, je dois décoller aux premières heures du jour.

— Évidemment, tu dois sauver le monde, ta mère me l'a dit aussi.

— Que t'a-t-elle dit d'autre ? demanda-t-il d'un air inquiet.

— Que Deefer devait dormir à l'écurie.

— Je vois que tu ne l'as pas écoutée, dit Andreas en se penchant pour soulever Deefer.

Puis il prit le chien dans ses bras et lui gratta le ventre.

— Ne cherche pas à amadouer mon chien !

Sans dire un mot, Andreas sourit et vint s'asseoir sur le lit. Aussitôt, le cœur de Holly se mit à battre la chamade. « Reste en colère. C'est ta seule défense », se sermonna-t-elle.

Andreas posa Deefer sur le tapis et regarda Holly. Ce qu'il allait lui dire était capital, songea-t-il. Il fallait qu'il mesure ses paroles.

— Holly, nous pourrions peut-être avoir un vrai mariage, commença-t-il prudemment.

— Un vrai mariage ? répéta-t-elle d'une voix blanche.

Bon sang, pourquoi son souffle se bloquait-il dans sa gorge ? se demanda Holly. Il ne s'agissait que de trois petits mots — *un vrai mariage*.

— Notre plan a fonctionné au-delà de tous nos espoirs, continua-t-il. Les gens te voient comme ma Cendrillon. Tu as attiré toute la sympathie du public l'autre jour. Sebastian pense que cela pourrait marcher.

Sebastian. Évidemment.

— Le pense-t-il vraiment ? demanda-t-elle d'un ton ironique. Je te signale…

— Et je te désire.

— Si tu me désires, dit-elle, alors ce n'est pas pour Sebastian. Ni pour ce pays. Mais pour nous.

— Oui, pour nous, dit-il en faisant glisser les draps avant de la prendre dans ses bras.

— Mais tout à l'heure…

— Je suis prince, dit-il, presque tristement. Je dois faire mon devoir. Je ne laisserai pas ce pays aller à sa perte. Mais, pour l'instant, il n'y a que toi qui comptes.

Il avait raison, songea Holly en écartant sa propre tristesse à l'idée qu'il allait la quitter à l'aube. Il n'y avait qu'eux deux.

Quand elle se réveilla, il était parti. Holly était seule dans le trop grand lit. Même Deefer n'était pas à côté d'elle. Elle se tourna vers la porte et le vit, son petit museau noir appuyé contre le panneau de chêne. Il attendait Andreas.

— Reviens te coucher, Deefer, chuchota-t-elle.

Mais le petit chien poussa un glapissement avant de fourrer sa truffe sous la fente à la base de la porte. Repoussant les couvertures, Holly se leva et alla le chercher. Puis elle se remit au lit en le gardant près d'elle.

— En Australie, murmura-t-elle, tu pourras courir comme un fou. Et moi, je redeviendrai la vraie Holly.

La vraie Holly, qui pleurerait son enfant mort et un amour perdu.

À cet instant quelqu'un frappa à la porte et une jeune domestique montra bientôt son visage.

— Bonjour, Votre Altesse, dit-elle sur un ton d'excuse. Sa Majesté la reine Tia a programmé votre leçon de maintien à 10 heures. Elle vous informe que le petit déjeuner sera servi à 8 heures, et qu'un assistant chargé de l'étiquette sera à votre disposition pour vous mettre au courant du protocole.

Puis elle referma doucement la porte.

— Formidable ! murmura Holly. Une leçon de maintien… Le protocole… Tu veux que je te dise, Deefer — je veux rentrer à la maison.

Andreas resta absent durant onze interminables jours, pendant lesquels elle n'eut pas la permission de franchir les grilles du palais.

— Vous marcherez trois pas derrière votre mari, en toute occasion, lui avait appris l'assistant chargé de l'étiquette, qui lui apprenait les règles. Regardez ses pieds. Dès qu'il s'arrête, vous vous arrêtez. S'il se retourne pour vous parler, avancez de deux pas, écoutez-le, souriez-lui, répondez-lui brièvement. Ne donnez jamais l'impression de ne pas être d'accord avec lui, puis reculez. Votre mari a du sang royal, pas vous.

Holly soupira.

— Pourquoi m'apprendre tout ça alors qu'Andreas n'est pas là ? dit-elle à Deefer le onzième jour.

Elle avait emmené son chien faire une balade dans les jardins. À vrai dire, elle ne s'y sentait pas vraiment à l'aise.

Soudain, elle entendit de la musique en provenance des balcons du palais. Les princesses, songea-t-elle. Depuis son arrivée, elle les avait à peine vues. En tout cas, Holly ne partageait pas leurs goûts musicaux.

Elle n'aimait pas cet endroit.

« Ça ira mieux quand je serai de retour », lui avait assuré Andreas au cours de ses brefs appels téléphoniques.

Et comme il avait paru stressé et fatigué, Holly s'était contenue.

Plongée dans ses pensées, elle cessa de surveiller Deefer. Et quand elle le chercha des yeux, il était trop tard. Elle le vit se diriger à toute allure vers l'étang qui s'étendait à une cinquantaine de mètres de l'endroit où elle se trouvait.

Une semaine plus tôt, il avait découvert l'existence de cet étang et il avait failli y causer bien des dégâts — à cause des cygnes…

— Reviens ici ! cria-t-elle de sa voix la plus autoritaire.

Mais Deefer fit la sourde oreille. C'était compréhensible, songea Holly, il s'ennuyait mortellement dans cet endroit où tout dépendait du protocole. Les border colleys étaient faits pour travailler. C'était, en lui, un instinct inné d'aller dans les prairies pour rassembler le bétail. Et dans ces jardins, la seule chose à rassembler était les cygnes, qui cherchaient çà et là des escargots dans les hautes herbes bordant l'étang.

Or, pour un border colley, le bétail ne devait pas s'éparpiller…

Après avoir contourné le lac avec joie, Deefer rejoignait déjà les cygnes. Il se lança au milieu d'eux en poussant des jappements excités. Ayant provoqué la dispersion des cygnes par son arrivée bruyante, il comprit aussitôt son erreur. Il se mit à courir à l'extérieur de tout le groupe, si bien que les oiseaux se cabraient et agitaient leurs ailes en signe d'alarme.

Un autre chiot aurait pu être intimidé, car les cygnes faisaient au moins trois fois sa hauteur. Mais un border colley devait faire son devoir. Il poursuivait les oiseaux si vite qu'il ne pouvait se rendre compte de ce qu'il faisait. Il les avait complètement déroutés. À son grand étonnement, Holly vit qu'ils commençaient même à se rapprocher les uns des autres.

Deefer se conduisait comme un vrai professionnel. Pourquoi les cygnes ne s'envolaient-ils pas ? se demanda-t-elle en courant à la poursuite de son chien.

À cet instant, des cris lui parvinrent des balcons du palais, dominant la musique, et Holly vit des hommes venir en courant vers le lac. Elle reconnut le jardinier en chef et deux hommes plus jeunes, dont l'un portait… un fusil ! Son cœur sembla se geler dans sa poitrine. L'homme épaulait déjà son arme…

— Non ! hurla-t-elle à pleins poumons. Non !

Mais l'homme ne regardait pas dans sa direction et ne semblait pas l'avoir entendue.

— Non ! cria-t-elle de nouveau. C'est mon chien !

L'homme ajusta son fusil et visa.

Elle était si proche de Deefer… Elle se lança avec une rapidité dont elle ne se savait pas capable. Était-il trop tard ? Holly entendit le coup partir et le son lui explosa aux tympans. Puis elle sentit un choc sur sa joue au même moment qu'elle entendait un homme pousser un juron.

Mais elle tenait Deefer. Plaquée au sol, elle le maintenait

sous elle, tandis que les cygnes s'éparpillaient à grands bruits. Il bougeait, il était sain et sauf, songea-t-elle en fermant les yeux.

À cet instant, un cri terrifié retentit :

— Holly… !

Miracle, la voix d'Andreas… venue de très loin…

Son visage lui faisait mal. Elle sentait le sang tiède couler sur sa joue. Mais Deefer était sauvé et gigotait dans ses bras, impatient de reprendre sa très importante tâche.

— Holly !

La voix s'était rapprochée à présent. Elle ouvrit les yeux et roula sur le dos avec son précieux fardeau, avant de découvrir les hommes penchés au-dessus d'elle. Celui qui tenait le fusil la contemplait avec une expression horrifiée. Il recula, comme s'il avait vu la pire apparition de sa vie.

Puis il fut repoussé avec tant de force qu'il tomba presque. Et elle vit Andreas se pencher au-dessus d'elle, les traits emplis d'une telle crainte qu'elle porta la main à son visage, redoutant soudain d'avoir été défigurée.

Non. Holly sentit une légère incision sur sa peau et un petit filet de sang qui coulait sur sa joue.

— Ce n'est qu'une égratignure, murmura-t-elle.

Aussitôt, un immense soulagement envahit les visages qui la contemplaient. Elle vit Andreas se pencher vers elle et lui toucher doucement la joue. Apparemment, il voulait s'assurer qu'elle n'avait pas subi d'autres dommages, en plus de cette blessure superficielle.

— Mon cœur, murmura-t-il d'une voix déformée par l'inquiétude.

Puis il la souleva dans ses bras et la serra contre lui. Se retrouvant coincé entre eux, Deefer protesta et poussa un gémissement, que Holly ignora.

Rêvait-elle ? se demanda-t-elle en s'abandonnant à la sensation merveilleuse qui l'envahissait. Andreas la tenait dans ses bras et, le visage appuyé contre sa poitrine, elle savourait ce moment béni en se délectant des battements de son cœur qui résonnait sous son oreille.

Autour d'eux, les hommes tentaient de s'expliquer, de se justifier. Finalement Andreas l'écarta légèrement de lui avant de s'asseoir sur l'herbe en la tenant toujours dans ses bras, ainsi que Deefer.

— Qui a tiré sur ma femme ?

Holly n'avait encore jamais entendu cette voix. Elle contenait un mélange de fureur et des restes de peur qui la fit frémir.

— Eh bien ?

— Votre Majesté..., commença le plus jeune des hommes, celui qui avait tiré.

Il avança d'un pas mais, à voir son expression, il s'attendait à ce que ce pas soit le dernier de sa vie.

— C'est Deefer qu'il visait..., commença Holly.

Elle regarda le jeune homme. Pourquoi semblait-il si terrorisé ? se demanda-t-elle. Puisque tout allait bien. Puisque Andréas était là.

— Je..., reprit-elle. Chez moi, nous sommes obligés d'abattre les chiens sauvages qui viennent effrayer les troupeaux.

— C'est ça, dit le jeune homme avec espoir, tandis que le plus âgé hochait la tête.

— C'est juste, appuya-t-il. Cinq cygnes ont été tués l'année dernière par un animal qui avait réussi à franchir les clôtures. Le roi avait donné l'ordre de tirer sur tout ce qui les menaçait.

— Même si ma femme est dans la ligne de mire ? répliqua Andreas d'un ton incrédule. Et que vous savez tous qu'il s'agit de son chien ?

— Je n'en savais rien. Et au dernier moment, elle a surgi de nulle part, murmura le jeune homme, l'air complètement sonné. Aucune princesse ne peut courir comme ça. Et elle s'est jetée sur le chien...

— Si je ne l'avais pas fait, vous l'auriez tué, dit Holly.

— Est-elle saine et sauve ?

La question prononcée d'un ton impérieux les fit tous se retourner. Une femme se dirigeait vers eux, que les hommes laissèrent passer en s'écartant avec respect. C'était Tia, évidemment. Elle portait un tailleur en lin immaculé et un collier de perles qui devait valoir une fortune, remarqua Holly. Et ses chaussures à hauts talons étaient totalement inappropriées pour marcher dans l'herbe…

Cependant, elle avait l'air terrifiée.

— Elle va bien, mère, répondit Andreas.

L'espace d'un instant, le visage de Tia montra un peu de soulagement. Mais elle se reprit aussitôt.

— J'ai vu le chien attaquer les cygnes de ton père. Tu connais ses ordres. Il voulait les protéger à n'importe quel prix.

— Même au prix de la vie de Holly ? riposta Andreas. Je ne peux pas croire que tu penses cela.

— Ton père…

— Mon père est mort, l'interrompit calmement Andreas. Ce n'est plus lui qui pense cela, mais toi.

— Bien sûr que non ! protesta-t-elle en faisant signe aux hommes de s'en aller. Retournez à votre travail. Je ne vous tiens pas responsables de cet accident. Vous avez obéi aux ordres du roi.

— Je…, bredouilla le jeune homme, encore sous le choc.

— L'épouse de mon fils se remettra, l'interrompit Tia. Je vois déjà qu'il ne s'agit que d'une égratignure.

Les hommes hésitant toujours à s'en aller, elle éleva légèrement la voix pour ajouter :

— Partez. Maintenant.

Ils s'éloignèrent, les laissant tous les trois. La reine les contemplait, le visage impassible tandis qu'Andreas la regardait comme s'il ne parvenait pas à croire ce qu'il venait d'entendre.

— Je ne comprends pas pourquoi les cygnes ne se sont pas envolés, hasarda Holly, pour rompre le silence tendu qui régnait entre la reine et son fils.

— Leurs ailes ont été rognées, expliqua Tia.

— Et pourtant, les cygnes reviennent toujours vers le lac où ils sont nés, intervint Andreas d'une voix douce où perçait encore de la colère. Mais mes parents ont fait rogner leurs ailes pour être certains qu'ils ne leur échapperaient pas.

— Oh, pour l'amour du ciel… Ce sont les ordres de ton

père, répliqua Tia d'une voix moins assurée à présent. Tu le sais, Andreas. Les choses sont ainsi. Et j'avais dit à ta femme de faire garder son chien aux écuries.

— Holly est venue avec son chien. Et elle est chez elle ici, mère.

— Non, je ne suis pas chez moi, protesta Holly en cherchant à se dégager.

Il la laissa faire avec réticence. Elle se leva et Andreas l'imita. Mais elle se rendit compte qu'elle se sentait un peu nauséeuse. À vrai dire, ses jambes n'étaient pas très stables, si bien qu'elle avait besoin du soutien d'Andreas.

— Ma place est en Australie, reprit-elle, et je m'en vais.

— Vous ne pouvez pas partir maintenant, répliqua Tia, visiblement choquée.

Holly vit Andreas froncer les sourcils, mais elle continua :

— Je peux partir quand je le veux. N'est-ce pas, Andreas ?

Quand il la serra contre lui, Holly sentit la tension qui vibrait dans son corps chaud.

— Oui, dit-il en défiant sa mère du regard. Holly m'a épousé pour nous aider à nous sortir du chaos. Ella a rempli sa part du contrat. Nous avons dit à la presse qu'elle avait gardé sa propriété en Australie et qu'elle y retournerait. Elle est libre de partir à présent.

— Sebastian pense qu'il serait préférable qu'elle reste, fit vivement Tia.

— Sebastian ne gouverne pas ma vie privée, riposta Andreas. De la même façon que mon père ne gouverne plus la tienne. Peut-être devons-nous apprendre à vivre autrement. Les décisions qui concernent ma femme sont *mon* affaire. Si je dis qu'elle peut partir, elle le peut.

— Merci beaucoup…, glissa Holly avec un petit sourire ironique.

— Pour l'instant, il faut faire examiner ta joue, dit-il d'un ton grave.

— Elle *doit* rester ici, intervint alors Tia d'une voix à la fois autoritaire et presque désespérée.

— Comment allez-vous vous y prendre pour me rogner les ailes ? lui demanda Holly d'une voix tremblante. Je suis libre… Andreas… Andreas est mon mari, mais cela ne suffit pas à me retenir ici. Je rentre chez moi.

Sans tenir compte de ses protestations, Andreas l'avait transportée dans l'infirmerie du palais.

— Quand es-tu rentré ? demanda-t-elle d'une voix faible.

Elle se sentait si lasse tout à coup.

— Il y a un quart d'heure. Je suis parti aussitôt à ta recherche.

À cet instant, une femme souriante aux formes généreuses entra dans la pièce, si bien qu'ils se turent tandis qu'elle s'affairait autour d'eux. Puis elle se pencha au-dessus du visage de Holly pour examiner sa blessure.

Comme l'avait pensé celle-ci, il ne s'agissait que d'une écorchure. La balle avait à peine éraflé la peau. Mais l'infirmière l'examina de près avant de discuter avec Andreas de la nécessité de faire appel au médecin de la famille royale.

— Non, ce n'est pas la peine, protesta Holly.

Mais ils ne tenaient absolument pas compte d'elle, constata-t-elle avec agacement.

— Vous savez, quand je travaille dans la propriété, au milieu du bétail, je récolte toutes sortes d'égratignures comme celle-ci, dit-elle quand l'infirmière la libéra enfin.

Andreas la prit doucement par le bras et l'emmena vers leurs appartements. De l'autre côté, il tenait Deefer. Elle aurait pu se dégager, songea Holly, mais c'était si agréable… Il se comportait comme s'il l'aimait.

Sans le vouloir, elle se serra contre lui. Andreas se tourna vers elle en souriant.

— Je t'ai manqué ?

— C'est une question déloyale, protesta-t-elle en détournant les yeux.

Mais elle fut incapable de ne pas lui demander :

— Vas-tu rester ici ? Ou… dois-tu t'en aller de nouveau ?

— Je vais repartir, dit-il gravement. Demain.

— Pour combien de temps ? l'interrogea-t-elle en sentant son cœur se serrer dans sa poitrine.

— Je ne sais pas.

— Je ne peux pas rester ici… sans toi.

— Je te comprends. J'espérais que… Mais aujourd'hui, tout est devenu clair. Deefer est fait pour être un chien de troupeau et toi, tu es faite pour être libre. Je ne laisserai pas ma mère te rogner les ailes.

— Elle ne le pourrait pas.

— Non, mais elle essaierait. Tout ce fichu palais essaierait. Même si ma mère n'est pas méchante, elle a été dominée trop longtemps par mon père pour pouvoir se libérer du protocole.

— Tu ne…, commença Holly en hésitant. Tu n'as jamais envisagé… de venir en Australie ?

— Je viendrai te voir.

Oui, bien sûr. Une fois par an ?

Holly ne put retenir la question qui lui brûlait les lèvres.

— À quelle fréquence ?

— Je ne sais pas, répondit-il sincèrement.

À présent, ils avaient regagné leurs appartements. Il alla la déposer sur le lit avant de s'asseoir à côté d'elle. Il avait déposé Deefer sur le tapis, et le chiot sembla comprendre que le moment était important : il s'allongea sagement aux pieds de sa maîtresse.

— Je ne peux pas faire ce que je veux, Holly, dit Andreas.

— Et ton pays a besoin de toi.

— Oui, approuva-t-il simplement.

— Je… Cela ne fait rien, articula-t-elle péniblement. Je ne m'attendais pas vraiment à ce que tu reviennes avec moi à Munwannay.

— Je viendrai le plus souvent possible, dit-il. Tu es ma femme.

— En théorie.

— Tu l'es légalement, affirma-t-il avec force. Je te veux, Holly. Je te veux ici, dans mon lit, mais j'accepte le fait que ce ne soit pas possible. Mon père a rogné les ailes de ceux qui l'entouraient. Je ne suivrai pas son exemple, crois-moi.

— Andreas…

— Chut, ma chérie murmura-t-il en l'attirant contre lui. Oui, je dois partir demain, mais je ferai en sorte que tu puisses t'en aller toi aussi. Un bateau t'emmènera en Grèce et des amis à moi s'occuperont de toi. La presse sera informée que des affaires urgentes te réclament en Australie. Sebastian ne te retiendra pas de force, ne crains rien.

Il avait tout prévu, songea Holly avec tristesse.

— De l'argent a déjà été transféré sur ton compte, continua-t-il. À ton arrivée, tu verras qu'en ce qui concerne Munwannay, tout a été réglé. Tu pourras engager de bons employés, Holly, et quand je viendrai, je retrouverai la propriété comme je l'ai vue autrefois — pleine de vie.

— Je…

— Tu y arriveras, affirma-t-il avec force. C'est ce que tu as toujours désiré. Et ici, la situation va se calmer. Notre peuple trouve formidable d'avoir une princesse australienne, mais ils connaissent mes devoirs. Ils comprendront.

— Mais, Sebastian…

— Sebastian n'a plus rien à voir là-dedans.

— Ni ta mère ?

— Non. Néanmoins, je suis responsable moralement envers eux. C'est pour cela que je dois continuer à rechercher le diamant.

Holly avait de plus en plus de mal à retenir ses larmes. Il ne comprenait pas le déchirement qui s'opérait en elle. Était-elle donc seule à désirer ce qui s'offrait à eux, si proche mais aussi si lointain ? Elle mourait d'envie qu'il la prenne dans ses bras, qu'il lui dise qu'elle était vraiment sa femme, qu'il ne la laisserait jamais partir. Au lieu de cela, il lui parlait de ses responsabilités envers sa famille.

— Je crois que tu devrais partir maintenant, murmura-t-elle.

— Mais je ne dois partir que demain. J'avais pensé…

— Eh bien, cesse de penser, répliqua-t-elle vivement. Je

viens de subir un choc. On m'a tiré dessus et j'ai été blessée. J'ai un mal de tête épouvantable, et si tu crois que je vais aller au lit avec toi dans cet état…

— La Holly que je connaissais ne se serait pas laissé décourager par un mal de tête.

— Peut-être. La Holly que tu connaissais était une idiote, chuchota-t-elle. Mais à présent, elle en a assez de toute cette mascarade. Ça suffit, Andreas. Va-t'en, je t'en prie.

— Holly…, commença-t-il en prenant son visage entre ses mains pour la forcer à le regarder. Je ne te crois pas.

Puis il sourit, de ce sourire fabuleux, doux et séducteur qui la faisait habituellement craquer.

— Tu ne me désires pas ? murmura-t-il.

— S'il te plaît, Andreas, arrête, répondit tristement Holly. Va-t'en.

Il la regarda un long moment, le visage vide de toute expression. Puis, sans dire un mot, il se leva et sortit de la pièce.

Elle l'avait renvoyé. Il était parti et elle ne le reverrait pas avant son départ.

Si elle se dirigeait vers la porte et l'appelait, il reviendrait et resterait avec elle. Jusqu'à l'aube.

Tout à coup, Holly se rendit compte qu'elle pleurait à chaudes larmes. Elle détestait cela. Seul Andreas la faisait pleurer.

— Raison de plus pour partir, dit-elle à Deefer, blotti contre ses pieds. Je *dois* rentrer à Munwannay.

Même si cela devait lui briser le cœur.

Quand Andreas se retrouva dans la cour du palais, le soleil caressait les colonnes en marbre. Cet environnement était le sien, se dit-il en contemplant la haute fontaine sculptée qui trônait au centre de la cour. C'était là que se déroulait sa vie.

Soudain, il pensa à l'univers que Holly allait rejoindre. Les vastes espaces, la nature sauvage et indomptable. Une vague de nostalgie s'empara de lui, si puissante qu'il ressentit une douleur physique.

Munwannay et Holly. *Holly.*

Il ne pouvait pas la garder au palais contre sa volonté et il la laisserait partir. En dépit de Sebastian. En dépit de sa mère. Ils avaient tort. Holly était belle, sauvage et libre, et personne ne la retiendrait.

Une douleur insupportable lui étreignait le cœur. Il devait la laisser partir. La laisser partir…

À cet instant, un bruit derrière lui le fit se retourner. Deux serviteurs ouvraient la porte pour laisser passer Sebastian, qui se dirigea vers lui à grands pas.

— Je t'avais dit que je voulais te voir dès ton arrivée au palais.

— Holly avait besoin de moi.

— Je me moque des besoins de Holly. Tu sais que cette affaire est urgente. Je veux entendre ton rapport *immédiatement*. Le fait que j'aie été obligé de venir te trouver est…

— Impardonnable, acheva sèchement Andreas à sa place. Tu veux que ma tête soit tranchée à l'aube ?

— Ne plaisante pas. Tu sais ce qui est en jeu. J'ai besoin que tu sois concentré.

— Bien sûr.

— Je suis sérieux, Andreas, fit Sebastian d'un ton dur.

— Tu es sérieux, évidemment. Et je sais que c'est urgent et que le sort de notre pays dépend de ma concentration. Mais Holly part demain pour l'Australie.

— Comment ? s'exclama Sebastian, l'air fort mécontent. Je t'ai dit que je voulais que ce mariage dure.

— Eh bien, sache qu'il est terminé, riposta Andreas avec une force et une assurance qu'il était bien loin d'éprouver. À moins que tu ne nous enfermes dans un donjon, tu n'y pourras rien changer, mon cher frère. Holly rentre chez elle demain. Point final.

11

Tout se déroula à une vitesse stupéfiante. D'abord il y avait eu la traversée vers la Grèce sur un bateau de pêche avec des amis d'Andreas. À ce moment-là, Sebastian pouvait intervenir, expliquèrent-ils à Holly, aussi devait-elle rester avec eux, car ils étaient entièrement dévoués à Andreas. Ensuite, elle et Deefer avaient été conduits à l'aéroport où ils avaient embarqué en première classe, entourés de mille soins par le personnel de bord durant tout le trajet.

Une fois arrivés à Perth, Holly dut se séparer de son cher Deefer. Il devait en effet subir une quarantaine avant de pouvoir devenir australien. Quand elle sortit des douanes, elle fut accueillie par un pilote qui l'attendait. Un hélicoptère privé était prêt à l'emmener à Munwannay.

Mais, alors qu'elle aurait dû se sentir flattée et choyée, elle se sentait au contraire affreusement seule et malheureuse.

Avant même d'atterrir, elle vit les signes du changement survenu à Munwannay. Elle aperçut quelques personnes, ici et là, ainsi que deux véhicules flambant neufs, puis deux hommes à cheval.

Eh bien, l'argent promis par Andreas semblait être arrivé à la propriété avant elle…

Quand elle sortit de l'hélicoptère, un homme de haute stature et âgé d'une cinquantaine d'années vint à sa rencontre, accompagné d'un blue heeler élancé.

— Bonjour, madame, dit-il avec un sourire. Je suis Bluey Crammond.

Il baissa les yeux sur son compagnon.

— Et voici Rocket. Votre mari m'a fait venir ici pour vous aider à remettre la propriété en état. Si nous nous entendons bien tous les trois, votre mari pense que je pourrais rester et devenir votre intendant, mais c'est à vous de décider. Rocket et moi sommes à l'essai pour trois mois. Après cela, si vous pensez que nous vous convenons, nous resterons. Mais je vais vous dire quelque chose — cet endroit est fabuleux et votre mari m'a dit que vous aviez des projets. Je suis impatient de les connaître.

Il sourit de nouveau, lentement, à la façon des fermiers. Et à sa demande, Rocket tendit la patte à Holly. Elle était conquise…

Quelques instants plus tard, elle le fut également par la gouvernante qui les attendait à la maison. Margaret Honeywell était une adorable femme ronde qui rappela fortement Sophia à Holly.

— Votre mari m'a dit que j'étais à l'essai pour trois mois, mais si ma présence vous dérange, je m'en irai, annonça-t-elle avec un sourire plein de chaleur. Bluey et moi nous avons été bien payés pour cette période d'essai, alors n'hésitez pas à nous renvoyer. Mais j'espère bien rester.

Holly était déjà convaincue que tous trois — quatre avec Rocket — feraient très bon ménage. Andreas avait vraiment réussi à trouver des êtres merveilleux.

Le travail déjà réalisé était incroyable. La maison étincelait grâce à l'enthousiasme énergique de Honey — comme Margaret lui avait demandé de l'appeler. Des entreprises avaient été engagées, réparant les dommages dus à des années de négligence. Le matériel avait été soit réparé, soit remplacé…

— Je serais heureux de vous accompagner au marché à bestiaux, lui dit Bluey d'un ton respectueux. Mais le prince a dit que vous connaissiez le bétail mieux que quiconque et je ne voudrais pas vous gêner. Et il a dit aussi que vous aviez les moyens d'acheter un grand troupeau.

En effet. Quand elle vérifia son compte bancaire, Holly

n'en crut pas ses yeux. Elle avait *largement* de quoi redonner à Munwannay tout l'éclat de son passé.

Elle aurait dû être heureuse à la folie. Mais, tout d'abord, elle n'avait pas Deefer avec elle. Rocket était un chien formidable, mais ce n'était pas le sien.

Et puis, elle n'avait pas Andreas à ses côtés.

C'était stupide de se languir de lui, se disait-elle farouchement au fur et à mesure que les jours passaient. Si elle était restée à Aristos, il lui aurait manqué tout autant. En plus, elle aurait dû subir ces stupides leçons de maintien et ce fichu protocole. Tandis qu'ici, au moins, elle pouvait se salir les mains et aller où bon lui semblait.

Andreas lui avait réservé une autre surprise — Whippy, le petit-fils de sa jument Merryweather. Celle-ci était morte deux ans plus tôt de vieillesse, lui avait appris un mot d'Andreas, mais ses hommes avaient trouvé Whippy, qui ressemblait incroyablement à sa grand-mère. Par ailleurs, il était aussi travailleur qu'elle. Holly l'avait adoré dès qu'elle l'avait aperçu.

Ainsi, elle avait tout ce dont elle n'aurait jamais osé rêver. D'autre part, elle s'était investie à fond dans cette aventure, travaillant toute la journée sans se ménager, si bien qu'elle s'écroulait de fatigue chaque soir.

Alors pourquoi restait-elle éveillée nuit après nuit, pensant à Andreas ? À se dire que si elle était restée à Aristos, le peu de temps qu'il aurait pu lui accorder l'aurait peut-être comblée ? À penser qu'elle avait été folle de revenir à Munwannay ?

Une semaine après son arrivée, Andreas lui téléphona. Après une journée passée à l'extérieur, elle avait chaud et se sentait exténuée. Au moment où elle arrivait sous la véranda, Honey lui tendit le téléphone en souriant :

— C'est votre mari.

Votre mari... Honey souriait comme si la situation était tout à fait normale. Bon sang, c'était un mariage factice. Mais si c'était le cas, pourquoi pensait-elle sans cesse à Andreas ?

— Bonsoir, fit-elle avec embarras.

Silence. À tel point qu'elle crut que la communication avait été interrompue.

— Bonsoir, dit-il enfin, d'une voix lasse et stressée. Comment ça va ?

— Bien. Je veux dire… tout est formidable, dit-elle en s'efforçant de paraître enthousiaste et heureuse. Je n'en reviens pas que tu aies trouvé Whippy.

— J'aurais préféré retrouver Merryweather, répliqua-t-il doucement. Je l'aimais beaucoup, moi aussi.

Holly avala péniblement sa salive, repensant au jeune Andreas chevauchant à côté d'elle…

— Les gens que tu as embauchés sont formidables, eux aussi. Tu as vraiment fait des merveilles.

— Je suis bon pour dénicher les gens formidables, répliqua-t-il d'une voix rauque. Surtout une femme fantastique. Mon épouse, par exemple.

— Tais-toi, murmura-t-elle. Andreas, tout cet argent… C'est trop.

— J'espère que cela suffira. Bluey m'a affirmé que ça devrait aller, mais n'hésite pas à me dire si tu as besoin de plus de fonds.

— Tu ne…

— Tu es la mère de mon fils, l'interrompit-il. J'aime Munwannay autant que toi et je veux que cet endroit retrouve sa splendeur passée.

— Tu es à Aristos ?

— Oui, mais je ne fais qu'y passer. Holly…

— Oui ?

— Es-tu heureuse ?

La question la prenait par surprise.

— Bien sûr que non, répliqua-t-elle avant d'avoir pu s'en empêcher.

— Pourquoi ?

« Parce que je t'aime, espèce d'imbécile », songea-t-elle.

— Deefer me manque, dit-elle. Encore trois semaines avant que je puisse aller le rechercher.

— Paie quelqu'un pour y aller à ta place.

— Non, j'irai moi-même, insista-t-elle en refoulant les larmes qui menaçaient de l'étouffer. Je... Voulais-tu me parler d'autre chose ?

— Puis-je parler à Bluey ?

— Tu veux l'interroger ?

— Oui. Je m'inquiète à ton sujet, Holly. J'ai entendu dire que tu travaillais trop.

— Et toi aussi, riposta-t-elle. J'entends très bien à ta voix que tu es exténué. Combien d'heures as-tu dormi la nuit dernière ?

— Cela ne te...

— Cela ne me regarde pas, en effet ! s'emporta-t-elle. Car je ne suis pas ta femme, Andreas. Et tu n'es pas mon mari. Merci beaucoup pour tout ce que tu as fait pour Munwannay. Mais si tu n'as plus rien à me dire, merci d'avoir appelé et au revoir.

Après avoir raccroché le téléphone, Andreas le contempla pendant longtemps sans bouger. Quand Sebastian vint le retrouver, il était toujours debout devant son bureau.

Son frère aîné le regarda d'un air inquiet.

— Que se passe-t-il ? Des problèmes ? Le diamant...

— Aucun problème, répondit Andreas en secouant la tête. Pas autant que je sache en tout cas. Je pars pour l'Espagne dans la matinée.

D'une façon tout à fait inhabituelle, Sebastian lui posa la main sur l'épaule.

— Tu as une mine épouvantable, Andreas.

— J'ai renvoyé ma femme en Australie.

— L'idée ne venait pas de moi, dit fermement son frère. En fait, je crois même l'avoir interdit. Il y a déjà des répercussions. Malgré toutes tes explications raisonnables, le peuple n'est pas content que vous vous soyez séparés si vite.

— Alors, laisse-moi aller la rejoindre.

— Ramène-la à Aristos. Nous avons besoin de toi ici. Les prochaines semaines sont vitales pour le salut de notre pays.

— Et ensuite ?

— Tu es le troisième de la lignée. Tu connais ton devoir et tu sais que ta place est ici.

— Très bien, je pars donc en Espagne, pendant qu'Alex continue sa lune de miel.

— Il reviendra, il connaît sa place, lui aussi.

— La famille, évidemment, toujours la famille.

— Cesse de penser à…

— Bien sûr que je pense à elle ! le coupa vivement Andreas.

— C'est un mariage de convenance.

— Oui, dit-il en fermant les yeux. Un mariage de convenance… Sebastian, laisse-moi. Je dois partir en Espagne — le devoir m'appelle…

Les premières bêtes du troupeau arrivèrent le jour où finissait la quarantaine de Deefer. Holly désirait plus que tout s'envoler vers Perth pour aller le chercher, mais c'était elle qui avait choisi les bêtes. Elle devait absolument être là pour vérifier que c'était bien celles qu'elle avait achetées.

Elles arrivèrent à l'aube, dans d'énormes camions qui se suivaient les uns les autres sur la piste. Chaque lot devait être contrôlé, puis les bêtes marquées une à une avant d'être emmenées vers les différents enclos. Elles y resteraient dans un premier temps, avant d'être lâchées petit à petit dans les vastes terres qui les entouraient.

Holly travailla toute la journée, vérifiant le bétail, donnant des ordres, travaillant de conserve avec Bluey et les deux autres hommes qu'ils avaient récemment embauchés. Ils avaient besoin de plus de personnel, songea-t-elle. Et de plus de bétail.

Et demain, elle irait chercher Deefer à Perth. Cette perspective aurait dû la rendre heureuse, alors pourquoi se sentait-elle si vide ?

À 19 heures, les derniers camions quittèrent la propriété.

Même Bluey était exténué. Honey avait dressé une table à l'extérieur, sur des tréteaux, où tout le monde était venu chercher des sandwichs au cours de la journée. À présent, elle rangeait et nettoyait les restes.

— Vous voulez que je vous prépare quelque chose, Holly ?

— Non, merci. Je crois que je vais simplement aller prendre une douche et me coucher.

— Vous pourriez changer d'avis, répliqua Honey en regardant sa montre. Vous allez avoir de la visite.

À cet instant le bruit de moteur d'un hélicoptère se fit entendre.

— Quand on parle du loup…, ajouta Honey en mettant sa main en visière pour regarder le ciel.

— Qui… ?

— Il a appelé tout à l'heure, quand vous étiez dans les enclos. Il pensait arriver à 19 heures. « Faites en sorte qu'elle soit là », m'a-t-il dit. Alors je lui ai répondu : « Où voulez-vous qu'elle soit ? » Et le voilà. Vous croyez qu'il voudra un sandwich ?

— Je… De qui parlez-vous ?

— À votre avis ? demanda Honey avec un grand sourire, avant de se diriger vers la véranda en portant une pile d'assiettes sales. Vous faites une drôle d'épouse.

Car c'était Andreas, bien sûr. L'hélicoptère atterrit au même endroit que la fois où les sbires de Sebastian étaient venus. Georgiou descendit le premier avant d'aller ouvrir la porte à l'arrière. Aussitôt, Andreas sauta lestement sur le sol et se tourna vers la maison.

Et dans ses bras, il portait… Deefer.

— Deefer, murmura Holly comme si c'était le petit chien qui comptait le plus pour elle, et non l'homme qui le tenait dans ses bras.

— Appelle-le ! lui cria Andreas quand le moteur de l'hélicoptère se fut complètement arrêté.

Holly descendait déjà les marches de la véranda, comme si ses jambes fonctionnaient toutes seules. Bon sang, rêvait-elle ? se demanda-t-elle en s'avançant vers eux.

— Deefer ! appela-t-elle d'une voix tremblante.

Dès qu'Andreas eut posé le chien sur le sol, celui-ci traversa l'enclos à une vitesse folle. Holly vit la petite boule de poils noirs et blancs foncer comme un bolide et quand il arriva devant elle, elle n'eut pas besoin de se pencher. Il bondit directement dans ses bras, le corps tressaillant de joie.

— Deefer. Oh, Deefer, murmura Holly, au bord des larmes.

Mais Andreas se dirigeait vers elle. Avant qu'elle ait eu le temps de faire quoi que ce soit, il la prit dans ses bras, si fermement que Deefer se retrouva coincé entre eux.

— Mais que… ? bredouilla-t-elle.

— J'avais entendu dire que tu ne pouvais pas aller chercher Deefer, dit-il en souriant avec une telle tendresse que Holly se sentit fondre au plus profond d'elle-même.

Cependant, il ne s'agissait que d'une visite éclair, songea-t-elle. Il fallait qu'elle se ressaisisse.

— Tu as tout prévu.

— Oui, mais cela a été un peu périlleux, je l'avoue, car je reviens tout juste de France.

Ainsi, c'était bien une visite éclair.

— Combien… Combien de temps comptes-tu rester ici ?

Il se mit à rire en l'écartant de lui. Ses yeux brillaient d'un éclat que Holly n'y avait jamais vu.

— Aussi longtemps que tu voudras de moi, dit-il.

Elle eut l'impression que son cœur s'arrêtait de battre.

— Aussi longtemps que…

— Oui, mon cœur, aussi longtemps que tu le voudras.

Puis il l'embrassa avec une telle douceur qu'elle put à peine le supporter.

C'était impossible. Elle devait avoir mal entendu, songea Holly en s'abandonnant à son baiser.

Quand il finit par éloigner son visage du sien, ses yeux étaient toujours aussi étincelants.

— Je crois que Deefer manque d'air, dit-il avec malice avant de déposer le chiot sur le sol.

Rocket venait de sortir du logement de son maître et se

dirigeait vers eux, curieux de voir les nouveaux arrivants. Dès qu'il l'aperçut, Deefer se lança au-devant de lui en jappant de joie.

— Il ne craint rien ? demanda Andreas.

— Rocket est un chien formidable, dit Holly en s'écartant d'Andreas à regret.

En effet, le grand chien s'allongea sur le sol, puis se tourna sur le dos avant que le chiot ne le rejoigne, en signe de complète soumission.

— Est-ce une attitude raisonnable ? demanda Andreas.

— Probablement pas.

— Dans ce cas, entraînement dès demain. Leçon numéro un : respect envers les aînés.

Puis il se pencha vers Holly pour l'embrasser de nouveau avec passion. Quand ils interrompirent leur baiser pour reprendre leur souffle, elle vit que Deefer bondissait autour de Rocket, et même *sur* lui, se roulait dans la poussière, en jappant comme un petit fou.

Holly respira à fond et demanda d'un ton résolu :

— Explique-moi.

— Que veux-tu que je t'explique ?

— Pourquoi tu débarques ainsi dans ma vie.

— Pour sauver mon pays. Comme tout noble prince qui connaît son devoir envers son peuple.

— Tu as perdu la tête.

L'air blessé, il la tint à bout de bras.

— Tu veux dire que je suis fou ? Alors que je viens de te ramener ton chien ?

— Explique-moi ce qu'il se passe, insista-t-elle.

— Tu as fait un tabac à Aristos, commença-t-il. Les gens t'adorent. Quand tu es partie, il y a eu un tollé général.

— Je ne te crois pas.

— Tu as tort, parce que c'est vrai. Comme j'étais souvent absent, nous avons fait courir la rumeur que j'étais ici, avec toi, mais après avoir fait une enquête, la presse locale a découvert que c'était faux.

— Ils m'ont appelée, en effet, dit Holly, abasourdie. Qu'est-ce que j'aurais dû faire ? Mentir ?

— Non. Tu as bien fait de dire la vérité. Alors, Sebastian a décrété que tu devais revenir à Aristos.

— Pour me couper les ailes ? soupira Holly.

— C'est ce que je lui ai répondu.

— Et… ?

— Et les gens ont protesté, disant que c'était un faux mariage. Ils t'aiment vraiment. Alors Sebastian m'a dit une fois de plus de penser avant tout à ma famille. Et soudain, j'ai pensé… que tu étais ma famille.

À cet instant, il lui adressa un sourire d'une tendresse inouïe qui fit battre le cœur de Holly d'un fol espoir.

— Je ne m'en étais pas encore rendu compte, reprit-il, mais soudain tout est devenu lumineux. C'est toi, Holly, ma famille. Tu vis ici, à Munwannay que j'aime et où je veux travailler. Mon fils y est enterré. Et puisque notre peuple veut que nous soyons ensemble, eh bien, soyons-le. Ici.

Holly pouvait à peine respirer. Elle le contemplait, stupéfaite et émerveillée à la fois, osant à peine y croire.

— Tu… tu as quitté Aristos pour moi ?

— Oui, dit-il doucement. Mais je n'ai pas fui mon devoir. La commission d'enquête contre la corruption a terminé sa tâche. J'ai fait tout ce que j'ai pu pour retrouver le diamant. Non, ne me demande pas si je l'ai retrouvé car je ne peux pas te le dire.

— Mais… ta mère, Sebastian…

— Ils *étaient* ma famille. Après la mort de mon père, ils doivent reconsidérer ce qui est important pour eux. Ma mère fait ses premières tentatives dans cette perspective.

— Mais tu es le troisième de la lignée.

— Peu importe, dit-il en la serrant contre lui. Je l'ai annoncé très clairement au cours d'une déclaration à la télévision nationale, il y a deux jours. Mon frère est parfaitement capable de gouverner le pays. Et Alex est à ses côtés. Et il a aussi mes sœurs, Holly. Comme moi, Sebastian a été élevé dans l'idée que les femmes doivent rester à l'arrière-plan, mais je sais qu'il a tort. Je le lui ai dit, ainsi qu'à ma mère et à mes sœurs, et je l'ai dit aussi à mon pays. J'ai fait tout ce que j'ai pu pour le salut de celui-ci, mais maintenant je dois vivre pour moi — pour nous. Si tu es d'accord, ma chérie. Tu as beaucoup d'espace ici. Crois-tu que nous pourrions le partager ?

Holly laissa échapper un sanglot. Elle tenait Andreas serré contre elle tout en observant son visage comme si elle redoutait qu'il change d'avis tout à coup.

Elle se tourna vers les plaines qui s'étendaient autour d'eux à l'infini.

— Je crois que oui, il y a assez de place pour nous deux, murmura-t-elle. Si tu le veux vraiment.

— Bien sûr que je le veux vraiment ! s'exclama-t-il avec joie avant de la soulever dans ses bras.

Puis il la reposa doucement sur le sol avant de prendre sa bouche avec passion.

Au bout de quelques instants, Holly s'écarta de lui à regret.

— Est-ce qu'on pourrait rentrer à la maison ? chuchota-t-elle. Tout le monde nous regarde.

— Et que voudrais-tu faire à l'abri de tous les regards ?

— Viens avec moi et tu le sauras.

Quelques heures plus tard, Holly reposait dans les bras d'Andreas. Elle caressa lentement son épaule nue.

— Te souviens-tu qu'autrefois, nous avions pris des précautions quand nous faisions l'amour ? demanda-t-elle.

— Oui, mais apparemment, elles n'ont pas été très efficaces…

— Non, en effet.

Le ton de sa voix intrigua soudain Andreas. Il se redressa et scruta le visage de Holly.

— Eh oui…, murmura-t-elle avec un sourire hésitant.

Les émotions qui se bousculaient en elle étaient si fortes…

— Tu… tu veux dire que…

— … que décidément, nous avons des problèmes avec les préservatifs.

— Tu es enceinte, chuchota-t-il. Tu es enceinte !

Il n'y avait aucune ambiguïté dans sa réaction, songea Holly. La joie inondait son beau visage et il la contemplait avec des yeux étincelants.

— Tu portes notre enfant ? enchaîna-t-il d'une voix émerveillée.

— Oui, murmura-t-elle en souriant de bonheur.

— Mon cœur, dit-il avec une tendresse inouïe. Mon cher amour. Je n'étais pas là pour la naissance de notre fils…

Il lui prit doucement la main avant de continuer.

— … ni au moment de sa mort, et je le regrette infiniment. Mais je te jure que je serai à tes côtés chaque jour de ta grossesse — et tous les jours qui suivront.

Cette fois, Holly se mit à pleurer. Il avait prononcé ces paroles avec une telle tendresse, un tel amour, qu'elle ne pouvait plus contenir les émotions qui se bousculaient en elle. Et quand elle regarda son mari dans les yeux, elle vit des larmes briller au bord de ses paupières.

Mais il sourit et l'attira contre lui.

— Mon adorable épouse, mon cœur, murmura-t-il. Tu n'es plus ma prisonnière. C'est moi qui suis prisonnier maintenant, de ton amour, et pour toujours.

KATE HEWITT

La fiancée insoumise

INTÉGRALE

LE ROYAUME DES KAREDES

Traduction française de
ÉLISABETH MARZIN

SAGAS

HARLEQUIN

Titre original :
THE SHEIKH'S FORBIDDEN VIRGIN

Ce roman a déjà été publié en 2017

1

Encore et toujours le même rêve. Implacable, horrible. Un enchevêtrement d'images et de bruits insoutenables. Des mains tendues, suppliantes... Et la mer qui se refermait sur lui...

Les poings crispés sur le drap, la peau luisante de sueur, Aarif Al'Farisi s'agitait dans son sommeil.

« Aarif ! Au secours ! »

Le cri désespéré résonnait indéfiniment dans les couloirs du temps et de la mémoire.

Aarif se réveilla en sursaut. Le faisceau oblique d'un rayon de lune argenté perçait l'obscurité.

Il s'assit au bord du lit, s'appliquant à respirer lentement. Peu à peu, les battements effrénés de son cœur se calmèrent. À chaque inspiration, les fantômes du passé cédaient du terrain. Provisoirement...

Passant la main dans ses cheveux ébouriffés, il se leva et sortit sur le balcon de sa chambre du palais royal de Calista. Baigné par le clair de lune, le désert s'étendait jusqu'au fleuve Kordela, dont les alluvions regorgeaient de diamants.

Tandis que la brise du désert effaçait la sueur sur sa peau, Aarif chercha l'apaisement dans le spectacle toujours fascinant des dunes de sable.

Comme il haïssait ce cauchemar ! N'en serait-il donc jamais délivré ? Aujourd'hui encore, vingt ans après, il se réveillait toujours aussi bouleversé. Anéanti.

Mais n'était-ce pas un juste châtiment ? Il avait failli à ses devoirs envers son frère et sa famille. Quoi de plus normal que d'être condamné à revivre éternellement son échec ?

Cependant, cela ne lui était plus arrivé depuis plusieurs mois, et ce répit lui avait donné un sentiment de sécurité illusoire, qui venait d'être réduit à néant. Comment avait-il pu être assez stupide pour s'imaginer que sa conscience avait enfin décidé de le laisser en paix ?

Avec un soupir de frustration, il tourna le dos au désert et au ciel pailleté d'étoiles pour rentrer dans sa chambre. Inutile de chercher à se rendormir, il n'y parviendrait pas. Autant en profiter pour travailler.

Après avoir enfilé un pantalon ample en coton, il s'assit à son bureau, alluma son ordinateur et consulta sa messagerie. Il avait rendez-vous dans la semaine avec plusieurs clients importants. Si certains d'entre eux lui avaient envoyé des messages, il était essentiel de leur répondre sans attendre. Les diamants de Calista étaient certes très appréciés, mais il ne fallait pas négliger la concurrence de l'Afrique ni de l'Australie.

Cependant, le seul message reçu provenait de son frère, le roi Zakari de Calista.

Je suis obligé de m'absenter pour suivre une piste concernant le diamant. Va à Zaraq chercher Kalila.
Ton frère, Zakari.

Le diamant… Le Stefani, joyau de la couronne d'Adamas. Lors de la division du royaume, il avait été retaillé en deux pierres, intégrées aux couronnes d'Aristos et de Calista. Depuis cette date, les deux îles étaient gouvernées par deux souverains différents. Le dernier roi d'Adamas avait cependant souhaité qu'un jour, les deux moitiés du Stefani soient réunies, ce qui entraînerait la réunification du royaume d'Adamas.

Or, le diamant de la couronne aristéenne avait récemment disparu. Dès qu'il l'avait appris, Zakari s'était lancé à sa recherche, déterminé à étendre sa souveraineté sur les deux îles.

Aarif réprima un soupir. Cette quête était devenue la priorité absolue de son frère. À tel point qu'il n'hésitait pas à le charger d'une mission pour le moins inhabituelle… La princesse Kalila Zadar était la fiancée de Zakari et leur mariage devait être célébré deux semaines plus tard.

Par tradition, il incombait au futur époux d'escorter sa fiancée depuis le palais de son père jusqu'à sa nouvelle résidence. En lui demandant de le remplacer, Zakari le mettait dans une position délicate. Il devrait user de toute sa diplomatie pour que ni le roi Bahir, ni sa fille Kalila, ni le peuple de Zaraq ne se sentent offensés par cette entorse à la tradition. L'alliance avec Zaraq, objet de ce mariage, était trop importante pour le royaume de Calista.

J'irai chercher la princesse.
Ton serviteur, Aarif.

Quelles que soient ses réticences, il était impossible d'émettre la moindre objection et encore moins de refuser d'exécuter l'ordre royal. Aarif ne l'envisagea pas une seule seconde. Son sens du devoir le lui interdisait.

Il jeta un coup d'œil par la porte-fenêtre. L'aube striait le ciel de griffures rosées qui se reflétaient sur les dunes. Alors qu'il reportait son attention sur son écran, il s'aperçut dans le miroir et réprima une moue amère. Après toutes ces années, la cicatrice qui courait de son front à sa mâchoire continuait de le perturber… Impitoyable, elle lui rappelait qu'un jour il avait été incapable d'accomplir son devoir.

Plus jamais ça.

Lorsque Kalila se réveilla d'un sommeil agité, le soleil inondait sa chambre et la brise tiède faisait frémir les voilages.

L'estomac noué, elle posa la main sur son ventre comme si cela pouvait suffire à calmer son anxiété.

Aujourd'hui, elle rencontrerait son futur mari.

Elle se leva et gagna la fenêtre. Le désert ondulait sous un ciel d'un bleu éclatant qu'aucun nuage ne troublait. Au loin, on devinait quelques champs verdoyants, seules terres cultivées du pays. Le petit royaume de Zaraq était presque entièrement occupé par le désert. Terre aride et sous-sol pauvre en minerais, à l'exception de quelques gisements de cuivre et de nickel.

Kalila déglutit péniblement. Son mariage était lié à ce manque de ressources. Zaraq espérait que les mines de diamants de Calista favoriseraient son développement économique, tandis que Calista comptait sur la stabilité de Zaraq, royaume indépendant depuis toujours, pour renforcer son pouvoir politique. C'était très simple. Et très déprimant… Même si elle savait depuis toujours que tel était son destin de princesse.

À quoi ressemblait Zakari après toutes ces années ? Qu'allait-il penser d'elle ? Ils ne s'étaient vus qu'une seule fois, alors qu'elle était encore une enfant gauche et trop maigre. Pour sa part, elle gardait de lui le souvenir très vague d'un jeune homme plein d'assurance, très beau, qui lui avait tapoté la tête en souriant. Rien d'autre.

Aujourd'hui, cet étranger allait devenir son mari.

Pas question d'amour entre eux, bien sûr. Mais se plairaient-ils, au moins ?

Un coup fut frappé à la porte et Juhanah, la nurse qui s'occupait d'elle depuis sa naissance, entra dans la chambre d'un air affairé.

— Ah, tu es réveillée ! Parfait. Je t'apporte ton petit déjeuner. Ensuite, nous allons te faire belle. Sa Majesté devrait arriver vers midi, d'après ce qu'on m'a dit. D'ici là, nous avons du pain sur la planche.

Réprimant un soupir, Kalila quitta la fenêtre. Hier, son père lui avait expliqué les règles à respecter pour accueillir le roi Zakari.

— Il vient chercher une jeune fille respectueuse de la tradition, bien éduquée et digne de devenir reine. Tu ne dois pas lui adresser la parole ni même le regarder. Ce serait impudent, avait prévenu le roi Bahir en adoucissant ses recommandations d'un sourire bienveillant.

Cependant son regard était très sérieux.

— Tu as bien compris, Kalila ? Il est essentiel que tu donnes au roi l'image qu'il attend de toi. Juhanah t'aidera à te préparer.

Pas question pour elle de prononcer un seul mot ? À cette idée, elle s'était hérissée. L'indépendance d'esprit acquise lors de ses études en Angleterre était incompatible avec ce genre de principes.

— Pourquoi Zakari ne pourrait-il pas me voir telle que je suis ? avait-elle protesté en s'efforçant de garder un ton calme. C'est très important. Si un malentendu s'installe dès le début...

— Vous aurez tout le temps de faire connaissance par la suite, avait coupé son père d'un ton sans réplique. Demain, ce n'est pas à toi qu'il faudra penser, Kalila. Ni même à ton mariage. Il s'agira avant tout de sceller une alliance entre deux nations, deux familles royales. Dans le respect de la tradition. Il en a toujours été ainsi.

— Même lorsque vous vous êtes mariés, maman et toi ?

Bahir avait soupiré.

— Oui. Ta mère était moderne, mais pas rebelle. Elle a toujours été très respectueuse de nos coutumes. Écoute, tu voulais faire des études, je t'ai laissée partir à Cambridge. Tu as suivi les cours qui t'intéressaient, tu as passé ton diplôme, comme tu le souhaitais. À présent, le moment est venu d'accomplir ton devoir.

— Je le sais, père.

Oui, elle le savait et elle n'avait pas l'intention de se dérober. Mais pourquoi n'aurait-elle pas le droit de réaliser ses rêves ? Même s'ils étaient confus, ils étaient bien là, quelque part au fond de son cœur. Elle avait envie de joie, de bonheur... D'amour.

Or, dans cette union qu'on lui imposait avec un étranger, il n'avait jamais été question d'amour. Des sentiments pourraient-ils naître entre son mari et elle ? Zakari l'aimerait-il un jour ? Et elle, l'aimerait-elle ?

— Mange.

Juhanah indiqua à Kalila le plateau sur lequel l'attendaient un bol de *labneh,* yaourt crémeux, et une tasse de café fort et sucré.

— Tu as besoin de prendre des forces, ajouta-t-elle. La journée va être chargée.

Kalila s'assit et mangea une bouchée.

— Quel est le programme, exactement ?

— Il faut te préparer et t'habiller comme une jeune fille d'autrefois, à l'époque où la tradition avait encore de l'importance pour les jeunes.

Kalila réprima un sourire. Sa nurse n'avait jamais approuvé ses habitudes occidentales, héritées de sa mère anglaise et renforcées par quatre ans d'études à Cambridge.

La première fois qu'elle avait vu un jean dans sa chambre, Juhanah l'avait saisi entre deux doigts en le tenant éloigné d'elle comme s'il était contaminé…

— Le roi Zakari doit voir en toi une jeune fille respectueuse de la tradition, bien éduquée, digne de devenir reine.

Et à présent, voilà qu'elle répétait les paroles de son père comme un perroquet !

Les yeux pétillant de malice, Kalila demanda :

— Quand pourrai-je l'appeler Zakari, à ton avis ?

— Quand il sera dans ton lit, répliqua Juhanah avec un franc-parler inhabituel. D'ici là, reste modeste et réservée, ma chérie. Les hommes n'aiment pas les femmes effrontées.

— Juhanah ! Tu n'as jamais quitté Zaraq et tu ne connais rien du monde. Zakari est allé à l'université en Angleterre. C'est un homme qui a l'esprit ouvert !

Du moins c'était ce qu'elle avait lu dans la presse… Pourvu que ce soit vrai !

— Pfft… Tu crois que j'ai besoin de connaître le monde ? Ce qui compte, c'est ce qui se passe ici et maintenant. Aujourd'hui, le roi Zakari vient chercher une princesse bien éduquée, pas une jeune fille moderne et diplômée, insista Juhanah en roulant les yeux.

Sa nurse n'avait jamais approuvé non plus ces années d'études en Angleterre. Kalila eut un pincement au cœur. À vrai dire, par moments elle avait l'impression d'avoir rêvé ce séjour à Cambridge. Qu'en restait-il ? À quoi lui servait son diplôme ?

Tout ce qui comptait à présent, c'était son rang, son éducation. Zakari cherchait une alliance stratégique, rien de plus. Savoir qui elle était vraiment ne l'intéressait pas. Et ce qu'elle pouvait penser ou ressentir, encore moins… Juhanah avait malheureusement raison. Tout ce qu'il souhaitait, c'était qu'elle soit conforme à l'image traditionnelle d'une reine.

Kalila eut une moue de dépit. Elle savait tout cela. Elle se le répétait chaque jour depuis des semaines. Pourtant, aujourd'hui que le moment était venu de rencontrer son futur mari, elle était submergée par un profond sentiment d'insatisfaction.

— Tu n'as pas faim, *ya daanaya* ?

Kalila secoua la tête et repoussa le bol de *labneh*. Impossible d'avaler une bouchée de plus. Elle avait l'estomac beaucoup trop noué…

— Je vais juste boire un peu de café.

La préparation de la future mariée dura toute la matinée. Kalila eut beau s'exhorter au calme, elle eut du mal à maîtriser son impatience. Bien sûr, elle avait envie d'être aussi belle que possible pour rencontrer son futur époux. Malgré tout, ce déploiement de lotions, de crèmes, de fards et de poudres lui donnait l'impression d'être une volaille qu'on préparait pour la cuisson !

Elle dut commencer par un bain de lait. Encore une tradition qui ne l'enthousiasmait pas… Le lait de chèvre était peut-être bon pour la peau, mais il avait une odeur qui ne l'inspirait pas du tout.

Elle aurait de loin préféré un bain moussant… Mais inutile de le dire à Juhanah, elle n'aurait pas compris.

Il n'y avait que sa nurse et une fille de cuisine pour lui servir de *negaffa*, femmes chargées de la préparation de la mariée. En effet, depuis la mort de sa mère, le personnel du palais était très réduit.

Tandis que Juhanah la frictionnait avec une lotion parfumée, Kalila sentit son cœur se serrer au souvenir de sa mère morte lorsqu'elle avait dix-sept ans. Amelia était une femme merveilleuse, pleine de vie et de gaieté. C'était elle qui aurait dû la préparer pour cette rencontre avec son futur époux…

Son envie de bain moussant, elle l'aurait comprise. Elles auraient plaisanté et ri comme des gamines. Sa mère l'aurait aidée à se détendre malgré le caractère solennel de cette journée.

La rencontre officielle d'un roi et de sa future reine… En fait, elle s'apprêtait à jouer dans une pièce de théâtre. Une pièce minutieusement mise en scène, dans laquelle elle se devait d'interpréter scrupuleusement son rôle. Et sa vie dans tout ça ?

— Pas de moue boudeuse, la réprimanda gentiment Juhanah. Seulement des sourires aujourd'hui, ma princesse !

Kalila réprima un soupir. Oui, il fallait se montrer à la hauteur. Afficher un visage serein. Ne rien laisser deviner de la mélancolie qui lui nouait la gorge. À quoi ressemblerait sa vie ? Son avenir était à la fois tout tracé et très incertain.

Elle n'avait jamais revu Zakari depuis son enfance. Elle ne lui avait même jamais parlé. Il avait seulement envoyé quelques lettres, adressées à son père, des cadeaux d'anniversaire, des vœux impersonnels… Aujourd'hui, elle le rencontrerait mais elle n'aurait pas le droit de lui adresser la parole. Et dans deux semaines, elle l'épouserait.

C'était absurde…

— Regarde.

Juhanah l'entraîna vers le miroir. La vue de son reflet la stupéfia. Malgré toutes ces heures de préparation, elle ne s'attendait pas à une telle métamorphose ! Cette jeune femme en face d'elle était une étrangère…

Vêtue d'un caftan rouge brodé de fils d'or qui estompait sa mince silhouette, elle avait les cheveux tirés en arrière en une épaisse natte très élaborée. De lourds bijoux en or paraient ses poignets, son cou, ses oreilles…

Et ces yeux immenses soulignés de khôl, c'était vraiment à elle ? Une bouffée d'amertume l'assaillit. Elle se sentait ridicule. Déguisée.

— Splendide, n'est-ce pas ? demanda Juhanah d'un ton joyeux.

La fille de cuisine hocha vigoureusement la tête. Immobile, silencieuse, Kalila continua de fixer son reflet avec incrédulité.

— Et maintenant, la touche finale…

Juhanah lui entoura la tête et le visage d'un voile qui ne laissait apparaître que ses yeux.

— Parfait, dit-elle avec un petit soupir de satisfaction.

Kalila resta sans réaction. Était-ce bien elle qui, à Cambridge, passait ses soirées à refaire le monde avec des amis autour d'une pizza, assise par terre dans sa chambre d'étudiante, en jean et en pull ? Cette vie libre, joyeuse, exaltante, l'avait-elle réellement vécue, ou bien n'était-ce qu'une invention de son esprit délirant ?

Qui était-elle ? L'étudiante insouciante qui voulait apprendre et découvrir toujours plus de choses, ou bien cette femme voilée qui s'apprêtait à épouser un homme qu'elle ne connaissait pas ?

Huit mois plus tôt, elle avait reçu la visite de son père à l'université. Ils avaient déjeuné ensemble et elle lui avait parlé avec enthousiasme de sa vie sur le campus et de son projet de mémoire.

Son père l'avait écoutée patiemment pendant un moment, puis il avait posé une main sur la sienne, l'air grave. Aussitôt, elle avait senti son estomac se nouer et sa voix s'était éteinte. Elle avait compris le but de sa visite.

En réalité elle n'avait jamais été dupe, mais elle avait préféré se mentir à elle-même. Se jouer la comédie. Prolonger le rêve à tout prix. Mais comment aurait-elle pu oublier qu'elle avait été fiancée à douze ans ? Impossible. Même si la cérémonie ne lui avait laissé qu'un souvenir très vague. Quelques images et sensations confuses, le parfum entêtant du jasmin, le poids de la bague, un énorme diamant calistéen que Zakari avait glissé à son doigt. Elle l'avait enlevée dès qu'elle l'avait pu et l'avait rangée dans son coffret à bijoux, dont elle n'était plus ressortie depuis.

— Je sais que le mariage a été retardé de nombreuses fois, avait dit Bahir d'une voix étonnamment douce.

Elle avait baissé les yeux sur son assiette, en s'efforçant de refouler ses larmes.

— Des obligations familiales nous y ont obligés, de part et d'autre. Mais finalement, le roi Zakari a fixé une date… le 25 mai.

Elle avait senti son cœur se serrer. L'année universitaire commençait tout juste et les arbres du campus se paraient des couleurs de l'automne anglais. Avant la fin des cours, dans huit mois, elle se marierait ?

— Mais je…

— Kalila, c'est prévu depuis toujours. Tu le sais. C'est ton destin. Ton devoir. J'ai déjà prévenu l'université. Ton inscription a été annulée.

Elle avait relevé la tête, indignée.

— Tu n'avais pas le droit !

— Bien sûr que si. Je suis ton père… et ton roi. De toute façon, tu as déjà obtenu un diplôme. Ce troisième cycle n'était qu'un passe-temps.

— Pour moi, ça représente beaucoup plus.

Son père avait haussé les épaules.

— Peut-être, mais tu as toujours su quel était ton avenir. Ta mère et moi ne te l'avons jamais caché.

Non, en effet. Avant les fiançailles, ils lui avaient expliqué ses obligations de princesse, en lui précisant qu'il y avait toujours une grande joie à accomplir son devoir. De la propagande pure et simple ! Mais, avec son cœur d'enfant, elle y avait cru.

— Tu rentres à la maison avec moi, avait conclu son père en faisant signe au serveur. Tu as une journée pour dire au revoir à tes amis et faire tes bagages.

— Une journée ? Mais si je ne me marie pas avant le mois de mai…

— Jusqu'au mariage, ta place est à Zaraq. Auprès de ton peuple. Tu es restée absente pendant presque quatre ans. Il est temps que tu rentres.

Ce soir-là, en faisant sa valise, elle avait envisagé l'impossible. L'impensable. Refuser son destin. Rester à Cambridge, vivre sa vie, trouver elle-même un mari ou un amant…

Mais très vite, une évidence s'était imposée à elle. Qu'elle le veuille ou non, elle entretenait des liens étroits avec son pays. Elle ne pourrait jamais se résoudre à l'abandonner. L'avenir de Zaraq dépendait de son alliance avec Calista. Sacrifier égoïstement le bien de son peuple à ses propres aspirations était impossible. Trahir sa famille et son pays serait se trahir elle-même.

Elle était donc rentrée avec son père et elle avait erré dans le palais presque vide, jour après jour, comme une âme en peine. Au début elle avait essayé de poursuivre ses études, mais elle avait vite renoncé, trop abattue pour travailler seule.

Heureusement, elle avait des obligations qu'elle remplissait toujours avec plaisir. Rendre visite à des enfants malades à l'hôpital, inaugurer de nouvelles constructions. Elle aimait les contacts avec le peuple de Zaraq, qui l'appréciait beaucoup. Mais cela ne l'empêchait pas de se sentir prisonnière.

Prisonnière de son destin.

— Princesse ? Belle, *n'am* ?

La voix de Juhanah fit tressaillir Kalila. Elle se regarda dans le miroir et fut prise d'une irrésistible envie d'arracher son voile. C'était la première fois qu'elle le portait. Pour sa part, sa mère avait toujours refusé. Amelia n'était peut-être pas rebelle, mais elle ne s'habillait qu'à l'occidentale. Si elle consentait à se couvrir la tête lors des cérémonies officielles, elle se limitait à cacher ses cheveux. Son père n'avait jamais émis la moindre objection. Et pourtant, aujourd'hui il obligeait sa fille à se travestir en princesse des *Mille et une nuits* !

— Magnifique, murmura Juhanah, qui avait manifestement décidé de ne pas se laisser démonter par son silence.

Les doigts de Kalila se crispèrent sur son caftan et un de ses ongles accrocha un fil d'or.

Juhanah émit un petit claquement de langue réprobateur.

Au même instant, on frappa à la porte. La nurse alla ouvrir, tandis que Kalila continuait de se regarder dans la glace.

Était-ce vraiment à cela que ressemblait son avenir ?

Elle refoula ses larmes. Pas question de pleurer. Il était trop tard pour avoir des regrets. Beaucoup trop tard. Mais si elle avait pu prévoir quelle détresse elle éprouverait…

Juhanah revint et tourna autour d'elle, pinçant un pli de son caftan, lissant un autre.

— Tu es rayonnante, ma princesse.

Sous son voile, Kalila eut un sourire sarcastique. Juhanah y croyait-elle vraiment ? Sans doute. Elle était enchantée que sa petite princesse devienne bientôt reine.

— Et ça tombe très bien, poursuivit sa nurse, les yeux brillants. Le roi vient d'atterrir et il arrive directement de l'aéroport.

Aarif avait chaud et il avait envie de prendre une douche. Le court trajet en jeep entre l'aéroport et le palais avait suffi à le couvrir de poussière. À sa descente d'avion, il avait été accueilli par un conseiller du roi, qui avait jeté un coup d'œil circonspect à sa cicatrice…

Le palais de pierre ocre, d'architecture sobre mais majestueuse, était flanqué de deux tours élancées. Tout autour, le désert s'étendait à perte de vue. Seules les maisons de Makaris, la capitale du pays, située à quelques kilomètres, tranchaient sur les dunes.

La jeep s'arrêta devant l'entrée principale, une lourde porte voûtée à double battant de bois richement sculpté.

Aarif suivit le conseiller dans un long couloir de pierre où régnait une fraîcheur agréable. Dans une pièce meublée d'une table et de quelques fauteuils l'attendait une cruche de citronnade. Il se servit un verre et le but à longues gorgées avant de revêtir son *bisht,* la longue robe traditionnelle réservée à ce genre d'occasion. Dans la salle de bains adjacente, il s'aspergea le visage et se lava les mains.

Puis il rejoignit le conseiller, qui le conduisit jusqu'à la salle du trône, où l'attendait le roi Bahir.

— Sa Majesté le roi Zakari de Calista, annonça le conseiller d'un ton solennel.

Aarif se maudit intérieurement. Allons bon ! Une erreur avait dû se glisser dans la missive envoyée au roi Bahir pour l'informer qu'il remplacerait son frère. Il aurait dû l'écrire lui-même au lieu de confier cette tâche à un secrétaire !

À présent, il allait être obligé d'expliquer l'absence de Zakari devant la cour réunie autour de Bahir et cela risquait fort d'être considéré comme une grave offense. Aarif s'avança dans la pièce aux plafonds décorés de fresques et aux murs nus. Comme l'exigeait le protocole, il s'inclina devant le roi.

— Votre Majesté, je suis le prince Aarif, frère du roi Zakari. À son grand regret, les affaires du royaume empêchent Sa Majesté Zakari d'être présent à cette cérémonie et il m'a chargé de le représenter. C'est un immense honneur pour moi d'escorter la princesse Kalila jusqu'à Calista.

Aarif releva la tête et son regard fut irrésistiblement attiré par la silhouette voilée, à la droite du roi.

La fille de Bahir, bien sûr. Kalila. Il gardait le souvenir d'une enfant charmante au visage éveillé. Lors de ses fiançailles avec Zakari, plus de dix ans auparavant, il avait échangé quelques mots avec elle. Aujourd'hui, c'était une femme. Très belle. Même s'il ne voyait presque rien d'elle, il en avait la certitude.

Leurs regards se croisèrent. Oui, ces yeux immenses aux reflets dorés, bordés de longs cils épais, suffisaient à témoigner de sa beauté. Mais comme il fallait s'y attendre, ils s'attardaient sur sa joue. Sa cicatrice… Et cette lueur qui venait de s'y allumer, ce ne pouvait être que de la répugnance.

Submergé par une profonde amertume, Aarif serra les dents.

2

Il avait envoyé quelqu'un à sa place… Kalila était abasourdie. Son futur époux n'avait pas pris la peine de venir la chercher lui-même. Avait-il au moins prévu d'assister au mariage ?

Une moue cynique étira ses lèvres. L'avantage du voile, c'était qu'on pouvait se permettre toutes les grimaces…

Certes. Mais si elle ne se retenait pas, elle allait l'arracher et mettre fin à toute cette comédie. Le rôle qu'on lui avait imposé était de plus en plus insupportable !

Elle n'avait qu'une envie. Partir en courant et ne s'arrêter qu'une fois en sécurité, quelque part où elle pourrait enfin être elle-même sans que personne lui dicte sa conduite.

Son père s'était levé, constata-t-elle soudain. Selon le scénario qu'on lui avait indiqué, le moment était venu pour elle de se retirer. Réprimant un soupir, elle inclina brièvement la tête avant de quitter la pièce en prenant soin de ne pas se prendre les pieds dans son caftan. Elle allait enfin pouvoir enlever cet accoutrement ! Recommencer à respirer normalement, à défaut de retrouver sa liberté…

Dès qu'elle eut franchi le seuil de la pièce, elle tira sur son voile d'un geste vif, puis releva son caftan pour regagner sa chambre à grands pas. Juhanah la suivit en poussant des exclamations offusquées.

— Fais attention, ce tissu est fragile !

— Je m'en moque !

Juhanah lui prit le voile, qu'elle avait roulé en boule, et le lissa avec soin.

— Je comprends que tu sois déçue, mais le roi est un homme très occupé. Il est normal que les affaires du royaume l'accaparent. Autant que tu t'y habitues le plus tôt possible, *ya daanaya*.

— Avant même que nous soyons mariés ?

Kalila poussa un soupir de frustration. Elle avait besoin de se défouler ! D'exprimer sa frustration. Juhanah avait raison. Elle était déçue. Et profondément blessée.

Pourquoi ? Elle n'avait pourtant aucune raison de l'être. Ce n'était pas un rendez-vous amoureux qu'elle avait avec Zakari. Elle en avait toujours été consciente. Alors, pourquoi se sentait-elle aussi cruellement trahie ?

De retour dans sa chambre, elle prit une profonde inspiration. Du calme. Il était ridicule de se mettre dans un état pareil. Elle n'était plus une gamine mais une femme. Une princesse qui devait garder sa dignité, quoi qu'il arrive.

Huit mois plus tôt, à Cambridge, elle avait choisi d'accepter son destin. Elle aurait pu rompre les liens avec son père, son pays et sa culture, et la tentation avait été grande. Mais elle ne l'avait pas fait et ne regrettait pas sa décision. Tout au fond de son cœur, elle savait que malgré ses doutes, malgré son désir de liberté, elle était incapable de renier cette part d'elle-même.

Quant à la déception qu'elle venait d'éprouver, elle était due aux espoirs qu'elle avait caressés sans même en avoir conscience. Elle aurait aimé que son futur mari soit impatient de la retrouver. Qu'il reste sans voix en la voyant. Qu'il soit ébloui, qu'il tombe amoureux.

Et tout ça sans même la connaître… Quelle idiote ! Quelle attitude infantile ! Comme si la vie était un conte de fées…

Avec un soupir las, Kalila regarda son visage fardé dans le miroir. Le gros ventilateur de bois tournait paresseusement au plafond, mais la chaleur était oppressante.

— S'il te plaît, aide-moi, Juhanah, dit-elle en tirant sur le caftan. Je veux enlever ça.

— Tout de suite. Après, tu devrais faire une bonne sieste. Il faut que tu te reposes pour être en forme ce soir.

— Pourquoi ?

— Tu n'as pas entendu ? Ton père a invité le prince Aarif à dîner avec vous… sans cérémonies.

Juhanah eut un sourire complice.

— Tu pourras t'habiller comme tu veux.

— Quel privilège ! ironisa Kalila.

Juhanah lui enleva le caftan.

— Il appartenait à ta mère, tu sais.

— Vraiment ? Je l'ai toujours vue habillée à l'occidentale.

Juhanah passa un doigt le long d'un fil d'or.

— Ton père lui a offert ce caftan pour leurs fiançailles. Elle était magnifique quand elle le portait.

Kalila arqua les sourcils. Difficile d'imaginer sa mère dans cette tenue. Qu'avait-elle ressenti en la portant ? Avait-elle eu, comme elle, le sentiment d'étouffer ? Ou bien l'avait-elle portée avec joie parce que c'était un cadeau de son fiancé ?

Car ses parents avaient fait un mariage d'amour. Elle le savait.

Pourquoi n'aurait-elle pas droit au même bonheur ?

Après le départ de Juhanah, Kalila s'allongea sur son lit. Contre toute attente, elle s'endormit rapidement malgré sa nervosité. Cependant, son sommeil fut agité et elle se réveilla en proie à la mélancolie. Le soir tombait et la brise qui pénétrait dans la pièce était délicieusement fraîche.

Écartant une mèche de cheveux de ses yeux, elle se leva et se mit à la fenêtre. Au-dessus du désert, le soleil couchant incendiait le ciel. Quel spectacle extraordinaire ! Elle ne s'en lasserait jamais. La pureté de l'air et la vivacité des couleurs lui avaient même manqué par moments en Angleterre.

Un coup d'œil au réveil lui indiqua qu'il était temps de se préparer. Le frère de Zakari… quel nom avait-il dit ? Ah oui, Aarif… Eh bien, le prince Aarif verrait au dîner une femme très différente de celle qui lui avait été présentée en début d'après-midi. Ce soir, ni caftan ni voile… Heureusement !

Elle offrit son visage au jet de la douche pour faire disparaître khôl et rouge à lèvres, puis elle se frotta énergiquement pour effacer de sa peau le parfum entêtant du jasmin et du santal.

Revigorée, elle choisit une robe de soie bleu lavande près du corps qui arrivait à mi-mollet, puis elle enfila une paire d'escarpins assortis et noua ses cheveux en un chignon lâche. En guise de maquillage, elle se contenta d'une fine couche de brillant à lèvres.

Pourquoi se sentait-elle de nouveau nerveuse ? se demanda-t-elle avec perplexité. Prenant une profonde inspiration, elle descendit au rez-de-chaussée.

Elle s'immobilisa sur le seuil de la petite salle à manger du palais, pièce beaucoup moins solennelle que la salle du trône. Le prince Aarif s'y trouvait déjà. Un verre à la main, il regardait par la fenêtre.

Obnubilée par l'absence de Zakari, elle avait à peine prêté attention à l'homme qu'il avait envoyé à sa place, songea-t-elle en promenant sur lui un regard curieux. Il avait troqué son *bisht* contre un complet anthracite qui soulignait sa silhouette, à la fois svelte et athlétique.

Comme s'il avait senti sa présence, il se retourna. Malgré le sourire qui étirait ses lèvres, il semblait crispé, constata-t-elle. Était-ce à cause de la cicatrice qui lui barrait la joue ? Elle l'avait aperçue tout à l'heure, mais sans y prêter grande attention.

— Bonsoir, prince Aarif.

Il hocha brièvement la tête.

Étrangement embarrassée, elle s'avança dans la pièce.

— Avez-vous passé un bon après-midi ? demanda-t-elle en s'efforçant de prendre un ton léger.

— Oui, merci. Voulez-vous boire quelque chose ?

Au même instant, un serviteur arriva. Kalila opta pour un verre de jus de fruits. Mieux valait éviter l'alcool. Sans trop savoir pourquoi, elle tenait à garder les idées claires…

— Je crains de ne pas me souvenir de vous, déclara-t-elle avec un sourire contrit. Je sais que Zakari a plusieurs frères et sœurs.

— Oui, nous sommes sept.

Avec un regard pénétrant, le prince Aarif ajouta :

— J'étais présent à vos fiançailles. Vous portiez une robe blanche et un ruban bleu dans les cheveux.

Kalila resta sans voix. Il se souvenait de la robe qu'elle portait ce jour-là ? Et de sa coiffure ? C'était incroyable… et très touchant.

— Vous donniez l'impression d'assister à votre fête d'anniversaire plutôt qu'à vos fiançailles. Mais vous étiez si jeune… Sans doute était-ce l'impression que vous aviez vous-même.

Kalila hocha la tête, de plus en plus troublée. Il avait même compris dans quel état d'esprit elle se trouvait ce jour-là ?

— Oui, en effet. J'avais douze ans et je croyais qu'on venait de m'offrir le plus beau des cadeaux.

De toute évidence, il avait perçu la note d'amertume dans sa voix, songea-t-elle devant la lueur réprobatrice qui s'allumait dans les yeux d'Aarif.

— Le mariage est un honneur et une bénédiction, princesse.

Voilà qu'il parlait comme son père ! Elle releva le menton d'un air de défi.

— Etes-vous marié, prince Aarif ?

— Non.

Au même instant, le roi Bahir les rejoignit.

— Ah, Kalila, tu es là. Tu sembles reposée. J'en suis heureux. Si nous passions à table ?

Dès qu'ils furent assis, un serviteur arriva avec le premier plat. Du poulet à la coriandre et au paprika.

— Dernièrement, j'ai entendu des rumeurs à propos d'un certain diamant, déclara Bahir lorsque tout le monde fut servi.

Aarif eut une hésitation imperceptible, puis il haussa les épaules.

— Les rumeurs sont si fantaisistes…

— D'après celles-ci, une des deux moitiés du Stefani aurait disparu, insista Bahir. L'absence du roi Zakari serait-elle liée à cette disparition ?

Aarif but une gorgée de vin. Kalila regarda tour à tour les

deux hommes. Une légère tension était perceptible entre eux et le sourire affable qu'ils arboraient l'un et l'autre semblait dissimuler des arrière-pensées.

Que se passait-il ?

— Tout ce qui concerne le Stefani intéresse mon frère, finit par répliquer Aarif. Il souhaite réunir les deux moitiés du diamant, ce qui aboutirait à la réunification du royaume d'Adamas.

Il se tourna vers Kalila.

— Vous deviendriez reine non seulement de Calista mais également d'Aristos, princesse.

Elle eut un sourire contraint. Déjà, elle avait beaucoup de mal à s'imaginer mariée. Alors reine... Cette perspective aurait sans doute dû la réjouir, mais elle la laissait complètement froide. L'amour lui semblait tellement plus important...

— Je souhaite à votre frère d'atteindre son objectif, répliqua-t-elle sans parvenir à prendre un ton aussi enthousiaste qu'elle l'aurait voulu.

Aarif darda sur elle un regard pénétrant et elle fut assaillie par une sensation étrange. Pour masquer son trouble, elle but une gorgée de vin tout en l'observant à la dérobée, tandis qu'il répondait à une nouvelle question de son père. Sa cicatrice ne parvenait pas à enlaidir son visage volontaire. Ses traits burinés avaient beaucoup de charme. Mais ce qui frappait le plus chez lui, c'était son air sérieux. Sa mine sombre. Comme s'il portait sur ses épaules un poids écrasant...

Elle mangea du bout des lèvres le plat suivant, une salade de graine de couscous, de concombres et de tomates. Elle avait perdu son appétit et elle se sentait fébrile... Pourquoi ? Son regard s'attarda de nouveau sur le profil taillé à la serpe d'Aarif, la ligne irrégulière de sa cicatrice, le contour de sa mâchoire carrée. En fait, cet homme la fascinait, constata-t-elle avec surprise.

Il tourna la tête et leurs regards se croisèrent. Submergée par une vive chaleur, elle baissa vivement les yeux, au comble de la confusion. Aurait-il deviné ses pensées ?

— Kalila ?

La voix de son père la fit tressaillir.

— Oui, père ? Excuse-moi, je… je n'ai pas entendu.

— Le prince Aarif envisage de partir pour Calista dès demain.

Bahir adressa un sourire courtois à Aarif.

— Voyez-vous, la famille royale est très aimée par le peuple de Zaraq. Depuis toujours.

Il but une gorgée de vin.

— C'est peut-être la raison pour laquelle nous vivons en paix depuis plus d'un siècle.

Manière subtile de rappeler au prince en quoi son mariage avec Zakari serait bénéfique à Calista, songea Kalila.

— Lorsqu'un membre de la famille royale se marie, les gens de Makaris, notre capitale, ont pour habitude d'organiser une fête. Bien sûr, ces réjouissances ont lieu en principe après le mariage. Mais étant donné que ce dernier aura lieu à Calista et que les gens tiennent absolument à rendre hommage à l'heureux couple… ou au moins à la mariée…

Bahir laissa sa phrase en suspens. Il avait parlé d'un ton courtois, mais l'allusion à l'absence de Zakari n'en était pas moins claire.

— Si mon frère avait été au courant de cette tradition, je suis certain qu'il aurait fait tout son possible pour se libérer, déclara Aarif après un instant de silence.

Bahir inclina légèrement la tête.

— Je n'en doute pas. Mais même s'il n'est pas là, la fête doit avoir lieu comme prévu, ne serait-ce que par égard pour notre peuple. Vous pourriez vous arrêter à Makaris sur le chemin de l'aéroport pour assister aux danses et goûter quelques plats. Un repas est servi en plein air. Notre peuple tient à présenter ses vœux à la princesse, à laquelle il est très attaché.

Le roi sourit mais son regard démentait son apparente amabilité. Cette suggestion faite sur un ton affable avait tout d'une injonction.

Aarif sourit à son tour. Cependant, ses yeux brillaient du même éclat que ceux de son père, constata Kalila.

— Bien sûr, Votre Majesté. Il est tout naturel d'accorder cette faveur à votre peuple.

Kalila fut soudain assaillie par une immense lassitude. Dire qu'il allait falloir saluer, sourire, donner à tous l'image d'une future mariée rayonnante de bonheur… Quand donc pourrait-elle enfin cesser de jouer un rôle ? Mais c'était son devoir de princesse et elle n'avait pas l'intention de s'y dérober.

Le reste du repas se déroula dans une atmosphère plus détendue. Bahir veilla à ce que les verres ne restent jamais vides et fit en sorte que la conversation ne languisse pas. Alors que des prunes rôties à la cardamome et à la muscade venaient d'être servies pour le dessert, il déclara :

— J'ai entendu dire que les princes Al'Farisi ont fait leurs études à Oxford. Moi-même je suis allé à Sandhurst, où j'ai rencontré ma défunte épouse, la reine Amelia. Son frère était l'un de mes meilleurs amis. Gardez-vous un bon souvenir d'Oxford, prince Aarif ?

— Excellent. Mais une fois mon diplôme en poche, je suis rentré à Calista pour superviser l'exploitation des mines de diamants et la commercialisation des pierres.

— Vous êtes un homme d'affaires très avisé, paraît-il.

Pas étonnant, songea Kalila. Elle imaginait bien le prince en négociateur implacable. Le regard de ses yeux étincelants évoquait la dureté des diamants.

— Comme vous le savez… du moins votre frère le sait-il, Kalila est allée à Cambridge. Elle y a étudié l'histoire et a obtenu brillamment son diplôme, n'est-ce pas, ma chérie ?

Kalila eut un sourire crispé. Elle détestait cette façon de la présenter comme si elle était un chien savant…

Après le repas, Bahir invita Aarif à boire un digestif et à fumer un cigare dans son bureau. Son regard appuyé lui intimait de se retirer, comprit Kalila. D'ordinaire, elle était hérissée par l'arrogance avec laquelle les hommes excluaient les femmes de ce rituel. Ce soir, elle était au contraire soulagée de pouvoir s'échapper.

Elle avait envie d'être seule. Non, elle en avait besoin. Pour réfléchir.

Après avoir souhaité une bonne fin de soirée à son père et à Aarif, elle sortit dans le jardin du palais, oasis de calme et de verdure. S'y promener était toujours un enchantement. Des petites allées sinuaient au milieu d'une étonnante variété d'arbres et de fleurs. Au moment où on s'y attendait le moins, elles débouchaient sur des petits ronds-points garnis de bancs, au milieu desquels s'élevaient des fontaines ou des sculptures.

Kalila inspira profondément, humant le parfum subtil de la lavande et des roses importées d'Angleterre par Bahir pour son épouse, afin de lui rappeler son pays natal. Le système d'arrosage automatique dissimulé dans la végétation répandait dans l'air une humidité et une fraîcheur apaisantes.

Le cœur de Kalila se serra. Dire que demain, elle quitterait le palais… Jusque-là, elle s'était menti à elle-même en se berçant de faux espoirs, mais aujourd'hui, elle ne pouvait plus ignorer ce que lui criait son cœur. Elle n'avait pas envie de partir à Calista pour y devenir reine. Pas envie de vivre la vie qui avait été choisie pour elle des années plus tôt.

Et surtout, elle ne voulait pas épouser un inconnu. Même si c'était son devoir. Cette perspective était insupportable.

Pourquoi en prenait-elle conscience seulement aujourd'hui ? C'était beaucoup trop tard…

L'allée qu'elle suivait aboutissait à un rond-point bordé de haies fleuries, au centre duquel se dressait une fontaine. Le jet tombait en fines gouttelettes dorées dans l'eau du bassin, qui miroitait au clair de lune. Elle s'assit sur un banc et ramassa des gravillons qu'elle laissa filer entre ses doigts. Jusque-là, elle n'avait jamais pris réellement conscience de ce que représentait ce mariage, parce que dans son esprit il allait de soi tout en restant abstrait.

Depuis l'âge de douze ans — la moitié de sa vie —, elle savait qu'elle devait épouser le roi Zakari. Elle gardait dans un tiroir, bien cachée sous ses vêtements, une photo de lui découpée dans un journal. Adolescente, il lui arrivait de contempler ce mauvais cliché sur lequel on distinguait mal ses traits, en s'interrogeant sur l'homme qui deviendrait son mari, le père de ses enfants, son compagnon pour la vie.

Au début, elle se perdait dans des rêveries romantiques, l'imaginant intelligent, courageux et plein d'humour. Elle avait fait de lui un roi avant même qu'il ait été couronné. Puis, avec l'âge, elle avait fini par admettre que cet homme idéal n'existait que dans son imagination.

Malgré tout, alors qu'elle croyait être devenue réaliste et avoir renoncé au prince charmant, elle avait continué à nourrir des espoirs secrets sans même s'en rendre compte. Elle n'en avait pris conscience qu'au moment où Aarif s'était présenté dans la salle du trône en annonçant qu'il remplaçait Zakari.

Sa déception avait été si vive qu'elle lui avait ouvert les yeux. Contrairement à ce qu'elle pensait, elle croyait toujours aux contes de fées. Elle attendait toujours le prince charmant. Cet homme idéal, paré de toutes les vertus et… amoureux d'elle.

Tout à coup, l'image d'Aarif s'imposa à son esprit avec une netteté qui lui coupa le souffle. Elle secoua vivement la tête. Non. Si elle pensait à lui, c'était uniquement parce qu'il était venu à la place de Zakari.

« Vous portiez une robe blanche et un ruban bleu dans les cheveux. » Au souvenir de ces paroles, elle fut envahie par une profonde émotion. Pourquoi était-elle touchée à ce point qu'il se souvienne aussi bien d'elle ?

— Excusez-moi.

Elle crut que son cœur s'arrêtait de battre. Aarif se tenait près de la fontaine, en face d'elle. Depuis combien de temps était-il là ? Elle ne l'avait pas entendu arriver… Ils restèrent immobiles et muets l'un et l'autre pendant un instant. Seuls le bruissement des feuilles et le murmure lointain d'un engoulevent troublaient le silence.

Aarif finit par déclarer d'un ton crispé :

— Je ne voulais pas vous déranger. Je pensais être seul dans le jardin.

Kalila déglutit péniblement.

— Je… je vous croyais avec mon père.

— Nous avons bavardé un moment, puis il est parti se coucher.

Depuis combien de temps était-elle sur ce banc, perdue dans ses pensées ? se demanda-t-elle avec embarras.

— Je vais vous laisser, ajouta Aarif en pivotant sur lui-même.

— Non !

Elle se mordit la lèvre. Heureusement qu'il faisait nuit ! Elle devait être écarlate… Que lui avait-il pris ? Cette prière lui avait échappé sans qu'elle ait le temps de la retenir. Que voulait-elle de cet homme au visage impénétrable ? Elle n'en avait pas la moindre idée… Une seule chose était certaine. Elle ne voulait pas qu'il s'en aille. Elle n'avait plus aucune envie d'être seule, tout à coup.

Après un instant d'hésitation, il se retourna vers elle et demanda :

— Y a-t-il quelque chose que je puisse faire pour vous, princesse ?

— Asseyez-vous un instant, je vous en prie, répondit-elle d'un ton qu'elle espérait léger.

Comme à contrecœur, il la rejoignit et s'assit le plus loin possible d'elle.

Était-il conscient de son trouble ? se demanda-t-elle, le cœur battant. Cette sensation étrange qu'elle avait éprouvée pendant le dîner venait de renaître. Comme une source d'eau chaude qui jaillissait du plus profond d'elle pour se répandre dans tout son corps…

Éprouvait-il la même chose ?

Impossible. Ou alors, il le cachait bien. Très raide, les mains sur les cuisses, il était parfaitement immobile. D'un calme impressionnant.

— Ce jardin est magnifique, dit-il d'un ton neutre.

— Je l'ai toujours beaucoup aimé, acquiesça-t-elle,

soulagée par ce sujet de conversation inoffensif. Mon père l'a créé pour ma mère. Il voulait qu'elle retrouve ici un petit bout d'Angleterre.

— Comme Nabuchodonosor, qui a fait construire les Jardins de Babylone pour rappeler son pays natal à son épouse Amytis.

— Oui, c'est ça.

Pourquoi était-elle aussi ravie qu'il ait fait la relation ? se demanda Kalila avant de poursuivre :

— Mon père avait d'ailleurs donné à ma mère le surnom affectueux d'Amytis.

Elle se mordit la lèvre, soudain assaillie par une bouffée de tristesse.

— Perdre un parent est toujours très douloureux, commenta Aarif comme s'il lisait dans ses pensées.

— Oui.

— Vous étiez très jeune ?

— J'avais dix-sept ans.

Kalila refoula ses larmes. La tragédie avait été si soudaine… Il ne s'était écoulé que quelques semaines entre le diagnostic du cancer et l'issue fatale. La disparition de sa mère avait laissé au palais un vide dévastateur. Quelques mois après, elle était partie pour Cambridge avec un vif soulagement. Mais, bien sûr, cette absence lui pesait encore aujourd'hui. C'était une souffrance qui ne s'éteindrait jamais.

— Je suis désolé.

Le ton d'Aarif était toujours aussi neutre, mais sa sincérité ne faisait aucun doute. Au loin, l'engoulevent reprit son chant ronronnant.

— Je sais que vous avez vous-même perdu votre père et votre belle-mère il y a quelques années, déclara-t-elle d'une voix hésitante. Cela a dû être très dur pour vous aussi.

Elle avait écrit à Zakari pour lui présenter ses condoléances, et elle avait reçu une carte de remerciement. L'avait-il écrite lui-même ? Jusqu'à ce soir, elle n'avait jamais eu l'idée de se poser la question…

— Oui, en effet, répondit sobrement Aarif.

Un long silence s'installa. La lune s'était cachée derrière un nuage, et l'obscurité peuplée de bruits mystérieux créait une atmosphère intime.

— Parlez-moi de Calista, demanda Kalila pour tenter de dissiper le trouble qui ne la quittait plus. Je n'y suis jamais allée.

— C'est un très beau pays qui ressemble au vôtre. Bien sûr, il faut être sensible à la magie du désert. C'est un paysage si particulier… Ce n'était pas trop dur pour votre mère de vivre ici ?

— Par moments, si. Mais elle retournait régulièrement en Angleterre. J'ai passé mes premières vacances à Bournemouth.

— Et vous ? Votre pays va-t-il vous manquer ?

— Oui, bien sûr.

La gorge de Kalila se noua. Pourquoi avait-elle subitement envie d'ouvrir son cœur à cet homme qu'elle connaissait à peine ? Pourquoi avait-elle le sentiment qu'il comprendrait les doutes et les espoirs qui l'agitaient ? C'était absurde…

— C'est une période de transition un peu spéciale, commenta-t-il, manifestement conscient de son désarroi. Mais vous devriez beaucoup vous plaire à Calista. Les gens vous accueilleront avec chaleur. Je suis certain qu'ils vous aimeront.

— Merci.

Kalila réprima une moue désabusée. Les gens. Pas Zakari… Et lui, Aarif ? L'aimerait-il ? Elle sentit ses joues s'enflammer. Que lui arrivait-il ? Cette question était aussi idiote que déplacée ! Comment avait-elle pu lui traverser l'esprit ?

Resté parfaitement immobile jusque-là, Aarif changea de position. Il s'apprêtait à se retirer, comprit-elle aussitôt, le cœur serré. Comment faire pour l'inciter à rester encore quelques instants auprès d'elle ?

— Parlez-moi de votre frère.

Ces mots résonnèrent dans le silence de la nuit et Kalila se maudit. Que lui avait-il pris ? Elle n'avait aucune envie d'entendre parler de Zakari. Elle n'avait même pas envie de penser à lui ! « Pourtant, il le faut bien, lui souffla une petite voix. Il va devenir ton mari. »

— C'est un bon roi, et un homme bien, répondit Aarif après un long silence. Meilleur que moi.

Elle tressaillit. Pourquoi cette réflexion ? Quel genre d'homme était Aarif ? Pourquoi se dépréciait-il ? Oh, comme elle avait envie de mieux le connaître ! Mille questions lui brûlaient les lèvres…

Il se leva.

— Princesse Kalila, je dois vous laisser. Ce n'est pas convenable de rester là avec vous, en pleine nuit.

— Pourquoi pas ? Dans deux semaines, nous serons pour ainsi dire frère et sœur.

— C'est vrai, mais pour l'instant ce n'est pas le cas. Et vous savez aussi bien que moi qu'un homme et une femme sans lien de parenté ne doivent pas rester seuls ensemble. Je vous souhaite une bonne nuit, princesse. Je suppose que vous retrouverez facilement votre chemin ?

— Oui, bien sûr…

Au moment où Aarif se tournait pour s'éloigner, la lune éclaira sa joue balafrée.

— D'où vient cette cicatrice ?

Il se figea. Les joues en feu, Kalila déglutit péniblement. Comment une question aussi indiscrète avait-elle pu lui échapper ? Mais après tout, pourquoi pas ?

— Un accident stupide.

À en juger par son ton crispé, il n'avait pas l'habitude d'aborder ce sujet. Comment faire pour dissiper sa gêne ? Elle prit un ton malicieux.

— À vous entendre, on pourrait croire qu'il s'agit d'une simple bagarre avec un camarade de classe…

Elle retint son souffle. Pourvu que cette plaisanterie ait l'effet souhaité…

L'esquisse d'un sourire étira les lèvres d'Aarif et elle sentit son cœur se gonfler de joie. Lorsqu'il souriait, il n'était plus le même. Il laissait entrevoir l'homme qui se cachait derrière son masque impénétrable. Un homme qu'elle avait terriblement envie de connaître…

— Me croiriez-vous si je vous disais que j'ai affronté seul trois voleurs de dromadaires ?

Elle hocha la tête en souriant.

— Oui, bien sûr.

Tout à coup, des ondes mystérieuses semblèrent circuler entre eux, les envelopper et les rapprocher irrésistiblement l'un de l'autre.

Comme mue par une volonté propre, la main de Kalila se leva. Celle d'Aarif se tendit à son tour. Elle sentit ses doigts se refermer sur les siens, faisant courir un frisson le long de son bras. Leurs regards se croisèrent et ne se quittèrent plus.

Le temps s'arrêta. Yeux dans les yeux, ils restèrent immobiles au sein du même cocon soyeux.

Puis Aarif secoua la tête, comme s'il se forçait à sortir d'un rêve. La lueur qui brillait dans ses yeux s'éteignit et sa bouche reprit son pli sévère habituel. Il lâcha la main de Kalila si brusquement qu'elle tomba sur sa cuisse avec lourdeur. Elle replia aussitôt ses doigts, comme pour emprisonner le souvenir de ceux d'Aarif.

— Bonne nuit, princesse.

Pivotant sur lui-même, il disparut dans l'obscurité.

3

Lorsque Kalila se réveilla le lendemain matin, l'animation qui régnait à Makaris, la capitale toute proche, était perceptible depuis la fenêtre de son dressing. Des odeurs de viande grillée et d'épices flottaient dans l'air, qui vibrait d'une excitation joyeuse.

Curieusement, son humeur était en accord avec cette atmosphère de fête, constata-t-elle. La perspective de son mariage ne l'enthousiasmait toujours pas, mais elle ne pouvait s'empêcher d'attendre avec impatience le voyage jusqu'à Calista. En compagnie d'Aarif.

Stop ! Dans deux semaines, elle épouserait Zakari. Elle n'avait aucune raison de se réjouir de ce voyage.

— Kalila, il est temps de t'habiller !

Un large sourire aux lèvres, Juhanah fit irruption dans le dressing en claquant des mains. Elle devait accompagner Kalila à Calista et y rester jusqu'à ce qu'elle s'y sente chez elle. Une bouffée d'angoisse assaillit soudain Kalila. Combien de temps lui faudrait-il pour cela ? Des semaines, des mois, des années ? Toute la vie ?

— Kalila, ma princesse, il faut te préparer. Le prince Aarif surveille le chargement des bagages. Nous allons bientôt partir.

— Déjà ?

Kalila se détourna de la fenêtre. Ses valises étaient prêtes depuis plusieurs jours. Elle n'avait pas grand-chose à emporter. Des vêtements, des livres et quelques photos. Rien de plus.

— Juhanah, je n'ai pas envie de partir.

La gorge nouée, elle refoula ses larmes. Pas question de pleurer, ça ne servirait à rien. En revanche, il fallait absolument qu'elle parle pour exprimer son anxiété.

— Je n'ai pas envie de l'épouser.

— Oh, *ya daanaya*…

Juhanah la prit dans ses bras. Elle appuya la tête contre son épaule. Comme c'était bon de se laisser consoler comme une enfant…

— Si le roi Zakari était là, ce serait différent. C'est normal que tu sois un peu angoissée à l'idée de quitter ton pays pour épouser un étranger. Mais tout va s'arranger, tu verras.

— Non, je crois que même s'il était venu ça n'aurait rien changé. Je m'en suis rendu compte hier soir. Je ne veux pas me marier avec lui, Juhanah. Je me moque de savoir comment il est. Ce n'est pas un mariage d'amour.

— Avec le temps…

— Le temps peut apporter l'affection, la compréhension, la complicité… C'est ce que je me répète depuis des années. Mais pourquoi devrais-je me contenter de ça ? Mes parents se sont mariés par amour. Pourquoi pas moi ?

— Tu dois le faire pour ton pays.

La note d'avertissement dans la voix de Juhanah rappela à Kalila le jour où celle-ci l'avait surprise en train de chiper des gâteaux au miel dans la cuisine, quand elle avait six ans.

— C'est ton devoir de princesse. Allez, viens. Il faut t'habiller.

Kalila choisit un pantalon large en coton blanc et une tunique vert et or. Lorsqu'elle fut habillée, Juhanah lui tressa les cheveux, puis elle mit des créoles en argent, ainsi qu'un médaillon en argent ayant appartenu à sa mère.

Satisfaite du résultat, Juhanah s'absenta pour s'occuper de ses propres bagages, la laissant seule dans sa chambre. Kalila promena un regard nostalgique autour d'elle. Dans quelques instants, elle ferait ses adieux aux serviteurs, dont certains la connaissaient depuis sa naissance. En quittant le palais, elle laisserait derrière elle la vie qui avait été la sienne jusqu'à ce jour. À cette pensée, elle fut envahie par une immense tristesse. Elle avait grandi dans cet endroit, elle y avait passé des moments merveilleux à explorer les immenses couloirs plongés dans la pénombre, à se promener dans le jardin, à se faufiler sans bruit dans la cuisine ou la bibliothèque de son père. La première fois qu'elle était partie plus de quelques semaines, c'était lors de son séjour à Cambridge.

Quelle vie différente elle avait menée là-bas ! Toute la journée, elle côtoyait des jeunes de son âge. Après les cours, ils allaient au pub ou au cinéma. Elle ne subissait aucune contrainte et se sentait merveilleusement libre.

Aujourd'hui elle avait l'impression d'être deux personnes à la fois. La princesse et l'étudiante. Mais malheureusement, cette dernière n'avait plus voix au chapitre.

Comment allait-elle réussir à survivre au cours des prochains mois — des prochaines années ! —, obligée de jouer un rôle qui lui était si étranger ? Comment allait-elle trouver le bonheur auprès d'un mari qu'elle n'avait pas choisi ?

L'image d'Aarif s'imposa à elle, fascinante, troublante. Non, il ne fallait pas penser à lui. Surtout pas. Secouant la tête comme pour mieux s'en persuader, elle quitta sa chambre.

D'une fenêtre du couloir, elle vit le cortège de berlines noires rassemblées dans la cour du palais. La première pour son père, la deuxième pour elle et Juhanah, la troisième pour Aarif, une quatrième pour les serviteurs qui les accompagneraient jusqu'à l'aéroport, et enfin une jeep, pour ses valises.

Elle ferma les yeux et ses doigts se crispèrent sur le rebord de la fenêtre, chauffé par le soleil.

— Je ne peux pas, murmura-t-elle pour elle-même.

Non… elle ne pouvait pas. C'était au-dessus de ses forces.

Dans la cour du palais, Aarif attendait avec impatience que le cortège soit prêt à partir. Heureusement, une légère brise soufflait du désert, et permettait de supporter cette chaleur accablante… Il s'était levé à l'aube pour superviser les derniers préparatifs. Il ne fallait rien laisser au hasard. Pas question de commettre un nouvel impair…

Au souvenir de la discussion qu'il avait eue la veille au soir avec le roi Bahir après le dîner, il réprima une moue de dérision. Le roi était trop fin diplomate pour manifester son mécontentement de manière directe. Malgré tout, il lui avait clairement fait comprendre qu'il était très déçu par l'absence de Zakari.

De son côté, il avait fait de son mieux pour présenter des excuses sans pour autant mettre son frère dans une situation encore plus délicate. Après tout, le roi Bahir pourrait tirer parti de ce faux pas et l'utiliser comme argument pour obtenir une compensation lors de négociations ultérieures.

Et Kalila ? Il se remémora leur rencontre dans le jardin. Au parfum des roses se mêlait une senteur subtile, discrète, exquise. Le parfum de la jeune femme… Lorsqu'il était assis sur le banc à côté d'elle, il l'avait observée à la dérobée. Sa nuque délicate, effleurée par des boucles brunes échappées de son chignon, offrait un spectacle fascinant.

Et ensuite… Comme sa main avait été douce dans la sienne ! Il avait dû faire appel à toute sa volonté pour se résoudre à la lâcher.

Mais, plus précieuses encore que sa beauté ou la douceur de sa main, c'étaient ses paroles qui l'avaient touché. C'était la première personne à l'interroger sur sa cicatrice. D'ordinaire, tout le monde évitait soigneusement d'y faire la moindre allusion. Les gens se contentaient d'y jeter des coups d'œil furtifs, à la fois curieux et gênés. Alors qu'elle…

Stop ! Il fallait éviter de penser à ce qu'elle lui avait dit, à son parfum ou à la douceur de ses mains. Il ne fallait pas penser à elle du tout ! Elle allait épouser son frère, et il était ici pour la ramener à son futur mari.

Pas question de faillir à son devoir.

Un mouvement à l'entrée du palais arracha Aarif à ses pensées. Le roi Bahir venait de franchir la porte. Comme lui, il était vêtu d'une chemise de coton blanc et d'un pantalon de toile.

Aujourd'hui, la tenue de cérémonie n'était pas de rigueur. D'après ce qu'il avait cru comprendre, les festivités organisées par les habitants de Makaris tenaient plus de la fête populaire que des réjouissances officielles.

Kalila suivait son père, ravissante en pantalon blanc et tunique vert et or. Cependant, ses yeux étaient cernés et son sourire un peu figé, constata-t-il alors qu'elle s'avançait vers lui. Sans doute était-elle nerveuse à la perspective de quitter son pays.

— Bonjour, princesse.

— Bonjour, prince. Merci de votre aide pour les bagages. Vous m'avez rendu un immense service.

— C'est un honneur pour moi de pouvoir vous être utile, princesse.

Détournant les yeux, Aarif reporta son attention sur la file de voitures noires qui étincelaient au soleil.

— Le temps passe et le soleil est déjà haut dans le ciel. Il vaudrait mieux ne pas tarder davantage. D'autant plus que le peuple de Makaris doit être impatient de vous voir.

— Le roi Zakari sera-t-il de retour à Calista à notre arrivée ?

Surpris par cette question, Aarif eut un instant d'hésitation. Y avait-il vraiment une pointe d'ironie dans la voix de Kalila, ou bien était-ce un effet de son imagination ?

— M'attendra-t-il à l'aéroport avec un bouquet de roses, à votre avis ?

Pas de doute, c'était de l'ironie… avec une pointe d'agressivité. Il se raidit. Que répondre ?

— Je suis certain que le roi Zakari sera heureux de vous voir.

— Si vous lui parlez au téléphone, dites-lui que je n'aime pas les roses. Je préfère les iris.

Le ton de Kalila était devenu malicieux. Comme hier soir… Aarif eut un pincement au cœur. Raison de plus pour garder ses distances.

Devant son silence, elle finit par s'écarter de lui. Aarif se tourna vers un serviteur.

— Tous les bagages ont été chargés ? demanda-t-il d'un ton plus brusque qu'il ne l'aurait voulu.

— Oui, prince Aarif.

— Bien.

Une traînée grise obscurcissait l'horizon, constata-t-il soudain en observant le ciel.

Il ne manquerait plus qu'une tempête de sable se lève… Bon sang, il avait hâte que tout ce cirque soit terminé. Vivement qu'il soit de retour à Calista, dans ses bureaux, loin de toute distraction. De toute tentation…

À son grand dam, il s'écoula encore une demi-heure avant que le cortège finisse par s'ébranler.

À l'entrée de Makaris, des dizaines de personnes attendaient l'arrivée de la princesse et les véhicules durent ralentir. Kalila se trouvait dans la voiture précédant celle d'Aarif, et celui-ci vit son bras délicat sortir par la vitre et sa main se tendre pour prendre des bouquets et des morceaux de papiers sur lesquels les gens avaient écrit leurs vœux de bonheur. La foule applaudissait et les enfants couraient derrière les voitures en riant.

Le cortège franchit la porte voûtée donnant accès à la vieille ville, puis s'engagea dans un dédale de ruelles bordées de maisons basses en terre rouge, avant de déboucher sur une vaste place où se pressait une foule joyeuse, impatiente d'accueillir la princesse. Tout autour de la place étaient dressés des tréteaux chargés de nourriture.

Le cortège s'arrêta et le roi Bahir descendit du véhicule de tête, entouré de deux gardes. Il salua longuement la foule, puis les occupants des autres véhicules descendirent à leur tour.

Aarif promena autour de lui un regard inquiet. Il y avait trop de monde, trop de poussière. Veiller sur la princesse ne serait pas aisé. D'ailleurs, elle avait déjà disparu dans la foule… Bon sang, il ne fallait à aucun prix la perdre de vue !

Elle était sous sa responsabilité. Or, il était bien placé pour savoir avec quelle rapidité une situation apparemment sans danger pouvait tourner au drame… S'il arrivait quoi que ce soit, ce serait lui le responsable. Une fois de plus.

— Trouvez la princesse et suivez-la comme son ombre, ordonna-t-il au garde qui se tenait à côté de lui. Ne la quittez pas d'une semelle.

L'homme s'empressa de filer, tandis qu'Aarif scrutait la foule dans l'espoir d'apercevoir Kalila.

Au centre de la place des femmes dansaient, accompagnées par un orchestre d'hommes vêtus de robes colorées, qui jouaient de divers instruments — bandir, maqrunah, garagab.

Aarif soupira. La musique n'était pas désagréable, mais le bruit assourdissant ne risquait pas de lui faciliter la tâche. Vivement qu'ils reprennent la route…

Tout pouvait arriver dans une telle cohue.

Il aperçut enfin Kalila. Au premier rang des spectateurs, elle regardait les danseuses avec un plaisir manifeste. Ses cheveux nattés brillaient sous les rayons du soleil et la brise plaquait sa tunique sur son corps, révélant des courbes délicieuses… Prenant une profonde inspiration, Aarif s'efforça de surmonter son trouble.

La danse se termina. Un grand sourire aux lèvres, Kalila applaudit avec enthousiasme, bavardant avec les femmes et les prenant par les épaules comme des amies.

Quelle femme admirable… D'une simplicité et d'une grâce inouïes. Malgré la nostalgie qui devait l'étreindre, elle tenait manifestement à faire plaisir à tout le monde. C'était une princesse digne de ce nom. Bientôt une reine.

L'épouse de son frère.

Serrant les dents, Aarif scruta de nouveau la foule, à l'affût du moindre signe de danger.

Un garde s'inclina devant lui.

— Le roi vous invite à le rejoindre.

Aarif fendit la foule en direction de Bahir et de Kalila.

À son approche, la jeune femme leva les yeux et lui sourit.

Cependant, ses grands yeux mordorés étaient empreints de mélancolie. Cette constatation fit naître en lui une émotion étrange, inconnue. Pourquoi éprouvait-il soudain une irrésistible envie de la réconforter ? D'effacer toute trace de tristesse de son beau visage ? C'était ridicule ! Et totalement inapproprié. À son grand soulagement, l'orchestre se remit à jouer et Kalila reporta son attention sur les danseuses.

Après la seconde danse des femmes, ce fut au tour des enfants de faire une démonstration de leur talent. Aarif bouillait. Ce spectacle était interminable ! Ce qui n'empêchait pas Kalila de continuer à manifester un enthousiasme sans faille. Toujours souriante, elle ne ménageait ni ses applaudissements ni ses félicitations, s'adressant personnellement à chacun et à chacune. Pas de doute, elle serait une reine idéale.

Enfin les danses prirent fin et la foule se dirigea vers le buffet.

Une grande table réservée à la famille royale était dressée dans un coin de la place. Kalila et son père s'y installèrent en compagnie d'Aarif, de divers dignitaires et de quelques privilégiés choisis parmi la foule. Le reste des personnes présentes mangeraient debout devant les tréteaux.

Le repas commença par des brochettes de bœuf et de poulet, accompagnées de riz aux raisins, de pruneaux et d'une salade d'aubergines. Aarif se força à manger quelques bouchées par politesse. C'était étonnamment délicieux, mais il était trop tendu pour pouvoir l'apprécier. Tant que la princesse ne serait pas installée dans l'avion, il ne serait pas tranquille.

À la fin du repas, l'orchestre recommença à jouer et les danses reprirent. Les nerfs à fleur de peau, Aarif réprima un soupir exaspéré. Quelle plaie ! Apparemment la fin des festivités n'était pas pour bientôt. Il faisait une chaleur insupportable et cette halte durait depuis beaucoup trop longtemps. Il était grand temps de prendre la situation en main.

Il se fraya un chemin à travers la foule en direction de Bahir, qui regardait des hommes danser en cercle. Soudain, son estomac se noua. Et Kalila ? Où était-elle ?

Il chercha désespérément du regard sa silhouette gracieuse

parmi la foule. En vain. Que s'était-il passé ? Et surtout, comment avait-il pu relâcher son attention ? Crispant la mâchoire, il s'efforça de chasser les souvenirs qui l'assaillaient. Du calme. Il fallait absolument garder son calme…

Tous les sens en alerte, il s'éloigna dans la foule. Où était-elle passée ?

Il aperçut le garde qu'il avait chargé de veiller sur elle.

— Où est la princesse ?

— Elle est allée dans l'église chercher un peu de fraîcheur. J'ai pensé qu'il n'y avait pas de mal à…

— Où est-elle ?

Le garde regarda Aarif d'un air interdit.

— L'église, où est-elle ?

D'un geste de la main, l'homme lui indiqua à l'autre bout de la place une petite église de style byzantin en pierre blanche, avec un dôme surmonté d'une croix bleue.

Aarif s'éloigna à grands pas. Quelques instants plus tard, il franchit silencieusement une petite porte de bois restée entrouverte. Il régnait à l'intérieur de l'église une pénombre et une fraîcheur impressionnantes. Assise sur un banc, tête baissée, Kalila était visiblement en train de se recueillir.

Aarif fut submergé par un soulagement si intense qu'il en eut le vertige. Bon sang, il avait bien cru…

Il toussota et elle tourna la tête.

— Vous êtes venu pour m'emmener ? demanda-t-elle d'une voix sourde.

Il fit un pas vers elle.

— Vous aviez disparu. Je vous cherchais.

— J'avais besoin d'un peu de calme. J'ai toujours aimé cet endroit… Mes parents se sont mariés ici. Cette église a été fondée il y a plus d'un millier d'années, lorsque les Byzantins sont descendus vers l'Afrique.

Avec un petit soupir, elle promena son regard sur les murs.

— Elle a survécu aux invasions des Berbères, des Ottomans, puis des Turcs. Être capable de garder son identité quoi qu'il arrive est le signe d'une grande force, vous ne trouvez pas ?

— Oui, et c'est ce qu'a toujours fait votre pays. Je connais bien l'histoire de Zaraq. Alors qu'au fil des siècles presque tous les autres royaumes ont été envahis et soumis, seul le vôtre a préservé son indépendance.

— Oui. C'est un pays pauvre, presque entièrement envahi par le désert, mais habité par un peuple prêt à tout pour défendre sa liberté…

Décontenancé, Aarif resta silencieux. Pourquoi cette note de défi dans la voix de la princesse ? Elle semblait différente… Mais sans doute était-ce une impression due à la solennité du lieu.

Bientôt ils seraient dans l'avion, et deux heures plus tard à Calista. Dès son arrivée au palais, Kalila serait prise en charge dans les appartements des femmes, loin de tout danger. Il ne serait plus responsable d'elle et il pourrait enfin respirer. Cette pensée aurait dû le réjouir. Alors, pourquoi cette pointe de regret ? C'était absurde.

— Nous devons partir, princesse. Il est tard et une tempête approche. Je suppose que vous connaissez assez bien le désert pour savoir le danger que cela peut représenter.

Le regard de Kalila s'éclaira.

— Une tempête ? Vous croyez que le vol va être retardé ?

— Pas si nous partons immédiatement.

Devant l'air déçu de Kalila, Aarif fut de nouveau étreint par une émotion étrange. Pourquoi éprouvait-il une envie irrésistible de la prendre dans ses bras pour la réconforter ?

Irrité contre lui-même, il déclara d'un ton vif :

— Je suis désolé de vous presser, mais le devoir vous attend.

— Bien sûr.

Elle se leva et plongea son regard dans le sien. Fasciné par l'éclat de ses immenses yeux mordorés, Aarif déglutit péniblement. Quelle beauté ! Mais qu'exprimait exactement ce regard étincelant ? Il aurait été incapable de le dire…

— Je suis désolée pour les problèmes que je pourrais vous poser, prince Aarif, déclara-t-elle d'une voix très calme.

— Je ne vois pas lesquels, princesse.

S'écartant légèrement, il la laissa passer devant lui et ils quittèrent la fraîcheur de la petite église pour la fournaise de la place grouillant de monde.

Les festivités touchaient à leur fin, constata-t-il avec soulagement lorsqu'ils rejoignirent le roi. Apparemment, leur absence n'avait pas été remarquée. À moins que… Bahir ne venait-il pas de les regarder tour à tour furtivement avant de prendre sa fille dans ses bras pour lui faire ses adieux ? Puis il prit congé d'Aarif et regagna sa voiture pour rentrer au palais.

Après avoir longuement salué la foule, Kalila remonta à son tour en voiture avec Juhanah. Et avec un soupir de soulagement, Aarif en fit autant. Les portières claquèrent et le cortège s'ébranla. Enfin !

Les véhicules quittèrent la vieille ville au ralenti, sous les acclamations de la foule. Après avoir franchi la porte voûtée, ils s'engagèrent sur la route poussiéreuse bordée de palmiers qui conduisait à l'aéroport. Ce dernier n'était qu'à une dizaine de kilomètres, mais l'horizon s'assombrissait à une vitesse alarmante, constata Aarif. Combien de temps faudrait-il pour charger tous les bagages et procéder aux formalités nécessaires ? Dans ce genre de situation, les contretemps ne manquaient jamais…

Au même instant, comme pour lui donner raison, le cortège s'arrêta. Aarif baissa sa vitre, mais l'écran de poussière soulevé par les véhicules l'empêchait de voir quoi que ce soit. Lâchant un juron, il bondit de voiture et se dirigea vers la berline de la princesse.

Il frappa deux petits coups à la vitre teintée. Celle-ci s'abaissa et il vit apparaître le visage rond de la gouvernante.

— La princesse va bien ?

— Non, justement. Elle se sentait nauséeuse et elle a demandé à descendre un instant.

Aarif eut l'impression de recevoir un coup de poing dans l'estomac. Elle avait demandé à descendre ? Soudain, il la revit dans l'église, très calme. « Un peuple prêt à tout pour défendre son indépendance. » « Je suis désolée pour les problèmes que je pourrais vous causer. » Bon sang ! Quel idiot !

— Où est-elle ? demanda-t-il d'un ton cassant.

Avec un air offensé, la gouvernante se renfonça dans son siège.

— Madame, si vous savez quelque chose, je vous prie de me le dire. Cet endroit est dangereux. Une tempête approche et je crains pour la sécurité de la princesse.

Il leva les yeux. À l'horizon, la tache noire continuait de grossir. Makaris était au moins à cinq kilomètres derrière eux et le désert s'étendait dans toutes les directions. Seuls quelques rochers, qui semblaient avoir été jetés comme des dés par la main d'un géant invisible, se dressaient çà et là.

— Elle est partie par là-bas.

D'un doigt tremblant, la femme montra un groupe de rochers à une vingtaine de mètres.

Une cachette idéale ! Submergé par une vague de panique mêlée de rage, Aarif s'élança à grands pas tout en tentant de se raisonner. Peut-être Kalila avait-elle vraiment besoin d'être seule un instant, ou était-elle vraiment malade. Peut-être était-il paranoïaque, trop influencé par ses souvenirs.

Non, son instinct lui disait le contraire. C'était comme un roulement de tambour dans son esprit, dans son cœur. Il avait laissé le contrôle de la situation lui échapper. Une fois de plus…

Il parcourut les derniers mètres en courant et contourna le premier rocher.

Non, il n'était pas paranoïaque. Oui, il avait raison d'être angoissé. Et furieux !

Derrière les rochers, il n'y avait rien. Personne. Mais au loin, filant droit vers la tempête, se profilaient un cheval et son cavalier.

Ou plutôt, sa cavalière.

Kalila avait pris la fuite.

4

Elle savait où elle allait. Tandis que le vent fouettait son foulard et que le sable lui piquait les yeux, Kalila puisait son courage dans cette pensée. Elle imagina la scène derrière elle et un vif sentiment de culpabilité l'assaillit.

Combien de temps faudrait-il à Aarif pour s'apercevoir qu'elle était partie et pour se lancer à sa poursuite ?

À cette pensée, elle réprima un frisson et ses doigts se crispèrent sur les rênes. La décision de fuir s'était imposée à elle lorsqu'elle avait vu les voitures qui attendaient dans la cour du palais, depuis la fenêtre du couloir.

Tout son être s'était rebellé devant ce départ imminent. Et elle avait compris que ce sacrifice était au-dessus de ses forces : elle ne pouvait pas se résoudre à quitter son pays pour épouser un homme qu'elle ne connaissait même pas.

Cependant, il fallait être réaliste. Ce qu'elle venait de s'octroyer n'était qu'un sursis. Elle ne pourrait pas vivre éternellement dans le désert comme une nomade. Un jour ou l'autre, on la retrouverait.

Mais peu importait. Pour l'instant, elle n'avait pas le choix. C'était plus fort qu'elle : il fallait qu'elle fuie. Sa soif d'indépendance était trop grande. Même si son entreprise était folle, égoïste et dangereuse, même si sa liberté ne pouvait être qu'éphémère, elle devait tenter l'aventure.

Heureusement, elle connaissait un endroit où elle serait en sécurité. Au moins pendant quelque temps.

Aarif enroula un turban autour de sa tête pour se protéger de la poussière. Déjà, le vent lui envoyait du sable dans les yeux et lui piquait les joues. Kalila était-elle folle ? S'enfuir à cheval par un temps pareil ! Il l'avait pourtant prévenue qu'une tempête approchait… Non, elle devait être consciente du danger, puisqu'elle avait grandi dans le désert.

En tout cas, il fallait la retrouver au plus vite et la ramener saine et sauve. Le garde qu'il avait envoyé en ville chercher un cheval et quelques provisions ne devrait pas tarder à revenir.

— Mais il faut prévenir le roi Bahir ! avait objecté ce dernier d'un air effaré. Il organisera les recherches !

Aarif avait indiqué le ciel de plus en plus sombre.

— Nous n'avons pas le temps d'attendre. Il faut retrouver la princesse le plus vite possible.

— Prince Aarif !

Le garde revenait en courant.

— Voilà un cheval, un peu d'eau, du pain et de la viande. C'est tout ce que nous avons pu trouver en si peu de temps…

— Bien.

Après avoir échangé ses chaussures de ville contre des bottes, Aarif enfila une longue dishdasha de coton pour se protéger du sable. Puis il enfourcha sa monture.

— Continuez jusqu'à l'aéroport, ordonna-t-il au garde. Et abritez-vous là-bas jusqu'à ce que la tempête soit passée. Ne prévenez pas le roi. Il vaut mieux ne pas l'inquiéter inutilement.

Le garde semblait sceptique, mais il se contenta de hocher la tête.

Tournant le dos au cortège, Aarif s'éloigna vers le désert, au milieu des tourbillons de sable.

Le vent était déjà violent mais le pire était à venir. D'ici une heure ou deux, la visibilité serait nulle et le vent aurait largement dépassé les cent cinquante kilomètres/heure, estima-t-il. Il serait alors potentiellement meurtrier.

Pourvu qu'il retrouve la princesse ! S'il ne parvenait pas à la ramener à Calista saine et sauve…

Non, pas question de laisser l'angoisse l'envahir et lui faire perdre ses moyens.

Son cheval peinait sur ce terrain peu familier. C'était manifestement un animal de la ville, habitué à parcourir les rues au pas quelques heures par jour avant de regagner son étable, où l'attendait un sac d'avoine.

Mais pas question de le bousculer. Cela ne servirait qu'à le déstabiliser un peu plus.

Où avait bien pu aller Kalila ? De toute évidence, un cheval l'attendait, caché derrière les rochers. Quelqu'un l'avait donc aidée, et sa fuite était préméditée. Soigneusement préparée. À cette pensée, une colère noire submergea Aarif. Non. Du calme. Ce n'était pas le moment de s'énerver. Il fallait réfléchir.

Si elle avait un cheval, elle devait également disposer de provisions. Sans doute un peu de nourriture, de l'eau et une couverture, comme lui. Elle n'était pas stupide, loin de là. Par conséquent, elle devait avoir une destination en vue. Un endroit sûr où s'abriter de la tempête.

Mais comment le trouver ?

À travers les tourbillons de sable, il était de plus en plus difficile d'apercevoir d'éventuels rochers. Mais peu importait. Il était prêt à fouiller le désert de fond en comble. C'était son devoir.

Il ne faillirait pas à son devoir. Plus jamais.

À son grand dam, les fantômes du passé se mirent à danser dans son esprit, le narguant avec perversité.

« Si tu n'avais pas laissé Zafir venir »… « Si tu n'avais pas glissé »… « Si… Si… Si… ton frère serait encore en vie. »

Aarif lâcha un juron retentissant, auquel son cheval répondit par un hennissement pitoyable.

Tout à coup, il aperçut une minuscule tache grise à l'horizon. Une ombre que les tourbillons de sable ne parvenaient pas à effacer complètement. Des rochers. Un groupe de rochers beaucoup plus important que tous ceux qu'il avait pu voir jusque-là. Un abri potentiel. C'était vers eux que Kalila se dirigeait. Il le savait. Il le sentait au plus profond de lui-même.

Une image s'imposa à lui. Kalila installant son camp, sourire aux lèvres, ravie de les avoir tous dupés, de l'avoir dupé, *lui* !

Avec un nouveau juron, il tenta de lancer son cheval au galop.

Elle n'avait pas galopé aussi vite ni avec autant d'acharnement depuis des mois. Des années peut-être… Kalila esquissa une grimace en descendant de cheval. Chaque muscle de son corps était douloureux, mais ce n'était rien en comparaison de l'angoisse qui lui rongeait le cœur et l'esprit. Pourquoi avait-elle décidé de se lancer dans une aventure aussi risquée ? Et aussi égoïste… Non, pas question de ruminer ce genre de pensées. Elle ne pouvait pas se permettre de douter, encore moins de s'apitoyer sur son sort.

La tempête s'annonçait redoutable. Il devait lui rester environ une demi-heure pour installer son campement et mettre sa jument, As Sabr, à l'abri.

Elle murmura des paroles apaisantes à celle-ci et la conduisit jusqu'à une cavité dans le plus gros rocher, qui formait un espace protégé assez grand pour abriter une tente et un cheval. C'était l'endroit où son père l'emmenait camper lorsqu'elle était enfant.

Elle commença à monter sa tente. Aarif aurait-il le temps de trouver un cheval et de partir à sa poursuite avant que le vent soit devenu trop violent ? S'il la retrouvait… Non. Il ne savait pas dans quelle direction elle était partie, et il ne connaissait pas la région. À l'approche d'une tempête de sable, aucun homme raisonnable ne s'aventurerait dans un désert inconnu.

Certes. Mais Aarif n'avait rien d'un homme raisonnable. Au souvenir de son regard étincelant, Kalila déglutit péniblement. Que ferait-elle s'il la retrouvait ? Et surtout, que ferait-il, lui ?

Mais à quoi bon se perdre en conjectures ? Elle n'avait pas le temps. Il fallait agir.

Avec le vent qui forcissait implacablement, elle mit plus de temps qu'à l'accoutumée pour monter sa tente. L'estomac noué, les gestes gauches, elle était furieuse contre elle-même. Elle avait pourtant fait ça des dizaines de fois ! Mais aujourd'hui, tout se liguait contre elle. Elle avait des crampes dans les doigts, du sable dans les yeux, et la bouche horriblement sèche. Quant à son cœur, il battait tellement vite qu'il semblait sur le point d'exploser…

Quand elle eut enfin terminé, elle rentra sous la tente les sacoches contenant de la nourriture, de l'eau et des couvertures. Puis elle ressortit pour couvrir sa jument.

Alors qu'elle s'apprêtait à regagner la tente, elle crut que son cœur allait cesser de battre. À quelques mètres d'elle, vêtu d'une dishdasha et le visage masqué par un turban, se trouvait un homme à cheval.

Aarif. Elle ne voyait que ses yeux, mais elle savait que c'était lui.

Il l'avait retrouvée.

L'espace d'un instant, son esprit se vida. Puis, à sa grande surprise, elle fut submergée par un vif soulagement.

Il était venu !

Désirait-elle inconsciemment qu'il la trouve ? Non, cela aurait été vraiment indigne ! Tandis qu'il descendait de son cheval et mettait ce dernier à l'abri, elle s'efforça de chasser cette pensée de son esprit.

À en juger par l'éclat qui brillait dans ses yeux, il était furieux. Mais le contraire aurait été étonnant…

Il s'occupa d'abord de sa monture. Du coin de l'œil, elle le vit flatter l'encolure de l'animal en lui murmurant des paroles apaisantes, avant de lui donner à boire et à manger. Ses gestes étaient calmes et assurés, mais il écumait de rage, elle le sentait. L'air était chargé d'électricité et cela n'avait rien à voir avec la tempête…

Une fois son cheval installé, il se retourna et plongea son regard dans le sien, et Kalila tressaillit sous l'intensité de son mépris. C'était pire que tout ce qu'elle avait pu imaginer. Mais elle le méritait. Comment avait-elle pu se conduire de manière aussi stupide ?

Il la rejoignit en deux enjambées.

— Qu'est-ce qui vous a pris ?

Son turban étouffait sa voix. Il le baissa d'un geste brusque.

— Avez-vous pensé aux risques, non seulement pour vous, mais pour vos serviteurs, votre pays ?

Son ton cinglant accrut le désarroi de Kalila.

— Je…

Il y eut une rafale encore plus violente que les autres, suivie par un bruit assourdissant. Aarif leva les yeux. Avant qu'elle ait le temps de comprendre ce qui arrivait, il se précipita sur elle et la plaqua contre le rocher.

Au-dessus d'eux, la pierre avait éclaté. Une fissure qui avait fini par céder sous les assauts du vent. Un bloc énorme tomba sur le sable avec un bruit sinistre, à moins de deux mètres. Le cœur de Kalila fit un bond dans sa poitrine. Si Aarif ne l'avait pas poussée…

Reportant son attention sur lui, elle tressaillit. Tout s'était passé si vite qu'elle ne s'était pas vraiment rendu compte de la position dans laquelle ils se trouvaient… Le visage d'Aarif n'était plus qu'à quelques centimètres du sien. Ses yeux étincelaient toujours et son regard semblait fouiller au plus profond de son âme.

Tout à coup, elle prit conscience des battements affolés de leurs deux cœurs. Ils battaient au même rythme… Et puis il y avait le corps d'Aarif, pressé contre le sien. Malgré les épaisses couches de tissu qui les séparaient, elle sentait nettement la dureté de son torse, de ses cuisses, de son…

Un petit cri étranglé échappa à Kalila. Aarif s'écarta aussitôt d'elle comme s'il venait de recevoir une décharge électrique.

Stupéfaite et troublée à la fois, elle resta immobile contre le rocher, le souffle court.

Aarif la désirait…

— C'est dangereux ici, déclara-t-il d'un ton brusque en évitant son regard. Rentrez sous la tente.

Encore abasourdie par sa découverte, Kalila hocha la tête. Même si son avenir n'était guère prometteur, elle n'avait aucune envie de mourir écrasée sous un rocher…

Elle se glissa à l'intérieur de la tente. Au bout d'un moment, voyant qu'Aarif ne la rejoignait pas, elle jeta un coup d'œil dehors. Il avait rejoint les chevaux et s'était accroupi entre eux, le dos contre le rocher, l'air sombre.

Bien sûr… Il n'était pas du genre à partager l'intimité d'une tente aussi minuscule avec elle. Non. Il était du genre à subir la tempête dehors, en compagnie des chevaux.

Au souvenir de son corps pressé contre le sien, elle fut parcourue d'un long frisson. Aarif la désirait… Cette découverte n'avait pas provoqué chez elle que de la surprise.

C'était la première fois qu'un homme la troublait à ce point. Même pendant ses années d'études à Cambridge, elle avait toujours gardé ses distances avec les hommes, consciente que son statut lui imposait de rester pure. Elle n'avait même jamais flirté.

Mais depuis hier, d'abord à table pendant le dîner, puis dans le jardin, son corps s'éveillait à des sensations toutes nouvelles, déclenchées par la présence d'Aarif.

Cependant, il aurait été ridicule d'attacher trop d'importance à ce qui venait de se passer. Le désir d'Aarif n'était sûrement qu'une réaction purement physiologique due à la tension née du danger. D'ailleurs, depuis qu'elle s'était enfuie, il n'éprouvait plus que du mépris pour elle.

Et elle n'était pas loin de lui donner raison.

Cependant, ce n'était pas une raison pour qu'il reste dehors toute la nuit, en pleine tempête de sable… Elle sortit de la tente et le rejoignit.

— Vous ne devriez pas rester ici.

— Ne vous inquiétez pas pour moi, j'ai vu pire, répondit-il sèchement.

Il était toujours accroupi, le dos contre le rocher, les bras croisés sur les genoux, la mâchoire crispée.

— Retournez vous abriter.

— Venez avec moi. Vous connaissez le désert aussi bien que moi. Rester dehors est dangereux, pour ne pas dire stupide. Pourquoi croyez-vous que j'ai emporté une tente ?

— Parce que vous aviez planifié votre petite escapade depuis longtemps, je suppose, rétorqua-t-il d'un ton cassant.

Avec un soupir, Kalila s'assit en tailleur dans le sable.

— Pas aussi longtemps que vous semblez le croire. En tout cas, si vous restez ici, je reste aussi. Et sans personne dedans, il y a de grandes chances pour que la tente s'envole.

Aarif ne répondit pas. Les cheveux ébouriffés par le vent, Kalila croisa les bras. S'il s'imaginait qu'il allait la déstabiliser par son silence, il se trompait. Elle pouvait très bien jouer à ce petit jeu, elle aussi. Et gagner…

Malgré tout, c'était très inconfortable. Le vent mêlé de sable s'engouffrait dans la caverne et piquait le visage et les yeux. Mais le plus pénible, c'était encore le regard noir d'Aarif… Elle serra les dents. Tant pis. Pas question de céder.

— Vous êtes la femme la plus têtue que j'aie jamais rencontrée, finit-il par lancer avec un soupir exaspéré.

Elle ne put s'empêcher de sourire. Ce n'était pas un compliment — loin de là ! — mais c'était tout de même très agréable à entendre…

Un long moment s'écoula encore, dans un silence très relatif en raison des hurlements du vent. Puis Aarif finit par se lever et par prendre ses sacoches, restées accrochées à la selle de son cheval.

— Allez, venez. Je ne vais pas vous laisser risquer bêtement votre vie parce que vous avez décidé de n'en faire qu'à votre tête.

Une fois qu'ils furent tous les deux sous la tente, Kalila déglutit péniblement. L'espace était vraiment limité. Il allait être difficile d'éviter tout contact physique…

— Pourquoi vous être enfuie ?

— Cela a été plus fort que moi, répondit-elle en détournant les yeux.

Il y eut un long silence et Kalila passa les doigts dans ses cheveux emmêlés pour tromper sa nervosité.

— Le mariage vous fait tellement horreur ?

— Le mariage avec un étranger, oui.

— Pourtant, vous saviez depuis l'âge de douze ans que vous deviez épouser mon frère. Pourquoi attendre le dernier moment pour vous enfuir ?

— Parce que jusqu'à aujourd'hui je pensais pouvoir me marier comme prévu. Mais hier, j'ai commencé à avoir des doutes. Et ce matin, j'ai compris que c'était au-dessus de mes forces… La décision de fuir s'est imposée à moi.

— C'est une réaction infantile. Quel était votre programme ? Vivre dans le désert jusqu'à la fin de vos jours avec les Bédouins ? Vous vous imaginiez vraiment qu'on ne vous retrouverait jamais ?

— Non, bien sûr, mais… je voulais être libre, même si ça ne devait pas durer.

Il n'y avait pas la moindre compassion dans le regard d'Aarif, constata-t-elle, le cœur lourd. Visiblement, il ne comprenait pas du tout sa réaction.

— Vous rendez-vous compte de tout ce que vous mettez en péril, pour un moment de « liberté », comme vous dites ? J'espère avoir réussi à persuader les serviteurs qui vous accompagnaient de ne pas prévenir le palais. Mais si votre père apprend quand même votre fuite… si Zakari l'apprend…

— Personne n'a subi de préjudice. Nous sommes sains et saufs tous les deux.

— Pour l'instant…

— Etes-vous toujours aussi pessimiste ? demanda-t-elle en relevant le menton.

Pas question de lui montrer à quel point elle était déstabilisée par ses reproches !

— Pensez-vous toujours que le pire va arriver ?

— C'est souvent le cas.

Leurs regards se croisèrent et elle sentit son cœur s'affoler dans sa poitrine. Quelle était cette lueur dans les yeux d'Aarif ? De la colère ? Du mépris ?

Du désir.

Elle fut parcourue d'un long frisson.

— Nous devrions manger, déclara-t-elle d'une voix qui sonna faux à ses propres oreilles.

Il restait silencieux. Mieux valait ne pas prendre le risque de le regarder de nouveau, décida Kalila. L'éclat de ses yeux noirs était beaucoup trop déstabilisant.

Fouillant dans une de ses sacoches avec des mains tremblantes, elle sortit du pain et du fromage et tendit un morceau de chaque à Aarif.

Il marmonna un remerciement et ils mangèrent en silence, sans se regarder.

Ces courants mystérieux qui circulaient sous la toile de la tente étaient-ils un effet de son imagination ? se demanda-t-elle en avalant avec difficulté un morceau de fromage. Non, ils étaient bien réels et ils lui paraissaient beaucoup plus dangereux que la tempête qui faisait rage.

Jamais elle n'avait eu une conscience aussi aiguë de la proximité d'un autre être humain. Jamais elle n'avait éprouvé une envie aussi irrésistible de toucher un homme, de sentir ses cheveux, sa peau, sous ses doigts. La barbe naissante d'Aarif était-elle rugueuse ? Ses cheveux étaient-ils soyeux ?

À la fois horrifiée et fascinée par le cours que prenaient ses pensées, elle finit par rompre le silence.

— Ça ne vous est jamais arrivé ?

— Quoi donc ?

— D'avoir envie d'être libre, ne serait-ce qu'un instant. Vous n'avez jamais eu envie de… vous échapper ?

— Peut-être lorsque j'étais enfant. Mais j'ai dépassé ce stade depuis longtemps. Et vous devez en faire autant.

Kalila réprima un soupir. Oui, elle savait qu'en prenant la fuite, elle avait cédé à une impulsion puérile. Mais c'était si exaltant de prendre en main son destin, ne serait-ce que pour quelques heures ! Même rongée par la peur et la culpabilité, elle avait été heureuse. Pendant un moment, elle avait été libre. Comment expliquer ce qu'elle avait ressenti à Aarif ? De toute évidence, il refusait de comprendre.

— Où sont tous les autres ?

— À l'abri dans l'aéroport, j'espère. La tempête ne se calmera pas avant demain matin, à mon avis. Nous repartirons à ce moment-là.

— Qu'allons-nous leur dire ?

— Très bonne question ! Qu'allez-vous dire à votre gouvernante, qui vous croyait malade et qui doit être morte d'inquiétude ? Qu'allez-vous dire aux gardes dont la mission est de vous protéger et qui risquent d'être sévèrement punis ? Allez-vous leur parler de « liberté » ?

Le ton cinglant d'Aarif mortifia Kalila.

— Je sais que je me suis conduite comme une idiote. Comme une égoïste. Je le sais !

S'efforçant de refouler les larmes qui lui brûlaient les paupières, elle ferma les yeux.

— Comment vous êtes-vous débrouillée ? Qui s'est occupé du cheval ? Des provisions ?

— Je ne vous le dirai pas.

Pas question de dénoncer le valet d'écurie qu'elle avait supplié ce matin même !

Aarif haussa les épaules.

— Je n'aurai aucun mal à le découvrir.

Elle fut assaillie par un vif sentiment de culpabilité. Ce jeune garçon timide, elle l'avait mené par le bout du nez…

— Je ne veux pas que… cette personne… soit punie.

— C'est vous qui méritez d'être punie ! Pas une servante dévouée… ou peut-être un valet d'écurie subjugué. L'un comme l'autre dans une situation d'infériorité qui leur interdit de désobéir à la princesse !

— Vous avez raison, c'est moi qui mérite d'être punie. Mais est-ce vraiment impardonnable d'avoir voulu m'accorder quelques heures de liberté, alors que le reste de ma vie ne m'appartient pas ?

Cette lueur soudaine dans les yeux d'Aarif, était-ce enfin de la compassion ?

— Je ne veux pas d'un mariage arrangé, mais puisque c'est mon devoir de princesse, je m'y résignerai. Je ferai de mon mieux pour être une bonne épouse et une bonne reine. Toutefois, ça ne m'empêche pas d'avoir envie d'être aimée. Il me semble que c'est naturel, non ? Les êtres humains aspirent tous à aimer et être aimés. Mes parents ont fait un mariage d'amour. Votre père et votre belle-mère également. Pourquoi n'y aurais-je pas droit moi aussi ?

La question de Kalila parut résonner sous la tente, chargée de désespoir. Aarif détourna les yeux pour déclarer :

— Votre destin est ailleurs.

— Un destin décidé, planifié, par mon père et le vôtre ! Je voudrais pouvoir choisir ma propre voie. Est-ce vraiment si égoïste ?

— Nous n'avons pas toujours le choix, Kalila.

La voix d'Aarif était devenue presque douce, constata-t-elle, le cœur battant.

— Et vous ? N'avez-vous pas envie d'aimer et d'être aimé ?

C'était une question très indiscrète, mais tant pis. Elle avait trop envie de connaître la réponse.

— Ma seule envie est de servir au mieux ma famille et mon pays.

Malgré le ton sans réplique d'Aarif, elle ne put s'empêcher d'insister.

— Vous n'avez aucune aspiration personnelle ?

— Non.

Aarif enleva ses bottes et étendit sa couverture le plus loin possible de Kalila.

— Il faut dormir. Nous partirons dès la fin de la tempête.

Il s'allongea sur le côté, dos tourné.

Kalila étala sa couverture, enleva ses bottes et s'allongea à son tour. Il aurait suffi qu'elle bouge le bras pour toucher le dos d'Aarif. Mais même si elle en mourait d'envie, mieux valait s'abstenir… Réprimant un soupir, elle se recroquevilla sur le côté, tournant le dos à Aarif.

Le vent continuait de fouetter la tente avec des sifflements aigus, et les chevaux s'agitaient en hennissant nerveusement.

Demain, elle serait de retour dans la vraie vie. Elle prendrait l'avion pour Calista, rencontrerait Zakari. Qu'allait-elle lui dire ? Comment allait-elle lui expliquer sa conduite ?

Elle ferma les yeux. Demain serait un autre jour.

Impossible de dormir dans ces conditions, songea-t-elle au bout d'un moment. Elle était épuisée, mais beaucoup trop tendue et anxieuse pour avoir la moindre chance de trouver le sommeil. Tendant l'oreille, elle guetta la respiration d'Aarif entre deux rafales de vent.

Dormait-il ? Sans doute. Il n'avait aucune raison d'être aussi angoissé qu'elle…

Vaincue par la fatigue, Kalila finit par s'endormir.

Elle se réveilla en sursaut au milieu de la nuit.

L'obscurité et le silence étaient complets. La tempête était terminée et le calme qui lui succédait était presque aussi inquiétant. Pourtant, un bruit étrange était par moments perceptible. Comme un gémissement étouffé. Était-ce le vent ? Un des chevaux ?

Non… Ce bruit provenait de l'intérieur de la tente… Juste à côté d'elle. Comme une plainte étouffée… Elle se retourna.

Aarif était allongé sur le dos, entortillé dans sa couverture, le visage luisant de sueur. Des mouvements convulsifs agitaient ses paupières.

De toute évidence, il était en proie à un cauchemar.

5

Encore et toujours les mêmes images, le même cri… La même torture. Impossible de changer le cours des événements. Il restait un spectateur impuissant, désespéré…

Il savait que c'était un rêve, mais il n'y avait pas moyen de s'en arracher. Le cauchemar le tenait dans ses griffes et ne le lâchait plus. Et toujours le cri de détresse de son frère.

« Aarif ! Sauve-moi ! »

Ses mains se tendaient vers Zafir, mais il était trop loin, de plus en plus loin…

« Aarif ! »

La voix avait changé. Elle était plus douce… moins suppliante. Comme si elle arrivait d'un autre monde… Et pourtant non, le rêve ne le lâchait toujours pas… Toujours aussi implacable.

« Aarif ! »

De nouveau le cri terrorisé de Zafir, de plus en plus faible, mais toujours aussi poignant…

« Au secours ! »

Et il ne pouvait rien faire. Absolument rien.

Aarif se débattait, les traits crispés par la souffrance et l'angoisse.

— Aarif, murmura Kalila.

Elle referma la main sur son épaule pour le réveiller.

— Non… non !

Elle se figea. Ce cri déchirant, elle ne l'oublierait jamais. C'était le cri d'un homme en proie à un tourment effroyable.

Aarif poussa un soupir tremblant et ses doigts se crispèrent sur la couverture. Des larmes coulaient sur ses joues.

La gorge de Kalila se noua.

— Aarif, répéta-t-elle un peu plus fort. Ce n'est qu'un rêve.

Mais non, justement, comprit-elle au moment où elle prononçait ces mots. L'imagination pure ne pouvait pas à elle seule soumettre Aarif à une telle torture. Son cauchemar était ancré dans la réalité… Son cœur se serra. Le voir souffrir à ce point était insupportable. Se penchant sur lui, elle écarta ses cheveux de son front humide de sueur.

— Aarif…

Il ouvrit les yeux.

Sans rien dire, elle continua de lui caresser les cheveux comme à un enfant.

Il la fixa un instant d'un air hébété, puis il laissa échapper un gémissement étouffé et tenta de s'écarter d'elle.

Elle l'en empêcha. Pas question de le laisser se replier sur lui-même. Personne ne méritait d'endurer une telle souffrance sans aucun soutien.

— Ne bougez pas, murmura-t-elle d'une voix apaisante. Qu'est-ce qui vous tourmente ?

Elle lui caressa la joue, suivant sa cicatrice du bout des doigts. Il referma les yeux avec un soupir. Poussée par un élan irrésistible, Kalila le prit dans ses bras. Et lorsqu'il enfouit son visage dans son cou, elle fut étreinte par une émotion indicible.

Peu à peu, la respiration d'Aarif s'apaisa, tandis qu'elle lui caressait doucement les cheveux. Ils restèrent encore un long moment immobiles, silencieux, puis il s'écarta légèrement d'elle et plongea son regard dans le sien.

Le cœur battant, Kalila retint son souffle.

Elle s'attendait à un baiser ardent, désespéré. Il l'embrassa avec une douceur infinie, effleurant ses lèvres du bout de la langue avant de prendre possession de sa bouche.

Bouleversée, elle s'abandonna corps et âme à ce premier

baiser. Elle n'avait jamais connu d'homme et jamais flirté non plus, préférant rester entièrement pure jusqu'à son mariage avec le roi Zakari. Et aujourd'hui… Ce baiser était bien plus condamnable et égoïste que sa fuite. C'était même une véritable trahison… Pourtant, elle n'éprouvait aucune honte, aucun remords. Ce qu'elle était en train de vivre était trop merveilleux. Et naturel.

Aarif approfondit encore son baiser, l'accompagnant de caresses d'abord furtives, puis de plus en plus fébriles. Ses mains s'insinuèrent sous la djellaba qu'elle avait enfilée par-dessus ses vêtements, puis sous sa tunique, dont les pressions cédèrent d'elles-mêmes. Au contact de ses doigts sur sa peau, Kalila fut assaillie par des sensations inouïes qui lui arrachèrent des gémissements.

L'un après l'autre, il lui enleva tous ses vêtements. Ses lèvres prirent le relais de ses doigts, explorant chaque parcelle de son corps. Vibrant de plaisir et de désir mêlés, elle brûlait de lui rendre ses caresses. Elle glissa les mains sous sa dishdasha. S'écartant d'elle, il se déshabilla en toute hâte et la rejoignit.

Timidement, elle promena des doigts hésitants sur ses épaules musclées, descendit le long de son dos… Encore des cicatrices ? Ce n'était pas le moment de lui demander d'où elles venaient… Elle poursuivit son exploration, se délectant de la douceur de sa peau satinée.

Mais les caresses d'Aarif se faisaient de plus en plus précises, ses mains et ses lèvres l'embrasaient tout entière.

Pourtant, le moment était venu de reprendre son sang-froid, songea-t-elle confusément. Ils ne pouvaient pas continuer ainsi… Il fallait absolument s'arrêter à temps… Mais tandis que son esprit tentait de la rappeler à la raison, son corps vibrant de désir s'offrait de lui-même à Aarif. Prenant place entre ses cuisses, il plongea son regard dans le sien et entra en elle.

Une vive douleur lui coupa le souffle, bientôt balayée par de nouvelles sensations fabuleuses.

Capturant sa bouche, il l'entraîna dans une valse sensuelle

qui lui donna le vertige. Peu à peu, il accéléra le tempo, et elle fut emportée dans une spirale de feu tourbillonnante.

Le plaisir montait en elle, inexorable. Et soudain, ce fut comme si le monde chavirait. Avant que son esprit se vide de toute pensée cohérente, une évidence s'imposa à elle. Son destin, c'était ça.

Elle reprit conscience en sentant Aarif s'écarter d'elle. Le calme qui régnait à présent sous la tente était aussi angoissant que celui qui avait suivi la tempête…

Aarif était allongé sur le dos, un bras sur le visage.

La gorge de Kalila se noua. Pourquoi était-il si distant ? Quelques instants plus tôt, elle flottait dans un océan de bonheur, et voilà qu'à présent elle se sentait terriblement malheureuse. Abattue…

« Et ça t'étonne ? demanda une petite voix moqueuse. Tu viens de trahir ton fiancé avec son frère ! »

Accablée de remords, elle ferma les yeux. Jamais elle ne s'était sentie aussi mal… Mieux valait ne pas imaginer ce qu'éprouvait Aarif… Aarif, homme d'honneur et de devoir. Un homme avec qui elle venait de s'unir. L'homme qu'elle aimait. Elle tressaillit.

L'homme qu'elle aimait ?

Était-ce possible ? Elle le connaissait à peine… Et pourtant, lorsqu'il l'avait embrassée, caressée, elle avait eu le sentiment qu'ils se connaissaient depuis toujours.

— Aarif ?

Le son de sa propre voix la fit tressaillir. Mon Dieu, jamais elle n'avait été aussi embarrassée…

— Non ! s'exclama-t-il en se redressant d'un bond.

Sans un regard pour elle, il quitta la tente.

Le cœur serré, elle entendit le bruit de ses pieds nus sur le sable, puis le hennissement d'un cheval, auquel il répondit par un murmure apaisant. À son grand dam, elle sentit des larmes lui brûler les paupières. Il était plus attentionné avec les chevaux qu'avec elle…

« Et ça t'étonne ? demanda de nouveau la petite voix

moqueuse. Les chevaux n'ont rien à se reprocher, eux. Ils sont innocents. Pas toi. »

Elle déglutit péniblement. Son innocence était irrémédiablement perdue.

Et pourtant, malgré la honte, malgré la peur qui lui nouait l'estomac, elle ne pouvait pas oublier le sentiment de plénitude qu'elle avait éprouvé dans les bras d'Aarif. Elle ne pourrait jamais l'oublier. Et de toute façon, elle n'en avait aucune envie.

Quel genre de femme était-elle donc ?

Prenant une profonde inspiration, Kalila s'efforça de surmonter son angoisse. Il fallait absolument garder la tête froide. Réfléchir. Et avant tout, parler avec Aarif.

Elle se rhabilla et passa les doigts dans ses cheveux emmêlés.

Puis, s'armant de courage, elle sortit de la tente.

L'air de la nuit était frais et le ciel parsemé d'étoiles scintillantes. Les dunes de sable ondulaient sous les rayons argentés de la lune. Il n'y avait pas un souffle de vent.

Çà et là, on apercevait les traces laissées par la tempête. Morceaux de roche brisée, racines arrachées. Pourvu que le reste du cortège ait eu le temps de s'abriter à l'aéroport, pria-t-elle avec ferveur. Pourvu que personne n'ait été blessé à cause de son inconscience. De son égoïsme.

Elle se dirigea vers Aarif d'un pas hésitant. Il lui tournait le dos, appuyé d'une main contre le rocher. Elle s'immobilisa à quelques mètres de lui.

Que dire ? Qu'allait-il se passer, à présent ?

Le silence se prolongea. Alors qu'elle venait d'acquérir la certitude qu'il ne lui adresserait plus jamais la parole, il déclara d'un ton neutre :

— Nous allons raconter à tout le monde que je vous ai trouvée au lever du jour. Vous avez passé la nuit seule ici, tandis que de mon côté j'ai trouvé un autre abri pendant la tempête avant de reprendre mes recherches. Ainsi, votre honneur sera sauf. Je ne pense pas que quiconque souhaite compromettre la célébration du mariage en mettant votre moralité en doute.

Kalila était au comble de la perplexité. Ce qu'il disait n'avait aucun sens…

— Cela ne règle pas le problème…, murmura-t-elle.

— Je suppose que vous préférez éviter que les serviteurs de votre père apprennent ce qui s'est passé. J'essaie de réparer les dégâts, princesse.

Elle sentit son cœur se serrer. Comment pouvait-il lui parler avec une telle froideur ? Il se retourna brusquement et elle eut un mouvement de recul. La colère déformait ses traits…

— C'est moi qui suis responsable de ce gâchis, et je dois le réparer.

— Comment ? demanda-t-elle.

— Je vais parler à Zakari.

Elle ferma les yeux. Mieux valait ne pas imaginer la conversation entre les deux frères…

— Si vous faites ça, vous allez détruire mon mariage avant même qu'il ait été célébré.

— Je dirai à Zakari que tout est ma faute.

Elle secoua la tête avec incrédulité.

— Et vous pensez qu'il va vous croire ?

— C'est moi le responsable. J'aurais dû résister, m'en aller…

— Nous sommes aussi responsables l'un que l'autre. J'aurais pu protester. J'aurais pu m'en aller, moi aussi.

Il ne broncha pas. Kalila prit une profonde inspiration. Il fallait lui ouvrir son cœur, l'empêcher d'élever entre eux une barrière infranchissable.

— Mais je n'en avais aucune envie, poursuivit-elle d'une voix douce. Et je ne regrette rien. Dès l'instant où vous m'avez embrassée, j'ai…

— Inutile d'idéaliser ce qui n'était rien d'autre qu'une bouffée de désir incontrôlée.

Elle vacilla comme sous l'effet d'une gifle.

— Non… c'était autre chose.

Il resta silencieux, et elle reprit d'une voix brisée.

— Aarif, ne transformez pas en épisode sordide ce qui…

— Mais c'est sordide ! Toute cette histoire est sordide !

Vous ne le voyez donc pas ? En me chargeant de cette mission, mon frère a mis toute sa confiance en moi. Et je l'ai trahi. J'ai commis la pire des trahisons !

Il eut une moue dédaigneuse.

— Si vous aviez le sens de l'honneur et du devoir, vous en seriez consciente, conclut-il.

Kalila ouvrit la bouche, mais aucun mot ne franchit ses lèvres. Que répondre à cela ? Des larmes roulèrent sur ses joues. Le mépris d'Aarif était insupportable. Jamais elle ne s'était sentie aussi vulnérable.

— Je sais ce que vous pensez, poursuivit-il d'un ton cassant. Vous vous croyez amoureuse de moi… Vous avez décidé de vous enfuir parce que vous préférez l'amour à un mariage arrangé. Et maintenant, vous voulez croire à tout prix que vous l'avez trouvé.

Il leva la main comme pour l'empêcher de parler. Mais comment aurait-elle pu prononcer un seul mot ? se demanda-t-elle, la mort dans l'âme. Elle était anéantie…

— Oh, je ne pense pas que vous étiez réellement consciente de ce que vous faisiez. Vous avez été débordée par l'appel des sens, comme moi. Et à présent, vous préférez vous raconter qu'il y a autre chose entre nous. Eh bien, vous vous trompez, princesse. La seule chose qui nous lie, c'est d'avoir commis la même erreur. Et il est de mon devoir de la réparer. Quant à votre mariage… Zakari est un homme magnanime. Il vous pardonnera.

Aarif eut une moue de dérision.

— De toute façon, il n'aura pas le choix.

Rassemblant le peu d'énergie qui lui restait, elle déclara :

— C'est sans doute plus facile pour vous de considérer que nous avons été « débordés par l'appel des sens », mais…

— Vous avez vraiment décidé de vous inventer un conte de fées, n'est-ce pas ?

Piquée au vif, elle releva le menton.

— Désolée, mais je ne vois pas où est le conte de fées. En

revanche, je sais que ce que nous avons partagé ne se limitait pas à « l'appel des sens », comme vous dites.

Malgré les larmes qui perlaient à ses paupières, Kalila soutint le regard d'Aarif.

— Croyez ce qui vous arrange, mais moi, je connais la vérité.

Le regard noir, il pinça les lèvres. Elle leva les yeux vers le ciel. Les étoiles s'estompaient, chassées par l'aube naissante.

— Le jour se lève, ajouta-t-elle. Il est temps de partir.

Ils rangèrent leurs affaires dans un silence tendu.

Kalila s'efforçait de faire le vide dans son esprit. La souffrance, les souvenirs doux-amers, les regrets, elle ne pourrait pas les tenir à distance éternellement, mais pour l'instant, mieux valait se concentrer sur des problèmes pratiques. Rouler les couvertures, plier la tente, nourrir les chevaux et tenter de se rendre présentable, malgré les moyens limités dont elle disposait.

Pas besoin de miroir pour savoir que ses cheveux étaient horriblement emmêlés, ses yeux rouges et son visage desséché par le vent et le sable.

Zakari l'attendrait-il à l'aéroport, à Calista ? La verrait-il dans cet état ? Comprendrait-il aussitôt ce qui s'était passé ?

Pourvu qu'il soit toujours à la recherche de son précieux diamant ! Un sursis avant la confrontation serait le bienvenu…

Il leur fallut trois heures pour atteindre l'aéroport. Kalila était rompue. Jamais elle n'avait eu autant de courbatures…

Pas un seul instant, Aarif n'eut d'hésitation pendant tout le trajet. Autour d'eux le désert était métamorphosé par la tempête, mais il semblait posséder un sens de l'orientation infaillible.

Bien sûr, songea-t-elle avec amertume. Il était capable de se repérer, même sans connaître la région. Un homme comme Aarif ne s'égarait jamais. Il ne commettait jamais de faux pas.

Sauf la nuit dernière.

Pour quelle raison avait-il trébuché ? Elle eut un pincement au cœur. Quelles sensations extraordinaires elle avait ressenties dans ses bras ! Et son cœur avait vibré au moins autant que son corps…

« Vous vous croyez amoureuse de moi. »

Serrant les dents, elle s'efforça de se concentrer sur sa monture, qui peinait autant que celle d'Aarif.

Lorsque l'aéroport apparut enfin, elle fut presque soulagée. L'attente et la tension étaient insupportables. Vivement qu'elle arrive à Calista et qu'elle en finisse avec les explications et les mensonges. Ensuite, elle prendrait un bain chaud !

Juhanah fut la première à courir à leur rencontre, le visage creusé par l'inquiétude.

— Oh, *ya daanaya* ! Mon enfant ! Nous avions tellement peur que vous soyez perdus tous les deux !

Alors que sa vieille gouvernante la prenait dans ses bras, Kalila surprit le coup d'œil inquisiteur qu'elle lançait à Aarif. Voilà, cela commençait, songea-t-elle en fermant les yeux. Les chuchotements, les rumeurs. Son honneur ne serait jamais à l'abri des spéculations.

Et c'était bien mérité…

— J'ai retrouvé la princesse Kalila il y a quelques heures, déclara Aarif en descendant de cheval.

Il tendit les rênes à un garde en donnant des instructions pour que les deux bêtes soient ramenées au palais.

— J'ai été obligé de m'abriter pendant la tempête. Lorsque le vent est tombé pendant la nuit, je suis reparti à sa recherche. J'ai fini par tomber sur son campement.

La voix d'Aarif était calme, impersonnelle. Pas une seule fois il ne jeta un coup d'œil à Kalila.

— Dieu merci ! s'exclama Juhanah en serrant de nouveau Kalila contre elle.

Puis elle la prit par les épaules et la regarda avec un air réprobateur.

— Qu'est-ce qui t'a pris de t'enfuir comme ça ?

— La princesse m'a expliqué qu'elle a eu un moment de folie, intervint Aarif, toujours sur le même ton posé. Elle a eu peur. La perspective de rencontrer un mari qu'elle ne connaît pas est très angoissante pour une jeune femme. Elle a donc envisagé de s'enfuir. Mais, consciente de son devoir, elle n'est pas allée loin. Elle était sur le point de faire demi-tour lorsqu'elle a été surprise par la tempête. Elle a compris qu'elle ne parviendrait pas à rejoindre le cortège, alors elle s'est mise à l'abri derrière un rocher. Je l'ai retrouvée ce matin et nous nous sommes mis aussitôt en route.

Malgré elle, Kalila fut impressionnée. Il était si convaincant qu'elle-même aurait presque pu croire à tous ces mensonges ! Elle lui jeta un coup d'œil furtif. Son visage était impénétrable. Reverrait-elle un jour l'autre Aarif ? Celui qui l'avait serrée dans ses bras ? Qui l'avait embrassée avec ferveur ? Son cœur se serra. Rien n'était moins sûr…

Tout à coup, elle prit conscience du silence embarrassé qui l'entourait et de toutes les paires d'yeux braquées sur elle. S'efforçant de se ressaisir, elle prit un air contrit.

— C'est vrai, Juhanah. J'ai eu un moment de faiblesse et je le regrette amèrement.

Elle jeta un nouveau coup d'œil à Aarif. Ne pouvait-il lui adresser au moins un signe, même imperceptible ? Elle en avait tellement besoin… Mais il regardait fixement devant lui, l'air froid et distant malgré le sourire courtois qui se dessinait sur ses lèvres.

— Ma pauvre chérie, commenta Juhanah. Enfin, l'essentiel, c'est que tu sois saine et sauve.

— Et ici, tout le monde a pu s'abriter sans problème ? demanda Aarif.

Après avoir reçu une réponse affirmative, il hocha brièvement la tête.

— Dans ce cas, il est temps de partir pour Calista.

Il se dirigea vers l'entrée de l'aéroport en sortant son portable de sa poche.

— Mais la princesse ne peut pas rencontrer son futur mari dans l'état où elle se trouve ! protesta Juhanah. Il faut que nous retournions au palais pour qu'elle se change, se…

— Je crains que cela ne soit pas possible, la coupa Aarif. La place de la princesse est à Calista, désormais. Et ne craignez rien. Le roi ne risque pas d'être choqué par sa tenue.

Il montra son portable et poursuivit :

— Je viens de recevoir un message. Son retour a été retardé. La princesse aura donc tout le temps nécessaire pour se préparer comme elle le souhaite.

Il jeta à Kalila un regard froid qui la fit tressaillir. Puis il pénétra dans l'aéroport.

— Ma pauvre chérie, commenta Juhanah. Ne même pas pouvoir prendre un bain et te changer…

Kalila haussa les épaules. Pas question que Juhanah la plaigne. Elle ne le méritait pas…

— Il y a des toilettes dans l'aéroport. Je vais me laver le visage et me coiffer. En quelques minutes, je serai de nouveau moi-même.

Ses propres paroles résonnèrent douloureusement dans son esprit. Si seulement cela avait été vrai… En réalité, la seule fois où elle avait eu le sentiment d'être elle-même, c'était dans les bras d'Aarif.

Malheureusement, il y avait de grandes chances pour que cela ne lui arrive plus jamais.

6

Dans un ciel bleu sans nuages, l'avion laissa derrière lui le désert de Zaraq pour survoler la mer.

La tête contre le hublot, Kalila feignait de dormir. Il fallait à tout prix éviter les questions que Juhanah, assise à côté d'elle, brûlait visiblement de lui poser.

Seuls sa gouvernante, elle-même et Aarif avaient embarqué à bord de l'appareil. Le reste du cortège était retourné au palais avec la version officielle des événements. Comment son père réagirait-il en apprenant son escapade ? se demanda-t-elle vaguement. À vrai dire, cela ne la préoccupait guère : elle n'était plus sous son autorité. À présent, la personne à craindre était Zakari, mais pour l'instant, elle n'en avait même pas la force. Et de toute façon, il n'était pas encore de retour à Calista.

Elle jeta un coup d'œil furtif à Aarif, assis dans un profond fauteuil de cuir noir derrière elle. Il étudiait des documents étalés devant lui. Ainsi, il semblait moins dur, songea-t-elle avec un élan de tendresse. Il ressemblait un peu plus à l'homme qui s'était blotti dans ses bras avant de l'embrasser…

Soudain, sous l'appareil, la terre apparut.

Calista. Son nouveau pays.

Elle tendit le cou pour mieux voir le désert, si semblable à celui de Zaraq, puis le ruban vert du fleuve Kordela, célèbre pour ses diamants alluvionnaires. Serapolis, la capitale, avec sa vieille ville aux étroites ruelles et aux nombreux marchés.

Et enfin, le majestueux palais qui allait devenir sa nouvelle demeure.

L'avion amorça sa descente vers l'aéroport. Lorsqu'ils débarquèrent, Aarif n'adressa pas un seul regard à Kalila. Une fois sur le tarmac, il se dirigea tout droit vers la berline envoyée par le palais et monta à côté du chauffeur, tandis qu'elle prenait place à l'arrière en compagnie de Juhanah.

Kalila prêta à peine attention au paysage. Quelques palmiers épars en bordure du désert, puis avant d'arriver à la ville, le club de polo. À l'entrée du quartier le plus récent de la capitale, une pancarte indiquait la direction de Jaladhar, la station balnéaire prisée des touristes.

Épuisée et déprimée, elle n'avait qu'une seule envie : se retrouver seule dans une chambre et s'allonger. Oublier… Ne serait-ce que pendant quelques minutes ou quelques heures.

La voiture s'arrêta devant l'entrée du palais, situé à proximité de la vieille ville. La surprise altéra un instant les traits du serviteur qui les accueillit lorsqu'il vit Kalila. Pas étonnant, songea-t-elle en réprimant une moue de dérision. Elle avait beau s'être rafraîchie avant de monter dans l'avion, elle ne ressemblait sûrement pas à l'idée qu'il se faisait de sa future reine…

Il s'inclina profondément devant elle avant de se lancer dans un long discours de bienvenue qu'elle écouta sans l'entendre, un sourire poli aux lèvres.

— La princesse Kalila est très fatiguée, intervint Aarif. Veuillez la conduire avec sa gouvernante dans ses appartements, et vous assurer qu'elles disposent de tout ce dont elles ont besoin.

Puis sans un mot pour Kalila, il se dirigea vers la lourde porte voûtée. Le cœur serré, elle le regarda disparaître dans l'ombre du hall. Quand le reverrait-elle ? Nul doute qu'il allait faire tout son possible pour l'éviter.

Dans le palais les attendait une femme de chambre, qui les entraîna vers un majestueux escalier de pierre pour les conduire au deuxième étage. Elles empruntèrent ensuite un long couloir plongé dans la pénombre dont les fenêtres voûtées étaient ouvertes sur le désert.

La chambre de Kalila donnait sur le jardin privé du palais. Peut-être était-il aussi beau que celui de son père, mais il ne serait jamais aussi familier, songea-t-elle avec une bouffée de nostalgie. Ici, tout lui était étranger. De toute façon, elle ne se reconnaissait pas elle-même. Au cours des dernières vingt-quatre heures, elle s'était conduite comme jamais elle ne s'en serait crue capable. Quelles seraient les conséquences de ses actes ? Mieux valait ne pas y penser pour l'instant.

Elle poussa un profond soupir, ce qui lui valut un regard inquiet de la part de Juhanah.

— Tu dois être épuisée. Je vais te faire couler un bain.

Kalila hocha la tête avec gratitude.

— Merci, Juhanah.

Elle promena son regard sur la chambre, au décor sobre mais raffiné. Un lit immense recouvert d'un jeté de lin blanc, un coffre et une commode en cèdre. Un petit bureau surmonté d'un grand miroir. Des murs blancs ornés d'étoffes aux couleurs vives, et deux grandes fenêtres voûtées donnant sur le jardin.

Quelques minutes plus tard, elle entra dans la grande baignoire encastrée de la salle de bains de marbre. Au contact de l'eau chaude et discrètement parfumée, elle poussa un petit soupir d'aise. Depuis le temps qu'elle rêvait de prendre un bain… Quel plaisir divin ! Elle allait enfin se débarrasser du sable qui lui collait à la peau et aux cheveux.

Malgré tout, elle aurait beau se laver pendant des heures, elle ne redeviendrait pas elle-même pour autant… Mais qui était-elle, exactement ? Elle ne le savait plus. Jamais elle ne s'était sentie aussi perdue. Retrouverait-elle un jour sa joie de vivre ?

Juhanah frappa à la porte.

— Ça va, *ya daanaya* ?

— Oui, très bien.

La sollicitude de sa gouvernante était touchante, mais elle renforçait son sentiment de culpabilité. Elle ne méritait pas que Juhanah s'inquiète pour elle. Que dirait-elle si elle lui racontait… ?

Kalila ferma les yeux. Non, elle ne raconterait jamais rien à personne. Alors qu'Aarif, lui, allait en parler à Zakari… Mais qu'espérait-elle ? Qu'Aarif allait lui avouer qu'il l'aimait et qu'il était prêt à tout pour la garder auprès de lui ?

« Vous croyez être amoureuse de moi »…

Comme il avait été dur avec elle ! Méprisant. Intransigeant. Pourtant, il pouvait être si tendre… Et même s'il refusait de l'admettre, pendant quelques instants au moins, leur union n'avait pas été seulement charnelle. Elle le savait.

Et ce cauchemar qui lui avait arraché un cri déchirant ? À quel souvenir tragique était-il lié ? Revenait-il souvent perturber son sommeil ? Nul doute que c'était la clé pour comprendre Aarif. Mais comment pourrait-elle avoir la moindre chance de le comprendre un jour, alors qu'il allait passer les prochaines semaines à l'éviter à tout prix ?

L'eau était presque froide, constata-t-elle tout à coup. Elle commença à se savonner mais ses mains s'immobilisèrent sur son ventre. Son estomac se noua. Pourvu que…

Pas un seul instant elle n'avait pensé au risque de grossesse. Un enfant…

L'enfant d'Aarif.

Un sourire irrépressible se dessina sur ses lèvres, mais il s'effaça aussitôt. Ce serait désastreux. Zakari pourrait peut-être pardonner un moment d'égarement, mais un enfant illégitime…

Elle ferma les yeux. Quel gâchis ! Comment avait-elle pu faire preuve d'une telle inconscience ?

Malgré toutes les questions qui se bousculaient dans son esprit, le bain l'avait détendue. Elle se sécha avec une serviette moelleuse avant de s'envelopper dans un peignoir. Juhanah avait rabattu les couvertures sur le lit, constata-t-elle en regagnant sa chambre. Sans hésiter un seul instant, elle se glissa entre les draps de coton délicieusement frais et s'endormit aussitôt, bercée par le ronronnement du ventilateur.

Elle fut réveillée par un coup frappé à la porte. Le soleil était bas dans le ciel et la pénombre avait envahi la pièce.

— Juhanah ?

— Oui, répondit la gouvernante en ouvrant la porte.

Elle pénétra dans la pièce et commença à s'affairer avec un air pincé, manifestement contrariée.

Kalila s'assit dans son lit.

— Quelle heure est-il ?

— 18 heures passées.

— Quand devons-nous dîner ?

Juhanah répondit d'un ton crispé.

— Le prince Aarif a suggéré que nous dînions dans ton appartement, ce soir. Il dit que tu dois être trop fatiguée par le voyage pour avoir envie d'un repas protocolaire.

Le cœur de Kalila se serra.

— Ce n'est pas ainsi que doit être traitée une future reine ! ajouta Juhanah.

Kalila haussa les épaules.

— Je ne…

— Bien sûr, toi tu t'en moques ! Tu n'attaches aucune importance à l'étiquette. Mais moi je trouve anormal que tu arrives dans un palais désert et qu'il n'y ait personne pour t'accueillir, à part un serviteur de second rang.

— Il m'a paru très important…

— Pfft !

Juhanah secoua la tête d'un air outré.

— C'est inadmissible.

— N'oublie pas que des événements récents ont perturbé la famille royale, fit valoir Kalila. La mort du roi Aegeus d'Aristos et la disparition du diamant…

— Et alors ? Ce n'est pas une raison pour ne pas accueillir dignement la future reine de Calista !

Les mains sur les hanches, Juhanah était visiblement hors d'elle, et Kalila ne put s'empêcher de sourire. Elle se leva pour embrasser sa gouvernante, qui lui rendit son baiser d'un air surpris.

— Je suis heureuse que tu sois là, Juhanah. C'est un grand soulagement de t'avoir auprès de moi.

Juhanah lui tapota la tête.

— Ne t'inquiète pas, je resterai à Calista aussi longtemps que tu le souhaiteras, *ya daanaya.*

— Merci. Et même si nous dînons ici, je dois m'habiller, déclara-t-elle en ouvrant la commode où Juhanah avait déjà rangé ses affaires.

Quelques instants plus tard, une servante arriva avec un chariot. Elle mourait de faim, constata soudain Kalila. Et si ce dîner n'était pas très protocolaire, le menu n'en était pas moins raffiné. Poivrons farcis à l'agneau, tagine de pois chiches et tomates, gâteaux de semoule aux dattes et à la cannelle.

Après le repas, Kalila émit le souhait de se recoucher et Juhanah se retira dans sa chambre.

Mais cette fois, Kalila ne parvint pas à trouver le sommeil. Elle se mit à la fenêtre. Le jardin éclairé par la lune invitait à la promenade. Pourquoi ne pas sortir ? Non, décida-t-elle après un instant d'hésitation, elle explorerait le jardin de jour.

Malgré tout, elle n'avait aucune envie de rester enfermée dans sa chambre comme une prisonnière. C'était peut-être la volonté d'Aarif, mais elle n'avait aucune envie de s'y plier.

Après s'être rapidement recoiffée devant le miroir, elle ouvrit la porte avec précaution pour ne pas déranger — ni inquiéter — Juhanah, qui occupait la chambre voisine. Elle sortit dans le couloir sur la pointe des pieds.

Le silence était impressionnant. Juhanah avait raison, le palais était visiblement désert. Où étaient passés tous les frères et sœurs d'Aarif ?

Mais après tout, être seule ne la dérangeait pas. Étant donné les circonstances, c'était même un soulagement !

Elle descendit à pas feutrés l'escalier principal qui aboutissait dans le grand hall. Même au rez-de-chaussée, tout était sombre et silencieux. Elle jeta un coup d'œil dans plusieurs salles de réception au décor somptueux. Des pièces solennelles et peu accueillantes, faites pour recevoir, pas pour vivre.

Elle prit un couloir au hasard. En voyant un filet de lumière filtrer par une porte entrouverte, elle sentit son cœur s'affoler dans sa poitrine. Alors seulement, elle osa s'avouer la vérité.

Si elle était sortie de sa chambre, ce n'était pas pour explorer le palais. Elle cherchait Aarif.

Et elle l'avait trouvé, constata-t-elle en jetant un coup d'œil dans la pièce.

Elle franchit le seuil. Manifestement absorbé dans sa lecture, il ne l'entendit pas. Dans quoi était-il plongé ? Un rapport financier sur l'industrie du diamant ? Elle fit encore quelques pas. Le titre du livre faillit la faire pouffer. Au même instant, il leva les yeux

— Vous lisez Agatha Christie ?

Aarif ferma le livre d'un air à la fois coupable et irrité.

— De temps en temps, j'aime bien me changer les idées pour oublier mes problèmes professionnels, répondit-il d'un ton crispé. La fiction me le permet.

— Je n'en doute pas, commenta-t-elle avec un sourire malicieux.

Savoir qu'il lisait ce genre de roman le rendait plus humain. Moins sérieux.

— Moi aussi, j'aime beaucoup Agatha Christie. Dites-moi, vous préférez Poirot ou Miss Marple ?

Un sourire apparut furtivement sur les lèvres d'Aarif et le cœur de Kalila se gonfla de joie.

— Poirot, bien sûr, répondit-il.

Un nouveau sourire, un peu moins furtif, tel un rayon de soleil perçant les nuages.

— Et vous ?

— Poirot, moi aussi. J'ai toujours trouvé Miss Marple un peu vieux jeu.

Encore un sourire, cette fois beaucoup plus franc, mais qui s'effaça presque aussi vite que les deux premiers.

— Y a-t-il quelque chose que je puisse faire pour vous aider, princesse ?

— Vous avez l'intention de garder cette attitude pendant longtemps ?

Il resta impassible.

— Je ne vois pas ce que vous voulez dire.

— Vous êtes très distant avec moi, presque désagréable.

— Je pense que c'est mieux ainsi. Plus prudent.

— Il me semble que le temps de la prudence est dépassé, rétorqua-t-elle avec un aplomb qui la surprit elle-même.

Le visage d'Aarif se durcit.

— Peut-être. Mais ce n'est pas parce que j'ai commis une erreur que j'ai l'intention de la répéter. Il est préférable que nous menions des existences parallèles au sein du palais. Au moins jusqu'au retour de mon frère.

Elle eut une moue dédaigneuse.

— Et comment vais-je m'occuper pendant les jours à venir ?

— Je ne suis pas chargé de vous divertir.

— Vraiment ? Que dirait votre frère s'il savait que vous m'ignorez ?

— Il m'a chargé de vous ramener ici, c'est tout.

— Où sont vos frères et sœurs ?

— Occupés ailleurs.

— Reviendront-ils pour le mariage ?

— Sans aucun doute.

Kalila réprima un soupir. Dire qu'elle avait eu l'impression qu'il se déridait ! Ça n'avait pas duré plus de quelques secondes…

Elle se laissa tomber dans un fauteuil en face de lui et promena son regard sur la pièce. Une bibliothèque, à en juger par les murs tapissés de livres.

Aarif avait la mine sombre, la mâchoire crispée, constata-t-elle en lui jetant un coup d'œil furtif. Était-ce vraiment cet homme qui l'avait embrassée et caressée avec une tendresse infinie ? À présent, cela paraissait incroyable. Comme si cette parenthèse dans le désert n'avait été qu'un rêve.

Elle prit une profonde inspiration.

— Aarif, je sais qu'étant donné ce qui s'est passé entre nous, la situation est délicate. Mais ne pourriez-vous pas au moins faire un effort pendant les prochains jours ? J'aimerais visiter l'île. Je veux connaître le pays dont je dois devenir la reine, mais je ne peux pas l'explorer toute seule.

Aarif resta silencieux un long moment.

— D'accord, finit-il par acquiescer, manifestement à contrecœur. Je pourrais vous faire visiter Serapolis demain, si vous le souhaitez.

Le cœur de Kalila se gonfla de joie. Demain elle passerait un peu de temps en compagnie d'Aarif… et qui savait ce qui pouvait arriver ?

Et que souhaitait-elle qu'il arrive ?

Mieux valait éviter de se poser cette question.

— Merci, répondit-elle avec un grand sourire.

Il n'y avait plus aucune raison de s'attarder dans cette pièce intime et chaleureuse. Dommage… Elle en avait tellement envie !

— Je crois que je vais prendre un livre, déclara-t-elle en se levant. Y a-t-il d'autres Agatha Christie ?

Aarif soupira.

— Je crains que non.

En effet, les étagères étaient garnies de romans classiques ou d'essais très sérieux. Or, elle avait besoin de quelque chose de léger, comme Aarif.

— Tant pis.

Haussant les épaules avec désinvolture, elle choisit un volume au hasard et regagna son fauteuil, en face d'Aarif.

Un sourire éclatant aux lèvres, elle ouvrit le livre.

Celui-ci était en allemand. Quelle idiote ! Elle fixa la première page en s'efforçant de feindre un vif intérêt.

— Vous lisez l'allemand ?

Une lueur amusée s'était allumée dans les yeux d'Aarif.

— Non, et vous ?

— Non plus. La plupart de ces livres appartenaient à mon père. Combien de temps comptiez-vous faire semblant de lire ? demanda-t-il en réprimant visiblement un sourire.

— Je ne sais pas.

Elle referma le livre.

— Je n'ai pas envie de rester seule.

Aarif se raidit.

— Vous devriez pourtant regagner votre chambre. Il n'est pas convenable de…

— Oh, Aarif, n'est-il pas un peu tard pour les scrupules de ce genre ? Quel mal peut-il y avoir à ce que nous lisions ensemble dans la bibliothèque ?

En même temps qu'elle posait cette question, la réponse s'imposa à elle. Seule la lumière de la petite lampe trouait l'obscurité. C'était un cadre intime. Dangereux. D'ailleurs, il suffisait de voir l'éclat soudain des yeux d'Aarif pour comprendre qu'il pensait à la même chose qu'elle…

Une vive chaleur se répandit dans tout son corps. Ce serait si facile de se lever, de s'approcher de lui, de lui prendre son livre des mains et de…

— Allez vous coucher, Kalila. Il est tard.

Tard ? Il ne devait pas être plus de 21 heures !

Elle ne bougea pas.

Le regard d'Aarif était devenu dur. L'atmosphère chaleureuse qui régnait dans la pièce quelques minutes plus tôt s'était glacée. Kalila se leva. Il fallait garder l'air digne, même si c'était particulièrement difficile… Aarif resta silencieux, continuant de la fixer sans aménité.

— Bonne nuit, murmura-t-elle.

Puis elle prit la fuite.

Il lui fallut un certain temps pour retrouver le chemin de sa chambre. Tant mieux. Si elle s'était écoutée, elle aurait passé la nuit à errer dans les couloirs obscurs. Elle n'avait aucune envie de retourner dans sa chambre. Sa prison.

« C'est ma vie, à présent. »

Pourquoi n'avait-elle pas pris conscience plus tôt qu'un mariage sans amour signifiait la prison à vie ? Pourquoi ne s'était-elle jamais doutée qu'elle serait aussi malheureuse ?

Elle se glissa sans bruit dans sa chambre, où flottait un parfum de jasmin, apporté du jardin par la brise.

Se pelotonnant sur la banquette située sous la fenêtre, elle contempla l'enchevêtrement de buissons et d'arbustes. Comme ce jardin lui rappelait le sien… Mais quand reverrait-elle Zaraq ? Sa gorge se noua.

« Je n'ai aucune envie de rester ici. »

Soudain, un coup frappé à la porte la fit tressaillir. Essuyant une larme qui roulait sur sa joue, elle se leva et alla ouvrir. Aarif était sur le seuil, le visage aussi fermé qu'à l'accoutumée.

— Que se passe-t-il ? demanda-t-elle, stupéfaite

— Tenez.

Elle prit le livre qu'il lui tendait. Un roman d'Agatha Christie. Un sourire incrédule se dessina sur ses lèvres.

— Merci.

— J'ai pensé que vous auriez peut-être envie de lire, et comme j'avais ça dans ma chambre…

Il se tut brusquement, comme s'il en avait trop dit.

Submergée par une joie immense, Kalila souriait toujours. Tout au fond de lui, Aarif tenait à elle. Peut-être juste un tout petit peu, mais…

— Merci, répéta-t-elle.

Il leva la main. Elle retint son souffle. Allait-il enfin se laisser aller ? Mais il baissa le bras avec un petit sourire contrit.

— Bonne nuit, Kalila.

Il devait garder ses distances avec elle. Il le savait pourtant ! Mais cela avait été plus fort que lui. Il n'avait pas réussi à se plier à l'injonction de sa conscience.

Une fois de plus, il avait manqué à son devoir. Envers son frère, envers lui-même, envers Kalila. Y avait-il le moindre espoir qu'un jour il se montre digne de confiance ? se demandait Aarif avec amertume.

On l'avait chargé de veiller sur Zafir et il n'avait pas réussi à lui sauver la vie.

On l'avait chargé de veiller sur la future épouse de Zakari et il lui avait pris son innocence. Il avait gâché sa vie. Car même si son frère lui accordait son pardon, les chances que la jeune femme puisse trouver auprès de ce dernier le bonheur dont elle rêvait étaient désormais inexistantes. Comment construire un mariage heureux sur une trahison ?

Il était vraiment au-dessous de tout.

Mais le pire, c'était qu'il brûlait d'envie de recommencer. À l'instant, il avait dû faire un effort surhumain pour ne pas la prendre dans ses bras…

Passant nerveusement une main dans ses cheveux, Aarif entra dans sa chambre.

Comment réparer le mal qu'il avait causé ? Comment réparer toutes les erreurs qu'il avait commises ?

7

Le lendemain matin, le soleil brillait de tous ses feux, mais une légère brise de mer apportait un peu de fraîcheur. Une journée idéale pour faire du tourisme ! songea gaiement Kalila en enfilant un pantalon ample en coton blanc et un corsage vert menthe.

— Qu'allons-nous faire, aujourd'hui ? demanda Juhanah en faisant irruption dans la chambre.

Kalila eut l'impression de recevoir une douche froide. Pas un seul instant, elle n'avait pensé à sa gouvernante ! Or, il était évident que celle-ci tiendrait à l'accompagner en ville. Et qu'Aarif lui-même exigerait qu'elle ait un chaperon… Quelle idiote ! Elle continua de natter ses cheveux, le cœur gros. La perspective de jouer les touristes était beaucoup moins exaltante, tout à coup. Comment avait-elle pu s'imaginer en train de visiter la ville en tête à tête avec Aarif ? Il trouverait toujours un moyen de garder ses distances avec elle, quelles que soient les circonstances.

Mais n'était-ce pas pour le mieux ? Un vif sentiment de culpabilité assaillit Kalila. Si elle avait eu le sens de l'honneur — et la moindre bribe de raison —, elle aurait été aussi déterminée qu'Aarif à garder ses distances.

— Le prince Aarif nous emmène à Serapolis, répondit-elle à Juhanah, d'un ton neutre. Apparemment, il a pris conscience qu'il avait certains devoirs en tant qu'hôte.

— Tu lui as parlé ?

Kalila eut un instant d'hésitation. Dans le miroir, Juhanah dardait sur elle un regard aigu.

— Il m'a prêté un livre, hier soir. Un Agatha Christie. Tu sais à quel point j'aime les romans policiers.

Juhanah semblait toujours soupçonneuse, mais elle se mit à ranger les vêtements et à faire le lit.

— T'a-t-il dit quand le roi Zakari doit revenir ?

— Non, nous n'en avons pas parlé.

Kalila se mordit la lèvre. Réponse maladroite de sa part… En principe, le retour de Zakari aurait dû être sa principale préoccupation !

Juhanah arqua les sourcils, mais elle n'insista pas.

Aarif les attendait dans la cour du palais, vêtu d'une chemise crème et d'un pantalon havane.

— Visiter la vieille ville en voiture serait plus confortable et plus discret, mais nous pouvons également le faire à pied, si vous préférez. Serapolis est une petite ville et les membres de la famille royale ont l'habitude de s'y promener sans cérémonie.

— Oh oui, allons à pied ! s'exclama Kalila.

À sa grande joie, Aarif esquissa un petit sourire.

— Je savais que vous diriez cela.

Elle lui rendit son sourire, mais il s'était déjà tourné pour parler à Juhanah.

Ils prirent l'étroite rue sinueuse qui conduisait du palais au cœur de la vieille ville. En chemin, Aarif leur montra plusieurs monuments, mais comme il continuait de s'adresser plus particulièrement à Juhanah, l'esprit de Kalila se mit à vagabonder. C'était sa ville, à présent, son pays. Sa vie était ici désormais…

Les gens qu'ils croisaient savaient manifestement qui elle était. Ils lui adressaient de grands sourires, et très vite, elle eut les mains chargées de petits bouquets.

L'accueil chaleureux des Calistéens lui réchauffa le cœur. Elle touchait les têtes des enfants et serrait les mains des adultes avec reconnaissance. Si elle ne pouvait pas avoir l'amour de son mari, peut-être parviendrait-elle à compenser avec l'amour de son peuple. Après tout, beaucoup de reines en avaient fait autant.

« Oui, mais moi je veux plus que ça. Bien plus. »

Du coin de l'œil, elle surprit le regard d'Aarif sur elle. Il y avait dans ses yeux une lueur étrange, perplexe. Devait-elle se réjouir ou bien s'inquiéter de ce regard ? Elle n'en savait rien, mais le seul fait qu'il lui prête attention était très réconfortant. Prenant conscience qu'elle le regardait, il détourna vivement les yeux.

Ils arrivèrent sur la place du marché, noire de monde. Kalila déambula parmi les étals avec un immense plaisir, éblouie par la richesse des couleurs et des odeurs. Tandis que Juhanah s'extasiait devant un rouleau de damas écarlate, elle admira un coupon de soie lavande brochée de bleu et de mauve.

— Ce tissu vous plaît ? demanda Aarif, derrière elle.

— Oui, il est magnifique.

Il se mit à discuter avec le marchand. L'arabe de Kalila était rudimentaire et ils parlaient trop vite pour qu'elle puisse saisir ce qu'ils disaient. Mais c'était inutile pour comprendre qu'ils marchandaient. Les yeux d'Aarif pétillaient et cet échange semblait beaucoup l'amuser.

Les deux hommes finirent par se mettre d'accord.

— Avez-vous obtenu un bon prix ? demanda-t-elle d'un ton malicieux.

Il se tourna vers elle en souriant.

— Si je n'avais pas marchandé, il aurait été offensé.

Le marchand emballa le coupon et Aarif donna des instructions pour que le paquet soit livré au palais.

— Merci beaucoup, mais il ne fallait pas vous sentir obligé de me l'acheter, vous savez.

Il évita son regard.

— Ces couleurs vous iront très bien.

Kalila sentit une douce euphorie s'emparer d'elle. Jamais elle n'avait reçu de cadeau plus merveilleux…

Ils poursuivirent leur chemin, quittant les étals de tissus aux teintes chatoyantes pour ceux chargés d'épices qui embaumaient l'air de leurs parfums subtils. Les pots de cannelle, de cardamome, de paprika ou de safran offraient une riche palette de couleurs chaudes, du jaune au rouge en passant par l'ocre et le brun.

Un peu plus loin, c'était le coin des cartes postales. Plus loin encore, on trouvait du matériel électronique.

Kalila était ravie. Comme elle aimait les marchés ! Parmi tous ces gens affairés qui se saluaient joyeusement ou marchandaient avec feu, elle se sentait vivante et libre…

Aarif suggéra de déjeuner dans un restaurant disposant de salons privés et de profonds fauteuils confortables, mais elle refusa. Elle avait trop envie de rester au milieu de la foule, sur le marché.

Ils mangèrent donc des brochettes, debout devant un étal. Le soda qui les accompagnait avait beau être tiède, c'était l'un des meilleurs repas qu'elle avait jamais faits, songea-t-elle en se léchant les doigts. Les regards furtifs d'Aarif la réchauffaient autant que le soleil qui brillait dans le ciel.

Il restait distant, et pourtant, quelque chose avait changé entre eux. C'était imperceptible mais bien réel.

Après le déjeuner, ils se promenèrent du côté des charmeurs de serpents et des cracheurs de feu. Un « dentiste » armé de tenailles rouillées exhibait un panier rempli de dents arrachées.

— Il n'est là que pour impressionner les touristes, murmura Aarif à l'oreille de Kalila. Nos médecins ont une excellente réputation et notre système de santé est très performant. Je peux vous certifier que cet homme ne voit jamais un seul patient.

Kalila pouffa.

— Vous-même, vous ne vous faites jamais soigner par lui ?

À sa grande joie, il rit à son tour.

— Jamais.

La prenant par le coude, il lui murmura à l'oreille :

— Je crois qu'il est temps de s'asseoir. Votre gouvernante donne des signes de fatigue.

Kalila jeta un regard coupable derrière elle. Juhanah semblait en effet à bout de forces.

— Si nous prenions un thé ? suggéra-t-il. Vous avez eu envie de manger debout dans la rue, mais je ne pense pas qu'elle aurait fait le même choix.

— Excuse-moi, Juhanah, dit Kalila en rejoignant sa nurse et en la prenant par le bras. Ce marché me plaît tellement que je n'ai pas pensé que tu devais avoir envie de t'arrêter un peu.

— Il n'y a pas que le marché qui te plaît, apparemment, marmonna la gouvernante.

Kalila tressaillit. Son attirance pour Aarif était-elle si évidente ?

Aarif les emmena dans un café donnant sur le marché, où ils furent accueillis avec chaleur, puis conduits sur la terrasse par un escalier étroit.

Ils s'installèrent à l'ombre et un serveur leur apporta du thé à la menthe et une assiette de pistaches.

— Merci de m'avoir fait visiter Serapolis, déclara Kalila après avoir bu une gorgée de thé.

— Oh, il y a encore beaucoup de choses à voir, répliqua Aarif avec un petit sourire. Mais le grand marché est l'endroit le plus animé de la ville.

— Je le trouve extraordinaire.

— Vraiment ? Vous devez pourtant en avoir déjà vu de semblables. Je suis sûr que le marché de Makaris lui ressemble beaucoup.

— C'est vrai, mais celui-ci est plus cosmopolite.

Kalila promena son regard sur le marché en contrebas et sur la mer émeraude, qui miroitait au soleil un peu plus loin.

— À Zaraq, nous sommes coupés du reste du monde par les montagnes. C'est ce qui nous a protégés des invasions, mais au prix d'un certain isolement.

— Zaraq est pourtant un pays très moderne.

— En apparence seulement.

Faisant tourner entre ses doigts son verre de thé, Aarif la regarda d'un air songeur.

— Vous faites allusion à votre mariage arrangé ?

— Reconnaissez que cela n'a rien de moderne.

— Vous auriez pu refuser d'obéir à votre père. Lorsque vous étiez à Cambridge, vous auriez pu choisir d'y rester.

Aurait-il deviné qu'elle en avait eu la tentation ? se demanda-t-elle, le cœur battant.

— Je reconnais que j'ai été tentée, mais je n'ai pas pu.

— Pourquoi ?

Elle haussa les épaules.

— Parce que je suis incapable de trahir ma famille et mon pays. Ce serait me trahir moi-même.

Aarif resta impassible, mais elle eut l'impression qu'il était satisfait par sa réponse. Elle jeta un coup d'œil à Juhanah, qui s'était assoupie au soleil.

Les yeux pétillant de malice, elle déclara :

— Nous l'avons épuisée.

Impossible de résister à la tentation offerte par cette sieste inespérée… C'était le moment ou jamais d'essayer d'en savoir plus sur Aarif.

— Et vous, Aarif ? N'avez-vous jamais été tenté de rester à Oxford ? D'y faire votre vie ?

— Non.

Il s'était rembruni, mais elle ne put s'empêcher d'insister d'un ton taquin :

— Vraiment jamais ?

— Non, ma vie est ici.

— Vous aimez votre travail ?

— Oui.

— Et vos autres frères ? S'intéressent-ils eux aussi à l'exploitation des mines de diamants ? Mais au fait… n'avez-vous pas un jumeau ?

— Oui, mais il est très occupé par ses propres affaires.

Aarif termina son verre et le posa sur la table.

— L'après-midi est bien avancé. Si vous réveilliez votre gouvernante pour que nous puissions nous en aller ?

Il se leva pour aller régler l'addition.

Kalila déglutit péniblement. Il n'aurait pas pu lui signifier plus clairement de se mêler de ses affaires. Elle avait posé trop de questions…

Elle réveilla Juhanah, qui affirma qu'elle ne dormait pas du tout mais reposait simplement ses yeux. Puis ils regagnèrent le palace dans un silence pesant.

Dès qu'ils eurent pénétré dans le hall, Aarif s'inclina brièvement pour prendre congé et s'éloigna.

Kalila le suivit du regard, en proie à une profonde détresse. Nul doute qu'elle ne le reverrait pas de sitôt. Il avait accompli son devoir en lui faisant visiter la ville. Désormais, il trouverait d'excellentes excuses pour l'éviter. Et pour sa part, aucune ne lui venait à l'esprit pour le revoir. Elle n'avait plus devant elle qu'une longue succession de repas pris dans sa chambre, suivie par un mariage contre lequel tout son être se rebellait. Quelle perspective déprimante…

Dans sa chambre, le soleil de fin d'après-midi dessinait de longues ombres sur le sol et le ventilateur qui tournait au plafond ne suffisait pas à rafraîchir l'air.

Un paquet était posé sur son lit. Le coupon de soie, sans doute. Cadeau d'Aarif. Dont il avait dit que les couleurs lui iraient bien… Pressant son poing contre sa bouche, elle étouffa un sanglot. Inutile de pleurer maintenant. Il était trop tard. Il n'y avait plus rien à faire…

— Kalila…

Sur le seuil, Juhanah la regardait, les poings sur les hanches.

— Tu es tombée amoureuse, n'est-ce pas ?

La gouvernante ferma la porte, s'approcha de Kalila et la prit par les épaules.

— Le roi te manque alors tu te consoles avec le prince, c'est ça ?

Le ton de Juhanah était à la fois compatissant et réprobateur.

Kalila ferma les yeux. Impossible de nier. Elle était trop malheureuse pour trouver la force de mentir.

Devant son silence, Juhanah soupira.

— C'est fâcheux, bien sûr, mais ça passera, tu verras. Si

le roi avait été là pour te recevoir, cela ne serait pas arrivé. La déception t'a poussée à te tourner vers quelqu'un d'autre.

Kalila garda les yeux fermés. Elle n'était pas amoureuse d'Aarif, se dit-elle fermement.

— Je ne suis pas amoureuse de lui.

Voilà. Elle l'avait dit. D'une voix ferme. Rouvrant les yeux, elle ajouta :

— Il est plein d'attentions et j'ai le mal du pays, Juhanah. Je me sens seule. Mais ça ne va pas plus loin.

— Non, sans doute, commenta Juhanah avec un manque de conviction flagrant.

Ses doigts se resserrèrent sur l'épaule de Kalila.

— Il ne s'est rien passé entre vous dans le désert ? Vous y êtes restés tous les deux toute la nuit…

— Juhanah ! s'exclama Kalila en s'efforçant de prendre un air choqué.

S'écartant de sa gouvernante, elle prit le paquet sur le lit et le rangea dans la commode.

— Comment peux-tu imaginer une chose pareille ? Le prince Aarif m'a trouvée au matin.

— Oui…

Ce fut seulement lorsque Juhanah quitta la pièce que Kalila prit conscience des battements effrénés de son cœur. Elle se mit à la fenêtre et prit une profonde inspiration. Si Juhanah découvrait la vérité, elle ne la dénoncerait pas. Sur ce point elle pouvait lui faire confiance. Mais parviendrait-elle à supporter de l'avoir déçue ?

Et Zakari, comment réagirait-il quand Aarif lui révélerait ce qui s'était passé ? Nul doute qu'elle n'aurait plus la moindre chance de trouver le bonheur auprès de lui. Il lui en voudrait terriblement. Et même s'il lui accordait son pardon, leur relation serait à jamais marquée par sa trahison…

Il fallait absolument empêcher ça. Pour elle-même, mais aussi pour Zakari. Et pour Aarif.

Ce soir, elle irait de nouveau trouver Aarif pour lui demander de la laisser régler elle-même le problème.

Après avoir dîné dans sa chambre en compagnie de Juhanah, elle renvoya celle-ci en prétextant qu'elle était fatiguée et voulait se coucher. Sa gouvernante la quitta avec une réticence manifeste après l'avoir considérée d'un air suspicieux.

Elle attendit plus d'une heure avant de sortir à son tour. Le couloir était obscur et seuls les légers ronflements de Juhanah provenant de la pièce voisine troublaient le silence.

Il lui fallut un bon moment pour se repérer dans le labyrinthe de couloirs. Mais lorsqu'elle trouva enfin la bibliothèque, celle-ci était plongée dans l'obscurité. La déception lui serra le cœur. Elle qui espérait tant qu'Aarif serait là !

« En train de t'attendre ? » demanda une petite voix moqueuse.

Désemparée, elle fit demi-tour. La nuit s'étendait devant elle, vide et interminable.

— Princesse ?

Elle tressaillit. La lumière s'alluma et un serviteur s'inclina devant elle.

— Puis-je vous aider, princesse ?

— Je…

Les joues en feu, elle s'humecta les lèvres. Allons bon, elle se sentait aussi coupable qu'une pensionnaire surprise hors du dortoir après l'extinction des feux ! C'était ridicule. Dans moins d'une semaine, elle serait reine. Redressant les épaules, elle déclara avec une assurance qu'elle était loin de ressentir :

— Je cherchais le jardin. J'ai besoin d'un peu d'air frais.

— Il fait nuit, princesse.

— Cela ne me gêne pas, répondit-elle avec une pointe d'agressivité.

Impassible, le serviteur s'inclina de nouveau puis la conduisit à travers le labyrinthe de couloirs jusqu'à une lourde porte de bois.

— Je vous attendrai ici.

— Merci, mais ce n'est pas nécessaire, répliqua-t-elle d'un ton plus vif qu'elle ne l'aurait voulu. Je retrouverai mon chemin.

En réalité, elle n'en était pas certaine, reconnut-elle intérieurement. Mais elle ne voulait surtout pas d'un gardien ! Elle en avait plus qu'assez de vivre en prison !

Une fois dans le jardin, elle prit une allée bordée de palmiers. La nuit était douce et un léger parfum de jasmin flottait dans l'air. Tout à coup, elle perçut un clapotement. Une fontaine, sans doute… Se guidant au bruit, elle tourna dans une autre allée.

Soudain, une ombre se dressa devant elle et son cœur fit un bond dans sa poitrine.

Trempé, une serviette nouée sur les hanches, Aarif la regardait d'un air effaré. Elle resta clouée sur place, fascinée par sa peau hâlée parsemée de gouttes d'eau. C'était la première fois qu'elle voyait son torse. Elle l'avait caressé, mais elle ne l'avait jamais vu. Lisse et musclé comme celui d'un athlète, il était sublime.

Avec un juron étouffé, Aarif se tourna légèrement pour enfiler la chemise qu'il tenait à la main. À la lueur du clair de lune, elle eut le temps d'apercevoir son dos et les cicatrices qu'elle avait senties sous ses doigts.

Soudain, elle comprit.

Il avait été fouetté.

— Que faites-vous ici, princesse ?

— Et vous ? Il y a une piscine dans le jardin ?

— Vous croyez que je sors d'une fontaine ?

Sans se laisser démonter par son ton rogue, elle demanda :

— Pouvez-vous me la montrer ?

— Vous voulez nager à cette heure ?

Elle haussa les épaules. Pas question de reconnaître qu'elle avait juste envie de rester avec lui.

— Pourquoi pas ? Vous venez bien de le faire.

— Vous avez un maillot de bain ?

Elle eut un sourire malicieux.

— C'est indispensable ?

Devant le regard noir qu'il lui lança, elle se mordit la lèvre. Bien sûr… Elle aurait mieux fait de se taire.

Quelques mètres plus loin, l'allée débouchait sur un espace

dégagé bordé d'arbres. Dans l'obscurité, la piscine ne se devinait qu'au miroitement de l'eau sous la lune et au clapotis contre les parois. Kalila la contempla un moment, soudain très embarrassée. Et maintenant ? Elle n'allait pas se baigner tout habillée…

— Vous aimez nager ? demanda-t-elle d'une voix qui lui parut horriblement aiguë.

— Je me suis forcé à aimer ça.

— Forcé ?

— J'ai failli me noyer quand j'étais jeune. Ça laisse des traces.

Nul doute qu'il avait combattu sa peur avec une détermination farouche… Mais que voulait-elle lui dire, déjà ? Elle avait quitté sa chambre dans l'intention d'avoir une longue discussion avec lui, mais à présent, elle était si déstabilisée que son esprit s'était complètement vidé…

— Vous avez des nouvelles de Zakari ?

La légère hésitation d'Aarif fut une réponse en elle-même.

— Non. Mais il va sûrement en donner bientôt.

— Comme c'est délicat de sa part ! ironisa-t-elle.

— Étant donné les circonstances, j'aurais cru que vous apprécieriez d'avoir un sursis.

Un sursis. Quel mot sinistre…

— Oui, mais être ignorée n'est pas particulièrement agréable. J'ai l'impression d'avoir été rejetée… deux fois.

Aarif se figea.

— Il n'y a rien eu entre nous. Ne vous racontez pas le contraire uniquement parce que vous êtes seule et malheureuse.

Elle prit une profonde inspiration.

— Ne ressentez-vous vraiment rien pour moi, Aarif ?

Heureusement qu'il faisait nuit… Elle devait être écarlate.

— N'avez-vous vraiment rien ressenti pour moi, cette nuit-là ? insista-t-elle devant le silence d'Aarif.

Elle distinguait à peine son visage, mais nul doute qu'aucune émotion ne s'y lisait. Il s'était déjà refermé sur lui-même. Malheureusement, il était très doué pour ça…

— Même si j'étais amoureux de vous, ça n'aurait aucune importance, finit-il par répliquer d'une voix sourde. Vous avez des devoirs envers mon frère. Et moi aussi.

— Ça en aurait pour moi.

Le cœur de Kalila battait la chamade. Pourquoi avait-elle l'impression qu'il était aussi déchiré qu'elle ? Elle posa la main sur son bras.

— Aarif, s'il vous plaît…

Que voulait-elle, exactement ? Elle n'en savait rien. Mais elle avait terriblement besoin de lui. Ça, elle le savait.

En sentant les doigts d'Aarif se refermer sur ses épaules, Kalila crut que son cœur allait exploser de joie. Il l'attira contre lui. Fermant les yeux, elle lui offrit sa bouche. Elle le sentit hésiter. L'attitude la plus sage — la seule convenable ! — aurait été de s'écarter de lui et de s'éclipser. Mais comment s'y résoudre ?

Lorsqu'elle sentit ses lèvres contre les siennes, elle crut défaillir de bonheur.

Comme cela lui avait manqué, ce plaisir inouï qui courait dans ses veines, qui enflammait son corps et son cœur ! Les lèvres d'Aarif caressèrent les siennes, puis sa langue prit le relais, se glissa entre elles…

Il la lâcha avec une telle brusquerie qu'elle vacilla.

— Qu'attendez-vous de moi ? demanda-t-il d'une voix vibrante de colère. Vous avez décidé de me rendre fou ? En quoi cela vous aidera-t-il lorsque vous serez mariée à mon frère ?

Affolée, elle recula.

— Non…

— Vous voulez la vérité ? La voici. Je me hais pour ce qui s'est passé entre nous. Je me hais pour avoir trahi mon frère, ma famille, mon pays. Et ce que je pourrais éventuellement éprouver pour vous, si je m'y autorisais, n'a aucune importance. Aucune !

Effrayée, Kalila bredouilla :

— Aarif…

— Voilà la vérité, coupa-t-il d'un ton redevenu posé.

Il s'éloigna, mais elle ne put s'empêcher de demander :

— Vous avez toujours l'intention de parler à Zakari ?

Il se retourna lentement.

— Je peux difficilement faire autrement. Je n'ai pas l'habitude de mentir.

— Je sais. Je…

S'efforçant de refouler ses larmes, elle prit une profonde inspiration.

— Puis-je lui dire moi-même ce qui s'est passé ?

Il crispa la mâchoire.

— Je ne me déroberai pas à mon devoir.

— Oubliez votre fichu devoir, pour une fois ! s'écria-t-elle d'une voix étranglée. Rien n'est plus important pour vous, *je sais,* mais pouvez-vous essayer de penser un peu à Zakari, à moi, à notre mariage ?

Sa voix se brisa sur le mot mariage.

— Au lieu d'utiliser votre sacro-saint sens du devoir comme un baume pour apaiser votre conscience ?

Aarif tressaillit, manifestement offensé. Tant mieux, songea-t-elle avec une satisfaction amère.

— Si vous préférez lui parler vous-même, vous le pouvez, répondit-il d'un ton crispé.

— Merci.

Pourquoi ne s'en allait-il pas ? se demanda-t-elle avec perplexité au bout de quelques instants. Que se passait-il dans sa tête ? À part accomplir son devoir, que voulait-il vraiment ?

Elle prit une profonde inspiration.

— À mon tour de vous dire la vérité. Je ne vous connais peut-être pas assez pour vous aimer, mais dans vos bras, sous la tente, j'ai senti que je pourrais vous aimer. Or, ça ne m'était jamais arrivé.

Aarif resta silencieux. Mais à travers ses larmes, Kalila vit sa mâchoire se crisper. Elle s'approcha de lui et effleura sa cicatrice, comme elle l'avait fait sous la tente.

— Je ne sais pas ce qui vous hante, Aarif. Ce qui vous

pousse à vous cramponner à ce point à votre devoir. Est-ce la culpabilité ? La honte ?

Elle secoua lentement la tête.

— J'aimerais pouvoir vous en délivrer. J'aimerais pouvoir porter ce fardeau à votre place.

Il restait parfaitement immobile, mais il avait fermé les yeux, constata-t-elle soudain, le cœur battant. Il ne refusait plus de l'écouter.

— Malheureusement, je crains d'avoir alourdi ce fardeau, au contraire. Et parmi toutes les raisons que je peux avoir de regretter ce qui s'est passé entre nous, celle-ci est la plus importante à mes yeux.

Sous sa main, le visage d'Aarif bougea imperceptiblement. Ses doigts se posèrent sur les siens, les pressèrent furtivement. Puis il les lâcha et s'écarta d'elle.

— Bonne nuit, murmura-t-elle d'une voix tremblante.

Pivotant sur elle-même, elle s'éloigna en direction du palais. Elle avait retrouvé Aarif un instant.

À présent, le moment était venu de retrouver la solitude.

8

Kalila dormit d'un sommeil agité, et lorsque Juhanah lui apporta son petit déjeuner le lendemain matin, elle regarda avec découragement le café et le *labneh*. Impossible d'avaler quoi que ce soit…

Repoussant le plateau, elle se leva et se mit à la fenêtre. Elle inspira profondément l'air encore frais et se tourna vers Juhanah.

— Je ne resterai pas au palais aujourd'hui. Je vais devenir folle si je reste enfermée. Il faut que je sorte.

— Nous sommes déjà sorties hier. Pourquoi ne passerais-tu pas la journée au bord de la piscine ?

L'image d'Aarif, le torse ruisselant d'eau, s'imposa à l'esprit de Kalila. Déglutissant péniblement, elle secoua la tête.

— Non. J'ai besoin de bouger. D'aller quelque part…

Son regard se posa sur un groupe de bâtiments bas, au-delà du jardin. Les écuries !

— Je vais faire du cheval.

— Je ne sais pas si c'est une bonne idée…

Kalila eut une moue de dérision.

— Ne t'inquiète pas, je n'ai pas l'intention de m'enfuir. Il est trop tard pour ça. Et puis je te rappelle que nous sommes sur une île.

— Eh bien, nous pouvons demander au prince Aarif…

— Non. Il est inutile de le déranger. Ce n'est pas mon geôlier.

— Il est chargé de veiller sur toi.

— Je monte à cheval depuis l'âge de cinq ans. Je n'ai besoin de personne. Il y a sûrement quelqu'un d'autre au palais qui peut faire préparer une monture pour moi.

— Je vais voir.

Il fallut une heure pour trouver un serviteur ayant accès aux écuries. Kalila s'attendait à voir surgir Aarif à tout instant, furieux qu'elle ait décidé de partir à cheval, et déterminé à l'en empêcher. Mais à son grand soulagement, il resta invisible.

Elle finit par quitter le palais sous un soleil éclatant. Quel plaisir ! songea-t-elle en se dirigeant vers le désert qui ondulait jusqu'à l'horizon. Quel plaisir de se sentir enfin libre !

Aarif regardait sans le voir le contrat posé devant lui sur son bureau. Au bout d'un moment, il le repoussa avec impatience. Décidément, il était incapable de travailler, ce matin ! Et la raison de sa nervosité était malheureusement évidente.

Kalila. Impossible de la chasser de son esprit. Il avait beaucoup trop apprécié la journée qu'ils avaient passée ensemble à Serapolis. Pour la première fois depuis des années, il s'était senti vivant.

Et hier soir, ce baiser volé… La tentation avait été trop grande. Heureusement, il avait réussi à s'arracher à ses lèvres. S'il avait continué à l'embrasser, il n'aurait pas pu s'empêcher de l'entraîner jusqu'au bord de la piscine pour la renverser sur les dalles encore mouillées et se perdre en elle.

Quelle douceur dans son regard, dans son sourire tremblant… dans ses doigts sur sa cicatrice. Et quelle générosité ! « J'aimerais pouvoir porter ce fardeau à votre place. »

Aarif eut un sourire désabusé. Personne ne pouvait faire cela. Chaque fois qu'il tentait de s'en débarrasser, ce poids revenait toujours l'écraser.

« Aarif ! Au secours ! »

C'était un cri marqué au fer rouge dans son esprit, dans son cœur. Un cri qu'il ne pourrait jamais oublier. Cette prière désespérée le hantait et le hanterait chaque jour de sa vie.

Aarif se leva et sortit de son bureau. Apercevant un serviteur, il lança d'un ton vif :

— Savez-vous où se trouve la princesse Kalila ?

Pourquoi posait-il cette question ? Il n'avait pas l'intention d'aller la voir. Surtout pas !

— Elle est partie se promener à cheval, Votre Altesse.

— À cheval ?

D'abord incrédule, Aarif sentit la colère monter en lui.

— Elle est partie à cheval et personne n'a songé à m'en informer ?

— Je pensais… que ça ne posait pas de problème.

Aarif réprima une moue de dérision. Voilà qu'il se comportait en despote ! Non, ça ne posait aucun problème, bien sûr. Kalila était libre de faire ce qu'elle voulait. C'était une princesse, bientôt une reine. À Calista, personne n'était au courant de sa tentative de fuite, et de toute façon il était peu probable qu'elle recommence. Où aurait-elle pu aller ?

Aarif avait beau se raisonner, il ne parvenait pas à surmonter l'angoisse qui l'étreignait à l'idée qu'elle était partie seule. Pourtant, c'était une cavalière accomplie. Que pouvait-il lui arriver ?

Le serviteur attendait, manifestement inquiet.

— Faites seller mon cheval.

Kalila éperonna sa monture. Elle avait besoin de vitesse. Pour s'étourdir… Pendant quelques heures, elle voulait tout oublier. Redevenir une enfant insouciante et faire la course avec le vent.

Soudain, elle vit que le tronc d'un palmier, blanchi par le soleil, était renversé sur le sable. Son cheval franchit l'obstacle sans problème, mais un fennec surgi de derrière le tronc lui fit faire un écart brusque. Surprise, Kalila fut désarçonnée. Le sol fonça soudain vers elle — très vite et très lentement à la fois — puis une douleur fulgurante lui vrilla le crâne.

Ce n'était rien, songea-t-elle, étendue sur le dos, éblouie

par le soleil. Une chute sans gravité… Un voile noir lui tomba sur les yeux.

Plus tard, perdue dans une sorte de brouillard, elle sentit des doigts qui écartaient avec douceur une mèche de son front, tandis qu'une voix chaude et profonde lui murmurait des paroles apaisantes. Puis elle se sentit soulevée de terre par deux bras puissants et l'obscurité se referma de nouveau sur elle.

Lorsqu'elle reprit conscience, elle était allongée sur la banquette arrière d'un véhicule. Aarif… Il était là. Il l'avait trouvée et il prenait soin d'elle.

— Vous êtes doué pour ça, n'est-ce pas ? murmura-t-elle.

Elle entendit vaguement qu'il demandait « pour quoi ? »

— Pour porter secours aux gens.

Elle ouvrit les paupières avec effort. Aarif était penché sur elle et ses yeux brillaient d'un éclat étrange, constata-t-elle juste avant de perdre de nouveau connaissance.

Lorsqu'elle se réveilla, elle se trouvait dans une chambre aux murs blancs et nus, allongée dans un lit aux draps empesés.

Elle voulut tourner la tête, mais une douleur vive la fit tressaillir. Elle essaya de nouveau, avec précaution. Un homme était assis dans un fauteuil à côté du lit, la tête appuyée sur une main, les yeux fermés. Aarif… Les traits adoucis par le sommeil, la mâchoire ombrée par une barbe naissante. Elle avait envie de le toucher, mais pas assez d'énergie pour tendre la main… Frustrée, elle se contenta de promener un regard ébloui sur ses cheveux noirs, ses sourcils, son nez aquilin.

Il ouvrit les paupières et leurs regards se rencontrèrent. Un sourire endormi apparut sur ses lèvres et ils restèrent un instant les yeux dans les yeux, silencieux. Puis Aarif sembla se ressaisir en même temps qu'il se réveillait complètement. Se redressant, il se passa une main dans les cheveux.

— Vous êtes réveillée.

Elle sourit.

— Oui, on dirait. Que s'est-il passé ?

Était-ce bien sa voix qui était aussi rauque ? se demanda-t-elle aussitôt. Mais il était vrai qu'elle avait la gorge horriblement sèche…

— Vous voulez un peu d'eau ?

Elle hocha la tête avec reconnaissance. Aarif prit la carafe posée sur la table de nuit, remplit un verre et le mit contre ses lèvres. Elle but une longue gorgée puis se laissa retomber sur l'oreiller.

— Comment m'avez-vous trouvée ?

— Je suis parti à cheval derrière vous, répondit-il en reposant le verre sur la table de chevet.

— Vous pensiez que j'allais m'enfuir ?

Elle qui avait voulu que sa question sonne comme une plaisanterie, c'était raté, songea-t-elle aussitôt. Il y avait dans sa voix une pointe d'amertume involontaire. Et à en juger par son sourire crispé, celle-ci n'avait pas échappé à Aarif.

— Non. Mais vous êtes sous ma responsabilité et je voulais être certain qu'il ne vous arriverait rien.

Étant donné qu'il lui avait sans doute sauvé la vie, elle pouvait difficilement s'en agacer… Comment savoir ce qui serait arrivé si elle était restée plus longtemps inconsciente dans le désert en plein soleil ?

— Merci. Suis-je gravement blessée ?

— Non. Les médecins préfèrent vous garder cette nuit en observation, mais vous n'avez subi qu'un petit choc sans gravité. Et vous n'aurez peut-être même pas de cicatrice.

Même si elle devait avoir une cicatrice, elle s'en moquait ! Elle eut un pincement au cœur : le visage d'Aarif s'était de nouveau fermé.

Quelques instants plus tôt, lorsqu'il s'était réveillé, elle avait cru lire dans son regard qu'il partageait ses sentiments… Mais quels sentiments éprouvait-elle pour lui, exactement ? Que pouvait-elle éprouver pour un homme qui serait bientôt son beau-frère ? Soudain, elle ressentait une immense lassitude. Elle détourna la tête.

— Merci d'avoir attendu mon réveil. Vous pouvez vous

en aller, maintenant. Je suis certaine que vous avez beaucoup à faire.

Nul doute qu'il allait la quitter avec soulagement en marmonnant un au revoir. Plus vite il s'en irait, mieux ça vaudrait. Sa présence était beaucoup trop perturbante.

— Je n'ai pas envie de m'en aller.

Stupéfaite, elle tourna vivement la tête vers lui, si bien qu'un petit cri de douleur lui échappa.

Le visage torturé d'Aarif lui serra le cœur. Il venait de lui faire un aveu à la fois merveilleux et terrible, et il en était parfaitement conscient.

Avec un sourire empreint de tristesse, il écarta une mèche de cheveux de son visage et effleura sa joue.

— Je n'ai pas envie de m'en aller, répéta-t-il d'une voix à peine audible.

Sans rien dire, elle posa la main sur la sienne et la pressa sur sa joue. Ils restèrent ainsi un long moment, tandis que le soir tombait.

Kalila sortit de l'hôpital le lendemain matin. Aarif avait passé la nuit à son chevet, dans son fauteuil. Ils n'avaient échangé que des banalités, mais le lien s'était renforcé entre eux. Aarif n'avait pas vraiment changé d'attitude, et pourtant, il était très différent. Beaucoup moins distant. Encore plus attirant…

Néanmoins, cela ne changeait rien à la situation. Dans une semaine, elle épouserait Zakari. Le cœur serré, Kalila s'efforça de chasser cette pensée de son esprit. Était-il stupide d'espérer qu'à la dernière minute, tout s'arrangerait ? Oui, bien sûr. Malgré tout, elle ne pouvait pas s'en empêcher.

Aarif la ramena au palais et elle passa les jours suivants à reprendre des forces. La date fixée pour le mariage approchait, même si Zakari n'avait toujours pas donné de nouvelles.

Trois jours après son accident, Kalila s'aventura jusqu'à la piscine et s'installa confortablement sur un transat avec le roman d'Agatha Christie qu'Aarif lui avait prêté. Cependant, le livre resta fermé dans ses mains, tandis qu'elle savourait la caresse du soleil, bercée par le bruit de la brise dans les feuilles des palmiers.

— Vous avez bien meilleure mine.

Elle ouvrit les paupières. Depuis combien de temps somnolait-elle ? Aarif était debout à côté de son transat, vêtu d'un pantalon marron et d'un polo beige.

— Je me sens mieux, en effet.

— Je me suis dit que vous auriez peut-être envie de faire une promenade. Je pourrais vous montrer les gisements du fleuve Kordela.

Le cœur de Kalila fit un bond dans sa poitrine. Partir en promenade avec Aarif ? En tête à tête ?

— Avec plaisir, répliqua-t-elle en s'efforçant de maîtriser son excitation.

— Bien. Nous partirons après le déjeuner, si ça vous convient.

— D'accord.

Sans un mot de plus, il s'en alla.

Quelques heures plus tard, après avoir déjeuné dans sa chambre, Kalila attendait dans le hall du palais, vêtue d'un corsage sans manches couleur lavande et d'un ample pantalon de coton. Quelques minutes plus tard, Aarif la rejoignit et l'entraîna vers la jeep garée devant l'entrée.

Ils roulèrent en silence, mais ce dernier n'avait rien de tendu. Kalila savourait la caresse du vent tout en admirant le paysage.

— Nous allons bientôt arriver, annonça Aarif au bout d'un moment.

Elle vit apparaître le long ruban vert du fleuve, bordé de petits bâtiments longs et bas. Sans doute les ateliers où les diamants étaient polis et taillés, songea-t-elle.

Aarif arrêta la jeep. Sur la rive, des tuyaux de drainage étaient installés.

— L'extraction est une opération délicate, expliqua-t-il en la prenant par le coude pour la guider sur le sol rocailleux. Ici, nous la confions exclusivement à des artisans qualifiés et dignes de confiance. Il y a tellement de corruption dans ce milieu…

Kalila lui jeta un regard perplexe. Pourquoi ce ton dur, tout à coup ?

Il la conduisit dans un atelier et lui expliqua comment les diamants étaient séparés du limon et des graviers, puis soigneusement polis et taillés. Puis il déverrouilla un coffret pour lui montrer un diamant brut. Ce dernier ressemblait à un simple morceau de verre sale, mais une fois taillé, il jetterait mille feux.

— Parfois, je les préfère bruts, avoua-t-il avec un petit sourire. Quand leur aspect définitif n'est encore qu'un espoir. Je les trouve plus émouvants. Un peu comme la chenille juste avant qu'elle devienne papillon.

Kalila fut étrangement émue. Il avait raison… La pierre brute incitait bien davantage au rêve que le joyau déjà poli.

— Oui, je vois ce que vous voulez dire.

— Mais je vous ennuie, déclara-t-il en refermant le coffret.

— Non, pas du tout ! Au contraire. Comment est né votre intérêt pour les diamants ?

Aarif haussa les épaules.

— Il fallait que quelqu'un s'en occupe. Pourquoi pas moi ?

— Pourtant, vous semblez passionné. Quelles études avez-vous suivies à Oxford ?

Il eut une petite moue étrange.

— La géologie.

Cela paraissait logique. Cependant, elle avait le sentiment très net d'avoir touché un point sensible avec ses questions.

— Et vous ? demanda-t-il. Qu'avez-vous étudié à Cambridge ? L'histoire, a dit votre père, non ?

— Oui. J'ai commencé un 3e cycle en histoire médiévale. Ce n'est sans doute pas très utile, mais ça me plaisait d'apprendre comment vivaient les gens.

— Vous l'avez seulement commencé ?

— J'avais l'intention de le terminer, mais…

— Le mariage approchait, alors votre père vous a demandé de rentrer, c'est ça ?

— Oui.

Les mains dans les poches, Aarif regardait dans le vague.

— Alors vous êtes rentrée.

— Vous n'êtes pas le seul à avoir le sens du devoir, répliqua-t-elle d'un ton plus vif qu'elle ne l'aurait voulu.

Il lui jeta un regard pénétrant, puis se dirigea vers la sortie de l'atelier.

— Il y a un restaurant au bord de la mer, avec une vue splendide. Nous pourrions nous y arrêter pour boire quelque chose.

Après avoir rejoint la côte, ils la longèrent pendant plusieurs kilomètres. Le soleil était encore haut dans le ciel, mais il commençait sa descente.

La petite terrasse du restaurant, perché sur une falaise, semblait suspendue au-dessus de la mer. L'unique serveur, manifestement très impressionné de servir un membre de la famille royale, trébucha et faillit renverser son plateau, sur lequel étaient posés deux verres de *sharbat* à l'orange et une assiette de petits pains aux raisins et au miel, recouverts de graines de sésame.

Ils mangèrent et burent en bavardant avec animation, puis peu à peu le silence s'installa, de plus en plus tendu. Comme si une menace planait dans l'air, songea Kalila, oppressée. Sans qu'un seul regard soit échangé, l'atmosphère s'était chargée d'une énergie palpable qui tourbillonnait autour d'eux.

Les yeux d'Aarif étaient fixés sur la mer.

Elle posa la main sur son bras, mais il ne réagit pas.

— Aarif, à quoi pensez-vous ?

— À la mer. Elle est si calme, ce soir. Si belle… Et pourtant, elle peut être également très cruelle.

Malgré le soleil encore chaud, Kalila frissonna. Elle ignorait quel souvenir terrible hantait Aarif, mais de toute évidence, il était de nouveau aux prises avec lui.

— Il est tard, déclara-t-il d'un ton brusque en vidant son verre d'un trait. Il faut rentrer.

Le serveur les escorta jusqu'à la sortie en se répandant en remerciements. Puis ils reprirent la route de la côte en silence. La tension d'Aarif était de plus en plus palpable. Nul doute qu'il ne desserrerait plus les dents jusqu'à l'arrivée, songea Kalila, le cœur serré…

Elle fut d'autant plus surprise lorsqu'il s'arrêta sur une plage, à quelques kilomètres du palais.

— Qu'est-ce que… ?

— Je veux vous montrer quelque chose.

Ils descendirent de la jeep. Le soleil avait disparu à l'horizon, ne laissant que quelques traînées orangées dans le ciel.

Aarif s'approcha de l'eau. Les mains dans les poches, il contempla longuement la mer.

— Je ne suis pas venu sur cette plage depuis très longtemps, déclara-t-il au bout d'un long moment en se tournant vers Kalila.

Il s'assit sur le sable et elle s'installa à côté de lui. Un nouveau moment de silence s'écoula, uniquement troublé par le murmure des vagues qui léchaient le sable.

— Parfois, j'ai le sentiment que ma vie tout entière s'est jouée en quelques minutes, finit par déclarer Aarif d'un ton neutre. Ici.

Il secoua la tête et Kalila retint son souffle.

— J'avais quinze ans, à l'époque. Mon frère Kaliq et moi avions envie de jouer les aventuriers. Nous nous ennuyions, je suppose, et nous avions besoin d'action.

Il fit une pause qui se prolongea. Allait-il poursuivre ? se demanda Kalila, le cœur battant. La nuit était tombée et elle distinguait à peine ses traits, à présent.

— Nous avons construit un radeau. Avec des troncs d'arbres et de la corde. Il n'était pas particulièrement beau, mais il flottait.

Il se perdit encore une fois dans ses pensées. Kalila était sur des charbons ardents. Pourquoi avait-il soudain décidé de se confier à elle ? Le souvenir douloureux qui le torturait serait né d'une aventure de gamins ?

— Zafir… c'était mon petit frère, il avait six ans. Zafir nous a trouvés et a insisté pour venir avec nous.

« C'était » ? Kalila sentit son estomac se nouer.

— J'ai accepté. Voyez-vous, c'était moi le responsable. Kaliq et moi sommes jumeaux, mais je suis né le premier et ces huit minutes d'avance font toute la différence. Depuis toujours, mon rôle était de veiller sur les plus jeunes, en particulier le petit Zafir, la prunelle des yeux de mon père. C'était un enfant très attachant. Tout le monde l'adorait.

La voix d'Aarif devint plus rauque et il baissa la tête.

Retenant son souffle, Kalila n'osait pas faire un geste.

— Nous avons mis le radeau à l'eau et nous sommes montés dessus. Avant d'avoir le temps de nous retourner, nous étions au large et incapables de revenir vers le rivage. Au bout d'un moment, nous avons aperçu un bateau au loin. Aussitôt, nous avons enlevé nos T-shirts et nous les avons agités comme des drapeaux pour attirer l'attention de l'équipage. Quand il a mis le cap sur nous, nous avons dansé de joie. Pas un seul instant nous n'avons imaginé… C'étaient des trafiquants de diamants. Des pirates des temps modernes. Ils nous auraient peut-être laissés tranquilles si Zafir ne leur avait pas dit que nous étions les fils du roi de Calista et qu'ils auraient une grosse récompense s'ils nous sauvaient.

Aarif eut une moue amère.

— Ça leur a donné une autre idée. Ils nous ont pris à leur bord… et ils nous ont faits prisonniers dans l'intention de demander une rançon.

Kalila déglutit péniblement.

— Ils nous ont emmenés jusqu'à une île déserte — il y en a beaucoup au large de nos côtes — et ils nous ont attachés au pied d'un arbre. Au bout de quelques heures, Zafir a réussi à défaire ses liens et il nous a libérés, Kaliq et moi. Il était très vif et très courageux. Nous avons attendu que nos ravisseurs soient occupés — souls, plus exactement — et nous avons tenté de nous échapper.

La détresse d'Aarif était palpable et le cœur de Kalila se serra.

— Ils avaient laissé le radeau sur le rivage, sans doute pour faire du feu avec le bois. Nous avons réussi à le mettre à l'eau. Et là… Ils nous ont vus. Bien sûr, ils étaient conscients que si nous parvenions à nous enfuir, ils étaient des hommes morts. N'ayant rien à perdre, ils ont tiré. J'ai été atteint par une balle. Une simple égratignure, mais je suis tombé à l'eau.

Aarif porta la main à sa cicatrice d'un geste machinal.

— Je ne voyais plus rien à cause du sang et je me débattais pour ne pas couler, mais j'entendais tout ce qui se passait. Kaliq est tombé à l'eau à son tour. Et Zafir… Zafir m'appelait au secours.

La voix d'Aarif se brisa.

— Les ravisseurs nous ont ramenés à terre, Kaliq et moi. Mais Zafir est parti à la dérive sur le radeau. Et je l'entendais m'appeler… Je l'entends encore aujourd'hui. Il comptait sur moi pour le sauver, mais je n'ai rien pu faire. Il a disparu à l'horizon.

Refoulant ses larmes, Kalila déglutit péniblement.

— Que s'est-il passé ensuite ?

— Les trafiquants étaient furieux. Ils ont passé leurs nerfs sur nous, mais plus rien ne pouvait nous atteindre.

Voilà d'où venaient les cicatrices qui striaient son dos…

— Mon père a payé la rançon et nous avons été relâchés. Peu de temps après, les trafiquants ont été arrêtés et jugés. Mais nous n'avons jamais revu Zafir. Nous n'avons jamais retrouvé sa trace.

Aarif se tourna vers Kalila et son regard désespéré lui fit terriblement mal.

— Aucun de nous ne s'en remettra jamais. Mon père — et même ma belle-mère — n'ont plus jamais été les mêmes depuis que nous avons perdu Zafir. Et c'est moi le responsable. Je m'étais engagé à veiller sur lui et j'ai manqué à ma parole.

— Mais non, ce n'est pas…

Aarif leva la main d'un geste impérieux qui réduisit Kalila au silence aussi efficacement que s'il l'avait bâillonnée.

— J'ai failli à mon devoir. Quand vous parliez de fardeau l'autre jour, vous aviez raison. Ce fardeau, je le porterai jusqu'à la fin de mes jours. Personne ne pourra jamais le porter à ma place. Mais j'essaie de l'alléger un peu en m'efforçant de servir au mieux ma famille et mon pays. Je me consacre à l'extraction et au commerce des diamants en prenant toutes les mesures nécessaires pour éliminer le trafic et empêcher des individus comme ceux qui nous ont enlevés de sévir. Et bien sûr, je reste entièrement dévoué à Zakari, mon frère et mon roi.

Il fit une pause.

— Quoi qu'il arrive et quoi qu'il m'en coûte.

— Est-ce à moi que vous faites allusion ? demanda Kalila dans un souffle.

— Oui. Je vais être franc avec vous. Je me suis senti merveilleusement bien dans vos bras. Jamais je ne m'étais senti aussi proche de quelqu'un. Peut-être qu'avec le temps j'aurais pu vous aimer. Je n'ai pas connu beaucoup de femmes… Je ne m'en suis pas donné l'autorisation. Mais vous… vous êtes différente.

Kalila sentit les larmes couler sur ses joues.

— Aarif…

— Non. Si je vous ai raconté tout ça, c'est pour que vous cessiez de vous faire des illusions. J'ai eu des moments de faiblesse ces derniers jours et je le regrette, parce que cela vous a donné de faux espoirs. Il n'y a aucun espoir pour nous, Kalila.

Le cœur brisé, elle avait toutes les peines du monde à retenir ses sanglots.

— Et si je n'étais pas fiancée à votre frère ?

— C'est une hypothèse absurde.

— Et si…

Non, il ne fallait pas… Surtout pas ! Il ne comprendrait pas… Mais c'était plus fort qu'elle : elle ne pouvait pas se résigner sans avoir tout tenté.

— Si je rompais les fiançailles ?

Il y eut un long silence. La nuit était tombée et les étoiles s'allumaient peu à peu dans le ciel.

— Si vous faisiez cela, vous ne seriez plus la femme que j'aime, finit-il par dire d'une voix hésitante.

Comment un aveu aussi merveilleux pouvait-il causer une telle souffrance ? Kalila ferma les yeux et elle sentit les doigts d'Aarif se poser sur son visage. Elle inclina la tête, frottant sa joue contre sa paume. Si seulement…

— Viens, *ayni*. Il faut rentrer.

Au lieu de la réconforter, ce terme affectueux accrut encore le désespoir de Kalila.

Une fois de retour au palais, elle perdrait Aarif pour toujours.

Sans un mot, elle le suivit en silence jusqu'à la jeep. Quelques minutes plus tard, ils s'arrêtèrent devant le palais. Un serviteur se précipita pour leur ouvrir les portières et Aarif lui tendit les clés. Puis il se tourna vers Kalila avec un sourire triste.

— Bonne nuit, princesse.

Elle avait la gorge trop nouée pour lui répondre.

Accablée de chagrin, elle le regarda franchir la porte et disparaître dans le hall.

9

Les jours se succédèrent, mornes et déprimants. L'approche du mariage se signalait par des arrivées quotidiennes. Serviteurs, invités, frères et sœurs d'Aarif. Sauf Zakari. Au grand soulagement de Kalila.

Anesthésiée par le désespoir, elle était étrangère à la frénésie qui s'était emparée du palais. C'était une suite interminable de déjeuners, de thés, de dîners, de soirées. Des dizaines de visages inconnus défilaient devant elle, estompés par le brouillard qui était tombé sur sa vie. Elle s'efforçait de répondre aimablement à chacun, mais elle avait l'impression de jouer un rôle qui n'avait pas été écrit pour elle.

Aarif prenait soin de ne jamais lui adresser la parole ni même de l'approcher. Comme si les moments passés ensemble n'avaient été qu'un rêve. Un rêve merveilleux et tragique à la fois. Un rêve qui la hanterait jusqu'à la fin de ses jours.

Deux jours avant le mariage, le roi Bahir arriva au palais en hélicoptère avec une demi-douzaine de serviteurs. Aarif se joignit à Kalila pour l'accueillir à l'héliport. Elle lui jeta des coups d'œil furtifs mais il concentrait toute son attention sur l'appareil qui s'apprêtait à toucher le sol.

À la vue du visage familier de son père, avec ses yeux noirs au regard bienveillant et ses cheveux blancs ébouriffés par le vent, Kalila fut étreinte par une vive émotion et ses yeux se remplirent de larmes.

— Papa !

Le terme affectueux de son enfance jaillit de ses lèvres et elle se précipita vers lui.

— Je suis si heureuse de te voir !

Bahir la serra dans ses bras avant de l'étudier avec attention.

— Moi aussi je suis heureux de te voir, ma fille.

Le regard de son père démentait ses propos, constata-t-elle, alarmée. Il semblait contrarié. Pourvu qu'il n'ait pas entendu parler de sa fuite…

— Votre Majesté, je suis très honoré de vous accueillir au palais, intervint Aarif.

Bahir se tourna vers lui.

— Dois-je conclure de votre présence que le roi Zakari est toujours absent ?

— Oui, en effet, répliqua Aarif, impassible.

— Dans ce cas, je vais prendre le thé dans ma chambre, si ça ne pose pas de problème. Je déteste l'hélicoptère et le vol a été mouvementé.

— Vous serez servi dans quelques minutes.

— La princesse prendra le thé avec moi. Je suis sûr que nous avons beaucoup de choses à nous dire.

Une fois dans l'appartement attribué à son père, Kalila s'efforça de masquer sa nervosité, tandis qu'un serviteur apportait le chariot du thé.

Son père s'assit à une table près de la fenêtre, la tête auréolée par la lumière orangée du couchant. D'un geste, il l'invita à servir le thé. Kalila s'exécuta avec des mains légèrement tremblantes en évitant son regard.

— Tu vas bien ? demanda-t-elle en lui tendant son verre.

— Oui. Mais c'est plutôt à toi qu'il faut poser la question.

À son grand dam, elle ne put s'empêcher de bredouiller comme une enfant prise en faute.

— Oui… oui, bien sûr.

Bahir but une gorgée avant de déclarer :

— Parce que ce n'est pas l'impression que tu donnes.

Instinctivement, Kalila jeta un coup d'œil dans le miroir accroché au-dessus du bureau. Mon Dieu, il avait raison…

Cela faisait des jours qu'elle ne s'était pas vraiment regardée. Elle traversait les jours comme une somnambule en se contentant d'accomplir les gestes quotidiens avec le plus de précision possible. Jamais elle n'avait eu le visage aussi pâle et les yeux aussi cernés… Elle reporta son attention sur son père. La compassion qui brillait dans son regard lui noua la gorge. Même s'il avait appris sa fuite dans le désert, il n'était pas en colère contre elle. Il était inquiet.

— Bien sûr, je suis un peu nerveuse, déclara-t-elle en s'asseyant en face de lui.

Elle but une gorgée de thé pour se donner une contenance.

— Le mariage sera célébré dans deux jours, et…

— Et tu n'as toujours pas rencontré ton futur époux.

Il y eut un silence. Les yeux dans le vague, Bahir semblait absent. Kalila le connaissait suffisamment pour savoir qu'il était inutile de lui poser des questions. Il parlerait quand il le jugerait bon. Elle s'absorba dans la contemplation du désert, sur lequel le soleil couchant étalait sa palette flamboyante.

— Lorsque ta mère et moi avons décidé de te fiancer au roi Zakari, encore prince, à l'époque, ce n'était pas seulement dans l'intérêt du royaume, finit par déclarer Bahir, les yeux toujours dans le vague. Nous l'avons choisi parce qu'il appartenait à une excellente famille et qu'il était l'héritier d'un trône prestigieux, mais aussi parce qu'il était jeune, séduisant, et apparemment homme d'honneur.

Il poussa un soupir.

— Même si nous avions d'autres motivations, ce qui est inévitable lorsqu'on gouverne un royaume, nous voulions ton bonheur. Et je le veux toujours aujourd'hui.

Emue, Kalila déglutit péniblement.

— Je sais.

— Si je te dis ça, c'est parce que je suis déçu. Je ne m'attendais pas à ce que le roi Zakari te délaisse à ce point. J'espérais que tu pourrais, sinon tomber amoureuse de lui, au moins te prendre d'affection pour lui avant le mariage.

Si Zakari était venu la chercher à Zaraq au lieu d'envoyer

Aarif, cela aurait-il changé le cours des choses ? se demanda Kalila, le cœur serré. Cela l'aurait-il empêchée de tomber amoureuse d'Aarif ? Cela aurait-il empêché cet amour de naître ? Cet amour qui la faisait vibrer tout entière et qu'elle savait partagé ? C'était un sentiment si fort, si profond… Non, aucun autre homme n'aurait pu le lui inspirer.

— J'espère sincèrement que, malgré tous ces contretemps, tu pourras quand même trouver le bonheur auprès de lui, conclut son père.

Elle tressaillit. Un nouvel espoir, soudain et inattendu, venait de s'emparer d'elle. Et si Zakari n'avait pas plus envie qu'elle de ce mariage ? Il lui avait manifesté si peu d'intérêt jusque-là… Et si, en dépit des apparences, elle avait encore le choix ?

Sentant sur elle le regard pénétrant de son père, elle sourit.

— Merci pour tes vœux, père. Moi aussi, j'espère trouver le bonheur.

« Mais seul Aarif peut me l'apporter », ajouta-t-elle silencieusement.

Prise dans le tourbillon des préparatifs, elle ne revit pas Aarif ce jour-là. Il lui fallut essayer sa robe de mariée, qui était à l'origine celle de sa mère, pour que la couturière du palais puisse faire les retouches nécessaires. L'essayage se fit en présence d'une nuée de femmes, membres ou amies de la famille royale, qui jacassaient, pouffaient, s'extasiaient sans relâche.

Après deux semaines d'isolement presque total, leur exubérance était envahissante et Kalila étouffait. Mais le plus pénible était l'absence d'Aarif. Partout, à chaque instant, elle ne pouvait s'empêcher de le chercher du regard. Il lui manquait tellement !

Mais il restait invisible.

La veille du mariage, elle se prêta au rituel du bain de vapeur, se laissant porter par le bavardage joyeux des autres femmes, tout en restant enfermée dans sa bulle d'anxiété et d'espoir mêlés.

Le hammam du palais était digne d'un décor des *Mille et une nuits*. Kalila se laissa docilement dévêtir et plonger dans l'eau parsemée de pétales de roses. Ses cheveux furent lavés trois fois avec de l'argile épaisse, puis rincés à l'eau de rose.

Lorsqu'elle sortit du bassin, on la massa longuement, puis on l'enveloppa dans un peignoir de lin blanc.

Le parfum entêtant du savon et des lotions, les gloussements aigus et les murmures complices, l'étrangeté de la situation, tout cela lui donna soudain le tournis. Au moment de quitter le hammam, elle eut un mouvement de recul.

— Juhanah… dis aux autres de ne pas m'attendre. J'ai besoin de rester seule un instant.

Juhanah hocha la tête d'un air compatissant.

— D'accord, *ya daanaya*. Mais pas trop longtemps. Ensuite il faut nous rejoindre. Rappelle-toi que ce sont les préparatifs de ton mariage.

Elle baissa la voix pour ajouter :

— Même si tu n'as pas envie de te marier.

Avec son autorité naturelle, la gouvernante rassembla toutes les femmes et les emmena avec elle. Kalila s'affaissa contre le mur de pierre et ferma les yeux, soulagée de pouvoir goûter enfin le luxe du silence et de la solitude.

« Je ne peux pas me marier. »

Demain elle épouserait Zakari. Demain soir elle dormirait avec lui. Cette pensée lui donna la nausée.

« Je ne peux pas ! »

Il fallait absolument qu'elle parle à Aarif. Malheureusement, plus le temps passait, moins elle avait de chances d'y parvenir. Et très bientôt, il serait trop tard.

Déglutissant péniblement, elle se redressa. D'un pas lourd, elle prit le chemin de sa chambre. Alors qu'elle tournait au coin du hammam, son cœur fit un bond dans sa poitrine.

Aarif était devant elle.

Assailli par une bouffée de désir, Aarif tressaillit. Comme Kalila était troublante dans ce peignoir… Il laissait voir la naissance de ses seins et moulait ses courbes gracieuses. Dire qu'il aurait suffi d'en écarter les pans pour contempler son corps entièrement nu…

Détournant vivement les yeux, il fouilla désespérément dans son esprit. Un mot, n'importe quoi, il fallait absolument trouver quelque chose à dire ! Mais quoi ? Comment expliquer sa présence dans le hammam des femmes ? Impossible d'admettre qu'il rôdait là dans le même état d'esprit que David guettant Bethsabée…

Il errait dans le palais depuis des heures, en proie à une profonde détresse. Impossible de travailler. Son esprit — et son cœur — étaient tout entiers occupés par Kalila. Aux souvenirs merveilleux qu'il gardait de leur nuit sous la tente se superposaient des images insupportables de sa prochaine nuit de noces avec Zakari.

« Elle est à moi ! » hurlait une voix désespérée au plus profond de lui.

Non, c'était faux, se répétait-il inlassablement. Elle était aussi tabou que Bethsabée. Il devait absolument la chasser de ses pensées. Même s'il était aussi ensorcelé que le roi David…

À la place de Zakari, il ne se serait pas séparé d'elle une seule seconde. À la place de Zakari, il l'aurait entourée d'attentions, lui aurait témoigné son amour à chaque instant, il…

Mais il n'était pas à la place de Zakari.

Aarif ouvrit la bouche mais aucun son n'en sortit. Mon Dieu, il ne pensait qu'à une chose : la prendre dans ses bras, la serrer contre lui, humer son parfum, goûter ses lèvres…

— Je suis désolé, finit-il par murmurer d'une voix rauque. Je ne devrais pas être là.

— Vous me cherchiez ?

— Pas du tout, répliqua-t-il sèchement.

C'était la seule réponse possible. Il fallait se montrer dur avec elle. Odieux, même. Il était trop tard pour l'espoir. Il avait toujours été trop tard. Tous les aveux, les serments qui lui brûlaient les lèvres, il fallait les oublier.

— Je suis désolé, répéta-t-il en reculant d'un pas.

— Aarif…

Il déglutit péniblement. Quel désespoir dans la voix de Kalila ! Dans sa façon de prononcer son prénom, il y avait tout le malheur du monde. Si elle disait un mot de plus, il perdrait le contrôle de lui-même. Il la prendrait dans ses bras en envoyant tout le reste au diable.

— Je suis désolé, répéta-t-il une troisième fois avant de faire demi-tour et de s'éloigner à grands pas.

Lorsque Kalila se glissa hors de sa chambre, le croissant de lune était haut dans le ciel. Il était plus de minuit et le palais s'était endormi.

Ses paumes étaient moites et son cœur battait si fort que ses coups semblaient résonner dans le couloir interminable, tandis qu'elle se dirigeait vers la chambre d'Aarif.

L'idée lui était venue dans l'après-midi, lorsqu'elle avait vu une domestique préparer une chambre à l'étage. Elle lui avait demandé où se trouvait la chambre du prince Aarif en prétextant qu'elle avait quelque chose à lui rendre.

La jeune fille avait paru choquée par cette question, mais le temps lui était tellement compté qu'elle ne pouvait plus s'offrir le luxe d'être prudente. Elle avait toisé la domestique d'un air sévère et celle-ci avait fini par bredouiller que la chambre du prince était au bout du couloir, la dernière porte sur la gauche.

Après l'avoir remerciée, elle s'était éloignée, le cœur battant, fière de cette victoire.

Ensuite, il avait fallu attendre… Endurer un dîner interminable en compagnie d'une vingtaine d'invités sans visage, une succession de toasts en l'honneur de la future reine et du roi toujours absent, et enfin un échange de propos insignifiants avec des dignitaires venus présenter leurs hommages à la future mariée. Elle aurait été incapable de répéter ce qu'elle avait dit à chacun. Elle n'aurait même pas reconnu le prince Sebastian, héritier du trône aristéen et rival de Zakari, d'après ce qu'elle avait vaguement compris.

Aarif avait gardé ses distances pendant tout le repas et elle n'avait pas croisé son regard une seule fois. Seule la perspective d'aller frapper plus tard à sa porte lui avait permis de surmonter son anxiété.

Se guidant en laissant courir sa main sur le mur, elle avançait silencieusement dans le couloir obscur. Si elle croisait quelqu'un, que dirait-elle ? Comment expliquerait-elle qu'elle avait quitté sa chambre ?

Il n'y avait qu'une seule chose à faire : prier pour qu'elle ne rencontre personne.

Soudain, elle entendit des voix étouffées. Des voix masculines. Elle se plaqua contre le mur. À son grand soulagement, les hommes continuèrent leur chemin vers une autre aile du palais sans tourner dans le couloir où elle se trouvait.

Ce dernier semblait interminable… Enfin, elle arriva à la dernière porte sur la gauche. La chambre d'Aarif.

Prenant une profonde inspiration, elle referma les doigts sur la poignée et la tourna silencieusement. La pièce était plongée dans la pénombre. Seul un pâle rayon de lune entrait par les portes-fenêtres ouvertes sur le balcon.

La pièce était vide. Pas de lumière non plus dans la salle de bains.

Une immense déception submergea Kalila. C'était fini. Son dernier espoir venait de s'envoler. Elle avait pourtant voulu y croire tout l'après-midi…

Elle resta immobile, indécise. Impossible de se résoudre à faire demi-tour. Pourquoi ne pas attendre le retour d'Aarif ? Oui, mais si un serviteur arrivait ? Ou pire encore, si à son retour Aarif n'était pas seul ?

— Kalila ?

La silhouette d'Aarif se découpait dans l'encadrement de la porte-fenêtre.

— Que faites-vous ici ? demanda-t-il d'un ton rogue.

Elle déglutit péniblement. Il ne portait qu'un pantalon de lin. Son torse musclé était décidément d'une beauté à couper le souffle… Comme elle avait envie d'y promener les mains… De sentir sa peau douce sous ses doigts…

Mais Aarif attendait sa réponse et sa mine sévère n'encourageait pas les privautés… Elle s'efforça de détourner les yeux de son torse.

— Il faut que je vous parle.

— Il n'y a rien à dire.

— C'est notre dernière chance de discuter avant mon mariage, insista-t-elle en s'efforçant de réprimer le tremblement de sa voix. Vous ne croyez pas que nous avons des choses à nous dire ?

Il poussa un soupir, puis il enfila une chemise jetée sur un fauteuil et alluma une lampe.

— Très bien. Je vous écoute. Mais faites vite. Vous ne devez pas rester ici. Si quelqu'un découvrait votre présence…

Le cœur de Kalila se serra. Elle espérait un accueil plus chaleureux…

— J'ai beaucoup réfléchi, ces derniers jours…

Mon Dieu ! Pourquoi sa voix tremblait-elle à ce point ? se demanda-t-elle, mortifiée. S'efforçant de se ressaisir, elle releva le menton.

— Je veux croire que la situation n'est pas sans issue, contrairement à ce que vous pensez. Il reste un espoir.

Il haussa les sourcils, le visage froid.

— Vraiment ?

— Oui.

Enfonçant ses ongles dans ses paumes, Kalila serra les dents. Que faire pour lui arracher ce masque derrière lequel il s'abritait ?

— Je pense que si Zakari n'a pas cherché une seule fois à me joindre, c'est peut-être parce qu'il n'a pas plus envie de se marier que moi.

Aarif restait impassible, et elle dut faire appel à toute sa volonté pour ne pas se précipiter sur lui et le cribler de coups de poing rageurs. Pourquoi se donner la peine de lui parler ? Il semblait si impatient d'être débarrassé d'elle…

Tant pis, il fallait aller jusqu'au bout.

— Peut-être que si nous parlions à Zakari, il prendrait conscience que rien ne l'oblige à m'épouser. Et…

Elle ne pouvait pas… Impossible de lui suggérer de l'épouser alors qu'il était aussi distant. La situation était déjà assez humiliante !

— Aarif, s'il te plaît, murmura-t-elle. Ne me regarde pas comme ça. Comme si tu ne tenais pas à moi, alors que tu m'as dit le contraire. J'essaie…

La voix de Kalila se brisa. Non, pas question de pleurer. Si elle commençait, elle ne pourrait plus s'arrêter.

— Tu m'aimes ? demanda-t-elle d'une voix à peine audible.

Aarif cilla et sa mâchoire se crispa. Il était en proie à un conflit intérieur, comprit-elle. Le devoir contre le désir. L'honneur contre l'amour.

— Est-ce que tu m'aimes ? insista-t-elle avec une note de défi dans la voix.

— Peu importe.

Passant nerveusement les doigts dans ses cheveux, il lui tourna le dos.

— Kalila, pourquoi ne veux-tu pas comprendre ? Je te l'ai déjà dit. Ce que je ressens ne compte pas…

— Pourquoi pas ? cria-t-elle.

Pivotant sur lui-même, il lui lança un regard d'avertissement. Oui, bien sûr, si quelqu'un l'entendait et découvrait qu'elle se trouvait dans sa chambre, ce serait très fâcheux pour elle.

— Pourquoi pas ? répéta-t-elle d'un ton plus calme. Pourquoi tes sentiments ne comptent-ils pas ? Qui l'a décidé ? Au nom de quoi ?

— Je te l'ai déjà expliqué. Ma vie ne m'appartient plus depuis le jour où…

Il secoua la tête.

— Je ne déshonorerai pas mon frère en réclamant pour moi ce qui lui appartient…

— C'est de moi que tu parles, coupa-t-elle avec indignation tout en s'efforçant de ne pas élever la voix. Je suis un être humain avec un cœur, un cerveau et une âme. Je ne suis pas un objet. Je n'appartiens à personne. Ni à toi ni à Zakari.

— Tu as accepté ce mariage.

— Oui, et je me marierai, si c'est absolument nécessaire. Mais ce n'est peut-être pas le cas. Zakari serait peut-être soulagé de trouver un moyen d'échapper à ce mariage, tout en scellant quand même l'alliance entre nos deux pays. Pourquoi ne serait-ce pas possible ? As-tu peur au point de refuser tout espoir ?

Elle fit un pas vers Aarif.

— Tu m'as dit que je croyais seulement être amoureuse de toi. Au début tu avais peut-être raison. Peut-être que je me racontais un conte de fées uniquement pour fuir la réalité. Mais ce n'est plus vrai. Je te connais assez pour savoir que tu n'es pas le prince charmant mais que je t'aime quand même. Je ne veux plus fuir la réalité. Je veux forger moi-même mon destin. Je veux vivre en accord avec moi-même. Or, le seul moyen d'y parvenir, c'est de vivre mon amour pour toi.

— Non…

— Si.

Comme elle se sentait forte, tout à coup… C'était son amour pour lui qui la galvanisait.

— Je t'aime. Pas comme une adolescente qui rêve au prince charmant. Comme une femme. J'aime l'homme que tu es. Un homme qui a le sens de l'honneur, du devoir et du sacrifice. Qui est passionné par son travail et qui lit des romans policiers.

À la grande joie de Kalila, un sourire furtif se dessina sur les lèvres d'Aarif.

— Je t'aime et je pense que tu m'aimes. Je me trompe ? poursuivit-elle.

Le silence s'étira, interminable. Soutenant le regard d'Aarif, Kalila attendait. Elle n'avait plus rien à perdre et c'était une sensation presque agréable.

— Non, répondit-il enfin d'une voix douce. Tu ne te trompes pas.

Le soulagement de Kalila fut si intense qu'il lui donna le vertige. Vacillante, elle dut se cramponner au dossier d'un fauteuil.

— Alors il ne faut pas prendre cet amour à la légère, Aarif. L'amour vrai et partagé n'est pas si fréquent. Beaucoup de gens ne le trouvent jamais. Et pourtant, tu es prêt à y renoncer…

— Comprends-tu que ce que tu me demandes est totalement irréaliste ? Si j'avoue à Zakari mes sentiments pour toi, cela le mettra dans une position impossible. C'est encore pire que lui avouer que je t'ai volé ton innocence.

— Tu ne m'as rien volé du tout…

— Si ! Que tu le veuilles ou non, c'est moi qui aurais dû rester maître de la situation, cette nuit-là. Mais j'en ai été incapable. L'élan qui me poussait vers toi était si fort que je n'ai pas pu y résister. J'ai oublié tout le reste. Et j'ai trouvé dans tes bras quelque chose que je n'avais jamais trouvé ailleurs. Que je ne retrouverai jamais.

— Raison de plus pour tenter le tout pour le tout.

Il eut un sourire sans joie.

— Kalila, je t'assure que tu seras beaucoup mieux avec Zakari. Je détruis tout ce que j'approche. Au moins, avec lui tu seras reine.

— Je ne veux pas être reine !

Le cri de Kalila résonna dans la pièce, mais elle était trop furieuse pour se montrer prudente.

— C'est toi que je veux ! Aarif, tu ne peux pas te punir toute ta vie pour ce qui s'est passé. Zafir est mort mais ce n'est pas ta faute…

— Arrête, coupa-t-il d'un ton dangereusement posé.

L'estomac de Kalila se noua. Elle s'aventurait sur un terrain très glissant, et pourtant, il n'y avait pas d'avenir, pas de guérison ni de bonheur possibles tant qu'Aarif n'aurait pas surmonté ce terrible souvenir et fait la paix avec lui-même.

— Ce n'est pas ta faute s'il est mort, reprit-elle. Tu étais responsable de lui, c'est vrai, mais ce n'est pas toi qui l'as enlevé. Ce n'est pas toi qui t'es tiré une balle dans la joue. Tu n'as commis aucun des actes qui ont conduit à sa mort. Il faut que tu l'admettes.

La colère qui animait Aarif vibrait dans la pièce.

— Tu crois que je ne le sais pas ? Tu crois que je ne me le répète pas tous les jours ? Tu crois que mes parents, mes frères et mes sœurs ne me l'ont pas répété très souvent, eux aussi ? Tu crois que ça change quoi que ce soit ?

Il secoua violemment la tête.

— Tu sais quel est ce cauchemar qui hante mes nuits ? Je rêve de Zafir. C'est moi qu'il appelle, pas Kaliq, ni personne d'autre. C'est moi qu'il supplie. « Aarif ! Au secours ! »

Sa voix se brisa et il dut s'interrompre un instant.

— Il comptait sur moi pour le secourir. J'entends son cri, puis la mer se referme sur moi et je n'entends plus rien. Je ne peux rien faire. Je suis comme un homme mort.

Kalila refoula ses larmes. Elle en avait assez de pleurer. Elle voulait le bonheur. Pour elle et pour Aarif.

— Tu refuses la joie, l'amour, le bonheur. Ça ne sert à rien. Personne ne te demande de te punir ainsi.

Il haussa les épaules d'un air désabusé et elle fut soudain submergée par une rage folle. Comment pouvait-il être aussi déterminé à s'infliger un châtiment qu'il ne méritait pas ?

— Tu sais ce que je pense ? Que tu portes ta culpabilité comme des fers aux pieds. Des chaînes qui t'entravent, qui t'empêchent d'avancer, mais qui t'évitent aussi de prendre le moindre risque. C'est assez confortable, non ? Je pense que tu as tellement pris l'habitude de rester recroquevillé dans ta carapace que tu as peur d'en sortir. Tu as peur de recommencer à vivre. Peur d'aimer. Ce n'est pas l'attitude d'un homme d'honneur. C'est l'attitude d'un lâche.

Aarif laissa échapper un juron. Peut-être était-elle allée trop loin, se dit Kalila, le cœur battant. Tant mieux. C'était le seul moyen de l'atteindre, de le ramener parmi les vivants.

— Comment oses-tu me faire la leçon ? Tu es prête à

renier tous tes engagements pour préserver ton petit bonheur personnel ! Ce n'est pas du courage, princesse. C'est de l'égoïsme.

— Peut-être, mais comme je te l'ai dit, je suis toujours prête à épouser Zakari… s'il le souhaite. Or, pour le savoir, il faut le lui demander. Contrairement à toi, je ne suis pas prête à me sacrifier inutilement par peur de chercher d'autres voies que celle qui a été tracée à l'avance.

Secouant la tête, il lui tourna le dos sans rien dire.

Les minutes s'écoulèrent dans un silence pesant. Découragée, elle déclara d'un ton las :

— Je vois qu'il est inutile d'insister. Mais au moins, laisse-moi parler moi-même à Zakari, comme tu l'as promis.

Aarif hocha la tête sans se retourner.

— Je lui avouerai que je ne suis plus vierge.

Comment pouvait-elle parler d'une voix aussi assurée alors qu'elle était sur le point de s'effondrer ? se demanda-t-elle avant de poursuivre.

— Mais je ne lui parlerai pas de toi. Je lui dirai que j'ai eu une aventure à Cambridge, il y a plusieurs années…

— Un mensonge ? s'exclama Aarif d'un ton glacial en pivotant sur lui-même.

Elle releva le menton.

— Parfois, un mensonge vaut mieux que la vérité. À quoi cela servirait-il de parler de nous à Zakari, à part à te permettre de t'enfoncer un peu plus dans la culpabilité ?

Aarif tressaillit comme s'il venait de recevoir une gifle, mais elle continua, implacable.

— Non seulement ça ne rendrait service à personne mais cela menacerait l'unité de ta famille et la stabilité de ton pays. Cela servirait juste à te convaincre que tu t'es un peu racheté en te sacrifiant. Mais tu ne pourras jamais réparer ce qui s'est passé autrefois. La seule chose que tu peux faire, c'est te pardonner, et t'autoriser à accepter le pardon des autres. Mais ça, tu le refuses.

— Tu ne…

— … sais pas ? termina-t-elle à sa place. Mais si je sais.

Je te comprends peut-être mieux que tu ne le souhaiterais. Je croyais que tu étais attaché à l'honneur, mais à présent je me demande si ce n'est pas juste un bouclier. Une protection qui te facilite la vie. Je croyais que tu m'aimais, mais si c'était vraiment le cas, tu serais prêt à prendre des risques.

— Kalila, essaie de me comprendre. Je ne peux pas trahir une nouvelle fois mon frère, ma famille… et moi-même.

— Et toi, essaie de comprendre que ça ne serait pas une trahison mais de l'honnêteté. Et qu'en refusant d'être honnête, tu trahis notre amour.

Elle fit un pas vers lui, puis un autre, jusqu'à ce qu'elle soit tout près de lui. Se hissant sur la pointe des pieds, elle effleura doucement sa cicatrice.

— Je t'aime.

Les bras d'Aarif se refermèrent sur elle et sa bouche s'empara de la sienne dans un baiser fervent.

Elle le lui rendit avec tout l'amour et le chagrin qui la submergeaient. Ce baiser semblait pouvoir durer éternellement, mais ce fut elle qui l'interrompit. Il le fallait. Avant qu'Aarif la repousse brusquement comme il finirait par le faire.

— Au revoir.

Sa voix se brisa et elle quitta la pièce en courant.

10

Aarif se tourna et se retourna dans son lit pendant des heures sans parvenir à s'endormir. Puis, juste avant l'aube, il sombra dans un sommeil agité.

« Aarif ! Au secours ! »

Il se débattait, tandis que la mer se refermait sur lui. L'eau s'engouffrait dans sa bouche…

« Aarif… »

La voix n'était plus suppliante, tout à coup. Elle était douce, apaisée. Il remonta à la surface. La mer était calme.

Le rêve s'estompa peu à peu, comme la mer reflue à marée descendante. Bientôt, tout ne fut plus que silence et paix.

Zafir ne criait plus. Il n'appelait plus à l'aide. Son cri désespéré ne reviendrait plus jamais le hanter, comprit Aarif dans son sommeil. Un immense soulagement le submergea, mêlé d'une pointe de tristesse.

Lorsqu'il ouvrit les yeux, l'aurore caressait le ciel. Il prit une profonde inspiration.

C'était fini.

Il se leva et sortit sur le balcon. Les dunes rosissaient et l'air était encore délicieusement frais.

Aujourd'hui, Kalila se mariait. Il l'imagina dans sa chambre, encore au lit. Avait-elle passé une nuit blanche, comme lui ? Avait-elle fait des cauchemars ? C'était grâce à elle qu'il était enfin libéré du sien. Pour la première fois depuis plus de vingt ans, il se sentait en paix avec lui-même.

Elle lui avait offert un merveilleux cadeau.

Et lui, quel cadeau allait-il lui faire ?

« Si tu m'aimais, tu serais prêt à prendre des risques. »

Il aimait son intelligence, son sens de l'humour, sa beauté, son courage, son honnêteté. Il l'aimait de tout son être. De tout son cœur, de toute son âme… Elle avait raison. Il ne fallait pas renoncer à un amour aussi profond.

Il fallait prendre des risques.

Lorsque Kalila se réveilla, sa chambre était baignée d'une douce lueur rosée. Elle n'avait dû dormir que quelques instants. D'ailleurs, elle était épuisée.

Des oiseaux gazouillaient dans le jardin, un serviteur sifflotait dans la cour. Le palais s'éveillait.

Aujourd'hui elle se mariait. Curieusement, cette pensée la laissait complètement indifférente. Toute sensibilité semblait l'avoir désertée depuis qu'Aarif l'avait laissée s'en aller sans dire un mot pour la retenir. S'était-elle vraiment imaginé qu'il tenterait de la retenir ? Avait-elle vraiment cru qu'il accepterait de suggérer à Zakari de lui céder la place du marié ? Kalila eut une moue désabusée. Ce matin un tel espoir lui semblait ridicule.

Et d'ailleurs, il l'était. Aarif ne l'aimait pas, ou du moins pas assez.

Un coup fut frappé à la porte et avant qu'elle ait le temps de répondre, Juhanah entra dans la chambre.

— Bonjour, princesse.

— Bonjour, Juhanah. Tu t'es réveillée tôt, répondit Kalila en s'efforçant d'esquisser un sourire.

— Toi aussi. C'est un jour important, aujourd'hui.

— Oui.

Son manque d'enthousiasme était flagrant, elle le savait. Mais à quoi bon jouer la comédie ? Avec Juhanah, elle pouvait être franche. Mieux valait garder toute son énergie pour plus tard, lorsqu'elle serait obligée de présenter à la foule des invités le visage rayonnant d'une jeune épouse comblée… Elle se rallongea et ferma les yeux.

Juhanah s'assit au bord du lit et posa une main potelée sur son bras.

— Il ne faut pas te torturer comme ça.

Kalila rouvrit les yeux.

— Je ne peux pas m'en empêcher, Juhanah.

Baissant la voix, elle ajouta dans un murmure :

— Je n'ai pas envie de l'épouser.

— Ce n'est pas étonnant. Tu ne l'as même pas vu ! Il ne t'a pas fait la cour, il ne t'a pas offert de fleurs, ni de bijoux. Il ne t'a pas écrit. Même pas un message.

Kalila secoua la tête avec un pâle sourire.

— Ça n'aurait rien changé.

— Tu crois ? Si tu avais eu le sentiment que ton futur époux était impatient de te rencontrer, tu ne te serais pas tournée vers Aarif.

— Non, ce n'est pas ça, déclara Kalila, poussée par un besoin irrésistible d'être honnête. Je serais tombée amoureuse d'Aarif, même si Zakari avait été là et m'avait entourée d'attentions. Je n'aurais pas pu m'en empêcher.

Juhanah la considéra un instant avec une moue perplexe.

— Eh bien, c'est fini à présent. Aujourd'hui, tu te maries avec Zakari et il n'y a plus de place pour Aarif.

Kalila sentit ses joues s'enflammer. La réprobation était nettement perceptible dans la voix de Juhanah. Qu'aurait-elle dit si elle avait su ce qui s'était passé dans le désert ? À moins qu'elle l'ait deviné ?

— Je le sais, Juhanah. Je ne pense pas qu'Aarif et moi nous nous reverrons encore en tête à tête.

Comment allaient-ils se comporter l'un envers l'autre ? Comment allait-elle survivre en le voyant tous les jours et en étant obligée de faire comme s'il n'était qu'un frère ? Comment supporterait-il de la voir mariée à Zakari, enceinte de Zakari… ?

Un sanglot étouffé échappa à Kalila, tandis qu'elle prenait

pleinement conscience, pour la première fois, de la vie qui l'attendait. Elle était condamnée à la prison à perpétuité !

— Kalila, murmura Juhanah d'une voix apaisante en lui pressant le bras. Il faut que tu l'oublies. Je vais chercher ton petit déjeuner. Prends un moment pour te ressaisir, *ya daanaya.* Les autres femmes vont bientôt arriver et tu ne seras plus seule un instant de toute la journée.

Juhanah ne s'était pas trompée, constata bientôt Kalila. Après le petit déjeuner, sa chambre fut envahie par une armée de femmes impatientes de l'aider à se préparer. Elle avait l'impression d'être une simple spectatrice, un mannequin de cire qui se transformait peu à peu en mariée. On lui enfilait la robe blanche de sa mère, on la coiffait longuement pour obtenir un chignon sophistiqué, on peignait son visage de couleurs diverses, on accrochait des perles à ses oreilles, on lui passait un collier de diamants calistéens autour du cou…

Lorsqu'elle fut enfin prête, le soleil était haut dans le ciel et la cour du palais pleine de voitures. Tout le monde se rassemblait pour le mariage du siècle.

La cérémonie devait avoir lieu moins d'une heure plus tard et Zakari n'était toujours par là.

Malgré l'anxiété qui lui nouait l'estomac, Kalila s'efforça de manger quelques bouchées du plat qu'on lui servit au déjeuner. Engoncée dans sa robe, elle avait peur de se prendre les pieds dans l'interminable traîne de satin incrusté de perles, et le diadème de diamants lui rentrait dans la peau du crâne. Et bien sûr, elle mourait de chaud… Comment allait-elle arriver au bout de cette journée ?

— Viens, tout le monde t'attend en bas, déclara Juhanah.

La chambre avait fini par se vider et Kalila était seule depuis quelques minutes. Elle déglutit péniblement. Le moment était venu d'affronter son destin.

— Zakari est arrivé ?

Au même instant, Kalila entendit la réponse à sa question : le vrombissement d'un moteur… Elle se mit à la fenêtre.

L'hélicoptère royal était sur le point d'atterrir. Dans quelques minutes, Zakari en descendrait…

Tout à coup, elle vit une silhouette familière qui se dirigeait à grands pas vers l'appareil, alors que celui-ci venait tout juste de toucher le sol. Aarif… Il allait à la rencontre de Zakari et il avait décidé de tout lui révéler, comprit-elle. C'était plus fort que lui. Il se sentait obligé d'avouer ses fautes.

Elle ferma les yeux, au comble de l'angoisse.

— Viens, murmura Juhanah en la tirant par le bras. Tu verras ton mari quand tu le rejoindras pour la cérémonie. Pas avant.

Kalila se laissa entraîner sans protester. Son esprit et son corps étaient engourdis, fort heureusement… Juhanah la conduisit dans un petit salon qu'elle ne connaissait pas.

— Tu dois attendre ici. Un serviteur viendra frapper à la porte pour t'appeler le moment venu.

Kalila hocha la tête en silence. Le mariage devait être célébré dans la salle de réception du palais, une pièce majestueuse avec des colonnes de marbre et un plafond décoré d'une fresque splendide. Elle avait vu les serviteurs y installer des rangées de chaises, la veille.

Selon une tradition empruntée aux Grecs, c'était le marié qui devait donner son bouquet à sa future épouse. Zakari penserait-il aux fleurs ? Non, il n'en aurait pas besoin, se dit-elle aussitôt. Quelqu'un lui glisserait discrètement un joli bouquet de roses, et il les lui donnerait avec un sourire, comme s'il les avait choisies lui-même.

Faux. Tout serait faux.

Cette attente était éprouvante pour les nerfs… Kalila regarda Juhanah, qui se tenait près de la porte, la mine sévère. Heureusement, elles étaient seules ! Les autres femmes étaient allées s'installer à leurs places.

— Pourquoi est-ce si long ? s'exclama-t-elle au bout d'un moment, à bout de nerfs.

— Je ne sais pas, répondit Juhanah en entrebâillant la porte pour jeter un coup d'œil dehors. Il n'y a personne en vue…

— Je vais voir ce qui se passe.

— Non ! Personne ne doit t'apercevoir avant la cérémonie.

— Je m'en moque…

— À partir d'aujourd'hui, tu dois respecter les traditions, coupa Juhanah d'un ton sans réplique. C'est moi qui vais y aller.

Après le départ de sa gouvernante, Kalila se mit à arpenter la pièce comme un fauve en cage.

Soudain, elle s'aperçut dans un miroir et s'immobilisa un instant. Sous le maquillage son visage était blafard et ses yeux cernés. La robe était splendide, mais elle avait été créée pour une femme amoureuse. Sa mère.

« Moi aussi j'ai connu l'amour », se dit-elle, tout à coup. Même si ça n'avait duré que très peu de temps, elle savait à présent ce que c'était d'aimer et d'être aimée en retour. Ce précieux cadeau, elle le garderait dans son cœur jusqu'à la fin de ses jours.

Il faudrait que cela lui suffise. Au moins pour arriver au bout de cette journée.

Juhanah revint, manifestement inquiète.

— Je ne sais pas ce qui se passe. La cérémonie est retardée…

— Retardée ? répéta Kalila, la voix blanche. Pour-quoi ?

Juhanah secoua la tête.

— Je ne sais pas. Quelqu'un est venu chercher ton père dans la salle de réception. Peut-être que le roi Zakari veut discuter…

Kalila sentit le sang se retirer de son visage. Il n'y avait qu'une explication possible. Aarif avait tout raconté à Zakari ! Ce dernier devait être furieux… Et s'il refusait de l'épouser ? Elle serait libre ! Oui, mais à quoi lui servirait cette liberté sans Aarif ?

Un coup sec frappé à la porte la fit tressaillir. Juhanah ouvrit et échangea quelques mots à voix basse avec un serviteur.

— Ça y est, il faut y aller, dit-elle en se retournant.

Kalila fut assaillie par une angoisse insurmontable. Dans quelques minutes, elle épouserait un inconnu…

Elle quitta le salon comme un automate. Étourdie par les battements affolés de son cœur, les mains moites et glacées à la fois, elle avança dans le couloir d'un pas hésitant. Plus que quelques mètres et elle franchirait la porte de la salle de réception…

Elle s'immobilisa sur le seuil. Tous les visages se tournèrent vers elle. Son regard glissa sur la foule et se posa sur l'homme qui attendait à l'autre bout de la pièce. Grand et larges d'épaules, les cheveux noirs et très courts comme ceux d'Aarif, il avait le dos tourné.

L'estomac noué, elle sentit Juhanah l'encourager d'un petit coup de coude. Mon Dieu, elle avait les jambes en coton et la tête lui tournait…

Mais elle y arriverait. Il le fallait.

Elle commença à avancer à pas lents dans l'allée centrale. Le murmure de la foule s'était éteint. Les visages tournés vers elle arboraient de larges sourires. Faisant appel à toute sa volonté, elle s'efforça d'en faire autant. Sans succès. Comment sourire alors qu'elle était au bord des larmes ?

Tant pis. L'essentiel, c'était de continuer à avancer.

L'allée semblait interminable. Si seulement Zakari pouvait se retourner ! Elle aurait pu lire sur son visage dans quel état d'esprit il se trouvait. Non, inutile. S'il évitait de se tourner vers elle, cela signifiait qu'il était furieux, bien sûr…

Encore un pas… Encore un autre… Elle était presque arrivée.

Il se retourna enfin. Le souffle coupé, elle chancela.

Aarif ?

Que se passait-il ?

Il fit un pas vers elle et la prit par le coude.

— Tu veux toujours de moi ? demanda-t-il dans un murmure.

Bouleversée par son regard étincelant, elle se contenta de hocher la tête. Impossible de prononcer un seul mot sans fondre en larmes…

— Kalila ?

Elle prit une profonde inspiration et murmura :

— Je t'aime.

Un sourire éclatant illumina le visage d'Aarif.

— Moi aussi je t'aime.

Il lui tendit un bouquet qu'elle prit machinalement. Puis elle baissa les yeux dessus et son cœur se gonfla de joie. Des iris ! Ses fleurs préférées. Elle le lui avait dit et il s'en était souvenu…

Une petite toux discrète attira son attention. Il y avait un homme à côté d'Aarif. Grand, brun et large d'épaules, comme lui. Zakari, sourire aux lèvres.

Elle lui rendit son sourire, encore tout étourdie de bonheur.

La cérémonie commença.

Pour Kalila, elle se déroula dans une sorte de brume enchantée. Elle vibrait de bonheur tout en ayant encore du mal à croire qu'elle était en train de se marier avec Aarif. Ce fut seulement après la fin de la cérémonie, lorsqu'elle se dirigea vers la sortie à son bras qu'elle prit vraiment conscience que c'était bien vrai.

Elle venait de se marier avec Aarif.

Dès qu'ils eurent franchi la porte de la salle, elle demanda :

— Dis-moi…

— Plus tard.

Il l'embrassa avec fougue. D'un baiser joyeux, sans la moindre trace de crainte ou de honte. Un baiser d'amour pur auquel elle s'abandonna sans réserve.

Au bout d'un long moment, elle finit par s'arracher à ses lèvres en riant, tandis que des mèches folles s'échappaient déjà de son chignon.

— Explique-moi ce miracle ! Je meurs de curiosité.

Une lueur joyeuse s'alluma dans les yeux d'Aarif.

— Tu es contente ?

— À ton avis ?

Il éclata de rire. Quel son merveilleux ! songea-t-elle, le cœur en fête. Elle n'avait pas eu souvent l'occasion de l'entendre.

Il l'entraîna dans un petit salon, loin de la foule.

— La nuit dernière je n'ai pratiquement pas dormi. J'ai réfléchi à tout ce que tu m'avais dit, et je me suis rendu compte que tu avais raison.

— Aarif…

— Attends. Laisse-moi parler.

Il eut un sourire contrit.

— Depuis vingt et un ans, je tentais d'expier un crime que je n'avais pas commis, alors que personne ne me l'avait jamais demandé. C'était moi et moi seul qui l'exigeais de moi-même, alors que c'était impossible.

Il secoua la tête.

— Mais c'est incroyable à quel point une prison peut devenir confortable. Plus je me retirais dans ma coquille, moins j'avais envie d'en sortir… Sans en avoir conscience. En faisant l'amour avec toi, j'ai trahi Zakari, c'est vrai. Mais la nuit dernière, tu m'as fait comprendre qu'en renonçant à notre amour, je te trahirais et je me trahirais moi-même.

Elle le revit se diriger d'un pas décidé vers l'hélicoptère.

— Que lui as-tu dit ?

— Je lui ai avoué ce qui s'était passé entre nous et je lui ai demandé de me pardonner, en lui précisant que je t'aimais et que je voulais t'épouser.

— Il a dû être surpris…

— Abasourdi ! Mais il était surtout très heureux pour moi. Zakari est un homme très généreux. Il m'a dit qu'il ne m'avait jamais vu aussi rayonnant et qu'il n'avait pas le droit de contrarier notre amour.

— Il est très généreux, en effet.

— Ton père aussi. Zakari l'a fait appeler pour lui expliquer la situation. Eh bien, il n'a pas eu l'air contrarié le moins du monde, ni même très surpris. Il a donné son accord avec chaleur, en précisant que cela ne remettait pas en cause l'alliance entre nos deux pays.

— Il m'avait dit qu'il voulait mon bonheur.

— Est-il exaucé ?

Aarif porta la main de Kalila à ses lèvres et l'embrassa.

— Es-tu heureuse d'avoir épousé un homme à l'esprit borné à qui tu devras toujours tout expliquer ?

— Très heureuse !

Il captura sa bouche dans un nouveau baiser ardent.

Mais soudain, on frappa à la porte et une voix cria :

— Ça suffit ! Vos invités vous attendent !

En riant, Aarif conduisit Kalila dans une immense salle de bal, où se pressaient les invités, parmi lesquels circulaient des serveurs proposant des coupes de champagne.

Lorsqu'ils franchirent le seuil, des applaudissements spontanés éclatèrent. Kalila s'empourpra, à la fois embarrassée et extrêmement fière. Certes, il était un peu inhabituel de changer de marié le jour même du mariage, mais si certains étaient choqués, tant pis !

Cependant, à en juger par les regards bienveillants, personne ne lui tenait rigueur de cet imprévu.

Après une série de toasts, Zakari les rejoignit avec un sourire malicieux.

— Puis-je féliciter la mariée ?

— Bien sûr, répondit Kalila. Et merci.

Il était aussi séduisant que dans ses vagues souvenirs… mais beaucoup moins qu'Aarif !

— Kalila, vous devez être une femme exceptionnelle pour avoir réussi l'exploit de ramener enfin mon frère à la raison. Je ne l'ai jamais vu aussi épanoui.

— C'est une femme exceptionnelle, confirma Aarif en attirant Kalila contre lui. Et j'ai une chance extraordinaire.

— J'espère connaître un jour le même bonheur.

Zakari eut un sourire malicieux.

— Mais ce ne sera pas aujourd'hui, apparemment ! Aarif, tu veux bien m'accorder quelques instants avant de te retirer avec ton épouse ?

Les deux frères s'éloignèrent.

— Je suis sincère, déclara Zakari, une main sur l'épaule d'Aarif. Je suis très heureux pour vous deux et je vous souhaite beaucoup de bonheur.

— Merci, tu es un homme très généreux, Zakari.

— À vrai dire, ce coup de théâtre m'arrange, parce que je dois repartir ce soir. Le bruit court que le roi Aegeus a eu une liaison avec une servante du palais… Il y a très longtemps, bien sûr, mais c'est peut-être quand même une piste à creuser.

— Pour retrouver le diamant ?

La voix de Zakari se fit plus dure.

— Oui. Je le veux, quoi qu'il m'en coûte.

Aarif hocha la tête. Il n'avait jamais compris pourquoi son frère tenait à ce point à trouver le Stefani. Cependant, il respectait cette quête. Chacun était hanté par ses propres fantômes. Pour sa part, il était enfin délivré des siens. Comment avait-il pu envisager de renoncer à Kalila ? Que serait-il devenu sans elle ?

— Je te souhaite de réussir.

Zakari lui pressa l'épaule.

— Merci. À présent, tu devrais t'esquiver avec ton épouse pendant qu'il en est encore temps. Sinon, tu vas être pris dans le tourbillon de la soirée et les invités ne vont plus te lâcher. Or, ce n'est pas une façon de passer sa nuit de noces.

— Non, en effet.

Aarif prit congé de son frère et rejoignit Kalila.

— Viens.

Il l'entraîna dans une autre aile du palais.

— Voici la suite nuptiale, annonça-t-il en ouvrant une porte.

Elle promena un regard ébloui sur l'immense pièce au milieu de laquelle trônait un lit à baldaquin. De grandes fenêtres étaient ouvertes sur la nuit. Des dizaines de bougies répandaient dans la pièce une lumière douce peuplée d'ombres vacillantes.

Un seau à champagne et deux flûtes les attendaient.

C'était un véritable décor de conte de fées… Mais l'histoire était bien réelle.

— C'est un peu différent de la tente dans le désert, plaisanta-t-elle d'une voix altérée par l'émotion.

Aarif l'attira contre lui.

— Oui… Les deux ont du charme, mais peu importe où je passe la nuit, du moment que tu es dans mes bras.

INTRÉPIDES DÉBUTANTES, de Laura Martin - N°174

L'imposture d'une lady

Quand sa cousine Amelia la supplie d'échanger leur identité pour quelques semaines, Lizzie n'a pas le cœur à refuser : Amelia pourra ainsi retrouver son beau capitaine. C'est avec un mélange de curiosité et d'appréhension que Lizzie débarque à Londres en riche héritière, laissant derrière elle Bombay et sa vie désargentée. Mais la tante qui l'accueille insiste pour l'introduire dans le monde. Comment pourrait-elle tenir son rôle ? Et comment réagir lorsque l'irrésistible lord Brunwell, le célibataire le plus en vue de Londres, commence à lui faire la cour ?

Le secret du châtelain

« Vous pouvez aller où bon vous semble, excepté dans l'aile est. Est-ce clair ? »
Lorsque son hôte lui impose cette condition pour rester chez lui, Amelia s'empresse d'acquiescer. Après avoir été agressée par l'homme qu'elle croyait aimer, elle a trouvé refuge dans ce manoir. Son propriétaire, un seigneur ténébreux et charismatique, y vit comme un reclus. Heureusement, il tolère sa présence le temps qu'elle trouve une solution pour rejoindre sa famille en Inde. Mais, bientôt, Amelia est gagnée par le désir de percer à jour les secrets du châtelain…

Tétralogie : Le royaume des Karèdes - Intégrale 2/2 - N°175

Le secret d'une princesse, de Chantelle Shaw

La princesse Katarina ne peut résister au charme de Nikos Angelaki, un homme d'affaires grec extrêmement attirant. Cédant à ses avances, elle passe entre ses bras une nuit incroyable, au mépris de son rang. Et elle décide de disparaître sans lui révéler sa véritable identité…

L'enfant des Karèdes, de Melanie Milburne

Redevenir la maîtresse du prince ? Cassandra ne veut pas y songer ! Six ans plus tôt, elle a été condamnée à tort par la justice du royaume et il l'avait abandonnée. Désormais, elle n'a plus qu'un objectif : quitter l'île d'Aristos avec son fils. Hélas ! le prince semble prêt à tout pour l'en empêcher…

Le défi d'une princesse, de Natalie Anderson

Afin de prouver qu'elle est capable de s'assumer seule, la princesse Elissa a tout quitté pour travailler à Sydney. Un défi pour elle qui a toujours vécu au palais. Hélas, dès les premiers jours, elle multiplie les faux pas, troublée par le charme de son patron. Et, face au beau milliardaire, Elissa comprend qu'elle ne bénéficiera d'aucun traitement de faveur…

L'héritière des Karèdes, de Carol Marinelli

Une simple domestique, l'héritière des Karèdes ? Le roi Zakari se rend à l'évidence : la séduisante servante dont il a fait sa maîtresse porte le diamant Stefani autour du cou, joyau de la couronne qui lui permettra de régner sur le royaume. Déterminé à le récupérer, il se résout à demander Effie en mariage, même s'il doit lui faire croire qu'il est tombé éperdument amoureux d'elle…